河南省社科规划项目成果

河南省青年骨干教师项目成果

全国哲学社会科学基金项目成果

河南大学中国现当代文学学科点资助出版

百年汉诗形式的理论探求

——20世纪现代格律诗学研究

刘涛 著

人民出版社

序言

精心结算新诗律

最近一个月间，接连读到刘涛刚出版的新著《现代作家佚文考信录》和即将出版的专著《百年汉诗形式的理论探求——20 世纪现代格律诗学研究》，真可谓好事成双，让我分外欣喜——既为刘涛能有这样出色的收获、也为现代文学研究能有如此显著的进展而欣喜。

近十多年来，现代文学研究者纷纷投身于文献史料的发掘与整理，在各种学术刊物及报章上不时可以看见他们新发现的文献史料之披露，但专注于辑佚的专题著作还不多，《现代作家佚文考信录》几乎是迄今仅见的一部。的确，刘涛的辑佚不是顺手而及、单篇零什的"小打小闹"，而是专题性的和成批量的——收集在《现代作家佚文考信录》里的佚文达 70 余篇之多。其中老舍佚文 8 篇、周作人佚文讲演 8 篇、穆时英佚文 12 篇，胡风佚文 20 篇、冯雪峰佚文 7 篇，臧克家佚诗佚文 7 篇。刘增杰先生的序中称赞刘涛在文献史料研究上是"厚积薄发"，可谓得当。刘涛为这些佚文撰写的考释文章也博通而切当，显著地推进了相关课题的研究。有些新发现的文献确实很重要，比如林庚的诗论《新诗形式研究》，长达一万五千余字，乃是诗人探索新诗形式问题的集成之作，无疑是现代格律诗学的重要文献；老舍的讲演《以善胜恶》(这其实是一篇布道文)的发现，则使老舍与基督教的关系究竟达到了何种程度这一问题，得到确凿无疑的证据；而穆时英的文论《内容与形式》、《戴望舒简论》，乃是作者少见的正面表达其文艺主张的文章，遂使学界对以前碍难说清的新感觉派的文艺观问题，终于得到了第一手的文献支持，凡此发现之意义都非同一般。在该书绪论里，刘涛交代了自己搜集现代文学佚文的着眼点——着力从民国时期的边缘报刊来发现现代作家的佚文，确是别具慧眼的选择。一般而言，现代文学文献辑佚多集中于京津沪的那些引人注目的重要文学期刊和著名的报纸副刊，而往往忽视了京津沪地区的一些边缘刊物以至边远地区的刊物上也散存着不少现代作家的文字，刘涛与众不同的着眼点正所谓“人弃我取”。比如老舍的讲演《以善胜恶》就是在《河南中华圣公会会刊》上发现的，而周作人的多篇佚文多是在《世界日报》上发现的，林庚的诗论《新诗形式研究》则是在战时的《厦门大学学报》上发现的。这些刊物都是边缘的或边远的。而最难得的是刘涛的为学态度：与一般居于所谓学术中心地区的学者们之不免自负的自我中心心态不同，也与一些边远地区学者之比较普遍地追逐中心的心态有别，长期僻处于非中心地区的刘涛自有一种不辞在远、甘于边缘、远离热闹、勤能补远的心态。正因拥有这样的心态，他才能在多年的许多个假日，风尘仆仆于东西南北之道、埋头冥搜于各图书馆之中，尽其在我、乐此不疲地从边缘刊物与边地刊物上打捞出大量的作家佚文，获得了所谓中心地区的学者难以企及的辑佚成果。而就我所知，《现代作家佚文考信录》所收佚文，其实只是刘涛的发现的一小部分，他手头还有不少文献史料正待整理和刊布。前人尝言“道不远人人自远之”，而常言亦谓“业精于勤”，此所以边远与边缘也未必不可超越中心——刘涛在文献辑佚上的出众成就，不就是最好的证明么！

诚如朱自清所说，“音节麻烦了每一个诗人，不论新的旧的。从新诗的初期起，音节并未被作诗的人忽略过，如一般守旧的人所想。”（《论中国诗的出路》，见《朱自清全集》第 4 卷，江苏教育出版社 1990 年版，第 287 页）。事实上，几乎就在白话—自由诗潮及其诗学主张发皇高涨的同时，在新诗坛上也出现了有意创制新格律、新形式的声音，二十世纪二十年代中期并有新格律诗派的显著崛起。从此之后，这样那样的新格律诗创作实验一直持续不断，绵延至今，成为百年新诗坛的另一主要潮流，而掩映在这个诗歌潮流中的现代格律诗学理论问题，也相当丰富而又复杂纠结、颇难清理。比如，它究竟包括哪些人、哪些流派的主张？其间共同的理论基础是什么、核心问题是什么、相互之间的同异何在、前后的承继与变异是什么？它与中国古典诗学和外来诗学的关系是怎样的？它与白话—自由诗学有怎样的一致性和矛盾性？哪些理论探寻已渐趋明了、哪些理论纠结又症结何在？如此等问题，真是复杂缠绕至极，加上相关文献之浩博而又大都缺乏整理，所以研究起来是相当困难的。虽然上世纪八九十年代，学界已开启了现代格律诗与诗学的研究，但多为局部的片段论述，且不免浅尝辄止以致浮光掠影之弊；新世纪迄今，现代格律诗学的问题引起了更多人的注目：一些资深学者陆续贡献出了自己的论著，一些博士论文也不断涉及这个课题。它们显然比八九十年代的研究有所进步，然而格局与视野仍不免狭窄，真正具有集成性和突破性成果的仍付阙如。当此之际，突然读到刘涛的这部四十万余言的专著，把百年来现代格律诗学的复杂情况和纠结问题清算得一清二楚，几乎使所有的繁难纠结一扫而空。这怎不令人欢喜赞叹呢！实在的，无论就视野的广度还是分析的深度而论，《百年汉诗形式的理论探求——20世纪现代格律诗学研究》都堪称“精心结算新诗律”之力作。可以肯定，此后无论什么人再来研究这个课题，刘涛的这部诗学著作都将是一个绕不过去的显著界标。

通过扎实的文献工夫，获得开阔的历史视野和准确的历史洞见，是刘涛的这部诗学新著的显著特点。与一般论者仅仅抓住一些众所周知的理论文本、便大加发挥以至望文生义的理论话语做派迥然不同，刘涛为了研究现代格律诗学的问题，在文献的收集上真是花了大力气——他苦心搜求的不仅是现当代诗人学者题涉新格律的诗论文字，而且查阅了几乎所有的现代诗论文章、专著，编成一本十万字的《现代诗论编年目录》供自己参考。那是我迄今见过的最为完备的现代诗论目录。正因为在诗论文献上下过这样的苦功夫、硬功夫，刘涛才能把百年来现代格律诗学之纵的线索和横的关联，梳理得清清爽爽，措置得妥帖得当。说来，关于这个课题的文献史料，我也曾下过一点工夫，可是本书涉及许多文献史料，都是我此前从不知晓的，所以此番看了刘涛的书，我才算真正知道现代格律诗学的涉及面是多么的广泛和复杂。举几个例子吧：二十世纪二十年代末陈启修的“有律现代诗”主张及其引起的反响，三十年代初罗念生、柳无忌等《文艺杂志》同人的格律建言，就是以往的研究者从未注意到的，而由于刘涛对他们的发现，遂改变了以往学术叙述中新格律诗派独树一帜的格局，使我们看到二三十年代之间的新格律诗创作实践和诗学主张，其实相当丰富并构成了和而不同的格局；再比如九十年代以深圳为根据地、以香港为出版地的雅园诗派及其格律诗理论，无疑代表了近二十年来的重要进展，却一直不曾进入研究者的学术视野，我自己也是通过刘涛此书才第一次知道这个诗派及其理论主张之存在的。以上所举还只是荦荦大者，至于此书对一些更具体的诗论文献之发现，实在不胜枚举。过去人们赞誉一个学者穷尽文献史料，喜欢用“竭泽而渔”为喻，刘涛此书庶几近之。而刘涛这么做，其实并不仅仅为了文献史料的翔实，更无意于博学多闻的显示，而是因为他意识到只有这样广泛地占有文献史料，才能获得更为开阔的历史视野从而达到更为准确的历史识断。刘涛显然深切地体认到他所研究的不是纯粹的理论问题，而是历史上的理论问题，因此一切判断都必须立足于文献的校读。在这方面，勒内？韦勒克对西方文学批评诸概念的历史清理，朱自清和郭绍虞对中国古典诗学及文论概念的历史辨析，都是成功的先行范例并形成了优良的中外现代学术传统；而刘涛从2000年完成的博士论文《中国现代小说范畴论》，到现在刚刚完稿的新著《百年汉诗形式的理论探求——20世纪现代格律诗学研究》，始终坚持和发扬的，其实就是这个优良的中外现代学术传统，此所以难能可贵也。

当然，文献史料的辑考并不是学术的止境，进一步的学术要求乃是从文献史料出发、对有关的文学现象作出切当的历史清理和深入的理论分析。刘涛的这部诗学专著《百年汉诗形式的理论探求——20世纪现代格律诗学研究》，正是如此专注努力而成的学术成果。其实，沉默寡言的刘涛乃是一个善于理论思考、精于理论辨析的人。他早年的小说理论史著作《中国现代小说范畴论》所显示的理论辨析能力，就给我留下了相当深刻的印象。在这部诗学新著中，刘涛的理论思考愈加深入而理论辨析也更加精当。他认为“20世纪现代格律诗学是新诗形式焦虑与形式重建的产物”（见本书“结语”），这可谓全书的总纲，由此纲举目张，对现代格律诗学生成—转换的大脉络和发展—演进的大阶段，作出得当的断制和准确的区分，进而对前后左右的关联与差异，进行了深入的剖析和仔细的辨析。比如，继前两章“现代格律诗学的滥觞”和“现代格律诗学的生成”之后，刘涛认为此后直至抗战爆发前夕这一段是“现代格律诗学的探索发展期”，并断然以京派诗人学人为主，从而辟出第三章“新诗格律诗学探索的发展——以京派为主体的新诗形式试验”，如此断制就超越了学界既往的看法，显示出独立思考的学术胆识。全章的四大节分别论述了朱光潜、梁宗岱、叶公超和林庚的新格律诗学思想及其相互间的呼应与差异，写得特别翔实和丰富，很令人信服。至于对一些重要诗论家的诗学主张及其与前后左右的关系之辨析，则可以闻一多为例。刘涛认为：

> 他在《诗的格律》中下大力气作为主要课题研究的就是饶孟侃所忽略的视觉方面，由此他提出了“建筑美”概念。一般的文学史或诗学史只是笼统地论及闻一多现代格律诗学的核心观念是“三美主张”，这点当然没错。但是，真正可作为闻一多自己独特发现的，是他《诗的格律》一文所重点讨论的“建筑美”，对于“绘画的美（辞藻）”竟无一语论及，对于“音乐美”，讨论的也非常之少。由于闻一多是从视觉美层面切入音乐美，不但要求“齐顿”（音乐

> 美）且要求“齐言”（建筑美），因此，他的理论成为“齐言齐顿”说的源头，同时，也带来了不少的理论问题。（绪论）
>
> 闻一多从西诗的分行分段受到启发，同时想结合中国文字的象形特性，建构起汉语诗歌的视觉美。这样一来，倒无形中迎合了白话—自由诗学所确立的新诗的“看”的传统。但是，闻一多在抬高“看”的地位时，还想兼顾音韵的和谐。于是，他在音尺的基础上，把建筑美与音乐美合二为一。在兼顾新诗的“看”与“听”时，由于闻一多是从建筑美即“看”的立场出发的，这就很容易带来一个弊端，或者说潜在的陷阱，那就是很难同时照顾到“看”与“听”，在建构其诗歌的建筑美时，诗歌的音乐美可能就在不自觉间流失了。这就是新格律诗后来被讥讽为“豆腐干”体的原因。
>
> （中略）
>
> 闻一多特意提出“建筑美”进行标榜，是其创新之处，但它与音乐美之间的矛盾关系，却是他没有注意到的。这就造成了其新格律诗学的裂隙与缺失，为现代格律诗学的进一步发展埋下危机，带来以后的诸多问题。（第二章）

如此联系闻一多前后左右的相关情况而作出的分析，其准确切当是此前的研究所不及的。再如第五章“十七年新诗形式诗学”也是很有历史识断、敢给十七年说公道话的一章，而该章对卞之琳、何其芳、林庚的新诗格律观之异同的辨析，也相当精细和中肯。全书最后的“结语”则毫不松懈而更上层楼，回首纵观纷乱复杂的诸多理论纠结，清晰地归拢出近百年现代格律诗学的几大焦点问题：怎样处理内容与形式的关系问题，怎样处理视觉与听觉的关系问题，节奏的成因问题，如何处理齐言与齐顿的关系问题，如何建行的问题，说话式节奏与歌唱式节奏问题，语言与诗歌形式的关系问题等，进而予以扼要精准的理论总结，点出仍然纠结的症结之所在，并作出了颇富启发性的理论展望，显示出作者非同一般的理论见识。

总之，通过扎实的文献功夫，获得开阔的历史视野和准确的历史洞见，继之以纲举目张的历史清理和中肯深入的理论清算，确使刘涛的这本诗学新著成功地完成了“结算百年新诗律”的重大学术工程，让人读来有一册在手全局在胸之感。此诚所谓工夫不负有心人。毫无疑问，此书当属百年诗学研究当中之翘楚，即就整个现当代文学研而言也洵属难得的学术佳作。

这自然并非说刘涛的这本诗学新著就完美无缺了。事实上，由于这个课题涉及那么长的时间、那么多的文献和那么复杂的问题，刘涛的这部新著也难免会有一些遗漏缺憾之处和理有未周的问题。这里也顺便谈谈我的一些意见，聊供刘涛和学界朋友的进一步研究之参考。

说来有趣的是，正惟收集了过多的文献史料，刘涛有时反而会遗忘了某个文献就在自己手头。比如，他念念不忘常风的诗论《中国诗的节奏与韵律》，颇以不得一见为憾，却忘记了自己手头就有此文的复制件。类似的例子是对朱文振诗论的遗漏。朱文振乃是莎剧译者朱生豪的弟弟，原是中央大学外文系的高材生，四十年代曾任广西大学教职。他从译诗入手对新诗格律问题颇有思考心得，曾写过不少诗论。在刘涛自编的《现代诗论编年目录》里就著录了朱文振至少四篇诗论，可见刘涛是知道朱文振其人其文的，却在这部专著中未提一字，这显然也是缘于收集的文献太多，反倒在无意中疏忽了。自然，刘涛此书在文献上也还有些可以增订的余地，倘能进一步落实某些文献的原始出处，则或者有助于一些历史断制的精确。比如，刘涛既知道王力《诗法》或《汉语诗律学》完成于 1947 年，则按理应该放在第四章“抗战及新中国成立前新诗形式问题的艰难求索”里来说，而刘涛却将它放在第五章“十七年新诗形式诗学”里来讲，这可能因为他觉得此书出版在五十年代。其实王力此书虽然出版较晚，但其中《白话诗和欧化诗》一章，却在四十年代发表过部分——《论自由诗》一节即发表在岭南大学刊物《南风》第 2 卷第 5—6 期合刊(1949 年 5 月 23 日出刊)。该文末尾并云：“从下节起，直至本章之末，我们都将叙述欧化诗，这因为我们对于自由诗没有许多话可说；既然自由，就不讲究格律，所以我们对于自由诗的叙述，只是对于各种格律的否定而已。”惜乎似未续载。此外，我觉得刘涛此书单讲诗人诗论家的新格律诗学主张，有时读来不免有些费解，倘能结合他们的诗歌创作或者他们所举的诗歌例文来解说，就容易理解了。推原刘涛之不举诗例，很可能是为了节省篇幅吧。这当然情有可原，但也得视情况而定，而不必一刀切尽也。

我略觉未安的，是此书对现代格律诗学在抗战及四十年代的诗歌史背景之叙述。按朱自清、李广田早就有三十年代新诗是从散文化走向纯诗化而抗战以来的新诗则是散文化的趋向一枝独大的论断，而由于朱、李的判断在近二十年来差不多成了关于三四十年代诗歌史之公认无误的权威论断，所以刘涛便对它加以改造。他认为朱、李既然将“散文化”与“纯诗化”对举，则说明“纯诗化”包括了形式上的“格律化”，所以便将这一组对立的概念从三十年代扩展到抗战及四十年代的诗歌史，只是把“纯诗化”改为

“格律化”，于是“散文化”和“格律化”的矛盾运动便于焉成立，从创作到理论都似乎莫不如此。刘涛甚至不自觉地借用了时下流行的主流、非主流的美学及意识形态区分，将新诗散文化描述成主导性的“时代美学”，而将新诗格律化的运动描述成似乎受到压抑的非主流趋向，举的例子便是李广田回避使用“格律”，后来甚至自我否定其《诗的艺术》一书，并因而强调说，“在自由诗体压倒性的创作和理论浪潮中，李广田对新诗散文化倾向之批评，对新诗形式技巧之强调，对新诗自创格律之建言，显得非常不合时宜且势单力孤。但他的批评实践与理论呼吁，对处于弱势的格律—形式运动，无疑是难得的贡献和有力的声援。”（见第四章）窃以为，刘涛的这个历史描述以及他所援引的朱自清和李广田的权威论断，未必合乎抗战及四十年代的新诗史实际。一则据我所知，在抗战及四十年代的新诗坛，不论自由诗人和新格律诗人或者左翼诗人和现代派诗人，都一改战前截然对立的情势，而表现出比较健全包容的诗学态度，这在艾青笔下得到不容置疑的宣示：“中国新诗，已走上了可以稳定地发展下去的道路；现实的内容和艺术的技巧已慢慢地结合在一起。新诗已在进行着向幼稚的叫喊与庸俗的艺术至上主义可以雄辩地取得胜利的斗争。”（《〈北方〉序》，文化生活出版社1939年版）艾青此言事实上表达了战时大多数诗人的共同追求。正因为有这种比较接近的诗学观念，所以抗战以来各家各派诗人不再像战前那样陷于分裂与对抗之中，而更多表现出团结互动、求同存异的自觉意识并形成了更具包容性的关系。也因此，在抗战及四十年代的新诗坛上，很难说散文化的自由诗人与格律化的纯诗人形成了对立的格局，更别说有谁压抑谁的事情了。当然，这样那样的差异和分歧也是有的，但那大多是良性的自由竞争、自由的各抒己见而已，而非谁是强势的主流、谁是弱势的非主流之情状。倘要勉强论强弱，当年那些立于学院讲坛、掌控报刊资源、拥有话语权威的诗人学者，未尝不可说是强势的主流，而像艾青、田间和七月派等写自由诗的左翼诗人，倒曾经是“在野”之弱势，所以一度并无多少话语权。记得胡风曾经心怀难平地说，田间刚出道时，他曾为文表彰却并无多大反响，有人甚至出语讥讽、颇为不屑，直到资深诗人兼大学教授的闻一多出来为田间说话，诗坛学界才纷纷改变了对田间的歧视。这不就是左翼—自由诗人并不主流和强势的事例么？二则正因为抗战以来各家各派诗人都有上述基本的共同追求，所以自由诗人、左翼诗人大都不再轻视艺术、非难形式，左翼诗人固然追求革命、喜欢写自由诗，却不再像二三十年代那么无所谓地“散文化”了；而战时的学院诗人有的写自由诗，有的写新格律诗，但都反对脱离现实、无所承担的纯诗论如资深诗论家叶公超反对纯诗，资深诗人冯至讨厌战前象征派的纯诗，年轻的学院诗人穆旦最赞扬的恰是自由—左翼诗人艾青，另一个年轻的学院诗人吴兴华也被誉为走出了“纯诗”之路的新诗人，资深诗人冯至和卞之琳固然在新格律诗创作上颇有成就，但他们也并不反对自由诗，并且抗战以来冯至与卞之琳的政治立场是中间偏左的；而最严肃批评艾青的人，恰恰是抗战以来最早抛弃了纯诗论而转变为左翼诗人的徐迟。可见左翼也没有什么舆论一律的纪律和霸权，所以徐迟才能坦然援引孙大雨的音组理论，公开与同属左翼的艾青商榷；至于抗战以来一度盛行的朗诵诗，其佳作大都旋律自由而节奏调谐；在解放区则是自由诗与学习民歌的新诗并行不悖。倘若考虑到如此的实际情况，我们恐怕就不宜再用“散文化”与“格律化”（或纯诗化）的二元对立、强弱异势，来概括抗战及四十年代的新诗坛了。

或许只有打破这个“散文化”与“格律化”二元对立的陈见，我们才能真正理解艾青所说“诗的散文美”之深根固本的诗学意义，才能真正把握现代汉诗格律建设在节奏音组这个关键之后的另一个至关重要的关键——句法问题。诚如刘涛所说，李广田所谓“散文化”的批评矛头隐指的就是艾青的“诗的散文美”，徐迟的诗论《诗的元素与宪章》更是直接批评艾青的《诗论》尤其是《诗的散文美》的。然而如上所述，非难抗战以来的新诗“散文化”，本来就不合抗战以来新诗史的实际，至于将艾青的“诗的散文美”主张简化为“诗的散文化”，更是严重地误解甚至曲解了艾青的原意。其实艾青批评的是那种徒具韵文形式的虚假、丑陋的“诗”，因而他赞誉诗里那种“充满了生活气息的健康”的散文美，这显然旨在强调诗必须首先具备来自真情实感的诗情诗思，而不能为文造情、徒具诗的形式如韵文为足止。应该说，艾青所批评的现象，在明清以来的旧诗中大量存在，在三四十年代的新诗里也不是个别的现象。就以新诗人林庚为例，他早年的自由诗也还写得诗意清新、节奏和畅，后来他执著于新格律体四行诗的实验，这本无不可，问题是他诗情诗思单薄，所以往往为文造情，所写近百首四行诗几乎“百无一是”，只是徒具所谓诗的格律形式而已。倘说这只是林庚年轻时候不成熟的制作，那么不妨把他四十年代精心创作的长诗《黎明的对话》与艾青的自由诗《黎明的通知》比较一下（窃疑林庚的《黎明的对话》乃是他看到艾青的《黎明的通知》之后出于艳羡所以别用新格律体来制作的），就不难发现林庚此诗不过是用美丽的韵文装修了平庸的散文，而艾青所作却既感怀深广又极富音乐节奏的美感！其实，艾青虽然是个自由诗人，但他一点也不轻视诗的形式——包括格律节奏的重要性。翻开他的《诗论》就有《美学》篇在焉，其中赫然写道（以下引文据桂林三户图书社 1941 年 9 月初版）：

> 一首诗的胜利，不仅是那诗所表现的思想的胜利，同时也是那诗的美学的胜利。——而后者，竟常被理论家们所忽略。（三）
>
> 在一定的规律里自由或者奔放。（六）
>
> 艺术的规律是在变化里取得统一，是在参错里取得和谐，是在运动里取得均衡，是在繁杂里
>
> 取得单纯、自由而自己成了约束。（七）
>
> 连草鞋虫都要求着有自己的形态；每种存在物都具有一种自己独立的而又完整的形态。（八）
>
> 节奏与旋律是情感与理性之间的调节，是一种奔放与约束之间的调协。（十八）
>
> 格律是用文字对于思想与情感的控制，是诗的防止散文的芜杂与松散的一种羁勒；但当格律
>
> 已成了仅只囚禁思想与情感的刑具时，格律已是诗的障碍与绞杀了。（十九）

读了这些严肃的论诗格言，我们还能说艾青是轻视诗的艺术、形式、格律、节奏的自由诗人么？尤其是看了“格律是用文字对于思想与情感的控制，是诗的防止散文的芜杂与松散的一种羁勒”一句，还能说艾青所谓“诗的散文美”就是在张扬“散文化”么？恐怕不能。然则，艾青所谓“诗的散文美”除了强调来自真情实感之自然的诗情诗意而外，在诗的艺术上究竟意味着什么呢？我觉得有理由相信他是想强调，新诗必须根据散文那样比较贴近日常生活语言的句法来建立自己的话语节奏。这其实是新诗——包括自由诗和新格律诗与旧诗词在话语节奏（以至格律）上的最大区别。事实上，根据孙大雨的精辟分析，诗的格律的构成要件乃是节奏，而节奏系于音组之有规律的反复，是即为“音组”理论。音组理论不但能为新诗的格律建设提供依据，而且也能解释西方诗歌节奏的形成与发展，并且还可有效解释中国传统文言诗歌的节奏成因。汉字虽然是单音文字，但汉语却并非单音语言，不论古人还是今人说话，都不可能是一个一个单字地蹦出口来，那还成什么话！同样的，不论是汉语的旧诗还是新诗，其话语节奏都是建立在二字音组和三字音组的有规律的重复之上的（事实上并不存在单字音组或四字以上的音组）。孙大雨此说无疑是对诗歌格律节奏的重大理论发

现，但问题是孙大雨没有进一步明确说明，既然汉语新诗与旧诗的节奏音组本无相同，则新旧诗的节奏以至格律何以有别而其间的差别又究竟是什么？窃以为，那差别就在于组合音组以成诗行的话语句法之不同：旧诗行的话语是以文言句法构成的，新诗行的话语必须以“散文的句法”或者说日常言语的句法来建构。这其实也就是胡适强调“自然的音节”、叶公超主张“语体节奏”或“说话的节奏”、卞之琳申说“说话型节奏”的真正原因。叶公超和卞之琳显然看到新诗的格律节奏不但系于音组这个基础，还系于音组如何构成为诗行诗句，于是转而强调新诗的节奏必须贴近“语体”、贴近“说话”，那实际上也就是主张用散文的句法来建构新诗的诗行诗句之节奏，只是他们没有说得那么明确；而艾青所谓“诗的散文美”强调的其实也是新诗诗句的“口语美”这个意思：“口语是美的，它存在于人的日常生活里，它富有人间味。它使我们感到无比的亲切。而口语是最散文的。”（《诗的散文美》）只是艾青也像叶公超、卞之琳一样，虽已意识到新诗的节奏建行是以“口语”或“散文”的话语为准的，却没有能够明确说明新诗节奏格律的另一构成要件，就是口语的句法或者说散文的句法。

说了归齐，新诗与旧诗在节奏建行问题上的根本差别就在这里——旧诗之音组成行成句是以文言句法或者说韵文句法为准的，新诗的音组成行成句是以口语或散文的句法为准的！至于新诗里的自由诗和新格律诗之差别，乃是前者的节奏在参差中求均衡、后者的节奏比较整齐规律而已。可喜的是在抗战以来的新诗坛上，越来越多的自由诗渐渐趋于节奏参差中有均衡的“节奏自由诗”，如艾青、戴望舒等人的诗作；比较成功的新格律诗也渐渐摆脱拘泥字数的“等音计数主义”的机械教条，而以音组的有规律重复为是，如卞之琳、冯至等人的诗作。自由诗与新格律诗如此和而不同、并行不悖，共同推动着汉语新诗的节奏格律建设之开展。总结既往、相度将来，卞之琳认为新诗的格律节奏建设应当“循现代汉语说话的自然规律，以契合意组的音组作为诗行的节奏单位，接近而超出旧平仄粘对律，做参差均衡的适当调节，既容畅通的多向渠道，又具回旋的广阔天地，我们的‘新诗’有希望重新成为言志载道的美学利器，善用了，音随意转，意以音显，运行自如，进一步达到自由。”（《奇偶音节组的必要性和参差均衡律的可行性》，《卞之琳文集》中卷，安徽教育出版社 2002 年版，第 575 页）这明澈通达的话指出了新诗格律节奏建设之切实可行的大路。可惜至今还有一些人依旧执迷于“依旧例新”、斤斤计较着“言数”的整齐划一。那真是“论诗必此诗”的固执了。

我得感谢刘涛写了这么一本好书，它不仅以系统的现代格律诗学知识嘉惠于我，而且启发我进而思考了一点现代诗的节奏—句法问题，以致于沉浸在问题的切磋之中，不觉间话已说得颇长了。而回顾我与刘涛的交往，也是很久很长的事情了。初次的相识乃在上世纪九十年代初的河南大学。那时我返回这所母校工作不久，刘涛则从河南师大考入河南大学攻读现当代文学，于是我们逐渐熟悉起来了。在我的印象中，那时聚集于开封河大的同学诸子中，刘涛是最为沉默寡言的，甚至给人有点木讷怯生的感觉。然而就是这个缄默无语、不大活跃的刘涛，到毕业的时候却拿出了相当不错的毕业论文，探讨的是现当代系列小说这一新兴小说艺术体式，其选题的新颖与思路的独特，让老师们刮目相看，迄今似乎仍然是这个课题的唯一成果。1996年，刘涛又赴复旦大学师从吴立昌先生攻读博士学位。在上海的四年间他仍然埋首图书馆、细读旧文献，不见有何动静，最后却拿出了非常出色的博士论文《中国现代小说范畴论》。随后，刘涛便返回河南大学文学院任教，其间历时十余年，书只出了一本，文章也发表不多，至今连教授也没有评——不是别人不给他评，而是他压根儿就没有申请。直到最近，他才推出了这样两本沉甸甸的著作，让人不能不吃惊于他看得开事、沉得住气的平常心，这就是刘涛。“板凳需坐十年冷，学问不做半句空”这两句话，学界人士都喜欢说道，但未必有几个人做到，而刘涛确实是做到了，有时甚至稳坐得过了头，不免让我看得着急以至生气。记得他博士毕业后，很长一段时间既不见出版博士论文、也不见发表其中的章节，问他，他总是说还不大成型、尚在修改中，其实在我看来，他的博士论文《中国现代小说范畴论》乃是当年最好的小说理论史专题研究了，可是当时的他却不急不躁地修改个没完，直到我忍不住打电话向他催要稿子，他这才寄来一个章节，由我交给一个刊物发表了，全书则在2005年末始由河南大学出版社出版，迄今在这个领域仍是无人超越的学术成果。这两三年，刘涛发表的文字比较多起来了，大都是文献史料方面的成果。为师为友，我自然很为他高兴，但也多少有点担心他乐此不疲以至放松了对文学史和理论问题的研讨。殊不知，就在此期间，他却默默写出了《百年汉诗形式的理论探求——20世纪现代格律诗学研究》这样一本好书，而我刚读到书稿，它就即将出版了。看到书中一篇篇好文章都没有来得及发表——刘涛大概没有想到先去发表它们——而我想帮忙发表也来不及了，真是让我既惋惜又钦佩。这就是刘涛的为人和为学：沉静淡泊、从容自如、尽其在我、不求闻达。一个具备如此素质的青年学者，自然不会就此止步不前，而必然会有更为远大的学术前程。对此，我确信并期待着。

恰好在近日，河南大学即将迎来她的一百周年华诞。河大是我的母校，开封是我的第二故乡，在那里，我曾经从学三年、从教十年，所谓人生的以及学术的起步和泊靠，都与此息息相关，留下了多少美好的回忆和珍贵的情谊。祝福河大，祝福刘涛，踏踏实实，走好走远。

解志熙

2012 年 9 月母校河南大学

百年校庆前夕写于清华园聊寄堂

目　录

绪　论 …………………………………………………………………… (1)
第一节　现代格律诗学的百年发展历程 …………………………… (3)
第二节　现代格律诗学研究现状及选题价值 ……………………… (18)
第一章　现代格律诗学的滥觞………………………………………… (21)
第一节　"五四"时期的白话—自由诗学 ………………………… (21)
一、胡适的"自然音节"理论 ………………………………………… (22)
二、朱执信的"声随意转"说 ………………………………………… (26)
三、俞平伯的自由主义诗学观 ……………………………………… (27)
四、郭沫若的极端自由—自发主义诗学观 ………………………… (29)
第二节　现代格律诗学的滥觞 ……………………………………… (32)
一、《少年中国》诗人群的探索 ……………………………………… (34)
二、闻一多、梁实秋、王统照对白话—自由诗学的理论反省 …… (40)
三、陆志韦、俞平伯的"节奏"与"创律" ………………………… (47)
四、潘大道、唐钺对白话—自由诗学的响应与批评 ……………… (51)
第二章　现代格律诗学的生成
——新格律诗派及陈启修等人的诗学主张 ……… (57)
第一节　刘梦苇——"新诗形式运动的总先锋" ………………… (57)
第二节　新格律诗派的诗学主张 …………………………………… (60)
一、饶孟侃对现代格律诗音节可能性的探求 ……………………… (63)
二、闻一多《诗的格律》对建筑美的独特发现 ……………………… (68)
三、朱湘的形式诗学批评 …………………………………………… (74)
四、梁实秋的纪律形式观及与徐、闻等人的内在分歧 …………… (81)
五、于赓虞的生命—形式诗学观 …………………………………… (94)
第三节　陈启修的有律现代诗主张 ………………………………… (107)
第四节　《文艺杂志》同人的形式试验与探索 ……………………… (114)
余论　刘大白对汉诗外形律的归纳与总结 ………………………… (120)

第三章　现代格律诗学的发展
——以京派为主体的新形式诗学 …………………… (126)
第一节　朱光潜对于新诗格律的学理求证 ………………… (133)
一、为诗的格律寻找学理依据 ………………………… (134)
二、从西方美学与心理学寻找学理支持 ………………… (138)
三、克罗齐“形式实质同一”说与朱氏格律诗观的内在矛盾 …… (139)
四、格律的“自然律”与“规范律” …………………… (144)
五、朱光潜、梁实秋否定音乐性的同与异 ……………… (147)
六、朱光潜对于旧诗声、顿、韵的研究及与罗念生的分歧 ……… (150)
七、寻找声律运动的因果线索 ………………………… (160)
八、张世禄对《诗论》的肯定与商榷 …………………… (163)
第二节　梁宗岱的形式诗学 ……………………………… (166)
第三节　叶公超的“说话的节奏” ……………………… (175)
一、音义关系的探讨 …………………………………… (176)
二、说话节奏 …………………………………………… (179)
第四节　林庚对新诗韵律的诗化求证 …………………… (185)
一、自由诗现代性之发现 ……………………………… (186)
二、新诗形式原理的探讨 ……………………………… (189)
三、新诗建行的具体主张 ……………………………… (196)
余论　程千帆对望舒诗论的商榷 ………………………… (201)
第四章　抗战及新中国成立前新诗形式问题的艰难求索 … (206)
第一节　孙大雨的“音组”说 ………………………… (213)
一、捍卫“音组”的发明权 ……………………………… (214)
二、音组说的具体内涵 ………………………………… (220)
第二节　徐迟对艾青《诗论》的商榷 …………………… (231)
一、诗的元素与宪章 …………………………………… (232)
二、对艾青《诗论》的商榷 …………………………… (232)
三、诗人是高度发展的技术专家 ……………………… (235)
四、拥护孙大雨“音组说” ……………………………… (236)
第三节　李广田的形式诗学 …………………………… (237)
一、为艺术形式申辩 …………………………………… (237)
二、对新诗散文化历史成因的剖析与批判 ……………… (239)

三、回避使用“格律”一词的背后 …………………………………… (241)
四、主张自创格律 ………………………………………………………… (244)
第五章　十七年新诗形式诗学……………………………………… (250)
第一节　何其芳建立中国现代格律诗的主张 ……………………… (259)
一、首次提出“现代格律诗”的命名 ………………………………… (260)
二、重建现代格律诗的具体主张及与孙大雨之异同 ……………… (263)
三、卷入新民歌论争之中 …………………………………………… (270)
第二节　卞之琳的说话型节奏与参差均衡律 ……………………… (274)
一、哼唱型节奏(吟调)和说话型节奏(诵调) …………………… (275)
二、对“参差均衡律”的强调 ………………………………………… (278)
三、卞之琳与何其芳新诗格律观之异同 …………………………… (280)
第三节　林庚的建行理论 …………………………………………… (285)
一、诗的本质是语言 ………………………………………………… (286)
二、诗行比韵更重要 ………………………………………………… (287)
三、民族形式的两条规律——“半逗律”与“典型诗行” ………… (289)
四、林庚的典型诗行——“九言诗” ………………………………… (292)
五、林庚与何其芳、卞之琳格律观之异同 ………………………… (295)
第四节　王力的现代诗律学 ………………………………………… (307)
一、揭示现代诗人形式试验的西方渊源 …………………………… (307)
二、格律不是个人创造而是艺术的积累 …………………………… (311)
三、现代格律诗建设的两原则:民族特点、时代特点与
高度音乐美 …………………………………………………………… (313)
四、何其芳、卞之琳、林庚之外的另一种声音 ……………………… (315)
第五节　《文学评论》组织的新诗格律大讨论 ……………………… (317)
一、讨论的共同出发点:新诗要有格律 …………………………… (317)
二、怎样看待新诗传统 ……………………………………………… (319)
三、建立新诗格律的基础问题 ……………………………………… (320)
四、怎样看待词曲 …………………………………………………… (322)
五、建立什么样的“现代格律诗” …………………………………… (323)
六、对节奏成因的不同看法 ………………………………………… (326)
七、押韵 ……………………………………………………………… (335)
八、读法问题 ………………………………………………………… (336)

第六章　新时期的新诗格律探索 …………………………… (339)
第一节　胡乔木的“简易”格律理论 …………………………… (344)
一、诗要具有“规律”和语言自身的音乐性 ………………… (345)
二、中国诗的两个传统 ………………………………………… (346)
三、简明格律及与卞之琳的分歧 ……………………………… (349)
第二节　许霆、鲁德俊的两种节奏体系观 ………………… (352)
一、“音顿节奏”与“意顿节奏” ………………………………… (352)
二、对“音顿节奏”的总结 ……………………………………… (353)
三、对意顿节奏的概括 ………………………………………… (355)
第三节　许可等人的九言诗主张 …………………………… (359)
第四节　丁芒对新格律的提倡和“自度曲”理论 ………… (361)
余论　柳村的“格律结构”理论 ……………………………… (365)
第七章　以“雅园诗派”为主体的新诗格律探索 ………… (367)
第一节　骆寒超对新诗格律形式的进一步规范 ………… (378)
一、新诗的节奏表现 …………………………………………… (378)
二、新格律诗体的规范特征 …………………………………… (383)
三、探讨句法与格律体新诗的节奏关系 …………………… (386)
四、对“兼容体新诗”的呼唤 …………………………………… (389)
五、骆寒超形式诗学的特色与成就 ………………………… (391)
第二节　丁鲁对节奏模式的寻找 …………………………… (394)
一、对诵读学与诗律学的区分 ……………………………… (395)
二、“二字三字节奏”模式 ……………………………………… (396)
三、拍前音节和节奏标示法 ………………………………… (397)
第三节　程文、程雪峰的“完全限步”说 …………………… (398)
结　语 ……………………………………………………………… (402)
参考文献 …………………………………………………………… (410)
索　引 ……………………………………………………………… (419)
后　记 ……………………………………………………………… (429)

绪　论

本课题研究对象为20世纪中国现代格律诗学。所谓现代格律诗学，是相对中国传统古典格律诗学而言。与传统古典格律诗学拥有一套严密而固定不变的法则、体系不同，现代格律诗学是在以胡适为代表的白话—自由诗学占主导地位的情况下产生的。随着白话—自由诗学的大行其道，诗与散文、诗与非诗间的分界越来越难以分清，怀着对诗歌散文化、非诗化的焦虑，对诗歌新的形式秩序的寻求悄然萌生。这种对新的形式秩序的寻求，一方面体现在创作实践上，那就是现代格律诗①的出现；另一方面则体现在理论探究上，一大批诗论家围绕现代汉诗的形式重建问题发表了大量理论文章，进行了辛勤的理论探索，产生了一些重要的诗学观念，现代格律诗学随之而生。由于现代格律诗学是伴随对现代汉诗新形式探求而诞生的，与古典格律诗学相比，现代格律诗学是一种不成型的、贯穿百年且正在生长的诗学形态。然而正是由于其不成型，正处于生长、发育、变异之中，现代格律诗学是现代形式诗学体系中最具活力、最具理论自觉和形式意识的诗学形态。研究这种诗学形态，弄清其发展变化的历史轨迹，寻绎其理论的内在理路，对深化现代诗学研究，具有重要理论意义。

本书研究对象“现代格律诗学”并非仅仅是一种新诗理论，所指与解志熙先生所提出的“新形式诗学”②大致相同。新格律诗派出现之后，学者提

---

① 何其芳之前，人们一般把闻一多等人提倡的诗体称为“新格律诗”，以与传统的格律诗相区别。何其芳在《关于现代格律诗》一文中提出要创建“现代格律诗”的主张，并对“现代格律诗”的特性作了明确限定。之后，“现代格律诗”的名字迅速流行开来。“现代格律诗”之所以能得到大家认同，与其中的“现代”一词有密切关系。何其芳当时提出该名称，着眼的就是“现代格律诗”的“现代性”，即它是与现代口语相一致，更能表现现代生活的一种诗体，因此，这个名称比“新格律诗”的名称要更为恰切一些，内涵也更丰富。本书为统一起见，一般情况下皆使用“现代格律诗”一词，其所指与“新格律诗”、“格律体新诗”、“白话格律诗”完全相同。

② 解志熙：《“和而不同”：新形式诗学探源》，《文学评论》2001年第4期。

出了一些概念来对此运动进行命名，朱自清称之为“新律运动”[1]，朱湘称之为“新诗形式运动”[2]，刘大白称之为“新律声运动”[3]。三个概念虽用语不同，但所指则一致——都是对新格律诗派的理论与实践的概括。解志熙先生认为“新律运动”和“新律声运动”的说法很容易导致狭隘的理解，不足以反映新格律诗派对“格律”的广义解释，即用“格律”指称诗的所有形式要素，因此，三个概念中，他取“新诗形式运动”的说法。“新形式诗学”是伴随“新诗形式运动”而产生、发展起来的：“事实上‘新诗形式运动’是一个既有创作实践也有理论探索的诗歌运动。既然这一诗歌运动以新诗的形式建设为中心课题，那么称它的理论主张为‘新形式诗学’也就是顺理成章的事。但应该指出的是，在新诗形式运动结束之后，关于新诗形式问题的理论探讨仍在继续，并扩展到探讨整个汉诗形式问题，取得了更为丰富的成果——诸如王光祈、朱光潜、叶公超、周煦良、林庚、孙大雨、吴世昌、徐訏、程千帆、王力、李广田、高名凯、张世禄、常风等人都在汉诗的形式问题上各有理论建树，这些建树也理应包括在‘新形式诗学’之内。”[4]因此，“新形式诗学”就并非仅仅是一种“新诗”学，而是一种在新诗运动刺激下发展起来但最终却超越了“新诗”的范围而致力于用新的眼光探讨整个汉诗艺术形式问题的“现代”诗学。解志熙先生认为“新形式诗学”经过了一个不断发展深化、逐步增强其独立性的演变过程：1926年之前，它只是一种与白话—自由诗学和而不同的“独特”新诗观念；1926—1932年则发展成为一种自成系统、足以与白话—自由诗学相抗衡的“新诗”理论；1933年之后的10多年间，它虽然与新诗不无联系，但已不完全是一种“新诗”理论，而逐渐发展成为一种更具理论的独立性因而其理论概括也更具普遍性的“新”诗学。本书认为“新诗形式运动”及由此而生的“新形式诗学”，是中国传统汉诗形式被破坏之后一种普遍蔓延并逐步加强的“形式焦虑”的产物，新诗形式重建问题没有解决，则此“新形式诗学”将一直延续，因而，围绕新诗形式重建与再造的实践与理论探索的一切努力，皆可纳入“新诗形式运动”与“新形式诗学”的范围内予以考察。由于“新诗形式运动”实践与理论探讨的目标，是为了创建“现代格律诗”，因此，笔者把“新诗形式运动”中的理论探讨部分称为“现代格律诗学”，其所指与“新形式诗学”相同。解志熙先生认为

---

① 朱自清：《唱新诗等等》，《朱自清全集》第4卷，江苏教育出版社1996年版，第222页。

② 朱湘：《刘梦苇与新诗形式运动》，《文学周报》第335期（1928年9月16日）。

③ 刘大白：《新律声运动和五七言》，《旧诗新话》，开明书店1931年版，第235—242页。

④ 解志熙：《“和而不同”：新形式诗学探源》，《文学评论》2001年第4期。

“新形式诗学”的探讨从1926年新格律诗派诞生一直延续到“1933年之后的10多年间”，笔者则把它纳入到从新诗诞生至今(2010)近百年的宽广历史视野中来予以考察。

第一节 现代格律诗学的百年发展历程

从胡适1917年发起白话—自由诗学革命至今，新诗已有近百年历史，而与白话—自由诗学先后而生的现代格律诗学，也经历了近百年的探索历程。回顾百年历史，从现代格律诗学萌芽、产生到现在，现代格律诗学的发展大致可分为七个时期和阶段。从1917年刘半农发表《我之文学改良观》并提出“增多诗体”的主张，到1925年刘梦苇发表《中国诗底昨今明》，属现代格律诗学的滥觞期；从1926年4月新格律诗派在《晨报副刊·诗镌》发起新形式运动，到1932年7月徐志摩主编的《诗刊》、1932年9月柳无忌等主编的《文艺杂志》相继停刊，属现代格律诗学的生成期；从1935年底梁宗岱等人在天津《大公报·文艺》编辑“诗特刊”，到抗战开始，属以京派为主体的现代格律诗学的发展期；从抗战爆发到1949年新中国成立，属新诗形式问题的艰难求索期；1949年新中国成立至“文革”开始，属十七年现代格律诗学的大发展时期；从1977年臧克家发表《新诗形式管见》，到90年代初，属于现代格律诗学探索的复苏与初步总结期；1994年雅园诗派诞生至2010年丁鲁《中国新诗格律问题》出版，属于现代格律诗学的总结期。当然，这种划分，在某种程度上，只是为了论述的方便而已，其中，最后两个时期可以合并为一个时期。

一

本课题对于百年现代格律诗学流变问题的探讨，从对“五四”新文学革命所开创的白话—自由诗学的研究开始。为什么？从逻辑上讲，白话—自由诗学在诞生的同时，便伴随着其对立面——现代格律诗学产生的可能性。白话—自由诗学在反叛传统的古典格律—形式诗学时，其激烈的态度，其二元对立的思维模式，势必要带来新的对它的否定与反叛，也就是说，现代格律—形式诗学的因子恰恰隐伏于白话—自由诗学的命题之内。没有传统的古典格律—形式诗学，产生不了“五四”的白话—自由诗学；同理，没有“五四”的白话—自由诗学，也产生不了现代格律诗学。这是一个历史的否定之否定过程，从古典格律—形式诗学到现代格律诗学，正好构成了正反合的依次递进发展。

胡适，作为“五四”文学革命和诗体革命的发起人，奉行的是返璞归真的自然—还原主义。综观其创作实践和诗学主张，“自然主义”可看做是他诗学理论的出发点和基础。他认为诗歌应该从语言到形式解除一系列外在束缚，语言上废弃文言，改用白话，形式上抛弃传统古典诗歌的一切外在规定，不讲究平仄和押韵。自由主义与自然主义的尺度是贯穿其诗歌理论的一条重要线索。在“自然”概念的基础上，胡适提出了“自然音节”说。

胡适自然主义诗学观对俞平伯早期的诗学观念有影响，胡适强调的是“语言的自然”，俞平伯强调的则是诗人创作动机的“自由”，注重顺着诗人灵感与兴会的自然来去而创作，反对诗人创作时对“诗律”的关注和经营。胡适的自然主义，注重的是语言形式的自然，其目标指向打破传统语言及一切形式戒律的外在束缚；俞平伯的自由主义，注重顺应创作主体情感表现的冲动，其目标指向创作主体的创造自由，他的这种诗学观上承胡适，下启郭沫若。郭沫若在诗歌创作上主张极端的自由—自发主义，认为诗人应顺着情感的自然流露去创作。自然流露说极大抬高了诗人主体的位置，而艺术表现或艺术表达方式则居于附属的客体位置，在“五四”时期影响很大。这种浪漫主义的诗学观恰恰迎合了追求自由解放的时代思潮，同时也迎合了胡适反传统格律形式的主张，为白话—自由诗学提供了理论基础。在服膺“自然”这一点上，郭沫若与胡适二人是一致的。只不过胡适关注的是语言工具的自然，郭沫若关注的则是诗情感发的自然。胡适关注工具（语言、诗体形式）的自由与解放，代表白话—自由诗学发展的第一阶段，郭氏更加关注诗歌创作主体诗人的自由与解放，代表白话—自由诗学发展的第二阶段。从胡适的自然主义诗学观到俞平伯、郭沫若的自然流露诗学观，是白话—自由诗学合乎逻辑的必然发展。

现代格律诗学的萌芽，几乎与胡适发起的新诗革命同时。在胡适、陈独秀发起文学革命后，刘半农很快发表了《我之文学改良观》，与胡适推倒传统诗体，抛弃旧有诗歌体式，完全写自由诗的主张不同，刘半农提出“增多诗体”和“重造新韵”的诗学主张，两者之中以“增多诗体”的主张更具启发意义。他所谓的“诗体”并非自由体，而是包含自由体与格律体在内的多种诗体。在追求自由、破除文体束缚这一点上，刘半农与胡适等其他白话诗论者并无不同，不过，很明显，在怎样创建新体诗方面，他并没有认同胡适的观点。现代格律诗学“增多诗体”的主张，其源头，应该是刘半农。

刘半农既是诗人，又是著名的语言学家、音韵学家，他从语言角度对国语四声的认识、研究与关注，同时也含有为新诗形式建设提供参考的企图。刘半农之外，赵元任也较早对新诗用韵、诗与歌的区别等问题作了探索。刘半农、赵元任是中国最早一批系统批接受西方语言学理论训练的语言学家、音韵学家，赵元任还是音乐学家，他们从语言学、音韵学角度，或音乐学角度，对新诗形式问题的研究与关注，在他们那一代及其之后的语言学家中，颇富代表性。在他之外，王力、张世禄、姜亮夫等人，皆是作为语言学家、音韵学家，从语言角度开始其对新诗形式问题的关注和研究。这说明本质上是一语言问题的新诗形式诗学，也许只有在语言学、音韵学与诗学研究的通力合作中，才能得到最终解决。

刘半农只是提出增多诗体，并没有明确提出建立什么样的诗体，更不用说格律诗体的建设问题。在他之后出现的《少年中国》诗人群，从诗歌原理角度，对诗歌与格律之关系，作了非常积极的探索。较之胡适“自然音节”说、郭沫若的“内在律”说、朱执信的“情随意转”说，宗白华、田汉、周无的诗学观念已有所不同。但是，若进一步探究就可发现，他们在形式诗学方面与上述诸人并无根本不同。现在学界的一些研究者认为《少年中国》诗人群的诗学观念已经有了现代格律诗学的一些因子，这样的论断失之笼统和含混。宗白华、田汉、周无以及在《少年中国》上发表《新诗底我见》的康白情，其总体倾向还是反格律、否形式的。真正代表现代格律诗学萌芽的是李思纯《诗体革新之形式及我的意见》。

在理论立场上，《诗体革新之形式及我的意见》与田汉、周无、康白情已经很不相同。在形式（艺术）与内容的关系问题上，田汉、周无、康白情等人持的是内容至上观，认为内容（诗人之情）第一，形式是次要的。在形式上，他们皆认为新诗的形式就是“无形式”，即对传统诗体格律形式的解构与颠覆，采用的是“自然的音节”。李思纯的立论建立在宗白华对诗的定义的基础上，说明他的理论前提与宗白华是一致的，对诗持的同样是形、质二分的观点。但是，从这样的理论前提出发，他得出的结论却与宗白华不同。在李思纯看来，“形”不单是文字，而是“形式”或“外象”，即诗歌的艺术表达方式；而“质”是“内容”，是抽象的“主义与思想”或者说“精神”。与宗白华把两者置于同等地位不同，李思纯认为“形式”关乎诗歌艺术成败，而内容则通过形式得以最终呈现。形式是艺术，内容是非艺术；形式是具象，内容是抽象。没有形式，内容根本无法得到呈现。这样一来，“形式”就被置于超越内容的极高位置上，变成形式制约内容而不是内容决定形式。这是一个根本性质的改变。

李思纯对新诗形式艺术的批评与重视，预示了对初期白话—自由诗学反形式观念理论反省浪潮的到来。这股理论反省浪潮的突出标志就是1922年《〈冬夜〉〈草儿〉评论》一书的出版。俞平伯的《冬夜》和康白情的《草儿》集中了初期白话—自由诗的一切优点与缺陷，闻一多、梁实秋的《〈冬夜〉〈草儿〉评论》出版，带有对初期白话—自由诗进行总结与反省的意味，可看做是对白话—自由诗理论的一次清算。其中，理论清算意识最强的当属闻一多的《〈冬夜〉评论》。在闻一多、梁实秋的《〈冬夜〉〈草儿〉评论》之后，成仿吾《诗之防御战》一文发表于1923年5月13日《创造周报》第1号上。与李思纯、闻一多、梁实秋的观点一致，成仿吾对初期白话诗的非诗化倾向提出了毫不客气的尖锐批判。就新诗格律形式建设来说，成仿吾《诗之防御战》一文的意义在于它把音乐性看做是诗歌艺术的本体特性，这对加深新诗体性的认识、呼吁人们关注诗歌的艺术形式建设，是很有意义的。在对白话—自由诗学的反思浪潮中，王统照也发表了一系列诗学文章，对于白话—自由诗学轻视艺术形式和艺术表达的弊病进行批评和反省。

闻一多、梁实秋、成仿吾、王统照文章的出现，标志着对初期白话—自由诗学的理论反省。在这一拨理论反省的浪潮中，闻一多与梁实秋、成仿吾、王统照等人并没有明确提出现代格律诗学的建设主张，不过，他们的一些结论，已经非常清晰地包含了现代格律诗学的萌芽。

陆志韦的新诗集《渡河》出版于1923年，他以这部诗集的形式试验，作为为新诗创制新律的工作开端。其新形式诗学集中体现在该书序言《我的诗的躯壳》一文中，针对胡适等人的“自然音节”说，针对以胡适为代表的白话—自由诗学，他提出了“有节奏的天籁”说。在陆志韦以前，宗白华等人虽然强调诗应有“音乐的美”，但他并不反对白话—自由诗学的“自然音节”理论，相反，他的理论其实是建立在“自然音节”理论的基础之上。陆志韦却把批评矛头明确指向白话—自由诗学的理论基础“自然音节”。在否定自然音节说的同时，陆志韦提出了现代格律诗学的“节奏”概念，认为只有有了“节奏”，才有诗，节奏是诗的基础。节奏是现代格律诗学探讨的核心问题，陆志韦《我的诗的躯壳》一文明确把“节奏”作为新体诗的基础，预示了现代格律诗学的即将诞生。

“五四”之后新诗发展到一定阶段，出现一很有趣现象，就是白话诗学的中坚分子也开始对白话—自由诗学的弊端与缺失进行反省，由自由走向节制，对新诗形式格律化的倾向表示认同与支持，并提出切实可行的建设性意见，其中一突出例证即为俞平伯。俞平伯早期鼓吹白话—自由诗学甚力，发表了一系列诗学文章，就是这样一员白话—自由诗学的猛将，到1924年，在其发表的《诗的新律》一文中，对于白话新诗的见解与态度，却发生了极大逆转，对当时诗坛出现的“有意于制造新格律”的倾向，表示某种程度的积极认同，且提出了一些建议。这些建议和看法，可看做是现代格律诗学的先声，在现代格律诗学史上应占有一席之地。

与俞平伯相似，由支持白话—自由诗学到对其提出反思和修正的，还有潘大道与唐钺等人。他们两人皆对白话—自由诗学的核心主张有不同程度的赞同与响应，但又提出不同的看法，对白话—自由诗学的矫枉过正提出批评，并通过对古典诗学的研究，为诗的格律的合法性与合理性进行学理上的辩护与论证。

二

在新格律诗派诞生之前，除陆志韦、闻一多、梁实秋外，还有一个人物对于现代格律诗学的诞生，产生过较为重要的影响，他就是被朱湘称为“新诗形式运动的总先锋”的刘梦苇。他以自己的创作实绩与理论探索，为新诗形式运动作了不小贡献，成为绕不过去的历史存在。

1926年4月1日《晨报副刊·诗镌》创办，标志新格律诗派诞生。徐志摩《诗刊弁言》被置于这一期刊首，可看做是新格律诗派的诗学宣言。在这篇文章中，徐志摩宣称：“要把创格的新诗当一件认真事情做。”[①]《晨报副刊·诗镌》从1926年4月1日创刊，到1926年6月15日第11号终刊，只出了11期。不过这短短的11期，却对新诗发展产生很大影响。闻一多倡导的现代格律诗学就是在这上面诞生的。在这11期里面，除诗歌外，发表诗学文章的作者，依发表时间顺序，计有：朱湘、邓以蛰、饶孟侃、闻一多、徐志摩、天心等。就其影响来说，当属闻一多最大，但是，饶孟侃所发表的诗学文章不但在数量上要多于闻一多，且文章质量与闻文相比，也毫不逊色，其《新诗的音节》、《再论新诗的音节》两文在发表时间上也早于闻文。对于现代格律诗学的一些核心理论范畴的建设，饶孟侃是具有开创之功的。因此，他对现代格律诗学的贡献，完全可与闻一多相提并论。

《诗镌》时期，闻一多主要投入精力于诗歌创作，发表诗论不多。在《诗镌》上他一共发表三篇文章，其中真正可称得上是诗学理论探讨文章的，只有《诗的格律》一篇。他在《诗的格律》中下大力气作为主要课题研究的就

---

① 徐志摩：《诗刊弁言》，《晨报副刊·诗镌》第1号，1926年4月1日。

是饶孟侃所忽略的视觉方面，提出了“建筑美”概念。一般的文学史或诗学史只是笼统地论及闻一多现代格律诗学的核心观念是“三美主张”，这点当然没错。但是，真正可作为闻一多自己独特发现的，是他《诗的格律》一文所重点讨论的“建筑美”，对于“绘画的美(辞藻)”竟无一语论及，对于“音乐美”，讨论得也非常之少。由于闻一多是从视觉美层面切入音乐美，不但要求“齐顿”(音乐美)且要求“齐言”(建筑美)，因此，他的理论成为“齐言齐顿”说的源头，同时，也带来了不少的理论问题。

与饶孟侃、闻一多相比，朱湘对现代格律诗学的建构，主要以诗歌批评的形式进行。由于是以诗歌批评的方式从事于现代格律诗学的建构，朱湘的现代格律诗学在架构上显得有点琐碎、不成系统，但他所提出与讨论的问题非常具体，具有较强的现实针对性。

《诗镌》上梁实秋虽无诗与诗论文章发表，但此前他所发表的系列谈诗文章，皆涉及格律问题。与新格律诗派的其他诗论家不同，梁实秋主要是从新古典主义的观念出发，达到对诗的格律的间接认同。他的形式观与新格律诗派的形式观完全一致，但在如何建立新诗格调问题上，他与徐、闻等人存在较大分歧。

于赓虞是新格律诗派的重要人物，但即使到今天，他的重要性依然没有被一般诗学研究者所认识。对于新格律诗派的诗学主张，于赓虞既有认同，又有异议。他所认同的是新格律诗派对于形式的讲求与试验，而他所非议的同样也是新格律诗派对于形式的过分讲求，即“只锐意求外形之工整与新奇，而忽略了最重要的内容之充实”。在对新诗形式与内容及其二者关系的看法上，闻一多与于赓虞的关注点与着眼点不同，这种不同，来自诗学观念的差异。于赓虞认为“诗乃生之律动与形式之美的总和”，这种兼顾生命的充实与形式的完美的诗学观可命之为“生命—形式诗学观”。

在新格律诗派之外，本时期陈启修提出“有律现代诗”主张，柳无忌、罗念生等人在《文艺杂志》上发起新诗形式运动，皆产生过一定影响。

以上诸人外，本期值得关注的人物还有刘大白。刘大白是白话—自由诗运动中的一位重要人物，与同时代其他学者一样，既接受西学影响而又有颇深的旧学根底，创作新诗之余，还致力于对传统诗学的研究，发表《中国旧诗篇中的声调问题》、《论中国诗篇中的次第律——外形律之一》等文章，试图以西方诗学理论为指导，对中国传统汉诗的声律问题进行系统归纳与总结。

三

在新格律诗派及陈启修、《文艺杂志》同人的形式探索和试验之后，新诗格律运动步入进一步发展期。新格律诗派及与它同时、先后进行的形式试验探索活动的短暂中止，并不代表新诗形式探索的停滞，新诗由散文化向纯诗化（包括形式的重建）的趋向，作为一股潜流，一直在向前发展着。诗坛在沉寂中慢慢分化，同时又悄悄集结，不同因素为共同趋向吸引至一起，形成新的群体与流派。在这些新的群体与流派中，所谓的京派文人团体，继承此前的新月文人，在新诗形式探索与试验中，扮演了核心角色。

京派的新诗形式运动，主要围绕几个刊物进行，一为沈从文、萧乾主编的天津《大公报》"文艺"副刊"诗特刊"，一为《新诗》月刊，一为朱光潜主编的《文学杂志》。其中，梁宗岱在 1935 年 11 月 8 日天津《大公报·文艺》"诗特刊"创刊号上发表《新诗底十字路口》，提出"发见新音节，创造新格律"口号。该口号既可看做是"诗特刊"的发刊宣言，也可看做是京派文人团体发起新诗形式运动的总宣言。

20 世纪 30 年代以京派文人为主体的新诗形式运动，虽为新月诗人形式运动之延续，但在诗学取向上与徐、闻等人已大为不同。徐、闻等人的新诗形式试验借鉴西方者多，取法传统者少，虽有饶孟侃、朱湘、梁实秋等人提出要依据中文单音文字特点，向传统诗歌学习，但当时主流倾向则是抑中扬西，学习西方、模仿欧美是主流。然而，在三十年代中期京派文人的形式试验中，学习、借鉴西方诗歌的同时，向传统学习的声调越来越高扬，新诗与传统的关系逐渐成为京派形式诗学的核心话题。

在京派的新诗形式运动中，与格律一起被置于同等重要地位进行探讨的是语言问题。白话—自由诗运动的诗学关注点集中于表达工具即白话上，新格律诗派认为应把关注点由"白话"移至"诗"上面。这样，他们对于语言的探讨与之前就有了不同，他们关心的是：什么是"诗"的语言？如何锻造"诗"的语言？在这方面徐志摩、闻一多、朱湘、饶孟侃等人都有探讨，而京派则在他们的基础之上，有进一步发展。梁宗岱认为一方面要使语言工具浅易化、现代化，以恢复它的新鲜与活力，一方面为了使其完全胜任文学表现的工具，我们的语言也要经过一番探检、洗练、补充和改善。[①] 对于

① 参见梁宗岱：《文坛往那里去——"用什么话"问题》，见《梁宗岱文集》第 2 卷，中央编译出版社 2003 年版，第 54 页。

音义关系的理解，对于文言与白话关系的认识，比之新格律诗派，京派更深入了一步。

京派的新诗形式运动，在理论深度上大大超越新格律诗派，这一点集中体现在朱光潜、郭绍虞等人的诗学研究上。新格律诗派也有理论，但他们的理论大多只是停留于“主张”层面。京派的理论则在主张外，还落实在学理的科学求证的层面上。林庚的新诗格律研究既扎根于其创作实践，又与他对于传统诗歌的研究分不开。他的一系列古典诗歌研究，并非纯粹出于学术研究的兴趣本身，某种程度上是为他的新诗形式探讨服务的。朱光潜的《诗论》以及他的系列诗学理论文章，其贯穿性的主题，也是对于诗的格律与音律的历史考证与理论研讨，在理论深度上远远超出了此前的格律诗学，可视为此期现代格律诗学理论的集大成者。

四

以京派为主体的新诗形式运动，随着抗战爆发戛然而止。抗战深刻改变了新诗的外在生态：抗战成为时代主题，宣传抗战成为抗战文学的第一要务，艺术形式的讲求退居次要地位。更为重要的是，抗战的爆发，改变了诗人对于形式的内在认知，在抗战那样一种大环境中，形式的散文化、自由化，被视为表达热烈情感的自然需要，并逐渐演变上升为“时代美学”，自由诗进一步获得了它的合法性。不过，历史发展往往呈现矛盾辩证的轨迹。抗战中新诗自由化、散文化的一个资源是民间形式，因此，抗战新诗的发展又呈现民间化的趋势，民间化注重明白和流畅，散文化是必然的，而朗诵诗的提倡更是诗的散文化的一个显著节目。但也正如朱自清所说，民间形式暗示格律的需要，朗诵诗的目的虽然在于散文化，但为了便于朗诵，也多少需要格律。与新诗自由化、散文化发展的同时又促进格律化的辩证趋向一致的是，自由化、散文化也激起了新诗格律化的反向运动。新诗自由化、散文化的宏大浪潮，并不可能完全淹没新诗格律的形式试验及理论上的呼吁、研讨。以京派为主体的新诗形式运动，虽然由于抗战爆发而陷入停滞期，但部分成员分散的实践与探讨，并没有完全停止。沉寂孕育着收获，标志是卞之琳、冯至两部诗集的出版。1942 年 5 月，卞之琳《十年诗草》与冯至《十四行集》同时由桂林明日社出版。朱自清在《诗的形式》一文中，提到“有志试验外国种种诗体的”六个人，时间上依次为陆志韦、徐志摩、闻一多、梁宗岱、卞之琳、冯至。前四位代表新诗形式运动在二三十年代的发展，而卞之琳、冯至的诗歌则代表新诗形式运动在抗战时期的发展，而且艺术上比诸前人要更为成熟。卞之琳与冯至借鉴西方诗体的成功，使人们相信无韵体和十四行体值得继续发展，别的外国诗体也可融化到中国诗里。两部诗集出版后，朱自清、李广田、方敬等人也写了批评文章，其中李广田更是依据其独特的形式诗学对卞之琳的形式试验作了非常细致的分析。这种创作与批评间的良性互动，为抗战时期艰难发展的新诗形式运动，提供了难能可贵的发展空间和良好氛围。

与国统区相呼应的是延安根据地和解放区对于民间格律诗形式的学习与探索。在延安文艺座谈会以后，解放区的诗人，在借鉴民歌等民间形式的基础上，创作了一批具有民歌风味的作品，如李季的《王贵与李香香》、阮章竞的《漳河水》、张志民的《死不着》等；张光年的《黄河》采用的是自由化的格律体。解放战争中，国统区袁水拍的《马凡陀山歌》，同样从民歌中吸取营养。

创作外，诗歌翻译也取得一定成绩。上承新格律诗派、《文艺杂志》同人"以诗歌翻译来重造诗体"的主张，抗战时期这种尝试继续进行，且有较大收获，其中最重要的当属孙大雨以诗体翻译的莎士比亚戏剧。他的著名的音组理论，与他抗战时期的莎士比亚诗剧翻译活动是密不可分的。其他以诗歌翻译来进行诗体重建的还有梁宗岱、徐迟、朱维之等人。在译诗的实践之外，抗战时期朱自清还写有《译诗》一文，从理论上充分肯定了译诗对于新诗形式重建的重要性。抗战时期的译诗实践与朱自清对于通过译诗重建诗体的重视，显示了新诗形式运动还在以另一种方式积聚力量、默默发展。

与诗歌创作与诗体翻译形成有力呼应的，是抗战时期新诗形式诗学的发展。由于抗战时期新诗散文化倾向的进一步发展，这一时期的新诗形式诗学具有更强的现实针对性与论辩色彩。艾青的《诗论》1941 年出版，徐迟 1942 年就在香港撰写了《论诗的元素与宪章》，对艾青"散文美"主张，作了逐条辩驳。艾青《诗论》出版后，朱光潜的同名专著《诗论》由国民图书出版社于 1943 年出版。该书是一部诗学论著，对诗的格律的历史进行溯源，从历史与诗学原理层面论证格律的合法性与合理性。此书不属诗歌批评，因此，它不可能像徐迟文章那样，对艾青的诗学主张进行直接批评。但它对格律的合法性的辩护，与艾青对格律的批评与消解，二者之间明显形成了对峙，这一点则是非常清楚的。朱光潜《诗论》之外，王力也于 1945 年 8 月开始撰写《汉语诗律学》一书，1947 年完成。这本书的研究对象为传统诗歌（古体诗、近体诗、词、曲）及新诗（他称为"白话诗和欧化诗"）的诗律，对于新诗格律的建设具有重要参考作用。特别是该书第五章《白话诗和欧化诗》，对于白话新诗形式（诗行长短、音步、韵脚的构成与位置）和十四行体（正式与变式）的系统研究，在新诗历史上，应该说还是第一次。与朱光潜《诗论》出版相先后，李广田《诗的艺术》于 1943 年 12 月出版。该书对抗战时期诗的散文化倾向提出严厉批判，且把散文化倾向愈演愈烈的成因，归因于一些“诗论”的理论倡导，矛头明显指向艾青《诗论》。李广田从内容决定形式而形式又反作用于内容的观点出发，认为诗的艺术完成于形式，诗人必须在限制中才能得到自由，他对卞之琳、冯至的称扬，对《十年诗草》形式试验的细致解析，构成了抗战时期新诗形式诗学的重要内容。他的形式诗学中最有价值也最具特色之处，一是对于自创格律的强调，二是对于新诗格律的细读式批评。本时期，对于新诗形式运动作出重要贡献的还有朱自清。他的《新诗杂话》1947 年 12 月由作家书屋出版，收入的 15 篇诗论文章大部分写于抗战时期。其中写于 1943 年 4 月的《诗的形式》主张“‘匀称’和‘均齐’还是诗的主要的条件；这些正是外在的复沓的形式。”[①]所谓“匀称”和“均齐”的诗指的就是现代格律诗。朱自清虽然不是一个坚决的新诗格律论者，但他对新诗形式的持续关注，对于新诗形式与诵读关系的深入研究，同样是对新诗形式运动的有力支援。

与抗战前二十年代中期及三十年代中期的新诗形式运动相比，抗战时期及抗战到新中国成立前这段时期的新诗形式探索，没有形成同人间的呼应，主要以分散态势进行，以个人的默默实践与独自的理论探讨的方式展开着。

五

十七年文学以毛泽东《在延安文艺座谈会上的讲话》为指导，核心是解决文艺与大众的关系问题，重视文艺的宣传与教化功能，强调文艺的大众性与普及性，重视文艺形式的“大众化”与“民族化”。十七年诗歌形式问题的论争就是在这样的历史语境中展开的。

与其他文体相比，由于新诗的形式问题一直没有得到解决，所以，在整个十七年，什么是新诗的民族形式，如何确立诗歌的民族形式，成为十七年历次诗学论争的核心话题。对于此问题，讨论次数之多，讨论之热烈，规模

---

① 以《新诗杂话（诗的形式）》为题刊《世界学生》第 2 卷第 5 期“文艺专号”（1943 年 5 月 25 日），收入《新诗杂话》，见《朱自清全集》第 2 卷，江苏教育出版社 1996 年版，第 396 页。

之巨大，在整个20世纪文学史上，可谓空前。

50年代所展开的诗歌形式的大讨论，在现代格律诗学发展史上，具有无可替代的意义，值得加以认真梳理和研究。在20世纪前半期，现代格律诗学的发展，相对于白话—自由诗学，一直处于弱势地位，新诗的形式试验，所面对的外部生态不很理想。诗歌形式（格律）被白话—自由诗学否定后，新诗格律面临的一个严峻问题就是为其合法性与合理性进行辩护，与此相对照的是，自由诗体则不用为其合法性进行辩护，文学革命与诗体革命的成功，已经牢固确立了自由诗体的合法性。但是，情况在1949年之后发生戏剧性变化。毛泽东《讲话》在新中国成立后成为文艺界的纲领性文件，文学包括诗歌如何民族化群众化的问题，成为一个中心问题。于是，自由诗体与格律诗体各自的地位发生逆转，自由诗体因其不符合"民族形式"的要求，失去了诗体中的中心位置，逐渐趋向边缘；格律体则因其符合"民族形式"的要求，重新获得合法性，被认为是新诗发展的主要形式和方向，因此，格律体及格律诗学，就得到了比自由诗更大的发展空间。总之，十七年文学对于民族形式的诉求，以及新诗形式未能确立所带来的"形式焦虑"，两者互相叠加，再加上那是一个"理想主义的诗的时代"，诗歌处于文学的核心位置，这一切造成了新诗界对于形式（格律）诗学探讨的巨大冲动与热情，为现代格律诗学发展提供了非常难得的机遇。

民族形式诉求，给现代格律诗学创作与理论探索，提供了千载难遇的历史机遇；但同时，由于对民族形式理解过于狭隘，现代格律诗学的发展又遭遇到难以克服的困难。首先，由于民族形式的界定本身决定形式试验的方向，只能是回归传统，这就使十七年新诗形式试验与探索，在理论资源上主动放弃西方，只剩下回归中国传统一条道路。只有少数人如孙大雨提出新诗格律可以向西方古典诗歌的韵律学习，而其他一些眼界比较开阔的知识分子，如何其芳，也只能把自己的讨论前提限定在向古典诗歌和民间形式学习上，绝口不提"西方"。其次，由于"五四"以来的新诗被认为背离了民族形式，背离了民族化群众化的方向，因此，"五四"以来的新诗成为批判的对象，"五四"以来在新诗格律实践与理论上所积累的经验，也就难以得到有效总结和借鉴，十七年新诗格律建设可资借鉴的就只有古典诗歌传统与民间韵文传统。第三，在主张新诗应该民族化群众化的内部，由于对民族形式理解的不同，导致对于"格律"的理解，也很不相同。

在新民歌大讨论中，认为新民歌体没有限制且代表了现代格律诗发展方向的观点，占压倒性优势，这就使得许多人对于新诗格律的探讨，局限在一个有限的框架内,视野难以得到有效拓展。何其芳、卞之琳、林庚等人,在民歌体之外,对于新诗格律的探讨,被冠以“反对民歌、轻视民歌、抵制民歌”的帽子,这也极大妨碍了理论探讨的深入进行。新民歌讨论的另一缺失,是对于“民歌”一词的使用范围过于宽泛,几乎一切群众诗歌都可冠之以“民歌”的称呼。“民歌”应有它的特定概念,“民歌体”也应该有其特定的内涵与外延,这样,双方在讨论时,才可能有的放矢。

尽管新诗民族形式讨论存在上述缺失,但是,民族形式的急切诉求,毕竟给新诗形式建设提供了非常良好的外部空间,全国范围的新诗形式大讨论,还是激发了一大批对此有兴趣的诗人、学者投身进去,其中包括三四十年代已走上诗坛,且在诗体试验上作出较大成绩的卞之琳、何其芳、林庚、罗念生、周煦良,也包括在这方面多有积累、学养深厚的学者朱光潜、语言学家王力等。

六

新诗的格律探索,在 1959 年到达高潮之后,很快进入消歇期,陷入几乎完全停滞状态。随着“文革”结束,历史进入新的阶段,而新诗的格律探索,随之复苏,新诗的形式试验与探索,进入又一个历史时期。

1977 年 12 月 24 日《光明日报》,臧克家发表的《新诗形式管见》,应该是“文革”结束后第一篇提倡新诗格律的文章。从臧克家对于新诗形式的看法,可以看出,在“文革”结束后的一段时间内,对于新诗格律的肯定与探讨,延续的还是新中国成立后学习民歌等民族形式的一贯主张,而其中领袖人物如毛泽东、陈毅的新诗观,对于新诗形式建设,仍然发挥着莫大影响力。

在 1978 年关于民歌问题的讨论后,1979 年和 1980 年,出现了又一波关于新诗形式的讨论,气氛之热烈,似乎又回到五十年代,讨论热点仍然是诗歌格律的节奏问题。一次次热烈讨论,真实凸显了现代汉诗的“形式焦虑”,及由此而生的“形式再造”的急切要求。但也正如卞之琳所说,由于基本概念的理解存在严重偏差,交流缺少共同语言。有的对于问题的认识水平过于落后,也严重制约问题的深入开展。新诗形式的试验与理论探索,必须从空泛的讨论和浮躁的心态中沉静下来,从事踏踏实实的创作实践与一个个具体、细微问题的细心研究,新诗的形式重建才有希望。

这一阶段与十七年的最大不同,应该是话语体系的差异。主导五十年代新诗形式试验与理论探讨的是民族形式话语(或民族化、群众化话语),

而在1979年之后，在声浪不减的民族形式话语中，现代性话语开始逐渐发出自己的声音，其中一个体现就是对新诗传统和新格律诗派的重评。1979年1月14日，胡乔木在《诗刊》社召开的诗歌创作座谈会上，作了《新诗要在继承自己的传统中提高》的发言，完全肯定新诗取得的成绩。胡乔木讲话代表主流意识形态对于新诗传统包括现代格律诗评价态度的完全转变。随后，新格律诗派在现代文学史的贡献也得到重评。

到80年代，由于现代格律诗发展已经有一段历史，因此，与之前阶段相比，这段时期的工作更多是对以往现代格律诗发展的历史清理与理论总结，代表性工作是一系列"新格律诗选"及现代格律诗研究专著的出版。值得注意的是，在众多研究者中，出现了一些专门致力于现代格律诗研究的学者，如许霆、鲁德俊、周仲器、周渡、吕进、陈本益、孙逐明、丁鲁、夏志权等。其他一些诗学研究者，虽没有专门致力于新诗格律研究，但在这方面也做了许多工作，如骆寒超、王光明等。有的学者则致力于现代格律诗理论的史料工作，如钱仓水、周仲器辑录的《现代格律诗研究论文要目(1917—1982)》，发表于《活页文史丛刊》1984年第9辑，为学者研究现代格律诗理论，提供很大便利。与理论研究相比，这种辛苦的资料工作同样值得充分肯定。另外，过伟、段宝林编的《民间诗律》一书(由多位专家撰写，1987年由北京大学出版社出版)，不仅对汉族民间诗律，而且对少数民族的民间诗律形式，进行详细考察和具体说明，加深了对民间诗律形式的认识。这种脚踏实地的研究工作，比单纯争论民歌是否有价值、新诗应该怎样向民歌学习，更有实际意义。

七

进入20世纪90年代之后，诗歌界大致呈现新诗(自由诗、新格律诗)、旧体诗、歌词三分天下的局面。

由于自由诗越来越处于强势状态，新诗的形式由示范到失控，新诗声誉在一般民众眼中越来越不佳，再加上不少学者对于用现代汉语建立现代格律诗体可能性的否定与悲观，现代格律诗的发展确实处于一种不容乐观的境地。因此，90年代现代格律诗的发展，一方面带有与自由诗竞争的意味，一方面也带有试图通过形式重建，以拯救新诗危机，引领新诗走出迷途的企图。在90年代现代格律诗发展中，一个具有标志性的重要事件就是雅园诗派的产生。雅园诗派是新诗历史上第二个大的现代格律诗流派，它的出现，说明20世纪的新诗格律探索，进入又一个比较活跃的发展阶段。

中国现代格律诗学会及雅园诗派的产生，使本阶段的新诗格律探索，带有鲜明的社团活动的色彩，为处于弱势与分散状态中的现代格律诗探索，提供一个凝聚力量、对话交流、切磋诗艺的平台，有力推动了现代格律诗的发展。伴随现代格律诗发展的社团化、流派化趋势的，是与现代格律诗有关的专门刊物的出现，其中最重要的是《现代格律诗坛》。在这个刊物之外，还出现了其他与现代格律诗有关的刊物，如《东方诗风》、《格律体新诗》等。这些刊物为现代格律诗提供了发表、传播平台，对推动现代格律诗发展，起到了重要作用。

进入90年代之后，新诗发展的另一不同点是网络传播在现代格律诗发展中起到的作用越来越大。许多诗人、学者创办了发布现代格律诗创作与理论的专题网站，很多提倡现代格律诗的诗人、学者、诗歌业余爱好者也开有个人的博客，大量登载、转载自己及他人的现代格律诗作品、研究心得。

这一时期与现代格律诗有关的另一重要事件为“新诗二次革命”口号的提出。2004年9月，在西南大学中国新诗研究所举办的“首届华文诗学名家国际论坛”上，吕进、骆寒超等人提出新诗“二次革命”和“诗体重建”主张，这种主张明显是针对新诗日渐加剧的危机状态而提出的，因此，此论一出，引起了很大反响。

这一时期与20世纪80年代有一相似之处，就是现代格律诗探索在总体上偏向于形式实践，出现了一大批辛勤进行现代格律诗创作实践的诗人，理论方面则偏重于现代格律诗创作的整理、研究和理论总结，有关形式方面的争论较少，提出的新观点不多。这段时期出现的多部诗学研究专著，皆采用“百年回顾与总结”的视角，说明百年新诗发展确实到一个需要总结也值得总结的关节点，包括对于百年新诗格律探索的回顾与总结。

20世纪90年代以后，关注新诗格律并致力于这方面研究的学者、诗人明显增多，构成老中青三代。老一代如臧克家、卞之琳、公木、邹绛、屠岸等，他们的创作实践开始于三四十年代，理论探索大致开始于50年代，并一直延续到20世纪末。他们的创作实践特别是理论指导，对于这一时期现代格律诗理论的发展，起到关键的引领作用，如丁鲁、程文等人就是在卞之琳、臧克家等人的指导与鼓励下，走向现代格律诗研究之路的。公木作为雅园诗会的名誉会长，对于雅园诗派的发展，更是起到了很大作用。中青年一代，有的从20世纪80年代就已开始新诗格律的研究与提倡，而在90年代之后迎来研究的丰收期，如骆寒超、许霆、周仲器、周渡、万龙生、程文、程雪峰、丁鲁、沈用大等。

关于现代格律诗的命名，也是本时期关注的一个主要问题。在何其芳之前，人们一般把闻一多等人提倡的诗体称为“新格律诗”，以与传统的格律诗相区别。对现代格律诗第一个有意识命名的应该是何其芳，他在《关于现代格律诗》一文中提出要创建“现代格律诗”的主张，并对“现代格律诗”的特性作了明确限定。之后，“现代格律诗”的名字迅速流行开来，但还有不少学者使用“新格律诗”一词。吕进等人认为在当前传统诗词复兴的形势下，“现代格律诗”容易与当代诗词产生混淆，因为当今的诗词创作无疑也属于“现代格律诗”的范畴。同理，当代诗词在“新的作品”的意义上，也可以称为“新格律诗”。而“新诗”早就是“白话诗”的意思，加上“格律”二字，正好就是“格律体的白话诗”，不存在任何疑义、歧义，因此，他们主张采用“格律体新诗”这个概念。[①] 丁鲁也认为“现代格律诗”是一个叫人糊涂的口号，这个术语没有说到是使用文言还是白话，因此，表达的概念不明确。他建议使用“白话格律诗”这个名称，指“白话中的格律体”。[②] “格律体新诗”的命名，得到一部分学者的响应，但在一般的诗学论著和文章中，“现代格律诗”、“新格律诗”两词，依然被人们频繁使用着。“现代格律诗”之所以能得到大家认同，与其中的“现代”一词有密切关系。何其芳当时提出该名称，着眼的就是“现代格律诗”的“现代性”，即它是与现代口语相一致、更能表现现代生活的一种诗体，因此，这个名称比“新格律诗”的名称要更为恰切一些，内涵也更丰富。本书为了统一起见，一般情况下皆使用“现代格律诗”一词，其所指与“新格律诗”、“格律体新诗”、“白话格律诗”完全相同。

“五四”文学革命，总的倾向强调的是“分”，通过与传统文学的剥离来建立自身的现代性，确立自身的合法性，白话诗学革命以“分”确立了文言与白话、新诗与旧诗、自由诗与格律诗相互对立的二元对立模式。20 世纪 90 年代以后，现代格律诗理论探索的总倾向，则是对于“合”的呼吁与要求，对“二元对立”模式的警惕与抛弃，这不但体现在如何看待与处理新诗与旧诗、中国诗与外国诗的关系上，而且还体现在对于格律体与自由体关系的看法上，体现在对于格律体内部各种体式关系的把握上。这种倾向，随着时间推移，显得越加明显。现代格律诗在谋求自身发展时，并不排斥自由诗的发展，而且还充分认识到自由诗的优长，认为自由诗也有其“节奏韵

---

① 吕进主编:《中国现代诗体论》，重庆出版社 2007 年版，第 312 页。

② 丁鲁:《中国新诗格律问题》，昆仑出版社 2010 年版，第 62—63 页。

律”，提倡格律诗向自由诗学习。与“合”相对应的就是在诗体上主张重建规范。骆寒超与吕进提出新诗“二次革命”，其含义与胡适的“诗体革命”完全不同。胡适的“革命”重在对于传统的断裂与诗体的大破坏，而骆、吕二人则重在与传统的重新衔接和诗体重建，而他们所谓的诗体重建，也并非意味着只重建格律诗体，而且还包括自由诗，他们把重建定位于“提升自由诗，成形现代格律诗，增多诗体”三方面，是非常恰当的。胡适的断裂与破坏，产生于20世纪初期，有着历史必然性与合理性。而骆、吕二人的衔接传统、重建诗体主张，产生于又一个新世纪的开端，同样有其历史必然性与合理性。

第二节　现代格律诗学研究现状及选题价值

在现代诗学体系中，白话—自由诗学与现代格律诗学是两个互为对立又在对立中相互依存发展的重要诗学形态。相对于白话—自由诗学，现代格律诗学一直处于话语的弱势地位，但现代格律诗学对诗歌形式的诉求与形式理论探究方面的执著与热情，自有其历史合理性与必然性。因此，研究现代格律诗学，是深化现代诗学研究的必由之路。

与现代格律诗创作体式的研究相比，学界目前对现代格律诗学理论的研究显得较为薄弱，但也出现了一些研究成果。这些研究可分为以下三方面。

一、对现代格律诗派及其诗论家的研究。新格律诗派是20世纪第一个探索现代格律诗学理论的诗歌流派，因此，关于新格律诗派诗学观念的研究成果比较集中。王光明《现代汉诗的百年演变》分两章论述了新格律诗派及林庚、卞之琳、何其芳、吴兴华对现代格律诗学的贡献。潘颂德《中国现代诗论40家》、《中国新诗理论批评史》、常文昌《中国现代诗歌理论批评史》都开辟专章论述了新格律诗派的格律理论。程光炜、南治国、张德厚、殷秀萍、黄昌勇、黄钢、胡光波等人都有专文探讨闻一多或以其为代表的新月诗派在现代格律诗学方面的贡献。许霆《论孙大雨对新诗“音组”说的贡献》肯定了孙大雨对现代格律诗学的理论贡献。刘康凯《“切近情绪的性质”——叶公超新诗形式建设观念初探》探讨了叶公超在建立现代格律诗学方面的功绩。温儒敏《朱光潜的诗美学与新诗理论辨证》、梁刚《朱光潜与胡适的新诗理论之争》论述了朱光潜在新诗形式建设上所做的努力。解志熙对刘梦苇在现代格律诗学上的贡献有详尽论述。梁宗岱在现代格律诗学理论方面的贡献亦有文章涉及。

二、对当代特别是十七年形式诗学的研究。於可训《当代诗学》上编第三章《回归传统:对新诗格律的再度探索——新诗形式讨论中的诗学问题》、夏冠洲《论何其芳对中国新格律诗的理论建树》、陈学祖《论 50 年代现代格律诗理论》、马奔腾《林庚先生的新格律诗理论及其意义》对 20 世纪 50 年代林庚、卞之琳、何其芳等人的形式诗学作了集中探讨。

三、从整体上对现代格律诗理论的探讨。许霆、鲁德俊《新格律诗研究》(1991 年)、程文、程雪峰《汉语新诗格律学》(2000 年)、周仲器、周渡《中国新格律诗论》(2005 年)等从整体上对 20 世纪现代格律诗理论的发展做了研究。解志熙《"和而不同":新形式诗学探源》对现代诗歌史上的新形式诗学的起源作了详细追溯与梳理,指出在 1926 年之前有不少诗人学者已经敏锐觉察到当时新诗主潮及其诗学观念的偏颇与流弊,并本着"和而不同"的态度发出了补偏救弊的诤言:或针对白话—自由诗学的自然—还原主义诗歌语言观而着意强调"诗不类常言"的语言艺术特性;或针对白话—自由诗学的自由—自发主义诗歌创作观而特别强调了诗作为一种艺术所必须的形式规范和艺术经营。他提出"新形式诗学"一词,认为不应把新格律诗学仅仅局限于"新诗"学的范畴来加以考察,而应纳入到"现代诗学"的范畴来予以考察①,这种观点,对于新诗理论研究,无疑具有极大启发意义。

一些重要的现代格律诗学概念范畴的辨析。王泽龙《20 年代中国现代诗歌音节诗学初探》对 20 世纪 20 年代的音节诗学作了探讨。陈本益《新诗形式理论中"顿"概念的渊源及演变》对现代格律诗学中"顿"概念的生成演变轨迹作了细致梳理。龙清涛《简论孙大雨的"音组"——对新诗格律史上一个重要概念辨析》对"音组"概念的提出、内涵以及它与"顿"之间的承继关系作了考察。

以上专著或论文对 20 世纪现代格律诗学做了颇为扎实的研究,这些研究集中在闻一多、叶公超、朱光潜、林庚、何其芳、卞之琳等人对新格律理论的贡献上。现代格律诗学中一些核心概念范畴开始得到研究者关注和

---

① 解志熙先生认为:"……时至今日我们必须认识到,中国'新诗理论'并不足以概括整个中国'现代诗学'。因为中国'新诗理论'所指称的只是关于中国现代新诗的理论批评,而中国'现代诗学'则涵盖了发生在现代中国的所有从现代观点出发的、富于诗学理论意义的诗歌批评和研究。就此而言,新诗理论只是中国'现代诗学'的一个部分——虽然是重要的、甚至可说是核心部分,但它并不能代表其整体。"解志熙:《视野·文献·问题·方法——关于中国现代诗学研究的几点感想》,见《现代文学研究论衡》,河南大学出版社 2005 年版,第 244 页。

重视，当代特别是五六十年代格律诗理论也得到研究者关注和研究。这些已有成果对现代格律诗学研究的意义不容低估，为本课题研究打下较为坚实的基础。但是，对现代格律诗学的研究还存在以下问题。

首先，缺乏对20世纪现代格律诗学深入细致的整体研究。以上研究对现代格律诗学的发展演变作了初步勾勒，或者局限于某一时段，或者局限于单个诗论家，许霆、鲁德俊、程文、程雪峰、周仲器、周渡虽然从整体上对20世纪现代格律诗学的发展作了研究，所作贡献很大，但尚有较多遗漏和不完备之处，这为本课题研究留下较大开拓空间。

其次，缺乏对现代格律诗学核心概念范畴细致、系统的梳理与分析。现代格律诗学的理论自觉体现在它的一些重要概念范畴上，如音组（音尺、音步）、节奏单位、顿、半逗律等，它们是怎么出现的，其发展演变的来龙去脉如何，对现代诗学有什么意义等。这些问题已经引起研究者关注，但还没有得到系统研究和梳理。其中一些概念如"音组"、"顿"，不同的诗论家所赋予的具体含义和具有的理论价值也有较大差异，须做仔细辨析。

最后，史料发现不够。现代格律诗学研究首先要以完备的史料工作为基础，只有这样，才能对其发展演变有比较清晰的认识和了解。就现有的工作看，这方面还存在很大缺陷。例如，一些报纸文艺副刊如《大公报》"文艺"副刊上有关这方面的史料没有得到有效利用，20世纪三四十年代及八九十年代的有关史料还没有得到有效发掘、整理。

鉴于现代格律诗学研究尚有不小的开拓空间，本课题从百年回顾的角度，对现代格律诗学在20世纪的生长轨迹，从史料上做了详尽梳理，对深化现代诗学史研究，具有重要理论意义和价值。在研究中，重视凸显问题意识，对现代格律诗学的一些核心概念范畴的生成、发展与演变作了细致研究与理论总结。这对于推动现代诗学研究的进一步展开，中国现代文学理论研究的深入拓展，以及研究中国古典诗学的现代转换，皆具有非常重要的价值和意义。

第一章　现代格律诗学的滥觞

本书研究对象为百年现代格律诗学的流变问题。在探讨此问题之前，首先需简要回顾一下胡适等人所开创的白话—自由诗学。为什么？因为，从逻辑上讲，白话—自由诗学在诞生的同时，便伴随着其对立面——现代格律诗学产生的可能性。白话—自由诗学在反叛传统的古典格律—形式诗学时，其激烈的态度，其二元对立的模式，势必要带来对它的否定与反叛。也就是说，现代格律—形式诗学的因子恰恰埋伏于白话—自由诗学的命题之内。没有传统的古典格律—形式诗学，就不会有“五四”白话—自由诗学之产生；同理，没有“五四”的白话—自由诗学，也不会有现代格律诗学。从古典格律—形式诗学到现代格律—形式诗学，恰好构成一个历史的否定之否定过程。

第一节　“五四”时期的白话—自由诗学

笔者把以胡适为代表提出的诗学主张命名为“白话—自由诗学”。此命名并非笔者独创，而是来自解志熙先生。他在《汉诗现代革命的理念是为何与如何确立的——论白话—自由诗学的生成转换逻辑》一文中[①]，将汉诗现代革命的首发运动命名为白话—自由诗潮，认为“自然主义”的白话诗风和“抒情主义”的自由诗风标志着它的两个发展阶段。他认为白话—自由诗潮的诗学主张，有两个影响深远的革命性诗学信条，一是为了打破旧诗的困境及古典诗学传统加于汉诗的重重束缚，而从诗歌语言形式论到诗歌本质论上主张返璞归真的自然—还原主义；二是为了顺应创作主体情感表现的冲动，而在诗歌创作论上主张极端的自由—自发主义。通过仔细追

① 解志熙：《汉诗现代革命的理念是为何与如何确立的——论白话—自由诗学的生成转换逻辑》，《中国现代文学研究丛刊》2005年第2期。

溯这两个信条为何与如何确立的过程，解志熙先生揭示了汉诗现代革命基本理念的生成—转换脉络与理论逻辑及其在中国诗学史上的意义。笔者对他的这种观点深表赞同，“白话—自由诗学”命名就来自于他。

一、胡适的“自然音节”理论

胡适，作为“五四”文学革命和诗体革命的发起人，奉行的是返璞归真的自然—还原主义。综观其创作实践和诗学主张，“自然主义”可看做是他诗学理论的出发点和基础。他认为诗歌应该从语言到形式解除一系列的外在束缚，语言上废弃文言，改用白话，形式上抛弃传统古典诗歌的一切外在规定，不讲究平仄和押韵。胡适把这称为“诗体的大解放”：

> 诗体的大解放就是把从前一切束缚自由的枷锁镣铐，一切打破；有什么话，说什么话；话怎么说，就怎么说。这样方才可有真正白话诗，方才可以表现白话的文学可能性。[①]

胡适《谈新诗——八年来一件大事》一文堪称早期新诗最重要的理论文献。在这篇文章中，他也提到了“诗体的大解放”：

> 这一次中国文学的革命运动，也是先要求语言文字和文体的解放。新文学的语言是白话的，新文学的文体是自由的，是不拘格律的。初看起来，这都是“文的形式”一方面的问题，算不得重要。却不知道形式和内容有密切的关系。形式上的束缚，使精神不能自由发展，使良好的内容不能充分表现。若想有一种新内容和新精神，不能不先打破那些束缚精神的枷锁镣铐。因此，中国近年的新诗运动可算得是一种“诗体的大解放”。因为有了这一层诗体的解放，所以丰富的材料，精密的观察，高深的理想，复杂的感情，方才能跑到诗里去。五七言八句的律诗决不能容丰富的材料，二十八字的绝句决不能写精密的观察，长短一定的七言五言决不能委婉达出高深的理想与复杂的感情。[②]

胡适在早期留学日记中所说的“要须作诗如作文”[③]、“近来作诗颇同说话”[④]也是同样意思。

---

① 胡适：《〈尝试集〉自序》，《胡适全集》第1卷，安徽教育出版社2003年版，第193页。

② 胡适：《谈新诗——八年来一件大事》，《胡适全集》第1卷，安徽教育出版社2003年版，第160页。

③ 胡适：《依韵和叔永戏赠诗》，1915年9月21日日记，《胡适留学日记》，岳麓书社2000年版，第564页。

④ 1916年1月29日的日记，《胡适留学日记》，岳麓书社2000年版，第597页。

为什么要抛弃一切外在形式的束缚呢？就是因为形式限制了诗人的自由表达，违背了自然的法则。他在论述自己初期试做的白话诗时，形象地使用了缠脚的比喻："我现在回头看我这五年来的诗，很像一个缠过脚后来放大了的妇人回头看她一年一年的放脚鞋样，虽然一年放大一年，年年的鞋样上总还带着缠脚时代的血腥气。我现在看这些少年诗人的新诗，也很像那缠过脚的妇人，眼里看着一班天足的女孩子们跳上跳下，心里好不妒羡！"[①]所谓的"少年诗人"指湖畔派诗人，胡适把他们的诗看做"天足"，从而与自己的"放足"相对照。这种比喻依据的就是他的自然主义的理论尺度。[②] 在其他诗学文章中，胡适也一再提到"天足"这个词语，用它来代表心目中白话新诗的自由自然状态。这种自由主义与自然主义的尺度是贯穿其诗歌理论的一条重要线索。

那么，胡适这里所说的"自然表现"在诗歌中到底指的是什么呢？仔细阅读他的诗学文献，便可发现他所说的"自然"主要指"语言的自然"、"音节的自然"。如《答钱玄同书》：

> 五言七言之诗，不合语言之自然，故变而为词。词名长短句。其长处正在长短互用，稍近语言之自然耳。……故词与诗之别，并不在一可歌一不可歌，乃在一近言语之自然而一不近言语之自然也。[③]

在"自然"概念的基础之上，胡适又提出"自然音节"：

> 新诗大多数的趋势，依我们看来，是朝着一个公共方向走去的。那个方向便是"自然的音节"。[④]

胡适《〈尝试集〉再版自序》对"自然的音节"有更清晰的说明：

> 所以朱君的话可换过来说："诗的音节必须顺着诗意的自然曲折，自然轻重，自然高下。"再换一句说："凡能充分表现诗意的自然曲折，自然轻重，自然高下的，便是诗的最好的音节。"古人叫做"天籁"的，译成白话，便是"自然音节"。[⑤]

虽然认为自然的音节是不容易解说明白的，胡适还是分别对"节"与

---

① 胡适：《〈尝试集〉四版自序》，《胡适全集》第2卷，安徽教育出版社2003年版，第813—814页。

② 胡适：《〈蕙的风〉序》，《胡适全集》第2卷，安徽教育出版社2003年版，第824页。

③ 胡适：《答钱玄同书》，《胡适全集》第1卷，安徽教育出版社2003年版，第41页。

④ 胡适：《谈新诗》，《胡适全集》第1卷，安徽教育出版社2003年版，第170页。

⑤ 胡适：《〈尝试集〉再版自序》，《胡适全集》第1卷，安徽教育出版社2003年版，第202页。

“音”作了解释。胡适认为“节”指的是“诗句里面的顿挫段落”，这个概念类似于后来闻一多提出的“音尺”和朱光潜提出的“顿”，即诗行内的自然停顿。相对于旧体五、七言固定的两个字一“节”，新体诗句子长短无定，句子的节奏依着意义的自然区分与文法的自然区分来分析，故白话诗句子的“节”所包含的音节数即字数是不固定的，往往是三个字一节，甚至四五个字一节。“音”指诗的声调。胡适认为新诗声调有两要件，一是平仄自然，二是用韵自然。白话诗的声调不在平仄的调剂得宜，全靠自然的轻重高下。由于新诗的声调在骨子里，在自然的轻重高下，在语气的自然区分，故有无韵脚都不成问题。

胡适认为音节中的“音”与“节”，即每句的自然停顿与语言的声调韵律，都应追求“自然的状态”，无形之中消解掉了传统的“音节”概念。在消解掉传统的音节概念时，胡适又对这个概念重新加以阐释：

> 内部的组织，——层次，条理，排比，章法，句法，——乃是音节的最重要方法。我的朋友任叔永说，“自然二字也要有点研究”。研究并不是叫我们去讲究那些“蜂腰”，“鹤膝”，“合掌”等等玩意儿，乃是要我们研究内部的词句应该如何组织安排，方才可以发生和谐的自然音节。①

在胡适这里，作为诗学重要概念的“音节”，被他悄悄转换成了文章组织结构安排的文章学概念，从而，“诗”也成为“文”。这种对“音节”概念偷梁换柱式的阐释，应该正是出自胡适的有意为之。因为他早就提出了“作诗如作文”的理论，既然作诗如作文，那么，音节，作为一诗学概念，被他转换成“文章学”概念，就是自然而然的了。

“自然”及“自然音节”的理论基点，最终导致诗文界限模糊不清，诗歌失去艺术上的本体特征。钟军红在《胡适新诗理论批评》一书中认为，胡适的“作诗如作文”观存在着“命题的诗学依据缺失”和“命题的审美思想缺失”，因此，本体理论的缺失和诗学依据、诗美思想的先天不足，决定了它在未来诗歌理论的建构中不应再占有一席之地。② 这种论断，笔者完全赞同。只不过，她没有指出胡适这个诗学命题的理论依据是来自他的自然美学观，而这种自然美学观无力解释诗与文各自的艺术规定性是什么，这导致“作诗如作文”“作诗如同说话”命题的失去存在依据。

---

① 胡适：《谈新诗》，《胡适全集》第1卷，安徽教育出版社2003年版，第173页。

② 钟军红：《胡适新诗理论批评》，人民文学出版社2005年版，第131页。

胡适自然美学观是白话—自由主义诗学的美学基础，在当时影响很大，如刘半农谈及自己爱好歌谣的理由："它的好处，在于能用最自然的言词，最自然的声调，把最自然的情感发抒出来。"[1]"自然""自然的音节"两词成为白话—自由诗学的核心关键词，在白话—自由诗学论者的文章中出现频率极高。"自然音节"也成为当时白话—自由诗学论者的理论基点和批评标准。从康白情《新诗底我见》，可以看出胡适的"自然音节"说在当时的影响。

康白情《新诗底我见》一文是与朋友诗学讨论的产物。[2] 文章很长，对新诗理论的方方面面皆有探讨和研究，在"五四"新诗界影响颇大。该文以对诗的定义开始："在文学上把情绪的想象的意境，音乐的刻绘写出来，这种的作品就叫做诗。""音乐"体现在音节上面，"刻绘"指的则是表现手法。在这两方面，新诗比旧诗都具有优越性。旧诗音乐性，依赖音韵平仄清浊等满足感官的东西。"因为格律底束缚，心官于是无由发展；心官愈不发展，愈只在格律上用工夫，浸假而仅能满足感官；竟嗅不出诗底气味了。"新诗排除格律，只要自然的音节。情发于声，因情的作用起了感兴，而其声自成文采。看感兴底深浅而定文采的丰歉。这样的文采就是自然的音节。我们的感兴到了极深时候，所发自然的音节也极和谐，其轻重缓急抑扬顿挫无不合于自然的律吕。不要说诗，文学家的散文，音节和谐，不但悦耳，还可悦心，使我们同他产生同一感兴。

可见，康白情是用胡适的"自然音节"理论，来解释新诗音乐上的优势。自然音节成为新诗创作优势和合法性的理论支撑点。新诗采用的是自然的音节，旧诗依靠的则是人为的格律。新诗的优势就体现在它去除任何外加的束缚，从自然的音节发展出内在的音乐性。

新诗采用自然音节，那么，新诗与散文之间的界限如何区分呢？新诗与散文之间是否没有界限了呢？康白情认为不然。他认为诗和散文，本没有什么形式的分别，不过主情为诗的特质，音节也是表现于诗里的多。诗大概起源于游戏冲动，而散文大概起源于实用冲动。两者起源稍异，因而作品里所寓感情不同，所流露的节奏也有差别，人一见就可以辨出哪些是散文哪些是诗。

---

① 刘半农：《〈国外民歌译〉自序》，见鲍晶编：《刘半农研究资料》，天津人民出版社 1988 年版，第 219 页。

② 康白情：《新诗底我见》，《少年中国》第 1 卷第 9 期"诗学研究号(二)"(1920 年 3 月)。

这样的解释明显有点站不住脚。连康白情自己也只好说:“若更要追寻为什么?便只好诉诸直觉了。”可见,自然音节理论无法解释诗与散文的分别。

朱自清为白话—自由诗学阵营的重要成员,他的白话自由体诗《毁灭》在当时影响很大。俞平伯曾把《毁灭》、《小河》(周作人)与白居易《长恨歌》、《琵琶行》相提并论,认为两诗声价不在它们之下。[①] 作为过来人,朱自清后来在《诗的形式》一文中,对自然音节说的理论缺陷进行了反省:

> “自然的音节”近于散文而没有标准——除了比散文句子短些,紧凑些。一般人,不但是反对新诗的人,似乎总愿意诗距离散文远些,有它自己的面目。[②]

二、朱执信的“声随意转”说

在胡适的“自然音节”说之外,有朱执信的“声随意转”说。胡适《尝试集》出版后,引发胡怀琛等人关于“诗的音节”问题的讨论。为什么这个问题在当时引起大家的关注呢?这是因为,在早期白话诗学建设中间,“音节”是一个最为根本的问题,是诗体能否成立的命脉所在。朱执信认为做旧诗的人不懂旧诗的音节,做新诗的人不懂新诗的音节,是很危险的事情,“将来要弄到诗的破产”。[③] 胡适《尝试集》出版后,胡怀琛发表《读胡适之〈尝试集〉》等文,就音节问题来批评新诗。胡适对胡怀琛有关新诗音节的看法并不认同,于是写文章专门讨论新诗音节。双方一来一往的讨论,引起朱执信的注意。他不满意胡适关于新诗音节的解释,认为胡适所说的“平仄自然”“自然的轻重高下”,说得还是太抽象。胡适所举,又多是双声叠韵,这会使人产生误解,认为诗的音节仅止于双声叠韵而已。而对于胡怀琛对《尝试集》细枝末节的指摘、修改与批评,他更是无法认同。鉴于新体诗初建时期音节问题的重要,以及一般人对音节问题的误解,朱执信特著《诗的音节》一文[④],予以解说。

朱执信认为“音节断不能孤立的”,因此,单单从声调本身,并不能解决音节是否和谐问题。他认为要发现音节和谐的标准虽很困难,但可以“暗示他一个大略的框子架子”。那么,他所发现的“大略的框子架子”是什么

---

① 俞平伯:《诗底新律》,《俞平伯全集》第3卷,花山文艺出版社1997年版,第583页。

② 朱自清:《诗的形式》,《朱自清全集》第2卷,江苏教育出版社1996年版,第396页。

③ 朱执信:《诗的音节》,《朱执信集》下集,中华书局1979年版,第791页。

④ 朱执信:《诗的音节》,《星期评论》第51号(1920年5月23日)。

呢？用他的语言概括，就叫“声随意转”，具体说就是：“一切文章都要使所用字的高下长短，跟着意思的转折来变换。”他举王维诗《送元二使安西》为例，譬如“西出阳关无故人”的“关”字，是全篇所注意的，经过这一个字才到“人”字，所以关字长而高，人字长而下。那上句“劝君更尽一杯酒”的“酒”字，因为是促起下句的，所以用顶高音，不用长音。这是全首诗的意思流注倾向到这一路生出来的。“一个字在一句里，是不是合自然音节，不能凭空拿字音来说，一定要从有这个音的字，在一句一章里头的位置，来判定他这个音是不是合于音节。”“音节不是一句一句可以讲的。到这句意转了，调也要转。”①

朱执信的“声随意转”说，是白话诗学初建时期出现的较有理论深度的诗学理论，在现代诗学史上占有一定地位。“声随意转”说把新诗音节与诗的内容联系起来考察，认为音节是为表达诗意服务的，诗意的高下转折决定音节的高下转折。因此，只有从诗意的研究入手，才能发现诗人音节使用的技巧与奥秘。这个理论的提出，为诗歌音节和谐的研究，提供了一个初步的标准。

三、俞平伯的自由主义诗学观

由于白话诗学追求的是打破一切形式束缚，在收获自由的同时，其实也给自身带来相当大挑战。这种绝无任何依傍的白话—自由诗看似容易写作，事实则并非如此。与胡适同属白话—自由诗派的俞平伯就认识到这个问题：

> 他是赤裸裸的，没有固定的形式的，前边没有模范的，但是又不能胡诌的：如果当真随意乱来，还成个什么东西呢！所以白话诗的难处，不在白话上面，是在诗上面；我们要紧记，做白话的诗，不是专说白话。白话诗和白话的分别，骨子里是有的，表面上却不很显明；因为美感不是固定的，自然的音节也不是要拿机器来试验的。白话诗是一个“有法无法”的东西，将来大家一喜欢做，数量自然增加，但是白话诗可惜掉了底下一个字。②

这里，俞平伯注意到“诗”的艺术规定性。“诗”到底是什么，或者诗与散文、诗与白话的分界线是什么，成为他关注与考虑的焦点。但是，对于这

---

① 《朱执信集》下集，中华书局1979年版，第793、795页。

② 俞平伯：《社会上对于新诗的各种心理观》，《俞平伯全集》第3卷，花山文艺出版社1997年版，第511页。

个问题，他也无法给予正面解答。胡适所说的“自然的音节”，在美感上“不是要拿机器来试验的”，从而也是无法说清的。为了使白话诗不要掉了“诗”这个字，他主张“增加诗的重量”。至于什么是“诗的重量”，俞平伯并没有解释清楚。

胡适自然主义诗学观对俞平伯早期的诗学观念也有影响。胡适强调的是“语言的自然”，俞平伯强调的则是诗人创作动机的“自由”：

> 凡做诗底动机大都是一种情感(feeling)或是一种情绪(emotion)，智慧思想，似乎不重要。我们从心理学上，晓得这种心灵过程是强烈的，冲动的，一瞬的。若加以清切的注意或反省，或杂以外来的欲望，便把动机底本身消灭了。所以要做诗，只须顺着动机，很快速自然的把它写出来，万不可使从知识或习惯上得来的“主义”“成见”，占据我们底认识中心。
>
> 随盛兴[①]来的诗，未必定是好的，却还不失诗底精神。听他底自然来去，不加一些人为的做作；已是我深信的一条最有效的做诗方法。我底主张，是诗底解放，第一步要解放做诗底动机。[②]

由于注重顺着诗人灵感与兴会的自然来去而创作，因此，俞平伯反对诗人创作时对“诗律”的关注和有意经营：

> 诗有什么调子句法，我不是瞎说，从来没理会到这个。人家都说，新诗底律是件难事，因为没有固定的规则。我底意见都和他们相反。我以为诗律既不难，而且有很精严的规则——自然的规则——存在，但是我们却不要管它，不要有意的遵守它。只趁着“兴会”做我们底诗，他自会如形影的来符合我们。[③]

俞平伯一方面认为白话诗不是没有“诗律”，而且其“诗律”有非常精严的法则，但另一方面又认为白话诗的“诗律”是“自然的规则”。“自然的规则”是什么？他并没有说明，也无法加以说明。因为“自然”的概念在白话—自由诗学论者那里，只是一个近乎先验的价值评判，无法说明而又不必说明。“自然”既是他们持论的前提，又是他们最终的目标。

在《诗底自由和普遍》一文中，俞平伯坦言“自由”是他做诗的第一个信念，自由诗学观使他对诗的形式显示出比胡适更激进的态度：

---

① “盛兴”当为“感兴”，形近而误。

② 俞平伯：《做诗的一点经验》，《俞平伯全集》第3卷，花山文艺出版社1997年版，第519—520页。

③ 俞平伯：《做诗的一点经验》，《俞平伯全集》第3卷，花山文艺出版社1997年版，第520页。

> 我最讨厌的是形式。不但那些音律句法底老谱，叫人皱眉不消说了；就是那些学问上的偶像，所谓"道气"，当做诗的时候，也恨不得远远请他们去。[①]

自由主义的创作观落实在诗歌形式上，就是诗歌形式的自由主义。针对诗坛对白话—自由诗不是诗的质疑，俞平伯的回答非常干脆："我们就自认做的是散文，不是诗，也没什要紧！"[②]他这句话是对周作人的响应。周作人《小河》自序（1919 年 2 月 15 日《新青年》第 6 卷第 2 号）有一句话："或者算不得诗，也未可知；但这是没有什么关系。"周作人与俞平伯的两句话，说明白话—自由诗学论者是不惜冒着非诗化的危险，来追求形式绝对自由的。

四、郭沫若的极端自由—自发主义诗学观

胡适的自然主义，注重的是语言形式的自然，要求打破传统语言及一切形式戒律的外在束缚；俞平伯的自由主义，注重顺应创作主体情感表现的自由冲动，其目标指向创作主体的创造自由。这种自由主义诗学观上承胡适，下启郭沫若。

郭沫若在诗歌创作上主张极端的自由—自发主义：

> 我对于诗词也没有什么具体的研究，我也是最厌恶形式的人，素来也不十分讲究它。……只是我自己对于诗的直感，总觉得以"自然流露"的为上乘，若是出以"矫揉造作"，不过是些园艺盆栽，只好供诸富贵人赏玩了。天然界的现象，大而如寥无人迹的森林，细而如路旁道畔的花草，动而如巨海宏涛，寂而如山泉清露，怒而如雷电交加，喜而如星月皎洁，没一件不是自然流露出来的东西，没一件不是公诸平民而听其自取的。[③]

自然流露说极大抬高了创作主体的位置，而艺术表现或艺术表达方式则居于附属的客体位置。艺术表达只要遵从主体情感的自然流露，其最终表现（艺术作品）就是完美无缺的。对形式的刻意谋划经营，是对主体天才与灵感的怠慢，违反自然美，是作假和人工，因之，是应该完全摒弃的。正是由此观点出发，郭沫若认为诗是"写"出来的，而不是"做"出来的。所谓

---

① 俞平伯：《诗底自由与普遍》，《俞平伯全集》第 3 卷，花山文艺出版社 1997 年版，第 522 页。

② 俞平伯：《诗底自由与普遍》，《俞平伯全集》第 3 卷，花山文艺出版社 1997 年版，第 525 页。

③ 郭沫若：《论诗三札》，见吴奔星、徐放鸣选编：《沫若诗话》，四川人民出版社 1984 年版，第 10 页。

“写”，就是艺术表达听从主体灵感的召唤而自然呈现，不需要刻意的构思谋篇布局修辞润饰。“做”则与此相反。诗是“做”还是“写”的问题，在当时引起过很大争论。这种争论，在思潮上，是浪漫主义与古典主义之争；在文本内部，是重视形式（艺术）还是重视内容（主义、思想、精神）之争；在艺术表现方式上，是重视表达还是重视表现之争。争论的发展过程大致为：争论之初，拥护“写”的观点占上风，随着争论的深入，有一些人开始对此说提出质疑，渐渐有人认为“做”与“写”同等重要，不可偏废。如宗白华就认为真诗好诗固然是“写”出来的，不是“做”出来的，但要达到“能写出”的境地，也还要经过“能做出”的磨炼过程。因为诗是一种艺术，总不能完全没有艺术的学习与训练。[①]

郭氏的自然流露说在“五四”时期影响很大，这种浪漫主义的诗学观恰恰迎合了追求自由解放的时代思潮，同时也迎合了胡适反传统格律形式的主张，为白话—自由诗学提供了理论基础。

在诗歌创作上，郭沫若主张“自然流露”，这种观点与俞平伯的诗学主张很相似，都是强调诗情、灵感的自然流泻。有关郭氏的浪漫主义诗学观，相关研究很多，这里不再细述。郭氏的诗学观与胡适诗学观念之间确有内在差异，但是，在服膺“自然”这一点上，两人倒非常一致。只不过胡适关注的是语言工具的自然，郭沫若关注的则是诗情感发的自然。胡适关心工具（语言、诗体形式）的自由与解放，代表白话—自由诗学发展的第一个阶段；郭氏更加关注诗歌创作主体的自由与解放，代表白话—自由诗学发展的第二个阶段。仅有工具的解放还不够，主体精神的自由与解放，才能真正带来诗体的大解放。所以说，从胡适的自然主义诗学观到俞平伯、郭沫若的自由主义诗学观，是白话—自由诗学合乎逻辑的必然发展。

在概念范畴上，郭沫若提出了“内在的韵律”或“内在律”的概念：

> 诗之精神在其内在的韵律（Intrinsic Rhythm），内在的韵律（或曰无形律）并不是什么平上去入，高下抑扬，强弱长短，宫商徵羽；也并不是什么双声叠韵，什么押在句中的韵文！这些都是外在的韵律或有形律（Extraneous Rhythm）。内在的韵律便是“情绪的自然消涨”。……内在韵律诉诸心而不诉诸耳。
>
> 这种韵律异常微妙，不曾达到诗的堂奥的人简直不会懂。这便说它是“音乐的精神”也可以，但是不能说它便是音乐。音乐是

① 参见宗白华：《新诗略谈》，《少年中国》第1卷第8期“诗学研究号（一）”（1920年2月）。

> 已经成了形的，而内在律则为无形的交流。大抵歌之成分外在律多而内在律少。诗应该是纯粹的内在律，表示它的工具用外在律也可，便不用外在律，也正是裸体的美人。散文诗便是这个。①

按照郭沫若的观点，"外在律"指诗歌外在的平仄、押韵、节奏等格律，而"内在律"则指"情绪的自然消长"，"无形的交流"。

把郭氏的"内在律"理论放在整个现代白话—自由诗学概念范畴的发展史上，才能真正看清它的贡献与缺失。"内在律"是继胡适"自然音节"之后出现的另一重要概念，它的提出，是白话—自由诗学发展的重要一环。郭沫若发明"内在律"这个概念，目的是为白话—自由诗学寻求理论支撑。因为，白话—自由诗学绝对自由的形式观，极端自由—自发的创作方式，都可从郭沫若这个显得较为神秘的"内在律"中，找到解释。"内在律"把诗歌的体式与诗人的情绪联结起来，情绪自然流泻，随物赋形，便成为最完美的形式，这里的形式其实是不加修饰的，甚至是反形式的。灵感的来去无踪，情绪的自由流泻，决定诗歌的形式没有定型，不可讲究"外在格律"，这就为自由诗体从根本上找到了理论的依据。后来戴望舒提出"情绪的抑扬顿挫"理论，与郭氏"内在律"理论之间，有一脉相承之处。

把内在律解释为"情绪的自然消长"，这种解释与胡适把"自然的音节"解释为"诗意的自然曲折，自然轻重，自然高下"很相似。胡适的"自然音节"说着眼点在"诗意"，而郭沫若着眼点在"情绪"，在重视诗歌的抒情特性的同时，把诗人与诗体更紧密地联系在一处。

郭沫若"内在律"理论的缺失同样也是明显的。潘颂德先生认为："一味强调'内在韵律'，无视诗歌声律的作用，过分地强调诗歌形式的绝端自由，导致丧失诗的形式要素，其结果导致取消诗的恶果。"②内在律理论在给自由诗学找到理论依据时，却无法解释诗与非诗的散文，在体式上到底有何不同？郭氏认为诗应该纯粹用内在律，作"裸体美人"，完全排斥外在律，思维模式陷入二元对立。这种非此即彼的偏激观点，极大影响和制约了整个20世纪自由诗体和现代格律诗体的创作与发展。

从胡适发展到郭沫若，从"自然音节"理论发展到"内在律"理论，"五四"时期的白话—自由诗学，已经达到自己的成熟形态。紧随其后，现代格

---

① 郭沫若：《论诗三札》，见杨匡汉、刘福春编：《中国现代诗论》（上编），花城出版社1985年版，第51—52页。

② 潘颂德：《中国现代新诗理论批评史》，学林出版社2002年版，第41页。

律诗学便要登场亮相了。

第二节　现代格律诗学的滥觞

现代格律诗学的萌芽，几乎与胡适发起新诗革命同时。胡适、陈独秀发起文学革命后，刘半农很快发表《我之文学改良观》一文予以回应。此文在认同文学革命整体主张的前提下，又提出自己的一些独特见解，如“文言与白话可暂时处于对待的地位”。在韵文改良方面，刘半农所提看法与胡适等时人相差更大。与胡适推倒传统诗体、抛弃旧有诗歌体式、完全写自由诗的主张不同，刘半农提出“增多诗体”和“重造新韵”的诗学主张。[①] 两者之中以“增多诗体”的主张更具启发意义。刘氏认为“诗律愈严，诗体愈少，则诗的精神所受之束缚愈甚，诗学决无发达之望。”因此，他认为当前新体诗要发展，必须增多诗体。除中国传统的绝诗、古风、乐府外，还应该向西方诗歌学习，从西方引入多样的诗体，以供选择。增多诗体有三条途径：一为“自造”，二为“输入他种诗体”，三为“于有韵之诗外，别增无韵之诗”。如此，“则在形式一方面，既可添出无数门径，不复如前此之不自由。……彼汉人既有自造五言诗之本领，唐人既有自造七言诗之本领。吾辈岂无五言七言之外，更造他种诗体之本领耶。”[②]刘半农这里把当今自造的“诗体”与传统五言七言对待来说，可见，他心目中的“诗体”并非自由体，而是包含自由体与格律体在内的多种诗体。在追求自由、破除文体束缚这一点上，刘半农与胡适等其他白话诗论者并无不同。但是，很明显，在怎样创建新体诗方面，他并没有完全认同胡适的观点。现代格律诗学增多诗体之主张，其源头，应该是刘半农。

刘半农在自己诗歌创作中实践了其增多诗体的理论构想。他的诗集《扬鞭集》按照时期先后编排，其目的就是要“借此将我在诗的体裁上与诗的音节上的努力，留下一些影子。”[③]体裁上他最早尝试了无韵诗、散文诗、方言民歌、“拟曲”等。白话诗的音节，也是他诗歌创作中一直辛苦探索的问题。可见，刘半农是早期白话诗创作者中形式探索意识较强的一位。

刘半农既是诗人，又是著名的语言学家、音韵学家，他从语言角度对国

---

① 刘半农：《我之文学改良观》，《新青年》第3卷3期（1917年5月）。

② 刘半农：《我之文学改良观》，《新青年》第3卷3期（1917年5月）。

③ 刘半农：《〈扬鞭集〉自序》，《语丝》周刊第70期（1926年3月15日）。

语四声的认识、研究与关注，同时也含有为新诗形式建设提供参考的企图。他最初主张废除四声，最后认识到“四声的根本上存在不存在，只有语言自己有取决之权，我们无从过问。”[①]刘半农对四声问题持之以恒的不懈探究，一方面是为了从原理角度给予中国传统旧诗的声韵之美以科学的学理解释：“中国韵文里面的声调，究竟是什么东西构造成功的？”一方面更是为了以此为白话诗确立起科学的批评标准并指导白话新诗的形式建设：

> 目下白话诗已有四五年的寿命了，作品也已有不少了。但是一班老辈先生，总是皱着眉头说：白话诗是没有声调的。便是赞成白话诗的，同是评论一首诗，也往往这一个说是声调好，那一个说是声调坏。我们对于老辈先生的愁眉苦脸，能自己造起一个壁垒来么？对于白话诗的评论者，能造起一个批评的标准来么？同时对于白话诗的作者，能有一个正确忠实的声调向导，引着他们走么？亦许不能；但如其是能的，那就惟有求之于原有的诗的声调。惟有求之于自然语言中的声调，最要紧的是求之于科学的实验，而不求之于一二人的臆测。我相信这东西在将来的白话诗国中，多少总有点用处，所以虽然很难，也要努力去做一做；不幸到真没有办法时，自然也只得放手。[②]

刘半农对于新诗的形式问题一直很关注。1934 年吴世昌在《文学季刊》创刊号（1934 年 1 月 1 日）发表《诗与语音》，刘半农随即在该刊第 1 卷第 2 号（1934 年 4 月 1 日）发表《读吴世昌君的〈诗与语音〉篇》，对吴文提出商榷。

刘半农外，赵元任同样是卓有成就的语言学家，刘半农关注语言的声调问题，而他则更为关注从语言角度研究新诗的用韵问题，他的《国音新诗韵》出版于 1923 年 11 月，而这时正是白话—自由诗运动方兴未艾之时，因此，在该书序中，他有这样的话：

> 我做这书还没有动笔，就觉得有人对我说，“诗韵这东西有甚么做头？现在中国外国所出的诗，有韵的一天比一天少，无韵的一天比一天多了。况且就是要做有韵的诗，不是有好好的‘衣，乌，迂，阿，哦，呃……’那十六个国音韵母摆在那里，只要查《国音

---

① 刘半农：《〈四声实验录〉序赘》，《半农杂文》，星云堂书店 1934 年初版，河北教育出版社 1994 年版，第 156 页。

② 刘半农：《〈四声实验录〉序赘》，《半农杂文》，星云堂书店 1934 年初版，河北教育出版社 1994 年版，第 157—158 页。

字典》凡在同韵母的字都可以押韵就是了；何必要做出这么呆笨的一本书，就是这事用不着甚么脑力，也不枉费掉了自己眼力，笔力，和买书人的财力吗？”所以我又搁起笔来想想这事到底值得做不值得做。就想出来这几种韵书可以存在的几层理由。[①]

上述一段表白，说明赵元任制作《国音新诗韵》面对着来自白话—自由诗阵营的巨大压力。他从语言角度对诗韵的研究，既是从学理上对传统诗歌用韵的系统总结与梳理，同时，也带有为未来新诗用韵做指导的意思，其用心与刘半农完全相同。赵元任后又编制有《新诗歌集》[②]，该书序言性质的《谱头语》一文，对“吟跟唱”“诗跟歌”二者的内在差异，做了细致辨析，认为：

读诗有读诗的味儿，唱歌有唱歌的味儿，而且不是能够同时并尝的，诗唱成歌就得牺牲掉它的一部分的本味，这是不得不承认的。所以唱歌的兴趣完全另是一种兴趣。

照这样看起来，作诗的人除非他是预备专当歌诗用的，他可以不管好唱不好唱，只须问好读不好读。[③]

在现代形式诗学体系中，诗与歌二者关系的辨析，为一重要的理论话题，许多学者在这方面皆有论述，而赵元任《新诗歌集》的《谱头语》一文，专门对诗与歌进行富有深度的理论辨析，还是首次。

刘半农、赵元任既是诗人，又是中国最早一批系统批接受西方语言学理论训练的语言学家、音韵学家，赵元任还是著名的音乐学家，他们从语言学、音韵学角度，或音乐学角度，对新诗形式问题的研究与关注，在他们那一代及其之后的语言学家中，颇富代表性。在他之外，王力、张世禄、姜亮夫等人，皆是作为语言学家、音韵学家，从语言角度开始其对新诗形式问题的关注和研究。这说明本质上是一语言问题的新诗形式诗学，也许只有在语言学、音韵学与诗学研究的通力合作中，才能得到最终解决。

在诗体探索上，在刘半农、赵元任等人之后，有《少年中国》诗人群。

一、《少年中国》诗人群的探索

刘半农的“增多诗体”主张，从诗体建设角度，对新诗发展提出建设性

---

① 赵元任：《〈国音新诗韵〉序》，《国音新诗韵》，商务印书馆 1923 年 11 月初版，1933 年 5 月国难后第 1 版。

② 赵元任编：《新诗歌集》，商务印书馆 1928 年 6 月初版，1933 年 5 月国难后第 1 版。

③ 赵元任编：《新诗歌集》，商务印书馆 1928 年 6 月初版，1933 年 5 月国难后第 1 版，第 6 页。

意见。但是，他只是提出增多诗体，并没有明确提出建立什么样的诗体，更不用说格律诗体的建设问题。在他之后出现的《少年中国》诗人群，则从诗歌原理的角度，对诗歌与格律之关系，作了非常积极的探索。1920 年 2 月《少年中国》第 1 卷第 8 期“诗学研究号(一)”发表了田汉《诗人与劳动问题》、周无《诗的将来》、宗白华《新诗略谈》三篇诗学文章；1920 年 3 月《少年中国》第 1 卷第 9 期“诗学研究号(二)”发表了康白情《新诗底我见》一文；1920 年 12 月《少年中国》第 2 卷第 6 期发表李思纯《诗体革新之形式及我的意见》一文。这些文章在 1920 年的集中出现，说明新诗的格律—形式问题，已开始引起较为普遍的关注。

田汉《诗人与劳动问题》探讨诗歌的定义、性质及起源。他认为“诗的内容以情感为生命！诗的形式与韵律相联属！”我们情动于中而发于外的时候，其为言为动必带多少节奏，以助成其形式美，所以诗歌有格律。“特事象愈繁，格律愈松，松到成散文诗一样。若专重格律，而不重情感，或以格律而束缚其情感，都不算真正的诗歌。所以诗歌者，是托外形表现于音律的一种情感文学！”[①]很明显，田汉虽认为诗歌是表现于音律的情感文学，音律是其重要特质，但他又认为抒情才是诗歌的本质，格律只有在为情感服务的前提下，才有其地位。而且，他认为随着时代生活发展，诗歌与散文的界限将会随之消失，格律的标准将愈来愈宽松，达到像散文诗一样失去外在格律的境地。由此可见，田汉虽把格律看做是诗歌形式的重要特征，但他认为格律终将消亡。他对诗歌形式的看法，也是浪漫主义的，与郭沫若并无根本不同。

周无《诗的将来》从区分诗与其他文体如小说、戏剧的边界入手，触及诗歌的本体特征。他认为与戏剧、小说相比，诗有两个特点：(一)诗是主情、想象的，偏于主观；(二)诗有节韵，与旧诗音律不同，小说则无。与其他文体不同，“韵节也是他特有要素，只有进化改善，没有根本除去的。”他所谓的“韵节”或“节韵”指的是“节奏”和“音韵”。周无认为“韵节”是诗歌形式的本质特征，如果失去这个特征，诗歌也就失去形式上质的规定性。因此，他认为散文诗虽骤看起来没有节奏和音韵，但是，散文诗仍然是诗，不是散文，它的诗的要素，除主情、想象与主观外，还有“幽渺自然的节韵”。可见，周无将新体诗质的规定性分为两个方面，内容为“主情、想象、主观”，形式为“节奏和音韵”。这是他与田汉不同的地方。田汉认为将来的诗是

① 田汉:《诗人与劳动问题》,《少年中国》第 1 卷第 8 期“诗学研究号(一)”(1920 年 2 月)。

没有格律的，周无则认为新体诗的节韵无法根本除去。值得注意的是，周无把新体诗的音乐形式称为“节韵”或“韵节”，以与旧诗的“音律”相区别。这种命名说明他有意区分新诗和旧诗的音乐性，认为两者的音乐性应有所不同。

周无虽把“节韵”看做是新诗形式所必须具有的本体特征，但是，他认为在形式与内容两者之间，形式是第二义的，内容是第一义的：

> 须知律声是补助节韵，节韵是用来引起美情。是音律——和声律节韵言——为美情，并非美情为音律。甚么叫音律，全以能否引起美情为断。但是音律又不能独立，必附着于实体。美情的发生，即是音律实体相加之和；即是音律必以增长实体，扶助实体为原则。使实体不能实现，固不算音律。即实体的实现因音律而减色，这种音律也不应存在的。要问现今一般诗里的价值，这可以叫作诗的人自己说他起初的所有意思，经过音律的一番组织之后，究竟还剩下几分。我想成分虽然不同，恐怕也只有减少的。所以前此的诗中间，一句里的律，一句末的韵，都可以算是等于妇女的缠足和束腰。所谓散文，是和律文对待说的。诗是和文对待说的。虽然他的形式是散文，因为有了节韵，所以依然是诗。至于说到音节，也是随着实体进化，又是随着人的美情进化，并非一成不变的繁音促节。[①]

周无所说的“美情”指一首诗综合的美学效果，“实体”指“我们想用艺术表现的问题意象或是事实。”[②]他认为音律是为表现实体服务的。而“前此的诗”即古典诗歌中的音律等于是“妇女的缠足和束腰”，是妨碍诗人表达情感的，因此，是不应存在的。而“节韵”则不同，有了它，即使形式上是散文，而性质上依然是诗。这里，周无提到三组相对待的概念，即“音律与节韵”、“律文与散文”、“诗与文”。“律文与散文”是就外在格律形式说；“诗与文”是就文体性质说；“音律与节韵”是就传统古典诗歌的格律与现代新体诗的形式说。他的意思是，徒具外在的音律躯壳，没有诗应具有的主情特征，只能称之为“律文”；纵然外在形式是散文，但若具有了“节韵”，则依然可称之为“诗”。这说明“节韵”在诗的诸要素中是相当重要的。那么，

---

① 周无：《诗的将来》，《中国新文学大系·建设理论集》，上海文艺出版社 2003 年版，第 344 页。

② 周无：《诗的将来》，《中国新文学大系·建设理论集》，上海文艺出版社 2003 年版，第 339 页。

"节韵"到底是什么？它为什么能具有这么大的功效呢？它与古典诗歌中的"音律"到底有什么不同之处？周无以散文诗为例，对"节韵"进行说明。他认为散文诗的节韵包括两点：一是散文诗组织中应有的一种自然结果。二是作者"审音力"和"触认力"的一种自然表现。这里他用了两个自然，一为"自然结果"，一为"自然表现"，似乎又回到胡适那里去了。一再对"自然"加以强调，说明他是以此为标准来区分"音律"与"节韵"的。传统的"音律"是外加的，新体诗的"节韵"是内在的，自然的。因此，虽然表面上他对诗的定义似与郭沫若、田汉不同，但他的"节韵"概念却与郭沫若的"内在律"概念暗合，只是角度有所不同而已。

宗白华《新诗略谈》是他与朋友康白情在有关"新诗问题"的谈话之后，触发感想而写的。宗白华把诗分为"形"与"质"两方面。"形"是诗中的音节和词句的构造；"质"是诗人的感想情绪。诗可定义为"用一种美的文学——音律的绘画的文字——表写人底情绪中的意境。"[①]与田汉、郭沫若轻视形式不同，宗白华对形式与内容同等重视。他认为诗的形式凭借的是文字，文字具有两种作用：一、音乐的作用，文字中可以听出音乐式的节奏与协和；二、绘画的作用，文字中可以表现出空间的形象与彩色。所以优美的诗都含有音乐，含有图画。总之，诗是借着简单的物质材料——纸上的字迹来表现出空间、时间中复杂繁复的"美"。与胡适、郭沫若等人提倡新诗"裸体美"不同，宗白华把形式的美提高到与内容等同的位置。宗白华对诗歌语言音乐美与绘画美的强调，可以看做是闻一多"三美"主张的先声。

宗白华重视新诗的音乐美、绘画美，至于音乐美怎样实现，他并没有提到。在《新诗略谈》结尾，他认为："新诗的创造，是用自然的形式，自然的音节，表写天真的诗意与天真的诗境。""自然形式"、"自然音节"的提法，又与胡适如出一辙。可见，他心目中的音乐美还是以形式的自然、音节的自然为前提的。在《〈蕙的风〉之赞扬者》一文中，他认为对于《蕙的风》这样的诗歌，正确的欣赏态度是："他是自自然然地写出来的，我们也自自然然地享受他。"[②]可见，在诗歌形式美的认识上，宗白华倾向于自由、活泼、天然，与后来新月诗派所追求的整饬与约束大异其趣，这可从其《流云》小诗的创作实践得到证明。这是研讨宗白华的诗学主张时，必须注意的一点。

较之胡适"自然音节"说、郭沫若"内在律"说、朱执信"情随意转"说，宗

---

① 宗白华：《新诗略谈》，《少年中国》第1卷第8期"诗学研究号(一)"(1920年2月)。

② 宗白华：《〈蕙的风〉之赞扬者》，《时事新报・学灯》1923年1月13日。

白华、田汉、周无的诗学观念已有所不同。但是，若进一步深究，即可发现，他们的形式诗学与胡适等人并无根本差异。现在学界的一些研究者认为《少年中国》诗人群的诗学观念已经有了现代格律诗学的一些因子，这样的论断失之笼统和含混。以上分析显示，宗白华、田汉、周无以及在《少年中国》上发表《新诗底我见》的康白情，其总体倾向还是反格律、否形式的。真正代表现代格律诗学萌芽的是李思纯的《诗体革新之形式及我的意见》一文。

在理论立场上，《诗体革新之形式及我的意见》与田汉、周无、康白情已经很不相同。在形式(艺术)与内容的关系问题上，田汉、周无、康白情等人均持内容至上观，认为内容(诗人之情)第一，形式第二。在形式上，他们皆认为新诗的形式就是"无形式"，是对传统诗体格律形式的解构与颠覆，采用的是"自然的音节"。宗白华开始把形(艺术)与质(情绪、思想)两者放在相对等的位置上，但也只是分而论之，并没有刻意凸显新诗形式问题对新诗诗体重建的重要性与迫切性。在形式上，他强调文字的音乐美与绘画美，但落实在音节和外在形式上，他强调的依然是"自然的形式，自然的音节"，与以上诸人并无不同。李思纯的立论同样建立在宗白华诗的定义的基础上，说明他的理论前提与宗白华是一致的。但是，从这样的理论前提出发，他得出的结论却与宗白华很不相同：

> 从这样看来，这诗的形，诗的外象，即是所谓"形式问题"。艺术的作用，完全属于形式的方面，外象的方面。而不属于质的方面，内容的方面。这是一定的道理，无可疑诘的了。①

在宗白华看来，"形"指"适当的文字"，"诗中的音节和词句的构造"，而"质"就诗歌内容讲指诗的"意境"，就创作主体讲指"诗人的感想情绪"，其源头是诗人的整个人格修养。在李思纯看来，"形"不单单是文字，还是诗的"形式"或"外象"，即诗歌的艺术表达方式；而"质"是"内容"，是抽象的"主义与思想"或者说"精神"。与宗白华把两者置于同等地位不同，李思纯认为"形式"关乎诗歌艺术的成败，而内容则是通过形式得以最终呈现的。形式是艺术，内容是非艺术；形式是具象，内容是抽象；没有形式，内容根本无法得到呈现。这样一来，"形式"就被置于超越内容的极高位置上，变成形式制约内容而不是内容决定形式。这种古典主义诗学观，对于前此以郭沫若为代表的浪漫主义诗学是一极大反拨与修正，预示现代格律诗学的即

---

① 李思纯：《诗体革新之形式及我的意见》，《少年中国》第2卷第6期(1920年12月)。

将诞生。

从形式决定内容的观点出发，李思纯对当时诗界重内容轻形式（艺术）的总体倾向进行批判：

> 如有人说："新诗的创造，注重在主义与思想。其美在内容而不在外象。质言之：便是重精神不重形式。"这话便大错了。精神与形式，不过一物的两方面，并非截然可分的二物。断莫有不重精神而形式能肖的。也莫有不重形式而精神能完的。……形神两方，互相切合，一有所缺，两具不完。然则新诗的创造，岂仅能以精神胜于旧诗自豪。换言之，若艺术方面的形式上远逊旧诗，那么，精神方面，何能离形式而独完呢。①

若联系俞平伯《社会上对于新诗的各种心理观》一文的一些观点，可看出，上面这段话明显是针对以他为代表的白话—自由诗学论者而发的。俞平伯就认为："主义是诗的精神，艺术是诗的形式。新诗的艺术果然重要，但艺术离了主义，就是空虚的，装饰的，供人开心不耐人寻味使人猛醒的。"②这种重主义而轻形式，重精神而轻艺术，重自然流露而轻苦心经营，重灵感而轻创作的诗学观念，带来新诗艺术的粗制滥造，大量诗作流于低水平重复。因此，李思纯形式至上观的出现，无疑是及时的。他由此观念出发，对新诗创作所作的反省与批评，说明人们已开始意识到新诗艺术（形式）重建的必要性与重要性。

李思纯认为白话诗艺术形式有三方面问题，分别是：太单调，太幼稚，太漠视音节。最后一点关涉到新诗的音乐形式。他认为新诗音节，固然不必做到像旧诗那样铿锵，"但自然的音节帮助他的适当之美的音节，却不可不要的，更具体说，他与散文（prose）的区别，可以说十之八九，是属于音节方面。"由于诗歌与散文的文体之别，主要体现在音节上面，因此，音节问题，是新诗诗体重建过程中，必须加以关注与解决的根本问题。从语言性质上讲，他认为中国文字是"单节音（monosallable）"，音节的作用更为重要。他还从诗体外形美观的角度，论及音节的重要性，认为"为诗体外形的美起见，也不可过于漠视音节的。"

李思纯还注意到新诗是否能"唱"的问题。白话—自由诗学以反传统确立起新诗的合法性地位，其所反对的一重要对象即中国的歌诗传统。白

① 李思纯：《诗体革新之形式及我的意见》，《少年中国》第2卷第6期（1920年12月）。

② 俞平伯：《社会上对于新诗的各种心理观》，《新潮》第2卷第1号（1919年10月）。

话—自由诗学论者反复强调新诗是用来“读”的，而不是“歌”的，新诗是“诗”而非“歌”，一切可歌的因子皆被他们认为是“外在”与“外加”的，是“非诗”的，因此，要被排除于新诗体外。郭沫若《论诗三札》一文的观点最具代表性。他从进化论立场出发，认为随着人文进化，各种艺术的修养锻炼愈臻完备，诗歌、音乐、舞蹈由浑而分，各有特征而不能相混。自从文字发明以后，诗歌表现的工具由言语更进化为文字。诗歌于是分化为两种形式。诗自诗，歌自歌。歌如歌谣、乐府、词曲，或为感情的言语之复写，或不能离乐谱而独立，都是可以唱的。而诗则不必如此——诗的精神在其“内在的韵律”。郭沫若由反对诗歌的歌诗传统，进而反对新诗里面一切他认为是强加因而是外在的音乐性因素。与他的偏激论调不同，白话—自由诗学论者还是有人注意到了新诗对歌诗传统的借鉴问题，如康白情就主张“新诗也可以唱的。因为只要有一串声音，就可以唱的。”[①]李思纯在这一点上与康白情一致。他认为新诗的音节也应该向俗歌俚谣学习，这些歌谣虽无微妙意境与深长趣味，但因为音节合于歌唱，所以“不胫而走”，显示出支配社会的大力量。诗人要使新诗真正走近民众，产生广泛社会影响，而非局限于一己之小圈子，就必须考虑到这个问题。当前诗坛面临严重危机，诗人自娱自乐，读者越来越少，向歌诗传统回归的声浪越来越高，这种情状，李思纯似乎早已预见到了。

鉴于新诗艺术存在诸多缺陷，李思纯提出两条建议，一是向西方学习，多译欧诗输入范本；一是向传统学习，融化旧诗及词曲艺术。这两条建议的切实有效性，已为新诗发展历史所证明。向西方诗歌学习的一个重要途径，就是翻译西方诗体，在这方面，百年诗歌翻译对新诗诗体及现代格律诗学理论的建设，已经作出一定贡献；向传统旧体诗词学习，在当今诗坛，也逐渐成为大家的共识。而在“五四”时期，当胡适等人正急于撇清自己与传统（旧体诗词）的关系，旧体诗词被当成新诗所继承的负面遗产、成为众矢之的之时，李思纯提出向旧体诗词曲学习，融化旧体诗词曲的音节为新诗体所用，这种看法是富有远见的。随后的新诗发展证明，只有传统成为一积极因素，融化在新诗体内，成为新诗的有机成分，新诗的发展才有可能是健康的。

二、闻一多、梁实秋、王统照对白话—自由诗学的理论反省

李思纯对新诗形式艺术的批评与重视，预示着对初期白话—自由诗学

---

① 康白情：《新诗底我见》，《少年中国》第1卷第9期“诗学研究号(二)”(1920年3月)。

反形式观念理论反省浪潮的到来。这股理论反省浪潮的突出标志就是《〈冬夜〉〈草儿〉评论》一书的出版。该书1922年11月1日由清华文学社出版，为“清华文学社丛书”第1种，收入闻一多的《〈冬夜〉评论》与梁实秋的《〈草儿〉评论》。俞平伯诗集《冬夜》和康白情诗集《草儿》1922年3月由亚东图书馆出版。它们是继胡适《尝试集》、郭沫若《女神》之后出版的白话新诗集，在当时影响很大。由于这两部诗集在初期白话—自由诗中具有一定代表性，闻一多、梁实秋《〈冬夜〉〈草儿〉评论》的出版，带有对初期白话—自由诗创作进行总结与反省的意味，可看做是对白话—自由诗理论的一次清算。其中，理论清算意识最强的当属闻一多的《〈冬夜〉评论》。该文第二节一开始便涉及新诗的“音节”问题，由于闻一多是在“节奏”的意义上使用“音节”一词的，因此，他所说的“音节”，指的应该是“节奏”：

> 《冬夜》给我最深刻的印象是他的音节。关于这一点，当代的诸作家，没有能同俞君比的。这也是俞君对于新诗的一个贡献。凝炼，绵密，婉细是他的音节底特色。这种艺术本是从旧诗和词曲里蜕化出来的。词曲的音节当然不是自然的音节；一属人工，一属天然，二者是迥乎不同的。一切的艺术应该以自然作原料，而参以人工，一以修饰自然的粗率相，二以渗渍人性，使之更接近于吾人，然后易于把捉而契合之。诗——诗的音节亦不外此例。一切的用国语作的诗，都得着相当的原料了。但不是一切的语体诗都具有人工的修饰。别的作家间有少数修饰的产品，但那是非常的事。俞君集子里几乎没有一首音节不修饰的诗，不过有时太嫌修饰过火些。（或许这“修饰”两字用得有些犯毛病。我应该说“艺术化”，因为要“艺术化”才能产出艺术，一存心“修饰”，恐怕没有不流于“过火”之弊的。）[①]

闻一多评论的对象《冬夜》是自由体诗，但他的理论出发点却恰恰与自由体诗的自然音节说相反。当胡适为自己的诗由词曲的音节变化为纯粹“自由诗”的音节而自鸣得意时，闻一多却大唱反调，认为《冬夜》的好处恰恰在其融化旧诗和词曲的音节。这是因为胡适认为新诗当以“自然音节”为基础，而闻一多却认为“所谓‘自然音节’最多不过是散文的音节。散文的音节当然没有诗底音节那样完美。”[②]一切的艺术只以自然做原料是远远

① 闻一多：《〈冬夜〉评论》，《闻一多全集》第2卷，湖北人民出版社1993年版，第63—64页。

② 闻一多：《〈冬夜〉评论》，《闻一多全集》第2卷，湖北人民出版社1993年版，第64页。

不够的，还必须掺以人工。词曲的音节属人为制定的，因此，当然不是自然的音节，所以，《冬夜》在艺术上就高于一般白话—自由体诗。正是对自然音节说的评价不同，导致胡适与闻一多对于融化词曲的新体诗态度截然相反。可见，闻一多《〈冬夜〉评论》的理论清算，其针对的重要对象就是胡适提出的“自然音节”理论。

闻一多上述观点与朱自清颇为相似。朱自清在《〈冬夜〉序》中认为《冬夜》“音律底艺术，大概从旧诗和词曲中得来。”俞平伯就词曲的腔调去短取长，重以己意熔铸一番，便成了他自己的独特音律。[①] 闻一多对于朱自清的完全肯定并不认同。他在充分肯定俞氏熔铸词曲音律入新诗的同时，同时还注意到“在词曲的音节之背地到底有些什么东西衬住他，或是词曲底音节到底有些什么条件同限度，或是他同诗中别种原素有些什么相互的因果的关系同影响”。[②] 由此角度，他对俞平伯吸纳词曲音节所带来的意境上的亏损等弊端，进行颇为细致深入的评析，这些地方说明他对词曲音节与新诗关系的认识，在深度上要明显高于朱自清。

以上分析可见出，闻一多非常重视新诗的形式艺术，特别是新诗的音节（节奏）艺术，但这并不等于说闻一多对新诗的认识只是止步于形式。与形式（语言、音节）相比，闻一多给予内容（精神）以更高的地位。他认为：

> 诗底真精神其实不在音节上。音节究属外在的质素，外在的质素是具质成形的，所以有分析，比量底余地。偏是可以分析比量的东西，是最不值得分析比量的。幻想，情感——诗底其余的两个更重要的素质——最有分析比量底价值的两部分，倒不容分析比量了；因为他们是不可思议，同佛法一般的。最多我们只可定夺他的成分底有无，再多许可揣测他的度量底多少；其余的便很难像前面论音节论的那样详殚了。[③]

闻一多认为音节虽重要，但终属外在的质素，内在的质素如幻想、情感属内在的质素，无法比量分析，但却是更重要的。他的这种看法值得加以重视。闻一多后发表《诗的格律》，成为现代格律诗学史上的重要人物，给人印象好像是形式至上主义者。《〈冬夜〉评论》这段话充分证明，他对形式的重视是以对内容的优先考虑为前提的。在他那里，重视形式，并不等于

---

① 朱自清：《〈冬夜〉序》，《朱自清全集》第4卷，江苏教育出版社1996年版，第50页。
② 闻一多：《〈冬夜〉评论》，《闻一多全集》第2卷，湖北人民出版社1993年版，第66页。
③ 闻一多：《〈冬夜〉评论》，《闻一多全集》第2卷，湖北人民出版社1993年版，第76页。

否定内容(精神)的重要性。

在《〈冬夜〉评论》之外,闻一多1923年还发表有《泰果尔批评》一文。[①]该文对泰戈尔诗歌艺术的批评也是从形式立论。闻一多认为形式是艺术的存在方式:"没有了形式艺术怎能存在!"固定的形式不当存在,但是这和形式本身没有关系。新诗要打破一种固定的形式,但目的是要得到许多变异的形式,而不是要破坏形式本身。泰戈尔诗歌是没有形式的:"泰果尔底诗不但没有形式,而且可说是没有廓线。因为这样,所以单调成了他的特性。我们试读他的全部的诗集,从头到尾,都仿佛是些不成形体,没有色彩的amoeba式的东西。"[②]闻一多否定泰戈尔诗歌,其目的是为了新诗的诗体重建,因为"于今我们的新诗已经够空虚,够纤弱,够偏重理智,够缺乏形式的了,若再加上泰果尔底影响,变本加厉,将来定有不可救药的一天。"[③]闻一多对泰戈尔诗歌艺术的否定当然存在偏激之处,但是,从他的批判中我们不难看到他对新诗形式重建问题的重视与焦虑。从他的《诗底格律》发表之前的这些文章看,他之所以能提出新诗格律建设的理论,与他此前对诗歌形式的一贯高度关注是分不开的。

梁实秋《〈草儿〉评论》与闻一多《〈冬夜〉评论》同时出版。《〈草儿〉评论》同样以一部诗集为代表,通过从内容到形式的全面分析,展开对早期白话新诗的反省与批判。这一点可从以下语句看出。

> 即以我国新诗坛而论,几无一人心目中无《草儿》、《冬夜》者,后起之作家受其暗示与传染者至剧;《冬夜》吾不再论,若以《草儿》比于我国新诗坛之先驱者,则诚有待于一般批评家为之重新估定价值之必要。现在几乎没有一种报纸、杂志,不有几首新诗,而又几无一首是诗,其鄙陋较之《草儿》更变本加厉了;若一一引而评之,势有未能,所以溯本探源,把始作俑的《草儿》来评一过,实在又是擒贼擒王的最经济的方法了。[④]

梁实秋对《草儿》的批评从一组否定句开始:"我们不能承认小说是诗。""我们不能承认记事文是诗。""我们不能承认格言是诗。"这三组排比式的否定句,用的是排除法,其语义的另一面即"新诗到底是什么",这种追问,显示梁实秋等人对新诗本体的寻找。这与白话新诗初建时期,胡适等

① 《时事新报·文学》第99期,1923年12月3日。

② 闻一多:《泰果尔批评》,《闻一多全集》第2卷,湖北人民出版社1993年版,第129页。

③ 闻一多:《泰果尔批评》,《闻一多全集》第2卷,湖北人民出版社1993年版,第129页。

④ 梁实秋:《〈草儿〉评论》,《梁实秋文集》第1卷,鹭江出版社2002年版,第5页。

人有意打破诗与文界限，诗与话界限，形成鲜明对照。梁实秋通过对《草儿》的批评，首先敏感地抓住了初期白话新诗内容的重要缺失，即情感与想象的贫弱，这与成仿吾对初期白话新诗病症的诊断完全一致。

与闻一多相比，梁实秋对于诗歌形式的重视不够。他认为一首诗有了丰美的情感和想象，音节自然会好起来；即使音节稍微差一点，也无大碍。音节只是内容空虚的诗歌的"掩面遮羞的技术"而已。即使如此，他还是对《草儿》的形式作了评价。梁氏认为"形式的美原是艺术家所应该去做的。除了新兴的'自由诗'(free verse)以外，即是'散文诗'也是用声调铿锵然的响亮的句子；'无韵诗'(blank verse)更是有一定的规律的节奏。"①可见，梁实秋同样认为新诗应该讲求形式之美，应该追求声调的铿锵与节奏的规律。准此尺度衡量，《草儿》集中诸作，"大半是没有音节的——再正确些说，大半是有不合诗的音节的音节。"不合"诗的音节"的地方，首先表现在句子的参差不齐，不合美的原则。其次不押韵。梁氏认为韵脚有无对于诗音节之优劣，占有很重要位置。"吾人读一首有韵脚的诗，便觉得比较的容易记忆，这是人人经验的事实。所以便于记忆的原故，即是因为有韵脚的诗有完备的音节，完备的是美的，对于美的音节，感情容易注入。"②可见，梁实秋主张诗歌应押韵，与胡适等人反对押韵的主张不同。

在《〈草儿〉评论》后，梁实秋1923年又发表《诗的音韵》、《〈繁星〉与〈春水〉》等诗论文章。《〈繁星〉与〈春水〉》批评冰心的诗作句法太近于散文，故虽流畅，但"实是不合诗的"。他认为诗的分行是有道理的，一行便是一节有神韵的文字，"有起有讫，节奏入律。"③《诗的音韵》专门研讨新诗音韵问题。梁实秋认为中国新诗的音韵问题，很值得研究。与中国旧诗相比，新诗失去音乐美，这是它的一大缺陷。他反对自由诗论者所持的"音韵是诗的外加质素"观，认为这种说法完全不了解音韵的作用。把音韵看做是诗的内在质素，具有引人入胜的魔力，这种观点把音韵在诗中的位置大大提高，与他此前把诗的音节看做是"掩面遮羞的技术"相比，明显有进步。

为使新诗具有和旧诗一样的音乐美，梁实秋提出"创造出新诗的新音韵"主张，具体说来有四个要点：(一)韵脚。韵脚的重复具有一种引读者入神的魔力，"一首诗的韵脚之有无，不能断定一首诗的优劣，但是于音韵的

① 梁实秋：《〈草儿〉评论》，《梁实秋文集》第1卷，鹭江出版社2002年版，第23页。
② 梁实秋：《〈草儿〉评论》，《梁实秋文集》第1卷，鹭江出版社2002年版，第24页。
③ 梁实秋：《〈繁星〉与〈春水〉》，《创造周报》第1卷第12号(1923年7月29日)。

完备上大有关系。……因韵脚而迁就诗意，固可不必，但无害于诗意时仍以有韵脚为宜，这是新诗人应该遵守的条件。”[①]（二）平仄。平仄的效用，与英文诗的重音(accent)一样，使一行诗有高下、急缓不同的声调，可使读者沉醉，又可使读者清醒。因此，新诗平仄不可不注意。梁氏举郭沫若与汪静之的两首诗作为一正一反的例证进行说明。（三）双声叠韵。（四）诗行长短。“诗的句子不妨长，结构不妨复杂，但是行子（‘行子’应为‘句子’。——笔者注）的长短，必要差不多——这是音韵制度(metrical system)的根本义。”[②]梁实秋认为律诗的整齐句法和词的参差句法，在新诗里可以融合成一种自由的句法，但是“整齐的美”与“参差的美”的原理具有永远不可磨灭的价值。

《诗的音韵》在中国现代格律诗学史上具有非常重要的位置。这是因为，梁氏在该文中提出的一些观点，与现代格律诗学的核心主张已非常接近。首先，他把音韵看做是诗的内在质素，认为新诗应该具有像旧诗那样的音乐美。其次，在重视音乐美的基础上，他进而提出建造新诗音韵的四个要点。四要点中，前三点接近于闻一多后来提出的“音乐美”，第四点接近于闻一多的“建筑美”。在怎样达成新诗的音韵美上，梁氏提出的一些具体措施与闻一多等人有不同之处，如梁实秋更重视回归传统，提出对旧诗平仄的利用问题，闻一多则取法西洋，从西方诗学中引入音尺概念，但在基本诗学观念上，如重视新诗形式规范重建一点上，梁实秋与闻一多等人是相通的。所以说，在重新梳理现代格律诗学的生成历史时，一定不能忽略梁实秋所起的关键性作用。

闻一多、梁实秋的《〈冬夜〉〈草儿〉评论》出版于1922年底。与该书出版形成呼应的，是成仿吾《诗之防御战》[③]一文的发表。

《诗之防御战》对初期白话诗的非诗化倾向作了毫不客气的尖锐批判。文章批评白话诗大都是一些浅薄无聊的文字，作家既没有丝毫想象力，又不能利用音乐的效果，所以这些诗总不外是一些理论或观察的报告，怎么也免不了是一些鄙陋的噪音。这样的判断来自成仿吾对诗的看法。成仿吾认为“诗的本质是想象，诗的现形是音乐。”因此，想象与音乐是新诗最本质的要素，失去两者，就失去诗的本质特性，而当时的很多诗歌不幸就失去

---

① 秋(梁实秋)：《诗的音韵》，《梁实秋文集》第6卷，鹭江出版社2002年版，第200页。

② 秋(梁实秋)：《诗的音韵》，《梁实秋文集》第6卷，鹭江出版社2002年版，第202页。

③ 成仿吾：《诗之防御战》，《创造周报》第1号(1923年5月13日)。

这些特性，沦为非诗。成仿吾所谓诗的两要素，想象属于创作主体的范畴。文章开始时，他提的不是想象，而是情感："文艺的玩赏是感情与感情的融洽"，"文学始终是以情感为生命的，情感便是他的始终。"可见，他所谓的情感与想象是一体的，只不过角度不同而已。

就形式（艺术）说，成仿吾认为诗是音乐的艺术，他论说的重点在内容，对于形式即诗的音乐要素，论述较少。在申述日本俳谐不足模仿与不可模仿的理由时，他间接谈到对诗体与音乐性的看法。俳谐不足模仿是因为："抒情诗的真谛在利用音律的反覆引我们深入一个梦幻之境，俳句仅一单句，没有反覆的音律，他实在没有抒情的可能。"可见，"音律的反覆"应该就是他所说的音乐性的一项重要表现。什么是音律的反覆，他并没有做进一步说明。但从对小诗的批判中，可看出他心目中的音乐性至少要以有一定长度作前提，小诗太短，音乐性就无法体现出来。在诗歌体式上，成仿吾认为新文学应"自由不羁地创造些新的形式"，而不可为固定形式所拘。这说明他反对新诗的"定型化"。"自由不羁地创造些新的形式"一语，不但指创造的自由不羁，也含有大胆尝试多种诗体包括现代格律诗体的意思，因为"新的形式"并不限于自由诗体。

就新诗格律形式建设来说，成仿吾《诗之防御战》一文的意义在于：把音乐性看做是诗歌艺术的本体特性，进一步加深了对新诗体性的认识。

闻一多、梁实秋、成仿吾外，王统照在二十世纪二十年代初期也曾发表多篇文章，对郭沫若的极端自由一自发的浪漫主义诗学提出批评，维护诗与散文的分界。《文学的作品与自然》认为"文学家的诗文，固然可趁一时兴会所至，即行写出，但这明明是不容易的事，当时的印感，虽使创作欲不可遏抑地引导出，及至写时，往往不能称意，或不能精密，我以为一个人的兴感，在兴奋的时间内，往往有粗疏及不能密察的弊病。"①这话明显是针对郭沫若"诗是写出来的"观点而发的。后来王统照对此还有所表白："记得十多年前已有人讨论过'写'诗与'做'诗的问题，我在那时即主张诗是非'做'不成。"②他认为新诗的容易"写"成为新诗的诟病，是由于对于"做"字上太少讲求。若认为诗只可"写"不能"做"，则艺术二字着落何处？可见，王统照认为诗必须是"做"而不是"写"，源于他对于诗的"艺术"的尊重和讲

---

① 王统照：《文学的作品与自然》，《晨报副刊》"文学旬刊"第5号（1923年7月11日），见《王统照全集》第6卷，中国工人出版社2009年版，第463页。

② 息（王统照）：《"谈诗小记"》，《文学》第8卷第1期"新诗专号"（1937年1月1日），见《王统照全集》第5卷，中国工人出版社2009年版，第399页。

求。正是出于对诗的艺术形式的重视，王统照对于当时流行的白话—自由诗风深致不满，认为当时创作界存在的一个普遍缺陷是："情绪方面的作品多，而艺术上太缺欠。"[1]王统照对诗歌艺术形式的重视，还与他对诗歌文类特质的认识有关：

不过诗与一切的散文——散文诗不在内——所以相异，而且必须在文学的领域上，划出诗的境界来的原因，我的浅见以为一则以文体的形式不同，一则最大的分别，乃是诗有韵律的节奏的自然，由热情中冲发而出，更多音乐化的妙用与感人的想念的。

……所以诗在文学领域中占重要地位的原因，且永久不变的，我以为有下列几种：(一)作诗的冲动，纯由于人对自然界及人事，作情感上不可自已的应付。(二)因有韵律的音乐化的言辞，足以慰安一己的人生观。(三)易于作片段的描写与感叹。(四)作诗者除慰安一己与感动他人外，无其他之目的。[2]

认为诗歌创作冲动来自情感，这种抒情主义的创作观与郭沫若相同，但同时他又强调诗歌形式上"有韵律的音乐化的"特征，又与郭沫若稍有不同。他对郭沫若浪漫主义诗学观的批评，应该就与他对诗歌形式特征的认识有关。

闻一多、梁实秋、成仿吾、王统照等人系列诗学文章的发表，标志着对初期白话—自由诗学理论反省浪潮的到来。在这一波理论反省浪潮中，闻一多与梁实秋、成仿吾、王统照等人并没有明确提出现代格律诗学的建设主张，但他们的一些结论，已非常清晰地包含有现代格律诗学的萌芽。

在闻、梁、成、王诸人之外，还应提及陆志韦、俞平伯、潘大道、唐钺等人，他们作为新格律诗派出现之前对于新诗形式问题探索的先驱者，其作出的诗学贡献和提出的一些观点，同样值得研究者重视并加以认真总结。

三、陆志韦、俞平伯的"节奏"与"创律"

陆志韦新诗集《渡河》出版于1923年。他为新诗创制新律的工作，就始于该诗集的形式试验。朱自清在《〈中国新文学大系·诗集〉导言》中，对陆志韦这方面的贡献，给予充分肯定："第一个有意实验种种体制，想创新

① 王统照：《近来的创作界》，《晨报副刊》"文学旬刊"第12号(1923年9月21日)，见《王统照全集》第6卷，中国工人出版社2009年版，第60页。

② 王统照：《对于诗坛批评者的我见》，《诗》第1卷第3号(1922年3月15日)，见《王统照全集》第6卷，中国工人出版社2009年版，第362—363页。

格律的，是陆志韦氏。”[1]后又在《诗的形式》一文加以提及：“他（指陆志韦）试验了许多外国诗体，有相当的成功……那时正在盛行‘小诗’——自由诗的极端——他的试验也没有什么人注意。”[2]说他的试验完全无人注意并不符合事实，他的试验还是引起一些人如俞平伯的关注，在当时产生过一定反响。

诗集《渡河》代表陆志韦新诗形式探索的实绩，他的新形式诗学集中体现于该书收录的《我的诗的躯壳》一文。针对胡适等人的“自然音节”说，他提出了“有节奏的天籁”说：

> ……自由诗有一极大的危险，就是丧失节奏的本意。节奏不外乎音之强弱一往一来，有规定的时序。文学而没有节奏，必不是好诗。我并不反对把口语的天籁作为诗的基础。然而口语的天籁非都有诗的价值，有节奏的天籁才算是诗。当代为新诗运动的先生们连这一些选择都在排斥之列，以为这样就不免限制美术的自由。我不能不说这种豪放的主张显然因误解美术的意义而发生。美术应切近人生，不就是人生。诗应切近语言，不就是语言。诗而就是语言，我们说话就够了，何必做诗？诗的美必须超乎寻常语言美之上，必经一番锻炼的工夫。节奏是最便利，最易表情的锻炼。节奏的来历有迟有速，有时像现成的，有时必须竭力经营的。[3]

陆志韦这段话明确指向以胡适为代表的白话—自由诗学。陆志韦之前，宗白华等人虽然强调诗应该有“音乐的美”，但他并不反对白话—自由诗学的“自然音节”理论，相反，他的理论其实是建立在“自然音节”论的基础上。陆志韦却把批评的矛头明确指向白话—自由诗学的理论基础“自然音节”。针对胡适所说的“有什么话便说什么话”的主张，他认为诗应切近语言，但诗不就是语言，因此，诗应以语言为基础，但不能止于语言。诗的美来自对语言节奏的经营，有节奏的语言才能称之为“诗”。他认为“口语的天籁”可以作诗的基础，但“口语的天籁”并不都具有诗的价值。“有节奏的天籁才算是诗”。这里，陆志韦提出了两个相对待的概念，一为“口语的天籁”，一为“有节奏的天籁”。前者的关键词是“口语”，后者的关键词是

---

① 朱自清：《〈中国新文学大系·诗集〉导言》，杨匡汉、刘福春编：《中国现代诗论》（上编），花城出版社1985年版，第245页。

② 朱自清：《诗的形式》，《朱自清全集》第2卷，江苏教育出版社1996年版，第396页。

③ 陆志韦：《我的诗的躯壳》，《渡河》，亚东图书馆1923年版，第17—18页。

"节奏"。前者以"自然音节"为基础。由于自然音节理论是白话—自由诗学的基础,否定了这个基础,就等于否定了白话—自由诗学的合理性。在批判自然音节说的同时,陆志韦提出了现代格律诗学的"节奏"概念,认为节奏是"音之强弱一往一来,有规定的时序。"只有有了"节奏",才有了诗。因此,节奏是诗的基础。

节奏是现代格律诗学的核心概念,陆志韦《我的诗的躯壳》一文明确把"节奏"作为新体诗的基础,从而为现代格律诗学的诞生奠定了坚实基石。只有从这个角度,才能理解该文的真正价值。

有人认为"节奏"概念是陆志韦最先提出的。事实并非如此。在《我的诗的躯壳》提出"节奏"概念之前,闻一多在清华文学社就曾做过关于"诗歌节奏"问题的英文报告。该报告只有章节题目,没有更详细内容。报告现已被翻译为汉语,题为《诗歌节奏的研究》,收《闻一多全集》第 2 卷。译者推算该报告的日期为"1921 年 12 月 2 日"。[①] 该文分定义、生理基础、证据、特性、作用、自然界的节奏、各种艺术的节奏、诗歌的节奏、自由诗等几方面,对诗歌节奏作了专题研究。在该报告的《自由诗》一节,闻一多对自由诗的艺术性以"令人遗憾的后果"作了总评,具体表现为三点:平庸、粗糙、软弱无力。这三点评价显示,闻一多明确反对自由诗建立在"自然音节"基础之上的"节奏"。这说明闻一多早在 1921 年底就已经有了有关现代格律诗学的一些初步想法,对现代格律诗学核心范畴"节奏"的研究,就是他为提出现代格律诗学主张而作的理论准备。只是,当时他把英文 Rhythm 翻译为"音节"而非现在流行的"节奏"一词,但这一点并不能抹杀他早期在节奏研究方面的功绩。

"五四"之后新诗发展到一定阶段,出现一有趣现象,就是拥护白话—自由诗学的一些中坚分子,也开始对白话—自由诗学的弊端与缺失进行反省,由自由走向节制,对新诗形式格律化的倾向表示认同与支持,并提出切实可行的建设性主张,其中一突出例证即为俞平伯。俞平伯早期鼓吹白话—自由诗学,发表一系列诗学文章,其观点在前面已有论述。这样一位拥护白话—自由诗学的猛将,到 1924 年,在发表的《诗的新律》等文中,对白话新诗的见解与态度,却发生极大转变,对于当时诗坛上出现的"有意于制造新格律"的倾向,表示极大程度的认同。他从诗之所以有律的原因入

① 《〈诗歌节奏的研究〉译者附记》,《闻一多全集》第 2 卷,湖北人民出版社 1993 年版,第 61 页。

手，分析新诗“诗律底凝成”的合理性及其限度。他认为诗之所以有律，不外两个原因：一是便于歌唱，二是便于吟咏。中国传统诗歌如《诗经》、宋词、元曲都是乐歌，到后来诗已不可唱，而格律依然存在，化为一种遗形物。新诗不是乐曲，在“便于歌唱”这一点上，新诗自无创“律”之必要，新诗创律是为了吟咏：

> 若在吟咏一方面，则我觉得律之为物在诗中应当有个位置。我并不以韵律为诗之惟一要素，亦不想挥散文诗于门外，只是说诗中有律不碍为自由，不碍为新，亦不碍为创造的。①

俞平伯认为旧诗易于记诵、讽咏，而新诗在这一点上却非常不便。一般朋友中必有能背诵《长恨歌》、《琵琶行》的，但谁又能记住周作人的《小河》和朱自清的《毁灭》呢？之所以如此，唯一原因就是韵律宽严、整散不同的缘故。因此俞平伯认为新诗“诗律底凝成，如果不碍我们心灵底活跃，决不是一件可怕可嗟的事。”由此可见，俞平伯认为新诗虽无必要做到像古典歌诗“可唱”，但最好能做到像传统诗歌“可吟”。由于新诗不讲格律，也就难以流传开来，活在人们的口头或记忆中，这极大地限制了新诗的传播和影响。

俞平伯对新诗制作新律，提出如下几点建议：一、句中之“和”当与句末之“韵”并重。二、句法的参差须有一定限度。三、诗一面有格律，一面仍能适合语法之自然。四、用韵处不可过多，押韵时不可牵强。五、造句不可拗涩，不当规定平仄四声。第一条的“句中之和”指的当是一句之内音节的和谐。“句法的参差”指的则是句与句之间大致整齐。由这五点可看出俞平伯新诗格律观的大概轮廓，即有格律而又适合语法之自然，押韵而又不失之牵强，句与句之间大致整齐。他的这些建议和看法，可看做是早期现代格律诗学的先声，在现代格律诗学史上占有一席之地。

俞平伯虽敏锐注意到当时诗坛陆志韦、田汉、徐志摩等人创制新诗律的努力，并且对这种努力给予支持和理论上的探索与建议，但是，他并没有因此而反对流行的自由诗和散文诗。他希望自由诗与散文诗比现代格律诗（他称之为“有韵有律的诗”）更加兴盛，自己并没有用格律来束缚其他诗体的意思。对于现代格律诗的探索，他也清醒地认识到这是一个漫长的过程，这个问题的解决须“俟许多人尝试之后，方才有眉目”。现代格律诗百年的发展历史证实了他的预言。

---

① 俞平伯：《诗底新律》，《俞平伯全集》第3卷，花山文艺出版社1997年版，第583页。

俞平伯《诗底新律》发表于1924年，这篇文章的催生婆，是此前诗坛上创制新律的尝试。俞平伯提到了三个人的作品：陆志韦的《渡河》、田汉与徐志摩的诗歌。无独有偶，朱自清写于1927年的《新诗》一文，在谈及新格律诗派的新韵律运动时，同样把以上三人看做是新格律诗派的前驱，认为新格律诗派所代表的趋势，在三人诗中，已逐渐显露，《诗镌》只是更明白地把它确定为共同主张罢了。[①] 可见，朱自清采纳了俞平伯的观点，把陆志韦、田汉、徐志摩确定为新韵律运动的前驱人物。三人中，陆志韦是现代格律诗学实践与理论上的先行者。徐志摩则与闻一多一起，成为新格律诗派的中坚力量。

四、潘大道、唐钺对白话—自由诗学的响应与批评[②]

与俞平伯相似，由支持白话—自由诗学到对其提出反思和修正的，还有潘大道与唐钺等人。他们两人皆对白话—自由诗学的核心主张有不同程度的赞同与响应，但又提出不同的看法，对白话—自由诗学的矫枉过正提出批评，并通过对古典诗学的研究，为诗的格律的合法性与合理性进行学理上的辩护与论证。

潘大道（1888——1927），字力山，又字立山，四川开县人。潘大道为早期新诗运动中比较活跃的诗人和诗论家，他的诗学论文集《诗论》1924年由中华学艺社出版。关于他对现代诗学的贡献，解志熙先生的《“和而不同”：新形式诗学探源》[③]一文最早给予了关注，后王海霞《文学革命中的另一种声音——潘大道的新文学主张》[④]有更专门细致的讨论。在二十世纪二十年代初期，潘大道发表了不少诗论文章，这些文章总的倾向是附和胡适的白话—自由诗学主张，其最早的一篇诗论文章《何谓诗》（《学艺》1920年第2卷第1期）就提出“诗不必有韵，有韵底不必是诗”、“具有了实质上的条件，就算是诗。形式上的条件，具不具没有多大关系”等观点。但随即，对于胡适的白话—自由诗学，潘大道就开始了系列的反思与批评，首先是对言文一致论提出修正性意见，而主张言文接近论，发表有《言文接近论》（《学艺》1921年第3卷第1期）、《言文一致的讨论》（《学艺》1922年第3卷

---

① 朱自清：《新诗》，《朱自清全集》第4卷，江苏教育出版社1996年版，第211页。

② 此节写作得到解志熙先生《“和而不同”：新形式诗学探源》一文的启发，在此向他表示感谢。

③ 解志熙：《“和而不同”：新形式诗学探源》，《文学评论》2001年第4期。

④ 王海霞：《文学革命中的另一种声音——潘大道的新文学主张》，《中国现代文学研究丛刊》2005年第2期。

第9期)等文章;接着,又对白话—自由诗学的自然美学观提出了批判,认为"盖诗者,文艺之一种;凡文艺,皆有人功存焉。足则与生俱来,赋形有定。以此相拟,夫岂其伦。上观生民之初,柸柸榛榛,虽载其天籁,率尔成章。然亦音节调达,不类常言。夫矫枉者不可过正,过正则矫枉者亦枉。愚向所持论,自今观之,知亦过矣。"①真正代表潘大道对于白话—自由诗学全面透彻反思的,则是《从学理上论中国诗》一文。该文发表于《小说月报》第17卷号外《中国文学研究》(1927年6月)上。该文发表虽然在新格律诗派产生以后,但这篇文章的写作当在新格律诗派产生之前或至少同时。该文从诗学原理层面,来为新诗的格律寻求学理支持,分"诗之意义""诗之起源""诗之种类及形式""诗与音乐及散文之关系""诗之特质"五部分,对诗体的内容形式特征进行全面论述。五部分中,最重要的是后三部分。"诗的形式"一节,潘大道认为:

> 诗之形式,最重要的为格律。何谓格律?即音乐的利用语言之方式。因各国言语之异,诗之格律,亦不必一致。大别之为音度律、——或音长律——音位律、音数律之三种。中国诗最重音度律、音位律。音度律即中国所谓平仄法。平仄法中有抑扬长短之差,要之,皆以使语言妙合于音乐的活动而已。音位律即中国所谓押韵法。

可见,这里潘大道虽然重视诗歌的"格律",但他对格律的认识主要还停留于"音乐美"的层面,对于格律的核心"节奏"的原理和来源是什么,他还不太了解,只是认为"平仄"和"押韵"就是中国诗歌格律的最关键要素。

认为诗歌格律最重要体现在"音乐美"上,于是潘大道由诗歌与音乐比较的角度切入,从学理上为格律的"音乐美"进行论证:

> 音乐以声音之暗示而别于诗;诗以言语之表象而别于音乐;这是再好没有的区别了。但诗既以言语之表象而别于音乐,何以不能离却音律之法则——音乐之原理——呢?要说明这个,不能不把所谓音律考究一番,人之声音,既是人类内部活动之发出;则由声音连续而成之音律,亦为人类内部活动之发出。与其说诗假借音乐之力,无宁说人类内部活动之音律的表现,一以音律自身为音乐;一以言语表象为诗歌。

通过诗与音乐、散文的对比,潘大道最后得出结论:

---

① 潘大道:《诗论·自序》,中华学艺社1924年版。

> 诗对于音乐，以言语为其特质。对于散文，以音律为其特质。所以妙用语言，合于音律，是诗的职分了。
>
> 一个人有一个人的个性；一种文艺有一种文艺的特质；我们在音乐与散文两大[①]之间，要保持诗国的独立才是啊！

诗与音乐的比较，是为了论证诗的“语言”特质；诗与散文的比较，是为了论证诗的“音律”特质。他的学理论证，看似不温不火，但却有很明确的现实指向，就是为陷入危机的诗的格律的合法性辩护，同时，对白话—自由诗学抹杀诗与散文分界的诗学主张进行批评。

唐钺(1891—1987)，字擘黄，福建闽侯人，著名心理学家，心理学翻译家。心理学之外，唐钺亦兼擅音韵、修辞与训诂。他的代表作《国故新探》1926 年 4 月由商务印书馆出版，该书卷一收录《音韵之隐微的文学功用》、《中国文体的分析》、《诗与诗体》、《散文节拍㮚测》、《叠字》、《八病》等文，就涉及以上各个方面。这些文章作为纯正的学术文章，不能像诗歌批评那样，对于白话—自由诗学做出明确的是或否的正面回应，但从其内容观点和部分语句，可看出文章背后所包含的作者的现实批判指向。《诗与诗体》一文，写于 1924 年 8 月 9 日，后刊载于《小说月报》第 17 卷号外《中国文学研究》(1927 年 6 月)上。该文认为内容上“诗”与“说”的分界，并不与形式的诗体与散文体的分界合一，并且“诗”与“说”的分界，和韵文、散文的分界都不是明确的。因之，韵与诗没有必不可离的关系：

> 至于说用韵则束缚情性那一类的话，我们也不敢绝对赞同：因为这又执著一定要什么体制才可以表诗的见解，与本篇所阐发的相违。本篇的主意，就是诗是文字所含的旨趣的问题，与他的体制虽然多少有点关系，但没有必然的或确定的关系。[②]

可见，唐钺对诗与诗体的划分，是为了说明诗的本质“诗”与诗的形式体制“诗体”之间没有必然的内在关系，这等于是为白话—自由诗正名。因而，他的这篇文章虽然与潘大道的《从学理上论中国诗》同样刊登于《小说月报》第 17 卷号外《中国文学研究》(1927 年 6 月)，但两文主旨却截然相反，一从学理上为白话—自由诗正名，一则从学理上为诗的格律辩护。

唐钺虽然认为诗的本质(诗)与诗的形式(诗体)之间没有必然关系，从而为新诗(自由诗)正名，但他又并非完全认同胡适的白话—自由诗学。他

---

① 原文如此，“两大”疑为“两者”。

② 唐钺：《国故新探》，台北鸣宇出版社 1980 年初版，第 55 页。

的《音韵之隐微的文学功用》一文，对中国传统音韵的重视与科学研究，其立足点就与白话—自由诗学完全不同。他认为“文学中音韵的功用，显而易见的，当然是规定韵文的体制。如古诗古赋的押韵，和律诗律赋的调平仄及押韵，词曲的押韵及调叶平上去入，以及他们的节奏：这些功用，可以叫音韵的显著功用；不在这篇所讨论的范围之内。这篇所讨论的，乃是他的隐微功用，就是不供规定文体，而供提高文章的声调，增进文章的美丽的功用。”[①]可见，该文对音韵的研究与观察，着眼的是其修辞功能，而非格律体制，因此，似与现代格律诗学无涉，但对音韵的隐微功能的重视与研究，其立足点与价值取向必然导向对形式的重视与关注，这与白话—自由诗学的轻视乃至否定形式的观念，是完全不同的。该文大部分是客观的学术研究，最后一部分“结论”，可以看出他写作此文的现实关怀与理论指向，就是要给白话—自由诗学做一点“拾遗补阙”的修正工作：

> 在今日许多人正在“大声疾呼”，要解脱任何文学的桎梏——废四声，废节奏，废韵——的时代，而我偏把这些苛细的音韵关系忍耐地讨论，岂不是“无益废精神”么？然而我以为新文学所要解脱的，并不是音韵，乃是死板板的音韵格式。至于音韵的活泼方面，不特不应该废掉，还要尽量采用，尽量把他们试验，以使他们的文学上可能充分实现。换句话说：新文学所不注重的是音韵的显著功用；而我这篇所论的音韵的隐微功用，正是新文学所应特别留心的。所以我对于这问题，除了寻求事实的兴趣外，还想对于新文学家尽一点“拾遗补阙”的责任。[②]

可能是迫于白话—自由诗学盛行的压力，唐钺把音韵的功能分为“格律”与“修辞”两个层面，避开音韵的显著功能即格律体制，而探讨其隐微功能即修辞，认为新文学可以破坏死板的音韵格式（格律）但不应忽略音韵的修辞功能。可见，唐钺虽然没有像潘大道那样，明确为诗的格律进行辩护，但他对“音韵”本身的肯定以及出之以科学态度的精心研究，已经显示了其诗学旨趣与白话—自由诗学的不同。

唐钺所做诗论文章中，与现代格律诗学最为相关、理论含量最高者当为《散文节拍粗测》，该文作于 1924 年 6 月 29 日。该文最重要价值在于提出“节拍”这个概念，他所谓的“节拍”指的是：

---

① 唐钺：《国故新探》，台北鸣宇出版社 1980 年版，第 1 页。

② 唐钺：《国故新探》，台北鸣宇出版社 1980 年版，第 23—24 页。

> 节拍只要先后各个停顿的时间，在耳朵听来，像是相等的，就可以成立。[①]

“节拍”为一音乐学概念，又简称“拍”，具体到诗歌与散文，指一句话中的一个自然停顿单位，所以，“节拍”与后来朱光潜所提出的“顿”，在所指上相似但稍有差异。常风认为：“新文学运动以来最早讲到中国诗中的顿的，我个人记得似乎是唐钺先生。”[②]唐钺是最早提出“节拍”这个概念的，此概念与“顿”所指大致相似，但内涵上也有一定差异。

唐钺虽然提出“节拍”作为讨论的对象，但他提出问题的切入点却与诗歌的“节拍”无关，他在该文提出的问题是：“有人以为诗与散文的分别，在乎诗有节拍而散文则没有节拍。”他的回答是否定的，他认为诗有固定的节拍，文学性的散文也可以有节拍，都是有节拍的。因此，他这篇文章的目的是为了论证散文有节拍，而非讨论和研究诗歌的节拍。但他对散文节拍的论述，同样可以运用到诗歌上去。他把散文节拍的特点概括为以下几点：散文中字数参差奇偶杂出，读时要加以弥补：字数太少则字音延长，字数太多则字音缩短，延长缩短的程度以使各拍占时相等为准；诵读时的停顿与文义大体一致但不必严格吻合；英文音步的轻重律可以适用于中文的节拍；节拍不是完全为文义所规定，所以散文中一句而诵读时可分作两拍或更多；每秒时中所念的平均字数之多少随文势之缓急而变。可见，唐钺提出节拍，是为了试图为散文的内在节奏找出理论依据，因此，在他的节拍理论中，诵读就占据了很关键的位置。

唐钺对散文节拍的论述，是为了得出如下结论：

> ……散文与诗并不能用无节拍与有节拍的标准来分别。我们只可说通常诗中，各节拍所含字数的多少是有规则的，在散文则各节拍所含的字数，大多数无一定的规则，罢了。但是，字数不过影响一拍中各字音的长短，与节拍本身非有确定的关系。就是自由诗，要做得好，也不能没有节拍，自由诗与散文的分别，在于意境的各异，不关乎节拍的有无。有人说自由诗的特色在乎有自然音节，但是好散文也是有自然音节的。[③]

可见，唐钺虽然认为“自由诗不能没有节拍”，但他的目的并不是反对

---

① 唐钺：《国故新探》，台北鸣宇出版社 1980 年版，第 57 页。

② 常风：《中国诗的节奏与韵律》，天津《益世报》“文学周刊”第 21 期，1946 年 12 月 28 日。

③ 唐钺：《国故新探》，台北鸣宇出版社 1980 年版，第 62 页。

白话—自由诗学，因为在他那里，所谓的节拍其实指的还是“自然音节”，他这篇文章对散文节拍的论证，其最终目的是为了得出这样的结论：“自由诗与散文的分别，在于意境的各异，不关乎节拍的有无”，“自由诗的特色在于有自然音节，好散文也是有自然音节”。也就是说，唐钺虽然抓住了格律诗学的一个关键术语和概念“节拍”，但他对节拍的关注和论证，却并没有导向格律诗学，而是导向了白话—自由诗学。

唐钺虽关注到“节拍”概念，但却没有或不能把它放置于现代格律—形式诗学体系中来加以考量，这与他的提问方式有关，即他对节拍的关注，是为了说明散文与诗一样，同样是有节拍的，而没有真正认识到散文节拍与诗的节拍二者之间到底有何不同；同时，这也说明他对格律的认识还停留于传统古典诗学的认知水准上，这从他的《中国文体的分析》一文可以看出。该文写于 1924 年 7 月 1 日，仅晚于《散文节拍铏测》两天。该文把中国文体分为散文与非散文两类，散文最自由，虽然也须有“节拍”，但它的节拍并不像诗词等有一定的格式，不过是耳朵能听出来的自然音节罢了。非散文则除守文法外，还要含一个或一个以上的“构成素”，这些构成素有六件：一是整，二是俪，三是叶，四是韵，五是谐，六是度。唐钺对这些构成要件的分析，其目的是为了“对于旧文体可以有更清晰的领会；而对于新文体的创制，也许可以供给某度量的暗示。”[①]其着眼点之一同样是为了新诗的体式建设，但他对诗歌“构成素”认识，说明他还没有真正把握到现代格律诗学的关键要素即节奏问题，这也许就是他虽然关注到“节拍”问题，但却并没有由此入手来探讨诗歌节奏成形的真正原因。对于白话—自由诗学，唐钺只是对之提出了一些修正，还无力作出全面批判与反省。

---

① 唐钺：《国故新探》，台北鸣宇出版社 1980 年版，第 34 页。

第二章　现代格律诗学的生成

——新格律诗派及陈启修等人的诗学主张

通过上一章分析可以看出，现代格律诗学的诞生，绝非偶然，而是水到渠成的自然发展。它的萌芽与生成，是新诗发展到一定阶段之后，由破坏到重建的合乎历史逻辑的必然结果。在新格律诗派出现之前，陆志韦、闻一多、梁实秋以及白话—自由诗学的中坚人物俞平伯，皆为现代格律诗学的诞生做过一定的准备与铺垫。当然，只有在新格律诗派出现之后，有组织的新诗形式运动才真正开展，现代格律诗学才开始以流派形式亮出自己的诗学主张，产生了较大历史影响。在新格律诗派之外，陈启修（陈勺水）提出的"有律现代诗"主张也引起过人们关注，发生过一定影响。

第一节　刘梦苇——"新诗形式运动的总先锋"

新格律诗派诞生前，陆志韦、闻一多、梁实秋之外，还有一个人物，对现代格律诗学的发生，产生过较为重要的影响，这就是被朱湘称为"新诗形式运动的总先锋"的刘梦苇。

刘梦苇去世很早，留下诗作不多，留下的诗论文章更少，现在能看到的只有《中国诗底昨今明》以及清华大学解志熙先生发现的《论诗底音韵》和《〈孤鸿集〉自序》。刘梦苇另有撰写诗论《诗歌与音乐》的计划，但该文只是腹稿，最终没有面世。[①] 因此，算起来刘梦苇留下的诗论文章共计只有 3 篇。三篇文章中，《中国诗底昨今明》发表于 1925 年 12 月 12 日《晨报副刊》第 1409 号，比闻一多《诗的格律》的发表要早几乎半年之久。[②] 因此，这篇文章被看做是新格律诗派的理论先声。文中，刘梦苇认为诗歌必须具备

① 见解志熙：《考文叙事录——中国现代文学文献校读论丛》，中华书局 2009 年版，第 69 页。

② 闻一多《诗的格律》发表于《晨报副刊·诗镌》第 7 号，1926 年 5 月 13 日。

“真实的情感，深富的想象，美丽的形式：音节，词句”诸要素，没有这些要素，不管新旧，都不配称作“诗”。从这样的诗歌观念出发，他提出了“创造中国新诗”的主张：

> 所谓创造新诗，应该前无古人，后无来者：词化的新诗，和曲子一样的新诗，从旧诗和歌谣里面蜕蝉出来的新诗，没有作者底个性，不是新的风格，新的音韵，新的意境和形式……都不配被承认为新诗。
>
> 我希望大家都能够从创造方面努力：创造新的音韵，新的形式与格调；我们诗底意境与技术，不是因袭古人，也不是模仿外人，我们底诗是新诗，是创造的中国之新诗。①

刘梦苇非常重视新诗的“新”的性质。所谓“新”，指新的意境、新的音韵、新的形式与格调。从上述话语中还看不出他的新音韵、形式与格调与现代格律诗之间的关联，但从他发表的一些诗作可以看出他所谓的新形式，与闻一多后来对现代格律诗形式的要求之间，已非常吻合。

《论诗底音韵》写于1926年5月9日，发表于《古城周刊》第2—3期。在这篇文章中，刘梦苇批判了新诗革命运动否定音韵格律的主张，认为“我们既然在文字底意义的功用以外还发见了文字底声音的价值，我们就得很自信地兼顾并用。在我们底艺术品里，为了美的理想，可以尽量地发展技巧，创新格律，番[翻]几阕前无古人后无来者的新声。”②文章提出重视音韵格律、创新格律的主张，无疑比他之前提出的主张要更为明确。

《〈孤鸿集〉自序》写于1926年春，稍早于《论诗底音韵》一文的写作，在他死后发表于《古城周刊》第4期。文中，刘梦苇重申自己对以前诗学观的坚持。值得注意的是他对新诗与音乐关系的看法：

> ……数年前我所注意到的一件事，即诗与音乐之关系。我受了擅长音乐的业雅底暗示不少，我最爱听她唱诗，所以我主张一切的诗都得能唱，能唱的诗得有韵脚，有节奏，有字句底轻重，多寡之规定。（我底诗固不敢说首首可唱；然而，不见得首首不可唱，至少我自个儿是唱过的）因此，我悟得诗是脱不了音乐底帮助的，诗之所以比其他文艺容易动人的缘故，大半因为诗不是全用

---

① 刘梦苇：《中国诗底昨今明》，《晨报副刊》第1409号，1925年12月12日。

② 转引自解志熙：《现代诗论辑考小记》，见解志熙：《考文叙事录》，中华书局2009年版，第51页。

死的文字随这（“随这”应为“随意”。——笔者注）堆积的散文，这里面有音乐的魔力，音乐是艺术底女王，一切艺术都倾向她，诗更是如此，从古已然，无论中外一样！①

刘梦苇对新诗音乐性的认识来自朋友龚业雅唱诗的启示，唱诗对他的艺术感染使他更加坚信诗歌的魔力来自其音乐性。而诗能唱，则必须具备“有韵脚，有节奏，有字句底轻重，多寡之规定”这些条件。

仅存的三篇诗论，大致可以窥见刘梦苇新诗格律探索的核心线索是对新诗音乐性的追求。这种诗学主张在《中国诗底昨今明》一文中初露端倪，到《〈孤鸿集〉自序》开始明确显露，《论诗底音韵》可看做是他对新诗音韵探索的一个呼吁。在《论诗底音韵》末尾他预告自己将有撰写《诗歌与音乐》的规划，可惜，随着他的过早离世，这篇文章没有面世，但却由此可以看到他对新诗音乐性问题的关注。

刘梦苇1926年因病离世，他的形式探索也就此终止。在他离世后两年，1928年朱湘特意撰写《刘梦苇与新诗形式运动》一文，把他誉为“新诗形式运动的总先锋”：

这个运动的来源很久。音韵从胡适起就一直采用的。诗行方面，陆志韦的《渡河》当中就有许多字数划一的诗。关于诗章，郭沫若很早的已经努力了。不过综合这三方面而能一贯的作出最初的成绩来的，那却要推梦苇。我还记得当时梦苇在报纸上发表的《宝剑之悲歌》，立刻告诉闻一多，引起他对此诗形式上的注意。后来我又向闻一多极力称赞梦苇《孤鸿集》中“序诗”的形式音节。以后闻一多同我很在这一方面下了点工夫。《诗刊》办了以后，大家都这样作了。②

由于世人皆把新格律运动的首创之功归于闻一多，朱湘这段话明显是对此而言的。在朱湘看来，新格律运动的开创者非刘梦苇莫属。现在看来，争论到底谁是新诗形式运动的发起人与开创者，其实意义并不大。朱湘认为闻一多对新诗形式的重视来自刘梦苇创作的启示，这个观点并不完全合乎事实。早在1921年年底在清华读书时，闻一多已经开始对于诗歌节奏问题的专题研究，在其后发表的一系列诗论文章中，诗歌形式包括音韵问题也一直是他的关注点之一。闻一多之所以能够成为新诗形式运动

① 刘梦苇：《〈孤鸿集〉自序》，见解志熙：《考文叙事录》，中华书局2009年版，第31页。

② 朱湘：《刘梦苇与新诗形式运动》，《文学周报》第335期（1928年9月16日）。

的领军人物，除了来自朋友包括刘梦苇等人创作上的启发及相互之间的切磋外，其根本原因还是他本人对新诗格律问题一以贯之的兴趣与研究。而且，刘梦苇的新诗形式探索主要落实在创作实践上，提出明确的现代格律诗学主张的则是闻一多。《中国诗底昨今明》发表虽早于闻一多《诗的格律》，但只是提出“创造新的音韵，新的形式与格调”的主张，理论指向不够明确，产生的影响也就有限，难以与《诗的格律》相比。因此，在充分肯定刘梦苇在新诗形式运动中的贡献时，不必把他的作用过分拔高。刘梦苇以自己的创作实绩与理论探索，为新诗形式运动作出不小的贡献，成为绕不过去的历史存在，这就是他在现代格律诗学史上的地位。

第二节　新格律诗派的诗学主张

1926 年 4 月 1 日《晨报副刊·诗镌》创办，标志新格律诗派的诞生。梁实秋 1930 年 12 月 12 日写给徐志摩一封信，以《新诗的格调及其他》为题，发表于《诗刊》第 1 期(1931 年 1 月 20)。该信对了解《诗镌》的创刊背景及宗旨很有帮助：

> 志摩，你和一多等在北京《晨报》上办的诗刊，应该是新诗运动里一个可纪念的刊物。我以为这是第一次一伙人聚集起来诚心诚意的试验作新诗。在你们办《诗刊》(“《诗刊》”当为“《诗镌》”，下同。——笔者注)的时候，白话老早成为无疑的文学的工具，所以《诗刊》上所载的诗大半是诗的试验，而不是白话的试验。《诗刊》最明显的特色便是诗的格律的讲究。“自由诗”宜于白话，不一定永远的宜于诗。《诗刊》诸作类皆讲究结构、节奏、音韵，而其结构、节奏、音韵又显然的是模仿外国诗。我想这是无庸为讳的。①

初期白话—自由诗产生于白话文运动，所以新诗运动最初几年，大家注重的是“白话”，不是“诗”，大家努力的是如何摆脱旧诗的藩篱，不是如何建设新诗的根基。这时代最流行的“自由诗”和所谓的“小诗”，就是两种最像白话的诗。经过一段时间摸索，诗人们才渐渐觉醒，认识到诗先要是诗，然后才能谈到什么白话不白话。“可是什么是诗？这问题在七八年前没有多少人讨论。偌大的一个新诗运动，诗是什么的问题竟没有多少讨论，而

① 梁实秋:《新诗的格调及其他》，《梁实秋文集》第 6 卷，鹭江出版社 2002 年版，第 529 页。

只见无量数的诗人在报章杂志上发表不知多少首诗——这不是奇怪么?”[1]原因就在于新诗运动初起之时,一般人只知道侧重白话一方面,而未曾注意到诗的艺术和原理一方面。诗人以打破旧诗的范围为唯一职志,提起笔来无拘无束,但什么标准都没有了,结果是散漫无纪。西方文学的影响不断向诗人们暗示,“但是没有人积极的确切的把外国文学影响接收过来加以分析衡量。”[2]《诗镌》就是在这种背景下产生的。

徐志摩的《诗刊弁言》被置于这一期的刊首,可看做是新格律诗派的诗学宣言。在这篇文章中,徐志摩宣称“要把创格的新诗当一件认真事情做。”现代格律诗学的主张,由“创格”两字便可窥一端倪。徐氏所谓的“格”,即闻一多《诗的格律》所提到的“格律”,“创格”就是创造、建设新诗的格律、体式。这个意思,在下面这段话中表达得更为清楚、明白:

> 我们信诗是表现人类创造力的一个工具,与音乐与美术是同等同性质的;我们信我们这民族这时期的精神解放或精神革命没有一部像样的诗式的表现是不完全的;我们信我们自身灵性里以及周遭空气里多的是要求投胎的思想的灵魂,我们的责任是替它们搏(“搏”当为“搆”,形近而误。——笔者注)造适当的躯壳,这就是诗文与各种美术的新格式与新音节的发见;我们信完美的形体是完美的精神唯一的表现;我们信文艺的生命是无形的灵感加上有意识的耐心与勤力的成绩;最后我们信我们的新文艺,正如我们的民族本体,是有一个伟大美丽的将来的。[3]

这段话中的关键词“诗式”、“适当的躯壳”、“新格式”、“新音节”、“完美的形体”,用徐志摩自己所用的一个字概括,便是“格”,也就是新诗的形式,或者说格律与体式。这些都是抽象的理论术语,它们落实在创作实践上,就是《晨报副刊·诗镌》上所刊登的形式整齐的诗歌。该刊第1号上刊登的诗歌就有8首,其中有饶孟侃《天安门》、杨世恩《“回来啦”》、闻一多《欺负着了》、于赓虞《不要闪开你明媚的双眼》、徐志摩《梅雪争春》、刘梦苇《寄语死者》、《写给玛丽雅》等。这些诗形式上的共同特点是段与段之间行数相同,段的格式大致相同,行与行字数大致相同,行尾押韵。形式上的这些特点,就是对于徐志摩所谓“创格”的具体说明。

---

① 梁实秋:《新诗的格调及其他》,《梁实秋文集》第6卷,鹭江出版社2002年版,第529页。
② 梁实秋:《新诗的格调及其他》,《梁实秋文集》第6卷,鹭江出版社2002年版,第529页。
③ 徐志摩:《诗刊弁言》,《晨报副刊·诗镌》第1号,1926年4月1日。

《晨报副刊·诗镌》从 1926 年 4 月 1 日创刊，到同年 6 月 15 日第 11 号终刊，只出了 11 期。然而，这短短 11 期，却对新诗发展产生绝大影响。闻一多倡导的新韵律运动就是在这上面诞生的。11 期里面，除诗歌外，发表诗学文章的作者依发表时间先后计有：朱湘、邓以蛰、饶孟侃、闻一多、徐志摩、天心等。以其所发文章对现代格律诗学建设的影响来说，当然闻一多最大，但是，饶孟侃所发表的诗学文章不但在数量上多于闻一多[①]，而且其文章质量与闻文相比，也毫不逊色，其《新诗的音节》、《再论新诗的音节》两文在发表时间上也早于闻文。可见，饶孟侃在当时所谓的“清华四子”中，对于现代格律诗学的贡献，其实并不小。这种贡献，与后来文学史对他的评价之间，明显太不相称。

后人在评价新格律诗派时，往往只注意到闻一多的成就与贡献，而有意无意忽略了他人的功劳，所以，处于聚光灯之外的其他人就只能处于被遗忘被忽略的命运。即使是一些历史的亲历者，在谈及新月派时，也大谈闻氏对其他人的影响，而忽略他人对闻氏可能也会产生一定的影响力。例如，叶公超作为过来人，在谈到闻一多与饶孟侃时，就说“饶孟侃对闻一多非常佩服，所以他的诗是学闻一多，而且写来完全一样！”[②]然而事实并非完全如此。两人之间的影响并非单向，而是双向的，闻一多同样也向饶孟侃学习，这从闻一多 1930 年 11 月 7 日、1934 年 3 月 1 日、1934 年 5 月 10 日给饶的信件，就可得到有力说明。可是这一点却被历史遮蔽了。由于饶孟侃对新诗特别是现代格律诗学的贡献得不到应有评价，他的作品当然也不会受到重视，其诗文长期散失，得不到及时有效整理，在饶氏逝世 32 年后，1997 年才由王锦厚先生，下大工夫为他编辑了《饶孟侃文集》，他的作品才得以重见天日。

为了彰显饶氏对于现代格律诗学的功绩，本书在论述新格律诗派的诗学主张时，首先讨论饶孟侃，之后再依次论及闻一多及其他新格律诗派的

---

① 闻一多发表三篇文章：《诗的格律》（1926 年 5 月 13 日《晨报副刊·诗镌》第 7 号）、《诗人的横蛮》（1926 年 5 月 27 日《晨报副刊·诗镌》第 9 号）、《英译李太白》（1926 年 6 月 3 日《晨报副刊·诗镌》第 10 号）；饶孟侃发表有六篇文章：《新诗的音节》（1926 年 4 月 22 日《晨报副刊·诗镌》第 4 号）、《再论新诗的音节》（1926 年 5 月 6 日《晨报副刊·诗镌》第 6 号）、《新诗话（一）——土白入诗》（1926 年 5 月 20 日《晨报副刊·诗镌》第 8 号）、《新诗话（二）——情绪与格律》、《新诗话（三）——译诗》（1926 年 5 月 27 日《晨报副刊·诗镌》第 9 号）、《感伤主义与“创造社”》（1926 年 6 月 15 日《晨报副刊·诗镌》第 11 号）。

② 转引自闻家驷：《〈饶孟侃诗文集〉序》，见王锦厚、陈丽莉编：《王锦厚诗文集》，四川大学出版社 1997 年版。

重要人物。

一、饶孟侃对现代格律诗音节可能性的探求

饶孟侃《新诗的音节》发表于《晨报副刊·诗镌》第4号(1926年4月22日)。文章发表后,很快便接到读者吴直由和他讨论的信,于是,饶氏又写了《再论新诗的音节》,发表于《晨报副刊·诗镌》第6号(1926年5月6日)。它们是《诗的格律》出现之前最为系统的讨论新诗格律的诗学文章。

《新诗的音节》讨论的是新诗的音节问题。饶孟侃认为新诗已经入了正轨,同时又发生许多问题,其中一关键问题就是新诗音节问题。他认为诗只有两个元素,一是意义,一是声音。只有意义,没有和谐的声音,是散文;没有意义,只有和谐的声音,则只是一个动听的调子。因此,完美的诗是意义与声音的恰切的调和。由于意义与声音是诗成立的两个要件,因此,新诗的提倡,除了新的题材的试验外,差不多就可以说是"音节上的冒险"。对于这种音节上的冒险,一般写诗者还没有相当自觉,所以,为了唤醒这种"音节上的自觉",就有必要展开对音节的讨论与研究。

饶孟侃认为音节决不是专指"从字面上念出来的声音",而是包括"格调、韵脚、节奏、平仄等的相互关系",因此,他对于音节的讨论,主要从这几个方面展开。

饶氏所谓"格调",指一首诗每段的格式。表面看来,段落的格式与音节平行而没有关系,但他认为格调是音节中最重要的成分,没有格调不但音节不能调和,不能保持均匀,就是全诗也免不了要破碎。如果一首诗通篇没有格调,那么,这首诗充其量只是有好的句子,而难以称得上是一首好诗。可见,格调的重要性在于它关涉一首诗的全局。如果一首诗的每段之间格式相同或大致一致,那么,就保证了诗歌外形的均齐和音韵的和谐。

饶孟侃非常重视韵脚在新诗里面的作用。他认为韵脚在每行诗里面只占一个字,似乎它在音节上的可能性很小,其实完全不是如此:"它的工作是把每行诗里抑扬的节奏锁住,而同时又把一首诗的格调缝紧。"饶氏认为韵脚与格调一样,在旧诗里没有得到充分发展,因此,新诗应当格外对此多多尝试,"因为一首诗的动作的快慢多半是跟着韵脚走的"。关于新诗押韵的标准,饶氏主张不必完全依照旧的韵府,凡是同音的字,无论平仄,可通用。发音根据以普通北京官话为准。用土白作诗可以压土韵,普通新诗则断乎不可。

饶孟侃非常重视新诗的节奏问题。他把节奏看成与新诗性命攸关的

一个大问题，失去节奏，“那么就是他死期临头的时候到了”。节奏问题虽如此重要，但它又是最难操纵的，知道它的重要性而能自觉进行探索的很少。饶孟侃把节奏分为两类，一种是由全诗的音节当中流露出一种自然的节奏，一种是作者依着格调用相当的拍子(Beats)组合成一种混成的节奏。自然节奏与诗人情绪刚好吻合而产生，无规律可言；混成节奏是纯粹磨炼而出，有规律可循。两种节奏无优劣之别。最妙的是用第一种方法去做第二种的工作。也就是说，诗人依着格调用固定的拍子组合成一定的节奏，而这种节奏又与诗人表达的情调恰相吻合。第一种方法产生的作品如徐志摩的《盖上几张油纸》和闻一多《大鼓师》、《渔阳曲》，第二种方法产生的作品如闻一多的《死水》和饶孟侃的《捣衣曲》、朱湘《采莲曲》。

混成的节奏是依着格调用相当的拍子组合而成，因此，拍子就成为一个重要概念。为了让读者明白，饶孟侃特意举《死水》第一段的前两句作说明。饶孟侃认为一个拍子所占字数多半是两个到三个，有时候一个字也要占一个拍子，这完全由那个字的声音和语气而决定。拍子里还能分出一个字声音的轻重和平仄的调和，这种细微的地方由各人试验的时候自然会明白。拍子的作用有正反两方面。使用得当，能把一首诗的音节弄得极生动，但若过分注意，使音节与情绪失去调和，同样不能写出好诗。

饶孟侃所说的“拍子”与闻一多《诗的格律》中所说的“音尺”是一个意思。闻一多《诗的格律》发表于《晨报副刊·诗镌》第 7 号(1926 年 5 月 13 日)。可能受闻一多影响，饶孟侃在另一文章《土白入诗》中提到拍子时特意在其后加括弧注上“或音尺”三字。[①] 在《新诗话(三)——译诗》[②]、《感伤主义与“创造社”》[③]等文章中，他已完全舍弃“拍子”一词，在需要使用“拍子”的地方转而使用“音尺”一词，说明他已完全接受了闻一多的“音尺”概念。

讲究平仄是古典诗歌艺术的重要特点，这一点被新诗完全抛弃。饶孟侃则认为讲究平仄是汉语单音文字的一种特色，为任何外国文字所无。在旧诗音节中，平仄所占地位最高，格调、节奏、韵脚等皆成为它的附属品，它把音节上的可能性一齐概括在它的范围之内，限制了旧诗音节的更新发展。新诗把它作为一种死的形骸完全抛弃，同样失之极端。“其实一个字

① 饶孟侃：《土白入诗》，《晨报副刊·诗镌》第 8 号，1926 年 5 月 20 日。

② 饶孟侃：《新诗话(三)——译诗》，《晨报副刊·诗镌》第 9 号，1926 年 5 月 27 日。

③ 饶孟侃：《感伤主义与“创造社”》，《晨报副刊·诗镌》第 11 号，1926 年 6 月 15 日。

的抑扬轻重完全是由平仄里产生的，我们要抛弃它即是等于抛弃音节中的节奏和韵脚；要没有它的那种作用一首诗里也只有单调的音节。”因此，饶孟侃主张新诗也应注意到平仄搭配，当然，他所谓的讲究平仄并不是像旧诗那样，遵循一种固定程式，而是通过平仄的使用搭配，使诗句的音节更为和谐悦耳。

《新诗的音节》指出新诗音节可能性发展的四个方面，即“格调、韵脚、节奏、平仄”，为现代格律诗的发展指明方向，除平仄外，以后现代格律诗歌的形式试验大致也就由此几方面展开。

此外，《再论新诗的音节》对读者吴直由害怕新格律诗学主张会使新诗倒退成为旧诗的误解，予以回应。他的这篇文章主要谈三个问题，第一点为“从音节上看诗究竟应不应该有新旧之别？”第二点为“我们为什么现在要顾到新诗的音节？”第三点为“怎么样才算完美的新诗音节？”对于第一点，饶氏认为诗只有体裁之分，而无新旧之别，就是中外的分别也没有确切理据。旧诗里面只有绝句律诗等几种体裁，范围太小，所以不能再有发展；但是新诗对于体裁却极自由：“只要能够在相当规律之下抒情把一种情绪和音节调剂得均匀，任你用那一种体裁都是可以的。”旧词除格调比旧诗多些，还依然把“音节的可能性”限制在平仄的范围内。但新诗的音节非但没有被平仄所限，且有用旧诗和词曲的音节同时不为平仄的范围所限的可能。新诗不但可以用旧诗词曲的音节，同时还可以用外国诗的音节，像谣歌体，十四行体，只要问用得好不好，中外的关系是不成问题的。由此可见，饶氏依据“相当规律之下抒情把一种情绪和音节调剂得均匀”的标准，认为任何诗歌的音节皆可被新诗的音节拿来为我所用，这就为一切“新诗音节可能性”的尝试探索打开了方便之门。

对于第二点问题，饶氏从诗学革命的历史来谈。他认为诗学革命之所以发生，是由于旧诗音节再没有发展可能，最初的革命就是从完全破坏旧诗音节做起。但是，随着新诗的发展，音节的问题日渐为大家所注意，最初的音节试验是恢复韵脚的作用，随后格调的齐整、节奏的流利和平仄的调协都渐渐讲求起来。他把新诗音节的试验与建设分为三个时期，第一个时期是混乱期，第二个时期是入轨期，第三个阶段是成熟期。现在新诗正处于入轨期，离成熟期还很远。饶氏从新诗发展的历史来解释“我们为什么现在要顾到新诗的音节？”采用的是历史描述的方法，并没有真正解决这一问题。

对于第三个问题，饶孟侃认为新诗的音节还处在纯粹模仿阶段，少数模仿旧诗词，多数模仿西方诗歌。诗的音节能完全脱离模仿，那么就转入了完美的境界。音节达到完美境界后，读者由一首诗的格调、韵脚、节奏和平仄就能不知不觉地领会出这首诗的特殊情绪，有形的技术化为无形的艺术，某种情绪与某种音节的成分调和得恰恰均匀。

饶孟侃“诗不分新旧”与“诗不分中外”的观点，是《再论新诗的音节》的主要价值所在。针对现代格律诗学有可能使新诗退回旧诗时代的顾虑，他认为旧诗已经穷尽了音节的可能性，而新诗则可以吸收一切诗歌包括旧诗词曲和外国诗歌的音节的有益成分，为我所用。这种回答与解释显示了相当开阔的理论视野和很高的见地，是完全符合诗歌艺术发展的历史事实的。

除以上两篇诗论外，饶孟侃还写有《新诗话》三则与《感伤主义与“创造社”》，皆刊登于《晨报副刊·诗镌》。《新诗话》第一则《土白入诗》，申说主张土白即方言可入诗的理由，肯定徐志摩、闻一多在土白入诗方面作出的成绩。在此文中，他又一次重申以前的看法：“一种特殊的情绪应该有一种特殊的音节和体裁，才能够充分的把它的妙处表现出来。”这种观念构成他的诗学理论的基础。他的发展土白诗的主张，同样建立在这样的诗学主张之上。《新诗话》第二则《情绪与格律》，批评的对象是《晨报副刊·诗镌》第8号(1926年5月20日)天心《随便谈谈译诗与做诗》一文。天心认为现在的诗虽然形式是比较完满了，音节是比较和谐了，但是内容却空了，精神呆了，从前的新鲜、活泼、天真都完了。“这个病源若不速行医治，我敢说，新诗的死期将至了!”正是这番言论，触发了饶孟侃此文的写作。饶孟侃认为天心把诗歌内容的空虚归因于格律的观点固不值一驳，但却不能不把情绪与格律分个清楚，以免产生误解。他认为情绪与格律没有必然的因果关系，一首有情绪的诗，无论格律是否整齐，音调是否铿锵，它还是有情绪的，决不会因为加上了整齐的格律音节便立刻变得没有情绪；反过来也是如此，一首没有情绪的诗，无论有没有整齐的格律，它还是没有情绪。同时，一首诗的情绪可以部分由格律里表现出来，因此，格律不会妨碍情绪的表达，而情绪反而可以借着格律而表现。饶孟侃认为真正妨碍情绪的东西并不是格律和音节，而是“冒牌的假情绪”，即“感伤主义”(Sentimentalism)。他的另一篇论文《感伤主义与“创造社”》就是对创造社“感伤主义”倾向的批评。这篇文章部分涉及诗歌形式问题。他批评郭沫若诗集《瓶》中的一些诗存在为了外形整齐而硬凑字数的现象：“作者在这里犯的毛病是只顾到外形而没有顾到内部的音尺，要是内部有了一定的音尺，表面同时自然会一般齐整的。”可见，饶孟侃认为行之间音尺的一致要优先于字数的一致。在照顾到音尺一致的前提下，再力求字数的一致，这样整首诗的节奏才一致，读起来才会和谐悦耳。

饶孟侃还有《新诗话（三）——译诗》一文，探讨西方诗歌的翻译问题。他认为“译诗”两字，不但要重视“译”字，更要重视“诗”字：“译诗不但应当把原诗的意思抓住，而且同时也应当依照原诗把它的韵脚，格式，和音尺一并译出。”新格律诗派的翻译活动与其对新格律诗学的探讨之间有着颇为紧密之关联，从饶孟侃这篇探讨译诗的文章就可看出。

以上分析说明，在短短十一期《晨报副刊·诗镌》里，饶孟侃一人就发表了六篇质量并不算低的诗论文章，几乎占《诗镌》诗论文章总数的一半。而且，早于《诗的格律》发表的两篇诗论文章，对新诗音节的几个关键要素如格调、韵脚、节奏、平仄，都有非常深入的论述，就连闻一多也表示非常佩服。在《诗的格律》一文中，闻氏对此特意作有说明：“关于格式，音尺，平仄，韵脚等问题，本刊上已经有饶孟侃先生论新诗的音节的两篇文章讨论得很精细了。”有鉴于此，他的讨论绕开了这几个方面。闻一多把诗的格律分为息息相关的两类，一类属于视觉方面，一类属于听觉方面。如果说闻一多《诗的格律》集中于“视觉方面”，饶孟侃的诗论文章则集中于“听觉方面”。“视觉”与“听觉”两者中间，作为语言文字艺术的“听觉”的重要性，当然要高于“视觉”。因此，饶孟侃对新诗格律的论述重在“听觉”的音节，而没有顾及“视觉”美，应该是有意为之。若进一步深究，可以发现，饶孟侃其实已经论及新诗的“建筑美”即“节的匀称和句的均齐”，因为这一点早已包含在他所说的“格调”与“节奏”范畴中。他所说的“格调”指的就是每段的格式，他认为每段的格式应该相同或一致，这就决定了“节的匀称”；他认为每句间的节奏应该一致即拍子应大致相当，这就决定了“句的均齐”。只不过他没有像闻一多那样明确提出“建筑美”的概念罢了。

通过以上分析，是否可以得出如下论断：闻一多《诗的格律》一文提出的三美主张，除“建筑美”“绘画美”两条外，有关“音乐美”的理论，饶孟侃在其两篇诗论文章中，已经大部分涉及了。对于现代格律诗学的一些核心理论范畴的建设，饶孟侃是具有开创之功的。因此，他对现代格律诗学的贡献，完全可以和闻一多相提并论。

饶孟侃的重要诗论文章，皆发表在《诗镌》上面。《诗镌》时期之后，饶孟侃几乎再也没有诗论文章产生，只有一篇《诗歌的基本概念》刊发在1942年2月26日成都《半月文艺》第9期，而这篇文章与现代格律诗学的研究无任何关涉。也就是说，随着《诗镌》停刊，饶孟侃也完全停止了自己对现代格律诗学的理论讨论，这是非常可惜的。从一个侧面，这也充分说明《诗镌》对于新格律诗派同人的重要性。

二、闻一多《诗的格律》对建筑美的独特发现

《诗镌》时期，闻一多主要精力投入诗歌创作，发表诗学文章不多。《诗镌》上他总共发表三篇文章，《诗人的横蛮》是对于诗界的杂感，《英译李太白》讨论的是汉诗英译问题，其中可真正称得上是诗学理论探讨文章的，是著名的《诗的格律》。

《诗的格律》分两部分，第一部分是对白话—自由诗学的自然主义诗学观和以创造社为代表的浪漫主义诗学观的批判，提出“格律就是 form，form 就是艺术，诗不应当废除格律”的观点。第二部分是对诗的格律“原质”的分析探讨。闻一多把格律的“原质”分为两个方面：(一)属于视觉方面的，(二)属于听觉方面的。两方面是息息相关的。属于视觉方面的格律有节的匀称与句的均齐。属于听觉方面的有格式、音尺、平仄、韵脚。没有格式，就没有节的匀称，没有音尺就没有均齐。所以，听觉方面与视觉方面是密切相关的，分开来讲只是为了方便讨论而已。

关于格律的视觉方面，闻一多提出了“节的匀称与句的均齐”的主张。他认为饶孟侃忽略了这一方面，因此，这是他的这篇文章所着力讨论的一个问题：

> 当然视觉方面的问题比较占次要的位置。但是在我们中国的文学里，尤其不当忽略视觉一层，因为我们的文字是象形的，我们中国人鉴赏文艺的时候，至少有一半的印象是要靠眼睛来传达的。原来文学本是占时间又占空间的一种艺术。既然占了空间，却又不能在视觉上引起一种具体的印象——这本是欧洲文字的一个缺憾。我们的文字有了引起这种印象的可能，如果我们不去利用它，真是可惜了。所以新诗采用了西文诗分行写的办法，的确是很有关系的一件事。姑无论开端的人是有意的还是无心的，我们都应该感谢他。因为这一来，我们才觉悟了诗的实力不独包括音乐的美(音节)，绘画的美(词藻)，并且还有建筑的美(节的匀称和句的均齐。)这一来，诗的实力上又添了一支生力军，诗的声势更加浩大了。所以如果有人要问新诗的特点是什么，我们应该

回答他：增加了一种建筑美的可能性是新诗的特点之一。[①]

细读可发现，闻一多在《诗的格律》中下大力气作为主要课题研究的就是饶孟侃所忽略的视觉方面，由此他提出了“建筑美”的概念。一般的文学史或诗学史只是笼统地论及闻一多现代格律诗学的核心观念是“三美主张”，这点当然没错。但是，真正可作为闻一多自己独特发现的，是《诗的格律》一文所重点讨论的“建筑美”。这点可由他提出三美主张的那句话的前后语境以及这句话本身可得到证明。这句话就是：“因为这一来，我们才觉悟了诗的实力不独包括音乐的美（音节）绘画的美（词藻）并且还有建筑的美（节的匀称和句的均齐。）”“不独……而且”的句式，以及上面集中对建筑美进行论述，而并没有涉及“音乐美”、“绘画美”，说明三美中的“建筑美”才是闻一多这里要真正强调和推出的重点。在提出“建筑美”并把它作为自己的重大发现后，闻一多下面的论述也是紧紧围绕建筑美的进一步探讨而展开的，依次是：一、对于怀疑“节的匀称与句的均齐”为复古的观点的批评。二、律诗建筑美与新诗建筑美的不同（不同点之一：律诗永远只有一个格式，新诗的格式是层出不穷。不同点之二：律诗格律与内容不发生关系，新诗格式是根据内容的精神制造而成。）三、格式的整齐并不会带来灵感的窒塞。四、句法整齐不但于音节没有妨碍，而且可以促成音节的调和。整齐的字句是调和的音节（行之间音尺数一定，同时不同字数音尺的总数相当）必然产生出来的现象。绝对的调和音节，字句必定整齐。反过来讲，字数整齐，没有顾到音尺的整齐，音节不一定就会调和。

问题已经非常清楚了，闻一多在《诗的格律》中虽提出三美主张，但他真正作为核心论述的只有“建筑美”。对于“绘画的美（辞藻）”竟无一语论及。对于“音乐美”，论及的地方也非常之少。这是因为他认为关于这一点“饶孟侃先生论新诗的音节的两篇文章讨论得很精细了”，所以，他认为自己没有再作进一步讨论之必要。在文章中，闻一多虽然没有正面讨论“音乐美”问题，但是，在讨论新诗建筑美的“句的均齐”问题时，他还是部分涉及了这个问题。闻一多认为新诗格律的视觉方面与听觉方面是息息相关的，“没有音尺，也就没有句的均齐”，因此，在讨论“句的均齐”并不妨碍音节的和谐问题时，他涉及音节美的一个关键问题，即行与行之间音节和谐的重要条件必须是：每行音尺的数量不但要固定，而且不同字数音尺的种类也必须固定。例如：每行都可以分成四个音尺，每行有两个“三字尺”和

① 闻一多：《诗的格律》，《晨报副刊·诗镌》第7号，1926年5月13日。

两个“二字尺”，音尺排列的次序可不规则，但是每行必须都是两个“三字尺”和两个“二字尺”。这样，音节的铿锵与字数的整齐同时都可达到。这是闻一多的一个重要发现，对于现代格律诗的创作与理论，具有很大的启发意义和借鉴价值。

闻一多之所以能够有如此发现，是与他讨论音节美的独特出发点分不开的。上文已经反复论及，《诗的格律》作为重点讨论的对象是诗的建筑美，闻一多把这作为自己的一大发现，在公布这个发现的同时，又把它作为自己讨论其他诗学问题的理论出发点和观察问题的角度。因此，他对音节和谐的讨论与研究，是从“建筑美”（节的匀称与句的均齐）的角度出发的。为了行与行之间音节的和谐，他发现每行之间的音尺数必须一致，为了每行之间的字数一致从而带来句的均齐即建筑美，那就得进一步要求每行音尺数和不同字数音尺的同时相等。如果不是出于对诗歌外形建筑美的考虑，就不会对每行音尺数和音尺种类作出这样的机械限定。

在研究《诗的格律》以及闻一多对现代格律诗学的贡献时，必须要注意一个重要问题，即《诗的格律》是在饶孟侃《新诗的音节》、《再论新诗的音节》发表后才出现的。闻一多写作该文时，已经读到饶孟侃从格律角度对于新诗音节问题的深入研讨与论述，而且，由于他平时与饶孟侃等人诗艺上的往复交流与切磋，饶孟侃的这些观点，应该就是他们之间的共识，这构成了他的《诗的格律》一文的理论背景和前见。由于饶氏的文章发表在先，因此，闻一多在写作《诗的格律》一文时，必然要把饶文作为自己的挑战对象，在讨论新诗格律时，略其所详，而详其所略。由于饶氏论述对象集中于新诗的“音节”层面，闻一多把自己的题目命名为《诗的格律》，定位于“格律”即艺术的“形式”层面，这就使自己在讨论新诗格律问题时，能够有效避开饶氏讨论已很详细的“音节”，而转入音节之外的“视觉”层面，进行闪展腾挪，从而开辟出一方新天地。正是出于这种考虑，他在文章开端具体讨论新诗格律时，就把诗的格律分为“视觉”和“听觉”两个互为关联的层面，然后就从视觉入手，建构其“建筑美”的理论框架，由此理论切入音节美话题，从而提出了每行音尺数量与音尺种类同时一致的观点。这就比饶氏文章中对于“节奏拍子”的看法，显得更为具体和明晰，具有更强的可操作性和示范性。

从所用的诗学术语考察，饶孟侃所提出的“格调、拍子”概念，闻一多在《诗的格律》中也没有采用，而是用了“格式、音尺”概念。“格式”一词，饶孟侃在《诗的音节》中也用了，这个词比“格调”更为明白，而且不容易引起歧义。因为“格调”是中国古典诗学的一个重要范畴，有其特定含义，用在这里易引起不必要的误解。“拍子”为音乐学术语，闻一多没有采用，而是用“音尺”来代替。

《诗的格律》所提出的“绘画美”，闻氏只是一笔匆匆带过，无片言只字的深入论述，不知为何。笔者猜想原因，闻氏之所以提出“绘画美”，概出于作为画家对颜色、辞藻的敏感与偏好。当然绘画美也可理解为诗作对如画般逼真意境的呈现。不管怎么说，三美之中，他提出的“绘画美”纯属赘疣，因它与新诗的格律问题并无任何理论上的内在关涉。闻氏当时提出“绘画美”，也许只是灵机一动而已，并没有做过认真系统的理论思考。由于绘画美与新诗格律问题并无关涉，且诗与画的关系本来就是传统诗学中一个聚讼纷纭、难以说清的问题，因此，闻氏提时匆匆，提出后也没有对它再作说明。[①] 所以说，闻氏所提出的三美，充其量也就是二美罢了。

上文已经提过，三美之中的“建筑美”可谓闻一多的独创。诗属于语言文字艺术，属于听觉层面的声音美的重要性，当然要远远高于属于视觉层面的建筑美。这一点就是闻一多本人也承认的。即使如此，闻一多还是把视觉层面提高到很高的位置，并且拿中国文字的象形特性来为自己的观点作证。其实，中国传统文字有一部分是象形文字，这是事实，问题是中国传统诗歌要么重在唱，要么重在诵。只是在“五四”之后，受西方诗歌分行的影响，新诗分行分段，并且白话—自由诗学也抛弃了“唱”与“诵”的传统，把诗当成是“看”的，充其量也只是“说”的。闻一多从西诗的分行分段受到启发，同时想结合中国文字的象形特性，建构起汉语诗歌的视觉美，这样一来，倒无形中迎合了白话—自由诗学所确立的新诗的“看”的传统。但是，闻一多在抬高“看”的地位时，还想兼顾音韵的和谐。于是，他在音尺的基础上，把建筑美与音乐美合二为一。在兼顾新诗的“看”与“听”时，由于闻一多是从建筑美即“看”的立场出发的，这就很容易带来一个弊端，或者说潜在的陷阱，那就是很难同时照顾到“看”与“听”，在建构其诗歌的建筑美时，诗歌的音乐美可能就在不自觉间流失了。这就是新格律诗后来被讥讽

① 闻氏对绘画美没有任何论述，倒是他清华时期的同学梁实秋写过一篇文章《诗与图画》，对诗与画的关系做过研讨。文中提到美国新诗运动的一派“影像派”(imagist－school)，他们主张“字的画”(word－paiting)。梁氏还提到“中国现代的新诗似乎受了这派的影响很大。”不过，他认为“以文字作画，充其量不过是图画，不能成诗。”可见，对于同学兼好友闻一多提出的“绘画美”，他并不表示认同。(梁实秋：《诗与图画》，《浪漫的与古典的》，上海新月书店1927年版)诗画关系也是现代诗学关注的一个重要理论问题，其他学者如杨振声后来也发表有《诗歌与图画》，刊1943年4月《世界学生》第2卷第4期。

为“豆腐干”体的原因。因此，在解决这个问题时，必须要处理好“建筑美”与“音乐美”的关系。应该看到，属于“看”的建筑美毕竟是次要的，属于“听”的音乐美才是真正植根于语言文字的本质特性中，从而应该居于优先考虑的位置。如果把闻一多的理论立足点颠倒过来，从听觉出发来考虑视觉的问题，在照顾音乐美的前提下再考虑建筑美，如此来兼顾“听”与“看”，也许不失为一条途径。以闻一多为代表的新格律诗派的创作实践，正是遵循这样的路径，新月派文人所举行的读诗会就是他们检验诗的音乐美的具体手段。

沈从文在《谈朗诵诗》一文中曾回忆新月派文人的读诗活动。徐志摩很有兴致地读自己的新诗给陌生客人听的场景，给他留下难忘印象：“新诗用诵读方式来欣赏，在我记忆上只有这次完全成功。”①新格律诗派就产生在新诗诵读的氛围之中。对此，沈从文《谈朗诵诗》说得很明白：

> 在客厅里读诗供多数人听，这种试验在新月社也即已有过，成绩如何我不知道。较后的试验，是在闻一多先生家举行的。……《晨报》社要办个诗刊，当时京派诗人有徐志摩、闻一多、朱湘、刘梦苇、孙大雨、饶孟侃、杨子惠、朱大枏诸先生。为办诗刊，大家齐集在闻先生家那间小黑房子里，高高兴兴的读诗。或读他人的，或读自己的。不特很高兴，而且很认真。结果所得经验是，凡看过的诗，可以从本人诵读中多得到一点妙处，以及用字措词的轻重得失。凡不曾看过的诗，读起来字句就不大容易明白，更难望明白它的好坏。闻先生的《死水》、《卖樱桃老头子》、《闻一多的书桌》，朱先生的《采莲曲》，刘梦苇先生的《轨道行》以及徐志摩先生的许多诗篇，就是在那种能看能读的试验中写成的。这个试验既成就了一个原则，因此当时的作品，比较起前一时所谓五四运动时代的作品，稍稍不同。修正了前期的“自由”，那种毫无拘束的自由，给形式留下一点地位。对文学“革命”言，有点走回头路，稍稍回头。刘梦苇先生的诗，是在新的歌行情绪中写成的。饶孟侃先生的诗，因从唐人绝句上得到暗示，看来就清清白白，读来也节奏顺口。朱湘先生的诗，更从词上继续传统，完全用长短句形式制作白话诗。新诗写作原则是赖形式和音节作传达表现，

① 沈从文:《谈朗诵诗》，香港《星岛日报·星座》1938 年 10 月 1 日—15 日，见《沈从文全集》第 17 卷，北岳文艺出版社 2002 年版，第 244 页。

因此几个人的新诗，都可读可诵。[①]

沈从文回忆的诵读会，是大家在一块读诗，或读自己的，或读他人的。除此之外，朱湘还试图开办个人诗歌的读诗会，还特意在1926年4月24日《晨报副刊》上发布一则启事，题目叫《我的读诗会》。启事中，朱湘提到了西方文学作者在一个公共的场所开诵读会，请喜欢听的人来听这作者念自己的作品。还有一种诵读会，是专门的诵读家举行的。朱湘认为中国还不曾举行过这种诵读会，是一件极可惋惜的事情。因为这种诵读会对于新文学，尤其是诗的音节的形成有很大帮助。中国的新诗，正在胚胎期，应当特别努力于音节与外形。如今在新诗上努力的人，注意到音节的也不少，开办读诗会是检验他们的音节试验是否成功的极好方法。朱湘开个人读诗会就是为了检验自己诗歌的音节是否成功。对于朱湘开办读诗会的倡议，徐志摩给予很大支持。他在朱湘文章后特加附识："他这初次读诗会应分是新文学界的一个愉快！注意新诗的人们不可错过这个机会。"[②]他的这次读诗会后来没有如期举行，不过，朱自清在《唱新诗》中说自己确实听到过他的诵读。

徐志摩、朱湘之外，闻一多也非常重视新诗的诵读。梁实秋回忆闻一多在青岛大学教书时，一次在礼堂朗诵他的新诗的情形："他捧着那一本《死水》，选了六七首诗，我记得其中有两首最受欢迎，《罪过》与《天安门》。他先说明诗的写作经过，随后以他那不十分纯熟的国语用沉着的低音诵读。诗人朗诵自己的诗都是出之以流畅自然，不应该张牙舞爪的喊得力竭声嘶。一多的诵诗是很好的一次示范。他试想以几个字组成为一音步，每一行含着固定数目的音步，希望能建立一种有规律的诗的节奏与形式。"[③]梁氏这段话充分说明闻一多对新诗音节的试验，也是以"诵诗"方式进行的。这种诵诗会处于大庭广众之中，是在诗人与读者的双向交流中进行的，这就由私人的"看"转入公众间的"听"，对诗的音乐性提出更高要求，诗的"建筑美"当然就不可能在关注的视野之内。梁实秋回忆闻一多选《死水》中的六七首来诵读，不知中间是否有《死水》，但最受欢迎的《罪过》与《天安门》，外形并不十分齐整，但"读起来颇有抑扬顿挫之致，而且诗又是

---

① 沈从文：《谈朗诵诗》，《沈从文全集》第17卷，北岳文艺出版社2002年版，第244—245页。

② 徐志摩：《〈我的读诗会〉附识》，《晨报副刊》1926年4月24日，见《徐志摩全集》第3卷，天津人民出版社2005年版，第25页。

③ 梁实秋：《谈闻一多》，《梁实秋文集》第2卷，鹭江出版社2002年版，第546页。

写实的，都是出之于穷苦人的口吻，非常亲切。”①因此，获得相当的成功，连“平素不能欣赏白话诗的朋友，那天听了他的诗歌朗诵，都一致表示极感兴味。”由此可见，即使闻一多本人，在其后的创作实践中，同样非常重视新诗的音节和谐，并且用诵读的方式来检验自己的音节试验。在这种诵读方式之下，诗歌的“视觉”层面无形中就退居到非常次要的位置了。

以上所说的读诗会侧重的是“读”，而同为《诗镌》阵营的刘梦苇在《〈孤鸿集〉自序》中还有“唱新诗”的倡议，这一点在前文已经论及。不管是“读”，还是“唱”，注重的都是“听觉”层面，而不是“视觉”层面，这一点是无可置疑的。正如沈从文所说：“关于新诗运动，企图在诵读上将个人视觉欣赏转而为多数人听觉的欣赏，这种努力随新诗运动而发展，已有了许多年。这种诵读试验的集会，与中国新诗运动极有关系，与诗的朗诵更有关系，值得作一度叙述。”②“看”是一个人静静地欣赏，具有个体性与私密性；而“听”是两个人以上的互动，具有公共性与敞开性。“看”侧重视觉层面的建筑美，而“听”看重的则是听觉层面的音韵美。新格律诗派的诗学主张产生于读诗会的氛围中，其诗学理论的核心是对音乐美的讲求，而非对建筑美的雕琢。闻一多特意提出“建筑美”进行标榜，是其创新之处，但它与音乐美之间的矛盾关系，却是他没有注意到的。这就造成了其新格律诗学的裂隙与缺失，为现代格律诗学的进一步发展埋下危机，带来以后的诸多问题。

三、朱湘的形式诗学批评

朱湘在《诗镌》上发表诗歌不多，只有《采莲曲》等，发表诗学文章也不多，主要是《新诗评》系列文章，如对胡适《尝试集》、康白情《草儿》的批评。与饶孟侃、闻一多相比，朱湘对现代形式诗学的建构，主要是以诗歌批评的方式进行的。收在《中书集》中的诗歌批评文章，其对象涉及早期主要的白话新诗人，如胡适、康白情、郭沫若、宗白华，以及新格律诗派的主要代表徐志摩、闻一多等。另外，朱湘在给友人赵景深、曹葆华等人的信中，也论及一些诗学问题。

由于是以诗歌批评的方式从事于现代格律诗学的理论建构，朱湘的现代格律诗学架构一方面显得有点琐碎，不成体系，一方面在局部观点上又显得比较具体。就如朱自清所说：“等到《诗镌》出版，这新律运动便有了一定的标准，而且想造成风气了。《诗镌》里颇有几篇文说明这种新律，但我

① 梁实秋：《谈闻一多》，《梁实秋文集》第2卷，鹭江出版社2002年版，第548页。

② 沈从文：《谈朗诵诗》，《沈从文全集》第17卷，北岳文艺出版社2002年版，第243页。

觉得朱湘先生《志摩的诗》一文或者更具体些，虽然此文并非为解释新律而作。"[①]综合朱湘的这些文章及与友人的通信，他对新诗格律的看法，大致体现在以下几个方面。

对新诗音节艺术的重视。朱湘与饶孟侃一样，重视音节的作用。他在给诗人曹葆华的信中说："柯勒律基在他的《文学自传》Biographia Literaria里面曾经说过，要看一个新兴的诗人是否真诗人，只要考察他的诗中有没有音节；这一句话我觉得极有道理。……音节之于诗，正如完美的腿之于运动家。……想象，情感，思想，三种诗的成分是彼此独立的，惟有音节的表达出来，它们才能融合起来成为一个浑圆的整体。"[②]朱湘所谓的"音节"，是诗歌声音系统的总称，指的就是一首诗对音韵的运用。他在考察新诗艺术时，一般从两个方面，一为音节（包括押韵、建行等），一为用字。他对汪静之《蕙的风》的肯定就是由其音节而言，[③]对戴望舒《雨巷》的赞美也是由于该诗音节的使用。[④] 由于音节体现在押韵、建行等方面，所以，他的新诗批评往往由这些角度切入。

押韵。朱湘非常重视新诗押韵问题，认为"作诗的第一步当然是讲用字，押韵"。[⑤] 在抒情诗里，"音韵为造成印象的一个很大的要素"。[⑥] 他对押韵的要求是"新鲜"，要不落俗套。[⑦] 对于新诗用韵，朱湘几近苛求，他批评徐志摩诗歌的用韵，如土音入韵，骈句韵（rhymed couplet）不讲究，用韵有时不妥，"《默境》这首诗一刻用韵，一刻又不用，一刻又像旧词，一刻又像古文，杂乱无章。"《哀曼殊菲尔》一诗"有时几段连着用一个韵，有时又一段一韵，这种紊乱的感觉不由得教人联想起拜伦不得意的时候来。"《盖上几张油纸》"头四段用一个韵，以后的几段又一段一个韵，用韵用得欠整齐一点"。[⑧] 用韵是否妥当，是他评价新诗艺术的一个重要尺度，评价徐志摩之外，对闻一多等人诗歌的批评也是由此入手。他评价闻一多诗作短处的第一点就是"用韵不讲究"。他把用韵不讲究分为三层：（一）不对，（二）不妥，

---

① 朱自清：《唱新诗等等》，《朱自清全集》第4卷，江苏教育出版社1996年版，第222页。

② 朱湘：《寄曹葆华》，《朱湘散文》下集，中国广播电视出版社1994年版，第193页。

③ 朱湘：《寄曹葆华》，《朱湘散文》下集，中国广播电视出版社1994年版，第193页。

④ 朱湘：《寄戴望舒》，《朱湘散文》下集，中国广播电视出版社1994年版，第197页。

⑤ 朱湘：《闻一多与〈死水〉》，《朱湘散文》下集，中国广播电视出版社1994年版，第367页。

⑥ 朱湘：《评徐君志摩的诗》，《朱湘散文》上集，中国广播电视出版社1994年版，第160页。

⑦ 朱湘：《闻一多与〈死水〉》，《朱湘散文》下集，中国广播电视出版社1994年版，第367页。

⑧ 朱湘：《评徐君志摩的诗》，《朱湘散文》上集，中国广播电视出版社1994年版，第152—161页。

(三)不顺。“不对便是用韵用错了,不妥便是用韵用得寒伧,不顺便是用韵用得牵强。”用错韵又分为按照土音而错、盲从古音而错、不避应避的阖口音而错、作者自己过失四种情况。韵用得不妥即拿虚字来协韵。[①] 在用韵标准上,朱湘主张“作那种土白诗用那种土白韵,作国语诗用国语韵。”[②]这一点与饶孟侃看法一致。比饶孟侃更进一步的是,朱湘能结合具体作品,总结出新诗用韵的一些缺失。虽然一些具体观点,还可商榷,但他的这种看似严苛的指摘,对于新诗用韵的规范化,是有益的。

朱湘对押韵问题的思考来自他自己的创作实践。在自述其创作甘苦的《〈草莽集〉的音调与形式》中,他谈到自己创作实践中对“韵”的运用:

> 《楚辞》音调在我国诗坛上只有词可以比得上。如《少司命》中“秋兰兮蘼芜”一章用短促的仄韵,下面“秋兰兮菁菁”一章换用悠扬的平韵,将当时情调的变化与飘忽完全用音调表现出来了。这种乖后来只有词家学到了。如《西江月》等调所以几年来那般风行,便是音调在里面作怪。我在《婚歌》首章中起首用“堂”的宽宏韵,结尾用“箫”的幽远韵,便是想用音韵来表现出拜堂时热闹的锣鼓声,撤帐后轻悄的箫管声,以及拜堂时情调的紧张,撤帐后情调的温柔。《采莲曲》中“左行,右撑”“拍紧,拍轻”等处便是想以先重后轻的韵表现出采莲舟过路时随波上下的一种感觉。《昭君出塞》是想用同韵的平仄表现出琵琶的抑扬节奏。《晓朝曲》用“东”“扬”两韵是描摹钟声的“洪”“杭”。《王娇》中各段用韵,也是斟酌当时的情调境地而定。《草莽集》以后我在音调方面更是注意,差不多每首诗中我都牢记着这件事。[③]

朱湘这段话,对新诗韵的使用及其所可能带来的情调,作了别有会心的描述。朱湘之前,梁实秋曾讲过押韵会对读者产生一种入神的魔力,他的这种说法显得过于笼统了一点。朱湘则从韵的音调与情调之间的关系入手,对新诗韵的适当使用所可能带来的美学效果,作了更为细致的说明。

建行。在新格律诗派所提出的理论中,朱湘的建行理论值得注意。闻一多从建筑美的要求出发,提出“节的匀称”与“句的均齐”,其中“句”指的就是“行”。与“句的均齐”相似,朱湘提出“行的匀配”理论。所谓“行的匀

---

① 朱湘:《评闻君一多的诗》,《朱湘散文》上集,中国广播电视出版社 1994 年版,第 165 页。
② 朱湘:《翡冷翠的一夜》,《朱湘散文》上集,中国广播电视出版社 1994 年版,第 202 页。
③ 朱湘:《〈草莽集〉的音调与形式》,《文学周报》第 7 卷第 20 期(1928 年 11 月 25 日)。

配”指“每首‘诗’的各行的长短必得要按一种比例，按一种规则安排，不能无理的忽长忽短，教人读起来时得到紊乱的感觉、不调和的感觉。”[①]比较“句的均齐”与“行的匀配”两种说法，笔者认为朱湘的更为准确、可行。首先，从诗学术语上讲，“句”是古典诗学的理论术语，“行”是现代诗学的理论术语。从“句”到“行”的术语转换，看似一字之别，但其关涉的意义却非同小可。因为“行”是现代诗歌受西方诗歌分行理论影响之后的产物，中国传统诗歌是不分行的。闻一多的建筑美理论其实就完全建立在这种分行理论基础之上，没有分行，也就没有诗行的排列，也就没有视觉美可言。中国古典诗歌不分行，“句”是约定俗成的，依据语义可判断出句与句间的起讫。总之，不分“行”也就无所谓建筑美。所以，“句的均齐”更准确的说法应该是“行的均齐”。《诗的格律》一文，在“句法”一词外，大多用的也是“行”的说法。可见，闻一多对“句”与“行”的分别是了然于心的。朱湘没有沿袭“句的均齐”一说，而是改“句”为“行”，这就更加准确了。其次，朱湘的“匀配”说比闻一多的“均齐”说更合理。为达到建筑美的效果，闻一多要求诗歌外形的整齐划一。为避免机械整齐划一所带来的音节不和谐，闻一多提出“音尺”理论，在要求行之间的音尺数一致的同时，对每行音尺的种类（不同字数的音尺）也做了严格限定，这样写出来的诗，读起来既音调和谐，又具有外形整齐之美。但是，“均齐”说也存在明显弊端。这是因为，均齐说只照顾到外形的“整齐”美，却忽略了“参差错落”之美。如果每节的行之间并不完全整齐，字数并不划一，但是，每节之间的格式却完全一致，这样既没有违背“节的匀称”，又体现出“参差错落”之美，也是应该得到提倡的。而“句的均齐”说就阻断了这种尝试的可能性。如果用此说来衡量闻一多自己的诗，可以说只有《死水》等少数几首诗才勉强合格，而其他的许多诗作就会被排除在新格律诗之外。这明显是不适当的。除《死水》外，闻诗中如《忘掉她》等为数不少的诗，虽不符合“句的均齐”标准，但每节格式一致，达到“节的匀称”，而音韵更为优美。同样，徐志摩的不少诗，虽不符合“句的均齐”，但《再别康桥》、《雪花的快乐》等诗，在音乐美方面，应该说也超越了《死水》。如果从建筑美出发来否定这些诗，同样是不合适的。这就说明闻一多所提出的“句的均齐”说，是为特意配合“建筑美”而提出的，带有明显理论缺失。新格律诗派的一些诗遭受“豆腐干”之讥，与“均齐”说的负面

① 朱湘：《评徐君志摩的诗》，《朱湘散文》上集，中国广播电视出版社 1994 年版，第 156—157 页。

影响分不开。与“均齐”说相比，朱湘的“匀配”说就显得合理得多。“匀配”指各行的长短按一种比例，按一种规则安排，不能无理的忽长忽短。“匀配”既包含一节的每行之间的按规则排列，又包含节之间的匀称与配合；既包含行之间的整齐，也包含行之间的参差错落。这显然比“均齐”说的限定更宽松、适当一些。

“行的匀配”外，朱湘又提出“诗以行为单位”及“行的独立”说，为新诗建行理论提供了理论支撑。这是之前的新格律诗论家所没有论及的。在比较“散文诗”与“诗”两种体裁时，朱湘提出了如下看法：

> 散文诗是拿段作单位，“诗”却是拿行作单位的。散文诗既然是拿段来作单位，容量就比较大得多多，所以它这一方面的可能性是比较的大的。不过我们要是作“诗”，以行为单位的“诗”，则我们便不得不顾到行的独立同行的匀配。行的独立便是说每首“诗”的各行每个都得站的住，并且每个从头一个字到末一个字是一气流走，令人读起来时不至于生疲弱的感觉，破碎的感觉。①

“行的匀配”是就行之间的关系而言，“行的独立”是就一行内部而言。在朱湘之前，只有梁实秋从“诗分行是有道理的”的角度，论及“一行便是一节有神韵的文字，有起有讫，节奏入律。”②但是，他只是一笔带过，没有明确提出“行的独立”。闻一多对“行”的看法主要是从建筑美的角度出发，注意的是行与行之间的关系。朱湘则兼顾到“行的匀配”与“行的独立”，并且明确提出“诗是以行为单位”。梁实秋与闻一多都注意到新诗的分行问题，闻一多并且从分行理论出发提出了建筑美的主张与音尺理论，但他们都没有明确指明“诗以行为单位”。朱湘所谓“诗以行为单位”，基本意思应该是，在创作过程上，一首诗从一行诗开始成形，从意义单元上讲，行是最小的意义单元。一首诗由行组成节，由节组成篇。单节诗则只有行。因此，诗以行为单位。诗既然以行为单位，那么，在照顾到行与行之间的关系的同时，还必须注意到行的独立性，这就是“行的独立”。朱湘对“行的独立”的解释是：“每首‘诗’的各行每个都得站的住”，这主要是从艺术上说的。怎样才能做到“站得住”呢？按朱湘的说法就是“一气贯注”，节奏上不松懈，意义上不断裂。在另一些地方，谈到“行的独立”时，朱湘用“行的节奏，行的紧凑”代替，说明他所说的“行的独立”与“行的节奏，行的紧凑”是一个意思。

---

① 朱湘：《评徐君志摩的诗》，《朱湘散文》上集，中国广播电视出版社 1994 年版，第 156 页。

② 梁实秋：《〈繁星〉与〈春水〉》，《创造周报》第 1 卷第 12 号(1923 年 7 月 29 日)。

值得注意的是，朱湘把“行的独立”作为诗体的一个本质特点，如他所说：“凡是成行写的文章我都要向它要‘行的独立’，不然，又何必分行呢？无论你的散文诗是多么好，不过你既不安分的把它分行写出，我就要向你要行的独立，没有，我就大声说，这不是‘诗’！”[①]可见，朱湘认为诗体的主要特点就是“行”的艺术之讲究。这种观念注意到诗自身的文体特点，能有效促使诗人把每行诗作为一个独立的艺术单位，去认真打磨和经营。

朱湘不但提出“诗以行为单位”和“行的独立”说，而且在创作实践中，也非常注意“诗行”经营与探索，从一字行到十一字行都尝试过。一字行如《情歌》，两字行如《采莲曲》，三字行如《婚歌》，四字行如《招魂辞》，五字行如《日色》，六字行如《岁暮》，七字行如《今宵》，八字行如《催妆曲》，九字行如《摇篮歌》，十字行如《梦罢》，十一字行如《送黄天来》。为了追求行的独立及节奏上的紧凑，他认为“诗行不宜再长，以免不连贯，不简洁，不紧凑”。[②] 在诗行经营方面，朱湘敢于在大胆吸收旧诗词曲以及民间曲艺的艺术营养的基础之上，有所创新。他的十字行虽然与传统弹词、大鼓的十字行同是十字，内容却大为不同。他的七字行诗，虽字数与古诗每行一样，但他是三字语加四字语成行，与旧诗七言的四字语加三字语不同。诗章方面，也有各种尝试，其中如《恳求》一诗全章各行长短不定，就是从词变化过来。这就牵扯到朱湘对于传统诗学的态度。

对于中文音律学传统的借鉴。文化观上，新格律诗派与“五四”白话—自由诗学存在差异。胡适等人对于传统文化包括诗词文化，持一种批判态度，新诗诞生于对传统诗词那一套音律文化的破坏。对于中国传统文化，新格律诗派则持一种深情回望与认同的态度。这一点，在闻一多那里有突出体现，在朱湘身上表现得同样明显。在《文化大观》一文中，朱湘认为孔子所说的“温故而知新”，现在仍不失为真理。“旧文化没有一个正确的清算，新文化的前程又怎么去发展呢？西方的文化可以比为春天的太阳，至于树干与浆汁，它们还是旧有的，或是由旧文化的土地中升上的。”[③]因此，朱湘认为要吸收西方的文化，不但要接受它们的新文化，还要追溯其源头，一直到希腊文化为止，对于中国传统文化也应如此：“现在的一般新文学的

① 朱湘：《评徐君志摩的诗》，《朱湘散文》上集，中国广播电视出版社1994年版，第161—162页。

② 朱湘：《〈草莽集〉的音调与形式》，《文学周报》第7卷第20期(1928年11月25日)。

③ 朱湘：《文学闲谈·文化大观》，《朱湘散文》上集，中国广播电视出版社1994年版，第286页。

作者，他们所抱的那种‘线装书扔进茅厕里去’的态度，是昧于历史观的”。[①]因此，现代的儿孙要致力于对传统文化的整理、学习，这样方不愧为陈子昂、玄奘、李白、杜甫的后人。正是这种回归传统、学习传统的态度，决定了朱湘的诗学观。他主张新诗在音节上应大胆向中外诗歌学习，特别是向传统诗歌吸取有益营养：“天下无崭新的材料，只有崭新的方法。旧诗有什么地方可以取法，发展，全靠新诗人自己去判断。”[②]“旧诗之不可不读，正像西诗之不可不读那样；这是作新诗的人所应记住的。”[③]他认为自己作的虽是新诗，但所用的依然是那有千年以至数千年之背景的中文文字，古代音律学影响，（用古韵除外），新诗逃避不了且无可逃避。[④] 中国古代诗人非常讲究音韵之美，创造出一系列复杂而又优美的“音节图案”。对于这种优美的“音节图案”，后人应充分欣赏，极端敬仰，并且因之鼓舞前进，而努力于新的同等优美的“音节之图案”之创造。传统诗体中，朱湘认为音节最讲究、音节图案发展到最高等级的，应该是词。因此，在新诗创作上，朱湘对词的借鉴与学习最多。

朱湘对传统诗词艺术的借鉴，具体体现在以下几方面：一、押韵。中国传统诗歌采用富韵，即音同字异的尾韵相协。他认为这种韵在中文内是最丰富的，所以古代诗人，在运用尾韵的时候，便充分发挥了中文这方面的优势。诗是通篇一韵，词也一样，曲是一折一韵。朱湘自己在诗歌创作中，便尝试了各种押韵方法。此点前已论及，不赘。二、平仄。朱湘之前，梁实秋《诗的音韵》、饶孟侃《诗的音节》皆对平仄在新诗中的应用持肯定态度。梁实秋认为平仄的效用可使读者沉醉，也可使读者清醒。饶孟侃批评新诗抛弃平仄的做法过于极端，抛弃平仄即等于抛弃节奏和韵脚，诗的声韵将失之单调。两人对平仄的态度虽积极，但论述过于泛泛。第一个对新诗平仄问题进行深入、具体探讨的，是朱湘。与饶孟侃一样，朱湘认为平仄“是中文音律学的一种特象，不可忽视或抛置。”[⑤]平仄是古人留下的一笔珍贵遗产，问题在诗人如何充分利用。因为新诗读法与旧诗不同，所以传统平仄的律法不能直接搬用，这就要求诗人自己去创造平仄的律法。为了说明怎

---

① 朱湘：《文学闲谈·文化大观》，《朱湘散文》上集，中国广播电视出版社 1994 年版，第 286 页。

② 朱湘：《〈草莽集〉的音调与形式》，《文学周报》第 7 卷第 20 期（1928 年 11 月 25 日）。

③ 朱湘：《谈诗》，《朱湘散文》上集，中国广播电视出版社 1994 年版，第 302 页。

④ 朱湘：《诗的产生》，《朱湘散文》上集，中国广播电视出版社 1994 年版，第 293 页。

⑤ 朱湘：《诗的产生》，《朱湘散文》上集，中国广播电视出版社 1994 年版，第 293 页。

样去创造新诗的平仄律法，朱湘举自己的诗《恳求》做例子。这首诗平仄的利用在尾韵上。每节第三行用本韵的上声字协韵，每节倒数第二行用去声字押韵。仄声韵的运用，是为了使诗的节奏复杂化，去声韵的使用，是为了在上声韵之后，逼近一步，使情绪紧张。每节尾，用平声韵结束，是想依靠弛缓的声韵来暗示恳求得不得回应的失落心情。[①] 可见，朱湘对平仄的使用，是为表现特定情感与意旨服务的，并非纯粹作形式上无聊的精雕细刻。当然，朱湘对平仄律法的刻意经营，其成功与否还值得怀疑。他的好友罗念生就认为《文学闲谈》所述的平仄妙用不过是他的错觉。罗念生认为平仄的差别不够大，不能用来表现两种不同的情调，有些平声与仄声的差别还不及阴平与阳平的差别大。[②] 但不管怎么说，朱湘这种对于新诗音韵艺术的尝试探索精神，还是值得充分肯定的。

对待传统诗词艺术，朱湘崇古，尊古，但并不泥古，拘古。他认为传统的词虽然创造了一些最美妙的图案，后人按了平仄来填出一些赝品，就会使人反感。他主张新诗作者应该拿词的原本精神作基础，致力于创造"新腔"，而非机械模仿按谱填词。他反复提到"填诗，填词这一类的行为我们应该深恶痛绝"，反复申述新诗作者应该在传统诗词基础之上而大胆创新。朱湘自己的诗歌创作就可看做是对传统的"创造"性转化。可惜的是，由于过早弃世，诗人的创造工程还处于尝试之中，就戛然而止了。

对于现代格律诗学的建构，闻一多取径偏于西方，其音尺理论就来自西方诗学。朱湘虽然也向西方诗歌学习，引进英国"双行体"、波斯"四行体"、法国"巴俚曲"以及十四行诗等各种诗歌体式，但更偏向于取资传统的诗学资源。他的诗学理论，是对饶、闻等人的有益补充与平衡。

四、梁实秋的纪律形式观及与徐、闻等人的内在分歧

梁实秋没有在《诗镌》上发表诗与诗论文章，但此前此后他所发表的系列诗论，皆涉及格律问题。与新格律诗派的其他诗论家不同，梁实秋主要是由新古典主义的思想认识出发，达到对形式—格律的间接认同。对于新诗是否需要格律，梁实秋与闻一多、徐志摩、饶孟侃、朱湘诸人看法一致，但在许多具体问题的处理与认识上，存在不小分歧。

梁实秋信奉"有纪律的形式"，这种新古典主义的文学观在《文学的纪

① 朱湘：《诗的产生》，《朱湘散文》上集，中国广播电视出版社 1994 年版，第 294 页。

② 罗念生：《评朱湘的〈石门集〉》，《罗念生全集》第 8 卷，上海人民出版社 2007 年版，第 345 页。

律》一文中，表述得最为清楚明白。他认为文学可以不要规律，但不能不要标准，这个标准就是文学的纪律。所谓“文学的纪律”，最根本方面为文学的态度之严重（严肃），理性对于情感和想象的宰制。这是就精神（内容）一方面说的。内容与形式不可分。因而，守纪律的精神，还必须体现在形式上，即体系在“有纪律的形式”上。有纪律的形式，正是守纪律的精神之最具体表现。由此观念出发，他对文学革命的自由形式观进行了严厉批判：

> 所谓“文学革命”者，往往着力在打破文学的形式，以为文学的形式是创作的桎梏，是天才的束缚，应该一齐的打破。其实文学的形式如有趋于单调呆滞的倾向，正不妨加以变换，不能因某一种形式之不合用遂遽谓文学可以不要形式。形式是一个限制，惟以其能限制，所以在限制之内才有自由可言。形式的意义，不在于一首诗要写做多少行、每行若干字、平仄韵律等等，这全是末节，可以遵守也可以不遵守；其真正之意义乃在于使文学的思想，挟着强烈的情感丰富的想像，使其注入一个严谨的模型，使其成为一有生机的整体。亚里士多德论悲剧，说悲剧必须有起有讫有中部，实在是说一切的文学都要有完整的形式。近代的文学常常以断片为时髦（Vogue of the fragmentary），正和这形式完整的原则相反。①

梁实秋认为诗歌形式可以变换，但不可以打破，形式的真正意义使文学的情感想象熔铸为一严谨、有机、完整的形体。梁氏信守古典主义美学观，认为形式要达到有机、完整、单一的审美标准，着眼的是“单一”即免除枝节，“完整”即免除冗繁。这种形式观与新格律诗派的形式观完全一致。因此，他虽一再申明“形式的意义，不在于一首诗要写做多少行、每行若干字、平仄韵律等等，这全是末节，可以遵守也可以不遵守；”“文学的形式是说文学的内质表示出来有没有一个范围的意思。至于字句的琢饰、语调的整肃、段落的均匀，倒都不是重要的问题。”“我所谓‘形式’，是指‘意’的形式，不是指‘词’的形式。所以我们正可在词的形式方面要求尽量的自由，而在意的方面却仍须严守纪律，使成为一有限制的整体。”②这种申明与朱湘反对按谱填词是一个意思，即反对机械照搬某种定式。但是，这并不意

---

① 梁实秋：《文学的纪律》，《新月》创刊号（1928 年 3 月），见《梁实秋文集》第 1 卷，鹭江出版社 2002 年版，第 145—146 页。

② 梁实秋：《文学的纪律》，《梁实秋文集》第 1 卷，鹭江出版社 2002 年版，第 145—147 页。

味着梁氏的形式观与白话—自由诗学的形式观一致，是一种自由形式观。相反，梁实秋追求的自由是“形式内的自由”、“限制中的自由”。

> 我们固然不该以词害意，然而就大体讲，词并不能害意。譬如说，一种严格的诗的体裁，无论其为律体，或十四行诗体，绝不会有束缚天才的能力。体裁繁复，在技术上也许是困难的，但惟天才乃能战胜困难。体裁固定，在表现上也许不能十分自然，但文学表现本是艺术的而不是自然的。文学的物质方面的形式像是一只新鞋，初穿上去难免有一点拘束，日久也就舒适。[①]

可见，梁实秋在诗体形式上加以肯定的还是体裁的繁复与固定，文学表现上推崇的还是艺术而非自然。他的“形式像鞋子”之喻，与闻一多“带着镣铐跳舞”其实就是一个意思，强调的也是形式的限制与限制下的自由。这就说明他的形式观与闻一多、饶孟侃等人是相同的，他所谓的“意的形式”必然还是要落实到“词的形式”上去的。因为，如果没有了词的形式，意的形式也便无从体现，这就正如他所说，文学纪律的精神一方面，还是要最终落实到守纪律的形式上面。

十四行诗是西方的一种格律体诗，对于这种诗体的看法，也充分显示出梁实秋“有纪律的形式”观：

> 十四行诗因结构严整，故特宜于抒情，使深浓之情感注入一完整之范畴而成为一艺术品，内容与形式俱臻佳境。所以十四行诗的格律，不能说是束缚天才的镣铐，而实是艺术的一些条件。没有艺术而不含有限制的。情感是必须要有合乎美感的条件的限制，方有形式之可能。中国诗里，律诗最像十四行体。现在做新诗的人不再做律诗，并非是因为律诗太多束缚，而是由于白话不适宜于律诗的体裁。[②]

梁实秋认为中国的律诗最像十四行诗，白话文运动后，新诗人不再做律诗，并非是律诗限制太多，而是因为白话不适合于律诗之写作。英国的华兹华斯虽然一面提倡白话文学，但一面仍做十四行诗，是因为英国的白话与文言相差不大，而中国的白话与文言相差太多，律诗不能做的缘故正在于此。这样说来，律诗在现代不能做，是语言出了问题，而非诗的格律本身出了问题。对于格律，梁氏一再表示肯定与支持：

---

① 梁实秋：《文学的纪律》，《梁实秋文集》第1卷，鹭江出版社2002年版，第147页。

② 梁实秋：《谈十四行诗》，《梁实秋文集》第1卷，鹭江出版社2002年版，第471页。

诗的体裁无论怎么严，总不至于严得到令诗人天才动弹不得的地步；诗人的灵感无论如何脆弱，总不至于脆弱得押不上几个韵脚。律诗尽可不作，不过律诗的原则并不怎样错误。十四行诗尽管作，不过用中文作得好与不好，那另是一个问题。其成功的机会也许是和用白话文做律诗之成功的机会一样的多！①

由于认为文学的形式必须遵循文学的纪律，梁氏认为到了现代，律诗虽然可以不做，但“律诗的原则并不怎样错误”。所谓“律诗的原则”，就是他上面所说的“有纪律的形式”。正是因为形式都是有纪律的，因此，他并不认同写十四行诗或格律诗是“戴着镣铐跳舞”的说法。

后来，在《略谈〈新月〉与新诗》一文中，梁实秋仍然坚持这种古典主义的形式观：“凡是艺术，没有不重形式的。绝句、律诗都是固定的形式，词、曲尤为讲究形式。如今的白话往往只是白话，不能成为诗。西洋的‘自由诗’、‘散文诗’，只是一种变体，不足为训。”②可见，一直到老年，梁实秋依然坚持其古典主义形式观，在这点上他是一以贯之的。

由于信守古典主义形式观，梁实秋当然能够认同新格律诗派的格律追求。《诗镌》时期，梁实秋并没有在上面发表过文章，但是，他对徐志摩、闻一多的新诗格律化的形式运动是支持的。当 1931 年 1 月 20 日徐志摩、邵洵美编辑的《诗刊》在上海创刊时，梁实秋特意给徐志摩写了一封信，该信名为《新诗的格调及其他》，发表于《诗刊》创刊号。信中对五年前《诗镌》的创办及其对现代新诗格律建设的功绩，作了充分肯定，同时也阐发了自己对新诗格律建设的不同看法。他与徐、闻等人一样认为“现在新诗的音节不好，因为新诗没有固定格调。”③所谓“固定格调”，即音律上的固定格式。但在如何建立新诗“格调”上，他与徐、闻等人发生很大分歧。徐、闻等人的格律化形式是完全模仿西方诗歌的，梁实秋则认为：“我们现在要明目张胆的模仿外国诗，但是模仿外国诗的哪几点，不可不注意。我以为取材的选择，全篇内容的结构，韵脚的排列，都不妨斟酌采用；但是音节能否采取外国诗的，我就怀疑了。这一点是最值得讨论的。”“音节”为什么不能取自西方诗歌呢？在诗歌艺术的各要素中，梁实秋为什么单单挑出“音节”来说呢？这与梁氏对诗的看法有关。

---

① 梁实秋：《谈十四行诗》，《梁实秋文集》第 1 卷，鹭江出版社 2002 年版，第 473 页。

② 梁实秋：《略谈〈新月〉与新诗》，《梁实秋文集》第 3 卷，鹭江出版社 2002 年版，第 102 页。

③ 梁实秋：《新诗的格调及其他》，《梁实秋文集》第 6 卷，鹭江出版社 2002 年版，第 529 页。

梁实秋认为“诗，不比歌，不一定是要唱的，但是音节却不可没有。”①他这里的“音节”指的应该是音的节律即节奏。在他看来，诗歌的发展趋向是与音乐愈来愈远，但是，作为诗之根本的节奏还是要有的。后来，在《歌谣与新诗》一文中，梁实秋对此有更具体的说明：

> 现在新诗所最感困难的问题之一便是它的音节。诗不能没有音节，但是白话往往太罗嗦太冗碎，读起来就觉得不顺口，更谈不到吟诵。在现阶段的文明社会中，诗已经不是歌唱的东西，只是吟诵的东西，甚至只是阅读的东西，这趋向是要使诗与散文将要合流。假如我们还要保留诗的地位，假如我们不愿白话的新诗太像散文，我们自然要注意新诗的音节问题。②

中国旧诗有固定格调，平仄也有大概规律，外国诗的音节同样有固定格调。但新诗却难以与它们相比。新诗最令人不满的地方就是没有固定节奏，读起来难以上口。徐、闻等人意识到这个问题，于是大胆向西方诗歌学习，把英语诗歌的音尺概念借用过来，闻一多又从建筑美的角度，对行之间的音尺数与各种字数的音尺同时做了限制，这样就出现一大批外形整齐的诗歌。可以说，闻、徐等人从西方诗歌中借鉴的最主要的一点就是英语诗歌的“音尺”。闻一多试验不以“字”为音节单位，而以“词”为单位，每行三个词或四个词甚至五个词，读起来就有节奏。梁实秋认为闻的试验并未成功，因为这种写法的基本原理仍是西式的，不谙英语、英诗的读者仍难领略其中节奏，读时仍无抑扬顿挫之感。

因此，在音节上，梁实秋与徐、闻的观点不同。他不主张模仿外国诗的音节，“因为中文和外国文的构造太不同，用中文写 sonnet 永远写不像。唯一的希望就是你们写诗的人自己创造格调，创造出来还要继续的练习纯熟，使成为新诗的一个体裁。”③

对于梁实秋的不同看法，徐志摩当然知道。他在 1931 年 4 月 20 日《诗刊》第 2 期的《〈诗刊〉前言》中，对此做了回应：“同时大雨的商籁体的比较的成功已然引起不少响应的尝试。梁实秋先生虽则说‘用中文写 Sonnet 永远写不像’，我却以为这种以及别种同性质的尝试，在不是仅学皮毛的手里，正是我们钩寻中国语言的柔韧性乃至探检语体文的浑成，致密，以及别

---

① 梁实秋：《新诗的格调及其他》，《梁实秋文集》第 6 卷，鹭江出版社 2002 年版，第 530 页。

② 梁实秋：《歌谣与新诗》，《歌谣》第 2 卷第 9 期（1936 年 5 月 30 日），见《梁实秋文集》第 7 卷，鹭江出版社 2002 年版，第 410—411 页。

③ 梁实秋：《新诗的格调及其他》，《梁实秋文集》第 6 卷，鹭江出版社 2002 年版，第 531 页。

一种单纯‘字的音乐’(Word—music)的可能性的较为方便的一条路:方便,因为我们有欧美诗作我们的向导和准则。”①他紧接此语又写道:“现在已经有人担忧到中国文学的特性的消失。他们说,‘你们这种尝试固然也未始没有趣味,并且按照你们自己立下的标准竟许有颇像样的东西,但你们不想想如果一直这样子下去,与外国文学竟许可以近似,但与你们自己这份家产的一点精神不是相离日远了吗?你们也许走近了丹德歌德或是别的什么德,但你们怎样对得住你们的屈原陶潜李白?’”②这句话针对的对象应该也包括了梁实秋在内。由梁实秋与徐志摩这一番交锋,可以看出新诗发展到一定时期后,对于新诗向何处去,是学中还是学西的重重争议及内在焦虑。

在《新诗的格调及其他》中,梁实秋提到了“中文与外国文的”构造问题。由于认定中文与外文构造不同,梁实秋特意强调:“模仿外国诗的艺术的时候,我们还要创造新的合于中文的诗的格调——这该是我们今后努力的方向吧?”③要注意这句话的“合于中文的诗的格调”几个字,这几个字暗含着微言大义,既是主张,又是对徐、闻的讽劝,一语尽显他与徐、闻等人在重建新诗格律大旗之下的根本分歧:一方偏于向西方学习,一方则主张回归中国传统。在此语中,梁氏对“诗”的限定是“中文”,而非“白话”。“中文”是从文字上说,它的意思是“中国的语言文字”,把传统的文言包含在里面。为什么梁实秋对“诗”要特意加上“合于中文”的限定呢?这又牵扯到梁氏对于白话的态度。

梁实秋认为白话文不适合做新诗的语言工具。这一点也许才是他与徐、闻以及徐、闻所反对的白话—自由诗学的根本分歧所在。胡适弃文言用白话,提倡作“白话诗”,是想通过作诗的方式来提高白话作为语言的地位,同时,通过作诗来锻造白话,使其更富有诗性,或者说,更适宜作为诗的工具。徐、闻等人反对白话—自由诗学,反对的其实是它的“自由”而非“白话”。对于白话,新格律诗派同人皆持认同的态度,并没有人反对。徐志摩的诗歌以白话的口语性、流利性,在语言上取得了成功,就是一典型例证。梁氏则不同,他既反对“自由”又反对“白话”。在《谈十四行诗》一文中,梁实秋比较了英国华兹华斯提倡白话与中国的白话文学运动之间的差异:

① 徐志摩:《〈诗刊〉前言》,《诗刊》第2期(1931年4月20日),见《徐志摩全集》第3卷,天津人民出版社2005年版,第374页。

② 徐志摩:《〈诗刊〉前言》,《徐志摩全集》第3卷,天津人民出版社2005年版,第374页。

③ 梁实秋:《新诗的格调及其他》,《梁实秋文集》第6卷,鹭江出版社2002年版,第529页。

“中国的白话和古文相差太多，英国的白话与文言相差没有这样的多。所以伊利莎白时代诗人惯用的十四行体，到了华次渥资手中仍然适用。而律诗到了我们白话诗人手中便绝不适用，其故在此。”[①]梁氏把律诗在现代衰落的原因，归结为语言变化太大，白话文学运动造成中国语言的断裂，虽采用的还是历史描述性的口吻，没有对白话文学运动提出明确批判，但其暗含的意思已经非常明白，那就是新诗人不作律诗，其罪责不在律诗的形式束缚，而在白话本身。1935年11月21日，陈子展在北平《世界晚报》发表文章，对闻一多《死水》堆砌“旧诗词里腐臭的词藻”，进行批评。梁实秋以笔名“灵雨”，发表文章，对陈文的观点提出质疑。梁实秋并不赞许白话诗用旧词藻，闻诗也确实有堆砌之弊，这种毛病在白话诗人那里所在多有，很多诗人的白话诗并不那么“白话”。但梁实秋同时又对白话诗中不能掺入“文言词”的看法提出自己看法：“本来诗也不能太像白话，是不是？”[②]梁实秋与陈子展关于白话诗用字的争论，好像涉及的只是诗的用字等枝节问题，谈不上有什么理论深度和学术含量。但正是这类语言层面的争论，显示了现代诗学正向更深层次发展的讯息，因为语言问题实在是现代诗学的核心问题。现代的白话新诗以语言运动为自己开路，由此也带来一系列纠缠不清的语言问题。对于白话是否能作为诗歌语言的质疑，不但来自保守的旧派诗人群，来自具有留学背景的新派文人，如学衡派，而且还来自新文学阵营内部，梁实秋就是其中代表。梁实秋对于白话的质疑，早期还显得遮遮掩掩，到后期，在《略谈〈新月〉与新诗》等文中，则表达得非常清楚明了：

> 如今的白话往往只是白话，不能成为诗。[③]
>
> 白话是散文，诗自有一种诗的文字，……一般的白话能否作为诗的文字，则有问题。林琴南反对的“引车卖浆者流”的语言入诗不是完全不值一提的谬论，其中含着值得重视的问题，不过他没有清晰而正确的把握住罢了。[④]

为什么白话不适合作为诗的语言呢？在《诗的格调及其他》一文中，梁实秋对此点还隐约其辞，只是点出“中文和外国的构造太不同”，至于如何

---

① 梁实秋：《谈十四行诗》，《梁实秋文集》第1卷，鹭江出版社2002年版，第472页。

② 灵雨：《“漪沦”》，《自由评论》第2期（1935年11月29日），见《梁实秋文集》第7卷，鹭江出版社2002年版，第349页。

③ 梁实秋：《略谈〈新月〉与新诗》，《梁实秋文集》第3卷，鹭江出版社2002年版，第102页。

④ 梁实秋：《新诗与传统》，《梁实秋文集》第1卷，鹭江出版社2002年版，第735—736页。

“不同”，并没有明言。后来《新诗与传统》一文，对此有详细专门的说明：

> 大抵诗的文字，首须精炼，要把许多浮词冗语删汰净尽，许多介词不要，甚至动词也可省，有时主语根本不需点明，这和所谓“最好的字放在最好的位置”之说颇为仿佛，我们的单音文字特别适合这样的安排，白话则异。于是，我们很难把白话放进诗的模式里去。白话是逻辑的，有相当的文法顺序，当然有时候也极能传神，也极能表情，但是大体上和诗的文字有出入。
>
> 我们的诗从“三百篇”以至骚体、乐府、古诗、律体、长短句、词曲，一脉相传，早已成为定型。其间变化很大，但像白话诗所掀起的变动则是太大的一个变化。这个变化好像是与传统脱了节。自古以来，诗与文为不同类型，体制与词语不同。清吴乔答万季野时问：“意喻之米，文喻之炊而为饭，诗喻之酿而为酒。饭不变米形，酒形质尽变。啖饭则饱，可以养生，可以尽年，为人事之正道；饮酒则醉，忧者以乐，喜者以悲，有不知其所以然者。”依照这个譬喻来说，以白话作诗岂不等于是以米代酒？我以为，白话诗的尝试应是已告一段落，事实证明此路难通，现在新诗应该是就原有的诗的传统而探寻新的表现方法与形式。[①]

梁实秋提出“中文与外国文的构造太不同”，如何不同，在上述两段话中可找到答案。梁氏认为中国文字是“单音文字”，单音文字可违反逻辑和不顾语法规范，自由配置，适合把“最好的字放在最好的位置”上，因而是“诗的语言”。[②] 而白话文是在外国文文法影响下产生的，因此，是逻辑的，必须照顾到一定的文法顺序，大体上与诗的文字有所出入。

由于认定“单音文字是诗的文字”，梁氏对于中国的古诗传统深表敬意，给予很高评价：

> 中国的单音字，有其不便处，也有其优异处，特别适于诗，其平仄四声之抑扬顿挫使得文字中具备了音乐性，其字辞之对仗又自有一种匀称华丽之美。中国诗之传统形式，是经过若干年长久实验而成，千锤百炼，方成定型。白话入诗，未尝不可，但亦不必完全白话。例如律诗，结构谨严，“贵属对稳，贵遣事切，贵捶字老，贵结响高”，但善诗者亦不患其拘束，例如杜工部《闻官军收河

---

① 梁实秋：《新诗与传统》，《梁实秋文集》第1卷，鹭江出版社2002年版，第736页。

② 梁氏此说应该是受了叶威廉等人关于中西语言及诗学比较理论之影响。

南河北》一诗“血脉动荡，首尾浑成”，真是一气呵成，痛快淋漓。[①]

梁氏认为中国几千年辉煌的旧诗传统还在延续，许多新诗人如鲁迅、郁达夫、罗家伦、闻一多、老舍等人耽于写旧体诗就是最好例证。为什么这些诗人在心情苦闷，要表达内心情感时，不用新诗，而以旧诗自遣呢？其中必有道理。他认为这等于是在暗示，新诗有问题，旧诗未可尽弃，旧诗也有问题，新诗尚待拓展。新诗怎样拓展呢？

梁氏给出的办法就是新诗要向旧诗学习、向传统学习：“新诗之大患在于和传统脱节。”[②]

但是，梁实秋并不主张复古做旧诗，他同样认为旧诗做不下去了，要做新诗，但新诗仍然要使用旧诗的若干技巧，新诗的节奏“仍需要有赖于单字的平仄才能表现出其抑扬顿挫。”[③]旧体诗尽管可以不必再写，但旧体诗的音乐性却不是白话诗所能轻易取代的。新诗人要读旧诗，要能写旧诗，然后他写出的新诗才能更进一步。他认为台湾新诗人余光中等人的诗作较前人迈进一大步，不仅有新意，而且文字技巧上一面吸取西诗一面保存中国旧诗优点，他们的出现，预示新诗离最后的成熟阶段已经不远。[④]

与后期主张新诗向旧诗学习不同，梁氏早年还主张新诗向中国土生土长的歌谣学习。他的这种观点，也是植根于对中国文字特性的认识。说起来，梁氏对于歌谣的态度有个先贬后扬的变化过程。俞平伯 1922 年 1 月在《诗》第 1 卷第 1 号发表《诗底进化的还原论》，把歌谣作为“民间底诗”，抬高其地位。梁实秋读后，写了《读〈诗底进化的还原论〉》进行反驳。对于俞平伯对歌谣的赞美，梁氏颇不以为然，认为“歌谣”在史学里容或占很高位置，在文学史里也许非常重要，但在诗坛里，只是一员偏将，为诗人作陪祀而附带享受些香火罢了！[⑤] 梁氏对歌谣的贬抑，源于“诗是贵族的”文学观。到 1936 年发表《歌谣与新诗》时，梁氏则从向传统诗歌“音节”艺术学习的角度，对歌谣给予完全肯定：

> 我们的新诗与其模仿外国的“无韵诗”、“十四行诗”之类，还不如回过头来就教于民间的歌谣。歌谣是有音乐性的，但是已经

---

① 梁实秋：《新诗与传统》，《梁实秋文集》第 1 卷，鹭江出版社 2002 年版，第 729 页。

② 梁实秋：《新诗与传统》，《梁实秋文集》第 1 卷，鹭江出版社 2002 年版，第 731 页。

③ 梁实秋：《略谈〈新月〉与新诗》，《梁实秋文集》第 3 卷，鹭江出版社 2002 年版，第 102 页。

④ 梁实秋：《略谈〈新月〉与新诗》，《梁实秋文集》第 3 卷，鹭江出版社 2002 年版，第 104 页。

⑤ 梁实秋：《读〈诗底进化的还原论〉》，连载于北京《晨报副刊》1922 年 5 月 27、28、29 日，见《梁实秋文集》第 6 卷，鹭江出版社 2002 年版，第 174 页。

> 离开音乐而独立，只保存了一点点在文字范围内所许可的节奏与音韵。歌谣是现成的有节奏有音韵的白话诗。……外国诗在这一点上对我们没有帮助，乞灵于玛拉美、梵乐希，那是无济于事的，因为他们使用的是另一种文字。要解决新诗的音节问题，必须在我们本国文字范围之内求解决。歌谣的音节正是新诗作者所应参考的一个榜样。因为平民还保存着对于有音节的文字的喜悦，若说这是野蛮的遗留亦无不可。我相信新诗作者于吸取歌谣的影响之后，必定可以产生“文学的歌谣”的体裁，必定可以有合于中国文字的音节。至于歌谣的用字之简朴，以及抒情叙事之手腕，在在均能给新诗作者以健康之影响，自更不待言。新诗作者要寻找模仿或参考的对象吗？我劝他们注意我们的民间的歌谣！①

梁实秋上述一段话是有明确指向的：“模仿外国的‘无韵诗’、‘十四行诗’之类”指的是徐、闻等人；“乞灵于玛拉美、梵乐希”指的是以梁宗岱为首的象征诗派。梁实秋认为解决新诗的音节问题，必须在中国文字范围之内寻求办法。而歌谣则保存了汉语文字范围内所许可的节奏与音韵，向歌谣学习，创造“文学的歌谣”的新体裁，不失为未来中国新诗发展的一个正确方向。

结合梁氏对于白话不适合诗、中国文字是单音文字的认定，我们才能更为深入地了解，为什么他对于徐、闻等人模仿外国诗的音节不表认同。在所写的《略谈〈新月〉与新诗》一文中，他终于点出了：“以中国语文模仿西洋诗，在技术上有困难，因为中文是单音字。”②在后来的《新诗与传统》一文中他又反复提到这个问题：

> 这试验（指徐、闻等人的新格律试验。——笔者注）并不成功，因为在我们的语言里尽管可以三个四个字成为一单位，在文字里通常是一字一音一单位，顶多两个字为一单位，只有像“鹦鹉”、“鸳鸯”固定名词之类才用一个以上的字为一单位。这是中国语文的传统，其基本原则是不容变更的。所以白话写诗，在文字的形式方面，有其不可克服的困难。③

---

① 梁实秋：《歌谣与新诗》，《梁实秋文集》第7卷，鹭江出版社2002年版，第410—411页。
② 梁实秋：《略谈〈新月〉与新诗》，《梁实秋文集》第3卷，鹭江出版社2002年版，第102页。
③ 梁实秋：《新诗与传统》，《梁实秋文集》第1卷，鹭江出版社2002年版，第730页。

在新格律诗派中，好像只有朱湘注意到了中国文字的特点，“一种单音的文法简单的文字，若是拿来作散文诗，它这方面的指望一定不十分大。”[①]但是，单音文字有什么特点，朱湘没有作详细论述。

梁实秋对于文字的注意，源于他的文学观。他认为：“我们要讲文学的美，我们只能从‘文字’上去找具体的例证。因为离开了文字，便没有文学。文字不是文学，文字是文学的形体，离开了形体文学便不能存在。……我相信文学的本质不一定是‘物质的事实’，但欲成为文学作品，则必须是经过文字的媒介而获得一个固定的形体，那就是‘物质的事实’了。”[②]由于对于文学有着这样的看法，所以，梁实秋对于现代新诗形式—格律的探索与考察，其着眼点首先是文字。

梁实秋与徐、闻等人的分歧，还不止于现代格律诗学具体建设主张的不同。在对于新诗音乐美的看法上，梁实秋与新格律诗派同样有很大分歧。音乐美是闻一多提出的三美之一，是新诗格律建设追求的首要目标。但是，梁实秋却认为音乐性是诗歌“蛮性的遗留”，是现代诗歌应当抛弃的。1935 年梁实秋发表的《诗的四个时代》就持此观点：

> 诗一定要变个样子。第一，我们莫再梦想诗和音乐的联合，那是过去的事，在现在的时代，诗无论如何是要与音乐脱离的，这是事实。第二，诗是要和那变相的迷信主义——神秘的象征的那一种玄想脱离。诗必须立在人性描写的立场上，才能有存在于文学中的地位。[③]

诗要与音乐脱离，诗要与神秘的象征与玄想脱离，是梁实秋诗学理论的两个要点。这两个观点，他曾在多篇文章中一再加以申述。其中，1937 年发表的《文学的美》一文，对诗应脱离音乐的观点，有集中阐发：

> 诗是大家公认为文学中最富音乐性的，我们且看看诗里能有多少音乐。
>
> 诗本来是和音乐有密切关系的。“诗三百篇孔子皆弦歌之”，汉时古诗歌谣称为乐府。自唐以后诗一方面随着音乐变迁而为词曲，一方面就宣告独立而与音乐分离。西洋文学也是有同样的

---

① 朱湘：《评徐君志摩的诗》，《朱湘散文》上集，中国广播电视出版社 1994 年版，第 153—154 页。

② 梁实秋：《文学的美》，《梁实秋文集》第 1 卷，鹭江出版社 2002 年版，第 498—499 页。

③ 梁实秋：《诗的四个时代》，天津《益世报·文学副刊》第 1 期，1935 年 3 月 6 日，见《梁实秋文集》第 7 卷，鹭江出版社 2002 年版，第 308 页。

> 经过，所谓“抒情诗”(lyric)本是有lyre伴着歌唱的，“史诗”(epic)、“浪漫故事”(romance)也是由“行吟诗人”口头传播的，戏剧的诗也是含有大量的歌舞的，直到近代(自印刷术发明之后)诗才与音乐几乎完全分开。所以大致讲来，诗最初是“歌唱”的，随后是“吟诵”的，到现代差不多快成为“阅读”的了。当然“阅”诗是“阅”不出其中的音乐，至少我们须要“读”，甚至须要“朗诵”或“低吟”。低吟朗诵的结果，在音乐方面我们所能领略到的恐怕仍然只是一些粗线的平仄之类的把戏罢？希腊、拉丁诗讲究长短音，英文诗讲究轻重音，同是一些粗线的节奏的美。至于韵脚，那更是一种野蛮的遗留，稍微有点音乐训练的人都知道韵(rhyme)不是音乐的要素。①

梁实秋认为诗里的音乐美，不分析还好，与诗的内容相配合的时候似乎还有价值，但是若单独提出来加以分析，其本相是非常简陋的。在更多情况下，音调的铿锵是为了遮盖内容的空虚，音乐美其实是给诗遮丑的。“多少晦涩的诗都假借音乐的名义而存在着!”②梁氏在批评音乐美时，顺带又捎上了“晦涩”，而这也是他对诗歌内容着力批判的要点。《诗的意境与文字》提倡诗的明白清楚，“不管意境是平淡浓郁，文字总要明白清楚。”③《书评〈诗二十五首〉》、《书评〈诗与真〉》同样提倡诗意的明白清楚，反对象征主义的朦胧晦涩。④《略谈〈新月〉与新诗》也谈到这个问题。梁实秋反对诗向音乐看齐，反对诗义的晦涩朦胧与古怪，矛头直接指向象征主义诗学，从而引发一场与梁宗岱之间的争论。提倡诗的明白清楚，这是胡适白话诗学理论的一个核心点，梁实秋继承他的观点，但出发点不同。梁实秋是从强调文学的道德价值的角度，提倡诗的明白清楚。

音乐美外，闻一多在《诗的格律》中还提出“绘画美”，而这也是梁实秋所批判的，他认为“文学里的图画美也是有限度的。”⑤从艺术上讲，图画美指诗歌的意境，他认为“艺术的‘意境’是要用眼睛来看的，离开了视觉便无所谓‘意境’。文字所构成的‘意境’虽然是不可目睹，只在想象里存在，然

---

① 梁实秋:《文学的美》,《梁实秋文集》第1卷，鹭江出版社2002年版，第501—502页。

② 梁实秋:《文学的美》,《梁实秋文集》第1卷，鹭江出版社2002年版，第504页。

③ 灵雨(梁实秋):《诗的意境与文字》,《自由评论》第16期(1936年3月20日),见《梁实秋文集》第7卷，鹭江出版社2002年版，第388页。

④ 梁实秋:《书评〈诗二十五首〉》、《书评〈诗与真〉》,1936年5月《自由评论》第25、26期，见《梁实秋文集》第7卷，鹭江出版社2002年版，第413—418页。

⑤ 梁实秋:《文学的美》,《东方杂志》第34卷第1号(1937年1月1日)。

而也是在心里构成一幅可目睹的印象。而文学根本是一种'时间的艺术'，用文字来表现'空间的艺术'的美，那是如何的勉强？……一首诗真个的目的若是在表现一个'意境'，这首诗一定是很短的。……一串一串的佳句，一串一串的意境，凑起来不能成为一部好作品，文学另有其他的更重要更严肃的内容。所谓'佳句'，所谓'意境'，在伟大作品里永远是点缀而已。"[①] 从内容上讲，文学和图画完全不同。在图画里，题材可以不拘，一山一水一树一石，无不可以入画，只要懂得参差虚实，自然涉笔成趣。文学则不然。文学不能不讲题材的选择，不一定要选美的，一定要选有意义的，一定要与人生有关系的。可见，文学图画各有藩篱，性质不同、内容不同、工具不同，不能混淆。

梁实秋这篇文章发表后，朱光潜写了《与梁实秋先生论"文学的美"》一文，对其观点提出质疑。随后，梁实秋又发表《再论"文学的美"答朱光潜先生》进行答复。[②] 文中，梁实秋依然坚持原来观点。梁实秋站在古典主义的文学立场，重视文学的道德意义，而贬抑文学的美感作用（音乐美与图画美），是其一贯的主张，这个观点他曾在多篇文章中表露过。如在《一个评诗的标准》[③]一文中，他提出一个标准："把诗译成散文，然后再问有什么意义？"这是西德尼在《诗辩》中提出的。梁氏认为这个标准虽不是唯一的，但似乎可以普遍适用，并且是一个比较基本的标准。这种标准其实就是按照他此前的反对音乐美理论而制定出来的。依照这个标准，音乐美就成为诗歌外加的、装饰性的因而也是无关紧要的东西。

梁实秋对诗歌图画美、音乐美的否定与批判，应该是有所指向的，其中可能包括闻一多。因为，闻一多在《诗的格律》中提出三美主张，而梁氏后来在《诗与诗人》曾提出主张："据我看，在文学里'美'所占的地位并不太高，所谓'美'当然是形式的，无论其为建筑性的美，图画性的美抑是音乐性的美，均不能决定作品的终极价值。"[④]他所反对的三美在名称上与闻一多的"三美"相同，当不是偶然巧合。

梁氏反对音乐美，把平仄看做"把戏"，至于韵脚，更是野蛮的遗留。这种观点，无疑会导致对新格律诗形式试验方面的全盘否定。但是，如果没

---

① 梁实秋：《文学的美》，《东方杂志》第34卷第1号（1937年1月1日）。

② 梁实秋：《再论"文学的美"答朱光潜先生》，《北平晨报·文艺》1937年2月25日，见《梁实秋文集》第7卷，鹭江出版社2002年版，第458—467页。

③ 梁实秋：《一个评诗的标准》，《梁实秋文集》第1卷，鹭江出版社2002年版，第475页。

④ 梁实秋：《诗与诗人》，《梁实秋文集》第1卷，鹭江出版社2002年版，第600页。

有了这些形式方面的试验与限定,新诗的形式建设又该从何处着手呢?为了解决新诗的没有固定格调、难以与旧诗抗衡的难题,梁实秋建议要从中国文字的特点出发,向中国民间的歌谣学习,因为"歌谣是有音乐性的,但是已经离开音乐而独立,只保存了一点点在文字范围内所许可的节奏与音韵。"梁氏对于歌谣"音乐性"的看法,与对上述《文学的美》对音乐美的否定,是一致的。这说明他虽然主张新诗具有音乐美,但这种音乐美应该维持在某种限度之内,即"在文字范围内所许可的节奏与音韵"。但是,到底什么是"在文字范围内所许可的节奏与音韵",他却没有说明,也许这也是不容易说明的。梁氏既然认为平仄为蛮性的遗留,是"粗线的把戏",但他最后却写文章大力鼓吹新诗应向旧诗的平仄学习,以显示语言的抑扬顿挫之美。对于自己的前后不一、相互矛盾,梁实秋不知是否意识到了?抑或随着岁月流逝,他已经改变了早期那种道德意味过于浓厚的文学观。

五、于赓虞的生命—形式诗学观

于赓虞是新格律诗派的重要人物,可是,在相当长的一段时间内,他的重要性被遮蔽了。于赓虞研究的最大进展是《于赓虞诗文辑存》一书的出现,该书由解志熙、王文金两位先生精心编校,2004 年出版。该书首次收入于赓虞散佚的大量诗作及诗论。通过这些诗论文章,我们可以认识到于赓虞作为诗学理论家的独特性。

与新格律诗派的关系,是研究于赓虞诗学理论的关节点。在其第五本诗集《世纪的脸》(1934 年)《序语》中,于赓虞详细回顾自己与徐志摩等人交往的始末,并对新格律诗派的诗学主张作了评价,这对于把握他与新格律诗派之间的微妙关系很有价值,故照录如下:

> 是十四年的秋天,认识了徐志摩,在燕京大学的一个小房间里。徐志摩是闻人,他的诗正与他的为人相合,很轻快。至十五年的春天,认识刘梦苇,因而又认识朱湘,闻一多。就在这年的春天,在中国诗坛上放了异彩的《诗刊》("《诗刊》"应为"《诗镌》",下同。——笔者注)出现了。"五四"以后,这之前,中国的"新诗",没有严肃的气魄,没有艺术的锻炼,任何人都可以写诗,所以好诗还只是一页白纸。《诗刊》的六七个作者,意识的揭起诗乃艺术的旗帜,在音节,形式上极力讲求。在《诗刊》作者的读诗会里,听到了抑扬缓急的声音,看到了诗体谨严的计划,但是,不曾有过诗人生活的叙述。《诗刊》所表现的,正如读诗会所计议的一样,在形

> 式上给读者一个刺激,给其他作者一个思考的机会。从此,使一般作者,知道写诗非易事,知道形式在诗上的美的成分:这是《诗刊》唯一的功绩。
>
> 《诗刊》,不但使人了解形式是一个严重的问题,且使人益觉内在生命表现的必要。诗乃生之律动与形式之美的总和。徒求形式之工整,而忽略动的生命之表露,乃死的艺术;只求生命之流露,而忽略美的形式之营造,亦非完美的艺术。当时《诗刊》的作者,无可讳言的,只锐意求外形之工整与新奇,而忽略了最重要的内容之充实,即如有所表现,也不过如蜻蜓点水似的,未留深的印痕。作诗,到几乎无所表现的时候,那诗就使人无从置言。中外诗史上最灵活("灵活"一词疑有误。——笔者注)的人物,是由于他们所表现的情思呢?还是单由于形式之创制?在读诗会里,在《诗刊》上,都引起了我这样的疑问。又因在那些朋友中,说我的情调未免过于感伤,而感伤无论是否出自内心,就是不健康的情调,就是无病呻吟,所以,使我于沉思之余,益觉个人在生活上,在诗上,是一个孤独的人。大概在《诗刊》出了六七期以后,我就同它绝了缘。[①]

由这两段叙述可知,于赓虞对于新格律诗派的诗学主张既有认同,又有异议。其所认同的是新格律诗派对于形式的讲求与试验,其所非议的同样也是新格律诗派对于形式的过分讲求,即"只锐意求外形之工整与新奇,而忽略了最重要的内容之充实"。于赓虞随后离开新月诗人团体,依据他的解释,乃是他的诗学主张及诗歌情调,皆与徐、闻等人不合。于赓虞离开新格律诗派,是否就说明他与新格律诗派的诗学主张完全不同呢?并不是。通过上述于赓虞的一番表白可以看出,于赓虞并不反对新格律诗派的形式试验,他所反对的不过是过分追求形式而忽略内容的形式主义倾向而已。于赓虞对于徐、闻等人只关注形式而忽略内容的批评是否允当,暂且不论。只就肯定新诗的形式地位与形式试验这一点来说,于赓虞与闻一多之间,其实并无根本冲突之处。在对新诗形式与内容及其二者关系的看法上,闻一多与于赓虞关注点与着眼点不同。这种不同,来自其诗学观念的差异。

---

① 于赓虞:《〈世纪的脸〉序语》,《世纪的脸》,北新书局 1934 年版,见解志熙、王文金编校:《于赓虞诗文辑存》(上),河南大学出版社 2004 年版,第 308—309 页。

在上述一番回忆性文字中，于赓虞其实已经非常清楚地亮明了他的诗学观："诗乃生之律动与形式之美的总和。""生之律动"是就诗的内容层面说的，"形式之美"是就诗的艺术、形式层面说的。两者之间是互为一体的关系。如果只追求形式之工整，而忽略动的生命之表露，那么就是死的干枯的艺术；另一方面，如果只追求生命之流露，而忽略美的形式之营造，同样难以创造出完美、精致的艺术品。可见，对于诗的内容与形式，于赓虞是二者兼顾的。笔者把这种兼顾生命充实与形式完美的诗学观命名为"生命—形式诗学观"。

于赓虞的生命—形式诗学观，把生命与形式（艺术）看做诗必须兼有的两要素。于氏对于这两个要素的认识，有一发展过程。一开始，于氏奉行"五四"流行的"自然诗观"，反对诗歌的形式束缚，这在他的《诗的自然论》[①]一文中有最集中的表述。到了1925年发表的《诗歌与思想》一文[②]，他已接受了日本作家厨川白村、法国哲学家狄尔泰等人的影响，认为："从生命之迅速，跃动，欲求中所压抑出来生命汁，即所谓诗歌核心的情感，这样色彩浓烈，动即迸射的情感，渗透于伟大，沉着，独立的思想中，即诗歌的渊泉。"[③]这种生命诗观在他同期的其他文章如《新诗诤言》[④]、《诗之情思》[⑤]、《诗的创作之力》[⑥]、《诗人之路》[⑦]中，也有充分展示。其中，《诗人的创作之力》一文对于生命诗观的表述最为显豁：

> 诗的气质建筑在灵魂的冒险。诗人自我的热烈之情感，与高远的思想均表现于其惨淡经营之艺术里。荻尔西(Dilthey)在《经验与创造》一文上说："最伟大的诗人之艺术是一种活动的表现，里边含蕴着生命之和谐与意义。"最伟大的诗人！无他，只是个最冒险，最有生力，最能表现自我生命意义的灵魂的人。实在的，瞎眼的人看不见自然界的伟大，艳丽，神奇与其相互间之冲突与谐和；聋耳的人听不着天鸟，松风，海韵美妙的音乐及人间毒恶，痛

---

① 于赓虞：《诗的自然论》，《虹纹》季刊第1集（1923年1月1日），见《于赓虞诗文辑存》（下），河南大学出版社2004年版，第512—513页。

② 《京报附刊·文学周刊》第27期（1925年5月11日）。

③ 于赓虞：《诗歌与思想》，《京报附刊·文学周刊》第27期（1925年5月11日），见《于赓虞诗文辑存》（下），河南大学出版社2004年版，第538—539页。

④ 《京报附刊·文学周刊》第32期（1925年8月22日）。

⑤ 北京《晨报副刊》1926年12月4日。

⑥ 北京《晨报副刊》1927年2月28日。

⑦ 《河北民国日报副刊·鸮》第1期，1928年12月5日。

> 爱之惨情；心意满足的拘谨者流，不仅不能梦想着作一个诗人，恐即诗人生活的根源与其创作之情味亦不了解。因是，不独创作艺术，即为了解艺术，亦先当认识生命之各型；但认识生命并非生命。生命之高点在能享受，从享受中再努力创造新的生命。此非感到自己生命有缺陷与不满足的人，不能有创造的冲动与创造的力。诗人就是永远不能满足自己理想与情欲之人，故他的生命永远在创造的途中。因此我们知道诗人与非诗人对于生命之了解与态度不一致：诗人始终忠于自己，偏重于生活经验之获得，嚼味，创造；普通人则只注意于外的事物之结果，而无深远之探求欲。①

于氏的生命诗观来自狄尔泰，他凸显了诗人的主体地位，强调生命的创造与冲动，认为诗人的生命“永远在创造的途中”。这种创造的欲求表现在诗歌形式上，就是要求打破格律的束缚，打破固定的形式。因此，在上述文章中，于氏反复强调“我们所要求的新，不只注意于形式，更并注意其内质。极端说，我们所要的是诗，而不是为诗的部分之形式。……今日我们既有新形式，也可以说无形式，更宜使诗的内质拓张，涵有独自性的创造”。② 诗来源于诗人生命创造的冲动与欲求，因此，诗人创造什么样的形式，有其绝对的自由：“诗人如何运用他的情思，想象，格律与韵律，乃在诗人自己之选择，因情思不同其格调亦自异。读者不能以自己爱恶之趣味而定诗之好坏。……诗之真美处在其表现情思的真切，美丽，恰当及其内在韵律与情思之谐和。”③生命诗学观直接指向对几千年诗学传统的批判，肯定白话新诗对于诗体解放的功绩：“我国的旧诗，徒然注意于形式的组织，格律的紧严，故很少畅情，深思，曲委缠绵之作。流弊丛生，直至无法延续下去，今日之破产，确系诗歌前途之幸运。进一步讲，今日诗歌之新解放，亦其进化的必经的途径。”④

于赓虞的生命诗学观提倡自由与创造，张扬主体人格，显然有“五四”以后以郭沫若为代表的浪漫主义诗学观的影响在里面。然而，当于赓虞生命诗学观发展到一定程度后，其与浪漫主义的自由诗观的内在差异，也进一步显露。笔者认为，代表于赓虞生命诗学观发展到完善成熟阶段的是

① 于赓虞：《诗的创作之力》，《于赓虞诗文辑存》（下），河南大学出版社 2004 年版，第 556 页。

② 于赓虞：《诗之情思》，北京《晨报副刊》1926 年 12 月 4 日。

③ 于赓虞：《诗之读者》，北京《晨报副刊》1927 年 4 月 20 日。

④ 于赓虞：《诗歌与思想》，《京报附刊·文学周刊》第 27 期（1925 年 5 月 11 日）。

《诗之艺术》一文，该文连载于《华严》月刊第1卷第1期（1929年1月20日）、第1卷第2期（1929年2月20日）。文章首次掂出“诗的艺术”问题，抛开之前“诗与情思”、“诗与读者”等话题，直接从“诗的本体艺术特性”切入，对“何为诗”，发表了自己的看法。它的出现，标志于赓虞的生命诗学观发展演变为生命—形式诗学观。

在《诗的艺术》开首，于赓虞把“诗的艺术”定义为“如何才是完美之诗的问题”，在论述之前他首先声明“诗乃浑然的完整的艺术，乃情感的完美的表现，不能视为割裂的片断的艺术。在研究时，虽不免将各部分分别叙述，但其自身应为完美之整体，绝不容少加怀疑，如是，则诗之研究方为有益而无害。其次尚待辨明者，是知近代诗乃抒情诗之天下，吾人研究时，方不枉费笔墨。”①于赓虞把“诗”定位于“抒情诗”，把“诗的艺术”界定为“完整的抒情的艺术”，然后，依次分别论述了诗的目的、诗的创作、诗的内容与形式、诗的语言、诗的表现等问题。对这些问题的论述，依然贯穿着他之前的生命诗学观。例如在诗的目的上，他认为诗是超越社会功利与伦理道德的：“诗止于诗，诗止为诗而存在，不为其他效用而存在，并且，诗与生命是一个整体，它并不高于生命，亦不低于生命，此意在《诗辨》（‘《诗辨》’当为‘《诗辩》’。——笔者注）一文中已有详细的讨论。是以，创作者应为诗而创作，研究者应为诗而研究，不宜有别种观念。”②在诗的创作问题上，于氏认为“诗的生命即诗人的生命，诗人创作时应有绝对的自由，不受任何规律，典型，教义的限制，则其诗作方（能）达到充分的表现，诗人的感情方能达到完美的生命之艺术的目的。”③因此，诗无一定之作法，亦不应有一定之作法，其节奏乃随情感之律动，其起伏抑扬，高低缓急之节拍，乃诗人情感波动的本身，是内在的节拍而非外界之典律。这种主张自由创造、反对因袭与格律束缚的观念，也是他之前在文章中一再表达过的。这说明生命诗学观是《诗之艺术》的一个核心观念，于赓虞对诗之艺术的看法，是建立在这种观念之上的。

但是，于氏的所谓“自由创造、一无依傍”并不意味着反对诗歌的形式，

① 于赓虞：《诗之艺术》，《华严》月刊第1卷第1期（1929年1月20日）、第1卷第2期（1929年2月20日）。

② 于赓虞：《诗之艺术》，《华严》月刊第1卷第1期（1929年1月20日）、第1卷第2期（1929年2月20日）。

③ 于赓虞：《诗之艺术》，《华严》月刊第1卷第1期（1929年1月20日）、第1卷第2期（1929年2月20日）。

反对诗人对形式艺术的探求，相反，于氏充分肯定和重视形式在诗的艺术中的地位，并从形式与内容关系的角度，对此作了精彩说明。在《诗之艺术》中，除重新申述其生命诗学观外，于氏还表达了他对诗歌语言形式艺术的看法。这种形式观与他的生命诗学观融合为一，化合为“生命—形式诗学观”。

于氏反因循模仿的观念，建立在他对于诗歌形式与内容关系的看法上。他认为诗的内在情感与外表形式之关系，犹如灵魂与躯壳之结合，无躯壳则灵魂无所寄托，无灵魂则躯壳止为死骸，因此，诗的情感与形式是一整体，要将它分开是不可能的。新的灵魂必然要求新的躯壳，新的情感必有新的形式。因此，伟大的诗人决不将新酒装入旧皮囊，他会为其宝贵的新酒制作适当的新瓶。因此，“所谓将旧的格律与形式打破以后，诗并非无节律，无形式的散漫的文字，因它必有寄托生命的躯壳。”[①]诗为抒情的艺术，而文字为传达情感的桥梁，徒有情感而无表现之艺术，诗就会缺乏感染力。诗因文字而得形，因音韵而得神，诗的文字对于艺术性有着特殊的要求：“诗乃动艺，诗的文字之情思应如浩浩之江流，因其所表现者为诗人活跃流荡的灵波；诗乃心艺，诗的魂应是一团含有感受性极大之力，因其所表现者即诗人心弦上幽颤之节律。既知诗为动艺为心艺，为一团魅人之力，则这神彩[②]非死的文字所能完全描绘，自为显明之事实。是以诗人之文字，一方是显明，一方是暗示，这样，华茨握斯之凡字皆可入诗之言，似非尽是，因藉文字达意已不易，传情则更难。”这说明于赓虞认识到了文字对于诗的重要性。由于认识到文字与诗之艺术之间的紧密关系，于氏从“诗与字”、“诗与美”、“诗与乐”三方面对诗的语言形式问题，作了细致剖析，从而建构其独特的新诗形式观。

“诗与字”。“诗乃以最好之字在最好之秩序中所组成”，此语为英国大诗人柯勒律治所说，于氏解释其意：“即诗之选词最好最妙最适于诗境诗情之表现，而其表现又应为完美之统一，即有其最好之秩序。”[③]形式的完美统一是一切好诗的特点。诗为一整体，它的每一部分与其全体之关系，就如人的五官四肢与其全体之关系。因此，诗人应注意一字自身的音色义，同

① 于赓虞：《诗之艺术》，《华严》月刊第1卷第1期（1929年1月20日）、第1卷第2期（1929年2月20日）。

② 原文如此。“神彩”疑为“神采”。

③ 于赓虞：《诗之艺术》，《华严》月刊第1卷第1期（1929年1月20日）、第1卷第2期（1929年2月20日）。

时还要注意它与邻字的关系是否谐和、有力和恰切。诗人运用文字，创造文字，以诗人的慧心赋予文字以灵性、颜色和意义，将诗心付与文词，从色泽与韵律的巧妙配合中产生活的艺术，完美的诗。由于力主创造，于氏认为诗之选词只为适合于表现个人之情思，各人有个人之情思，即各人有各人表现其情思之辞藻，如果强事模仿，必然失败。于氏认为诗人应有两种修养：一为内在的，即诗人之灵魂冒险于生命之海，领味其神奇幻丽、苦涩酸辛的情味；二为外形的，即诗人对于字及词之含义色彩有洞彻的认识，方能运用自如，恰如其分。诗的词藻之美丽及恰切，将使诗更加具有媚与魔的气氛，但却不宜因词之运用而变易其情调。诗人获得灵感之后，其第一问题即为如何授予其灵感以完整之形胎。

“诗与美”。诗为“美的形式”，美乃诗之魂，诗之力，诗之特性。诗是人类最严肃的艺术，因为它是人类所热切追求的美的表现。美为诗之灵魂，而美的产生，要通过诗人创造性的想象。自来我们诗人有着不良的模拟的恶习，既走不出历来诗之形式，也走不出历来生命之领域，习惯的支配力超过他的创造力，所以诗情薄弱，所谓的美与想象早已荡然无存。于氏认为诗的美在于情思的内在的力量，但“形式之于诗的美之重要，亦不能忽略。”诗的形式应当随着诗人的情思及节律而变化：有千种万态的情思，就有千种万态的形式。但是，所谓变化并非漫无规律，在诗人能力之内应当求一致，即美的和谐。

诗与乐。诗不能无韵。诗与音乐、舞蹈为姊妹艺术。诗乃借文字传达情思的艺术，而诗的文字一半在其含义，一半在其音韵。文字的音韵与心的音韵之交感与结合，即产生诗的风韵。我国古来的诗论者多将诗与歌联结一起，其意无非说诗应有和谐之音节。诗固可歌，但不尽可歌，诗之韵与歌之韵应有微妙的区别。“所谓诗中的音韵，即文字徘徊往复之节律；文字徘徊往复之节律，即诗人情思之流的波浪；这波浪乃一种不能分析，难以捉摸的神魂。诗人利用这种徘徊往复之节律，将其不能在歌中明显表示的幽情，隐示于含有幽深的情调；这种徘徊往复的和谐的音韵，即诗之乐。”因此，诗不能无韵，但应是活韵而非死韵。于氏批评早期的白话诗人在“自由诗”的名号下，将韵遗失了，即使有韵，也不过只注意到韵脚，十分单调。“诗的音韵不止韵脚和谐，应是和谐的全体，字与字，行与行，节与节，通体应很融洽，应是一致。倘如此建设诗之新音韵，则称起诗人之名字者，都是善于利用个人创造的天才，永远将新情思与新声韵化为一体的人。”

由于认为诗乃情思与形式结合而成的一个美的整体，因此，于赓虞主张诗人在创作中应情感与技术并重。“五四”时期以郭沫若为代表的浪漫主义诗学提出“诗是写而不是做”的观点，引发了一场规模颇大的“诗到底是写还是做”的诗学大讨论。于氏本人也参加了讨论。从其与赵景深的通信①看，他是倾向于“诗是写的”这种浪漫主义诗学观的。而在《诗之艺术》中，由生命与形式并重的生命—形式诗学观出发，他已经把技术与雕琢放到了与情思同等重要的位置，既重视诗人的灵感，又重视表达的技巧，在言与义之间寻求到了一种平衡。

综上所述，在于氏的生命—形式诗学观中，就作家与作品的主客关系来说，生命属于诗人“主”的层面，形式属于文本“客”的层面；就作家的具体创作过程来说，生命属于“精神、体验、灵感”的层面，而形式则属于“表达、赋形”的层面；就文本内部的关系来说，生命属于内容的层面，形式属于艺术（形式）层面。于氏的生命—形式观，既重视诗人对于作品的完全的主体地位，反对因袭模仿，又重视作品作为艺术整体的完美自足性；既重视作家与生活的关系，要求作家对生活广泛体验，深入体验，从而激发起强烈的生命意识，又重视体验之后的表达，重视技术层面的雕琢；既重视诗作文本内涵的丰富、底蕴的深厚、情思的感人，又重视诗作为最高艺术的形式要求。当然，对于生命与形式二者，于氏又不是等量齐观的。在生命与形式（艺术）两者之间，于氏更重视生命对于作家创作、作品价值所起的决定性作用。他的重自由、重创造，都是基于对生命内驱力的重视。在生命与形式的互动关系中，生命时时刻刻起着制约形式的作用，时时防范着作家的形式创造陷入干枯、机械、模仿的陷阱。它是于氏生命—形式诗学的核心，也是他的诗学特色与生命力之所在。这种建基于西方生命哲学之上的诗学观，从本质上讲是浪漫主义的。但是，于氏的诗学观又截然不同于浪漫主义，这源自他对形式的推崇。

于氏深受亚里士多德和柯勒律治“美即和谐”说与“有机形式”说的影响，认为诗乃人类最严肃的艺术，在文学艺术门类中居于最高等级，形式上的完美统一是一切好诗的唯一特点。就诗歌自身的文体特征来说，形式之美具体体现在辞藻之美、外形之美与声韵之美几个方面。辞藻美方面，于氏要求作家注意选词，追求诗的风韵之美；外形美方面，于氏要求诗人在变

---

① 于赓虞：《写诗的讨论一》，天津《新民意报副刊·朝霞》1923年1月19日；于赓虞：《写诗的讨论二》，天津《新民意报副刊·朝霞》1923年1月23日。见解志熙、王文金编校：《于赓虞诗文辑存》（下），河南大学出版社2004年版，第515—525页。

化的可能范围内，求得字数上的工整；声韵美方面，于氏要求诗歌的音节应是“和谐的全体”，字与字、行与行、节与节之间通体的融洽一致。于氏不但要求诗歌的形式美，而且他还批判了“五四”自由诗形式上的散漫无纪，没有严肃的艺术态度。可见，在肯定形式美上，于氏与新格律诗派是完全一致的，而且在一定程度上，与新格律诗派闻一多等人对他的影响是分不开的。不管于氏怎么否认其与《诗镌》之间的关系，但它的形式试验及其诗学主张，还是对于氏产生了相当大影响。他的诗歌创作实践就是明证。于氏共有五部诗集，依出版先后依次为《春风》（为绿波社骨干成员的诗合集《春云》第一辑，1923 年 7 月天津新教育书社出版）、《晨曦之前》（于氏第一本个人诗集，1926 年 10 月上海北新书局出版）、《落花梦》（出版于《晨曦之前》之后，但此本诗集已难以找到，《于赓虞诗文辑存》所收《落花梦》是由解志熙、王文金先生重新辑录的）、《世纪的脸》（1934 年 6 月上海北新书局出版）。另外，他还创作有两部散文诗集《魔鬼的舞蹈》（上海北新书局 1928 年 3 月出版）、《孤灵》（上海北新书局 1930 年 7 月出版）。在于氏出版的诗集中，除其早期奉行自然诗学观，所以《春风》收入诗作皆为自由体之外，此后的诗歌大都是形式整饬的新格律体。这些诗歌有一部分，虽然没有做到“句的均齐”，但“节的匀称”是做到了，节与节之间格式一致。而《落花梦》中的诗歌，不但做到“节的匀称”，而且还严守“句的均齐”，这种方块诗的试验在该诗集的广告中也得到了反映：“《落花梦》（是）一部用尽心力的所谓‘方块诗’，在一种体制下的五十首诗，作完后整整修饰了三年有余，所谓‘方块诗’之功罪当于此集表现净尽也。”[①]这些所谓的“方块诗”都有一种固定的格式：诗分两节，每节六行，每行 17 到 18 字，行末押韵。

于氏在尝试格律体的同时，还创作了两部散文诗集。对于诗与散文诗的文体界限，于氏有着理论上的高度自觉，他认为“诗与散文诗最大的区别，就在作散文诗者，在文字上有充分运用的自由（不受音律的限制），在思想上有更深刻表现的机会（不完全属于感情了）。但散文诗写到绝技时，仍能将思想融化在感情里，在字里行间蕴藏着和谐的音节。”[②]可见，于氏认为诗与散文诗文体上的不同在于“音律的限制”，这也正是新格律诗学的核心观点。

---

① 《华严》月刊第 1 卷第 7 期（1929 年 7 月）。

② 于赓虞：《〈世纪的脸〉序语》，《世纪的脸》，北新书局 1934 年版，见《于赓虞诗文辑存》（上），河南大学出版社 2004 年版，第 309 页。

从“诗是人类最严肃的艺术”的观念出发，于氏对于诗在审美上提出很高要求，认为“诗既为艺术，每首诗自应有其独特的声音，颜色，给人以不同的印象。”[①]因而，于氏写诗非常认真，有时甚至达到几近严苛的地步，一个表现就是非常注意诗的修改：“我每次修改诗的时候，竭力使其字与字，句与句，节与节成一整体的和谐。而且于作成后，又常请人去读，指出不调利的所在，再设法改正。”[②]由于将诗艺看得过分严重，于氏竟有两年之久未写任何诗。正是出于对于诗艺术之尊崇，他对闻一多“带着镣铐跳舞”给予重新的阐释，认为应把它理解作“作诗不易，作者应有严重的态度。”[③]把诗艺看做高难度的艺术，创作中认认真真、精雕细刻的态度，也是新格律诗派所共有的。在这方面，他与《诗镌》同人是高度一致的。

依照于氏《〈世纪的脸〉序语》中讲述，他在《诗镌》出了六七期之后，即与新格律诗派分道扬镳。于赓虞虽从新格律诗派中脱离出来，但他的形式试验与新格律诗学探索，并没有终止。而且，在1934年出版的最后一部诗集《世纪的脸》中，他的这种形式试验不但未见终止迹象，而且，该集诗歌外形之整饬、格律之谨严，比之他此前创作的诗歌，更有过之而无不及。可见，他与《诗镌》同人的分歧，并非集中于新诗格律试验应否进行，而在如何处理形式与内容的关系上。他从“求生命流露”的生命诗学观出发，认为《诗镌》同人的诗歌“忽略了最重要的内容之充实”，这种分歧才是导致他离开的根本原因。那么，《诗镌》同人是否真的就如于氏所说，忽略了内容而只关注形式呢？

情况并非那么简单。

对于《诗镌》新诗形式试验的批评，自其创刊之始就已不绝于耳。其中，最常见的批评就是它的形式主义倾向。这当然是误解。闻、徐、饶等人的新诗形式试验，其着眼点虽为形式，但他们并非不懂“形式与内容应相辅相成”的道理。因此，针对时人的批评，饶孟侃曾写有《情绪与格律》一文予以回应。而徐志摩在《诗镌》停刊时所写的《诗刊放假》一文，对于于氏的指责当是最好的答复。徐志摩此文表达了两点意思，首先，是对《诗镌》同人

---

① 于赓虞：《〈世纪的脸〉序语》，《于赓虞诗文辑存》(上)，河南大学出版社2004年版，第310页。

② 于赓虞：《〈世纪的脸〉序语》，《于赓虞诗文辑存》(上)，河南大学出版社2004年版，第311页。

③ 于赓虞：《〈世纪的脸〉序语》，《于赓虞诗文辑存》(上)，河南大学出版社2004年版，第311页。

新格律诗学观的申述：

再说具体一点，我们觉悟了诗是艺术；艺术的涵义是当事人[①]自觉的运用某种题材，不是不经心的一任题材的支配。我们也感觉到一首诗应分是一个有生机的整体，部分与部分相关连，部分对全体有比例的一种东西；正如一个人身的秘密是它的血脉的流通，一首诗的秘密也就是它的内含的音节，匀整与流动。这当然是原则上极粗浅的比喻，实际上的变化与奥妙是讲不尽也说不清的，那还得做诗人自己悉心体会去。明白了诗的生命是在它的内在的音节(Internal rhythm)的道理，我们才能领会到诗的真的趣味；不论思想怎样高尚，情绪怎样热烈，你得拿来彻底的"音节化"(那就是诗化)才可以取得诗的认识，要不然思想自思想，情绪自情绪，却不能说是诗。[②]

认为一首诗应该是一个有生机的整体，部分与部分相关联，部分对全体有比例，这种观点与于赓虞的形式观并无不同。徐志摩在阐发这种新诗形式观的同时，又进一步对新诗的形式与"音节"作了限定：

但这原则却并不在外形上制定某式不是诗某式才是诗，谁要是拘拘的在行数字句间求字句的整齐，我说他是错了。行数的长短，字句的整齐或不整齐的决定，全得凭你体会到的音节的波动性；这里先后主从的关系在初学的最应得认清楚，否则就容易陷入一种新近已经流行的谬见，就是误认字句的整齐(那是外形的)是音节(那是内在的)的担保。……我们还可以进一步说，正如字句的排列有恃于全诗的音节，音节的本身还得起源于真纯的"诗感"。再拿人身作比，一首诗的字句是身体的外形，音节是血脉，"诗感"或原动的诗意是心脏的跳动，有它才有血脉的流转。……我不惮烦的疏说这一点，就为我们，说也惭愧，已经发见了我们所标榜的"格律"的可怕的流弊！谁都会运用白话，谁都会切豆腐似的切齐字句，谁都能似是而非的安排音节——但是诗，它连影儿都没有和你见面！

所以说来我们学做诗的一开步就有双层的危险，单讲"内容"容易落了恶滥的"生铁门笃儿主义"或是"假哲理的唯晦学派"；反

---

① "当事人"一语不妥，疑为"诗人"之误。

② 徐志摩：《〈诗刊〉放假》，《晨报副刊·诗镌》第11号，1926年6月10日。

> 过来说，单讲外表的结果只是无意义乃至无意识的形式主义。就我们《诗刊》的榜样说，我们为要指摘前者的弊病，难免有引起后者弊病的倾向，这是我们应分时刻引以为戒的。①

徐氏上述一段话，说明《诗镌》同人对于形式探求的内在危险，有着非常清醒的认识。徐、闻等人也充分认识到诗感、内容对于诗歌的重要性。所以于赓虞指责《诗镌》同人的诗歌"忽略了最重要的内容之充实"，事实并非完全如此。于氏与《诗镌》同人在诗学观念上并无根本的冲突与分歧，他的离开《诗镌》，应当另有隐情。

若论分歧，比起与《诗镌》同人的分歧来，于氏与左翼"革命诗歌"间的分歧也许更大，因为这种分歧不但涉及内容，而且涉及形式（艺术）。与"革命诗歌"的分歧，于氏1929年所写的《〈落花梦（六首）〉小引》已初露端倪："今天我要发表这篇东西，并不是与'革命文学'的文艺上的同志作对，而是表现我个人所生活的世界的情调。"②革命诗歌表现社会革命，而忽略或者反对对个人生活情调的表现，而这正是于氏的生命诗学观所反对的。因为生命诗学观与生命哲学就是建立在个体生命体验的基础之上。于氏1934年在其《〈世纪的脸〉序语》一文中对普罗运动也有批评："十七八年正是中国普罗文学运动达到最高潮的时期，在上海一大部分写诗的人都转变了，均以某种意识形态作骨髓写着所谓诗。在那个狂浪里，将《诗刊》的努力洗涤净尽，他们所用的文辞，比'五四'期间更为大胆。那结果，不但使人忘记诗是艺术，且使情调也披上了虚伪的云衣。"③从对左翼诗歌运动的批评可看出，于赓虞对于《诗镌》的形式运动还是给予充分肯定的。

于氏的生命—形式诗学将诗定义为"浑然的完整的艺术"、"情感的完美的表现"④，兼顾诗的内容（生命、情思）与艺术（形式），他对诗的定义、看法与饶孟侃《新诗的音节》有相似之处。饶孟侃认为一首完美的诗应该是"里面包含的意义和声音调和得恰到好处，所以在表面上虽然可以算它是两种成分，但是其实还是一个整体，这个整体，就是现在我们要讨论的诗的音节。"⑤饶氏同样也是从意义和声音二者的完美结合来论诗的。但是，若

---

① 徐志摩：《〈诗刊〉放假》，《晨报副刊·诗镌》第11号，1926年6月10日。

② 于赓虞：《〈落花梦（六首）〉小引》，《河北民国日报副刊·鸮》第18期，1929年4月17日。

③ 于赓虞：《〈世纪的脸〉序语》，《于赓虞诗文辑存》（上），河南大学出版社2004年版，第310页。

④ 《于赓虞诗文辑存》（下），河南大学出版社2004年版，第580页。

⑤ 饶孟侃：《新诗的音节》，《饶孟侃诗文集》，四川大学出版社1996年版，第167页。

对二人的诗学理论进行深入的解读，便可发现，于赓虞对于新诗格律的探讨，虽然没有饶孟侃那么具体，但在诗学理论的深度上，于赓虞是超过饶孟侃的。饶孟侃所说的“意义”明显没有于赓虞所说的“生命”与“情思”更能揭示出诗歌内容上的特质，而且，对于“生命”之于诗歌的意义，对于诗歌形式美学的认识，以及对于形式与内容之间辩证关系的把握，于赓虞都超越了饶孟侃。

在对诗的文字的看法上，于赓虞与梁实秋也有一致的地方。如他反对英国大诗人华兹华斯“凡字均可入诗，诗的文字与散文的文字无殊”的观点，认为诗由文字而得形，由音韵而得神，因此诗人对于文词的选择，不但应在其意义及音韵上着眼，而且，应在全体上着力，诗的文字应该是经过精心选择过的，与散文的文字不同。梁实秋同样认为白话是散文的，是不太适合诗的文字。两人都认为中国文字是单音文字，诗的音节应建立在此基础上。但两人对于文字的要求却是不同的。梁实秋对诗的文字的要求是“清楚明白”，反对诗的含义的晦涩朦胧与艺术上对于“音乐美”的追求，反对象征主义的诗学观念。于赓虞则认为诗为“动艺”为“心艺”，认为诗的文字“一方是显明，一方是暗示”，这就给诗的文字的朦胧美以充分的肯定。梁实秋认为现代诗与乐应分开，于赓虞却认为诗与乐应为一体，完全肯定了诗的音乐美。于氏在认为诗与乐应为一体的同时，也认为“诗固可歌，但不尽可歌，因为诗人与制歌匠有着很大的分别。那最幽秘最隐晦的诗，非在静谧的深宵或极幽寂的屋宇去默会，则不能把捉其神情。在作者与读者的情境相等之下，诗人的心与读者的心方能契合。这种诗只能在个人静默之下去感受，自然不能聚会众人而歌唱。是诗之韵与歌之韵应有微妙的分别。”[①]于赓虞认识到了诗作为个人艺术与歌作为大众艺术之间的不同。从总体上说，于氏注意到诗歌语言的文体特点，比梁实秋的语言观具有更强的包容性与合理性。

《诗之艺术》是于赓虞在吸收西方众多诗学理论的基础之上，刻意经营、精心结撰之作，能排比众家之长而又出以己意，其理论深度是当时侪辈所难以达到的。有学者看到该文稿的前半部后，表示非常赞佩，声称该文预示着“一个诗人兼诗的批评家的产生”。[②] 这也说明该文的价值以及该文

---

① 于赓虞:《诗之艺术》,《华严》月刊第1卷第1期(1929年1月20日)、第1卷第2期(1929年2月20日)。

② 见《诗的艺术》文后于赓虞所作附记,《于赓虞诗文辑存》(下),河南大学出版社2004年版,第599页。

对于于赓虞的重要性。

第三节　陈启修的有律现代诗主张

陈启修(1886—1960)，四川中江人，字惺农，改字莘农，一作辛农，又名陈勺水、陈豹隐，笔名勺水、罗江、豹隐等。他是著名马克思主义经济学家，《资本论》第一卷的最早翻译者。1907年留学日本。曾任北京大学、厦门大学教授。1927年末到东京，停留两年有余。在此期间，开始从事文学创作与翻译，在上海张资平创办的《乐群》杂志上发表作品及诗学文章。1928年以笔名“勺水”在《乐群》半月刊第4期(1928年11月)发表《有律现代诗》一文，提倡“有律现代诗”。1929年又以“陈勺水”的名字在《乐群》月刊第1卷第5期(1929年5月1日)发表《论诗素》一文，对“有律现代诗”的主张进行补充。

关于陈启修的“有律现代诗”主张，朱自清《论中国诗的出路》有所提及：“从此到闻一多先生‘诗的格律’论(见《晨报·诗刊》)，中间有不少关于诗的音节的意见。这以后还有，如陈勺水先生所主张的‘有律现代诗’(见《乐群》半月刊第四期)及最近诗刊中诸先生的议论。这可见音节的重要了。”[①]这篇文章之外，朱自清清华大学的讲义《新文学研究纲要》，论述新诗的“新韵律运动”时，专门有一节讨论陈勺水的“有律现代诗”。[②] 陈子展《最近三十年中国文学史》中《文学革命运动》一节也提到陈勺水的“有律现代诗”主张。[③]

由此可见，陈启修所提出的“有律现代诗”是当时新诗形式运动的有机组成部分，对现代格律诗学的发展，有过一定贡献。然而，很长一段时间内，“有律现代诗”理论得不到研究者的关注。据笔者所知，潘颂德《中国现代新诗理论批评史》(2002年)第一次列专章，对“有律现代诗”及其所引发的争论，作过论析。[④] 可惜的是，他对于“陈勺水”为谁，并不了解，只以“生平不详”而一语带过。对于勺水诗学理论的论述，亦嫌过于简略。其实，早在1993年，陈玉堂先生的《中国现代人物名号大辞典》出版，该书第509页“陈启修”条下，对传主所用笔名“陈勺水”、“勺水”及其经历已有较为详尽

---

① 朱自清:《论中国诗的出路》,《朱自清全集》第4卷,江苏教育出版社1996年版,第288页。

② 朱自清:《新文学研究纲要》,《朱自清全集》第8卷,江苏教育出版社1996年版,第95页。

③ 见阿英编:《新文学大学》“史料·索引”卷,上海文艺出版社1981年影印本,第46—47页。

④ 潘颂德:《中国现代新诗理论批评史》,学林出版社2002年版,第214—218页。

的记述。沈用大的《中国新诗史》(2006 年)也提到陈勺水的“有律现代诗”理论:“1928 年 11 月,一位叫陈勺水的作者,在《乐群》半月刊发表《有律现代诗》,提倡建立‘有律现代诗’。他把新诗的音节单位叫做‘逗’,每一‘逗’又包含若干‘音’。他的意见是:新诗的每行所含几逗几音不作统一规定,但每一首新诗本身应该一致,并且作者要在题目之下予以标明;同时他还提倡每行押韵,提倡四行一节。他的意见曾引起小范围讨论,但很快就归于沉寂。”[①]对陈启修文学创作活动首次进行细致研究的为日人芦田 肇,他在《中国现代文学研究丛刊》2007 年第 1 期发表《陈启修在东京的文学活动——关于他的诗论、文学评论和文学作品的翻译、“新写实主义”论等》一文,对陈启修的有律现代诗主张及创作实践,有较为详尽的评析。

《有律现代诗》一文刊《乐群》半月刊第 4 期(1928 年 11 月)。陈启修在文章开始首先亮明自己的诗歌观:“凡是诗,都是有韵律的(Rythme)。因为有了韵律,才是可吟的东西,否则就只成为可看的东西了。”“可吟”是诗最根本特点,如不可吟,则只成为“可看”,背离了诗的特性。诗的可吟来自它的韵律(Rythme),韵律是诗必不可少的关键要素。诗和散文最主要区别,就在是否有韵律,没有韵律就不是诗。韵律的三要素为“脚韵、平仄、音数”,其中“平仄”为中国传统诗歌所独有。由“诗是必须要有韵律的”的观点出发,他对新诗提出了批评:“中国新诗,至今不能上轨道,根本的原因,恐怕就在蔑视获得韵律的手段罢。……所以愿把放浪已久的中国新诗,收进韵律的范围之内,使从来仅仅供人观看的诗,变成供人吟诵的诗,使它成为真正的诗。”陈启修认为白话—自由诗只是“可看的诗”,而不是“真正的诗”。为了使其成为真正的诗歌,必须研究“韵律”,使新诗与旧诗一样的,成为可供吟诵的诗歌。

“脚韵”、“平仄”、“音数”为诗歌韵律的三要素。三要素中,“音数”最为重要。中国旧诗,“上句”与“下句”合起来才构成一完整的意义单位,因而“脚韵”、“韵”押在“下句”。陈启修把旧诗中“上句”、“下句”分别规定为“一逗”,把“上句”和“下句”合起来规定为“一句”。他主张:“一逗”的“音数”可以随便,“一句”的“音数”要有规律,在诗题的旁边要标明“逗数”和“音数”。在押韵上,他认为每句都要压脚韵。他还规定了每一段的行数为固定的四行。平仄则与旧诗不同,不规定某种固定的程式,只凭作者自己吟味出音阶的和谐。他说:“这样一来,现代诗的韵律也许要比从前进步呢。这样的

① 沈用大:《中国新诗史(1918—1949)》,福建人民出版社 2006 年版,第 372 页。

诗，我想给他一个新名词，叫做有律现代诗。一面表示他是有格律的诗，不是自由诗，一面又表示是使用现代话语的诗，不是使用死语的诗。"可见，他所说的"有律现代诗"，"有律"限定的是诗的体式，必须是格律体；"现代"限定的是诗的语言，必须是现代话语（语言）。

由于主张每首诗必须具有固定的"音数"和"逗"，他规定要把每首诗"音数"与"逗数"用数字的形式明白地标示出来："我主张，应该在诗的形态上研究，去造成诗的韵律，一面要用'相关韵'的脚韵，一面只要确定每首诗每一句的音数和逗数，标在诗题的下面。（如 3/14 为十四音三逗诗，2/14 为十四音二逗诗。）以示这首诗的格局。"

为了更直观地了解陈启修的有律现代诗主张，笔者把他的一首诗抄录如下：

飞鸟山看花 3/14

做梦一样，过了十二年，又来飞鸟山，
山下的王子，远远的荒川，都像从前。
两个白发看花婆婆，一个唱，一个弹，
我羡慕她们，老了，还能看花学少年。
我刚过四十岁，却是，已经心灰意懒，
回想到十几年以前，心很决，志很坚。
忽然风波起，革命！革断了我的心。
啊，怎么能感激生命，重新醉倒花前。

该诗标题后表明"3/14"，指这首诗为 14 音 3 逗。该诗共 8 句，每句分 3 逗，每一逗的字数不同，但 3 逗加起来的字数多为 14 字，只有第 7 句为 13 字。一句的每逗之间不押韵，但每句句尾押同一韵部。

有律现代诗主张得到《乐群》杂志同人的认同与支持。该期编者在《编后》中对其做了高度评价："中国二十年来的诗坛，可以说是完全在混沌时期中。或者也可以说是诗的过渡时期。在这时期中，新诗竟变成了神秘的一个怪物，而尤其是'诗的'产量来得惊人！多得来不及吟，来不及读，其实倒还是说来不及阅好些！这些诗，不过以诗名而已，比天地元黄是哥哥弟弟，一个凑韵，一个分行。但这时期中却产生出一个新的结晶来，这个新的产儿就是勺水的'有律现代诗'。……现代诗的集成时期到了！这是诗的紧要关头，希望读者和诗人们大家来努力培植这些有律现代诗，开辟出诗的新园地。"与陈启修该文同期刊登的还有洪畴的《现代诗的集成时期到了》一文，该文可看做是对陈启修的呼应。

1929年陈启修以“陈勺水”在《乐群》月刊第1卷第5期(1929年5月1日)发表《论诗素》一文，对“有律现代诗”主张进行补充。《有律现代诗》侧重于论述诗的形式要素，但他认为“诗之所以为诗，除了形式的要素外，还有他根本的实质的意义。”[1]《论诗素》把诗的要素分为“形式的要素”与“实质的要素”，两种要素相互间有密切的关系，缺一则不能成诗。诗的形式要素就是韵律(Rythme)。韵律是一切时间艺术的必要成分，诗是时间艺术，所以诗必须要有韵律。韵律是声音的有秩序的连续和有统一的变化，即“复杂变化的统一”。诗所以能引起统一调和的美感，全靠韵律。陈启修把韵律分为外在律和内在律：“那些寄托在(一)脚韵，头韵，腰韵，总而言之，寄托在所谓诗韵上面的，(二)存在音的平仄之中的，(三)藏在音数之内的，等等韵律，都是寄托在一种从外观上可以看得见的形式上面的东西，所以叫做外在律。那些超然于脚韵，平仄，音数之外，不可以从外观上去捉摸，只能够从实质上去感觉的韵律，叫做内在律。”[2]外在律与内在律的区别，决定诗的种类。具有外在律的诗为“律诗”，具有内在律的诗为“散诗”。“律诗”即他所谓的有律现代诗；“散诗”即散文诗、自由诗。他认为散文诗与自由诗同义，诗的散文则是另一种东西。散诗的内在韵律难以把握，因此，其创作难度要远高于律诗。

《论诗素》谈的是“诗的实质的意义”。他所谓的“诗素”是“诗的实在的质素”的缩略，该词来自法语“poesie”，与“poeme”含义不同。“poeme”指“诗”或“诗篇”，而“poesie”构成“poeme”的实质，指“poeme”的精神、灵魂、精髓。陈启修认为中国和日本把这两个词通译为“诗”是不妥的。因此，“poesie”意义的讨论和译语的确定，是中国诗坛的要务。他认为该词在中文中含有“诗质”、“诗实”、“诗髓”、“诗意”、“诗魂”、“诗素”等含义，其中只有“诗素”最合适。对于其他几个法语诗学术语，如何译为中文，他也进行了斟酌。这种对于外来诗学术语的辨析与考量，是中西诗学交流中的必然现象，显示了西方诗学对于中国诗学的影响。

在什么是诗素即诗的实质的问题上，陈启修驳斥了激情说、梦幻说、美感快感说、神秘想象说等。他给诗素的界定是：“梦幻化了的感情，创造化了的意志，直觉化了的理智，三种东西被融合燃烧时的喜悦。”他的界定明显是对以上诸种看法的综合与融汇。

---

① 勺水：《有律现代诗》，《乐群》半月刊第4期(1928年11月)。

② 陈勺水：《论诗素》，《乐群》月刊第1卷第5期(1929年5月1日)。

陈氏认为有韵律有诗素的诗，才是真正的诗，“纯粹的诗”（poesie Pure）。他认为欧洲的纯粹诗运动就是以追求这种纯粹诗为目标的。纯粹诗运动的发生源于立体派与超现实派离诗素越来越远的倾向，因此，他主张中国的诗坛也有实行纯粹诗运动的必要。可以看出，他对法国纯诗运动存在着误解。

有诗素没有韵律，不能称为诗，只能说是“有诗意的东西”。有诗素的散文，可称作“有诗意的散文”或“诗的散文”，它和散文诗又是不相同的。有诗素的戏剧可称为“诗剧”，有诗素的小说可称为“有诗意的小说”。既无诗素又无韵律的，只能是纯粹的“散文”。“决不能因为把一段散文分成短短的几行排列着的缘故，就变成了诗。”

《有律现代诗》着眼于新诗的形式，《论诗素》着眼于新诗的内容。两篇文章合起来，代表了陈启修对于新诗的整体主张，就像编者在该期《编后》中所说：“本期的《论诗素》一篇，是应该和《乐群》半月刊第四期上《有律现代诗》合读的。”编辑在《编后》中重申对于陈启修有律现代诗主张的支持，并且响应其主张，“毅然决定了《乐群》月刊不登分行写的散文——即所谓诗。”

陈启修的有律现代诗主张引起过较大反响，这从该期《编后》可窥一斑：“自《乐群》半月刊上发表了勺水的《有律现代诗》以后，差幸筑在野庙里的静寂的中国诗坛竟被引起了响应，至少也是个巨大的波涛。并且在几处刊物见到了有律现代诗的出现。这非但使编辑同人快慰，就是远在日本的勺水看见也定喜欢的。”“至于外面刊物上有几篇关于‘有律现代诗’的讨论的几篇文字，只要我们见得到的，都已搜集了寄给勺水自己去看，不久，或许有几篇覆论的文章来。”具体说来，围绕“有律现代诗”的争论文章有这么几篇：祝秀侠《评陈勺水的有律现代诗》，刊《海风周报》第 9 号（1929 年 3 月 3 日）；毛一波《有律现代诗》，刊《真善美》第 3 卷第 6 号（1929 年 4 月）①；林梦幻《有律现代诗》，刊《新时代》第 5 卷第 4 期（1933 年 10 月）；万斯年：《论诗与韵律》，原载《火坑》（卷期号不详），见戚维翰：《论新诗的将来》（原载 1934 年《学生文艺丛刊》第 1 期，收入洪球编：《现代诗歌论文选》（上册），仿古书店 1936 年 6 月初版）。

祝秀侠《评陈勺水的有律现代诗》对于有律现代诗主张持完全反对态度。他认为诗的韵律包含三个方面，即音节、声律与韵，音节即 rhythme，声律即 Metre，韵即 Rime，这就是陈勺水所说的音数、平仄与脚韵。陈勺水主

① “毛一波”原文为“王一波”，误。查《真善美》其他各期，皆为“毛一波”而无“王一波”。

张音节与韵有一定规律，祝秀侠对这两者逐一作了批评。就押韵来说，他认为诗的内容是极端自由的，极端自由的内容决定其形式也应是极端自由的，这自由之中，已经含有很有规律的自然状态在里面，不必以人为的规矩范围它。脚韵不过是诗的一种装饰，不是诗的要素，因此，诗不必有韵。对于音数的规定，祝秀侠也表示反对。他认为："在好的诗章里面，自然我们可以诵得出恰如其分的很和谐的音数与节奏。这种伟大的和谐，不一定每一章诗篇都是在划一的情况内相同的。各有各种和谐的适合。如勺水君规定的音数讲来，更会有一种弊病，譬如同样在一篇诗里面而表现着两种不同的情绪时，则规定的诗的音数上必妨碍其中一方面的情绪的发展。"他批评勺水逗的规定更加不合理，就以勺水翻译的《秋之夜》来说，有的地方不必逗，有的地方逗开的本是两个完整的意义单位，应该分行，等等。

毛一波并不彻底反对有律现代诗主张，只是认为陈勺水对逗数与音数的规定过于严格。音数上，一首诗每行不必字数完全相同，只要每节内字数一律即可，每节之间的字数可有适当调整。

林梦幻认同陈启修的有律现代诗主张，只不过在具体措施上与陈、王二人有一定分歧。

万斯年《论诗与韵律》对有律现代诗的提倡表示赞同，同时对其具体主张又有所修正。他认为，押韵上，不妨每节一换韵，每节中几句一换韵，或间句押韵。音数上，每句音数并不一定完全相等，但每节诗里的相当行次的音数，要完全一律。逗数上，每节诗相当行次的诗句要一律。音数上，万斯年主张，每首诗中每小节间一致，而每节内每句的音数可不必均齐；陈少水的主张更为严格，每节的每句的音数也要整齐。戚维翰《论新诗的将来》逐一评述当时诗坛上有关形式的各种主张与看法，他把万斯年与闻一多的主张概括为"均齐诗律"，把陈勺水的主张概括为"方块儿诗律"。对于韵的安排，戚维翰赞同万斯年的主张。但在字数（音数）的安排上，戚维翰则对于均齐诗律与方块儿诗律皆表示反对。他认为："中国的文字是单音文字，似乎容易而且可以做音数相同的诗，但这只能在文言诗中适用，一用到了白话诗里，便变成复音词了。……如若要把全诗每句的音数译成一样，怕是不可能的事吧！所以我意每节的行数可以排成一样，而音数和逗数的均齐，则大可不必。只要像西洋诗一样，取一个近似均齐式。"[①]押韵上，戚维

① 戚维翰：《论新诗的将来》，原载《学生文艺丛刊》1934年第1期，见洪球编：《现代诗歌论文选》（上册），仿古书店1936年版。

翰认为新诗不必像旧诗那么严密，不讲平仄，只要韵母相同，可以通押。在每行字数上，戚维翰还提出了一个他认为时人还没有加以注意的一个问题，就是"每行像于赓虞的诗一般，拉的太长了，也不适于吟诵。"他认为每行或每句字数在十个左右，比较合于语言的口吻和易于吟诵。戚维翰把自己对于新诗形式的看法归结为六点：一、脚韵，应有，而不限定在每句或间句一押，只要它在全诗或一节中自有一个旋律；二、韵字，只要韵母相同，不分平仄，都可通押；三、音数，不必限定均齐的形式，只要近似均齐式；四、逗数，可以自由伸缩，绝无限制；五、每节，能均齐合于美观最好，但也不限制；六、每行字数，以十字左右为最适宜。

陈启修的有律现代诗与诗素理论代表他对新诗形式与内容两方面的看法，这种形式与内容的统一观，与新格律诗派是完全一致的。现代格律诗学对于形式的试验与探索，总是与其对于诗的内容的强调联系在一起。形式的探求总是伴随着外界形式主义的指责，这是外在的压力；形式的探求也总是伴随着探求者自我对于形式主义的警觉与抵制，对形式与内容关系的再审视。

陈启修所谓的"诗素"，指"诗的实质的要素"，即诗所以为诗的质的规定性，可简称为"诗性"。陈启修对于诗素的界定，颇想融汇众家之长，形成一种有说服力的观点。这种愿望虽好，但他的界说注定和他批评的其他观点一样，成为后人审视与质疑的对象。这是因为，诗素即诗的实质到底是什么，本是一难有定谳的玄学话题。对于诗的"本质"的探求，也很容易落入解构主义所批判的"本质主义"陷阱。但是，陈启修"诗素"概念的提出，无疑是现代诗学理论的一个进步，它代表了人们对于诗的本质探求的一个阶段。

陈启修有律现代诗的具体主张中，对于逗数与音数的限定，引发争议最多。"逗"的概念来自旧诗的上下句之分，但新诗的"行"与旧诗的"句"差别很大。旧诗的句自成一体，其意义是完整的，即使不完整，人们也很容易分辨句与句之间的关系。新诗既然分行，再从中强行人为逗出，必然会带来一系列麻烦。其中，旧诗一句之间就有一逗（顿），只是语气上的细微停顿，不需要把它另外点出。在实践上，陈启修的尝试也是不成功的。他翻译的《秋之夜》中有一句为："冻得，像北极的太阳一样冷红"，祝秀侠认为"冻得"两字之后点逗勉强，不逗反而更有力量，他的批评有道理。其他的句子如"她又是羞娇，又十分快活"，这本是两句，是为了外形的整齐而强合为一句。这说明陈启修"逗"的理论是站不住脚的。

陈启修还限定一首诗内每节的行数为四行，且每句押韵。这样的规定显得过于呆板。祝秀侠批评这种规定类似旧诗之绝句，且比绝句束缚更大。因为绝句第三句不必押韵，而陈却要求句句押韵。因此，祝秀侠批评他的“有律现代诗”是旧诗的变相，不是没有一点道理。现代格律诗体中，四行一节的体式确实更为常见，诗人们用得较多，但陈启修把它上升为一种规定，要求人人都遵守，就会带来问题。

有律现代诗主张，虽有以上种种缺失，但作为新诗形式探索阶段的一种试验，还是很有意义的，不能因为失败，就抹杀其意义。它出现于1928年和1929年之间，这段时期中国新诗发展比较沉寂，新格律诗派在《诗镌》上的探索昙花一现，已经终止，而他们重新振作，创办《诗刊》来进行新诗形式试验要到1931年。在此诗学探索的沉寂期，陈启修远在东京日本，以仅有两篇文章，引发多人参与和讨论，产生了一点反响，也颇为不易。陈启修的探讨以及林梦幻等人的响应与争论，说明大家对新诗形式问题的关注，揭示出诗人们对新诗前途与出路的困惑和焦虑。它虽然没有成功，但却进一步激发了后来者形式探索试验的热情，为他们带来宝贵的经验、教训与启示。

第四节 《文艺杂志》同人的形式试验与探索

1931年1月20日，徐志摩、邵洵美编辑的《诗刊》在上海创刊。如梁实秋所说：“《诗刊》虽然寿命不长，它是继北平《晨报·诗镌》而来，和《新月》月刊都是一脉相承的。”[①]新格律诗派的形式运动是通过这几个刊物而得以延续的。就在《诗刊》创刊不久，同年4月，另一刊物《文艺杂志》在上海出版。刊物虽署名“柳亚子”编辑，但实际编辑人则为罗念生、陈林率、柳无忌、罗皑岚等几个留美学人，所以，虽然刊物在上海出版，它的编辑地却远在纽约。这与陈启修在日本东京写作在上海发表论文并产生影响颇为相似。该刊出至1932年9月第1卷第4期停刊。编者在创刊号的《卷首语》中说：“这季刊只是几个在新大陆爱好文学的朋友，在读书的余暇中，愿意抽出些工夫来做一番耕耘的工作，在创作与介绍方面；为开拓这块文艺的新土，期待着未来的收获。”他们开拓的新土之一就是对于新诗形式的试验与探索。他们的形式探索在取径上与新格律诗派非常相似。徐、闻的新诗

① 梁实秋：《略谈〈新月〉与新诗》，《梁实秋文集》第3卷，鹭江出版社2002年版，第103页。

形式多为模仿英美诗歌，同时把英美的各种诗体译介进入中国。罗念生、柳无忌等人的新诗形式探索，同样循此路径。

《文艺杂志》的形式探索分两部分，一为西方诗歌翻译与西方诗体的介绍，后者是其特色，集中介绍了英美“十四行”、“无韵体”和“双行体”等诗体。这方面罗念生所作贡献最大。《文艺杂志》4 期中，他就有三篇重要的诗体介绍文章，具体是：《十四行体（诗学之一）》，刊《文艺杂志》第 1 卷第 2 期（1931 年 7 月）；《无韵体（诗学之二）》，刊《文艺杂志》第 1 卷第 3 期（1932 年 1 月）；《双行体（诗学之三）》，刊《文艺杂志》第 1 卷第 4 期（1932 年 9 月）。西方诗体理论之介绍，虽不属于诗学理论批评，但在把西方诗体引入中土过程中，起到了一定作用。当时新诗界，对西方诗体理论进行有系统介绍的，在罗念生之前还没有过。新格律诗派模仿西方诗体，翻译西方诗歌，但诗体理论的介绍却是空白。因此，罗念生这方面的贡献不应被遗忘。理论介绍外，罗念生还写有书评《〈死水〉的枯涸》，刊于《文艺杂志》第 1 卷第 2 期（1931 年 7 月）。可惜的是，罗念生以上诗体介绍文章及书评均没有收入《罗念生全集》（上海人民出版社 2007 年版）。

《文艺杂志》的形式探索的另一部分为创作实践。《文艺杂志》不但对西方诗体进行理论介绍，更重要的是，他们还亲自对各种诗体进行实践，罗念生、朱湘、曹葆华、柳无忌皆有这方面的创作实践。其中，《文艺杂志》第 2 期集中介绍西方的十四行体，除罗念生《十四行体》的介绍文章外，他与朱湘、柳无忌、曹葆华还创作有十四行诗共计 25 首，柳无忌还翻译了 4 首西方的十四行诗。这应该是十四行诗进入中国后，介绍和实践这种诗体最为集中的一次。几位作者中，朱湘属新格律诗派，是十四行诗较早的实践者之一。曹葆华与罗念生同为四川人，毕业于清华大学，其初期诗歌创作受到闻一多、徐志摩、朱湘等人很大影响。他曾把诗集寄给闻一多、徐志摩、朱湘三人，三人都回了信，回信以《闻一多、徐志摩、朱湘致曹葆华的三封信》为题，刊登于《国立清华大学校刊》第 278 号（1931 年 3 月 30 日）。闻一多在回信中肯定了他对十四行体的写作：“十四行诗，沫若所无。故皆圆重凝浑，皆可爱。鄙见尊集中以此体为最佳，高明以为然否？”[①]朱湘同样肯定了他诗歌的音节，称赞《给——》第一段“用一种委婉缠绵的音节把意境表达了出来，这实在是一个诗人就要兴起了的吉兆。”[②]朱湘、闻一多对其新诗形

① 见陈晓春、陈俐编：《诗人翻译家曹葆华·史料、评论卷》，上海书店 2010 年版，第 11 页。

② 见陈晓春、陈俐编：《诗人翻译家曹葆华·史料、评论卷》，上海书店 2010 年版，第 3—4 页。

式探索的赞赏，大大激发了曹葆华对现代格律诗特别是十四行诗探索的热情。《寄诗魂》之后，1932 年 11 月他在新月书店又出版《灵焰》和《落日颂》两部诗集，《灵焰》收诗 23 首，其中 21 首选自《寄诗魂》，只另外添加了两首新作。这两首新作与《落日颂》中的诗大部分是现代格律诗，其中以十四行体最多。由此可见，新格律诗派对曹葆华诗歌创作的影响。在新格律诗派之外，同学、老乡罗念生对曹葆华影响也很大，这从罗念生致曹葆华的信可得到证明，以下是罗念生给他的一封信，刊登于《清华周刊》第 34 卷第 10 期（1931 年 1 月 22 日）。

> 说形式我以为这两诗已很完整。如能取 Spencerian Stanza 体，将句子打断更妙。能求每行回（“回”当为“同”。——笔者注），更合音乐的时间。韵脚是否 aaba，aaca？这是转变的歌谣体，但太类似我国的古体了，a 韵已太单调，bc 又没有谐音。句子有时太硬，虚字不宜删去；音节方面还须细细审查，气势是有，只有些地方不大顺口。……关于韵，像这样的长诗不宜用一律的韵，以免单调，且在抑扬上与情调不协和。我以为“青”韵太低沉，不够光亮。望你努力，难免没有第二部“浮士德”出现。[①]

罗念生熟悉西方文学，理论介绍外，还仿照西方各种诗体，写了许多诗歌，《文艺杂志》每期都有他的诗歌。后来诗人把它们及其他诗歌辑为一集名为《龙涎》，这是罗念生唯一的新诗集，1936 年 4 月上海时代图书公司出版，为“新诗库第一集第七种”。诗集《自序》（写于 1935 年 8 月 24 日）对了解他的诗学主张很有帮助：

> 我们的“旧诗”在技术上全然没有毛病，不论讲“节律”（rhythm）、“音步的组合”（metre）、韵法，以及韵文学里的种种要则，都到达了最完善的境界；只可惜太狭隘了，很难再有新的发展。于是我们的“新诗”便驶出了海港去乘风破浪；这需要一个更稳重的舵工。我不反对“自由诗”，但是单靠这一种体裁恐怕不能够完全表现我们的情感，处置我们的题材。我认为新诗的弱点许就在文字与节律上，这值得费千钧的心力。
>
> 这集子对于体裁与“音组”冒过一番险。这里面包含有“十四行体”（sonnet），“无韵体”（blank verse），“四音步双行体”（tetrametre couplet）“五音步双行体”（pentametre couplet）“斯彭瑟体”

① 《罗念生致曹葆华（两封）》，《清华周刊》第 34 卷第 10 期（1931 年 1 月 22 日）。

(spenserian)“歌谣体”(ballab metre),四行体,八行体(ottava rima)和抒情杂体。[①]

从这篇自序可看出罗念生对于传统旧诗与自由体新诗的态度。罗念生认为旧诗艺术已达到完美境地,但太狭隘,难以再有新发展;不反对自由诗,但认为一种体裁过于单调,难以表现情感,处置体裁。可见,他是明确主张新诗的形式试验的。他与同学曹葆华一样,受闻一多、朱湘等人影响,其《自撰档案摘录》对此有明确记录:“在清华与曹葆华、李唯建自命为浪漫诗人,写十四行体诗,受新月派影响。”[②]具体说就是受新格律诗派诗学主张的影响。受闻一多、朱湘等人影响外,罗念生应该还接受了孙大雨的影响。《自序》中的“音组”概念就是由孙大雨最先提出的。对于孙大雨与自己的交往,罗念生在其《自撰档案摘录》及书信中多有提及。1986 年 11 月 18 日致钱光培函:“最早写格律诗的是孙大雨。我想写文章论此事,恐难发表。孙给我的材料很多。”[③]1988 年 9 月 3 日给胡乔木信:“您的诗作完全合乎我所理解的理论,您曾经指出‘的’字一类的虚字,有时可并入下一音步,以加强音调和节奏感。孙大雨同志很早就提出这种总结,直到一九五九年才得到中国社科院文学研究所吴晓玲同志赞同。”[④]这些地方都说明他与孙大雨的密切关系,其诗学观念应当接受有孙大雨的影响。陈子善先生有《罗念生:〈龙涎〉》一文,其中提到罗念生曾把自己的诗集《龙涎》题赠给孙大雨,这也是一个证明。对于罗念生的格律诗学理论与孙大雨之间的关系,他这篇文章论之甚详。罗念生在《大公报·文艺·诗特刊》上还发表有《节律与拍子》一文,对其现代格律诗学主张有进一步阐发,关于这一点,留待下章讨论。

罗念生深受闻一多、朱湘、孙大雨等人影响,其新诗形式试验同样来自对西方诗歌体式的模仿。那么,他在具体诗学主张上是否与闻一多等人完全一致呢?并不一致。《死水》是闻一多最富代表性也最成功的一部诗集,是他新诗形式探索试验的完美结晶。对于这部诗集,罗念生的书评《〈死水〉的枯涸》[⑤]却完全否定,言辞显得有点尖刻。他认为这部诗集被人捧得太高:“‘郭诗’是一条疯狗,‘徐诗’是一个野鸡,‘闻诗’是一匹猫。我们的

---

① 罗念生:《〈龙涎〉自序》,《罗念生全集》第 9 卷,上海人民出版社 2007 年版,第 299 页。

② 罗念生:《自撰档案摘录》,《罗念生全集》第 10 卷,上海人民出版社 2007 年版,第 91 页。

③ 见《罗念生全集》第 10 卷,上海人民出版社 2007 年版,第 61 页。

④ 见《罗念生全集》第 10 卷,上海人民出版社 2007 年版,第 14 页。

⑤ 罗念生:《〈死水〉的枯涸》,《文艺杂志》第 1 卷第 2 期(1931 年 7 月)。

凤凰与麒麟还隔得远呢。”沈从文《论闻一多的〈死水〉》[1]，赞扬《死水》为“一本理知的静观的诗”。对于沈从文的评价，罗念生并不认同：“闻君的理知却比过去一般所谓的诗人深远一些。然而他的情感并不是为理知所化散，或被形式所束缚，实在是因为他没有什么理知”。对于《死水》的格律试验，罗念生也完全否定：“沈君说《死水》为中国新诗建立了一种新诗的完整风格，这似乎是闻君对新诗最大的贡献。但我们试分析一下这完整的风格，却等于一句废话。如其完整风格是指整齐主义，那正是闻君天大的罪过。如其这风格是指格律，那是自欺欺人。”罗念生否定《死水》的格律，是因为他认为闻一多的格律试验是借鉴西方诗歌的轻重律，而西诗的轻重律绝不适用于中国新诗：“大概的理由是我们的轻音太少和不易分配。”因此，《死水》借鉴西方诗歌的轻重律来写汉诗，是走错了路。罗念生还否定《死水》的形式：“如其完整的风格是指完整的形式，《死水》的形式并不完整。集中四行体用得很多，这不稀奇。抒情杂体的组织都太简单。只双行体有一点成就。此外比较新奇的是十四行体，可惜作者对这形式并不很了然，如《你指着太阳起誓》一首前四行是意大利体，后四行又是莎士比亚体，最后两行在意大利分配法中味（原文如此，疑有错。——笔者注）了同韵，是一个天大的错。行中的音步也不和体格。”综括罗念生对于《死水》形式的批评，主要有三点：一、不认同闻氏的“整齐主义”；二、否定闻氏轻重律的形式探索，认为轻重律不适合中国文字；三、认为闻氏所借鉴的西诗不合原有体式。罗念生对于《死水》的批评，其矛头并非单单指向闻一多个人或新格律诗派的某个作品，也并非只是他个人的一种观点，某种程度上也代表《文艺杂志》同人对于新格律诗派形式探索的评价。这种批评，说明《文艺杂志》同人虽然模仿西方诗歌，但在具体主张与做法上与闻一多等人存在较大分歧。这种分歧，在柳无忌《为新诗辩护》一文中显示得尤为明显。

柳无忌认为新诗的发展在胡适之后分为几个派别：《冬夜》派、《女神派》和新月派。前两派虽然针锋相对，但都属于白话—自由诗派，新月派则是新格律诗派。新月派走的是模仿西洋诗歌的路子。新月派的出现，表明在白话—自由诗潮过去以后，开始了新诗形式的重建。而对于形式的重建，却有不同的看法：

> 这里又有两派的意见分歧着。有几个批评家主张根本地模仿西洋的诗，中国的新诗中也应有轻重音的分别与拍数。这似乎

[1] 沈从文：《论闻一多的〈死水〉》，《新月》第3卷第2期（1930年4月10日）。

又把新诗加上了一层西洋的镣铐，何况中国的文字与欧美的不同，中文是一字一音而西洋文字是一字数音，中文中轻音少而重音多，不很合宜于这样做法。第二派诗的作者比较有成就，他们主张新诗还不如从本国的旧诗那边学一点乖，每行可有一定的字数，每诗有个整齐的格律。这就成了有名的所谓"豆腐干诗体"。这类诗并不像一般人所想像的那样拘束与单调，因为作者可以自由地鉴定每行的字数，依照着诗中的情感或思想而变化着。同时，作者不一定一行内写着一句，他可以在一行内写着几短句，或者可把一长句带到另一行内结束。在这里面尽有很多的自由，可以免去拘束，有很多的变化，可以免去单调与生硬。我们且举这派诗人的领袖朱湘的《女鬼》做个例子。……十四行诗是很容易受束缚而变成单调与生硬的体例，但是这诗却一点儿也没有那些弊病，它是新诗中最可诵读的一首好的作品。①

柳无忌把新诗格律形式重建运动分为两派，第一派为"根本地模仿西洋的诗，中国的新诗中也应有轻重音的分别与拍数"，联系罗念生对于《死水》的批评，可知柳无忌所说的第一派指的就是闻一多等新月诗人；第二派"主张新诗还不如从本国的旧诗那边学一点乖"，其诗为"豆腐干诗体"，柳无忌举朱湘的《女鬼》和自己的《决心》、《新岁》三首诗作为例证，且为这种诗体辩护，认为这些诗已经没有了"豆腐干"的样子，而成为了"冰条式诗或粉条式"诗，但却有着特殊整齐的音节和体裁。对于这两派，柳无忌的态度明显偏向于朱湘与自己代表的这一派，认为"倘使新诗要有格律，或者被讥称为'豆腐干'式的诗是个妥当的试验。这种做法是相当的吸收了西洋文学的影响，把来滋养着诗的生命，创造着新诗的形式与格律；它似乎比整个的吞下了英诗的构造法，要在中文诗中用轻重音而忘却了中英文字根本不相同的一般论调为高明一些。"这里，柳无忌虽然没有明确点出闻一多的名字，但他的语义已经暗示得相当明确了，再联系《文艺杂志》第 2 期罗念生对于《死水》的尖锐批评，不难看出，柳无忌把新诗形式探索分为两派，包含着对于闻一多代表的新格律诗派的批判与不满。当然，他所谓的新格律诗派是不包括朱湘在内的，由于朱湘与闻、徐等人的矛盾及形式试验取向的不同以及诗学观的内在差异，导致他与新月文人的分道扬镳。柳无忌、罗念生则利用其与朱湘的同学之谊，以及诗学观念的契合，把他拉到自己的

① 柳无忌：《为新诗辩护》，《文艺杂志》第 1 卷第 4 期(1932 年 9 月)。

阵营，因此，朱湘顺理成章地被他们看成是《文艺杂志》同人。

了解《文艺杂志》同人与闻一多等人的分歧，我们才能明白柳无忌下面这句话的意思："与新月派走着相并的，但不是同一的路途的有文艺杂志社诸人。""相并"指他们都主张借鉴西方的格律体诗歌，但如何借鉴，借鉴什么，则有根本的分歧，这也就是"不是同一的路途"的含义所在。

余论　刘大白对汉诗外形律的归纳与总结

刘大白是白话—自由诗运动中的一位重要人物，出版过白话新诗集《旧梦》、《邮吻》等。刘氏与同时代其他学者一样，既接受西学影响而又有颇深的旧学根底，创作新诗之余，还致力于对传统诗学的研究。在1927年6月出版的《小说月报》第17卷号外"中国文学研究"（上册）一书中，刘大白一人就发表了三篇文章，其中两篇《中国旧诗篇中的声调问题》、《论中国诗篇中的次第律——外形律之一》，试图以西方诗学理论为指导，对中国传统汉诗的声律问题进行系统归纳与总结。在这两篇文章基础上，刘大白写出《中诗外形律详说》一书，在他死后，经过一系列曲折反复与好友夏丏尊多方努力，最终于1943年11月由中国联合出版公司出版。郭绍虞为该书作序[①]，夏丏尊作跋[②]。夏丏尊跋中对此书给予很高评价："中国自古不乏诗的研究者，关于这一方面的研究，大白可谓破天荒第一人。斯书在他一生著作中实占重要的地位，值得重视。"《中法汉学研究所图书馆馆刊》1946年第2期"图书介绍"专栏对此书有较为中肯细致的分析与评价。

刘大白《中诗外形律详说》虽然出版于1943年，但该书在他生前即1932年之前已写定，且其主要内容在1927年6月已发表问世，其另一部诗学著作《旧诗新话》初版本于1928年5月出版，因此，笔者把他置于此章予以论述。

刘大白对于传统汉诗声韵的研究，属于古典格律诗学范畴，自应纳入古典格律诗学的范围来研究，但由于刘氏对于古典格律诗学之研究，其目的并非出于纯粹学术研究，而是有明确的现实指向。一方面是试图应用现代的诗学理论来对古典格律进行总结，另一方面是为了对未来诗体建设，起到一定指导作用，这种研究旨趣，从下述表白可以看出：

---

① 郭绍虞：《〈中诗外形律详说〉序》，《国文月刊》1943年3月20日第41期。

② 夏丏尊：《〈中诗外形律详说〉跋》，《学术界》1943年第1期。

> 我所以提出中国旧诗篇中的声调问题，来做研究底对象，有下列的三个原因：
>
> （一）中国旧诗篇中，既然有所谓声调这件东西，当然应该把它提出来研究一番，知道它是什么东西构成，用什么方法构成，以便认识它底真面目。
>
> （二）现在拥护旧体诗而抨击新体诗的，往往以新体诗没有声调，或声调不好，不能算诗是为口实；所以为巩固新体诗底立脚点起见，也不能不把声调问题提出来研究一番，看它究竟有没有跟诗篇须臾不可离的关系。
>
> （三）近来新体诗勃兴，大都反抗旧诗的传统外形的韵律，——尤其是对于声调，而作解放底要求。但是外形的韵律这件东西，也毕竟有它底相当的可以保存的价值，——如便于记忆传诵，和合乐歌唱。我们一方面反抗旧声调，一方面却要打算怎样保存旧声调底一部分，而创造新韵律的新声调，尤其应该把声调问题提出来研究一番。[①]

由此可以看出，刘氏对于传统格律之研究，既是为格律的合法性辩护，又含有“保存旧声调底一部分，而创造新韵律的新声调”之考虑。

所谓“外形律”指“外形的韵律”。为论述方便，刘大白把诗歌的韵律分为“外形的韵律”即外形律与“内容的韵律”即内容律两部分：

> 韵律有外形的和内容的两方面。内容的韵律，是诗篇内涵的生命；换句话说，就是诗篇肉体中的灵魂。外形的韵律，却只是诗篇外附的妆饰，——就是附加于肉体的衣服和饰物，所以外形的韵律跟诗篇的关系，只等于妆饰品跟肉体的关系。只有内容的韵律，而不备具外形的韵律，就已经备具了诗底素质，当然是完美的诗篇。如果只备具了外形的韵律，而没有内容的韵律，那么，不曾备具诗篇底素质，就决不能成为诗篇了。

因为外形的韵律只是一种装饰品，因此：

> 外形的韵律，并不是有内容的韵律的诗篇所必要的，正跟衣服和饰物不是美人所必要的一样。不过在某种特殊的背景当中，外形的韵律，却也是不可无的。这所谓特殊的背景，就是当诗篇

---

① 刘大白：《中国旧诗篇中的声调问题》，《小说月报》第 17 卷号外《中国文学研究》（上）（1927 年 6 月）。

配合乐谱的时候。音乐底美，是时间的美；而外形的韵律底美，也是大部分属于时间的。所以合乐的诗篇，有备具相当的外形的韵律底必要。这正如美人在某种特殊的背景当中，像行礼或演剧……的时候，也有穿着些相当的妆饰品的必要。[①]

由此可见，刘大白虽然认识到形式的作用，但是，由于他对于内容形式二者关系的理解比较肤浅和机械，只是把形式看做是对于内容的装饰，陷入一种二元论，因此，就很难认识到形式（外形的韵律）的重要性。由于认为外形的韵律并非本质性的要素，只在合乐的诗篇中才有存在之必要，其作用也只限于给予读者听者增加美感而已，这也就无形中消解了外形的韵律在其他类诗篇（他所谓“吟诵的诗篇”）的存在合理性，更不用说新诗了。这与他后面对于外形韵律煞费苦心的仔细归纳之间，无疑形成矛盾。

刘大白把外形的韵律分为7个层次：音、步、停、均、协、节、篇。其中音最小，为一个字，这是因为中国的文字是单音文字，一个音就是一个字。步是积音而成的最小的音群，是一停的一部分；积若干步而成一停。步可分为单音步、双音步：单音步是一音而成一步，双音步是二音而成一步。刘氏认为停解剖为步，完全是音律的、时间的，跟意义没有任何关系：“我们只消于歌唱或吟诵的时候，诉之于听觉：二个音一拍或一顿的时候，就是一个二音步；一个音一拍或一顿的时候，就是一个单音步（其实歌唱或吟诵一个单音步的时候，这个单音步底后面，一定有延长的拖音；本音和拖音共占的总时间，一定等于一个二音步所占的时间；）”由于认为不能把三个音缩成一拍或一顿，因此，刘氏认为三音步是不存在的。

刘大白所说的“步”与唐钺所说的“节拍”大致是一个意思，与后来朱光潜、何其芳、卞之琳所说的“顿”、孙大雨、叶公超所说的“音组”在内涵、原理上有很大不同，但在依据自然停顿而形成一节奏单位这一点上则有相似之处。刘氏还有一篇文章《中国诗篇底分步》，刊于他的《白屋说诗》一书，专门探讨这个问题。此文中他认为中国诗篇的分步，只须分为单音步和双音步，而不必分为三音步，因为三音步可分为一个两音步和一个单音步。他认为分步的方法分为两种，所以分为两种，是因为中国诗篇有“合乎语言的自然”和“不合乎语言的自然”两种。五、七言古近体诗和词曲的一部分是不合乎语言的自然的；毛诗的一部分、《楚辞》和白话自由诗、散文诗是合乎

---

① 刘大白：《中国旧诗篇中的声调问题》，《小说月报》第17卷号外《中国文学研究》（上）（1927年6月）。以下引文，若不注明出处，皆出自该文。

语言的自然的。但他又认为即使合乎语言的自然的分步，依然不是按照语言的意义而分，而只是按照语言自然的音节而分，因此他得出结论："所以分步的事，毕竟是属于音节的，和语言内容的意义无关。换句话说，就是咱们读诗的时候怎样读，步就怎样分。"[①]

停，就是句；均是一组或一韵；而合用一纽或同用一韵的各均，就是一协；节就是从前所谓章或解（乐府）或叠（词曲），有均节和无均节两种，篇就是全体。均和协为有韵诗所独有，无韵诗是没有的。刘大白认为旧诗篇中的"句"的称谓不太合适，因为旧诗中的一句，往往不是文法上的一句。新诗中依着书写的横直，也可称为"行"或"列"，但它们也不适用于旧诗。为兼顾新旧，他想出了一个名称"停"。

通过对外形韵律七个层面的考察，刘大白把外形律归纳为等差律、抑扬律、反复律、对偶律四种。等差律指一诗之内音数、步数、行数、节数等的相等或相似。反复律包括字、调的反复、声的反复、纽的反复、韵的反复等。对偶律包括音的对偶与义的对偶，为中国旧诗所独有。其中由于抑扬律构成旧诗声调的要素，因此，这一部分的内容最为重要。

抑扬律是以音的扬和抑相间相重而构成，平者为扬，仄者为抑。旧诗的声调是以抑扬律为要素的。四声的不同，虽然以音的高低不同为主要，而平仄的不同，却不在高低而在音的平实和曲折。所以中国旧诗中平仄相间相重的抑扬，实在是平实和曲折相间相重的抑扬了。但由于各地平仄读音不同，因此四声只是一抽象的概念而没有一个具体的全国相同的标准，"中国旧诗篇中只仗着这没标准的平仄构成抑扬律，实在是一件很不幸的事！"所以，刘大白认为平仄这件东西，实在早已破产，而不足构成为抑扬律的工具了。"平仄即不足为构成抑扬律的工具就是抑扬律底崩坏，也就是旧诗声调失却灵魂而崩坏。别一方面，我们更从第七节所说，知道构成旧诗声调躯壳的规律，如此繁密而复杂，很足以束缚作者底思想和感情，而减少抒写底自由，也有作解放底要求的必要。何况声调跟诗篇的关系，本来不过等于装饰品跟肉体的关系，而跟诗篇底素质无关呢？迷恋旧诗声调的，迷恋着已经崩坏而有解放底必要的旧声调的，真是迷恋着没灵魂的骸骨了。"但刘氏又认为声调本身不可完全废弃，除歌唱的诗篇需要合乐、吟诵的诗篇声调能增加美感外，还有一原因："抑扬律是外形的韵律底一大部

---

① 刘大白：《中国诗篇底分步》，《白屋说诗》，开明书店1935年版，中国书店1983年影印，第276页。

分。不讲外形的韵律便罢；讲到外形的韵律，抑扬律是不能没有的。”声调不能完全废弃而旧的声调又已经崩坏且有解放的必要，因此，刘大白主张创造新声调。他提出创造新声调的两个原则，一为创造不能完全脱离因袭，可以相当保存旧声调一部分的躯壳，而另用一种新灵魂注入其中，采取旧声调的规律，弃去其较繁杂严密的，而使用一种新的抑扬律。二、新的抑扬律，可以保存平仄的旧躯壳，而注入新灵魂，即废去平仄平实与曲折的标准而改用轻重律的标准。

由以上分析可知，刘大白试图运用英诗的抑扬格来分析传统诗歌，并且已经认识到平仄之没有固定与统一的标准，因此，无法继续保存在新的声调中。但他又试图保存平仄的旧躯壳，而改用轻重律。但平仄与轻重是否有必然的关系，同样是一个问题。不过，从他的这些观点可看出，他在平仄问题上，受王光祈《中国诗词曲之轻重律》一书影响很大，完全接受了王光祈的观点。

刘大白的诗学取向偏于保守，在《中国旧诗篇中的声调问题》中他提出要创造新声调，并提出创造新声调的两原则，而从他的另一篇重要诗论《新律声运动和五七言》则可看出，他所谓的“创造新声调”并非是向欧美诗歌学习，而是回归传统五、七言。他接受王光祈的观点，用西方诗歌的轻重律来比附传统诗歌的平仄，并用之分析与比较中英文诗歌。在用欧美诗歌的轻重律来比附传统诗歌的平仄之后，他发现中西诗歌在节奏上的不同原理：欧美诗歌中抑扬的反复，是于一停中作若干度的反复。……然而中国诗篇中抑扬底反复，却不是以一步为一单位的反复，而是大规模地以四停为一周期的反复。欧美诗歌中抑扬的反复，是于一停中作若干度的反复，因此，欧美诗歌的一停偏于偶；而节奏原理与欧美诗歌不同的中国诗歌在一停的音数上则偏于奇。取奇不去偶的五、七言的抑扬反复的形式，在中国诗篇中可以说是最复杂的，而取偶不去奇的四六八言，则简单和单调得多；即使不就律诗讲，只就不用抑扬的反复的古诗讲，用奇音数构成一句（停）与用偶音数构成一句（停），也有复杂与单调的差异，因为用奇音数构成一停，其中于若干双音步外，一定有一个单音步；而用偶音数构成一停，便只有双音步。有单音步的比较复杂，没有单音步的比较简单。因此，他得出：“国粹的律体诗，诚然觉得太束缚了。但是舶来的有比较整齐的停数和音数的律声，虽然束缚底程度，不及国粹的律体；而它底节奏，却是合中国诗篇底组织不相称的。欧美诗篇每停底音数，大多数是取偶不取奇的；

而中国诗篇每停底音数，却不多是取奇不取偶的。”[①]而奇音数中，三言诗太短促了，九言十一言又太迟缓了，不及五、七言恰和吟诵或歌唱者的呼吸相称，因此，他认为：“中国诗篇中多用五七言的形式，实在是自然淘汰的结果，是合乎适者生存底原则的。”“如果欢迎束缚，于诗体中加一点规律的话，与其取贩运舶来的偶音数的律声，还不如采取奇音数的律声。”[②]他所谓的“奇音数的律声”指的就是五、七言。

以上分析显示，刘大白的节奏观很复杂含混。在分析中国传统的律诗时，刘大白的节奏观建立于轻重律“反复”的观念之上，他认为节奏就是轻重律“反复”，欧美诗歌是一句之内的多次反复产生轻重律节奏，中国传统诗歌中，五、七言律诗是四句产生一次反复，六八言是两句产生一次反复；但在分析不用抑扬（平仄）的古诗时，刘大白的节奏观又建立在“音步”等时反复的基础上。这样，同样是节奏，就存在多重的划分标准。诗歌节奏的核心问题是怎样划分出最基本的“节奏单位”，刘大白显然还没有认识到这一问题。

刘大白评价节奏的标准是“规律中有变化”，他对五、七言的奇音数诗评价高，是因为它们的节奏比较复杂，即“规律中有变化”，对四、六言的偶音数诗评价低，是因为它们节奏太简单，太整一，规律中缺少变化。

在现代诗学史上，刘大白较早把中国传统诗歌分为奇偶两个系统，并从节奏的单调与复杂的比较中得出了奇（五、七言）胜于偶（四、六言）的看法。在他之后，叶公超、李广田、卞之琳、何其芳、胡乔木等人都把传统诗歌分为五、七言和四、六言两个系统进行考察，李广田、胡乔木对于这两个系统的评价，与刘大白比较接近，他们同样认为五、七言比四、六言具有更大的优势，理由与刘大白也大致相同。

---

① 刘大白：《新律声运动和五七言》，见《旧诗新话》，开明书店1931年版，第236—237页。

② 刘大白：《新律声运动和五七言》，见《旧诗新话》，开明书店1931年版，第240页。

第三章　现代格律诗学的发展

——以京派为主体的新形式诗学

朱自清1941年写的《抗战与诗》一文，称抗战以前新诗发展走的是从散文化到纯诗化的路。从新诗开始的时候起，不少诗人都在努力发现或创造新形式。一般新诗的形式的确不是五、七言诗、词曲或歌谣，但却是不成形式的“形式”。这就渐渐进展到新格律诗：“格律诗运动虽然当时好像失败了，但它的势力潜存着，延续着。象征诗开始时用自由的形式，可是后来也就多用格律了。”[①]新格律诗运动及与它同时、先后的形式试验探索活动的短暂终止，并不代表新诗形式探索的停滞，新诗由散文化向纯诗化（包括形式的重建）的趋向，作为一股潜流，一直在向前发展着。吴世昌也曾指出新诗坛1935年之前几年的沉默并非无进步的停滞：“在形式上经过许多人的努力、试验、铸炼。”[②]诗坛在沉寂中慢慢分化，同时又渐渐集结，不同因素为共同趋向吸引至一起，形成一股股新的势力与流派。在这些新的势力与流派中，所谓的京派文人团体，继承此前的新月文人，在新诗的形式探索与试验中，扮演着核心角色。他们的集结，同样延续了《诗镌》文人读诗会的形式。

沈从文在《谈朗诵诗》一文中，曾提及北平的两个读诗会，一为《诗镌》同人在闻一多家中每周一次的读诗会，时为二十年代中期；一为北平后门朱光潜家中按时举行的读诗会，时为《诗镌》结束十余年，也就是三十年代中期：

> 北平地方又有了一群新诗人和几个好事者，产生了一个读诗会。这个集会在北平后门朱光潜先生家中按时举行，参加的人实在不少。北大计有梁宗岱、冯至、孙大雨、罗念生、周作人、叶公

---

① 朱自清：《抗战与诗》，《朱自清全集》第2卷，江苏教育出版社1996年版，第346页。

② 吴世昌：《新诗与旧诗》，天津《大公报·文艺》“星期特刊”，1936年2月23日。

超、废名、卞之琳、何其芳、徐芳……诸先生，清华有朱自清、俞平伯、王了一、李健吾、林庚、曹葆华诸先生，此外尚有林徽因女士、周煦良先生等等。这些人或曾在读诗会上作过有关于诗的谈话，或者曾把新诗，旧诗，外国诗，当众诵过，读过，说过，哼过。大家兴致所集中的一件事，就是新诗在诵读上，有多少成功可能？新诗在诵读上已经得到多少成功？新诗究竟能否诵读？差不多集所有北方系新诗作者和关心者于一处，这个集会可以说是极难得的。①

沈从文上述记载对了解京派文人集团的新诗形式运动，具有相当重要的史料价值。他从诗歌诵读角度，描述了北平两个读诗会先后继起的情况，从中大致可以窥见新诗形式运动发展的内在线索。闻一多家中的读诗会产生了《诗镌》同人新诗格律的形式探索，朱光潜家中的读诗会产生了京派团体的新诗形式试验，读诗会与新诗格律的探索总是联结在一起的。这绝非偶然，因为，新诗的诵读本来就是新诗形式探索的一个有机组成部分。

沈从文所列举的参与读诗会的人，除废名等人为自由诗体的拥护者外，这一时期参与新诗格律探索和讨论的人物，大致齐聚于此，大部分属于京派文人团体。朱光潜在《作者自传》中曾提及京派文人团体的形成：

我由胡适约到北大，自然就成了京派人物，京派在“新月”时期最盛，自从诗人徐志摩死于飞机失事之后，就日渐衰落。胡适和杨振声等人想使京派再振作一下，就组织一个八人编委会，筹办一种《文学杂志》。编委会之中有杨振声、沈从文、周作人、俞平伯、朱自清、林徽因等人和我。他们看到我初出茅庐，不大为人所注目或容易成为靶子，就推我当主编。②

按照朱光潜的说法，“新月”文人团体本就属于京派，而且是京派最为繁盛时期。《文学杂志》之前，朱光潜还参与新月派办的《学文》杂志，与新月派关系很密切。参与读诗会人中，孙大雨、叶公超、卞之琳、林庚诸人皆与此前的新月诗人团体有一定关联，按照朱光潜的理解，他们本就属于京派中人。其他如诗人曹葆华、罗念生为《文艺杂志》同人。这说明三十年代

---

① 沈从文：《谈朗诵诗》，香港《星岛日报·星座》1938 年 10 月 1—5 日，见《沈从文全集》第 17 卷，北岳文艺出版社 2002 年版，第 247 页。

② 朱光潜：《作者自传》，《朱光潜全集》第 1 卷，安徽教育出版社 1992 年版，第 5 页。

中期由京派开始的新诗形式探索，是“新月”时期新诗形式探索的延续。

京派的新诗形式运动，主要围绕几个刊物进行，一为沈从文、萧乾主编的天津《大公报》“文艺”副刊，以及梁宗岱、罗念生、罗睺在天津《大公报·文艺》上编辑的“诗特刊”；一为戴望舒、梁宗岱、卞之琳、冯至、孙大雨合编的《新诗》月刊；一为朱光潜主编的《文学杂志》。梁宗岱在天津《大公报·文艺》“诗特刊”创刊号发表《新诗底十字路口》，提出“发见新音节，创造新格律”口号，既可看做“诗特刊”的发刊宣言，也可看做是京派文人团体发起新诗形式运动的宣言。[①] 在“诗特刊”创刊后隔一天，沈从文署名“上官碧”在 1935 年 11 月 10 日的天津《大公报·文艺》第 40 期上发表《新诗的旧账——并介绍诗刊》一文。他所说的“诗刊”，指的就是“诗特刊”。文中他介绍“诗特刊”的作者有：朱佩弦、闻一多、俞平伯、朱光潜、废名、林徽音、方令孺、陆志韦、冯至、陈梦家、卞之琳、何其芳、李广田、林庚、徐芳、陈世骧、孙毓棠[②]、孙洵侯、曹葆华等。这份名单上的人物，大部分皆为朱光潜家读诗会的参与者。这说明天津《大公报·文艺》“诗特刊”是一纯粹的京派文人刊物，其创刊目的，正如梁宗岱所说，就是提倡新诗格律运动。虽然他申明“诗特刊”的创办是源于新诗没有试验场所，它只是发表创作、共同讨论和批评的平台，并无明确指向，但发刊词已经把刊物宗旨说得非常明白了。

京派的新诗形式运动，本与政治、意识形态无关，但由于从事的人大部分为具有自由主义倾向的知识分子，因此，与意识形态无关的形式，最终却被左翼赋予了浓厚的政治与思想色彩。沈从文作为京派文人的核心人物，从事小说创作外，还从事诗歌批评。与徐、闻等人的渊源关系，以及思想政治观念、文学审美趣味上的彼此趋同与认同，使他在新诗形式观上，采取与他们大致一致的立场，重视节制：“‘自由’在一个作者观念上，与‘漫无节制’稍不相同。……因为要组织，文字在一种组织上才会有光有色。你莫‘随便’写诗，诗不能随便写。应当节制精力，蓄养锐气，谨慎认真的写。”[③] 强调艺术：“单是文字同思想，不加雕琢同配置，正如其他材料一样，不能成

---

① 该文后收入《诗与真二集》时改名为《新诗底纷歧路口》，《梁宗岱文集》第 2 卷，中央编译出版社 2003 年版，第 160 页。

② 孙毓棠发表有《旧诗与新诗的节奏问题》(上)(下)，分别刊《今日评论》第 4 卷第 7 期(1940 年 8 月 18 日)、第 9 期(1940 年 9 月 1 日)。

③ 沈从文：《废邮存底·给一个写诗的》，《废邮存底》，上海文化生活出版社 1937 年版。

为艺术，你是很明白的。”[①]落实在新诗形式上，自然就倾向于“格律”而非“自由”。这种倾向隐隐贯穿于他的系列诗学批评之中。与以沈从文为代表的京派诗学批评不同，左翼诗歌的批评标准则是重“自由”而轻“格律”。艾青《诗论》所提出的散文美主张，代表了自由诗理论的最高水平，同时也作为一种价值尺度，被左翼诗歌批评所信守。由于新诗形式试验者背后政治立场与思想意识与左翼的差异与对立，形式本身被赋予了“超形式”的其他含义。胡风 1943 年的一篇文章把“那些用枷锁似的严整的格律来掩饰内容底空虚”的诗歌称为“旧的形式主义”[②]，其矛头所向就明显包括以京派为主导的新诗形式试验。

以京派文人为主体的新诗形式运动，虽然是新格律诗派形式运动的延续，但诗学取向已有所不同。徐、闻等人的新诗形式试验借鉴西方者多，取法传统者少。饶孟侃、朱湘、梁实秋等人虽提出要根据中文单音文字的特点，向传统诗歌学习，梁实秋甚至认为用中文写十四行永远写不像，但当时的主导倾向是抑中扬西，学习西方的格律诗体是主流，梁实秋甚至提出“我们现在要明目张胆的模仿外国诗。”[③]但是，在三十年代中期京派文人的形式试验中，学习、借鉴西方诗歌同时，向传统学习的呼声越来越高扬，新诗与传统的关系成为京派形式诗学的核心话题。沈从文就认为：“文学革命意义，并非是‘全部推翻’，大半是‘去陈就新’。形式中有些属于音律的，在还没有勇气彻底否认中国旧诗的存在以前，那些东西是你值得去注意一下的。”[④]在完全肯定传统的价值立场上来谈论新诗与传统问题的，是梁宗岱的《论诗》：

> 生活和工具而外，还有二三千年光荣的诗底传统——那是我们底探海灯，也是我们底礁石——在那里眼光光守候着我们，……因为有悠长的光荣的诗史眼光光望着我们，我们是不能不望它的，我们是不能不和它比短量长的。我们底诗要怎样才能配得起，且慢说超过它底标准；换句话说，怎样才能够读了一首古诗后，读我们底诗不觉得肤浅，生涩和味同嚼蜡？更进一步说，怎样才能够利用我们手头现有的贫乏，粗糙，未经洗练的工具——因为传统底工具我们是不愿，也许因为不能，全盘接受的了——辟

---

① 沈从文：《废邮存底·给一个写诗的》，《废邮存底》，上海文化生活出版社 1937 年版。

② 胡风：《创作现势一席谈》，《文学创作》1943 年第 1 卷第 4 期。

③ 梁实秋：《新诗的格调及其他》，《诗刊》第 1 期（1931 年 1 月 20）。

④ 沈从文：《废邮存底·给一个写诗的》，《废邮存底》，上海文化生活出版社 1937 年版。

出一个新颖的，却要和它们同样和谐，同样不朽的天地？[①]

“五四”时代，中国诗的传统作为扬弃的对象，被彻底进行批判。“新诗”作为与“旧诗”相区别对待的名称出现，其所暗含的抑旧扬新的价值标准，就是由“五四”白话诗学运动产生的。新诗以其“新”，获得了现代性的合法身份，旧诗以其“旧”而进入历史博物馆，成为供人展览与批判的对象。这种对于旧诗的批判慢慢沉淀为一种集体无意识，一段时间内，旧诗与落伍、过时等概念联系在一起。到了梁宗岱这里，传统已成为“伟大的传统”，新诗人面对的不是打倒它的问题，而是如何面对它所带来的挑战，现代如何与传统“比短量长”；传统的伟大与辉煌使新诗人产生一种深刻的危机与焦虑。因而，新诗目前的问题，已不是新旧诗之间的冲突，而是“中国今日或明日底诗底问题，是怎样才能够承继这几千年底光荣历史，怎样才能够无愧色去接受这无尽宝库底问题。”其他的京派文人，对于旧诗，采取的同样是认同的态度。沈从文认为新诗的出路“也许还得另外有人找更新的路，也许得回头，稍稍回头。”[②]叶公超针对有人（当指“梁宗岱”）对于旧诗的“恐怖”，认为“把自己一个二千多年的文学传统看作一种背负，看作一副立意要解脱而事实上却似乎难于解脱的镣铐，实在是很不幸的现象。”[③]他指出格律是新旧诗所共有的，在这个层面上诗的新旧区分是不应该的。针对梁宗岱把“旧诗可能的优越”当做一种“困难”去“应付”的说法，吴世昌则认为不必这么悲观：“凡是遗传下来的，不论是个人的或民族的，先天的或后得的，精神的或物质的，人都无法也无须拒绝或躲避（因为这差不多就等于人的命运），只有勇敢的承认下来，再从这里找出路。我们只有一块天地，经祖先耕得滥了瘠了，增加肥料选择新种都可以，但若果要根本背弃这片土地，事实上是不可能的。”[④]

与徐、闻等人横向的异域模仿不同，京派的新诗形式试验，“承前启后”的历史意识显得非常浓厚。这种浓厚的传统意识或者说历史意识，在朱光潜那里表现得尤为明显。他认同艾略特对于文学传统的看法，认为每个国家的文学都有一个一线相承、绵延不断的传统，这传统对于反抗它的人影响反而更大。中国诗也不例外。几千年积累下来的宝藏还值得新诗人去

---

① 梁宗岱：《论诗》，《诗刊》第2期（1931年4月20日）。

② 上官碧：《新诗的旧账》，天津《大公报·文艺》第40期，1935年11月10日。

③ 叶公超：《论新诗》，见《新月怀旧：叶公超文艺杂谈》，学林出版社1997年版，第52—53页。

④ 吴世昌：《新诗与旧诗》，天津《大公报·文艺》“星期特刊”，1936年2月23日。

发掘。[①] 而新文学运动则打破了传统:"新诗人很少有能了解旧诗传统的;连少数对于旧诗有研究的新诗人也觉得新诗与旧诗完全是两回事,各不相谋。我们在新诗中看不见旧诗的影响,新诗显然已放弃中国固有的传统。"[②]新诗没有接受旧诗的传统,但它却接受了西方诗的传统。朱光潜认为文化交流是常事,但文化"移植"却不容易成功,土壤气候不同,移植往往是丹橘变枳,画虎类犬。在梁宗岱那里,对中国传统的敬畏和对西方诗歌的学习,两者间并无矛盾;而朱光潜则对西方诗歌传统能否适用于中土,表示出极大怀疑。可以说,朱光潜全部诗学活动建立在对于传统的依恋与皈依的情感基础之上。为中国诗传统的合法性辩护,为诗的音律辩护,为新诗的格律寻求出路和前途,是他诗学研究的内在动因与出发点,也是他诗学活动的最终归宿。常风的观点与朱光潜非常一致,同样反对单纯模仿西方诗歌的格律:"我们有我们的文字——它有特殊的构造,特殊的形体,特殊的声音与语势。那末,我们工作时,应该怎样?就以文字说,模仿法国的或英国的,我们能希望我们文字的硬度悉合于他们的?我们文字的德性与他们的在同一标准之下,同一方向,能够尽量的发挥?我们是否考察过我们的文字和他们的,彼此之间之距离?他们的文字彼此之间之距离又怎样?"[③]

在京派的新诗形式运动中,与格律一起被置于同等地位进行探讨的是语言问题。白话—自由诗学的关注点集中于表达工具即"白话"上,新格律诗派认为应把关注点由"白话"移至"诗"上面。这样,他们对于语言的探讨与之前就有了不同。他们关心的是:"什么是'诗'的语言,如何锻造'诗'的语言。"在这方面徐志摩、闻一多、朱湘、饶孟侃等人皆有探讨,而京派则在他们基础之上,有更进一步的发展。对于白话—自由诗学的态度,梁宗岱显得比徐、闻等人更加激烈。他批评胡适的主张简直是"反诗"的,把"一切纯粹永久的诗底真元"全盘误解与抹杀了。[④] 批判的对象即为白话—自由诗学的语言观。梁宗岱认为一方面要使我们的语言工具浅易化、现代化,以恢复它的新鲜与活力,一方面为了完全胜任文学表现的工具,要充分应

① 朱光潜:《给一位写新诗的青年朋友》,《朱光潜全集》第 3 卷,安徽教育出版社 1992 年版,第 273 页。

② 朱光潜:《诗的普遍性与历史的连续性》,天津《益世报》1948 年 1 月 17 日。

③ 常风:《关于新诗》(写于 1935 年 11 月),见《逝水集》,辽宁教育出版社 1995 年版,第 234 页。

④ 参见梁宗岱:《新诗底纷歧路口》,《梁宗岱文集》第 2 卷,中央编译出版社 2003 年版,第 156 页。

付那包罗变幻多端的人生、纷纭万象的宇宙的文学的意境和情绪，我们的语言非经过一番探检、洗练、补充和改善不可。[1] 另外，他和朱光潜、叶公超、吴世昌等人对于音义关系的论述，对于文言与白话关系的认识，比新格律诗派也更为深入。音与义的关系虽不是一格律问题，但是一重要的形式诗学问题，此问题在三十年代得到普遍关注，在京派之外，其他学者和作家，如姜亮夫[2]、王统照[3]、刘半农[4]等人皆发表有这方面的文章。到四十年代，著名语言学家高名凯还发表有《音质与诗词》于《文艺复兴》"中国文学研究号"(上)(1948 年 9 月 10 日)。姜亮夫《中国文字的声音与义的关系》纯粹从文字学的角度探讨文字音与义之间的连带关系，高名凯的《音质与诗词》则研究语音的性质与诗词不同风格的内在关联。人类所发声音各有不同的性质，不同的性质可表现不同的情意。苏柳词虽所用格律相同，但风格一豪放一缠绵而截然不同的内在原因，就来自他们诗词用字不同及由此而产生的语音性质的不同，不同的语音产生不同情意。以上探讨音义关系文章的大量出现，说明音与义的关系，已经成为现代诗学的一个重要理论问题，这个问题，似乎还没有得到认真细致的梳理与研究。

京派的新诗形式运动，在理论深度与学理论证的精密上也大大超越了新格律诗派，这一点体现在朱光潜、郭绍虞等人的诗学研究上。新格律诗的形式试验主要是通过创作实践进行的，其理论主张只有落实在创作中，才有意义。在这点上，京派的新诗形式试验同样如此，就如梁宗岱所说："创作所以施行和实验"，"理论(包括了批评)所以指导和匡扶"。[5] 新格律诗派也有理论，但他们的理论大多只是停留于"主张"层面。京派的形式诗学，一方面提出理论主张，一方面还试图以系统的学术研究和科学求证，来证实其主张的合理性。例如郭绍虞《从永明体到律体》一文，作者在文章开始就说："近年来，国内新诗界比较注意到音节的问题，鲜明的主张和热烈的讨论时常可以见到。这对于将来新诗声律的规定，究竟有无关系，又此种声律说对于新诗的前途将产生怎样的影响，现时固然不能预测。但是，

① 参见梁宗岱：《文坛往那里去——"用什么话"问题》，《梁宗岱文集》第 2 卷，中央编译出版社 2003 年版，第 54 页。

② 姜亮夫：《中国文字的声音与义的关系》，《青年界》1935 年第 7 卷第 5 期。

③ 息(王统照)：《"谈诗小记"》(二)，《文学》第 8 卷第 1 号"新诗专号"(1937 年 1 月 1 日)。

④ 吴世昌在《文学季刊》创刊号(1934 年 1 月 1 日)发表《诗与语音》，刘半农随即在该刊第 1 卷第 2 号(1934 年 4 月 1 日)发表《读吴世昌君的〈诗与语音〉篇》，吴世昌后又在《北平晨报・学园》第 743 号(1934 年 10 月 19 日)发表《〈诗与语音〉篇的声明和讨论》，进行答辩。

⑤ 梁宗岱：《新诗底纷歧路口》，《梁宗岱文集》第 2 卷，中央编译出版社 2003 年版，第 160 页。

既有人提出这些问题，则将来新诗之逐渐走上趋重音节的路或是当然的事实。本文所论，即在指出历史上自从提出声律问题之后，怎样进一步成为律体的经过。”[①]可见，郭绍虞写此文的目的，是想从历史上追溯律体产生之经过，以作为对于当前诗体重建的参考与借鉴。林庚的新诗格律研究既植根于其创作实践，又与他的古典诗歌研究分不开。他的一系列古典诗歌研究文章，并非纯粹出于学术研究的兴趣本身，某种程度上也是服务于他的新诗形式试验的。[②] 郭绍虞、林庚之外，朱光潜的《诗论》以及他的系列诗学理论文章，其贯穿性的主题，也是对于诗的格律与音律的历史求证与学理研讨，在理论深度上远远超出了此前的格律诗学，可视为京派格律诗学理论的集大成者。

第一节　朱光潜对于新诗格律的学理求证

在中国文学的诸种体裁中，朱光潜对于诗词最为看重。其处女作《无言之美》，有这样的论述：

> 就文学说，诗词比散文的弹性大；换句话说，诗词比散文所含的无言之美更丰富。散文是尽量流露的，愈发挥尽致，愈见其妙。诗词是要含蓄暗示，若即若离，才能引人入胜。现在一般研究文学的人都偏重散文，尤其是小说。对于诗词很疏忽。这件事实可以证明一般人文学欣赏力很薄弱。……因此我很望文学创作者在诗词方面多努力，而学校国文课程中诗歌应该占一个重要的位置。[③]

出于对诗词的重视与偏好，在此后研究生涯中，朱光潜由兴趣广泛到学有专攻，从心理学转业到美学和诗学，并一直把诗学作为学术主攻的一个方向。

朱光潜从事诗学研究，还缘于他对诗学作为一门学科的重视。诗学在西方非常发达。从古希腊到文艺复兴，“诗学”指一般研究文学理论的著作，“文学批评”一词出现较晚，范围较广，但诗学仍是一主要部门。相比起

---

① 郭绍虞：《从永明体到律体》，天津《大公报·文艺》161 期（1936 年 6 月 12 日“诗特刊”）、169 期（1936 年 6 月 26 日“诗特刊”）。

② 参见林庚：《诗人屈原及其作品研究》，棠棣出版社 1952 年出版。该书的某些文章如《楚辞里“兮”字的性质》，写于 1948 年 8 月，对“兮”字的研究是为了以此作为他的“半逗律”的理论依据。

③ 朱光潜：《无言之美》，《朱光潜全集》第 1 卷，安徽教育出版社 1992 年版，第 70 页。

来，中国的诗学不成系统，偏重主观，过信传统，缺乏科学精神与方法。中国诗学不发达原因有二，一是缘于偏见，一是中国人的心理偏重综合而不喜分析。[①] 诗学于诗歌创作、欣赏皆具重要意义，诗学的滞后当然会影响诗歌创作的发展。正是认识到诗学的重要意义和中国诗学研究的落后现状，朱光潜才决定把诗学作为自己的治学中心，并对传统的"形式诗学"进行了深入研究与探讨。

一、为诗的格律寻找学理依据

1948年，应张晓峰之约，朱光潜撰写了《现代中国文学》一文。这是对中国现代文学的整体概括与描述。其中，他对新诗的评价是：

> 新诗似尚未踏上康庄大道，旧形式破坏了，新形式还未成立。任何人的心血来潮，奋笔直书，即自以为诗。所以青年人中有一个误解，以为诗最易写，而写诗的人也就特别多。[②]

由于新诗处于旧形式破坏、新形式尚未成立的历史关节点，所以，新诗是否需要重建形式、如何重建形式等问题，就成为朱光潜一直关注并尽力加以解决的问题。这样的问题意识和提问方式，也决定了他的一系列诗学探讨，皆围绕新诗形式与格律问题展开。

与饶孟侃、闻一多、梁实秋诸人一样，朱光潜也是"格律派"，而非"自由派"。他对新诗格律问题的关注与探讨，虽略晚于新格律诗派，但在1928年就已开始。美学家的身份、素养与志趣，决定他在探讨新诗格律问题时，自然在切入角度上与前人有所不同。闻一多等人作为诗人，对于新诗格律的主张与探讨，多落实于创作层面，更关注如何借鉴中西诗的具体形式为我所用；作为美学家和文学理论家，朱光潜则更关注如何从学理层面，论证诗的格律之起源、发展与前途，更关注从文学原理角度论证格律在新诗中的合理性、合法性与有效性。

朱光潜为诗的格律寻找学理依据的意图很明显，这由其一系列的诗学

---

① 参见朱光潜：《〈诗论〉抗战版序》，《朱光潜全集》第3卷，安徽教育出版社1992年版，第3页。

② 朱光潜：《现代中国文学》，《文学杂志》第2卷第8期（1948年1月），见《朱光潜全集》第9卷，安徽教育出版社1992年版，第328页。

文章特别是《诗论》可得到证明。[①] 对此，他自己有明确表白：

> 从白话诗运动起来以后，一部分人受西方“自由诗”和“散文诗”的影响，想抛弃这种固定的形式。像许多人一样，我对于习惯成自然的旧诗的形式不免有些留恋，对于未习惯而觉其不自然的新诗的形式不免有些失望。我揣想旧诗的固定的形式流传如许久远，应该有它的生存的道理。因此，我设法替它找一个学理的根据。[②]

上述一段话清楚地说明了在白话—自由诗运动起来以后，朱光潜对于“格律”的态度。在中国传统文体中，诗居于最高等级，代表中国文学的最高成就。对于朱光潜来说，古典诗体的破坏与抛弃，其所包含的意义，并不仅仅止于诗体本身，而是象征传统文化的中衰与毁弃。对于中国传统文化包括旧诗格律，朱光潜怀有深深的敬意和依恋，给予了很高评价。他认为中国文学只有“诗”还可同西方抗衡，它的范围固然狭窄，它的精炼深邃却非西方诗所能企及。在 1941 年发表的致方东美信中，他曾说：“尝以诗词为中土文艺之精髓，近日士子方竞骛于支离破碎之学，此道或送终绝命”[③]，语句中满含忧思；对于白话诗运动则颇不以为然：“五四时代，倡新文学运动者，对旧诗颇肆抨击。年来弟稍致力西诗，对时下诸公颇有‘轻薄为文哂未休’之感。”[④]正是基于对旧诗的评价以及对文学传统的认识，他才不甘于旧诗格律的没落命运，一心打算为其辩护，为其寻找“学理根据”。

作为美学家与文学理论家，朱光潜的诗学探讨集大成之作就是著名的

---

① 《诗论》，重庆国民图书出版社 1943 年 6 月出版，为“抗战版”，共十章，附录《给一位写新诗的青年朋友》，书前有朱光潜的《抗战版序》。1948 年 3 月的正中书局版，为增订版，在原书基础上增第十一章《中国诗何以走上“律”的路（上）：赋对于诗的影响》，第十二章《中国诗何以走上“律”的路（下）：声律的研究何以特盛于齐梁以后？》，第十三章《陶渊明》，又添《增订版序》。1984 年 7 月的三联书店版，为第三版。在增订版基础上增补《中西诗在情趣上的比较》和《替诗的音律辩护》，分别置于第三章与第十二章之后，书后有《后记》。《朱光潜全集》第 3 卷所收《诗论》依据的为第三版，又将《诗论》初稿原有的《诗的实质与形式》和《诗与散文》两篇补入作为附录。在《从研究歌谣后我对于诗的形式问题意见的变迁》一文中，朱光潜曾有“这是五六年前我在《诗论》初稿里说的话。”（朱光潜：《从研究歌谣后我对于诗的形式问题意见的变迁》，1936 年 4 月《歌谣》第 2 卷第 2 期）此文发表于 1936 年，可见，《诗论》初稿应该写成于 1930 年左右。据商金林《朱光潜与中国现代文学》，朱光潜在 1929 年 5 月之前，已经着手撰写《文艺心理学》与《诗论》了（商金林：《朱光潜与中国现代文学》，安徽教育出版社 1995 年版，第 240 页）。

② 朱光潜：《从研究歌谣后我对于诗的形式问题意见的变迁》，《朱光潜全集》第 8 卷，安徽教育出版社 1992 年版，第 413 页。

③ 朱光潜：《致方东美》，《高等教育季刊》第 1 卷第 1 期（1941 年 6 月）。

④ 朱光潜：《致方东美》，《高等教育季刊》第 1 卷第 1 期（1941 年 6 月）。

《诗论》[1]。在为《文艺心理学》写的《作者自白》中，他提及这部专著：

> 本书（“本书”指《文艺心理学》。——笔者注）泛论文艺，我另外写了一部《诗论》，应用本书的基本原理去讨论诗的问题，同时，对于中国诗作一种学理的研究。[2]

在 1942 年 3 月写的《诗论》抗战版序言中，朱光潜更详尽地说明了自己撰写这部作品的内在动因：

> 在目前中国，研究诗学似乎刻不容缓。第一，一切价值都由比较得来，不比较无由见长短优劣。现在西方诗作品与诗理论开始流传到中国来，我们的比较材料比从前丰富得多，我们应该利用这个机会，研究我们以往在诗创作与理论两方面的长短究竟何在，西方人的成就究竟可否借鉴。其次，我们的新诗运动正在开始，这运动的成功或失败对中国文学的前途必有极大影响，我们必须郑重谨慎，不能让它流产。当前有两大问题须特别研究，一是固有的传统究竟有几分可以沿袭，一是外来的影响究竟有几分可以接收。这都是诗学者所应虚心探讨的。[3]

朱光潜解释自己从事诗学研究的两重动因，一是进行中西诗学比较，一是为新诗运动发展提供理论参考。新诗运动应解决两个关键问题，一是中国诗学传统的借鉴问题，一是西方诗学的借鉴问题。两个问题都涉及诗的格律形式问题。朱光潜写作《诗论》的一个主要目的，就是从诗学原理上探讨诗的形式问题，为格律在现代存在的合法性寻找学理依据。

朱氏下决心为格律存在的合法性辩护，为新诗的形式重建寻求学理支持，其历史层面的动因是中国传统诗学的不发达与似是而非，理论层面的动因是诗学理论对于创作、欣赏的重要意义，现实动因则是白话文运动所造成的诗歌形式的支离破碎。胡适提出白话文学主张，不但进行理论倡导和创作实践，而且后来还写了《白话文学史》一书，从历史层面为白话文运动寻找学理支持。由于胡适纯粹依据白话文学的理念和作诗如说话的诗学观，去剪裁文学史，因此，该书带有浓厚的主观色彩。该书出版后，朱光潜特撰写长文《替诗的音律辩护——读胡适的〈白话文学史〉后的意见》，批

---

① 《诗论》出版后，产生较大影响，语言学家张世禄写有《评朱光潜〈诗论〉》，刊《国文月刊》1947 年 8 月第 58 期。张氏此文对《诗论》精髓的发掘与缺陷的指摘皆很准确精到。

② 朱光潜：《〈文艺心理学〉作者自白》，《朱光潜全集》第 1 卷，安徽教育出版社 1992 年版，第 200 页。

③ 朱光潜：《〈诗论〉抗战版序》，《朱光潜全集》第 3 卷，安徽教育出版社 1992 年版，第 4 页。

判胡适的“做诗如说话”说，认为“做诗决不如说话”，为诗的格律进行辩护。这篇文章几乎是《诗论》的缩略版。《诗论》一书的主要观点，在该文中大致都有显现。[①] 这说明《诗论》的写作，也是明确针对胡适白话诗学主张的。《诗论》第十一章《中国诗何以走上“律”的路》(上)，在解释传统诗歌声律运动的兴起时，朱光潜曾说：“声律这样大的运动必定有一个进化的自然轨迹做基础，决不能像妇人缠小脚，是由少数人的幻想和癖嗜所推广成的风气。它当然也有一个存在的理由，研究诗学者应该寻出它的因果线索，不当仅如王凤洲批《纲鉴》，自居‘老吏断狱’，说是说非。科学的第一要务在接收事实，其次在说明因果，演绎原理，至于维护与攻击，犹其余事。”[②]文中“‘老吏断狱’，说是说非”，实有所指。若联系《替诗的音律辩护》一文，可知他批评的对象就是胡适。正是由于胡适对格律“老吏断狱”式的一棍子打死，才直接触发了朱光潜要为格律辩护的决心。而他的辩护，依他自己所说，是科学的辩护，即寻找声律所由起的因果线索，在此基础上说明因果，演绎原理，采取的是“科学的学理求证”。

朱光潜对于诗歌原理的学理探究，有明确的现实指向和人文关怀，张世禄就明见于此，在《评朱光潜〈诗论〉》一文中指出此书“不但使读者对于诗学得到一个深切的认识，而且给予中国目前的新诗运动以一种明确的指示；就是希望新诗的作者，不要专从旧形式的解放上着想，而要从根本的正确的艺术活动上努力锻炼，以求得一种新的内容和形式相融化的作品的出现。”[③]由于有明确的现实指向，因此，朱光潜在其诗学理论探讨文章中，经常会出现对于新诗创作与理论的批评与商榷。这在系列诗学文章如《中国诗的韵》(1936 年 11 月 10 日《新诗》第 2 期)、《中国诗的顿》(1936 年 12 月 10 日《新诗》第 3 期)都有所表现。朱光潜在把这些诗学文章收入《诗论》时，为照顾该书体例与性质，删掉了其中批评性的段落。编者在编辑《朱光潜全集》时，可能认为这两篇文章已收入《诗论》，为避重复，就没有将《新诗》上的单篇文章收入。这样，读者就无法看到朱光潜对于诗学概念与范畴探讨背后的现实关怀与批评指向，确实很可惜。

要了解朱光潜怎样为诗的格律寻找学理依据与理论支持，首先要了解他的学术理路。

---

① 1984 年三联书店重新出版《诗论》时，把该文作为附录收入《诗论》，就是认识到《替诗的音律辩护》与《诗论》内容的紧密相关性。

② 朱光潜：《诗论》，《朱光潜全集》第 3 卷，安徽教育出版社 1992 年版，第 196 页。

③ 张世禄：《评朱光潜〈诗论〉》，《国文月刊》第 58 期(1947 年 8 月)。

二、从西方美学与心理学寻找学理支持

《文艺心理学》是朱光潜的一部重要著作，该书从心理学角度研究美学问题，代表朱氏治学的特色，从中可窥见其治学门径。该书定稿 1936 年由开明书店出版。在 1936 年春为该书写的代序性质的《作者自白》中，朱光潜坦陈了自己的治学心得与体会：

> 我原来的兴趣中心第一是文学，其次是心理学，第三是哲学。因为喜欢文学，我被逼到研究批评的标准、艺术与人生、艺术与自然、内容与形式、语文与思想诸问题；因为喜欢心理学，我被逼到研究想象与情感的关系、创造和欣赏的心理活动以及趣味上的个别的差异；因为欢喜哲学，我被逼到研究康德、黑格尔和克罗齐诸人讨论美学的著作。这样一来，美学便成为我所欢喜的几种学问的联络线索了。我现在相信：研究文学、艺术、心理学和哲学的人们如果忽略美学，那是一个很大的欠缺。[①]

由此可见，美学是引领朱光潜进入文学研究的理论导引，而心理学又为其美学研究提供了科学依据。所以，朱光潜对于格律问题的探讨，所凭借的就是他从西方学到的美学与心理学知识。美学方面，对他影响最大的是意大利著名美学家克罗齐，朱光潜的美学理论与诗学理论一部分就建立在他的“直觉即表现说”的基础上。当然对其理论朱光潜又做了局部修正与批评。他的《文艺心理学》第一章《美感经验的分析（一）：形象的直觉》，其“直觉”概念就来自克罗齐，对于克罗齐的直觉即表现说，朱光潜接受了其合理内核，而对于它的过分轻视传达则做了尖锐批判，这体现在该书第十一章《克罗齐美学的批评——传达与价值问题》。在《诗论》中，也到处能看到克罗齐的影子。克罗齐的直觉即表现说，不但影响到朱光潜的美学理论，更重要的，它还是朱光潜一些重要诗学概念与范畴的基石。甚至可以说，朱光潜出于构建诗学体系的需要，才去研究克罗齐的美学，其美学研究是为诗学研究服务的。

在《从研究歌谣后我对于诗的形式问题意见的变迁》一文中，朱光潜曾提及克罗齐美学理论对自己诗学研究的影响：

> 踌躇摸索的时候，我正在研究美学和诗学，觉得关于艺术的形式与实质问题，以克罗齐的《美学》和布拉德雷的《为诗而诗》一

① 朱光潜：《〈文艺心理学〉作者自白》，《朱光潜全集》第 1 卷，安徽教育出版社 1992 年版，第 200 页。

文讲得最好。他们都以为在艺术上形式和实质不能分开，艺术的价值在形式和实质的融化和谐上见出，每个艺术的形式都起于实质的自然需要。……我的要意是：诗所写的情趣是特殊的，所以要一个特殊的形式。换句话说，诗的固定的形式是表现诗的情趣所必需的。①

上述这段话说明朱光潜的形式诗学的理论渊源，就是意大利美学家克罗齐的"直觉即表现"说和布拉德雷的《为诗而诗》，他的新诗形式观就建基于此学说之上。

美学外，朱光潜早期对于西方的心理学也非常感兴趣，对西方各派心理学皆有所涉猎。心理学家高觉敷是朱光潜的好友，朱光潜的《变态心理学派别》一书出版时，他请高觉敷为书作序，高在序中说及朱光潜对心理学的兴趣："他在学问上的兴趣是多方面的；对于文学、哲学、心理学、论理学都感到无上的兴趣，而于文学及心理学尤甚。"②高称朱光潜是中国最早介绍弗洛伊德学说、行为主义、完形派心理学的学者，可见他早期对心理学用功甚多。心理学对于他的美学观与文学理论包括诗学理论皆有影响。他对新诗格律的辩护同样也取资于心理学理论。

三、克罗齐"形式实质同一"说与朱氏格律诗观的内在矛盾

克罗齐认为直觉即表现，因此，形式实质的传统二分法站不住脚。这给朱光潜以很大的启发，依据这个理论，他写了《诗的实质与形式》一文。该文 1928 年 8 月写于伦敦，1928 年 8 月、9 月分两次刊登于《现代评论》第 8 卷第 194、195 期。这应该是朱光潜最早发表的诗学文章，也是《诗论》初稿部分内容的最早面世。该文所探讨的诗的实质与形式问题，明显来自克罗齐的《美学》和布拉德雷的《为诗而诗》，这一点他在《从研究歌谣后我对于诗的形式问题意见的变迁》有详细说明。这说明克罗齐与布拉德雷的形式实质统一说在朱光潜诗学研究中的关键意义——它构成了朱氏形式诗学的理论基点，也成为其诗学研究生涯的起点。正是这个理论，迎合了他为旧诗形式寻求学理依据的内在需要，促发了他为诗的格律辩护的热情。这是《诗的实质与形式》一文诞生的具体原因。

---

① 朱光潜：《从研究歌谣后我对于诗的形式问题意见的变迁》，《朱光潜全集》第 8 卷，安徽教育出版社 1992 年版，第 413—414 页。

② 高觉敷：《〈变态心理学派别〉序》，《朱光潜全集》第 1 卷，安徽教育出版社 1992 年版，第 193 页。

文中，朱光潜考察了中西诗歌的形式要素，总结出诗的形式必须含有三大要素，即有规律的音节（在中文为平仄），有规律的章句（句在西文为行），有规律的收声（韵）。然后他又考察了诗与诗的形式之间的关系：凡具诗的形式者不必尽为诗；凡诗不必都具诗的形式；但同时，大多数诗都具诗的形式。为什么大多数诗都采用诗的形式呢？他依据克罗齐《美学》的观点认为：

> 诗皆直觉，而直觉（即所谓实质）即表现（即所谓形式）。世间没有无意之言，世间也没有无言之意。意的发生一顷刻，便是言的发生一顷刻；所以我们不应该说"以言达意"，应该说"意就是言，言就是意"。无文字的诗，无声音的乐和无形色的画都是痴人说梦。[①]

因为实质即形式，意即言，言即意，所以关于形式与实质的二分法是有问题的：

> "在各种艺术中，实质和形式都是在同一刹那中孕育出来的。"[②]

因此，意就是言，实质就是形式，每一种情思只能用一种方法来表现，诗不能译为散文，散文不能译为诗。根据克罗齐直觉即表现的美学原理，多数诗皆采用诗的形式（有规律的音节、章句与音韵），即诗之所以有音韵，乃是本乎情感而自然流露出来的节奏。诗和音乐一样，都是情感深永热烈时的呼声。上品音乐中都必有诗，上品诗中也都必有音乐。严格说来，论性质，论效用，诗和音乐实在是一件事。可见，依据克罗齐的美学观，多数诗采用诗的形式，是因为它们的"诗的形式"即"诗的实质"，是"诗的实质"同时决定了其"诗的形式"。

实质（内容）形式同一说，是朱光潜的一个重要诗学观念。为阐发这个观念，在《诗的实质与形式》外，朱光潜还写过同名的对话体长文，通过三人相互辩难的方式，来深入阐发诗的实质即形式的观点。该文写于1935年，后收入《诗论》的初版中，可见他对诗的实质与形式关系问题的重视。克罗齐的直觉即表现说，在朱光潜的诗学体系中占有非常重要的位置，但朱光潜在《诗的实质与形式》一文中，对克罗齐的这个理论却只有一句话介绍：

---

① 朱光潜：《诗的实质与形式》，《现代评论》第8卷第194期（1928年8月）、第195期（1928年9月）。

② 朱光潜：《诗的实质与形式》，《现代评论》第8卷第194期（1928年8月）、第195期（1928年9月）。

“诗皆直觉，而直觉（即所谓实质）即表现（即所谓形式）。”这显得过于简略了。因此，后来在《诗论》中，朱光潜就专门辟了一章即第四章《论表现——情感思想与语言文字的关系》与第五章《诗与散文》，对《诗的实质与形式》一文的观点进行详细解说。第五章解决形式与实质的关系问题，“情感思想”指的即是诗的实质或内容，“语言文字”指的即是诗的形式。在这一章，朱光潜不但详细介绍了克罗齐的直觉即表现说，而且，对克罗齐表现说的缺失还作了批判与修正，使形式（包括语言媒介）与实质（情感思想）真正同一起来，同时，还采用心理学理论，对情思语言同一说作了更为科学合理的解释。

在《论表现——情感思想与语言文字的关系》一章中，朱氏首先介绍了传统对于内容形式二者关系的看法：实质在先，形式在后；情思在内，语言在外。情思与语言有三种关系：被动与主动的关系，内外的关系，先后的关系。然后，朱氏介绍了克罗齐的直觉即表现说。克罗齐把流行语言所指的“表现”叫做“外达”。依他看，就艺术本身的完成说，传达并非绝对必要，必要的是在心里直觉到一个情感饱和的意象。情感与意象猝然相遇而契合无间，这种遇合就是直觉，就是表现，也就是艺术。创造如此，欣赏也是如此。所以“表现”变成情感与意象间的关系。在心中直觉到一个完整的意象恰能涵蕴一种情感时，情感便已“表现”于意象。被表现者是情感，表现者是意象。情感意象未经心灵综合（即直觉）融贯为一体以前，只有零乱浑朴的实质，既经心灵综合融贯为一体，即具有形式。形式是直觉所产生的。既直觉成为艺术，实质与形式便不可分开；艺术之所以为艺术，即在实质与形式之不可分开。依这个看法，表现即直觉，是在一瞬间在心中形成的，内容形式不可分；内外的分别当然就不能成立，先后、被动主动的分别也不甚重要了。[①] 朱光潜认为克罗齐的表现说对于破除传统的实质与形式二分的谬见是很有帮助的。“这种艺术的单整性（unity）以及实质形式的不可分离，克罗齐看得最清楚，说得最斩截有力量。就大体说，这部分学说的价值是不可磨灭的。”[②]克罗齐的致命缺陷在于不但否认“传达”的艺术性，而且把“表现”与“传达”分成两个截然不同的阶段。艺术创造决不能离开传达媒介。艺术家都要用他的特殊媒介去想象，诗人在酝酿诗思时，就要把情趣意象和语言打成一片。“表现”和“传达”并非先后漠不相关的两个阶段，

① 朱光潜：《诗论》，《朱光潜全集》第3卷，安徽教育出版社1992年版，第88页。

② 朱光潜：《诗论》，《朱光潜全集》第3卷，安徽教育出版社1992年版，第94页。

表现中已含有一部分传达，诗在想象阶段就不能离开语言，而语言就是媒介，所以诗不仅是表现，也是传达。这样，朱光潜就把艺术创造中语言与情趣意象打成一片，认为语言和情趣意象是同时生展的，使在克罗齐学说中没有着落的语言（媒介）问题，终于有了着落。到了朱光潜这里，形式与实质才真正合为一体。

为了进一步论证自己的语言情趣意象同时生展的观点，朱光潜运用了心理学的刺激反应理论。他认为心感于物（刺激）而动（反应），情感思想和语言都是这"动"的片面，思想情感与语言是一个完整连贯的心理反应中的三方面。心理学可以证明，在发生上情趣意象与语言是同时的。思想情感与语言是同时进展、平行一致、不能独立的关系，不是先后内外的关系，也不是实质与形式的关系。

朱光潜下了很大工夫来论证形式与实质的同一，其目的就是为了要说明诗与散文的不同，诗的形式与散文形式的不同。这是《诗论》第五章《诗与散文》要解决的主要问题。

朱光潜认为要解决诗与散文的分别，无异于给诗和散文下定义，说明诗是什么，散文是什么。这很难，但诗学研究者不应回避这个难题。他首先介绍了以前对于诗与散文的界定，一类为承认诗与散文有区别的，专从形式或从风格来界定，皆经不起推敲，有的从题材性质着眼，也并不绝对可靠。一类否认诗与散文分别。朱光潜认为这种看法在理论上有特见，不过就事实讲，纯文学范围内，诗与散文仍有分别。朱氏认为诗与散文的分别，要同时从实质与形式两方面见出。根据这一点，他对诗的定义为："诗是有音律的纯文学"。"音律"是就形式说，"纯文学"是就实质说。朱氏认为自己这个定义与《诗论》第四章主张的"情感思想平行一致，实质形式不可分"之说恰相吻合。其实，第四章的理论就是他对诗的定义的理论基础。然后他解答"何以在纯文学之中有一部分具有诗的形式呢？"根据形式实质同一说，那么只能这样回答："诗的形式起于实质的自然需要"。这个答案的前提是"诗有它的特殊的实质"。那么，诗的特殊的实质是什么呢？何以它需要一种特殊形式（音律）？在《诗的实质与形式》一文中，朱氏的回答很简略："诗之所以有音韵，乃是本乎情感而自然流露出来的节奏。"在《诗论》第五章中，他对"诗的实质"作了更详细的说明：

> 我们可以说，就大体论，散文的功用偏于叙事说理，诗的功用偏于抒情遣兴。事理直截了当，一往无余，情趣则低徊往复，缠绵不尽。直截了当者宜偏重叙述语气，缠绵不尽者宜偏重惊叹语

气。在叙述语中事尽于词，理尽于意；在惊叹语中语言是情感的缩写词，情溢于词，所以读者可因声音想到弦外之响。换句话说，事理可以专从文字的意义上领会，情趣必从文字的声音上体验。诗的情趣是缠绵不尽，往而复返的，诗的音律也是如此。①

上述一段话中，朱氏并没有从"诗的实质"着眼分析诗与散文的分别，而只是从诗的功用入手，其实并没有回答"诗的特殊的实质是什么"的问题。朱光潜在这里所面临的是与之前陈启修一样的难题，因为所谓的诗的实质即"诗素"到底是什么，本是一聚讼纷纭、难以定案的话题。想解决这个问题，无疑自设圈套、自掘陷阱。但朱氏既然从诗的实质与形式的关系入手立论，费了颇大工夫去论证诗的实质与形式是同一的，而且，想从这个论题入手，去论证诗的形式与散文是不同的，那么，他就不得不去面对诗的实质是什么的问题。这其实是给自己设下了一个难题，朱氏无疑认识到了这个问题。他在《诗与散文》一章一开始便说"这不是易事"，但也不得不面对。最终，这个问题他也并没有解决。从他对"诗的功用"的回答可看出他在不自觉间绕开了这个话题。

朱光潜整个《诗论》其实就是为诗的格律寻找学理上的依据。他所找到的学理依据概括起来也就两条：一为历史的依据，即声律运动的历史的因果线索，这一点是可以通过史料的归纳来作学理求证的；一为理论的依据，这就涉及对于诗的实质是什么一问题的回答。这个问题，朱光潜后在《诗的格律》中把它总结为格律的"哲理的根源"，即"内在于其本性的成因"。这样一个哲理根源，其实是无法用归纳法进行解决，无法给出完全科学的学理性说明的。也就是说，它只能主张，无法证明，这是由人文学科的特性决定的。朱光潜认为"诗的本性在表现情感"，②这就是他对于诗的格律的哲理性根源的解释，也是他对诗的本性的主张与见解。朱光潜整个诗的格律的学理求证，就是建立在他对于"诗的本性在表现情感"的主张之上，这是《诗论》的基石。

朱氏很快就认识到了自己对诗的定义"只是大致不差，并没有谨严的逻辑性"的问题。首先就是对于诗是有"音律"的限定。因为有和无是一绝对分别，但就音律而论，诗和散文的分别只是相对而非绝对的。诗可以由

---

① 朱光潜：《诗论》，《朱光潜全集》第 3 卷，安徽教育出版社 1992 年版，第 112 页。同时可参见《诗的格律》（天津《民国日报》1948 年 5 月 11 日）、《诗的无限》（《学原》第 2 卷第 5 期，1948 年 9 月）。

② 朱光潜：《诗的格律》，天津《民国日报》1948 年 5 月 11 日。

整齐律到无音律，散文也可以由无音律到有音律。因此，朱氏承认“有音律的纯文学”不能说是诗的精确定义。

更为致命的是，朱氏认识到自己所持的形式实质同一说其实是一把双刃剑。他借鉴克罗齐形式实质同一说并辛辛苦苦加以论证的目的，是为了给诗的格律提供学理支持；但形式实质同一说既可证明诗有其与散文不同的形式，同时由于形式与实质有绝对的同一关系，这样一来，每首诗为了表达其独有的实质，就必须自创一格律，决不能因袭陈规。这就从根本上否定了诗的格律。形式实质同一说最后反倒为自由诗体提供了理论上的充分依据。这是朱氏所最不愿看到的。因此，为了弥补其理论上的缝隙，他对自己的“诗的形式起于实质的自然需要”的观点又做了否定，认为“形式与实质并没有绝对的必然关系”。这不等于自己否定自己了么？由此可见，单凭形式实质同一说，并不能完全为诗的格律提供学理上的充分依据。因而，在“形式实质同一说”之外，朱氏又提出了格律的“自然律”与“规范律”理论。

四、格律的“自然律”与“规范律”

《诗的实质与形式》一文，依据克罗齐的直觉美学观，朱光潜论证了诗应有音节的观点。在此基础上，他又提出了一个观点：诗的音节可以定成格律便人因袭。既然格律可以因袭，那么就说明格律并不是实质的自然需要。朱氏的这一说法便暴露了他理论的内在矛盾。也许认识到了形式实质同一说的内在矛盾，在1932年出版的《谈美》一书第十二章《“从心所欲，不逾规”——创造与格律》中，朱光潜没有再提克罗齐的表现说，而是依据心理学理论来论证格律是情感的自然需要。文中，朱光潜首先提出一观点：“格律的起源都是归纳的，格律的应用都是演绎的。它本来是自然律，后来才变为规范律。”[①]格律本来是自然的，是因为诗和其他艺术都是情感的自然流露，诗使用韵造成音节的往而复返，是因为情感也是往而复返的，章句长短与平仄交错也是顺着情感的自然需要而生成的。情感是心感于物的激动，和脉搏、呼吸诸生理机能密切相关。这些生理机能的节奏都是抑扬相间、往而复返、长短轻重成规律的。情感的节奏见于脉搏、呼吸的节奏，脉搏、呼吸的节奏影响语言的节奏。诗本来就是一种语言，所以它的节奏也随情感的节奏于往复中见规律。这说明了格律本来是自然律，这是从

① 朱光潜：《谈美》第十二章《“从心所欲，不逾规”——创造与格律》，《朱光潜全集》第2卷，安徽教育出版社1992年版，第72页。

格律发生学的角度讲的。格律的相沿成习，就变成了规范律，就成为外在的。因为格律既是自然律又是规范律，因此，提倡格律和提倡不要格律都有危险。创造不能无格律，但是只做到遵守格律也决不足以言创造。为什么如此，朱光潜从心理学角度给予说明。他认为诗和其他艺术都是情感的自然流露。情感是心感于物所起的激动，其中有许多人所共同的成分，也有个人特有的成分。也就是说，情感一方面有群性，一方面又有个性。群性是遗传的，个性是成于环境的，是变化的。环境随人随时而异，所以人类的情感时时有变化；遗传的倾向为多数人所共同，所以情感在变化中有不变者存在。因为艺术是情感的返照，所以艺术也有群性与个性之别，在变化中要有不变者存在。所谓不变者即格律，所谓变化者即在格律中的创造。诗人应该既遵守格律，又不为格律所限。格律是死方法，全赖人能活用。工在格律而妙在神髓风骨。这也就是孔子所说的"从心所欲，不逾规"。可见，朱光潜对于格律的态度是提倡诗必有格律，但在格律内要有创造。他的观点与闻一多完全一致，只是他对这个问题的阐释与闻一多不同。他的格律诗观建立在心理学的理论基础上，更具有学理性与说服力。

在阐发"格律与自由"的关系外，朱光潜在《谈美》第十三章还探讨了创造与模仿的关系。所谓模仿，包括格律与技巧两方面。技巧包括传达的方法与媒介的知识。朱光潜从行为派心理学的理论出发，认为诗文多要有情感与思想，情感都见于筋肉的活动，而这种筋肉的活动，都可模仿。诗文的媒介是语言文字，做诗文的人一定要懂得字义、字音、字句的排列法与字义对读者的影响，因此，也需要学习前人的经验与知识，需要模仿。可见，模仿是诗人必经的一个阶段。在诗歌创作中，模仿本身与格律一样，并无罪过。朱光潜的这种看法，比于赓虞完全否定模仿、力主创造的观点，更加持平。①

朱光潜提出格律的自然律与规范律，并依据心理学的理论对此作了论证，在肯定"格律的创造"之外，又给了"格律的因袭与模仿"以一定的地位。这样，既弥补了他的形式实质同一说所带来的内在矛盾，又肯定了格律继续存在的合理性与合法性，可谓一举两得。

仔细研究朱氏1936年发表的文章《从研究歌谣后我对于诗的形式问

---

① 参见朱光潜：《谈美》第十三章《"不似则失其所以为诗，似则失其所以为我"——创造与模仿》，《朱光潜全集》第2卷，安徽教育出版社1992年版，第80页。

题意见的变迁》，对于朱光潜上述观点的转变的心路历程会有更清楚的认识。文中，朱光潜讲述了自己早先受克罗齐与布拉德雷的形式实质同一说影响，持“格律是表现诗的情趣所必需”的观点，但当研究了歌谣后，也发现了自己的观点不圆满。歌谣固定不变的形式，使他认识到诗的形式多少是现成的，沿袭的，外在的；不是每个诗人根据他的某一时会特殊的情趣所凭空制造出来的。“诗的形式在原始时代与乐舞的形式一致。这种形式随节奏而变化。节奏是情感的自然流露。所以在原始时代，诗的形式或许为表现情趣所必需的唯一的形式（这一点也还是疑问）；但在诗与乐舞分立以后，诗的形式就成为一种传家衣钵，‘子子孙孙永宝用’了。”[①]诗的形式既然为规范律，那么是否应打破规范，另起炉灶呢？朱光潜认为这是另一问题。他认为诗和语言的关系最密切，诗的形式应该和语言的文法一样看待，它们原本都是习惯，但都是做进化出发点的习惯。“每个诗人似乎都应该在习惯已养成的范围之内，顺着情感的自然需要而加以伸缩修改。……总之，对于诗的形式，我主张随时变迁，我却也反对完全抛弃传统。我相信真正诗人都能做到‘从心所欲，不逾矩’的工夫。”[②]这说明在研究歌谣后，朱光潜虽然对于自己的诗歌形式观作了某种修正，但并没有放弃自己对于格律的基本观点。

格律为什么是自然律，朱光潜不但用修正过的克罗齐的形式实质同一说来论证，而且用心理学的理论来论证。格律为什么又是规范律，朱光潜主要是通过语言的特性来加以解释的。《谈美》第十二《“从心所欲，不逾规”——创造与格律》提出了格律是规范律，只是把它作为现象提出，并没有加以论证。《从研究歌谣后我对于诗的形式问题意见的变迁》一文则从“诗和语言关系”的角度，试着进行论证。他认为诗的形式可与语言的文法一样看待，它们都是习惯；诗的形式在各国固然都有一个固定的模样，但是这个模样却也随时随地变迁。[③] 这里有了论证，但论证还不是那么细致、充分。到了《诗论》中，朱光潜对于这个问题的论证更为细致充分了。他首先从诗的形式与语言的关系入手，分两点求证。一是诗的形式是语言的纪律

---

① 朱光潜：《从研究歌谣后我对于诗的形式问题意见的变迁》，《歌谣》第2卷第2期（1936年4月）。

② 朱光潜：《从研究歌谣后我对于诗的形式问题意见的变迁》，《歌谣》第2卷第2期（1936年4月）。

③ 参见朱光潜：《从研究歌谣后我对于诗的形式问题意见的变迁》，《歌谣》第2卷第2期（1936年4月）。

化之一种，其地位等于文法。语言有纪律化的必要，是出于情感思想有纪律化的必要。文法与音律是人类对于自然的利导与征服，在混乱中造成条例。诗人作诗对于音律，起初有困难，久则熟练。若因迁就音律而觉得情感思想与语音仍有裂痕，是因为艺术没有成熟。① 二是诗是一种语言，语言生生不息，却并非无中生有。诗的音律的变化向来只是演化而不是革命。变中有不变。变是固定的形式，不能应付生展变动的情感思想；不变还是因为人类情感思想在变异中仍有一个不变不易的基础。所以，形式的存在与应用不能证明情感与语言不是平行一致的。② 朱光潜通过诗与语言的关系，证明诗的形式（格律）的变与不变皆和情思语言一致说没有冲突，格律是自然律与格律是规范律两者之间是没有冲突的。

其次，为了证明诗的形式包括诗的音律作为规范律，有其继续存在的理由与价值，朱光潜还通过“音律本身的价值”来进行论证。他承认诗的疆域日渐缩小，散文疆域日渐扩大，是不容否认的历史事实。但他认为诗的形式既然一直流传到现在，就有其内在价值。诗的音律好处之一，就在给你一个整齐的东西做基础，让你去变化。好处之二是音律是一种制造距离的工具，把平凡粗陋的东西提高到理想世界。音律的最大价值自然是它的音乐性。这又牵涉到诗与音乐的关系问题，这是朱光潜《诗论》第六章《诗与乐——节奏》论述的一个问题。

五、朱光潜、梁实秋否定音乐性的同与异

朱光潜首先从起源上，分析了诗与音乐的关系。诗与乐、舞蹈在起源上是三位一体的混合艺术，后虽然分立，但节奏仍是共同要素。诗与乐的关系尤其密切，诗常可歌，歌常伴乐。在性质上，诗与乐同属时间艺术，最为相近。节奏在时间绵延中最易见出，是诗与乐所共有的。诗与乐所用媒介有一部分相同。音乐只用声音，诗用语言，声音也是语言的重要成分。但是，朱光潜认为诗的声音与乐的声音有一个基本的不同，音乐的声音只有节奏与和谐两个纯形式的成分，而诗的声音是语言的声音，而语言的声音必伴有意义。诗与乐的一切分别皆由此而起。诗与乐的节奏都是心物交感的结果，不是物理的事实，因而同属主观的节奏。但乐的节奏可谱，诗的节奏不可谱；可谱者一定是纯形式的组合，而诗的声音组合受文字意义影响，不能看成是纯形式的。诗与乐虽同产生情绪，而所生情绪的性质不

---

① 参见朱光潜：《诗论》，《朱光潜全集》第 3 卷，安徽教育出版社 1992 年版，第 118 页。

② 参见朱光潜：《诗论》，《朱光潜全集》第 3 卷，安徽教育出版社 1992 年版，第 118—119 页。

同,一是具体的,一是抽象的。这是诗与乐的另一根本不同。

诗是一种音乐,也是一种语言。诗兼有纯形式的节奏与语言的节奏。而音乐只有纯形式的节奏,这是诗与音乐的最大不同。语言节奏的形成是自然的,受三种因素制约。一为发音器官构造。这种节奏完全由于生理的影响。二为理解的影响。意义完成时声音要停顿,意义有轻重起伏,声音随之轻重起伏。三为情感的影响。情感有起伏,声音随之有起伏;情感往复回旋,声音随之往复回旋。音乐则并不起于语言,音乐所用的音有一定的分量,它的音阶是断续的,每音与它的邻音以级数递升或递降,彼此有固定比例。语言则不是这样,所用的音的高低、长短皆无一定的分量。语言都有意义,了解语言就是了解它的意义;纯音乐没有意义,欣赏音乐要偏重声音的形式的关系,如起承转合、比称呼应之类。“总之,语言的节奏是自然的,没有规律的,直率的,常倾向变化;音乐的节奏是形式化的,有规律的,回旋的,常倾向整齐。”①

通过对诗的节奏与音乐节奏的比较分析,朱光潜得出结论:西方象征主义的纯诗说对于诗的意义成分的贬低,对于诗的声音成分的过分尊崇,并不符合诗本身的特质:“想把诗变成音乐,变成一种纯粹的声音组织,那是无异于斩头留尾,而仍想保持有机体的生命。音乐所不能明白表现的,诗可以明白表现,正因为它有音乐所没有的一个要素——文字意义。”②把诗特有的要素丢开,让它勉强去做只有音乐所能做的事,其实是不可能的,即使做到了,也不过使它变成音乐的赘疣。

朱光潜非常重视诗歌的音乐性,这由他对诗的音律的煞费苦心的辩护可以看出。但是,在强调诗的音乐性的同时,朱光潜又注意到了诗作为语言艺术的根本特质。因此,他认为在注意诗的音乐性的同时,必须紧紧抓住语言的特性来谈,不能离开意义而去专讲声音。朱光潜写作此文时,当时的中国诗坛正受西方象征主义注重声音的“纯诗”说影响,对于诗歌“音与义孰轻孰重”的问题,争论得很厉害。朱光潜对于诗与乐的比较分析,对于诗的语言特性的强调,是有明确的现实批评指向的。

在本书第二章中,笔者分析了梁实秋对于诗的音乐美的批判。他在一系列文章中,发表了自己对于音乐美的看法,认为音乐美、绘画美的提法,是文类混淆不分的谬见。诗的音乐美只是一种蛮性的遗留,现代的诗人必

---

① 朱光潜:《诗论》,《朱光潜全集》第3卷,安徽教育出版社1992年版,第132页。

② 朱光潜:《诗论》,《朱光潜全集》第3卷,安徽教育出版社1992年版,第133页。

须将它剔除出诗外，只保留语言本身所具有的那一点点音乐性。连带音乐性，他同时也反对诗的朦胧晦涩。可以看出，他的批评矛头直接对准了当时的象征主义诗学。在这一点上，他与朱光潜是相通的。朱光潜对于诗与音乐关系的辨析，无疑也是直接针对象征主义。他在文中对此有明确交代："近来中国诗人有模仿象征派者，音与义的争执闹得很热烈。……我们从分析诗与乐的异同下手，来替音义孰重问题找一个答案。"[①]此外，朱光潜还写过《谈晦涩》一文，谈的也是诗的朦胧难解问题，与象征诗派也有一定关联。[②]《诗论》第七章《诗与画——评莱辛的诗画异质说》，对于诗画不同，条分缕析，辨其异同。由此可见，在关注对象上，梁实秋与朱光潜二人有相当一致之处。对于晦涩与诗画异同问题，暂且不提。这里，只讨论二人在反对音乐美上的观点异同。

梁、朱二人皆反对诗对于音乐的比附，诗有诗的特性，音乐有音乐的特性，各有各的媒介，各有各的优势，不可相混，在这一点上二人是一致的。梁实秋反对诗的音乐美与绘画美，此主张是在《文学的美》一文中提出的。文章发表后，朱光潜曾写有《与梁实秋先生论"文学的美"》[③]一文，对梁文提出质疑。虽然两人之间往复辩难，但在上述一点上并无根本冲突。两人的冲突体现在对于诗的音乐性的态度上。朱光潜虽然否定诗向音乐比附，认为诗与音乐媒介不同，诗的声音不同于音乐的声音。但朱光潜并没有否定诗的音乐美即音律本身，诗的音律问题倒是他一直苦苦为其辩护的。梁实秋在否定诗向音乐比附的同时，还否定了诗的音乐性本身，他把平仄、音韵等皆看做是拙劣的把戏、野蛮的遗留，认为希腊、拉丁诗讲究长短音，英文诗讲究轻重音，同是一些粗线的节奏美。这则是朱光潜所坚决不能认同的。梁、朱二人对于音乐美的不同态度，缘于他们对于文学形式（艺术）的不同看法。朱光潜信奉克罗齐的表现说，认为实质形式同一，这就给文学的形式以很高的地位。梁实秋信奉古典主义的文学观，其对于文学的看法道德意味浓厚，看重文学的人性内容而相对忽略形式艺术之讲求。文学观的内在差异导致他们对于诗歌音乐性的看法不可能一致。

由于重视诗歌的格律与音律，朱光潜对于诗歌音律的几个关键性要素即声韵、顿与韵，作了分别考察。

---

① 朱光潜：《诗论》，《朱光潜全集》第3卷，安徽教育出版社1992年版，第123页。

② 参见朱光潜：《谈晦涩》，《新诗》第2卷第2期（1937年5月）。

③ 参见朱光潜：《与梁实秋先生论"文学的美"》，《北平晨报》1937年2月22日。

六、朱光潜对于旧诗声、顿、韵的研究及与罗念生的分歧

(一)反对四声与节奏有任何关系

为了对中国诗的音律与欧洲诗的音律进行比较,朱光潜首先考察了欧洲诗歌的音律。他把欧洲诗的音律分为三个重要类型,第一种是以很固定的时间段落或音步为单位,以长短相间见节奏,字音的数与量都是固定的,如希腊拉丁诗;第二种是虽有音步单位,每音步只规定字音数目,不拘字音的长短分量,在音步之内,轻音与重音相间成节奏,如英文诗;第三种是时间段落不固定,每段落中字音的数与量都有伸缩的余地,所以这种段落不是音步而是顿,每段的字音以先抑后扬见节奏。所谓抑扬是兼指长短、高低、轻重而言,如法文诗。

欧洲诗歌的节奏与声音的长短、轻重与高低有关,那么,能否拿来比附中国的四声呢?朱光潜的回答是否定的。他认为四声的音长、音高、音势皆没有定量,而且随时随地更动,这是就独立的音来说。在诗行里,此音与彼音合成一组而成句,四声问题更为复杂。首先,在音组里每音的长短、高低、轻重都可以随文义语气而有伸缩。其次,一音组中每音长短、高低、轻重,有时受邻音的影响而微有伸缩。最后,四声不纯粹是长短、高低或轻重的分别,平仄相间就不能认为是长短、高低、轻重相间。由于以上原因,可以断定四声对于中国诗的节奏影响甚微。王光祈《中国诗词曲之轻重律》以平仄二声作“轻重”以及其他类似的企图,在学理与事实上均无根据。

朱光潜认为四声对于形成诗的节奏固然影响甚微,但它另有功用,即它对于造成和谐的功用甚大。节奏与和谐(harmony)是不同的概念。节奏自然也是帮助和谐的,但和谐不仅限于节奏。和谐的要素是“调质”(tone quality)的悦耳性。节奏在声音上只是纵直的起伏关系,和谐则同时在几种乐音上见出,所以还含有横的关系。四声不但含有节奏性,还有调质上的分别。四声最不易辨别的是其节奏性,最易辨别的是它的调质的和谐性。诗讲究声音,一方面在节奏,即长短、高低、轻重的起伏,一方面在调质,在字音本身的和谐以及音与义的调协。调质最普通的运用在双声叠韵。中国字尽单音,所以双声字极多;中国文字大半以母音收,所以同韵字特别多,押韵和叠韵是最容易的事。诗人用双声叠韵,有时单纯追求声音和谐,有时还追求音义调协,音中见义,音律的技巧就在选择富于暗示性或象征性的调质。四声的功用在调质,它能产生和谐的印象,使音义携手并行。做诗虽不必依声调谱去调平仄,但是好的诗文,平仄声一定都摆在最

适宜的位置。平仄调和所生的影响并不亚于双声叠韵，因此胡适在《谈新诗》中取双声叠韵而否认押韵（押韵也是一种叠韵）与平仄的重要，有欠公平。

朱光潜之前，梁实秋《诗的音韵》、饶孟侃《诗的音节》、朱湘《诗的产生》皆对平仄在新诗中的位置持一种肯定的态度。梁实秋认为平仄的效用可使读者沉醉，也可使读者清醒。饶孟侃认为抛弃平仄即等于抛弃节奏和韵脚，诗的声韵将失之于单调。朱湘认为平仄"是中文音律学的一种特象，不可忽视或抛置。"[①]朱湘要求新诗作者自己去创造平仄的律法。在以上诸人中，朱湘对于平仄的探讨最多，但只是结合自己的创作实践来谈，虽亲切有味，但学理性明显不够，没有说清楚平仄对于诗的功用到底在哪里，对于平仄的所谓"妙用"只是停留于个人的经验层面，罗念生就认为他过分夸大了平仄之间的差异。梁实秋在三十年代认为平仄是一种粗线的把戏，故也不可能对平仄有平正通达的理解与认识。朱光潜通过中西诗歌音律节奏对比，通过对平仄的音韵学考察，在否认平仄对于形成节奏的功能时，又发现了平仄对于调质和谐的功能。这应该是现代诗学史上第一次对平仄所作的富有学理性、科学性的剖析，比起朱湘等人对于平仄的认识，无疑又大大深入了一步。

既然否认四声对于形成中国诗节奏有明显功能，那么，中国诗歌的节奏，主要来自什么地方呢？朱光潜认为主要来自"顿"。有关顿的论述构成《诗论》第九章的主要内容。朱光潜另有《论中国诗的顿》一文，发表于《新诗》第3期（1936年12月10日）。

（二）第一次提出音顿理论

顿又叫做"逗"或"节"，指的是一句诗内每组自成一小单位，有稍顿的可能性。说话的顿注重意义上的自然区分，读诗的顿注重声音上的整齐段落，掺杂几分形式化的音乐节奏。朱光潜认为"顿"在诗、词、曲中都不是自然的而是人为的，拉调子读旧诗的人们仍然拉调子读词曲。[②] 读诗者与作诗者不应完全信任形式化节奏，应设法使它和自然的语言节奏愈近愈好。中文诗每顿通常含有两个字音，奇数字句的诗则句末一字的音延长成为一顿，所以顿与英文诗的"音步"相当。在中文诗中，两字成一音组，这两字就应该同时是一义组。如果有三字为一义组，无论在五言还是七言，最后置

① 朱湘：《诗的产生》，《朱湘散文》上集，中国广播电视出版社1994年版，第293页。

② 朱光潜：《答高一凌君谈新诗》，《中央日报》1937年3月20日"诗刊"。

于句末，才可免去头重脚轻之弊。

朱光潜比较中文诗的顿与英诗、法文诗的不同。中文诗每顿通常含两个字音，相当于英诗的“音步”(foot)。但音步一般是先轻后重，而先重后轻亦可；中文诗的顿则必须先抑后扬，而这种抑扬不完全在轻重见出，是同时在长短、高低、轻重三方面见出，每顿第二字读得较长、较重、较高，近于法文诗的顿。因此，朱光潜认为中文诗音步用“顿”命名，并不恰当，因“顿”的位置并不必停顿，只是语气上的延长、加重、提高而已。这一点又与法文诗的略有停顿者不同。

英诗的“步”与中诗、法诗的“顿”，长短皆无定准。中诗顿字面上似少伸缩，但读起来因语言的自然节奏及字音调质的关系，长短悬殊仍很大。因此，朱光潜认为中诗的“顿”与音乐中的“拍子”、“节拍”的概念不可相提并论；因为音乐中拍子有定量的长短，诗中的顿没有定量的长度。中文诗因为顿的长度有伸缩及逢顿必扬的特性，四声的分别对于节奏的影响很小，拿平仄比拟英文、德文诗的“轻重律”，很牵强附会。

为了进一步说明顿对于中诗节奏的重要性，朱光潜拿中诗的“读”与西诗的“上下关联格”比较。中国传统诗文有句读的分别。“读”读如“逗”，近于“顿”，但与顿稍微有所不同。“顿”完全是音的停顿，“读”则兼为义的停顿。“句”(sentence)必含有一完成意义，“读”可仅含一个意义不完成而可稍停顿的“辞句”(phrase)或“字句”(clause)。这种把一个意义不能拆开的句子分拆为两部分，使声音能成为有规律的段落，颇似西文诗的“上下关联格”。这个倾向在词中尤其明显，意义上虽上下关联，而声音则在习惯上停顿。此种停顿完全是形式的，正如一般诗句的两字一顿相同。在西诗中“上下关联”时上行之末不用停顿，而中诗“上下关联”时上句之末必须停顿，这也说明顿对于中诗节奏的重要性。

顿对于中诗的节奏形成具有关键意义，但朱光潜也认识到旧诗顿的过于形式化的缺失。旧诗的顿完全是形式的，音乐的，沿袭传统的，所生的节奏不是外来的，与意义常相背离，不太适合表现特殊意境：“节奏不很能跟着情调走，这的确是旧诗的基本缺点。”[①]为了弥补这个缺陷，兴起了白话自由诗运动。正是因为认识到旧诗顿形式化的弊端，朱光潜主张新诗应注意到顿的自然停顿，并不主张新诗应如旧诗一样呆板地分顿，也不主张新诗

① 朱光潜：《诗论》，《朱光潜全集》第3卷，安徽教育出版社1992年版，第181页。

如旧诗拉调子分顿去念。[①] 他同时也认识到白话诗打破旧诗的句法、章法和音律，“顿”成为一个难以解决的问题。旧诗的“顿”是形式化的，而白话诗仍分顿，则陷入两难处境。若用语言的自然节奏，“音顿”就是“义顿”，便失去固定节奏，无音“律”可言，诗的节奏与散文的节奏相同，那么，诗与散文的分界就成为问题。如照旧诗，使它有形式的音乐节奏，则有更多难点：一、没有补救旧诗的缺点；二、拉调子读流行的语言，不自然；三、白话中多音字比文言多许多，往往有三个字或四五个字一节的，且虚字大半在顿的尾上，按照先抑后扬的倾向，虚字需着重提高延长，令人有轻重倒置之感，而且各顿字数相差很远，难以产生有规律的节奏。

节奏（音节）问题是现代格律诗学的核心。自由诗学信奉的是“自然的音节”，即自然节奏，现代格律诗学信奉的是形式化节奏。针对胡适等人提出的“口语的天籁”，陆志韦最早提出了“有节奏的天籁”一说。那么，什么是“节奏”呢？节奏的成因是什么呢？陆志韦《我的诗的躯壳》、郭沫若《论节奏》、饶孟侃《新诗的音节》、闻一多《诗的格律》对此问题都有所研究。其中，陆志韦较早对节奏的成因作了研究。他发现节奏的成因与语音的轻重关系最密切：“依心理学家说，音的强度一抑一扬，是论节奏最根本的现象。其次是长短，再次才是高低。”[②]中国旧诗用平仄（高低）产生节奏，采用的是最拙劣的办法。陆志韦又认为中国语音不分长短，因此，新诗的节奏只有“舍平仄而采抑扬”[③]。对于陆志韦的看法，朱光潜并不认同。他认为汉语语音的四声无法用长短、高低、轻重来衡量，因此，轻重律不适用于汉语诗歌。与此同时，他提出中国传统诗歌的节奏来自于“顿”，并认识到顿对于旧诗的节奏形成起到关键性作用。认为节奏来源于“顿”，这是现代格律诗学有关节奏成因中最有势力的一派观点，笔者把它命名为“音顿理论”，而首先提出此说的则是朱光潜。朱光潜之前，唐钺最早提出“节拍”概念，其所指与“顿”大致相同，但也稍有差异。这个概念与饶孟侃提出“拍子”所指应完全一致。对于“拍子”或“节拍”，以及闻一多提出“音尺”，由于这些概念皆来自西方诗歌，朱光潜并不认同。朱光潜之后，孙大雨、何其芳、卞之琳进一步完善了音顿（音组）理论。

朱光潜虽然提出音顿理论，但对于顿能否在白话诗中继续发挥其原有

① 朱光潜：《答高一凌君谈新诗》，《中央日报》1937 年 3 月 20 日“诗刊”。

② 陆志韦：《我的诗的躯壳》，见《渡河》，亚东图书馆 1923 年版，第 15 页。

③ 陆志韦：《我的诗的躯壳》，见《渡河》，亚东图书馆 1923 年版，第 16 页。

功能，则持怀疑和保留态度。朱光潜认识到音顿理论所要解决的一个难题："音顿"与"义顿"的矛盾关系。朱光潜之后的学者，对于音顿理论能否适用于白话汉诗，所持态度无疑要积极得多。但是，朱光潜所提出的问题，至今依然没有解决。这个问题的实质是形式与内容的契合问题。格律化其实就是形式化，而这形式化如何与语言的表达，更好的和谐共处并亲密无间，从而能得到更多人的认同与遵守，则是当前与未来持续困扰现代格律诗学的一个难题。

(三)韵与节奏有极大关系

中国学者讨论音节，主要从声与韵两方面说。声即四声，韵为押韵。韵是朱光潜讨论旧诗音节的另一重要话题。这是《诗论》第十章《中国诗的节奏与声韵的分析(下)：论韵》探讨的内容。朱光潜还有单篇文章《论中国诗的韵》，发表于《新诗》第2期(1936年11月10日)，其内容与《诗论》大致相同，但局部有所出入。

朱光潜讨论中国诗的韵，带有明确的问题意识，他的问题是："韵在以往的中国诗里何以那样根深蒂固？"他认为这个问题解决了，对于将来中国诗韵的关系如何，可推知大概。

朱光潜考察欧洲各国诗歌韵的兴衰，认为诗应否用韵，在当时风尚之外，与各国语言个性密切相关。比较英诗与法诗可以发现，韵对于法诗比对于英诗较为重要。英文诗因为轻重分明，音步又很整齐，所以节奏容易在轻重相间上见出，无须借助韵脚呼应。法文诗轻重不分明，每顿长短不一律，节奏不易在轻重抑扬上见出，韵脚的呼应有增加节奏性和和谐性的功用。中文诗类似于法文诗，节奏在平仄相间中见出非常轻微，所以只能从其他元素上见出，"顿"为一种，"韵"也是一种。韵是去而复返、奇偶相错、前后呼应的。中国诗的节奏有赖于韵，与法文诗相同：轻重不分明，音节散漫，需借助韵的回声来点明、贯穿和呼应。韵的最大功用在把涣散的声音联络贯穿起来，成为一个完整的曲调。中文诗每"句"为一单位，句末一字在音义两方面都有停顿的必要，这是必顿的一个字，因而是全诗音节最着重的地方。若这个音没有规律，音节就不免杂乱无章。

韵的重要性还可从新诗创作中见出。有些新诗人，如孙大雨改句为行，在每行里规定顿的数目，使中文诗行如英文诗行，有一定的音步，他的《自我的写照》便是一例子。朱光潜认为这虽是一种进步，但中文分音步的诗行究竟不能像英文分音步的诗行那样轻重节奏分明。旧诗分顿所生的抑扬节奏全在读的声音上体现，文字本身并不像英文轻重分明。现在新诗偏重语言的节奏，不宜于拉调子读出抑扬的节奏，所以虽分有规律的音步，它对于音节的影响仍很细微。因此，韵对于新诗的节奏与和谐，或者反比对于旧诗更为重要。新诗句法近于散文，音节最易流于直率涣散，韵的联络贯穿的功能更不可小瞧。①

中国旧诗用韵分古诗、律诗、词曲三种。古诗用韵变化最多。词的仄声三韵可通用，曲则四声韵可通用，较富有伸缩性。律诗一章一韵到底，音节最为单调，不能顺情景而曲折变化。朱光潜指出旧诗用韵法的最大弊端是拘泥韵书，不能顾到字的发音随时代、地域而变化，失了用韵的原意。

《论中国诗的韵》一文，朱光潜还顺带批评了胡适的用韵主张。胡适在《谈新诗》中对于用韵提出三点主张，第一用现代的韵，不拘古韵，更不拘平仄韵；第二平仄可以互押；第三有韵固然好，没有韵也不妨新诗的声调。因为新诗的声调在骨子里，在自然的轻重高下与语气的自然区分中，因此有无韵脚皆不成问题。朱光潜认为头两条是新诗所必走的路，两点之外，朱光潜认为新诗用韵应变化多端，应该尝试连韵、隔韵、换韵等，走西方诗及《诗经》所指示的路。对于胡适说的第三条，朱光潜表示无法认同。他认为新诗不用韵的自由只能适用于“自由诗”。若一切新诗的声调都只在“自然的轻重高下”与“语气的自然区分”，那么，诗与散文的声调就无任何区别。散文的节奏可以是语言的节奏，而诗在语言的节奏外，还必须具有形式化的节奏。若把形式化的节奏（如平仄韵脚音步）完全抛开，则作者没有理由把作品排列成诗的形式。朱光潜主张诗的节奏必须既具有语言的节奏又具有形式化的节奏，这样，诗的分行排列才有其内在理由。

（四）朱光潜与罗念生有关节奏问题的争论

《论中国诗的韵》、《论中国诗的顿》两文发表后，在《新诗》第 4 期（1937 年 1 月 10 日），罗念生发表《与朱光潜先生论节奏》，对朱文关于“顿”与“韵”的看法提出商榷。朱光潜随后发表《答罗念生先生论节奏》，刊《新诗》第 5 期（1937 年 2 月 10 日）。罗念生又发表《再与朱光潜先生论节奏》，再次进行讨论，文刊《新诗》第 2 卷第 2 期（1937 年 5 月 10 日）。

先说两人对于顿的不同看法。在《论中国诗的顿》中，朱光潜认为在拉调子念诗时，旧诗每句分为若干音组，在每组最后一字上面读的声音略提

① 朱光潜：《论中国诗的韵》，《新诗》第 2 期（1936 年 11 月 10 日）。

高延长加重，目的是产生一种先抑后扬的节奏。罗念生认为朱光潜所说的“提高延长加重”并不可靠，因为中文两字相连时第二字往往“降低缩短减轻”。若一音组有三个字，最后一字为虚字，则此虚字往往也轻读。朱光潜认为若按罗念生的读法，既不顺口，又难听。朱光潜以旧诗的顿比新诗的顿，认为“旧诗分顿所生的抑扬节奏全在读的声音上见出，文字本身并不像英文轻重分明。现在新诗偏重语言的节奏，不宜于拉调子读出抑扬节奏来，所以虽分有规律的音步，它对于音节的影响仍是很细微。”[①]朱光潜的意思是顿在惯于拉调子读的旧诗中所生的节奏是形式的，外在的，不一定符合意义。新诗即不惯于拉调子读，旧诗的顿的节奏自然不能适用于新诗。但他认为新诗有顾到音步与顿的倾向，有顿就微有起伏，是能产生一定节奏的。罗念生则完全否定新诗的顿能产生节奏。但罗念生同时又认为：“说起音步对于音节的影响我认为有相当的重大，因为音步的作用是在组成一个整齐的时间，整齐的时间本身是含有音乐性的。”[②]这说明罗念生其实也认为音步对于诗的节奏的形式，起着重要作用。在这一点上，他与朱光潜并无根本冲突。

罗念生与朱光潜的分歧，缘于他们对于节律内在成因的理解不同。要了解罗念生对于诗的节律（节奏）成因的看法，《节律与拍子》一文非常重要。该文发表于天津《大公报·文艺》第 75 期“诗特刊”（1936 年 1 月 10 日）。

罗念生首先对“节律”与“拍子”进行解释。诗的音节包括节奏、韵、双声、叠韵等。“节奏可以说是一种字音底连续的波动。如其这波动来得规则一些，便叫做节律。节律可以由长短、轻重或他种元素造成。散文只有节奏，诗里应有节律。”[③]他所说的“节律”就是通常所说的“节奏”。“每一段小波动占据一个短短的时间，这叫做‘音步’（Foot）或拍子（Metre）。由几个音步组成一个诗行。可以说拍子是时间的分段，节律是时间的性质。”在对节律与拍子定义之后，罗念生对于西方诗与中文诗的节律特点作了逐一分析。诗的最小单位是字音，字音有音量、时间长短、高低、音色四种元素。其中，音色与节律没有关系，高低与音节有关系，但与节律的关系很微小。古希腊与拉丁诗的节律由长短构成。英文诗的节律多靠音量，加上一点长

---

① 朱光潜：《答罗念生先生论节奏》，《新诗》第 5 期（1937 年 2 月 10 日）。

② 罗念生：《与朱光潜先生论节奏》，《新诗》第 4 期（1937 年 1 月 10 日）。

③ 罗念生：《节律与拍子》，天津《大公报·文艺》第 75 期“诗特刊”，1936 年 1 月 10 日。以下引文也出自该文。

短与高低便变成了轻重。一行英文诗的音乐性要看它的节律和本身时间的关系，即看每个音步里所占的时间是否大约相等。“我们并不真以为各音步底时间是相等的，只觉得大约是相等的。我们读诗时应保持一个时间观念，这并不是说要把每个音步读得相等，乃是每个同样长短的诗行所费的时间大约要相等。”诗行的目的是要在读者的下意识里形成一种固定的模型。

在分析了西方诗的节律类型后，罗念生转入对于中文诗节律成因的分析。他与朱光潜一样，认为平仄不能形成中文的节律：“平仄大半是高低，它除了协助音调外，没有什么旁的用处。”他的看法来自赵元任的《国音新诗韵》。既然平仄不能形成中文诗的节律，那么，什么是中文诗节律的内在成因？罗念生认为是虚实产生的轻重。正是这一点他与朱光潜产生了深刻分歧。罗念生认为中国文字分虚字和实字，虚字轻读，实字重读，轻读的实字也算轻音。在时间上重音字比轻音字要长一些。因此，他认为旧诗在节律与拍子两方面没有丝毫缺憾。大多数旧诗是用“重重律”写出的。轻音字用得过少，不能生出很大变化。由于重重律是很单调沉重的，所以旧诗读起来不好听，要吟起来或哼起来才能悦耳。依据轻重相间见节奏的观点，他对新诗的节律也表示了悲观。

罗念生认为新诗里的轻音字既然加多，节奏的变化也多起来，复杂起来。“重重”的音步依然太多，但最多的是“轻重重”或“重重轻”音步。这两种音步本可造成节律，但由于其他音步的破坏，结果便生出一种混乱的节律。就是做得最好的诗也只能产生散文的节奏，不能产生诗的节律。这和法文非常相似：“法文‘十二缀音’的诗行每行底节律各自不同，简直变成了散文的节奏。但这十二个缀音里通常只有四个属于高音的重音，倒还容易听出一种自然的语调来；我们的重音较多，排列又不整齐，所以很难听出一种相似的语调来。我们简直没有法子用各种不同的节律来传达各种不同的情调。”

为了使新诗能产生节律，罗念生提出了每行诗用数量一定的拍子，拍子的音步类型大致一致的方法：“本来要有节律才能划分拍子；但我们不妨依着文字底组织，把相连的字分在一个音步。这样我们可以把时间弄得均匀一些。每遇有同一行诗可以分做四拍或五拍时，要看那首诗的拍子是什么数目，再依那个数目来划分。”罗念生认为诗是时间艺术，因此反对诗行的纯粹整齐主义：“旧诗虽也整齐，但不破坏时间。我们这些整齐的新诗，在视觉上是整齐的，但在听觉上却不一定整齐。”

他认为“拍子”这一概念，十年前孙大雨已经发现了，《自己的写照》就是用四拍子诗行写的。他把《诗特刊》第1期孙大雨的《自己的写照》中的七行诗，划分为四拍，每拍按轻重律标出音步，认为在他所标出的音步中，“轻重重”音步占了九个，“重重”音步只占六个；这两种音步本来可以排列成一种节律，但此外的十三个音步内还有九种不同的音步，变化实在太多，当中最破坏节律的是两拍“重轻重”，一拍“轻重轻”，一拍“轻重重轻”。

通过以上对罗念生《节律与拍子》一文的分析，可以看出，罗念生纯粹按照英文诗的“重音制”来分析中文诗，而朱光潜则认为用重音制来比附中文诗是行不通的，因为四声与轻重无关。但罗念生却认为中文实字读重音，虚字读轻音。他对中文诗轻重音的分析，全部建立在这个认识之上。按照他的分析，那么中文诗中采用重重律的占了大部分。而朱光潜则认为在英文诗中，一行不能全是重音或全是轻音：“假如全行只有一种音，就不会有节奏。”[①]也就是说，重重音是不能产生节律的。朱光潜认为中文诗的节奏主要来自于“顿”。

罗念生认为中文诗采用“重重律”的很多，因此，节律显得单调与沉重。他只肯定平仄有协调音调的作用，否定它有其他作用。朱光潜在否认平仄形成节奏的功能时，却发现了平仄在形成中文调质的和谐性方面所起的关键性作用。罗念生显然没有认识到这种作用。罗念生从中文诗节律单调沉重的认识出发，认为中文诗不能读，要吟起来或哼起来。这与朱光潜所说的旧诗要拉调子念起来，其实是一个意思。两人在这点上倒是暗合的。所以，罗念生认为旧诗每行每组最后一字上面读的声音不能略微“提高延长加重”，而应“降低缩短减轻”的提法，与他所说的“吟”或“哼”的说法就自相矛盾。

再说对于韵的不同看法。朱光潜肯定韵对形成节奏的重要性：“韵是去而复返，前后相呼应的。韵在一篇声音平直的文章里生出节奏，犹如钟声在长夜深山的寂静里生出节奏意义。”罗念生则否定韵这方面的作用，认为“韵和韵的距离相当远”，难以生出节奏。“同韵字和声音相近的字会生出一种凌乱的节奏，节奏一凌乱，便失去了效力。”但是他又认为“新诗里的节奏大概是一种凌乱的轻韵节奏”，“这是一个很大的缺点”。[②]

两人的分歧也包括对于诗的一些概念术语理解上的分歧。罗念生《节

① 朱光潜：《诗论》，《朱光潜全集》第3卷，安徽教育出版社1992年版，第165页。

② 罗念生：《与朱光潜先生论节奏》，《新诗》第4期（1937年1月10日）。

律与拍子》对于“节奏”与“拍子”的定义与提法，以及他的《韵文学术语》（1937 年 1 月 10 日《新诗》第 4 期）对于一些关键性术语的定义，与朱光潜的理解分歧都很大。如对于“节奏（general movement）”的定义：“指字音的不规则的波动。”对于“节律（rhythm）”的定义：“指字音的有规则的波动。”对于“拍子（metre，measure）”的定义：“由音步组成。”对“音步”的定义：“指一行诗里依照节律而分出的小单位，又叫做‘拍子’”。在《韵文学术语》的《跋语》中，罗念生对于“节奏”又作了解释：“节奏可以说是一种字音的连续的波动。如其这波动来得规则一些，便叫做节律。节奏可以由长短、轻重等元素造成。散文里只有节奏，诗里应有节律。每一段小波动占据一个短短的时间，这叫做‘音步’或‘拍子’。……拍子是时间的分段，节律是时间的性质。”朱光潜认为这些定义全有毛病。一、他认为节奏一定要有起伏呼应，不规则的波动或连续的波动不能叫“节奏”。二、英文“rhythm”是“节奏”，而不是“节律”，它是“字音的有起伏呼应的波动”，而不是“字音的有规则的波动”。三、“节律”或“字音的有规则的波动”，指的就是分音步的波动。朱光潜认为音步在中文里不能叫“拍子”，因为拍子是音乐名词，指定量的长短，而诗的节奏尽管有规律而不必有定量的长短。

朱光潜对于罗念生的韵文学术语的批评，笔者表示认同。当然，罗念生与朱光潜对于诗学术语的不同定义，并非仅仅是对于诗学概念理解不同的问题，实际情况要复杂得多。他们的争论与分歧存在两个层面的问题。一为对于同一诗学概念的不同理解问题，一为对于西文诗学术语的不同翻译问题。有时既牵涉到对于西文诗学术语的不同翻译，又牵涉到不同理解，两者纠缠在一起。对于同一诗学概念的不同理解，如对于“拍子”的概念，朱光潜认为拍子是音乐学术语，是有定量的，不能等同于音步。而对于如英文“rhythm”，朱、罗两人翻译不同，理解亦有偏差。朱光潜把这个词翻译为“节奏”，这是现在通行的译法。罗念生则翻译为“节律”。其实，两人对于“rhythm”的翻译虽不同，但理解并非完全不一致。罗念生把它定义为“字音的有规则的波动”，朱光潜把它定义为“字音的有起伏呼应的波动”，说明两人的“所指”是相同的。但对于这个相同的“所指”，翻译不同，理解也有部分的不同，一个强调“有规则”，一个强调“起伏呼应”，这就是牵涉到诗学观念的不同了。因此，在西方诗学输入中土的过程中，首要的工作就是统一“译名”的问题，只有译名统一了，名正才能言顺，才会避免不必要的分歧与论争。正是出于这种认识，朱光潜认为“韵文术语的定义对于诗人来说也许没有什么帮助，对于论诗者则为第一步紧要工作。我承认我们应该早做这步工作，不过应该加一番较审慎的斟酌。”[1]朱自清也写过文章《译名》，专门探讨过这个问题。

当然，这种对于西方诗学术语的误读与误译，当然也不只罗氏一人。这是西方诗学在进入中国之后，必然要经过的一个阶段。对于西方诗学术语的不同翻译、定义以及由此而带来的争论，说明了西方诗学对于中国诗学的影响正在变得逐步深入。

七、寻找声律运动的因果线索

为了替诗的音律辩护，朱光潜还从历史角度，对声律运动的发生与发展，作了认真细致梳理，试图“寻出它的因果线索”。[2] 为此，他在《诗论》抗战版之后，又写了《中国诗何以走上“律”的路》(上、下篇)，在 1948 年 3 月《诗论》由正中书局出版时，把这篇文章补了进去，作为该书的第十一章、第十二章。

该书第十一章《中国诗何以走上“律”的路(上)：赋对于诗的影响》，主要探讨赋在律诗形成中所起的作用。朱光潜认为中国诗的转变只有两大关键，第一是乐府五言的兴盛，从《十九首》到陶潜。由《诗经》变化多端的章法、句法和韵法变成整齐一律。这个大转变是由于诗与乐歌的分离。《诗经》是大半伴乐可歌的；汉魏之后，诗逐渐不伴乐，不可歌。第二个转变的关键是律诗的兴起，从谢灵运和永明诗人一直到明清，词曲是律诗的余波，最大特征是丢开汉魏诗的浑厚古拙而趋向精妍新巧：一是字句间意义的排偶；一是字句间声音的对仗。这两个特点都与赋的影响分不开。赋对于诗有三点影响：一是意义的排偶，赋先于诗；二是声音的对仗，赋先于诗；三是律诗与赋一样，意义的排偶先于声音的排偶。这说明律诗的意义排偶与声音对仗，皆与赋有关系。与西文诗比较起来，中文诗之所以走上排偶的路，与文字性质很有关系。第一，中文字尽单音，词句易于整齐划一。西文单音字与复音字相错杂。第二，西文文法严密，不如中文字句构造可自由伸缩颠倒，使两句对仗工整。“中文不但冠词和前置词可以不用，即主词动词亦可略去。在好诗里这种省略是常事，而且也很少发生意义的暧昧。单就文法论，中文比西文较宜于诗，因为它比较容易做得工整简练。”[3]朱光

---

① 朱光潜：《答罗念生先生论节奏》，《新诗》第 5 期(1937 年 2 月 10 日)。

② 朱光潜：《诗论》，《朱光潜全集》第 3 卷，安徽教育出版社 1992 年版，第 196 页。

③ 朱光潜：《诗论》，《朱光潜全集》第 3 卷，安徽教育出版社 1992 年版，第 202 页。

潜对于中文单音字较宜于诗的看法，与梁实秋相似。梁实秋在《谈十四行诗》[①]中认为白话文运动造成了语言链的断裂，在其他地方他也指出中文文字的特点对于新诗形式试验的制约，但他没有明言单音字宜于诗体现在哪些方面，只是到后来在《新诗与传统》中才明确指出中文单音字文法上的特点，看法与朱光潜如出一辙。他的这种看法应该是受了朱光潜影响。

朱光潜认为中国诗在齐梁后走上律的路，主要有三个原因：一是赋的影响，这是其《诗论》第十一章探讨的问题；二是梵音反切的影响；三是乐府衰亡后，诗转入有词而无调的时期，在词调并立前，诗的音乐在调上体现，词即离调以后，诗的音乐要在词的文字本身体现。音律的目的就是要在词的文字本身见出诗的音乐。这才是声律运动的更为重要的原因。后两者是《诗论》第十二章探讨的内容。

朱光潜从音义关系角度把诗歌进化史分四个时期。第一个时期为有音无义时期。这是诗的最原始期，诗歌与音乐、舞蹈同源。第二个时期为音重于义的时期。这时诗歌融合了音乐和语言，词皆可歌。在歌唱时语言弃去其固有节奏和音调，而迁就音乐的节奏和音调。在诗的调与词两成分中，调为主，词为辅。第三时期为音义分行期，是“民间诗”演化为“艺术诗”的时期。诗歌作者由全民众变为自成一特殊群体的文人。文人诗起初可唱，但着重点渐有歌调转到歌词，到后则专讲究歌词而不再注意歌调，依调填词的时期便转入有词无调时期。诗不再能够歌唱。第四时期为音义合一时期。词与调分离，诗不再有文字以外的音乐。但诗本出于音乐，无论怎样变，也不能与音乐绝缘。文人诗虽不可歌，但可诵。歌依音乐（曲调）的节奏音调，不必依语言的节奏音调；诵则偏重语言的节奏音调，使语言的节奏音调中仍含有形式化的节奏音调。音乐的节奏音调可离歌词而独立；语言的节奏音调则必于歌词的文字本身上见出。文人诗既然离开乐调，但仍有节奏音调的需要，所以不得不在歌词的文字上做音乐的功夫。诗的声律研究从此时盛行。由音义分合的四个时期可明白，汉魏以后，诗与乐分开，不再可歌，如果没有新方法使诗的文字本身上见出若干音乐，那就不免失其为诗了。朱光潜认为音乐是诗的生命，外在的乐调丢失后，诗人不得不在文字本身上做音乐的工夫，是声律运动的主因之一。

朱光潜对于声律运动的历史梳理，目的是为了说明诗歌对于音乐性的寻求，是以进化的自然轨迹做基础，并不是少数人的幻想和癖嗜所推广而

---

① 梁实秋：《谈十四行诗》，《梁实秋文集》第1卷，鹭江出版社2002年版，第471页。

成的一种风气。从声律运动的发生兴盛的历史可明白，诗人对于声律之追求，其根本目的是为了使诗从音乐的比附中独立出来，获得自身地位；其对于音乐性的追求，是为了使诗在离开音乐的同时，能“不失其为诗”。从这个角度看，声律运动有其历史生成的合理性与存在的合法性，诗的音律也因此具有了合理性与合法性。

由朱光潜对于声律运动的追溯中，可进一步明白朱光潜与梁实秋关于诗的音乐性看法的根本分歧，是对于诗的语言自身音乐性的认识不同。在朱光潜看来，声律运动对于声(平仄)、韵的讲求，皆属对于语言自身的音乐性的追求；而梁实秋则认为声(平仄)、韵皆属于蛮性的遗留，不是由语言自身产生的音乐性。考之诗歌史，梁实秋的看法明显过于严苛。虽然《诗论》第六章《诗与乐——节奏》着力于批判诗向音乐的比附，但朱光潜仍然充分肯定诗的语言本身对于音乐性的追求。因此，当戴望舒在《诗论零札》中发表否定诗的音乐美的看法后，朱光潜就表示了自己的不同观点：

> 读完《望舒诗稿》之后看到附录的《诗论零札》，我们不免要惊讶。他的开章明义就是，
>
> 一、诗不能借重音乐，它应该丢去了音乐的成分。
>
> 二、诗不能借重绘画的长处。
>
> 他的许多新形式的尝试(如《十四行》、《雨巷》、《记忆》、《烦忧》之类)和许多可爱的描写句不都是这两个原则的反证么？[①]

这些话充分说明朱光潜对于戴望舒《雨巷》、《十四行》、《记忆》、《烦忧》之类富于音韵美的诗歌，是完全肯定的。

除对语言本身音乐性认识不同外，对于声音在诗中的位置，两人看法也不同。朱光潜把声音要素看做诗歌最重要的成分，认为“读一首好诗，如果不能把它的声音节奏的微妙起伏抓住，那根本就是没有领略到它的意味。不幸得很，诗的这个最重要的成分却也是最难的成分。大多数人对于声音的反应多非常迟钝。”[②]梁实秋则认为诗的本质并不在于声音、格律等层面，声音、格律只是装饰，是掩盖空虚灵魂的外壳，因此，他提出一个评诗的标准，即把一首诗翻译成散文，看这首诗还剩下什么，剩下的一点才是诗所有的。这种观点明显是看轻形式的作用。朱光潜则不仅重视形式，重视声音，而且，他认为声音本身就能表达意义。他认为象征派及纯诗运动拿

---

① 朱光潜：《望舒诗稿》，《文学杂志》第1卷第1期(1937年5月)。

② 朱光潜：《谈晦涩》，《新诗》第2卷第2期(1937年5月)。

诗歌比拟音乐，固然有其令人怀疑的地方，因为音乐可漫无意义而语言却不能没有意义，但我们愈重视语言的声音与意义的统一，也愈不能否认声音就它能生影响而言，都有若干意义。声音的意义之丰富与贫乏，以听觉的接受能力而定。许多维护纯诗者与反对纯诗者有一共同错误，就是以为在语文中有离开意义而独立的声音，忽略了声音有效果即有意义的基本事实。[①]

揆诸诗歌语言发展的历史和诗体对语言的特殊性要求，朱光潜的观点更为平正通达。梁实秋后来也认识到了自己的观点偏激，晚年在《诗与传统》等文章中，力主新诗向旧诗传统学习，吸收平仄运用的精髓，看法已逐渐向朱光潜靠拢。

八、张世禄对《诗论》的肯定与商榷

朱光潜《诗论》出版后，反响很大。其中，音韵学家张世禄 1947 年 5 月写的《评朱光潜〈诗论〉》，应该是关于《诗论》的批评文章中分析比较深入、评价也较中肯的一篇。文章分“全书提纲”、“全书总评”、“情感的表现与印象的表现”、“隔与不隔及有我与无我之境”、“思想情感与语言文字的关系”、“中国诗的节奏与声韵的分析”六部分。第一部分是对《诗论》全书内容的概括，第二部分是对《诗论》的总体肯定，之后四部分则为张氏对《诗论》一些主要观点的商榷。其中，第六部分《中国诗的节奏与声韵的分析》，是对于朱光潜有关声韵与诗歌节奏关系分析方面的缺失所作的批评，这些关系到格律诗学的核心问题，且代表了音韵学研究者对于声韵与节奏关系问题的理解，自应引起研究者的关注与重视。

张世禄认为要拿外国诗的节奏与中国诗的节奏相比较，首先必须明了中国语言和声韵的现象。中国字音，可分为“声”、“韵”、“调”三种，“声”指“声母”，“韵”指“韵母”，“调”指“字调”；各种声母、韵母的分别，是关于“音质”的问题，就是指内中所包含的各种“元音”“辅音”。至于中国的“四声”，是属于字调的现象。字调的分别，包括三种现象：字音当中高低平衡或升降变化的调形；全字音基本调的高低；字音的长短。所以，“四声”的主要的区别，属于“音高”上的比较关系，次则属于“音长”上的舒促变化。“四声”的声，跟“声母”的声，绝对不可相混：前者是指字调的分别，后者是指字音起首的辅音。但《诗论》有些地方却把它们相混了：

---

① 参见朱光潜：《诗的难与易》，《文学杂志》第 2 卷第 1 期复刊号(1947 年 6 月)。

> 朱氏此书第八章论“声”,讲到中国的“四声”问题,有几处不免与“音质”的问题相纠缠起来,如说:“中国诗音律的研究,向来分‘声’(子音)‘韵’(母音)两个要素。……现在先分析‘声’的性质。‘声’就是平上去入。……”……几乎使读者要误认“声母”的声和“平上去入”的声为一件东西了!这或许是叙述时偶尔的疏忽;可是朱氏在这一章里所提出的四声“调质”的分别,确是把字调的现象和音质问题混为一谈。他说:“四声不但含有节奏性,还有‘调质’(即‘音质’)上的分别。凡是读书人都能听出四声,都知道某字为某声,丝毫没有困难,但是许多音韵学专家都不能断定四声的长短高低轻重的关系。这可证明四声最不易辨别的是它的节奏性,最易辨别的是它的‘调质’或和谐性。”……这里所提出的“调质”,明明说即是“音质”;实在使读者很难了解朱氏所指“四声”的分别,是属于语音上的那种现象?是否可以跟“声母”“韵母”上的辨别,混为一谈?朱氏又说:“四声的‘调质’的差别,比长短高低轻重诸分别较为明显;”……实在把中国字音上的“声”“韵”“调”这三种要素混合起来了;“四声”的区别,因此更难以明了。①

为了说明声韵与节奏之间的关系,指出朱光潜的错误,张氏提出中国历代各地“语音系统”的划分问题。他认为历代各地“语音系统”的划分,是中国音韵学上一件最重要的事。关于字调,各地方方言有它的字调的种类,这是“调类”的不同;在各地方言中,调类既不相一致,而对于各个调类又各自有特殊的念法,可以称它为“调值”。因而,平上去入一类名称,不能认为有固定的所指,只是用来代表调类的一种称呼。不能空泛地说“平声”字该读什么,只能说在现今某处方言系统中,它所称为“平声”字是读成某一种调子。我们必须指定了某一种语音系统,才能说明其中所具有的各种调类的“音值”。“语音系统”的划分,对于方言纷歧现象的处理,非常重要;对于古今语音变异的观察,更加重要。朱光潜认为要断定四声的元素与分别,是一件极难的事,各声的音长、音高、音势,都没有定量,且随时随地变动,因此,平上去入没有固定的区别,在此基础上就得出了平仄四声与节奏没有任何关系的论断。张世禄认为他的这种论断是站不住脚的;朱光潜的论断之所以错误,是因为他没有认识到“语音系统”的划分与定位问题。张

① 张世禄:《评朱光潜〈诗论〉》,《国文月刊》第58期(1947年8月)。

氏认为要考察平仄在律诗上所构成的音律，必须考明中古时期的“字调”系统，才能真正了解它；否则，任意用现代的音读来较量，便难免为模糊影响之谈。他通过对中古时期语音系统的考察，得出“平声可任意延长而仄声则不能任意延长”的结论，因此，平仄在律诗上构成音律就是建立在“长短律”的基础之上，这就肯定了平仄之间存在固定的定量关系，从而批驳了朱光潜所说的平仄与节奏无任何关系的论断：

> 因为骈文律诗把这种长短的节奏“制成固定的模型”，以致产生“声调谱”之类，在形式上过于板定，往往丧失了自然的语言节奏，不免使“文多拘忌，伤其真美”；所以朱氏说“古诗多自然，而律诗往往为格调所束缚。”但是我们究竟不能说“四声对于中国诗的节奏，影响甚微。”由律绝诗变为词曲，一方面固在句法的变化，一方面也由于语音系统的递更，不但使押韵上发生平仄通押之例，在音律上也由宋词的“论上去”，进而为元、明戏曲的“论阴阳”，似乎协律趋于细密，实则循着实际语音的演变，平仄的界限日就泯没，由往时“长短”的主要分别，渐渐趋重于“高低”变化的关系了。[①]

通过考察古今语音系统的演变及此种演变与诗歌节奏之间的关系，张世禄最后对于《诗论》语音与诗歌节奏关系的研究，得出了这样一个结论：

> 朱氏此书对于中国语音与诗歌节奏的关系，尤其在“字调”方面，可以说没有得到正确的结论。开始没有把古今的各种“语音系统”测分出来，因而抓不到区别“字调”的标准和“四声”的意义；因而没有探究到中古时期的四声系统和平仄分别的由来；因而否定平仄四声对于中国诗的节奏的重要性——不论在那一个时代或那一种诗文上的重要性；因而提出了“调质”的一种现象，或者竟只是一个名词，谓“四声的‘调质’的差别，比长短、高低、轻重诸分别较为明显……对于造成和谐则功用甚大。”终于把中国声韵学上“字调”和“声母”“韵母”三种应该分析的要素，却加以混乱了。没有使读者认清语音的现象，那末，对于声韵与文学的关系，自然也得不得正确的结论。朱氏此书，在这里实有改进的必要。

综合张世禄文中观点，他对朱光潜声韵方面研究缺失的批评主要集中于两点：对于四声的概念不清晰，对于平仄四声的分析过于笼统，不了解声

① 张世禄：《评朱光潜〈诗论〉》，《国文月刊》第58期（1947年8月）。

调之分析必须纳入某一时、某一地特定的语音系统之中。张世禄对于朱光潜的批评，其目的是为了否定朱光潜的核心观点：平仄四声与节奏的形成没有任何关系。可见，两人的根本分歧集中于对于平仄与节奏关系的认识上。朱光潜完全否定平仄与诗歌节奏形成之间的关系，而张世禄则运用自己音韵学方面的知识储备，得出平仄与节奏形成有必然关系的结论。

无可讳言，朱光潜《诗论》中对于"声"的探讨确实存在概念含混与纠缠之处，张世禄从音韵学的观点对它这方面的批评是正确的。不过，张氏本人的观点也有值得商榷的地方。朱光潜否认平仄四声与节奏形成之间的必然关系，是因为平仄四声没有固定的标准可言。张世禄认为在某时某地特定（例如中古时期）的语音系统中，平仄的固定特性与分别（例如长与短、可延长与不可延长）还是可以把握到的。他据此来批驳朱光潜，理由不太充分。因为，依据张氏自己所说，正说明平仄四声之间没有固定的普适性的标准，这一点也是他自己所承认的。刘大白早就认识到平仄这件东西，实在早已破产，而不足构成为抑扬律的工具了。[①] 可见，平仄本身由于中国各地方言不同，时代不同，没有固定不变的特性与判断其差异的普适性的标准，因此，以它来形成节奏，就存在很大问题。朱光潜的分析应该还是有一定道理的。平仄的作用，还是侧重于造成音韵和谐上面。

第二节　梁宗岱的形式诗学

梁宗岱对于新诗格律的态度有一转变过程，由开始的反对格律到逐渐支持格律："我从前是极端反对打破了旧镣铐又自制新镣铐的，现在却两样了。我想，镣铐也是一桩好事（其实行文底规律与语法又何尝不是镣铐），尤其是你自己情愿戴上，只要你能在镣铐内自由活动。"[②]梁宗岱对于新诗格律态度转变的内在成因，是他对新诗音节问题的重视，认为新诗的一半生命在"音节"。[③] 外在的触媒则是新格律诗派的形式运动，正是新格律诗派的形式试验，引发了他对于新诗形式问题的重视与兴趣。1931 年 1 月 20 日，徐志摩、邵洵美编辑的《诗刊》在上海创刊，该刊创刊号上发表了梁实秋《新诗的格调及其他》一文。文中，梁实秋以给徐志摩信的方式，发表了他

---

① 刘大白：《中国旧诗篇中的声调问题》，《小说月报》第 17 卷号外《中国文学研究》（上）（1927 年 6 月）。

② 梁宗岱：《论诗》，《梁宗岱文集》第 2 卷，中央编译出版社 2003 年版，第 35 页。

③ 参见梁宗岱：《论诗》，《梁宗岱文集》第 2 卷，中央编译出版社 2003 年版，第 35 页。

对于闻、徐等人新诗格律试验的看法，提出了他的新诗形式试验应该结合中国文字特点的主张。文章发表后，引起远在海外的梁宗岱注意。梁氏于是仿而效之，同样以给徐志摩信的方式，对《诗刊》创刊号上的诗歌及梁实秋的诗学主张，发表了自己看法。他的这封信很快以《论诗》为题，发表在1931年4月20日出版的《诗刊》第2期上。这是梁宗岱第一次发表其对于新诗格律的主张。到了20世纪30年代中期，他与罗念生等人编辑天津《大公报·文艺》“诗特刊”，在它上面掀起了一波关于新诗形式试验的小小浪潮。

梁宗岱的新诗格律观建立在他对于中国文字特性的把握上。他认为新诗作者制造规律（格律）有一先决条件，即“彻底认识中国文字和白话底音乐性”，因为每国文字的音乐性是不同的，逆性而行，任你有天大本事也不会成功。正是出于这种考虑，他对于新诗的形式试验提出了几点主张：

首先，他认为中国文字的音节大部分基于停顿、韵、平仄和清浊（如上平下平），与行列整齐关系极微。《诗经》、《楚辞》的诗句字数不划一。诗律之严密，音节之缠绵，风致之婀娜，莫过于词，而词体更加参差不齐，从李白到姜夔，演变程度极易显见。而且，从四言以上，每行便可以容纳许多变化和顿挫，而现代的新诗，很容易就超过十言，并且还可学习西方诗的跨句（跨行），因此，他主张新诗不妨切得齐齐整整而在一行或数行中变化。

梁宗岱非常欣赏西方诗的跨行。中国诗律没有跨句，中国诗里的跨句也绝无仅有，梁宗岱认为这也许是因为单音的中国文字以简约见长，感觉不到跨句的需要，但他还是认为这是中国旧诗的唯一缺点，新诗应当向西方诗歌学习跨句的做法。在向西方学习跨句时，要注意到跨句切合作者的气质和情调的起伏伸缩，它的存在是适应音乐上一种迫切的内在需要的。而中国新诗在向西方诗歌学习跨句时，往往忽略了这个问题。他举下面的诗句作为例子：

……儿啊，那秋秋的是乳燕
在飞；一年，一年望着它们在梁间
兜圈子，娘不是不知道思念你那一啼……

在上首诗中，“在飞”与“兜圈子”跨到下一句，是没有任何理由的，作者这样做，可能只是为了押韵。但这种押韵流于外在，行之间的节奏并不一致。梁宗岱这里说的“跨行”要照顾到“音乐上的迫切需要”，其实就是朱光潜说的每行音步的一致，但两人对于跨行的态度是不同的。梁宗岱明确主张中国诗人应该向西方诗歌学习跨行，而朱光潜则不鼓励。

其次，关于新诗用韵。梁宗岱认为新诗的韵是“列”出来的，即排出来给眼看而不是押给耳听的，与韵应有的功能相距太远。波特莱尔由契合引出官能交错说，近代诗尤其注重诗形的建筑美，如马拉美的《扇》用五节极轻盈的八音四行诗，代表五条鹅毛。但所谓“契合”是要一首或一行诗同时诉诸人们的五官，所谓建筑美就是帮助这功效发生，断不是以目代耳或以耳代目。他认为孙大雨《诀绝》第一节用抱韵，第一句押第四句，两句句末相隔三十余字，根本失去了应和的功能。

在用韵外，梁宗岱还注意到平仄在新诗中的运用问题。他指出孙大雨《诀绝》第一节四十四言(字)中只有十个字是平声，平仄太不调协。在某些情况下，诗人可以偶用哑浊或不和谐的句子来表现特殊的情境，不独不妨碍而且可以增加诗中的音乐，因为每字的音与义原有密切的关系。但在一般情况下，诗人必须追求平仄的调协。古人刻意讲求平仄，并不是无理的专制。新诗作者要创造诗律，平仄的调协是一不可忽略的元素。平仄外，双声叠韵也是组成“诗乐”的要素。此外还有半谐音，或每行，或两行互相呼应，若使用得当，足以增加声调的铿锵，尤其是十言以上的诗句。

在涉及诗中字的音义关系问题时，梁宗岱对此问题做了详细阐发。他把音义关系分为两种，一是固有的，一是外来的。淅沥、澎湃一类的谐音词以至根据物声成立的名词，如溪、河、江、海等属于固有的。外来的则为字音本身与意义原不相连属，但习用长久后造成一种音义间不可分离的幻觉，虽是幻觉，但若成为普遍现象，对于诗的理解和欣赏也是一极重要的元素。因为诗的真诠只是借联想作用以唤起我们心境或意界上的感应，牵涉的联系越丰富，唤起的感应越繁复，含义也就越深湛，而意味就越隽永。诗人的妙技，就在于运用几个音义本不相连属的字，造成一句富于暗示的音义凑泊的诗。[①]

最后，关于节奏问题。梁实秋在《新诗的格调及其他》一文中，分析闻一多《罪过》这首诗的音节试验，他自认最成功的两行是：

老头儿和担子摔一交，
满地是白杏儿红樱桃。

梁实秋分析这两行诗，每行有三个重音，头一行是“头”、“担”、“摔”三字重音，第二行是“地”、“杏”、“樱”三字重音，闻一多认为全诗是根据这个格调做的。梁实秋对于闻一多的重音试验表示认同，认为“如其全篇的音

① 参见梁宗岱:《论诗》,《梁宗岱文集》第2卷,中央编译出版社2003年版,第40页注①。

节都能像上面引的两行那样，我自然承认这首诗，在音节上是很可观的了。"①

对于梁实秋的分析和闻一多的试验，梁宗岱并不认可。他认为自己只知道中国诗一句有若干"停顿"，只知道中国文字有平仄清浊之别，却分辨不出白话文中除少数虚字外，哪个轻哪个重。他认为中国文字作为单音字，差不多每个字都有它独立的、同样重要的音的价值。就梁氏所举的第一句诗，他认为若要勉强分出轻重，"老、担、摔、交"都是重音。因此，借鉴英文诗用轻重音的交错来形成节奏的做法难以行得通。在节奏问题上，他主张借鉴法文诗。他认为法文诗的节奏以"数"而不以"重音"为主，法文的散文很富于节奏，因此，法文诗就特别注重韵和半谐音，素诗（无韵诗）在法文诗中虽存一体，而作品则绝无仅有。他认为中国文字的音乐性，在这一点上，与法文较为接近，因此，他怀疑素诗以及素诗所依据的"重音"节奏在中国的命运。

梁宗岱这里对于法文诗节奏特点的分析不太明晰。朱光潜在《诗论》第八章《中国诗的节奏与声韵的分析（上）：论声》对此分析甚详。依据《诗论》所说，法文诗不用"音组制"或"重音制"，而用"顿"，每顿中字音数目不一定。法文诗最普通的格式是亚历山大格，每行十二音，分顿不分步。法文音调和英文音调的重要分别在英文多重音，法文则轻重的分别甚微，无大波浪。只是读到顿的位置声音自然要提高延长加重，法文诗的节奏起伏同时受音长、音势、音高三种影响，而英文诗则重音势。梁宗岱只是根据自己的直觉，感觉中文诗句的节奏在于停顿，而法文诗也是用顿与韵造成节奏，因此，他主张中文诗应弃轻重律而学习法文诗，具体说，就是学法文的顿及用韵。在对于法文的看法上，梁宗岱的看法与朱光潜暗合。朱光潜也认为"以中文和英法文相较，它的音轻重不甚分明，颇类似法文而不类似英文。"因此，朱光潜坚决主张中文诗通过用韵，以达到形成节奏的目的。但是对于顿在新诗中形成节奏的功用，朱光潜只是局部肯定。朱光潜的上述看法都是建立在学理性的分析基础上，故其态度与主张皆非常明确。相比起来，梁宗岱对于法文诗节奏及中文诗顿的特点，皆是建立在感性印象的基础上，没有像朱光潜那样有学理的分析，因此，他的观点显得颇为游移不定。一方面他怀疑新格律诗派试验的"素诗"体及重音节奏说的命运，但又

---

①　梁实秋：《新诗的格调及其他》，《诗刊》创刊号（1931 年 1 月 20 日），见《梁实秋文集》第 6 卷，鹭江出版社 2002 年版，第 531 页。

说自己“不敢肯定”，之后在1934年8月，即此文发表后第三年，他又在该文后加上注释：“这封信是读完《诗刊》创刊号便匆匆写就的。第二期已改变我底印象不少，尤其是孙大雨底《自己底写照》虽只发表了两断片，对于‘素诗’底前途，已经给我们一个充满了希望的暗示了。让我们祝他早日完成这首新诗坛仅见的气魄雄浑的长诗罢。”[①]后来，梁宗岱在编辑天津《大公报·文艺》“诗特刊”时，把孙大雨《自己的写照》第三部分发表在《诗特刊》创刊号上，充分说明他已经认同了新格律诗派的节奏试验。

梁宗岱另一篇重要诗学文章为《新诗底十字路口》，该文发表于1935年11月8日天津《大公报·文艺》“诗特刊”创刊号，收入《诗与真二集》时改名为《新诗底纷歧路口》。这篇文章引起过很大反响，1936年吴世昌在回顾“前几年”的新诗发展时，指出几年的沉默并非无进步的停滞，其中“在理论上有比较持平周详的考虑和瞻顾——本刊第三十九期诗特刊梁宗岱先生的《新诗的十字路口》便是一个好例。”[②]吴世昌此语说明了该文对于新诗理论的影响。文中，梁宗岱认为新诗运动距离最后成功还很远，但短短十几年已有惊人发展却是重要事实，新诗发展及其所代表的理论不但与初期的主张分道扬镳，而且刚好相反。新诗开始的所谓“建设明了的通俗的社会文学”，所谓“有什么话说什么话”，不仅是反旧诗的，简直是反诗的。经过一段沉潜之后，人们认识到“形式是一切艺术底生命，所以诗，最高的艺术，更不能离掉形式而有伟大的生存。”反对旧诗的理由只有两点经过重大修改后还可以成立：一是关于表现工具或文字问题的，一是关于表现方式或形式问题的。旧体诗最大的缺陷，一是其形式（节奏、韵律、格式）的单调，一是其文字的失掉新鲜和活力，失掉达意尤其是抒情的作用。而这两点缺陷正是新诗唯一的存在理由。但梁宗岱认为新诗对于旧诗的优越也是它不得不应付的困难：不受严密的单调诗律束缚，但也失掉了一切可以帮助我们把捉和传造情调和意境的凭借；语言虽新鲜有活力但又贫乏和粗糙不适宜表达精微委婉的诗思。于是，新诗面临的课题就是：什么是语体文的音乐性？怎样洗练和培植它，使粗糙变为精细，生硬变为柔韧，贫乏变为丰富，生涩变为和谐？采用什么样的表现形式？若采用有规律的表现方式，什么是我们新规律的根据？

撇开语言的问题不谈，对于新诗形式的再造，梁宗岱的主张非常明确，

---

① 梁宗岱：《论诗》，《梁宗岱文集》第2卷，中央编译出版社2003年版，第43页注①。

② 吴世昌：《新诗与旧诗》，天津《大公报·文艺》“星期特刊”1936年2月23日。

就是发见新音节、创造新格律。他批评诗坛“仍然充塞着浅薄的内容上紊乱的形体(或者简直无形体)的自由诗;我们底意志和毅力是那么容易被我们天性中的懒惰与柔懦征服的!”他认为自由诗的地位永远无法与格律诗相比,在西洋诗无数诗体中,自由诗只是聊备一体而已;欧美自由诗经过几十年的奋斗,虽站稳了西洋诗体中所要求的位置,但仅是一个极微末的位置。梁宗岱认为西洋诗中自由诗体的情形,对于中国诗人不仅是一警告,简直是不容错认的启迪:

> 形式是一切文艺品永生的原理,只有形式能够保存精神底经营,因为只有形式能够抵抗时间底侵蚀。想明白这道理,我们只要观察上古时代传下来的文献,在那还没有物质的符号作记载的时代,一切要保存而且值得保存的必然地是容纳在节奏分明,音调铿锵的语言里的。这是因为从效果言,韵律底作用是直接施诸我们底感官的,由音乐和色彩和我们底视觉和听觉交织成一个螺旋式的调子,因而更深入地铭刻在我们底记忆上;从创作本身言,节奏,韵律,意象,词藻……这种种形式底原素,这些束缚心灵的镣铐,这些限制思想的桎梏,真正的艺术家在它们里面只看见一个增加那松散的文字底坚固和弹力的方法,一个磨炼自己的好身手的机会,一个激发我们最内在的精力和最高贵的权能,强逼我们去出奇制胜的对象。正如无声的呼息必定要流过狭隘的箫管才能够奏出和谐的音乐,空灵的诗思亦只有凭附在最完美最坚固的形体才能达到最大的丰满和最高的强烈。没有一首自由诗,无论本身怎样完美,能够和一首同样完美的有规律的诗在我们心灵里唤起同样宏伟的观感,同样强烈的反应的。[①]

在所有为格律所作的辩护文字中,梁宗岱的这段话应该是最富于诗意和哲理的了。

梁宗岱认为新诗已经到了一个关键的十字路口,一条路是自由诗的路,一条是格律诗的路。前者是一条捷径,但也是一条无展望的绝径;后者则可以有无穷发展的目标:“除了发见新音节和创造新格律,我们看不见可以引起我们实现或接近我们底理想的方法。”[②]

梁宗岱《新诗底纷歧路口》与徐志摩《诗刊弁言》,两文同属宣扬新诗格

---

① 梁宗岱:《新诗底纷歧路口》,《梁宗岱文集》第 2 卷,中央编译出版社 2003 年版,第 159 页。
② 梁宗岱:《新诗底纷歧路口》,《梁宗岱文集》第 2 卷,中央编译出版社 2003 年版,第 160 页。

律的创刊宣言。比较起来，梁文从中西对比、古今对比、新诗现状与过去对比、新诗何去何从等多个角度，为新诗的格律辩护，为新诗格律争取合法性地位，视野更加开阔，更加自信有力，更加雄辩且满含哲理与诗意。两文风格气势的不同，与它们出现的时机不同有关。徐志摩发表《诗刊弁言》时，新诗形式运动刚刚开始，一切还处在尝试阶段，徐志摩的语气显得还不是那么理直气壮。梁文发表时，不但离新诗的产生已经过了十几年，就是距离徐文的发表，也已有了整整十年的时间。在这十年内，新诗的形式运动虽几有起伏，但慢慢积聚了力量，现代格律诗在理论与创作上皆已取得一定成绩。"诗特刊"正是在这种背景下产生的。梁文的气势与自信，是与新诗形式运动的发展分不开的。

梁宗岱在《诗特刊》发表有《关于音节》(1936 年 1 月 31 日天津《大公报・文艺》第 85 期"诗特刊")。此文的写作因罗念生《节律与拍子》而起。《节律与拍子》发表于 1936 年 1 月 10 日天津《大公报・文艺》第 75 期，该期为"诗特刊"。编者在该文后加有"编者按"：

> 梁宗岱先生在本刊创刊号《新诗底十字路口》一文曾经提出"创造新音节"为新诗人应该努力的对象之一。罗先生这篇文章便是对这问题一个具体的建议。这问题表面似乎无关轻重，其实是新诗底命脉。希望大家起来讨论。

罗念生《节律与拍子》一文是对梁宗岱"创造新音节"的呼应，其对诗的节奏成因的分析与新诗节奏的建议，在当时引起了一定反响。梁宗岱当然关注此文的发表，在罗文发表不久，随即就写了《关于音节》一文，刊登于 1936 年 1 月 31 日天津《大公报・文艺》75 期"诗特刊"，对罗文的观点进行商榷。他对罗文提出的几个主要疑问是："平仄在新诗律里是否如罗先生所说的那么无关轻重？中国文字是否是轻重音底区别？如果有，是否显著到可以用作音律底根据？罗先生对于轻重音底区分是否可以无异议？……至于孙大雨先生根据'字组'来分节拍，用作新诗节奏底原则，我想这是一条通衢。"对于使用重音制于新诗，梁宗岱早在 1931 年的《论诗》一文就表示了怀疑。梁宗岱也一贯重视平仄对于汉语音乐性的重要价值，因此，对于罗念生把平仄一笔抹杀，自然不能表示认同。在这些方面，梁宗岱与朱光潜的观点更为一致。对于罗念生文中所提出"拍子"概念，以及把它追溯到孙大雨的《自己的写照》，梁宗岱则表示认同。在《论诗》一文中，梁宗岱从中文诗与法文诗对比的角度，其实已经隐约提出了以"音数"和"停顿"(caesura)来形成节奏的主张，虽对孙大雨的"素诗"及其所依据产生的“重音”节奏表示怀疑，但他随即对孙大雨的形式试验又给予了充分肯定。孙大雨的“音组”试验，与梁宗岱限定“音数”和停顿的主张之间，本无冲突反有暗合的地方。他的肯定应该与此有关。

在认同罗念生提出的“节拍”概念之余，梁宗岱又提出与节拍相关的两个问题。第一，一首诗里是否每行都应具有同一的节拍？这要视诗体而定。纯粹抒情的短诗每行不必具有同一节拍，多拍与少拍诗行的适当配合还可增加音乐的美妙。而无韵诗没有韵脚的凭借，易与散文混淆，十四行的整齐一致是组成其建筑美的重要元素，因此，每行必须具有一定的节拍。第二，节拍整齐的诗体其字数也应划一。罗念生认为诗是时间艺术，和时间发生关系的是节拍而非字数，因此，他主张节拍划一而反对字数划一。而梁宗岱则认为新诗的节拍可有一字到四字组成，若字数不划一，则一行四拍的诗可以有七字到十六字的差异。把七字与十六字放在一起，拍数整齐而所占时间却大不相同，而且通常情况下一字之差就会产生节奏的不和谐。另一种反对字数划一的理由是，语言天然就不整齐，硬要截为豆腐块，会发生不合理的“增添”或“删削”的毛病。梁宗岱认为一切艺术都是对于“天然”的修改、节制和整理；将表面上“武断的”或“牵强的”弄到“自然”和“必然”，使读者发生“不得不然”的印象。梁宗岱认为“在一意义上，这规律正和其余的规律一样，问题并不在应该与否，而在于能与不能。”①

梁宗岱提出每行诗节拍一致且字数划一，与闻一多的主张颇为一致，只不过闻一多提出的是“音尺”概念，梁宗岱这里用的是“节拍”概念。两个概念的内涵大致相同。而梁宗岱的主张与闻一多也有不同的地方，就是梁宗岱认为抒情短诗及西洋的短歌，不必追求节拍的划一，当然也不用追求字数的划一，因为节拍的划一易引起节奏的单调，节拍的有规律变化，反而有助于音乐性的获得。这应该是梁宗岱的一个创见。

梁宗岱此文引起罗念生的再商榷，他在1936年2月28日天津《大公报·文艺》101期“诗特刊”又发表《音节》一文，进行答辩。对于“抒情短诗的节拍不用划一”的观点，罗念生表示同意，他申明自己说的“整齐”并非“划一”，而是“各节里的长短诗行要合一”，即节的匀称。对于“拍数整齐的诗体字数是否应该划一”，罗念生仍然主张不用划一。他认为拍数一致则字数虽不同，但其所占时间大约是相等的。梁宗岱认为由字数划一所产生的“增添”与“删削”可以避免，罗念生则认为难以避免，纵然避免，词句的组

① 梁宗岱：《关于音节》，天津《大公报·文艺》第75期“诗特刊”，1936年1月31日。

织恐怕生出单调的毛病。

在回答梁宗岱的质疑外，罗念生又补充了自己对于中文音乐性的一些看法。他认为中国文字不易产生“节律”的缺陷，可通过中文的种种特长，如双声、叠韵、韵母的响亮与声母的柔和等，予以补救。中文的音乐性差不多全靠这种种特长。因此，他从双声、叠韵、韵、平仄、声音与意义的关系等五个方面，对中文的音乐性进行了论述。他的看法与朱光潜《诗论》的观点大体一致，只有局部不同，如对于平仄，罗念生对其重要性的强调不如朱光潜。对于音义关系的阐发，朱光潜也更为深入一些。

梁宗岱另一批评商讨文章是《〈玄理诗与哲理诗〉按语》，刊于 1936 年 5 月 29 日天津《大公报・文艺》第 85 期“诗特刊”。该文原没有题目和署名，作为按语性质，置于闻家驷翻译、艾略特所作《玄理诗与哲理诗》文后。梁宗岱在把此文收入《诗与真》二集“按语与跋”时，加了标题《音节与意义》。该文写作因叶公超《音节与意义》(天津《大公报・文艺》129 期“诗特刊”1936 年 4 月 17 日、天津《大公报・文艺》第 145 期“诗特刊”1936 年 5 月 15 日)一文而起。梁宗岱提出的问题有三点。一是马拉美诗歌是否如叶公超所说，存在“音节泛滥”问题。梁宗岱认为，正如艾略特所说，再没有哪位诗人比马拉美更在诗里“避免纯粹的铿锵和纯粹的悠扬”，更求“意义和音节底调协”。一是诗歌的音色问题，同样也是音义的关系问题。叶公超认为“一个字的声音与意义在充分传达的时候，是不能分开的，不能各自独立的，它们似乎有一种彼此象征的关系，但这种关系只能说限于那一个字的例子。换句话说，脱离了意义(包括情感，语气，态度，和直接事物等等)，除了前段所说的状声词之外，字音只能算是空虚的，无本质的。中国文字里只有极少数的字音孤立着可以说是有一种音色的，如‘坚’，‘固’，‘强’，‘弱’……之类。但中国文字里同声词太多了，譬如‘香’，‘乡’，‘镶’，‘湘’，按国音读多是同音字，但它们所代表的东西却很不同……”梁宗岱认为叶氏这段话就每个独立的字来说是精确的，但一个字对于诗人不过是一句诗中的一个元素，本身并无绝对独立的价值，诗之所以为诗大部分是成立在字与字之间的新关系上。他引用马拉美“一句诗是由几个字组成的一个完全，簇新，与原来的语义陌生并具有符咒力量的字”来论证自己的观点：“诗人底妙技，便在于运用几个音义本不相属的字，造成一句富于暗示的音义凑泊的诗。”可见，叶、梁二人的分歧在于，叶公超偏于孤立地看待字音与字义的关系，在音义关系上，重视义对于音的决定作用；梁宗岱则倾向于综合地看待字与字结合后所产生的新关系，在音义关系上，更为重视音义之间的互相促发感应。叶、梁二人的上述两点分歧，其实可归结为一点，即怎样看待诗中音义之间的关系？这个问题，可以说是京派形式诗学所探讨的一个重要问题，除叶、梁外，朱光潜、罗念生、吴世昌、高名凯等人，对此问题皆有探讨。

叶、梁二人的另一分歧为诗的节奏问题。叶公超把节奏分为"歌调底节奏"与"语言底节奏"，认为狭义的抒情诗采用的是"歌调底节奏"，而最宜于表现思想的则是"语言底节奏"。梁宗岱则认为"思想"在达到最高、最纯、最强烈的时候也会变为抒情诗，那么就会自然要求"歌调的节奏"，这样说来，叶的过于明晰的区分是存在问题的。叶公超后修正"语言底节奏"为"说话的节奏"，成为其格律诗学的核心概念。在《音节与意义》一文中，叶公超对于这个概念显然还没有形成明晰的认识，故论述上存在模糊之处，招致梁宗岱的质疑应与此有关。

正如卞之琳在《人事固多乖：纪念梁宗岱》中所说，梁对于新诗的艺术见解，在他自称的一贯之中，前后是有所变化的。① 但这种观点的变化只是局部的微调，并不碍于他对于新诗格律的一贯坚持。

第三节　叶公超的"说话的节奏"

叶公超是新月派的主要人物，曾参与《新月》杂志的编辑，与闻一多等人一样，也是新诗格律运动的重要参与者和支持者。但在具体诗学主张上，他更接近京派。如他主张"诗人的情绪与经验上确应当多多的增加本色或土色的表现。我感觉，新诗人一方面应当设法移种外来的影响，不是采花而是移种；一方面应当多接触中国的东西，多认识中国的事情。"②对于"中国""本色或土色"的强调，明显是京派的共同主张。对于新月诗派的形式试验，他并不完全认同："关于诗的语言节奏的把握，《新月》时期，闻一多、饶孟侃诸人，也曾有过尝试，我个人觉得他们并不成功。闻一多本来旧诗就已经写得很好，他也能填词，他对于形式有一个牢不可破的格式观念，他认为诗句应有一定的字数，每段诗的行数也应当相同，整整齐齐的，像豆腐干。我个人的看法是，发展中国语言的节奏，不需要走字数行数一样多

① 参见卞之琳：《人事固多乖：纪念梁宗岱》，《卞之琳文集》中卷，安徽教育出版社 2002 年版，第 171—173 页。

② 叶公超：《谈白话散文》，重庆《中央日报·平明》1939 年 8 月 15 日，见陈子善编：《叶公超批评文集》，珠海出版社 1998 年版，第 72 页。

的道路，但语言的节奏（拍）却应当有一个重复的根据，因为节奏必须在重复中才能产生。”[①]可见，他在诗学主张上与新月诗派之间，也存在一定分歧。

一、音义关系的探讨

新月时期，在《新月》杂志等刊物，叶公超发表的主要是书评，与诗学关系不大。20 世纪 30 年代，他发表的重要诗学文章，一篇是《音节与意义》，连载于天津《大公报·文艺》129 期“诗特刊”（1936 年 4 月 17 日）、第 145 期“诗特刊”（1936 年 5 月 15 日）；另一篇是《论新诗》，刊朱光潜主编的《文学杂志》创刊号（1937 年 5 月 1 日）[②]。发表文章的两个刊物皆属京派。可见，叶公超的诗学探讨，与京派的新诗形式试验是密不可分的。

叶公超《音节与意义》探讨的是诗歌音与义的关系问题。他认为从意义着眼，诗的音节可分为三种：一，与意义的节奏互相谐和者（思想或情感本身有节奏）；二，与意义没有多少关系，但本身的音乐性可以产生悦耳的影响者；三，阻碍意义之直接传达者。第一种是理想的音节。第二种是可有可无的音节。这种音节的成分，假使过多一点就可以变成第三种，所以常有泛滥的危险。音节的多少应以意义的要求为定，超过需要的成分便是泛滥。泛滥往往足以成患。叶公超这里说的“音节”与“意义”，“意义”属于内容层面，“音节”属于形式层面，音义之间的关系，其实还是形式与内容的关系问题。所谓“理想的音节”，指形式内容的配合达到天衣无缝的境界，在叶公超看来，代表了诗艺的最高层次。

叶公超对于新诗形式（音节）与内容（意义）关系的看法，其理论出发点是他的现代格律诗观。他认为写诗可以当作一种游戏看，凡是游戏都有合乎本身性质的规则即“格律”。但是，这些规则都有一种启迪的功用，它们强逼着诗人去找出路，即逼迫他去完成一种诗的形式。在任何文字的诗歌里，因袭似乎是节律的基本条件，虽然因袭的元素与方式各有不同。现成的“节律”（格律）可以说只是一种呆板、单调的重复，但一经能手运用，成为诗人内心的表现，它给人们的印象便不再是呆板、单调的，而是一种生动

---

① 叶公超：《我与〈学文〉》，《联合报·副刊》1977 年 10 月 16 日，见《新月怀旧：叶公超文艺杂谈》，学林出版社 1997 年版，第 158—159 页。

② 北平《自由评论》1936 年 3 月 27 日第 17 期有署名“叶维之”的《意义与诗（书评）》一文，讨论诗中“意义”传达问题。据解志熙先生考证，“叶维之”可能是叶公超的笔名。若真是这样，那么，这应该是叶公超另一篇重要的诗学文章。《意义与诗》及解志熙先生的考证文章，见解志熙《考文叙事录——中国现代文学文献校读论丛》，中华书局 2009 年版，第 37—43 页，第 53—58 页。

的、个性的东西。假若“形式”指一首诗的意义、结构与音节的结晶,即一首诗的特殊面目,诗人因袭中的变化就是一种形式的完成。叶公超认为他所说的第一种“理想音节”就是这种形式的表现。可见,他所谓的“理想音节”指的是格律诗的音节(或形式),而非自由诗的音节(或形式)。这样一来,所谓“理想音节”的音义和谐就包含了两个层面:一为音与义的和谐,一为格律(即他所谓的“节律”)因袭重复与变化创造的辩证把握。

叶公超对于音义关系的论述与分类,一方面是为了申明其格律诗学的理论主张,一方面是为了批判象征主义对于“音乐性”的过度追求。叶公超把音义关系分为三种,后两种都非理想的音节,因为它们与意义传达没有任何关系,第三种不但无关,甚至还妨碍意义传达。这种分类的依据建立在“诗是意义的传达”的诗学观上。叶公超拿诗与音乐进行比较。音乐是一种最理想的艺术,因为唯有在音乐里形式与内容是根本合一的,“Pater说,各种艺术都要以音乐的条件为目标,所谓‘音乐的条件’(Condition of music)即指形式与内容的融合,但 Pater 并不说音乐即是诗,或诗即是音乐。他承认我们接受音乐与接受文学的媒介不同:音乐是由感觉传达的,文学是由知识传达的。”[①]在音乐里一种节奏可以暗示某种情绪,但这种情绪之能否传达则全凭听者能否产生同样的情调(emotional pattern),听者和音乐接触之际,没有别的阻隔,他的反应完全是直觉的表现。文字的情形似乎没有这样简单。文学的媒介是文字,文字是一种有形有声有义的东西,三者之中主要的是意义,形与声不过是传达意义的媒介。诗便是这种富有意义的文字所组织的,读者的思想、情感、态度等都需服从意义的驱使。诗与音乐的性质根本不同,所以不能把字音看做曲谱上的音符。法国象征派的诗,在艺术上有相当成功,但它的音节理论,尤其是对于字音的神秘暗示观念却根本错误。

叶公超对于诗与乐关系的分析,以及在此基础上对于象征主义比附音乐的批评,其立足点与朱光潜完全一致。朱光潜也认为:“诗不能无意义,而音乐……无意义可言。诗与乐的一切分别都是从这个基本分别起来的。”[②]两人对于诗中音义关系的看法也完全一致。由于叶公超经常参与朱光潜家中举行的读诗会,他的观点可能部分地受到朱光潜影响。叶公超关

① 叶公超:《音节与意义》,天津《大公报·文艺》129期“诗特刊”(1936年4月17日)、第145期“诗特刊”(1936年5月15日)。

② 朱光潜:《诗论》,《朱光潜全集》第3卷,安徽教育出版社1992年版,第123页。

于音义关系及诗乐关系的辨析，虽远早于《诗论》(1943年出版)，但朱光潜《诗论》的初稿在他回国前就完成了，回国后他经常拿这个稿子与朋友讨论，并作为大学课堂的讲稿。叶公超对其观点，应非常熟悉。当然，也不排除朱光潜在此问题上接受叶公超的影响。不管谁接受谁的影响，这至少说明诗与乐异同及诗的音义关系问题，在三十年代中期，已成为诗学讨论的一个重要话题。叶公超在《音节与意义》中就提到罗念生《音节》一文对于音色的论述，说明他对于音义关系问题的关注。

叶公超与朱光潜对于诗歌音乐性的看法，也有非常微妙的差异。前面已经提到，朱光潜虽然反对诗歌比附音乐，但他非常重视诗歌语言本身的音乐性，认为声音本身就能带来意义，只有理解一首诗文字声音上的精微之处，才能真正懂得一首诗。所以他非常重视中文的双声、叠韵、平仄等元素所具有的音乐性功能。在这一点上，朱光潜非常接近梁宗岱。然而，这些因素的使用则是叶公超所反对或者警惕的。在这方面，叶公超的态度更接近梁实秋。叶公超对于诗歌语言音乐性的警惕，遭到梁宗岱的批评与反对就是当然的了。他们之间的分歧，其实还不在于对象征主义的态度和评价如何，而在于对诗歌语言本身音乐性的看法存在着较大分歧。

为了使诗进一步离开"音乐性"，叶公超还建议新诗尽可能采用一种"语言的节奏"，而远离"歌调的节奏"。为什么要远离"歌调的节奏"？这是因为"虽然抒情诗早已脱离音乐，但是多半抒情的情调仍然是歌唱的，紧张的。人类似乎不会有失掉抒情心灵的危险，试看本刊所发表的量数便可以安慰你自己了。"[①]就是说，歌调的节奏还是一种较为接近"音乐"的抒情节奏。为此，他主张采用"语言的节奏"。所谓"语言的节奏"，并不是任何方言的节奏，也不完全是日常语言的调儿，而是近于英文无韵诗里常见的一种平淡、从容的节奏。即如："To be，or not to be：that is the question."他又把"语言的节奏"称为"语体节奏"，认为这种节奏最宜于表现思想，尤其是思想的过程与态度。抒情性格的人也许不容易感觉这种平淡语体的节奏，因为抒情的要求往往是浓厚、显著的节奏。抒情诗节奏很容易变成一个固定的、硬的东西，因为文字究竟不如音乐能变化，而抒情诗却偏要模仿歌唱的节奏。诗人中，只有卞之琳与何其芳似乎具有语体节奏。

《音节与意义》一文，既涉及音节与意义的关系问题，又涉及格律与自

---

① 叶公超：《音节与意义》，天津《大公报·文艺》129期(1936年4月17日)、第145期(1936年5月15日)"诗特刊"。

由的关系问题。其实这是两个问题。叶公超此文的主要目的是为了说明音义关系问题，但在阐述此问题的过程中间，他迫不及待地表露了自己的格律诗观。限于文章主旨，在《音节与意义》中，叶公超对其格律诗观特别是他首先提出的“语体节奏”说，只能做到点到为止。到1937年发表《论新诗》，在“语体节奏”说的基础上，他提出“说话的节奏”这个重要概念，才进一步集中阐发了他的现代格律诗观。

二、说话节奏

《论新诗》发表于朱光潜主编的《文学杂志》创刊号(1937年5月1日)，除朱光潜的发刊词《我对于本刊的希望》外，这篇文章是这一期的打头文章。编者朱光潜在“编后记”中还特意提到这篇文章：“叶公超先生在《论新诗》里第一次郑重地提到新诗与传统的问题。他很明白地指出新旧诗的分别不在有无格律，新诗仍有格律，不过新诗的格律要在‘说话的节奏’及字音的和谐上面讲究。同时，他提出在何种条件下，新诗人可以研究旧诗。”[①]朱光潜对此文内容的概括可谓简明扼要。京派形式试验的一个重要阵地是《文学杂志》，叶公超《论新诗》一文的刊登则可看做是它开展新诗形式讨论的“开篇锣鼓”。

触发叶公超写作《论新诗》的内在动因，应该是旧诗势力的显形与新诗对于旧诗的恐慌：“近几年来，讨论新诗的人似乎都在发愁，甚至于间或表现一种恐怖的感觉：他们开始看出旧诗的势力了。”[②]新诗是在反叛旧诗传统的基础上产生的，但随着新诗发展，旧诗势力在新诗中渐有卷土重来之势，这使一些人茫然，更使一些人恐慌甚至仇视。叶公超认为新诗界对于旧诗的态度大可不必如此，新诗人尽可大胆读旧诗，而同时还可以创作新诗，只要读诗的人和诗人能认清新诗与旧诗的根本差别在哪里。新诗与旧诗的差别并不在格律之有无。新诗界有一根深蒂固的观念，认为新诗是从旧诗镣铐中解放出来的，这种观念是错误的。叶公超认为：

> 格律是任何诗的必需条件，惟有在适合的格律里我们的情绪才能得到一种最有力量的传达形式。没有格律，我们的情绪只是散漫的，单调的，无组织的，所以格律根本不是束缚情绪的东西，

---

① 朱光潜：《编辑后记(一)》，《文学杂志》第1卷第1期(1937年5月)，未署名，见《朱光潜全集》第8卷，安徽教育出版社1992年版，第529页。

② 叶公超：《论新诗》，《文学杂志》创刊号(1937年5月1日)。

而是根据诗人内在的要求而形成的。[①]

以格律为桎梏，以旧诗坏在有格律，以新诗新在无格律，都是因为没有认识到格律的意义。好诗读起来，感觉不到格律的存在，因为诗人的情绪与格律已融为一体。唯有在坏诗中，格律才有刺目的存在。旧诗的格律对于旧诗的文字（文言），是最适合、最完备的技巧。新诗与旧诗并无争端，两者可以并行不悖。

叶公超提醒人们既要认识到新旧诗都用格律，更要认识到新旧诗的差别到底在什么地方。他认为二者所用的媒介不同，这是最本质的差异。旧诗是用最美、最有力量的文言写的，新诗是用最美、最有力量的现代语写的；旧诗节奏是根据一种乐谱式的文字的排比作成的，新诗节奏是从各种说话的语调里产生的；新诗是为说的、读的，旧诗乃是吟的、哼的；新诗的节奏根本不是歌唱的，而是说话的。因此，新诗的读法应当限于说话的自然调子。

叶公超提出的“说话的节奏”，由之前他提出的“语体节奏”或“语言的节奏”发展而来，他认为“说话的节奏”这一提法显得更加清楚亲切。那么，“说话的节奏”到底是什么意思呢？他拿旧诗的音节元素与新诗比较，来说明这个问题。

旧诗平仄与字数、句法皆有限定，故用字非常节俭，虚字和许多前置词、主词、代名词、连接词都省去，且位置调动也不影响意义表达。旧诗的文言语言是单音字，单个字的势力大。但在说话的时候，语词的势力较大，所以新诗的节奏单位多半由两个至四个或五个字的语词组成，不再是单音，虽然复音的语词中还夹着少数单音。这些复音的语词之间或有虚字，或有语气的顿挫，或有标点的停逗，而同时在一个语词的音调里，还可以觉出单音的长短、轻重、高低及各人音质上的不同。复音之间的停逗形成一个音组，每个音组的时间大致是相等的。每个音组里，至少有一个略微长而重、或重而高、或长、重、高兼有的音，除了单音的长短、轻重、高低外，差不多同等轻重的连续字音也常见。这种轻重的说话节奏，运用到诗里，可以产生不同的格律。但叶公超同时认为，国语的语调，长短轻重高低的分别都不显著，因此，不能有希腊式或英德式的音步，若一定要勉强模仿，必然费力不讨好。因此，他认为：

音步的概念不容易实行于新诗里。我们只有大致相等的音

---

① 叶公超：《论新诗》，《文学杂志》创刊号（1937年5月1日）。

> 组和音组上下的停逗做我们新诗的节奏基础。停逗在新诗里占有很重要的地位。它本身的长短变化已然是够重要的，因为它往往不只代表语气的顿挫而还有情绪的蕴含，但是更有趣味的是，停逗常常可以影响到它上下接连的字音的变化。①

说话的节奏比较平坦，所以不得不倚仗顿逗（顿挫、停逗）的变化来产生一种类乎板眼的节奏。这样，顿逗就成了新诗说话节奏的基础，一顿形成一个音组。“顿挫”指停顿较短时间，“停逗”指停顿较长时间。他通过对于诗行中间的顿挫与停逗及行尾的停顿的分析，得出结论：有时音组的字数不必相等，而其影响或效力仍可以相同。因此，新诗一行之内音组之间的字数无须十分规定。音组内的轻重或长短律也无须像音步的情形一样，严格规定，但每音组内必须有一个比较重长的音，或两个连续的重长音。每行内音组的数目应否一致，全凭内容而定，但最低限度应有一种比例的重复，如第一行有三个音组，第二行一个，则以后根据这两种音组来重复，但重复不一定是接连的，或相隔同等距离的。行数多的诗应当用各行音组差不多的结构，但抒情短歌可比较参差。

叶公超注意到顿逗过分使用也会带来弊端。若过分运用显著而无变化的顿逗，结果必然流于刻板化，格律过于整齐很容易有这样的危险。再加上中国的字音较短，辅音少而无变化，拍子本来就快，如果顿逗过于整齐或显著，读起来更加显得斩钉截铁。

叶公超既重视格律的意义，又重视文字的作用。他认为格律虽然重要，但不过是一种组织大纲，能否产生好诗，关键在充实格律的文字的影响。格律都是平凡、刻板、无生气的，但一经诗人的运用，马上就变为活的，其秘密就在文字。文字的声音本身可以产生各种隐微的和谐，有时还能帮助意义的传达，旧诗除了讲究声调和谐外，还很注意字音彼此的合作能力。字音和谐有两个条件，字音彼此音质之契合，字音相隔之距离。中国的单音文字在第二点上胜过复音文字。中国字音的和谐原则绝不止于双声叠韵，比较隐微的联络还有很多。在强调中国文字音乐性的同时，叶公超又认为一首诗的力量往往无须寄托在文字的音乐性上。

叶公超还首次注意到中国文字对偶与均衡的技巧。胡适的《文学改良刍议》提出“八不主义”，其中就包括“不讲对仗”，因此，一般人皆把对仗看做是旧诗的一种技巧。但叶公超却不为成说所限，发现了对偶与新诗所存

① 叶公超：《论新诗》，《文学杂志》创刊号（1937 年 5 月 1 日）。

在的微妙关系。他认为对偶与均衡是中国文字中极有效力的技巧，旧诗用得很多，在新诗中仍很有用处："均衡的原则是任何艺术中最基本的条件，而包含对偶成分的均衡尤其有效力。……西洋诗里也有均衡与对偶的原则，但他们的文字在这方面究竟不如我们的来得有效。单音文字的距离比较短，容易呼应，同时在视觉上恐怕也占点便宜。"①均衡与对偶的原则并不刻板，它可以产生无穷的变化，这种微妙的变化在新诗中也很常见。

在分析了新诗与旧诗的相同在"格律"、相异在"语言与节奏有本质不同"之后，叶公超提出了"新诗人不妨大胆读旧诗"的观点。他主张新诗人应当多看文言的诗文，就是现在人所写的文言诗文也应当看。他的理由有两点，一是希望新诗人的意识扩大，能包括传统文化的认识和现阶段的知觉，二是旧诗文里有许多写新诗的材料。他引用艾略特《传统与个人才能》中"新与旧适应"的观点，认为这种适应代表人类最高的理想，用于文学是最进步、最有意义的。诗人必须深刻地感觉以往的主要潮流，必须明了他本国的心灵，以往伟大作家的心灵都应当在诗人的心灵中存留着、生活着。因此，在做到绝对用现代语言、现实生活中情景作比喻的前提下，旧诗的情境、咏物寄托、甚至唱和赠答都可变态地重现于新诗中。

在诗体的探索试验方面，叶公超认为叙事诗可做可不做，散文诗不会持久，新诗应当在诗剧方面努力。叶公超对诗剧的提倡，目的还是为了试验他所提出的"说话的节奏"，或"能入语调"。他认为只有在诗剧里语言意态的转变最显明、最复杂。旧诗情调过于单纯，其重要原因之一就是它的文字离实生活的语言太远。建筑在语言节奏上的新诗是和生活一样有变化的，而诗剧就是保持这种接近语言的方式之一。

叶公超的新诗格律观建立在语言观的基础上。他提出"说话的节奏"代替"歌调的节奏"，就是基于新诗与旧诗语言媒介的差异，一为现代语言，一为文言。"诗与语言的关系大致是诗来挟语言，不是语言来挟诗：换言之，即以诗来求语言的节奏，而不是以语言来求诗意。我要避免这个误会。但是一味求文字音节之悦耳，而不顾到语言的本质与屈挠性，那又何必要用白话做诗呢？仅以格律与音节而论，旧诗之外实在可以无需再要别的诗。"②这是他提出"说话的节奏"的第一层理由。更深一层的理由则是他对于现代诗特质的看法。在《音节与意义》中，他提出歌调节奏是用于抒情

---

① 叶公超：《论新诗》，《文学杂志》创刊号（1937 年 5 月 1 日）。

② 叶公超：《文艺与经验》，《今日评论》第 1 卷第 1 期（1939 年 1 月 1 日）。

的，而平淡的语体节奏最宜于表现思想，尤其是“思想的过程与态度”。这个观点在文中一闪即逝，没有得到深入阐发，但却代表了叶公超对于现代诗特质的重要看法。

在1939年发表的《文艺与经验》(1939年《今日评论》第1卷第1期)一文中，从作家生活经验的角度，叶氏对该问题做了进一步申说。他认为新诗的成功多半在抒情诗方面，情调过于单调。[①] 抒情诗脱胎于乐歌，建立于文字的歌唱性上。但是诗至少应有两种：一种是运用语言的歌唱素质的，一种是运用说话的节奏的。前者是抒情诗的范围，后者是描写与叙事的工具。这说明他认为现代诗不应该只是用来“抒情”，还要作为“描写与叙事”的工具。中国旧诗延续的是一种抒情传统，运用的是语言的“歌唱素质”即音乐元素，现代新诗在此抒情传统之外，还应该紧贴现代生活，开辟出新的“描写与叙事”传统。这种描写与叙事，体现在诗的节奏上的，就是一种结合现代语言特点而发展的说话节奏。叶公超主张新诗应该“描写与叙事”，并不意味他主张放弃抒情诗来写史诗；他只是通过这点来说明新诗的“文艺意识”过于狭隘。

叶公超分析现代诗歌中抒情诗占优势的最大原因，在于诗人的年龄与经验都是偏于“抒情感觉”方面的：他们的路线大多是从书里走到自己的小小悲哀上，或再走回到书里。除了这个理由之外，还有旧诗的传统影响和早期新诗收获的影响，不过这两点皆属次要。由于经验只限于抒情方面，所以新诗人的成功也多在抒情诗上，“意识不够广大，灵感不够丰富”，不可能用诗去描写与叙事，也就难以在说话的节奏上去探索。他认为作家的经验与两方面有关，一是意识或知觉的范围，一是灵感的深刻程度。知觉范围之大小就是一个人对于环境的事实认识多少；所谓灵感之深刻程度，就是对于环境各种现象的意义的了解，以及了解后的感悟。经过抗战这样一个伟大的时期，作家的意识应当扩大了，灵感也应当比从前丰富了。“我们只希望一般作者要在这个时期里把他们知觉的天线树立起来，接收着这全民抗战中的一切。最近百年来西洋文学里最重要的趋势就是扩大了文学里的社会性，虽然一方面有纯诗运动，有极端个性的尝试，多半的作品仍然还是根据各种社会现象来表现人生的。我们的文艺似乎也向着这个方向

---

① 《谈白话散文》一文重申了他的这种观点，认为新诗成就只是在抒情短歌方面者居多，青年心境中的眷恋、祈求、苦闷有了相当表现，但生活中“别方面的情绪”却还只在生活中等待诗人的探索。见叶公超：《谈白话散文》，重庆《中央日报·平明》1939年8月15日。

走，不过从各方面看，我们作家的经验实在太单调，太狭隘了。”[1]可见，叶公超认为生活经验的狭隘决定了抒情诗的泛滥，影响了诗人对于“说话的节奏”的试验与探索。这说明叶在《论新诗》中提出的这个概念，并不仅仅是一诗学概念，只有联系他对于现代诗的功能的看法，他对于诗人与生活关系的看法，才能真正深入领会他的这一概念的真正内涵。

叶公超认为现代诗不应该只是用来“抒情”，还要作为“描写与叙事”的工具。他的这种观点，与朱光潜所持的“诗是抒情的”观点，可谓截然相反。朱光潜认为诗大体上是抒情的，散文大体上是叙事说理的。叶公超没有进一步解释为什么诗可用来“描写与叙事”。既然认为诗可“描写与叙事”，为什么又认为“叙事诗可做可不做”，二者之间是否有矛盾？他所谓的“描写与叙事”，在所指上与一般所谓的“描写与叙事”有何不同？用来“描写与叙事”的诗，与散文的分界到底在哪里等等。这些问题，叶公超都没有作进一步阐发。也许这个问题太难，也许叶公超本人对这个问题也没有办法说清。笔者认为，叶公超所谓的“描写与叙事”，与其学生卞之琳尝试的“新诗的非个人化”之间，应该有一定关联。叶在晚年写的《唱歌的人——联副三十年文学大系散文卷（四）〈火鸟之歌〉序》中曾说：“一篇散文有无文学的价值，一定要在散文之外看它能否抒情。没有抒情的散文就不能说有诗的因素。反过来说，很多诗的句子假使把抒情的成分去掉，就变成了没有结构、没有意义的一般散文了。”[2]这说明叶认为抒情仍然是诗的本质要素。这与他早年所说的诗在抒情之外，还可“描写与叙事”的观点，是不同的。

叶公超的《论新诗》在20世纪现代格律诗学史上占有非常重要的位置。卞之琳是叶公超的学生，他对其师此文给予很高评价：“不仅是叶最杰出的遗著，而且应视为中国新诗史论的经典之作，虽然也还有不少可商榷处。”[3]他认为这篇文章与朱光潜的《诗论》、王力的《汉语诗律学》都是写新诗者与研究新诗者所不应忽视的，正是由于它们的被忽视，中国新诗的发展才遭受了巨大损失。他的这种评价并无溢美之处。《论新诗》提出的一些命题，对后来的现代格律诗学，产生很大影响。首先，叶公超提出新诗建行单位不应计单字数而应计语言“音组”，作为一个明确的理论命题，比孙

---

① 叶公超：《文艺与经验》，《今日评论》第1卷第1期（1939年1月1日）。

② 叶公超：《唱歌的人——联副三十年文学大系散文卷（四）〈火鸟之歌〉序》，《联合报·副刊》1981年10月9日，见《新月怀旧：叶公超文艺杂谈》，学林出版社1997年版，第168页。

③ 卞之琳：《赤子心与自我戏剧化：追念叶公超》，《卞之琳文集》中卷，安徽教育出版社2002年版，第189页。

大雨的"音组"说还要早。其次，叶公超第一次提出"说话节奏"的诗学命题。这个诗学命题建立在叶公超对于新诗语言和新诗现代性特质的看法上，对卞之琳和何其芳后来的现代格律诗学观念有相当大的影响。卞之琳承认自己后来提出说话型与哼唱型节奏，就是受了《论新诗》一文的影响。[①] 第三，叶公超对于诗与语言关系的看法，值得引起研究者重视。他提出"诗与语言的关系大致是诗来挟语言，不是语言来挟诗：换言之，即以诗来求语言的节奏，而不是以语言来求诗意。"[②]认为现代诗既要照顾到语言的变迁（白话、说话），又要从白话中提炼出节奏，既认识到白话诗运动的合理性，又认识到其完全舍弃格律的弊端。第四，叶公超认为现代诗人的意识过于狭隘，局限于抒情，其生活经验与灵感应进一步扩大，并在此基础上发展现代诗歌"描写与叙事"的功能，与冯至、卞之琳对于现代诗歌的看法，有一脉相承之处，其说话节奏的诗学命题，与此亦有关系。

第四节　林庚对新诗韵律的诗化求证

在对新诗格律的探究上，朱光潜与林庚可以说代表了两个互相对立的"极点"。前者是以美学家的身份，对新诗的格律进行学理求证，运用的是冷静的理智分析；后者是以诗人身份，对新诗的格律（他用"韵律"一词）进行诗意求证，运用的是艺术性的直观感悟与想象。"诗性"是林庚终生追求的人生境界。这种诗性追求贯穿在他的人生活动、诗歌创作和文学研究当中，对新诗形式的试验与探索，同样充满浓厚的诗性色彩。他自造的一些诗学概念如"极端的诗"、"自然诗"，不是学理性很强的诗学概念，含有他特有的率性而为的诗化成分，自然不可能得到学界普遍认同；而他对这些概念的求证，同样是"林庚式"的，从概念的提出到论证，充满太多漏洞，但逻辑的跳跃中时有诗性闪光。与其他的理论家相比，林庚的形式探索具有更为强烈的问题意识，他的形式理论既充满学理的漏洞与概念的含混不清，又相当富于启发性与原创性。

1949 年之前林庚虽发表为数不少的诗论文章，但其中有相当一部分没有收集，被他收入《问路集》的也只有《诗与自由诗》、《诗的韵律》、《甘苦》、

---

① 参见卞之琳：《赤子心与自我戏剧化：追念叶公超》，《卞之琳文集》中卷，安徽教育出版社 2002 年版，第 188—189 页。

② 叶公超：《文艺与经验》，《今日评论》第 1 卷第 1 期(1939 年 1 月 1 日)。

《漫话诗选课》、《新诗的形式》、《诗的语言》、《再论新诗的形式》等文。2005年清华大学出版社出版了九卷本的《林庚诗文集》，对林庚作品的收录并不全面，林庚的很多诗文、小说特别是诗论，仍然散佚在外。解志熙先生收集了林庚集外散佚的诗文包括诗论近50篇，几逾15万字，他整理其中的一部分并在此基础上写成《林庚的洞见与执迷——林庚集外诗文校读札记》一文[①]。文章结合新发现的诗学文献，对林庚与戴望舒等人的诗学分歧、三四十年代林庚诗学诗风的转变、林庚作为"新批评家"的洞见与贡献，作了深入细致精彩的解析。在解志熙先生的发现外，笔者还发现林庚的长篇诗论《新诗形式的研究》，全文近1万5千字，刊1943年《厦大学报》第2期。笔者以下对于林庚民国时期诗学理论的阐述，其所依据的史料，除林庚收入《问路集》的文章外，其他皆来自解志熙先生的《林庚集外诗文辑存》[②]和笔者发现的《新诗形式的研究》一文，在此特作说明，并向解志熙先生表示感谢。

一、自由诗现代性之发现

林庚走上诗坛，是以自由诗创作起步的。他的第一本新诗集《夜》1933年9月自费出版，开明书店代售，诗集收录1931年至1933年创作的自由诗43首。俞平伯为诗集作序，在序中称："他不赞成词曲歌谣的老调，他不赞成削足适履去学西洋诗，于是他在诗的意境上，音律上，有过种种的尝试，成就一种清新的风裁。"[③]这说明他起初是不赞同新格律诗派的诗学主张的。他的第二部新诗集《春野与窗》，收录新诗57首，1934年10月由北平文学评论社出版。这部诗集中的诗大部分也是自由诗。

在创作自由诗外，林庚还于1934年发表《诗与自由诗》一文，对自由诗创作进行理论探讨。他所谓的"诗"，指的就是格律诗，用他的称呼，就是所谓的"韵律诗"。文中，他提出与自由诗有关的一些问题，如自由诗为什么会风行？自由诗采用散文式的句子，比有韵律的句子好安排，但为什么文字的问题反而在自由诗中发生呢？他认为要解释这些问题，不能不刨根问底追问一下，所谓传统的韵律诗（格律诗）与自由诗究竟除了一点形式上的不同外，在本质上还有什么更大的区别？这区别是不是便能解释了一切的

---

① 该文收入解志熙先生《考文叙事录——中国现代文学文献校读论丛》一书，中华书局2009年版，第139—164页。

② 见解志熙：《考文叙事录——中国现代文学文献校读论丛》，中华书局2009年版，第85—138页。

③ 俞平伯：《〈夜〉序》，见《林庚诗文集》第1卷，清华大学出版社2005年版，第3页。

纷争，而归纳到一条线上去呢？这种追问显示他对于自由诗创作有着敏锐的问题意识。

林庚认为诗（格律诗）与自由诗之不同，与其说是形式上的，毋宁说是更为内在的不同。自由诗的兴起是由于传统诗的泉源枯竭，一切可说的话都概念化了，一切的动词形容词副词在诗中也都成了定型而再掉不出什么花样了，于是诗人去寻找新的语言生命所在，自由诗乃应运而生。自由诗的产生缘于感觉到文字表现来源的空虚，于是利用所有语言上的可能性，使得一些新鲜的动词形容词副词得以重新出现，一切的语法也得到无穷的变化；通过这，诗人追求到从前不易抓到的一些感觉与情调。林庚比较自由诗与传统格律诗的区别，认为传统诗不专在追求情调或感觉，而是用此来描写人事；自由诗是借着人事来述说捕捉新的情调与感觉，启示着人类情感中以前所不曾察觉的一切，"且其追求的范围是如此的深而且广，其文字之必须有极大的容量乃是无可奈何的事，而文字不够用的感觉所以便在这里才会觉到，至于形式之必须极量的要求自由，在文字尚且如此时自更是当然的事了。"[①]林庚认为自由诗与传统格律诗本质的不同，在于它对新的感觉与情绪的极度追求以及由此追求所带来对文字、形式一切可能性的极度试验与探索，它的现代性在此，它的合法性亦在此。林庚从诗本质的角度，对于自由诗现代性的认识与合法性的辩护，无疑比胡适的白话—自由诗学更富理论深度。

虽然林庚对于自由诗体的现代性有着如此富有深度的认识，但是，他的自由诗体的创作实践并没有能延续下去。1936 年他接连出版了两部诗集，《北平情歌》出版于 1936 年 2 月，《冬眠曲及其他》出版于 1936 年 11 月。两部诗集皆由北平风雨诗社出版，其中所收诗歌，大部分皆为四行的现代格律诗。据林庚《〈北平情歌〉自跋》记载，他的自由诗集《春野与窗》印成是在 1934 年深秋，此后所写的诗便收于《北平情歌》之中。[②] 这说明，他的现代格律诗实践，最迟从 1934 年秋就已开始。若依据解志熙先生发现的现代格律诗《歌者之声》[③]，那么他的现代格律形式试验在 1933 年便已开始，与其自由诗创作同步。林庚在《关于四行诗》一文中也曾说自己写《春野与

① 林庚：《诗与自由诗》，《现代》第 6 卷第 1 期（1934 年 11 月 1 日）。

② 参见林庚：《〈北平情歌〉自跋》，《林庚诗文集》第 1 卷，清华大学出版社 2005 年版，第 219 页。

③ 林庚：《歌者之声》，《西湖文苑》第 1 卷第 2 期（1933 年 6 月 1 日）。

窗》中《除夜》的一部分诗时，已开始尝试较整齐的形式。[①] 这说明在创作自由诗的同时，林庚已开始了格律试验。但他大规模试验格律体，则始于1934年底，几乎于《诗与自由诗》写作同时。林庚自己在《〈问路集〉自序》中也说"一九三四年我又开始寻求新诗更鲜明的形式。"[②]那么，为什么林庚会这么决然且迅速地转向格律诗的创作呢？答案其实就在《诗与自由诗》一文里面。该文结尾，他有这样的话：

> 自由诗创造了无数有生命力的文字与感觉，这正是如今传统的诗为什么枯竭了的病症的所在；将来也许仍有类乎传统诗体的诗出现，则其生命中的来源必在于此！……自由诗也许有一天会命运终结的，那便是它宣告完全成功的时候。类乎传统的诗也许有一天会重又生长起来，那便也得要等到这一天的来到！[③]

也就是说，自由诗并不能代替传统的诗即格律诗，它只是发展诗的一条路，它的成功就是它任务的完成，格律诗还会接替它的位置。这个意思，他在随即发表的《诗的韵律》一文中，表达得更为明白：

> 自由诗的重要并非形式上的问题，乃在他一方面使我们摆脱了典型的旧诗的拘束，一方面又能建设一个较深入的活泼的通路；这种诗的好处即在于他是完全新的，但却因此也便只能代表着一方面。警句与天然永远是两方面——当然我们不能说那一种是比较更好——若可以说自由诗代表的是前者的性质，则韵律的诗当是近于后者了；这二种诗体中无论哪一种，其单独的发展结果则前者必流于"狭"，后者必流于"空"，都是衰亡的死路。故自由诗在今日纵是如何的重要，韵律的诗也必有须要起来的一天。[④]

在林庚看来，诗的历史就是韵律诗与自由诗缺一不可、此起彼伏、交替发展的历史，而其中，韵律诗属于诗的发展的常态，自由诗则属于诗的发展的变态；韵律诗是"自然诗"，而自由诗则是非自然的诗。这是《诗的韵律》一文所持的主要观点。

---

① 参见林庚：《关于四行诗》，《文学时代》第1卷第5期（1936年3月10日），见解志熙：《考文叙事录——中国现代文学文献校读论丛》，中华书局2009年版，第101页。

② 林庚：《〈问路集〉自序》，《问路集》，北京大学出版社1984年版，第1页。

③ 林庚：《诗与自由诗》，《现代》第6卷第1期（1934年11月1日）。

④ 林庚：《诗的韵律》，《文饭小品》第3期（1935年4月5日）。

二、新诗形式原理的探讨

《诗与自由诗》可看做是林庚自由诗观的总纲，而《诗的韵律》则可看做是林庚韵律诗观的总纲。在《诗的韵律》中，林庚提出了韵律诗是"自然诗"的观点，这是他整个韵律诗（格律诗）观的理论基础。而要理解他的"自然诗"是什么意思，还需把此文与《极端的诗》一文合观才成。

《极端的诗》发表于《国闻周报》第12卷第7期（1935年2月25日），是林庚发表的第二篇诗学论文。此文所提出的"极端的诗"概念，虽然与格律问题无关，但在林庚的诗学概念生成与发展序列中，为重要一环。他后来在《诗与韵律》中提出"自然诗"概念，"韵律"是就自然诗的形式说的，而"极端的诗"则是就其本质说的。在林庚看来，本质与形式是不能分开的，自然诗的"极端的诗"的本质，决定了他的"韵律"的自然形式。所以，要了解"自然诗"及"韵律"两概念，必须首先了解"极端的诗"是什么意思。

简单说来，林庚所说的"极端的诗"与此前陈启修提出的"诗素"，有相似之处，指的就是诗之所以为诗的特质："极端的诗是指那支持了诗而使它仍与其他作品有别的特质。有了这点特质，则便有点像诗，有很多则简直就可是诗，全没有便全不像，全都是便是这极端的诗了。"[①]林庚对于"极端的诗"的阐释，带有他本人所特有的诗意与神秘色彩。他比较诗与散文、小说、戏剧等其他文体的区别，把诗提高到"宇宙的代言人"的高度，认为宇宙"才是伟大，才是浑然，才是无边际的。诗是宇宙的代言人，它不讨论什么，不解决什么，它只如宇宙之有着一切，而轻轻的把智慧的钥匙递给了人们，能接受的便会走进那珍贵的园地的门里去。它培养着一切，使人知道怎样更好点的生活下去。"[②]极端的诗最主要的特点是自然："极端的诗是能与生活合二为一的，它是与人随时都打成了一片，如春风之与草原，在不知觉间，自然的绿色千里了。"[③]他所说的"极端的诗"，与他后来提出的"自然诗"是一个意思。请看他对自然诗的界定：

> 这种诗体，姑名之曰"自然诗"；如宇宙之无言而含有了一切，也便如宇宙之均匀的，从容的，有一个自然的，谐和的形体；于是诗乃渐渐的在其间自己产生了一个普遍的形式；
>
> 假如自由诗可以说代表着人对宇宙的了解，那么自然诗所代

① 林庚：《极端的诗》，《国闻周报》第12卷第7期（1935年2月25日）。
② 林庚：《极端的诗》，《国闻周报》第12卷第7期（1935年2月25日）。
③ 林庚：《极端的诗》，《国闻周报》第12卷第7期（1935年2月25日）。

表的便有如宇宙的自身，它是万有的，表现着人与宇宙的合一。……自然诗的性质，自然诗的价值是自然，故其外形亦必自然，外形的自然则自由反不如韵律……①

这段话是林庚在其第三篇诗学论文《诗的韵律》中说的。林庚为了说明诗的特质是什么，提出了"极端的诗"一概念。到了《诗的韵律》一文，他为了说明格律诗的形式即"韵律"的意义是什么，又提出与自由诗相对待的一个概念"自然诗"。从他对"自然诗"的理解看，他心目中的"自然诗"就是"极端的诗"。只不过这两个概念侧重点不同，"极端的诗"强调的是诗的本质，"自然诗"强调的则是诗的本质与形式的统一性。

按照林庚以上对于自然诗的界定，"韵律"的意义即在于使自然诗的外形更为自然，而自由诗的自由变换的形式则是不自然的。"韵者是形式的特征，律者是大家遵守的规则。"②韵律并非只是使诗有个形式而已，韵律诗意味着诗的形式是普遍一致的，是诗人都遵守的。而韵律的最重要意义就在于它使韵律诗成为一种自然诗。林庚认为自由诗不断变化的外形，使外形本身凸显出来，故是不自然的。这就像电影的屏幕，若屏幕的外观经常变换，人们就忘不了它。若屏幕永远用一个一致的方形屏幕，则人们就不觉得它的外形，韵律诗用韵律的意义就在于此。——这就是典型的"林庚式"论证。

林庚对于韵的自然性的论证也是"林庚式"的。他认为因为谐了韵，于是乎下句便仿佛来得很自然了，而"韵"之所以能成为"韵律"者便在此。自然的诗为使其外形"虽有若无"，于是采用一个一致的有韵的形式；轻车熟路，走过时便自然一点也不觉得了："读这样的诗时，我们是快乐的觉得许多如此好的字恰如我们所习惯的跳到眼前来；好像这首诗不是从外边来的，乃是早已藏在我们的心中；于是我们几乎记不得什么诗了，只是欣悦着，这便是最自然的诗。"③韵律的最大意义就在于使韵律诗的外形更为自然，而韵律的产生也是自然而然。用他的诗意的话说，就是"新酒究竟要一个什么样的新瓶，是只有新酒自己知道的。"

林庚认为以往韵律诗运动的失败，一是由于他们对于韵律的方法没有走对，二是对于韵律的意义多未认识清楚，陷入形式至上的误区，认为韵律

① 林庚：《诗的韵律》，《文饭小品》第3期（1935年4月5日）。
② 林庚：《诗的韵律》，《文饭小品》第3期（1935年4月5日）。
③ 林庚：《诗的韵律》，《文饭小品》第3期（1935年4月5日）。

的重要是由于其音乐成分，所以走来走去终于碰壁。他认为韵律的重要绝不主要由于其音乐成分，而且，韵律也非诗的主要因素，用韵律来区别诗与散文是完全不对的。以前追求新诗形式的失败，就在把形式看得太重要，以为今日诗所缺乏的只是形式，形式一有便万事亨通。林庚认为自己虽然一样承认韵律，但与此前的新诗格律论者已经有根本不同："从前追求新形式的时候，以为形式是天经地义；我们现在也承认韵律，却是因其能使我们如没有形式。"①

林庚对于自由诗与自然诗的分别，充满过于浓厚的诗意成分和感性色彩，如认为："假如自由诗可以说是代表着人对宇宙的了解，那么自然诗所代表的便有如宇宙的自身，它是万有的，表现着人与宇宙的合一。"②这种说法明显是站不住脚的。为了免于被人指为"形式主义"，对于自由诗与自然诗的分别，林庚不愿从形式上立论，这一点与朱光潜对于诗与散文的分别很相似。于是，两人都从诗的本质上立论。朱光潜认为大体上诗偏于抒情而散文偏于叙事说理，因此诗的格律之讲求就是感情的自然需要。比之朱光潜，林庚从"人与宇宙"的关系立论，这就显得神秘难测。对于自然诗韵律"自然"的合法性辩护，以及对于自由诗形式"不自然"的评断，同样失之于牵强。

林庚最初尝试的格律诗为四行诗，1936 年 2 月《北平情歌》出版后，为了怕朋友怀疑自己开倒车又走入旧圈套，林庚特意写了《关于四行诗》一文，来为自己的形式试验辩护。他的辩护理由，还是基于其自然诗理论。自然诗说认定韵律的作用在于使诗的外形自然。在《关于四行诗》中，林庚又从读者心理接受的角度，对自然说作了发展。他认为诗的好坏不在形式，声音的成功并非就是诗的成功，"诗原是以语言来说出意思，不然则一首诗当永不如一支歌了。"③因为诗是以语言来说出意思，因此，诗的好坏就在"看你有无意思启示与人"。既然如此，那么，形式的作用何在呢？林庚认为与自由诗相比，自然诗悦耳的形式却占了一点小便宜，那就是使人易于接受。也许认识到自己的辩护给予形式的地位太轻，林庚又提出试验四行诗的另一理由，就是为了追求另一种风格："形式的诗与自由诗却因此产生了不同的风味，前者容易于接受所以得之浑然，后者则单刀直入，所以警

---

① 林庚：《诗的韵律》，《文饭小品》第 3 期(1935 年 4 月 5 日)。

② 林庚：《诗的韵律》，《文饭小品》第 3 期(1935 年 4 月 5 日)。

③ 林庚：《关于四行诗》，《文学时代》第 1 卷第 5 期(1936 年 3 月 10 日)。

绝。”[①]最终，林庚对于四行诗的辩护还是显得不那么有力。

虽然写文为自己辩护，《北平情歌》还是招致了形式内容开倒车的批评。诗集出版于1936年2月，1936年10月就有“钱献之”写了《〈北平情歌〉》一文，发表于《新诗》第1期，对之进行批评。作为应答，林庚写了《关于〈北平情歌〉——答钱献之先生》。[②] 此文重新申说《诗的韵律》与《关于四行诗》的观点，认为两者的分别，只是“姿态”与“风格”之不同，一个是紧张的，所以无暇顾及格律，一是从容的，所以行有余力则以学文。他的这种分类及分类的依据，随即又招致戴望舒的批评，在《谈林庚的诗见和“四行诗”》(1936年11月《新诗》第1卷第2期)中，戴望舒认为“姿态”和“风格”是两个不大切合的词语，而自由诗的“紧张惊警”与自然诗的“从容自然”的分类，更缺乏“论据之点”。戴望舒认为自由诗是不乞援于一般意义的音乐的纯诗，韵律诗则是一般意义的音乐成分和诗的成分并重的混合体。而对于韵律诗与自由诗的价值评判，即两者孰是孰非，以及诗人的何舍何从，戴望舒认为这是一个“更复杂的只有历史能够解决的问题。关于这方面，我现在不愿多说一句话。”

针对戴望舒的“缺乏论据之点”的批评，林庚写了《质与文——答戴望舒先生》，发表于《新诗》第1卷第4期(1937年1月10日)，进行回应。在这篇文章中，为了进一步申说自由诗与韵律诗各自的特质，林庚又提出了它们之间的另一种不同，即“质与文”：

> “质”可以说是“刹那的新得”，“文”却是质在经过刹那之后而变为“一点蕴藏”了。我们常常在一个特殊情形下方得到领会一

---

① 林庚：《关于四行诗》，《文学时代》第1卷第5期(1936年3月10日)。

② 林庚：《关于〈北平情歌〉——答钱献之先生》，《新诗》第1卷第2期(1936年11月10日)。林庚晚年承认自己的新格律诗存在很浓厚的文言化倾向：“我最初发现‘五字节奏音组’时，从中得到了很大的好处但也吃了它不小的亏，我想应该把这吃亏的经验向大家坦白，那就是容易造成格律诗逐渐地文言化。写白话的格律诗而走向文言化，这无疑乃是一种倒退和失败，可这又是在不知不觉之间的。这样的情况在我的《北平情歌》与《冬眠曲及其他》两本诗集中竟有很强的趋势，我为这个失败付出了痛苦的代价，而且经过了两年多的时间，一连出版了两本诗集之后才一朝明白了它的原因，是由于‘五字音组’在文言诗中有着非常深厚的基础，只要你把这五个字按‘二·三’的组合来写，就很容易受到五言诗的文言的无形‘感染’，何况‘五字音组’也曾在古典诗词中作为诗行的下半行而经常地出现。……因此三字尾乃是‘五字音组’的危险地带。要避免这无形中文言化的影响，最直接的办法就是不用三字尾，遇到‘五字节奏音组’时尽量只采用‘三·二’而不采用其‘二·三’的组合。明白了这么一个简单的道理之后.我才真正摆脱了文言化的干扰。这当然不是说‘五字节奏音组’根本就不能采用‘二·三’的组合，而是要十分小心。小心的办法就是针对文言化的危险而尽量地口语化。”见林庚：《从自由诗到九言诗——〈新诗格律与语言的诗化〉代序》，林庚：《新诗格律与语言的诗化》，经济日报出版社2000年版，第32—34页。

> 种诗情与真意，而在蕴藏之后却可以放之四海而皆有了。我所谓的惊警紧张，即指那新得的刹那，如“沧海月明珠有泪，蓝田日暖玉生烟”。我所谓的从容自能（“能”当作“然”。——笔者注），即指那深厚的蕴藏，如“一春梦雨常飘瓦，竟日灵风不满旗”。前者偏于质，后者偏于文，平常的好诗则多在此之间……①

很显然，用质与文来区分自由诗与自然诗，同样充满过于诗化的色彩。这样的答复，当然不会说服戴望舒。

为了说明“自然诗”概念，林庚又写了《什么是自然诗》，刊登于《新诗》第2卷第1期（1937年4月10日）。他认为自然诗与自由诗的分别并不在于自然诗的字面合乎语法，好懂，而自由诗不好懂。他认为自由诗有一点不大自然，“不大自然并非说它扭捏作态，只是生活中却不能自然地把它放了进去。”他举李商隐的诗为例，认为“沧海月明珠有泪，蓝田日暖玉生烟”是自由诗，“夕阳无限好，只是近黄昏”为自然诗，前者独立于日常生活之外，后者就在日常生活之中。以在日常生活之中还是在日常生活之外，来作为自然诗与自由诗的分别，还是基于诗人的诗意评断，仍然不具有任何学理上的依据。

由于自然诗的概念受到较多质疑，林庚对于自然诗（韵律诗）与自由诗之间本质的分别，也比较牵强，因此，后来他很少再提“自然诗”这一概念。在自然诗概念之后，林庚后来又提出了“诗的语言是容易的”、“诗的形式是跳跃的”、“诗的形式是最普遍的形式”等重要观点。林庚1948年发表《诗的语言》一文，刊《益世报》“文学周刊”第80期（1948年2月28日）。从林庚论述的内容看，他所谓的“语言”指的其实是“语言形式”，与“形式”一词可以互换。林庚认为诗的语言是一种不平常的语言，所谓不平常有两个意思。一指容易，诗的语言是一种“容易”的语言。林庚所谓的“容易”，与通常含义不同，他指的是诗人对其表现工具的熟练与征服，在经过艰苦的锻炼之后，对语言形式的使用达到了“更自由、更方便、更容易”的理想境界。因此，所谓容易，并非偷懒而是恰恰相反。一指节奏，诗的语言是一种有节奏的语言。诗不但要分行，而且行的自身也要有节奏的作用。林庚把节奏的作用形象概括为“欲擒故纵”。分行不免要停止一下，这便是“擒”，也便是“节”；虽然停止却似乎没有完，还不能不再读下去，这便是“纵”，便是“奏”。因此，诗的语言是跳跃的语言。诗的跳跃作用，使得诗的文字比散

---

① 林庚：《质与文——答戴望舒先生》，《新诗》第1卷第4期（1937年1月10日）。

文更不受逻辑的束缚，同时建立一个更解放的语言。诗正因为这一个解放，才获得更丰富更活泼的表现力。[①]

《再论新诗的形式》发表于《文学杂志》第3卷第3期(1948年8月)。在这篇文章中，林庚提出了“诗的形式是最普遍的形式”的观点。对于形式重要性的认识，林庚有一变化的过程。在20世纪30年代林庚所提出的“自然诗”概念中，“韵律”(形式)的作用只不过使诗看起来更为自然而已，因此，形式虽重要，但相对于诗的本质而言，还是只占据相对次要的地位。到写作《再论新诗的形式》时，他已经把形式提升到很高的位置，认为诗原只是一种特殊形式的语言，诗如果没有形式，诗就是散文、哲学、论说，或其他什么，反正不是诗。形式为什么被看得如此重要呢？这与林庚的形式观有关。林庚认为形式的意义不在悦耳，双声叠韵等并非诗的形式，也不足以代替诗的形式，这些只不过是细枝末节而已。“诗的形式真正的命意，在于在一切语言形式上获取最普遍的形式。”[②]五、七言是诗的形式，正因为它能够普遍。我们从一切形式上获取这普遍的形式，我们也就是从一切特殊的形式里解放出来；这解放与普遍的意义在诗与词的比较之下便可明白。词的形式有许多词牌，所以词只有比较通行的形式，而没有真正普遍的形式。形式的普遍性就是形式的解放，于是表现才能深入浅出。诗的形式正是诗的明朗性，明朗性是诗的一种美德，它并非简单。简单是“一览无余”，而明朗是可以“一览”而依然“有余”。林庚认为诗的明朗性应当是随形式的普遍性而来，可是这明朗性的要求，因新诗的形式还未成熟，于是就转而求之于戏剧的形式，这就是朗诵诗。朗诵诗的确是一种形式，但不是诗的形式。朗诵诗富于戏剧性。戏剧与诗的效果不同而各有所长，戏剧的效果是紧张的，诗的效果是自然的。诗坛上另一种近于戏剧效果的运用，就是一些极短的诗行，他举例如“我看见一面红的旗飘在空中。”可以把它写作：

我看见
一面
红的旗
飘
在空中

这样，每个字都变为凸显的，借以求得明朗。但这又等于文字的表演，

---

① 参见林庚：《诗的语言》，《益世报》“文学周刊”第80期，1948年2月28日。

② 林庚：《再论新诗的形式》，《文学杂志》第3卷第3期(1948年8月)。

而并非文字的表现。表现是文字的交织,而这里则为文字的隔离。诗的形式正是要从自然的语吻上获得,从文字的普遍性上寻求。那些凸显的特殊的方式适足以破坏形式的普遍性。[①]

从形式的自然说,到形式的容易说、跳跃说、解放说、普遍说,仔细寻找,可发现一条较为清晰的发展脉络。这些说法,显示了林庚作为诗人对于诗歌“形式哲学”形而上的诗意感悟。比起之前强分自由诗与韵律诗本质为二,林庚这次显然吸取了教训,不再着眼于诗(韵律诗、格律诗)与自由诗的分别,而把论述重点放在诗的形式上面。林庚对于形式的看法,同样充满了诗人惯有的诗性色彩,但至少没有逻辑上的硬伤。而正是由于诗人这种天马行空、洒脱不羁的直观感悟,林庚的诗歌形式哲学,才焕发出其独特魅力。这也是学人纯粹学理性的研究所无法取代的地方。

林庚对于新诗形式哲学的感悟,一方面与其诗性的直观感悟的思维方式有关,一方面也与他打破了新旧诗对立的二元模式后,所带来的思路的活跃、视野的开阔有关。

白话—自由诗学以批判旧诗而确立起新诗的合法性地位,无形中在诗人与读者心中形成了新诗、旧诗截然对立的二元模式。朱光潜、梁宗岱、叶公超皆反对“五四”完全否定旧诗的做法,提倡诗人应具有一种历史意识,向伟大的旧诗传统学习。林庚在这一点上与他们完全一致。他的“自然诗”概念虽缺乏学理依据,但其中合理的内核则是对于几千年格律诗传统的尊重与肯定。正是对于格律传统的尊重,使他在面对新诗与旧诗的关系问题时,能够避免陷入非此即彼的简单化陷阱,从而直接面对这个问题的复杂性。在1937年发表的《谈旧诗》一文中,林庚没有再纠缠于自然诗性质到底如何的探究,而是提出了另一问题:“旧诗何以不能再作?”提出此问题的时间是1937年,离旧诗被打倒、新诗成功已过了近20年,这个问题似乎已经不成其为问题。但林庚认为这问题“有的人要以为已不成问题,这正是我们的特意提出的理由。”[②]他认为对于此问题的探究,正是新诗循此可以求得出路的线索。为了问题探讨的深入、公正,他特约法三章:说话的人不许有势利之心,不许先认定旧诗一定不能再做,不许东拉西扯。在此之外,他又提醒人们:不以为新的便好,才可以对旧的持公平的眼光。“旧诗何以不能再做?”讨论的结果,或者竟得出了旧诗可以再做的结论,大家

---

① 参见林庚:《再论新诗的形式》,《文学杂志》第3卷第3期(1948年8月)。

② 林庚:《谈旧诗》,《中国文艺》第1卷第1期(1937年5月15日)。

也不必惊慌失措。

《谈旧诗》一文只是提出“旧诗何以不能再做”的问题，接下去便是对此问题的层层追问。林庚并没有打算解决这个问题，他这篇文章的目的也并不是为解决问题而是提出问题。在提出的总问题下，林庚又提出了多个小问题，比方说旧诗不自由，新诗自由，这就要研究新诗何以要自由；旧诗何以虽不自由，而唐宋以来尽多好诗？还有：新诗人何以连这点形而上的困难都克服不了，而旧诗人亦人也，却能运用得那么自如，等等。林庚提出问题的本意，就是警醒人们重新关注新旧诗的关系问题，从这个问题的探究中找出新诗进一步发展的路径。他这种提问题而不解决问题的方式，比起之前对“自然诗”自然原理的辛苦求证，无疑更富于诗人的灵性与智慧。

林庚提出自然诗概念，只是为诗的“韵律”辩护，而没有涉及格律的具体问题。在《谈旧诗》一文中，林庚关注到作为格律诗关键的“节奏”问题。他对此问题的探讨也是通过提问题的方式：“比方从前的诗是由歌中演来，因为间接与音乐有了渊源，所以自然产生了节奏；今日诗已不歌，则是否还要节奏？再从前的诗是否除了音乐关系外仍要节奏，此需要是否新诗中亦有？都应先事解决，不可随便默认；或以为旧诗既有，新诗也应该有；又以为西洋诗既有，中国诗自应该有，此便是盲从，便是不彻底。如此前提既含含糊糊，下文便都是徒劳。”[①]林庚这里提出的问题，对于新诗的节奏研究，皆有相当重要的关系。他后来的一些文章，便是对这些问题的进一步探索。

三、新诗建行的具体主张

综括起来讲，林庚对于新诗节奏的试验与探讨，主要集中于建行问题，对于如何建行，他的主要主张是“逗”与限定音数。其建行的具体措施，皆是围绕“逗”与音数的限定而展开的。

林庚最早探讨新诗建行问题的文章，应该是《关于四行诗》。他在文中比较自然诗与自由诗的风格后，还具体谈了自己的形式试验。他发现念得上口的诗多是五个字与三个字，而五个字往往要附在三个字之后。林庚“五字拍”与“三字拍”的概念是受传统诗歌启发而提出的。旧诗中一行之内一般两字一顿为一拍，他认为新诗中五个字实际上要占据两拍的时间，相当于旧诗中四个字，三个字要占一拍时间，相当于旧诗两个字，新诗的一

---

① 林庚：《谈旧诗》，《中国文艺》第1卷第1期（1937年5月15日）。

拍要比旧诗的一拍多一个字。他所谓的“五字拍”和“三字拍”是五字或三字一个“音组”，是有机而不能随意分开的。所以，他把五字当做一大拍，三字当做半大拍，用这两种作为字数的单位，试验了八字诗（五字拍加三字拍）、十字诗（两个五字拍）、十五字诗（三个五字拍）和十八字诗（三个五字拍加一个三字拍）。他这五种诗体所试验的只是每行中的逗数（即节拍），押韵则与四行诗一样，用 aaba 式。平仄问题则没有顾到。林庚认为他的四行诗所说的“四行”只是一个基数，可以以此基数成倍增加。

林庚对于“五字拍”与“三字拍”不同组合的试验，其基本原理来自旧诗的顿，只不过他的一拍在字数上比旧诗的两字拍增加了三个字和一个字，一行诗的字数也增加了许多。有人认为他尝试的十八字诗太长。他则依据诗史的发展来作辩解，认为由《诗经》到唐人七言，每行的前拍已长了一倍。（其实，七言的前拍四字还可再分为两拍，还是两个字）根据这一点，他认为由文言诗演变为白话诗，长是当然的。

在位置上，林庚认为三字拍要放在行尾。而五字拍是用得最频繁的拍，这个拍子可由二三或三二的不同产生种种变化。而五字之中没有轻声或轻声所在的地方的变动也产生不同的句法。他认为这样才能整齐中有变化，不会单调呆板。

写完《关于四行诗》之后的一段时间，林庚在文章中很少再谈及建行问题。1940 年在厦门大学时，他曾在厦门大学中国文学会作过一次报告，题为《新诗的形式》。在这篇文章中，他提出“艺术的语言，是无尽的语言”的观点，[①]对于形式和建行问题，没有进一步阐述。由于该文现存部分为残稿，丢失的部分可能就有形式研究的内容。林庚集中阐发他对形式具体问题的看法，是长文《新诗形式的研究》。文章分八节：《序曲》，《新诗形式研究的困难》，《新诗形式的可能性》，《拍子与自然节奏》，《节奏自由诗》，《四拍诗之一》，《四拍诗之二》，《节奏波浪》。《新诗形式研究的困难》认为随着语言变迁，传统的五、七言已经不能再用，新诗需要一种较长的诗行，而平仄不能构成诗行，且从来没有构成过一句诗行。由于中国文字是单音字，字与字间本无固定的长短与轻重，因此，欧洲的长短音或轻重音同样不能用到新诗中。新诗在形式上旧有的不能用，西洋的也不能用，这就是新诗形式研究的困难，“近十年来新诗坛的冷落未始不与这形式研究上的困难

---

① 参见林庚：《新诗的形式》，1940 年在厦门大学中国文学会上的报告，见《林庚诗文集》第 2 卷，清华大学出版社 2005 年版，第 92 页。

有关。"《新诗形式的可能性》探讨新诗形式可能的出路。林庚认为欧洲诗行的构成，虽然都根据于字音较显著的性质，然而在这些不同的性质上，却保持着一个更世界性的形式，那就是音数的计算。这一点与传统五、七言限定字数相同，这给予林庚很大启发，因此，他的新诗形式试验的第一步就是诗行的不同音数的试验，从八音到十二音，还勉强尝试到十八音。"这些尝试中当然也杀掉过不少本来可以写得好的诗，但同时却给我对于新诗形式上更多的认识。我观察它们的可能性，也便是它们的普遍性，有的虽然可以偶尔成行，却不能适应更多样的辞句，便不是可以采用的形式。"《拍子与自然节奏》探讨音数的如何分配。林庚认为节奏的建立，音数不过是最笼统的说法，最重要的问题是音数如何分配。在音数的划分上，他主张"自然节奏"说，反对欧洲诗歌的"拍子"。《节奏自由诗》是林庚自造的一种诗体，他在《关于〈北平情歌〉——答钱献之先生》一文中曾宣称在下一部诗集《冬眠曲及其他》中将尝试一种兼有自由诗与四行诗好处的诗体，他名之为"节奏自由诗"。他举例如《夜》、《青山》、《冬眠曲》、《抽烟》等。[①] 之所以称为"节奏自由诗"，是因为它一方面有完全的节奏，一方面又保持着自由活泼的语吻。《四拍诗之一》、《四拍诗之二》探讨的是"四拍诗"这种体式。林庚所谓的"四拍诗"，指十一言诗，一行为十一个字，分为"六五"两组，"六"又分为"三三"的起伏，"五"又分为"三二"的起伏。"六"的节奏单位偶尔可分为"四二"或"二四"，"五"的分配则必须一律"三二"。

《新诗形式的研究》是林庚唯一一篇对于新诗形式进行学理探究的文章，对于研究林庚的新诗形式观具有重要价值。根据文章注释可知，林庚还著有《诗学》一书，从里面的章节名字《形式与文字组织》、《形式的形成》、《论平仄》可知，这是一部更为详细的论述新诗形式问题的专著。可惜，这部专著并没有见于林庚的集子中间，也许已经散佚。

林庚以上文章虽对建行问题作了深入探讨，但没有明确提到他的建行理论的核心观点即"逗"的理论，对于这一问题进行明确论述的是 1948 年发表的《再论新诗的形式》一文。他根据《楚辞》"兮"字的用法，并根据西洋诗的"pause"即顿的理论，提出了"逗"一概念。他认为一个诗行在中央如果能有一个"逗"，便可以产生节奏。四言诗是二、二，五言诗是二、三，七言诗是四、三，都要求在诗的半行上有一明显的"逗"。这是中国诗歌形式上一个值得注意的普遍现象。另一公认的现象是随着语言发展，诗行的逐渐放

---

① 林庚：《关于〈北平情歌〉——答钱献之先生》，《新诗》第 1 卷第 2 期(1936 年 11 月 10 日)。

长，这种放长又正是由于新音组的出现。四言完全是二字音组，而五言则出现了三字音组。新音组的变化主要发生在诗行的下半行。这种发展趋势说明今天白话诗行必须建立在比三字音组更长的新音组上，并且随着新音组变长，诗行自然会变得更长。林庚认为“诗能够掌握语言上的新音组，诗才能有全新的普遍的语言，诗行才能成为一个明朗不尽的形式。深入与浅出，在这形式上，乃从而获得新的解放与统一。”①根据自己对新音组的尝试，林庚得出“新音组中五字音组可能最近于自然和普遍”的结论。

林庚的新诗节奏试验与理论探讨，自始至终贯穿一条线索，就是对于模仿西方诗歌的反对与批评。从俞平伯为他第一部诗集《夜》作的序可知，他的自由诗创作与反对模仿西洋诗歌有关。走向格律诗创作后，他依然反对把西洋诗的形式运用到新诗中来，这一点在《新诗形式的研究》长文中，多有提及。在 1948 年，他又发表《新诗能建立一种近于 metre 式的诗行吗？》一文重加申说。题目中“metre”可翻译为“音尺”。林庚认为西方的 metre 大致是一种以轻重音为基础的节奏，这是复音字的特色，而中国文字并无含有显著轻重音的复音字，复音字的数量又少，且只限于双音字，这些都使得凭借复音字构成的 metre 式的诗行无从建立。音尺说之外，另一观点认为平仄可相当于轻重音，因此，可用平仄构成 metre 式的诗行。林庚认为平仄所加于律诗的并非是诗行的建立，它不过是在诗行上多加了一点花样而已，它从来不曾也不能建立任何诗行。而且，律诗中的平仄若果然有用，其用处恰恰与构成 metre 的轻重音相反。因此，林庚认为新诗的节奏必然不是 metre 式的，“中国诗过去有它自己的形式，现在也还有它自己的形式。”②林庚反对用西方的重音制来建立新诗节奏，与朱光潜等人一致，其学理上的分析也完全相同，这一点逐渐成为大家的共识，这说明新诗的节奏试验，至少在理论上已完全走出了“音尺”说的误区。

由于反对新格律诗派的模仿西方，林庚的形式试验和理论探讨，走的主要是一条回归传统之路。他的建行理论的核心点“逗”，就是从《楚辞》、五、七言的旧诗传统中来的。他的这一理论，既不同于陈启修的“逗”，又不同于闻一多、朱光潜的“顿”和孙大雨、叶公超的“音组”，是他自己的发明。

林庚形式诗学中，最易招致批评的地方，是他对于诗行字数过于机械

---

① 林庚：《再论新诗的形式》，《文学杂志》第 3 卷第 3 期(1948 年 8 月)。

② 林庚：《新诗能建立一种近于 metre 式的诗行吗？》，1948 年 4 月 25 日《华北日报》“文学周刊”第 17 期，见解志熙：《考文叙事录——中国现代文学文献校读论丛》，中华书局 2009 年版，第 138 页。

的限定，以及新音组字数过长（五个字）所导致的诗行过长。字数限定过死，虽然外形整齐，但又失去了参差错落之美。把“五个字”作为一个有机的音组，更值得商榷。因为他所谓的“五个字”的音组，往往可以分为“二三”或“三二”，这是他自己也承认的。诗行变长，是否就是诗歌发展的趋势？很值得怀疑。

林庚的新诗形式试验，虽然招致戴望舒等人的批评，但也得到周煦良等人支持，在一些诗人中也产生过一定影响，如吴兴华。他的散文《鸽，夜莺与红雀》中有一句话：“住在北平的人，会觉得他有着一种别的都市所没有的古老的香气，如此看起来，诗人林庚用完全是古诗氛围的四行诗，来写北平，实在是很恰当的。”[①]解志熙先生认为这句话其实是暗中声援林庚对戴望舒的回应。吴兴华肯定注意到戴望舒和林庚的论争，因戴、林的论争文章和吴兴华自己最早的几篇诗文，都发表在《新诗》杂志上。而且，吴兴华后来写的带有“新古典”风味的“新绝句”，显然也有林庚四行诗的启发。[②]吴兴华在诗学观念上与林庚有颇多相似之处，他也是京派现代格律诗学阵营的重要人物，其处女作《森林的沉默》发表于《新诗》杂志 1937 年 7 月第 2 卷第 3、4 期。该诗就是一首新格律诗。吴兴华对于新诗格律的试验，主要集中于创作实践，理论探讨的文字不多，只是偶尔能看到他对于自由诗的讽刺。如 1930 年发表于《燕京文学》第 1 卷第 3 期的《诗神的生病》中，有这样的话：“最要紧的就是千万别叫她看什么胡闹的自由诗，那会使她脑筋起变态的。”[③]“再说她所抒的情感，她所用的节拍音步完全与古典诗歌不同……可是，我又在说一些你们全然不了解的事情了，我老忘你们所受的教育里没包括这些劳什子……然而这些东西到底是应该知道的。”[④]这里的诗神“她”明显指的是中国的新诗，“她”的生病则是看了“胡闹的自由诗”，而“她”所抒的情感也不按照一种“节拍音步”。吴兴华明显是借“诗神的病”来批评新诗中的自由诗体。

《诗神的生病》是以隐喻方式来批评自由诗，吴兴华表达其格律诗主张，只是通过委婉的方式，后来他写的《现在的新诗》一文，对于新诗形式的

---

① 解志熙：《考文叙事录——中国现代文学文献校读论丛》，中华书局 2009 年版，第 167 页。

② 参见解志熙：《吴兴华佚文校读札记》，《考文叙事录——中国现代文学文献校读论丛》，中华书局 2009 年版，第 201 页。

③ 吴兴华：《诗神的生病》，《燕京文学》第 1 卷第 3 期（1940 年 12 月 20 日），见《吴兴华诗文集》文卷，上海人民出版社 2005 年版，第 9 页。

④ 吴兴华：《诗神的生病》，《吴兴华诗文集》文卷，上海人民出版社 2005 年版，第 7 页。

主张就明确得多。该文刊于北平《燕京文学》第3卷第2期(1941年11月10日),署名“钦江”。文中,吴兴华提出诗有“直接的诗”与“间接的诗”之别,而大多数新诗都是既非此又非彼,诗人在落笔时,心中只有一个极模糊的观念,至于动手时要怎样写法,心里一点影子也没有。这些与新诗失去了“固定的形式”很有关系:

> 固定的形式在这里,我觉得,就显露出它的优点。当你练习纯熟以后,你的思想涌起时,常常会自己落在一个恰好的形式里,以致一点不自然的扭曲情形都看不出来。许多反对新诗用韵、讲求拍子的人忘了中国古时的律诗和词是规律多么精严的诗体,而结果中国完美的抒情诗的产量毫无疑问的比别的任何国家多。“难处见作者”,真的,所谓“自然”和“不受拘束”是不能独自存在的;非得有了规律,我们才能欣赏作者克服了规律的能力,非得有了拘束,我们才能了解在拘束之内可能的各种巧妙表演。①

吴兴华认为因为没有形式,现代的诗人下手时就遇到好几重困难:“形式仿佛是诗人与读者之间一架公有的桥梁,拆去之后,一切传达的责任就是作者的了。”与此相比,旧诗的读者和作者间的关系是极其密切的。他们互相了解,写诗的人不用时时想着懂不懂的问题,读诗的人,在另一方面,很容易设想自己是写诗的,而从诗中得到最大量的愉快。从读者与作者相互关系的角度,来理解形式(格律)的作用与意义,吴兴华之前,似乎还没有过。林庚后来在1948年发表的《诗的语言》与《再论新诗的形式》等文中,提出诗的语言是一种容易的语言、诗的形式是普遍的,与吴兴华“形式乃公有桥梁”的比喻之间,颇有相似之处。

吴兴华的新诗格律实践,不但体现在新诗创作中,还体现在他的诗歌翻译中。可惜天不假年,时代的错误导致他过早离世,这对于新诗形式运动,是非常大的损失。

余论 程千帆对望舒诗论的商榷

程千帆1932年入南京金陵大学,在大学期间开始尝试新诗写作,并发表新诗批评文章。戴望舒的诗集《望舒草》1933年8月由上海现代书局出

① 钦江(吴兴华):《现在的新诗》,北平《燕京文学》第3卷第2期(1941年11月10日),见解志熙:《考文叙事录——中国现代文学文献校读论丛》,中华书局2009年版,第175页。

版，程千帆随即发表《评戴望舒著〈望舒草〉》一文，刊《图书评论》第 2 卷第 3 期（1933 年 11 月）。《望舒草》后附有戴望舒谈其诗学见解的《诗论零札》17 条，因此，程千帆又于 1933 年 4 月 7 日撰写《再评〈望舒草〉因论新诗的音律问题》，刊《文艺月刊》第 9 卷第 1 期（1936 年 7 月），对望舒的诗学见解发表自己的不同意见和看法。

戴望舒的《诗论零札》共 17 条，后编入《望舒诗稿》时，也许认识到第四条语言失于不雅，此条被删，成为十六条。这十七条诗论，有多处谈及新诗音律及新诗形式内容的关系问题，矛头直指新格律诗派的诗学主张。如：

诗不能借重音乐，它应该去了音乐的成分。（第一条）

诗不能借重绘画的长处。（第二条）

诗的韵律不在字的抑扬顿挫上，而在诗的情绪的抑扬顿挫上，即在诗情的程度上。（第五条）

韵和整齐的字句会妨碍诗情，或使诗情成为畸形的。倘把诗的情绪去适应呆滞的，表面的旧规律，就和把自己的足去穿别人的鞋子一样。愚劣的人们削足适履，比较聪明一点的人选择较合脚的鞋子，但是智者却为自己制最合自己的脚的鞋子。（第七条）

新的诗应该有新的情绪和表现这情绪的形式。所谓形式，决非表面上的字的排列，也决非新的字眼的堆积。（第九条）[①]

以上诸条直接涉及新诗音律及形式内容关系问题，其他条目，有的间接与音律问题有关，其中第一条可看做是戴望舒对于新诗音律问题的核心主张，其他各条，大多是由此条推论而出。因此，程千帆对于望舒诗论之商榷，主要围绕第一条。

戴望舒认为诗不能借重“音乐成分”，这就牵涉到怎样理解诗中的“音乐成分”一词，即此词所指到底为何。程千帆认为戴氏所谓的“音乐成分”所指不明，是指诗中音乐的音乐成分呢（即“被之管弦”的乐歌或徒歌）？还是诗中诗本身的音乐成分（即“不歌而诵谓之赋”的诵或赋）？若是指前者，则中国自魏晋以来，诗与诗中音乐成分就渐渐分开。现在新诗既然不可歌，戴氏所谓“音乐的成分”必是指诗本身的音乐成分了。诗本身的音乐成分，即所谓诗的音律，其内容可分为二：一、声；二、韵。求诗每一行或一句间字音的和谐叫做声；求全章句尾一音的呼应叫做韵。戴氏既然反对诗语言本身的音乐性，那么，他必然要把它落实到自身的创作实践中，但程千帆

---

① 戴望舒：《诗论零札》，见《望舒草》，浙江文艺出版社 1997 年版，第 117—118 页。

以子之矛攻子之盾，通过对《望舒草》的分析，发现“《望舒草》修词之精美，情绪之动人，实在可以说是近年来诗坛上的尤物。至于在它一章一句之中，每每平仄互用，教人很好念，在这种白话诗以不能‘吟’而被攻击的时代，已可算得对于纵的轻重律有很聪明的应用了。这现象，对于作者自己的论调，是不大相合的。他用字的抑扬顿挫与情绪的抑扬顿挫的和嗜，则更以《诗论零札》的原故，把成功叫人忽略了。”[①]戴望舒诗与诗论之间的矛盾与反差，正说明了望舒诗论的偏颇。由此，他得出结论：

> 所以，戴先生不主张用韵是对的，但说诗应当去了音乐的成分，却不大说得过去；语言文字本身就永远和音乐有关。[②]

综合戴望舒与程千帆之间的分歧，主要集中在两方面，一为怎样看待诗本身的音乐性（音律）问题，一为怎样看待诗情与诗体二者之间的关系问题。在这两个问题上，应该说，戴氏的《诗论零札》都是失之偏颇的。[③] 戴氏反对诗对于音乐性的过度或非分追求（向歌靠拢或向音乐看齐），这当然没错，但由此而否定诗本身特有的音乐性，这就有点过犹不及了。以前的诗学史往往夸大了戴氏否定诗歌音乐性的革命之举，无意间却忽略了这种观点的偏颇及由此而带来的弊病。另外，戴望舒所谓“制定适合自己脚的鞋子”的理论，看重内容形式的同一性，是很值得肯定的，但同时，在内容形式的关系问题上，戴氏又有着割裂二者关系的极端倾向，把“字的抑扬顿挫”与“情绪的抑扬顿挫”割裂开来。要知道，诗情诗意诗感最终要落实到诗歌的形式层面，情绪的抑扬顿挫最终还要靠字的抑扬顿挫来体现。这也正如程千帆所说：“若想使诗成为理想的全官感的或超官感的享乐，不是可以‘一几而致’的。欣赏的工具愈完备，所得的也愈多，愈全。能近于全官感，则也近于超官感。若是连表达诗情的直接和间接的工具都先加以限制，来空说全官感超官感，则达达派那种专门使用无意义的符号来写诗的人，一

---

① 程千帆：《再评〈望舒草〉因论新诗的音律问题》，《文艺月刊》第9卷第1期（1936年7月），见《程千帆全集》第14卷，河北教育出版社2000年版，第186—187页。

② 程千帆：《再评〈望舒草〉因论新诗的音律问题》，见《程千帆全集》第14卷，河北教育出版社2000年版，第191页。

③ 《诗论零札》发表后，朱光潜、李长之等人对其反音乐性的观点都不太认同，李长之1937年2月5日写有一篇文章《现代中国新诗坛的厄运》，列举了现代诗人的几种弊病，其中最后一条为“诗人持有理论的危险”，认为诗人的理论大都靠不住，他举的一个例子就是戴望舒：“近人比如戴望舒，《雨巷》是他的杰作了，但是他有反对诗里有音乐的成分的理论，在编《望舒草》时便删掉了。大家试看诗人的理论靠得住靠不住，而且看看诗人的理论对他自己有没有好处！”李长之：《现代中国新诗坛的厄运》，《李长之全集》第3卷，河北教育出版社2006年版，第102页。

定是戴先生所最崇拜的了。”[①]音与义、诗情与语言之关系，实质上还是形式与内容、意义与表达的关系问题，此问题在现代诗学中得到广泛关注，朱光潜、叶公超、朱湘、王光祈、吴世昌、刘半农、姜亮夫、高名凯等人对此问题都有探讨与争论。这个问题虽然不纯粹是一格律问题，属诗艺范畴，但却与格律问题有一定程度的紧密关联。因为，在这两者关系上，格律论者更看重形式，而自由诗学论者往往更看重诗情诗义。对音义间是否存在紧密关联，格律论者的态度无疑要积极得多，对此问题所做的探讨也深入得多，自由诗学论者则消极得多，对该问题的探讨也较少，或探讨之后而得出否定的结论。具体到程千帆，他肯定音与义之间所存在的紧密关联，并拿朱光潜、王光祈等学者的观点来为其作证，其目的就是为了以此来批驳《诗论零札》对诗情与语言二者关系的割裂与漠视。

程千帆对于诗歌形式的认识，主要集中于音乐性即“音律”层面。他所谓的“音律”体现于两方面，一为“声”，一为“韵”：求诗每一行或一句间之字音的和谐叫做声；求全章句尾一音的呼应叫做韵。也就是刘勰《文心雕龙·声律篇》所说的“异音相从谓之和，同声相应谓之韵”。“异音”即平仄，所谓“声”就是平仄的“和谐”使用问题。程千帆认为在声与韵两者之间，声即平仄的和谐使用还可继续发挥作用，而“韵”则很难继续发挥作用。他认为韵的问题，只是句尾间关系之一种：“中国旧诗句尾有韵的关系，同时也有声的关系；若是一篇诗是用的平韵，其用韵的句尾也一定全是平声。反过来仄声也是如此。古诗可以每句押韵，却也平就全平，仄就全仄，到转韵时才可以改变。西洋诗句尾虽然可以无韵，但句尾一音，也是在全句的轻重中表示的，因为它是全句的一部分；而句与句之间，又自然有相对的轻重关系，句尾自然也在内。无论是句中的关系，或是句中一部分——句尾的关系，在西洋方面，统称作轻重律就得。”[②]程千帆用西方诗歌的轻重律来比附汉诗，他把一句之内平仄的使用称为“横的轻重律”，把句尾之间平仄的使用称为“纵的轻重律”。他认为新诗兴起之后，大都是没有韵的，代替韵的则是“纵的轻重律”即句尾之间平仄的使用，也就是说，新诗已经不再押韵，“用韵作诗，虽然可以转韵，但究竟对于同一时间空间用字，不免有所限制。

① 程千帆:《再评〈望舒草〉因论新诗的音律问题》，见《程千帆全集》第14卷，河北教育出版社2000年版，第185—186页。

② 程千帆:《再评〈望舒草〉因论新诗的音律问题》，《程千帆全集》第14卷，河北教育出版社2000年版，第189页。

新诗受西洋诗的影响很大，以后长诗必多；韵是以后很难被继续采用的了。”[①]新诗虽然不再用韵，但新诗采用“纵的轻重律”来代替韵，即每行诗最后一字在平仄使用上有规律交替。因此，他认为戴望舒不主张用韵是对的，反对朱光潜主张新诗用韵以加强节奏的观点。

由于不主张用韵，程千帆对新诗“音律”的主张可简单用“轻重律”一词来概括：一句之内的平仄使用为“横的轻重律”，句与句之间句尾的平仄有规律交替为“纵的轻重律”。从文中对王光祈《中国诗词曲之轻重律》的引用可看出，程千帆在平仄问题上完全接受了王光祈的观点，用西方诗歌的轻重律来比附传统汉诗对平仄的应用，并且试图用轻重律来指导对新诗音律的分析。

对于王光祈用西方诗歌的轻重律来比附传统诗歌平仄的做法，朱光潜持一种完全否定的态度，他认为平仄的使用很难形成节奏，平仄与轻重也没有必然关系。他认为传统诗歌的节奏来自于顿，而顿在新诗中使用同样面临问题。出于这种考虑，为了加强新诗的节奏，他才主张用韵来进行补充。而程千帆由于接受了王光祈的观点，认为新诗节奏已经不存在问题，因此，他才会认为韵在新诗中已不必存在。

程千帆虽然接受王光祈用西方诗歌的轻重律来比附传统诗歌平仄的观点，但他并没有用节奏的视角来看待轻重律，从他的文章可看出，他对于新诗格律的认识，还是停留于传统声律学的层面。他拿西诗的轻重律来比附传统汉诗的平仄，其目的只是为传统诗歌的“声”即平仄相间使用寻找合法性与合理性的理论依据。他所谓的“纵的轻重律”，虽然可以从戴望舒的诗歌中寻找出创作上的例证，但把它上升到“格律”层面，却是不太合适的。因为平仄本身与音的轻重是否有关就是问题，而句尾有规律的平仄安排是否能产生节奏，就更是问题了。

---

① 程千帆：《再评〈望舒草〉因论新诗的音律问题》，《程千帆全集》第 14 卷，河北教育出版社 2000 年版，第 191 页。

第四章　抗战及新中国成立前新诗形式问题的艰难求索

以京派为主体的新诗形式运动，随着抗战爆发而戛然终止。京派新诗形式运动的主阵地是上海《新诗》月刊、北平《文学杂志》、天津《大公报》"文艺"副刊。抗战爆发，《新诗》出至第2卷第3、4期(合刊)，于1937年7月10日停刊；《文学杂志》出至第1卷第4期于1937年8月1日停刊，它的复刊要等到十年以后；天津《大公报》"文艺"副刊则随《大公报》内迁。这是抗战爆发给新诗形式运动所带来的最直接后果。抗战也深刻改变了新诗的外在生态。抗战成为时代主题，宣传抗战成为抗战文学的第一要务，艺术形式的精心讲求退居次要地位。由于时代的要求，抗战前已开始的新诗散文化与大众化浪潮，这时乘势有了更为迅猛发展。朱自清认为抗战以前新诗的发展可以说是从散文化逐渐走向纯诗化的路，而抗战以后新诗的趋势，则是散文化。[①] 他的这番观察，符合新诗形式发展的实际轨迹。"散文化"与"纯诗化"对举，说明"纯诗化"包括了形式上的"格律化"。他认为抗战以前新诗正逐渐走向纯诗化，主要是基于以京派为主体的新诗形式运动蓬勃发展的喜人态势。然而，这一切由于抗战而得到彻底改变。

更为重要的是，抗战的爆发，改变了诗人对于形式的内在认知。在抗战的大环境中，为表达热烈的情感，追求形式的散文化、自由化逐渐演变上升为"时代美学"，成为人人遵守的诗学规范，自由诗进一步获得了它的时代性与合法性。"抗战以来的诗，注重明白晓畅，暂时偏向自由的形式。这是为了诉诸大众，为了诗的普及。抗战以来，一切文艺形式为了配合抗战的需要，都朝普及的方向走，诗作者也就从象牙塔走上十字街头。"[②]为了时代需要，抗战时期新诗的散文成分是有意为之，不像初期自由诗派的散文

① 参见朱自清：《抗战与诗》，《朱自清全集》第2卷，江苏教育出版社1996年版，第345页。

② 朱自清：《抗战与诗》，《朱自清全集》第2卷，江苏教育出版社1996年版，第345页。

化只是出于自然趋势。艾青也正是在这种时代氛围中，于1938—1939年之间，撰写了《诗的散文美》、《诗与宣传》、《诗与时代》、《诗人论》等文章，1941年9月结集为《诗论》由桂林三户图书社出版。《诗论》所提出的诗的散文美主张，是抗战中自由诗理论的一个总结，它的提出又进一步促进了现代诗歌的散文化与自由化倾向。艾青之外，思想倾向截然不同的废名，也发表了《新诗应该是自由诗》等一系列诗论，鼓吹自由诗。就连新格律诗的倡导者闻一多，在抗战时期，也发表文章，肯定艾青和田间的自由诗体创作。这也说明救亡的外部环境使诗人们形成一个共识：自由诗体才是最合适、最好用的“抗战诗体”。

但是，历史往往呈现辩证发展的轨迹。抗战中新诗自由化、散文化的一个资源是民间形式，因此，抗战新诗的发展又呈现民间化趋势。民间化注重明白和流畅，散文化是必然的，而朗诵诗的提倡更是诗的散文化的一个显著节目。但也正如朱自清所说，民间形式暗示格律的需要，朗诵诗的目的虽然在于散文化，但为了便于朗诵，也多少需要格律。所以，“散文化民间化同时还促进了格律的发展。这正是所谓矛盾的发展。”[①]与新诗自由化、散文化的发展又促进格律化的辩证趋向相一致，自由化、散文化也激起了新诗格律化的反向运动。新诗自由化、散文化的宏大浪潮，并不可能完全淹没新诗格律的试验以及理论上的呼吁、研讨。以京派为主体的新诗形式运动，虽然由于抗战爆发，陷入表面停滞的时期，但他们以分散的形式进行的实践与探讨，却没有停止。在沉寂中孕育了收获，标志是卞之琳与冯至两部诗集的出版。1942年5月，卞之琳《十年诗草》与冯至《十四行集》同时由桂林明日社出版。朱自清在《新诗杂话》的《诗的形式》一文中，提到“有志试验外国种种诗体的”六个人，时间上依次为陆志韦、徐志摩、闻一多、梁宗岱、卞之琳、冯至。前四位代表着新诗形式运动在二三十年代的发展，而卞之琳、冯至的诗歌则代表着新诗形式运动在抗战时期的发展，而且艺术上比诸前人要更为成熟。卞之琳试验过的诗体比徐志摩更多，“而因为有前头的人做镜子，他更能融会那些诗体来写自己的诗。”[②]冯至的《十四行集》可以说“建立了中国十四行的基础，使得向来怀疑这诗体的人也相信它可以在中国诗里活下去。”[③]卞之琳与冯至借鉴西方诗体的成功，使人们

① 朱自清：《抗战与诗》，《朱自清全集》第2卷，江苏教育出版社1996年版，第347页。

② 朱自清：《诗的形式》，《朱自清全集》第2卷，江苏教育出版社1996年版，第398页。

③ 朱自清：《诗的形式》，《朱自清全集》第2卷，江苏教育出版社1996年版，第398页。

相信无韵体和十四行值得继续发展,别的外国诗体也可融化到中国诗里。两部诗集出版后,朱自清、方敬等人很快写了批评文章,李广田依据独特的形式诗学对卞之琳的形式试验作了非常细致精到的剖析。这种创作与批评间的良性互动,为抗战时期艰难发展的新诗形式运动,提供了可贵的发展空间和良好氛围。

与国统区相呼应的是延安根据地和解放区对于民间格律诗形式的学习与探索。在延安文艺座谈会以后,解放区诗人在借鉴民歌等民间形式的基础上,创作了一批具有民歌风味的作品,如李季的《王贵与李香香》、阮章竞的《漳河水》、张志民的《死不着》。张光年的《黄河》采用了自由化的格律体。解放战争中,国统区袁水拍创作的《马凡陀山歌》,同样从民歌中吸取营养。

"译诗正是试验外国格律的一条大路"。[①] 与创作的形式运动相伴而行的是诗歌翻译。上承新格律诗派、《文艺杂志》同人以诗歌翻译来重造诗体的主张,抗战时期以诗歌翻译来重造诗体的尝试继续进行,且有较大创获,其中最重要的当属孙大雨以诗体翻译莎士比亚戏剧的尝试。他的翻译实践从三十年代初已开始,在抗战的艰苦环境中一直坚持。他依据诗体翻译心得写出了十余万字的《论音组》,该书在即将出版之际,却不幸毁于战火,其残稿到20世纪末才整理出版。孙大雨1956年发表的长文《诗歌的格律》,是他对《论音组》一书的复写与还原。由此可见,他的音组理论,与他抗战时期莎士比亚诗剧翻译活动是密不可分的。其他以诗歌翻译来进行诗体重造的还有梁宗岱、徐迟、朱维之等人。在译诗实践之外,抗战时期,朱自清还写有《译诗》一文,从理论上充分肯定译诗对于新诗形式重建的重要性。他认为译诗其实就是创作:"译诗对于原作是翻译;但对于译成的语言,它既然可以增富意境,就算得一种创作。况且不但意境,它还可以给我们新的语感,新的诗体,新的句式,新的隐喻。就具体的译诗本身而论,它确可以算是创作。"[②]从创造诗体角度,他肯定了孙大雨以无韵体翻译莎士比亚的实践,而指出傅东华翻译《奥德赛》和《失乐园》,只是采用一种便于翻译和诵读的韵文,对于创造诗体,并不关心。因此,他盼望有人用无韵体或别的谨严的诗体重译《奥德赛》,用无韵体重译《失乐园》,使它们在中国语言里另有一副面目。抗战时期的译诗实践与朱自清对通过译诗重建诗

---

① 朱自清:《译诗》,《朱自清全集》第2卷,江苏教育出版社1996年版,第373页。

② 朱自清:《译诗》,《朱自清全集》第2卷,江苏教育出版社1996年版,第374页。

体的重视，皆说明新诗形式运动还在以另一种方式默默发展。

与诗歌创作及翻译方面的形式运动形成有力呼应的，是抗战时期新诗形式诗学的发展。由于新诗散文化倾向的进一步发展，这时期新诗形式诗学具有了更强的现实针对性和论辩性。艾青《诗论》1941 年出版，徐迟 1942 年就在香港撰写了《论诗的元素与宪章》一文，对艾青“散文美”主张，作了逐条辩驳，同时，介绍并肯定了孙大雨《论音组》的观点。艾青《诗论》出版以后，朱光潜的同名专著《诗论》由国民图书出版社于 1943 年出版。该书属理论著作，对格律的历史进行溯源，从历史与诗学原理层面论证格律的合法性与合理性。此书不属诗歌批评，因此，它不可能像徐迟的文章那样，对艾青的诗学主张进行直接反驳。但它对格律的合法性的辩护，与艾青对格律的批评与消解，明显形成了对峙。朱光潜《诗论》之外，王力也于 1945 年 8 月开始撰写《汉语诗律学》一书，于 1947 年完成。这本书研究对象为传统诗歌（古体诗、近体诗、词、曲）及新诗（他称为“白话诗和欧化诗”）的诗律，对于新诗格律的建设有一定的参考作用。特别是该书第五章《白话诗和欧化诗》，对于白话新诗形式（诗行长短、音步、韵脚的构成与位置）和十四行体（正式与变式）的系统研究，在新诗历史上，还属首次。与朱光潜《诗论》出版相先后，李广田《诗的艺术》于 1943 年 12 月出版。该书对抗战时期诗歌的散文化倾向提出严厉批评，且把散文化倾向愈演愈烈的成因，归于一些“诗论”的理论倡导，矛头明确指向艾青《诗论》。李广田从内容决定形式而形式又反作用于内容的观点出发，认为诗的艺术完成于形式，诗人必须在限制中才能得到自由。他对卞之琳、冯至的称扬，对于《十年诗草》形式试验的细致解析，构成抗战时期新诗形式诗学的重要内容。他的形式诗学中最有价值也最有特色的部分，一是对于自创格律的强调，二是对于新诗格律的细读式批评。本时期，对于新诗形式运动作出重要贡献的还有朱自清。他的《新诗杂话》1947 年 12 月由作家书屋出版，收入的 15 篇诗论文章大部分写于抗战时期。其中写于 1943 年 4 月的《诗的形式》主张“‘匀称’和‘均齐’还是诗的主要的条件；这些正是外在的复沓的形式。”所谓“匀称”和“均齐”的诗指的就是现代格律诗，但是他同时认为“‘匀称’和‘均齐’并不要像旧诗——尤其是律诗——那样凝成定型。写诗只须注意形式上的几个原则，尽可‘相体裁衣’，而且必须‘相体裁衣’。”[①]这说明

① 以《新诗杂话（诗的形式）》为题刊《世界学生》第 2 卷第 5 期“文艺专号”（1943 年 5 月 25 日），收入《新诗杂话》，见《朱自清全集》第 2 卷，江苏教育出版社 1996 年版，第 396 页。

他对新诗格律的主张与李广田的自创格律观完全一致。他对新格律诗的认同基于"诗大概总写得比较强烈些"[①]的认识,因此,他认为自由诗只能作为诗的一体而存在,不能代替"匀称"和"均齐"的诗体,也不能占到比后者更重要的位置。在《诗韵》(1943 年 12 月作)一文中,他也详细论述了诗歌押韵的不同方法。[②] 总之,朱自清虽然不像孙大雨、闻一多、徐迟等人那样,是一个坚决的新诗格律论者,但他对新诗形式的持续关注,对于新诗形式与诵读关系的深入研究,则是对新诗形式运动的有力支援。

与徐迟对孙大雨音组理论的大力宣扬相映成趣的是常风对于朱光潜音顿理论的接受与介绍。常风(1910—2002),山西太原人,1929 年考入清华大学外国语言文学系,先后师从吴宓、温源宁、叶公超等。自 20 世纪 30 年代中期到 1946 年,常风主要从事文学批评,是当时颇有影响的书评家,其书评结集为《弃馀集》、《窥天集》、《逝水集》。书评外,常风还发表有诗论《关于新诗》、《中国诗的节奏与韵律》等,其中最重要的当属《中国诗的节奏与韵律》。该文发表于天津《益世报》"文学周刊"第 21 期(1946 年 12 月 28 日),文后作者所作附记可帮助我们了解该文产生背景:"本文系作者三十二年在中国大学讲文学概论时所编的讲义中的一节。当时因为找书不便和自己对于诗的节奏与韵律方面的知识实在欠缺的很,完全参考朱光潜先生事变前所编诗学讲义,本文前半讲节奏与四声的节奏可以说完全从朱先生的讲义抄来,许多例子也是朱先生在讲义中举出的,我应在此声明并向朱先生致谢。朱自清先生看过我的文学概论,认为我所讲到的中国诗中顿的问题很有意思,现在大胆把这一节讲义发表。"这一段中所说朱光潜"诗学讲义",指的应是《诗论》。朱光潜否认四声平仄与节奏形成有任何关系,认为四声对于诗的节奏影响甚微,常风此文即持这种观点,而对此观点之论证,也与朱光潜相似,一些例证即来自《诗论》。朱光潜认为中国诗的节奏主要来自于"顿",常风也持此种观点。这说明常风《中国诗的节奏与韵律》一文是在完全接受朱光潜《诗论》影响的基础上写成的,是对《诗论》音顿理论的最早传播。

随着现代格律诗学的发展,格律问题与语言问题特别是音韵学的关系,显得更为密切和明显。格律问题,属于语言形式问题,本身就与语言学

---

① 朱自清:《新诗杂话(诗的形式)》,《朱自清全集》第 2 卷,江苏教育出版社 1996 年版,第 399 页。

② 参见朱自清:《诗韵》,《朱自清全集》第 2 卷,江苏教育出版社 1996 年版,第 402—409 页。

特别是音韵学有非常密切的关系，现代格律诗学诞生之初，语言学家刘半农、赵元任、陆志韦就从语言音韵角度，对现代格律诗学进行研究。对于四声问题，刘半农在1924年出版有《四声实验录》，后又试图撰写《汉语声调实验录》，他对四声的研究，并非是完全出于音韵学本身的目的，还有通过音韵学的研究，来为未来新诗形式建设提供参考的企图。《四声实验录》出版后产生较大反响，刘大白等人在其著作中对其有多处引用与评论。节奏问题为格律的核心问题，而要探讨节奏问题，必然要牵涉到对于汉语声韵的理解，这就一定要取资于音韵学知识，正如音韵学家张世禄所说："讨论古代诗歌的节奏和声韵，要有音韵学的知识准备，得深入到音韵学的传统中间去。"[①]朱光潜为美学大家，其《诗论》是运用西方美学心理学知识系统研究中国诗学的开山之作，但其中对传统诗歌声韵尤其是"四声"的分析，由于非其所长，就存在概念上的不少纠缠不清与误用之处，另外一些地方，朱氏又把古音与今音的系统搞混了，所谓"诗的习惯，平不分阴阳"，此论断依据的是中古时期的四声系统，而所谓"阴阳平已有悬殊"，根据的却又是近代语言文学上的习惯，或现今各处的方言系统。因此，《诗论》出版后，音韵学家张世禄就写了《评朱光潜〈诗论〉》一文(《国文月刊》1947年8月第58期)，对其音韵学方面的缺失提出修正。常风在接受朱光潜《诗论》有关四声平仄与节奏关系看法的同时，也认识到四声平仄问题的研究对于现代诗学的重要性："我个人觉得中国诗中的四声与平仄的问题极值得研究。四声之产生当然是受印度的影响。照近代的研究四声中之三声(上、去、入)在节奏上说有与平声等长等高等重的，既然没有区别，何以古人把这三声划作仄声，与平声相对？是否在近代上去入三声的节奏变了？这是一点。其次，据近代的研究四声的节奏各地不同，而在南方一个字读起来不只四声，比方说在广东可以有九声；照此看来四声在以前各地也未必相同。当初产生平仄的区别，是否由于在某一地域上去入三声的读法确实在或一点一致，而这三声确实与平声是相对等的声音，即是如短音与长音，轻音与重音，低音与高音？这些问题解决了，即是仄声究竟与平声的差别是些什么？我们才可以说，才可以肯定，顿在中国诗中的地位与重要性。"[②]也就是说，只有真正认识四声平仄的性质，才能最终了解中国诗歌节奏的真正成因。

① 许道明：《记忆中的张世禄先生》，见梁永安主编：《巍巍学府文章焕——复旦作家作品选》，复旦大学出版社2005年版，第503页。

② 常风：《中国诗的节奏与韵律》，天津《益世报》"文学周刊"第21期，1946年12月28日。

张世禄《评朱光潜〈诗论〉》中对于四声平仄的研究，可以看做是对常风所提问题的一个回答，不管他的回答是否能说服朱光潜，是否能解决常风对此问题的疑惑，但由此一例即可说明现代格律诗学的发展，必须得到语言学、音韵学等学科的知识支援，需要不同学科之间的大力配合与通力合作。

以上诸人外，老舍抗战时期所发表的对于新诗语言形式问题的看法，也很值得重视。对于新诗以及“五四”的白话诗运动，老舍的评价一直不是太高，在他看来，“新诗还是株脆弱可怜的小花。”“我不敢说白话诗的现状如何，我只觉得许多新诗的确是很随便写出来的。”[①]他认为旧诗有其毛病，新诗正该矫正它，但新诗却是“旧毛病未去而新毛病又生”。这新毛病一大部分就集中于语言形式方面，因此，老舍对于新诗语言形式的改进提出三点建议：一、对旧诗词韵文的研究，不认识自家文字的短长，便无法使文字美妙；二、去从生活上提取白话；三、对西洋诗须有相当的研究，以求加深对诗歌的理解。所有文类中，老舍认为诗歌语言最精美，“诗和小说戏剧的不同之点，就是它除了写作的主题和技巧之外，还有比小说戏剧所有的更精美的言语，以及它和言语不可分离的关系。”[②]他这里所说的“言语”有其特定所指，就是诗人本民族的语言。他认为中国诗的结构很难变更，《离骚》而下，四言、五言、六言、七言诗较多，到八言九言就很少了，这是因为汉语语法中没有关系代名词这一类字，所以句子都很短。因此，新诗形式建设一定要建立在本民族语言特点的基础之上：“新诗欧化不一定错，不过忘掉了自己却是大错。我们现在想想旧诗，如‘烽火连三月，家书抵万金’这些句子，现在仍然使我落泪，但是要找一首新诗，那简直念也念不上，更不用说落泪了。我觉得新诗的前途，应当一方面丰富词汇，另一方面收集我们民族言语的精华，以充实诗的本身，不然，诗既不能上口，压根儿就用不着写。我们民族的言语，有它自己的天然结构、韵律，可是对于这些，我们的新诗人多不曾下过功夫。”[③]从“音节是活的、人们念得出、记得住”的要求出发，他充分肯定了抗战时期诗歌朗诵运动的重大意义：“这运动应当推广到大众，不能仅仅关在几个诗人的圈子里；应当加倍注意言语的问题，研究民

① 老舍：《论新诗》，重庆《中央日报》1941年5月30日，《老舍文集》第15卷，人民文学出版社1990年版，第457—458页。

② 老舍：《谈诗——1941年12月在重庆文化图书馆学专科学校的演讲》，《读书通讯》第33期（1942年1月1日）。

③ 老舍：《谈诗——1941年12月在重庆文化图书馆学专科学校的演讲》，《读书通讯》第33期（1942年1月1日）。

间文艺的音节来补救新诗的缺陷。一般民间文艺对于音节运用，都达到了非常圆满的地步，比如《武家坡》一戏，无论京戏、秦腔、汉戏，它们都各有自己的特殊的言语，特殊的长处。再举一个例：北平话的'八'字，是一个很好听的字眼，所以就戏里面的'进士'都是'第八名'，由此可见他们对于音节的运用，多么用心，他们甚至牺牲了内容去迁就言语。诗是从言语里面创造出来的东西，它和言语有绝对不可分的关系。同时，音乐对于诗，也有很大的影响，这在我们的旧东西里面也都有，我们注意于此，新诗将有一大进步！"老舍对于新诗音节问题的关注，同样与抗战的时代背景有关。他认为新诗运动到抗战为止已经有二十年历史，二十年的努力已足使新诗立定脚跟，不至于突然跌倒，可是，二十年的光阴也给了它自省的时间，假若不想维持现状，它就该检讨过去，以便加倍努力向前，但自发的觉醒往往是迟缓无力的，"可是，新诗遇到了抗战，这是千载难遇的机会。"①也就是说，抗战的发生，使新诗有了一个好好反省自身以便更新发展的难得机遇。

抗战结束，朱光潜主办的《文学杂志》于 1947 年 6 月 1 日复刊，沈从文在主编天津《大公报》"文艺"副刊同时，还主编其他重要报纸副刊。京派的发展有东山再起之势。然而，随着新中国建立，这一切又完全改变了。京派新诗形式运动的复苏，就此失去希望。

与抗战前二十年代中期及三十年代中期的新诗形式运动相比，抗战时期及抗战到新中国成立前这段时期的新诗形式探索，没有形成同人间的呼应，主要以分散的态势进行，以个人活动的方式展开。

第一节　孙大雨的"音组"说

1922 年孙大雨考入北京清华学校高等科，参与编辑《清华周刊》的文艺副刊，为"清华四子"之一。孙大雨新诗格律的探索，起步很早，起点很高。1926 年 4 月 10 日他在《晨报副刊》1376 号上发表十四行诗《爱》，被称为"中国第一首用等量音组建行和意体正式用韵的十四行诗。"②可见，在时间上，

---

① 老舍：《论新诗》，重庆《中央日报》1941 年 5 月 30 日，《老舍文集》第 15 卷，人民文学出版社 1990 年版，第 457 页。

② 许霆、鲁德俊：《十四行体在中国大事记》，许霆、鲁德俊：《十四行体在中国》，苏州大学出版社 1995 年版，第 389 页。《大事记》称《爱》发表于《诗镌》，误，应为《晨报副刊》，4 月 10 日这日《诗镌》没有出版。此说之误来自孙大雨《我与诗人朱湘》一文，《济南日报》1993 年 8 月 7 日。

孙大雨的新诗格律探索,与闻一多、朱湘、饶孟侃同时。[①] 他的诗歌数量不多,但在当时影响却不小,得到过朱自清、梁宗岱[②]、卞之琳、陈梦家、朱光潜的充分肯定。[③] 虽然如此,他的命运却与饶孟侃相似,在很长一段时期内,几乎被人完全遗忘了。只是到 1990 年,陈子善先生的《硕果仅存的"新月"诗人孙大雨》一文才对其诗歌创作与翻译及诗学理论,作了全面评述。[④] 他的作品集《孙大雨诗文集》迟至 1996 年才由河北教育出版社出版,比《饶孟侃文集》的出版早一年。

一、捍卫"音组"的发明权

孙大雨根据自己的创作与翻译实践,总结出"音组"说,在 20 世纪现代格律诗学史上,占有重要位置。徐迟 1942 年所写的《诗的元素与宪章》一文,对孙大雨的"音组说",早就给予很高评价。[⑤] 那么,孙大雨的音组说,到底是什么时间提出的呢? 学界与孙大雨就此问题的看法分歧很大。按照卞之琳所说,孙大雨提出音组说是在"30 年代"。他在《赤子心与自我戏剧化:追念叶公超》中高度评价叶公超的"音组"说,认为《论新诗》所提出的"新诗建行单位不应计单字数而计语言'音组',比孙大雨先生通过长时期实践到 30 年代开始译莎士比亚才提出'音组'说法似还早一步。"[⑥]这种说法引起孙大雨的激烈反驳。他在《诗歌的格律》(《复旦学报》人文社科版 1956 年第 2 期、1957 年第 1 期)、《我与诗》(《新民晚报》1989 年 2 月 21 日第 8 版)、《格律体新诗的起源》(《文艺争鸣》1992 年第 5 期)、《我与梁实秋》(《济南日报》1992 年 12 月 5 日周末增版)、《我与诗人朱湘》(1993 年 8 月 7 日《济南日报》)等文中,反复申明自己 1925 年从清华学校毕业后,就有了"音组"的发明。

> 在清华求学期间,我们四人同住在西单梯子胡同的两间屋里,读书作诗写文章,也常与闻一多一起热衷讨论新诗的发展和

---

① 按照孙大雨自己的说法,他的《爱》的现代格律诗实践,比闻一多还要早,因为闻一多的名诗《死水》1926 年 4 月 15 日发表于《晨报副刊·诗镌》第 3 号,比《爱》晚了五天。见孙大雨:《格律体新诗的起源》,《孙大雨诗文集》,河北教育出版社 1996 年版,第 319 页。

② 参见梁宗岱:《论诗》,《梁宗岱文集》第 2 卷,中央编译出版社 2003 年版,第 27、43 页。

③ 孙近仁、孙佳始:《〈孙大雨诗文集〉前言》,《孙大雨诗文集》,河北教育出版社 1996 年版,第 4 页。

④ 参见陈子善:《硕果仅存的"新月"诗人孙大雨》,台湾《文讯》1990 年 3 月号。

⑤ 参见徐迟:《诗的元素与宪章》,《生命的火焰》,桂林集美书店 1942 年版,第 22—23 页。

⑥ 卞之琳:《赤子心与自我戏剧化:追念叶公超》,《卞之琳文集》中卷,安徽教育出版社 2002 年版,第 188 页。

形式等问题。我极力主张新诗也必须有韵律，从那时起我就致力于探讨语体文诗歌格律的创建，并形成了初步的构想。1925 年我从清华学校毕业后，按规定在赴美留学前在国内游历一年。当年夏天，我在浙江海上普陀山佛寺圆通庵客舍中，终于寻找出一种新诗的格律形式，那是以两个或三个汉字为常数而有各种不同变化的“音组”结构来实现的。翌年(1926 年)4 月 10 日我发表在北京《晨报副刊·诗镌》上的十四行体诗《爱》，可谓运用“音组”有意识地撰写格律体新诗的首次实践。以后我用这个方法创作和翻译了约三万行左右的诗行。[①]

按照孙大雨自己的说法，他在 1925 年就已经有了对“音组”的认识，并且有意识用它来写诗与译诗。但是，他也承认“当时尚未把这样的单位定名为‘音组’”。[②]他认为自己对于“音组”(字音小组)的定名，是在他翻译的莎士比亚戏剧《黎琊王》的序言中，该序言发表于徐志摩所编《诗刊》第 2 期(1931 年 4 月 20 日)，“音组”的发明权非他莫属：

总之，“音组”一词在我国语言文字里，据我所知，从来还没有过，乃是我为了要区别西方古希腊文、拉丁文及近今英文、德文诗歌文字里相当规范化的格律单位“音步”，专为说明我自己诗行里的节奏单位，而由我首创的。叶公超 1937 年发表的文章里说起“音组”一词，很可能他是看到了我 1930 年在新月《诗刊》上的文章而顺手沿用的。[③]

龙清涛先生《简论孙大雨的“音组”——对新诗格律史上一个重要概念辨析》[④]一文曾对“音组”概念由谁最早提出有详细辨析。他认为在叶公超《论新诗》之前，已经有罗念生《节律与拍子》(1936 年 1 月 10 日《大公报》“文艺”第 75 号“诗特刊”)、梁宗岱《关于音节》(1936 年 1 月 31 日《大公报》“文艺”第 85 号“诗特刊”)、朱光潜《论中国诗的韵》(1936 年 12 月《新诗》第 1 卷第 3 期)以及稍后于叶文有周煦良评林庚的《〈北平情歌〉——新诗音律的新局面》(1937 年 6 月《文学杂志》第 1 卷第 2 期) 等论文分别称引过孙大雨的“音组”(或云“字组”)说，可见当时的圈内人都知道孙有这个说法，

---

① 孙大雨：《我与诗人朱湘》，《济南日报》1993 年 8 月 7 日。

② 孙大雨：《格律体新诗的起源》，《文艺争鸣》1992 年第 5 期。

③ 孙大雨：《格律体新诗的起源》，《文艺争鸣》1992 年第 5 期。

④ 龙清涛：《简论孙大雨的“音组”——对新诗格律史上一个重要概念辨析》，《中国现代文学研究丛刊》2009 年第 1 期。

虽然叶公超论述“音组”之引文中未称孙名，这说明卞之琳的论断有颠倒史实之误，孙大雨的辩驳还是有道理的。笔者查阅了罗、梁、朱、周文章中提及孙大雨之处，罗念生《节律与拍子》为：“其实拍子这东西，在十年前就由孙大雨先生发现了。他的《自己的写照》长诗是用四拍子诗行写的”。[①] 梁宗岱《关于音节》为：“至于孙大雨先生根据‘字组’来分节拍，用作新诗的节奏底原则”。[②] 朱光潜《论中国诗的韵》为：“有一派新诗作者于改句为行时，在每行里规定顿的数目，使中文诗行如英文诗行，有一定的音步，孙大雨的《自我的写照》便是好例。”[③]周煦良的《〈北平情歌〉》为：“孙先生这里是采用他的所谓字组法音律写成，但这首诗的音律是律诗，包括拟律句，词，曲各种音律的大杂烩。”[④]以上文章中，罗文用的是“拍子”、“音步”，梁文用的是“字组”，朱文用的是“顿”，周文用的是“字组”，而出之以讽刺口吻。更重要的是，孙大雨声言自己提出“音组”一词是在他翻译的莎士比亚戏剧《黎琊王》序言中，但徐志摩所编《诗刊》第 2 期（1931 年 4 月 20 日）内所刊孙氏的文章内，并没有这篇序言，孙氏自己的记忆有误。孙氏所说的《黎琊王》译序刊登于重庆《民族文学》第 1 卷第 1 期（1943 年 7 月 7 日），题为《译莎剧〈黎琊王〉序》，在这篇文章中，孙大雨倒确实提出了“音组”这个概念，并有简单的论述。依据文后写作日期“1941 年 10 月 26 日”，说明此文写于 1941 年，发表于 1943 年，而不是发表于 1931 年。孙大雨系统阐发音组理论的是《论音组》一文，依据编者为其《论音组》所作附记：“《论音组》写作日期约在 1940 年之前。”[⑤]可大致推断《论音组》写于抗战初期。该文的出现，真正标志着孙大雨音组说理论的诞生和成熟。综合《译莎剧〈黎琊王〉序》与《论音组》编者的说明，可大致推断孙大雨对音组说做系统深入的阐发，则是到 1940 年前后。也就是说，孙大雨虽然从新诗写作伊始，就在尝试如何以“字音单位”来建行的问题，但其音组理论一开始还只是落实于新诗创作实践，以及莎士比亚诗剧的翻译实践中，理论上的探讨尚付之阙如，比他更早地提出“音组”概念并有深入阐发的，应该还是叶公超。卞之琳的说法还是可信的。因此，笔者既没有把孙大雨归入新格律诗派进行论述，也没有把他划入京派新诗形式运动的范围内来进行论述，而是放在抗战时期对其进行

---

① 罗念生：《节律与拍子》，《大公报》“文艺”第 75 号“诗特刊”，1936 年 1 月 10 日。

② 梁宗岱：《关于音节》，《大公报》“文艺”第 85 号“诗特刊”，1936 年 1 月 31 日。

③ 朱光潜：《论中国诗的韵》，《新诗》第 1 卷第 3 期（1936 年 12 月）。

④ 周煦良：《〈北平情歌〉——新诗音律的新局面》，《文学杂志》第 1 卷第 2 期（1937 年 6 月）。

⑤ 见《孙大雨诗文集》，河北教育出版社 1996 年版，第 91 页。

研究和定位。

孙大雨从30年代开始的莎剧诗体翻译，是其新诗格律试验的有机组成部分。他的部分译作就刊登于徐志摩主编的《诗刊》及沈从文主编的天津《大公报》"文艺"副刊，且被编者看重，因此，将其创作实践和翻译活动置于新格律诗派及京派新诗形式运动的大背景下来予以观照，还是非常有必要的。1931年他翻译的《哈姆雷特》部分内容（孙大雨的译名为《罕姆莱德》）刊登于《诗刊》第3期（1931年10月5日），编者徐志摩特加按语给予好评："这工作所耗费的钟点，几乎与译文行数相等。这精神是可贵的，且不说他的译笔的矫健与了解的透澈。我们敢说这是我们讲译西洋名著最郑重的一个尝试；有了他的贡献，我们对于翻译莎士比亚的巨大事业，应得辨认出一个新的起点。"1934年他翻译的《黎琊王悲剧》部分内容发表于天津《大公报》"文艺"副刊第122期（1934年11月24日），编者沈从文在文后"附记"中也称孙大雨是用诗体翻译莎士比亚的第一人，"窥豹一斑，便见得光华炫目，真可谓声色并茂之作。"[①]从两人的称赏，可看出孙大雨以诗体翻译来进行新诗格律探索的做法，得到了充分认可。

孙大雨翻译莎士比亚戏剧中，《李尔王》翻译所占分量最重。他于1931年春开始翻译莎士比亚《黎琊王》（即《李尔王》），先译出第三幕第二景，又过了三年，译完第三幕，到1941年12月，才终于完成全部翻译。这时上海已沦为"孤岛"。《黎琊王》的出版更是历尽坎坷，依据孙大雨《〈黎琊王〉译序》的文后附记，由于战争，商务印书馆所存《黎琊王》全部清样遭到损毁，所幸正文与注解已打好纸版，过了六年后，《黎琊王》终于在1948年11月得以面世。比《黎琊王》的出版更为坎坷且更富戏剧性的，是孙大雨的长文《论音组》。这篇文章是他为所翻译的莎士比亚全部诗剧所作的导言，原拟放在《黎琊王》译本内出版，但当他1941年12月2日由香港逃离时，这篇文章的原稿放在香港友人家，未及带出，最终稿子遭焚。所以，这篇文章未能放在《黎琊王》中出版。但是，孙大雨《〈黎琊王〉译序》已经明确提到《论音组》一文并对音组作了说明：

> 在体制上原作用散文处，译成散文，用韵文处，还它韵文。以散译韵，除非有特别的理由，当然不是个办法。"新诗"虽已产生了二十多年，一般的作品，从语音的排列（请注意，不是说字形的

---

① 沈从文：《〈黎琊王悲剧〉附记》，《沈从文全集》第16卷，北岳文艺出版社2002年版，第432页。

排列)方面说来,依旧幼稚得可怜:通常报章杂志上和诗集里所读到的,不是一堆堆的乱东西,便是实际同样乱、表面上却冒充整齐的骨牌阵。押了脚韵的乱东西或骨牌阵并不能变成韵文,而韵文也不一定非押脚韵不可。韵文的先决条件是音组,音组的形成则为音步的有秩序、有计划的进行:这话一定会激起一般爱好“自由”的人的公愤。“韵文”一语原来并不作押韵的文字解,此说也并非本人的自我作古,但恐怕另有一批传统的拥护者听了要惶惑。讲到音组,说来话长,我本预备写一篇导言详加申论,不料动了笔不能停止,结果得另出一部十余万字的专书。不错,“无韵诗”没有现成的典式可循;语体韵文只虚有其名,未曾建立那必要的音组:可是这现象不能作为以散译韵的理由。没有,可以叫它有;未曾建立,何妨从今天开始?译者最初试验语体文的音组是在十七年前,当时骨牌阵还没有起来。嗣后我自己的和译的诗,不论曾否发表,全部都讲音组,虽然除掉了莎译不算,韵文行的总数极有限。这试验很少人注意,有之只限于两三个朋友而已。在他们中间,起初也遭遇到怀疑和反对,但近来已渐次推行顺利,写的或译的分行作品一律应用着我的试验结果。理论上的根据在这篇小序内无法详叙;读者若发生兴趣,日后请看我的《论音组》一书。①

依据上述讲述,《论音组》有作为专书出版的计划。若此书真能出版,在现代格律诗学的建设上,必将是一件大事。遗憾的是,这最终没有成为现实。

孙大雨的朋友徐迟在其1942年所写的《诗的元素与宪章》中,也明确提到《论音组》一文:

我并不在这里写关于音组(Meter)的论文,已经有人写了一部《论音组》,作为翻译莎士比亚的诗剧的导言。这就写了十万余字,著者是孙大雨教授,莎士比亚不是随便就能翻译的,梁实秋的已是散文译本,尚且错误百出;余楠秋用五言诗译《暴风雨》,何尝不荒谬。要正正式式翻译莎士比亚,先得解决素体诗的问题,尤其是音组问题。孙大雨被称为新月派诗人(他自己恐怕不肯承认

---

① 孙大雨:《〈黎琊王〉译序》,原刊重庆《民族文学》第1卷第1期(1943年7月7日),题为《译莎剧〈黎琊王〉序》,见《孙大雨诗文集》,河北教育出版社1996年版,第287页。

的)，一直很久没有听见他的任何消息，是隐居了起来，化七八年工夫译了一部莎士比亚的《璨琊王》(King Lear)。事实上，他为解决音组问题已经化了十五年工夫。《璨琊王》是根据他所解决的音组，用素体诗译的。我幸而能读到他的译文。我曾经把它朗诵给朋友们听，译文异常口语化，而音组乃涌现。①

徐迟在该文第十五个注释中，也提到《璨琊王》一书：

这一本书将在商务印刷馆出版，但不知太平洋战争一爆发，那月那日问世，并因这书是在上海印刷的。孙大雨近在重庆，据说原稿并未带来，我有他的一份二校，但也丢在香港了，深悔没有给他带出来。②

由徐迟所讲述的情况，可大致推测出他的《诗的元素与宪章》对于艾青《诗论》的批判，与孙大雨的影响有关。两人同在香港之时，应多有交往，且交换过关于新诗格律的看法。据徐迟所说，孙大雨把《论音组》二校清样放在徐迟那里，因此，孙大雨在《〈黎琊王〉译序》的文后附记中所说的“香港友人”，极有可能就是徐迟。徐迟在新诗节奏上一开始接受的是其同乡陆志韦的轻重音说，他的《朗诵诗手册》中《何谓节拍》一节，就是依据陆氏的观点写成的。但当他看了孙大雨的《论音组》之后，彻底改变以前观点，转而信奉“音组说”，并在《诗的元素与宪章》中进行大力介绍。他还试图用郭沫若翻译的歌德《窦绿苔》，来进一步阐发音组理论。

值得庆幸的是，在搜集整理孙大雨诗文的过程中，《论音组》一稿清样残稿被发现。由残稿的最后一段，可大致看出原稿保留和缺失的具体内容。在最后一段中，孙大雨这样说：“上面我们讲过了音组与诗的关系，音组的构成、效果和功能以及音组特别在剧诗里能起些什么作用：那些都是从音组的原理和性质方面出发的概论。下面我们想把音组在某几种文字里、被它们的语音的最显著的特性所控制的各种情形略加叙述，跟着提出我们自己的一个试验——在我国文字里语体韵文所或可采取的一种连列语音的型式或配合语音的方法，最后把翻译莎氏诗剧怎样实行这套组音法或韵律的状况再一一述说：这些都是从音组的表现上着眼的记叙。”③文稿就此结束。由此可知，《论音组》中有关“音组原理与性质”的部分，保存了

① 徐迟：《诗的元素与宪章》，《生命的火焰》，桂林集美书店1942年版，第22—23页。

② 徐迟：《诗的元素与宪章》，《生命的火焰》，桂林集美书店1942年版，第33页。

③ 孙大雨：《论音组——莎译导言之一》，《孙大雨诗文集》，河北教育出版社1996年版，第91页。

下来，而丢失的则是有关音组的实践部分。因此，虽然《论音组》不是完整的文章，且文章的八十六条注释已遗失，但由孙大雨对于音组原理与性质的论述，已经完全可以窥测到音组说的大致内容。

二、音组说的具体内涵

孙大雨认为构成一首诗的成分大致可归结为四种：情致、意境、风格和音组。若把诗比做人，音组好似声音行动，风格仿佛仪态风姿，意境如同肢干轮廓，情致便相当于精神和生命。由浅入深，读一篇有音组而特具风格的文字，受了它的音组所产生的节奏、它的音乐性以及意义和风格的明言暗示之后，构成某一个特殊的意境，再从那意境里感悟到某一阵强烈的情致时，那篇东西就算克尽了它的传达功能，我们也可说读懂了那首诗。四种成分，一首诗缺一不可；非但如此，彼此间还须有密切联系——否则即不成其为诗。而孙大雨这篇文章着重论述的则是四种成分中的一种——音组与节奏。

(一)声音的诸性质中只有音长与节奏有关

为了分析音组与节奏的形成，孙大雨首先从分析声音的性质入手。声音有四种现象或因素，即音长、音高、音势和音色。每一个声音跟另一个声音的异同可以在上述四种特性即长短、高低、重轻和纯驳上分别出来。音长(length)为音波在时间上保有持续(duration)；持续依音波震动时间久暂可长可短，故两个声音的音长一经比较亦可有长短(long and short)之别。音长虽为语音的四种现象之一，然与音高、音势、音色三种现象有一绝大不同：在音长方面我们用以区别两个语音的异同的是语音发生时间的久暂，或者甚至可以说是音波的有无或存在与否；在其他三种现象方面我们用以区别两个语音异同的并不是时间的久暂乃至音波的有无，而是音波有了持续之后，那音波的振动模样或状态上的差异。孙大雨认为诗歌是一种时间艺术，因此，只能使用音长来作为音组的原料。音高、音势和音色虽都依附在音长上面，于语音所占时间内发生，但它们本身却都不占时间，不能用做造成音组的原料。它们可作为构成音组、划分音步的工具或标志，此外在音组的形成上绝无别的功能。另外，语音的长短、高低、强弱、纯驳四点特性，只是语音的音长、音高、音势、音色这四种现象的比较价值，当然也并不占据时间，因而便不能用作造成音组的材料：它们的用处，只在供我们于构成音组时用做划分音步或音段或音节的标志记号罢了，此外没有别的功能。

由于认为在声音的四种成分中，只有音长是构成音组的要素，因此，孙大雨完全反对时下流行的观点，即认为英文的重轻缀音(accented and unaccented syllables)也是形成节奏的要素。孙大雨认为重轻缀音，乃是从语音内涵的强弱性加以比较后的一个归类，所注目的只是音势的程度；长短缀音乃是就语音外延的久暂性加以比较后的一个归类，所注目的只是音长的时积。音势的程度既然与音长的时积截然不同，以前者为目标而归类的两种语音当然不能和以后者为目标而归类的两种语音在作用上完全一样。英文语音的音势既然是音势而不是音长，因而也就没有持续，故亦不占据时间；而音步与音组，既然是有时积的单位及其进行：那么，重轻缀音的重轻之不是英文韵文音组的所谓"基础"，乃是显而易见的事实。重轻缀音确能排列起来形成音步，并非因为它们在音势上有重轻性，而还是因为它们都含有音长之故。在古典希腊、拉丁文韵文里，语音都有音长，都占据着时间；同时因为语音的长短性比较其他的特性要显著得多，它们被归为长短二类当然比被归为高低二类或重轻二类更显豁，于是韵文作者于构成音步时就利用长短这点最显著的特性作为划分音步的符号或标志。在英文韵文里，语音同样都有音长，都占据着时间；所不同的只是语音的长短性比较起来不很显著，它们的归类若按着这点模糊的特性而行之就不能显豁，而循着这种不清楚的长短归类所配合成的音步也不大可能产生段落整齐的印象：——因此种种，所以韵文作者于构成音步时不得不另外利用旁的特性，在英文语音里则利用了比较显著的重轻性，作为划分音步的符号或标志。因此，孙大雨认为重读(stress)在英文韵文里只是一种引人注意音组的重复性的符号或标志(在其他条顿文字的韵文里也是如此)，它本身，正如轻读一般，没有时间，只能表明或指示时间的过程。在《诗歌的格律》中，他对此的表述更为完整："'音长'是各种语言的韵文机构所必须共同用到的材料，语音特性如长短、重轻、高低等等则被利用来吸引注意力、连结三三两两的语音成为一个个久暂显得相同或相似的单位，以形成音组，显示整齐的韵文节奏。"①

对于语言性质与节奏关系的认识，是孙大雨整个音组说的理论基点。在新中国成立后发表的《诗歌的格律》一文中，孙大雨对此又做了详细论述，并批驳了流行的错误看法：

---

①　孙大雨：《诗歌的格律》，《复旦学报》人文社科版1956年第2期、1957年第1期，见《孙大雨诗文集》，河北教育出版社1996年版，第119页。

> 我们现在要来澄清一下不光被介绍到中国来、而且也在外国流行得既广且久的一个误解。以为必须有长短音相间，重轻音相间，或高低音相间，方能产生韵文节奏；或者说，非有这样的相间，韵文节奏便无法产生——这个见解的错误在于忽视了最基本的时间，不够注意所谓长音和所谓短音之间的，音步（音节、音段）和音步（音节、音段）之间的比例关系，以及把音长（语音的持续）、长的语音和短的语音、语音的长短（四点特性之一）相混，又把长短音跟重轻音、高低音等量齐观。……（长短相间的）语音所以有节奏，只是因为听者或读者心上对于其中一个个语音的久暂发生彼此之间有一个比例的感觉，以及对于其中一簇簇语音的久暂也发生彼此之间有一个比例的感觉；如果这比例感一失掉，节奏感也就跟着不能存在。此外，要使节奏感分明还有其他的方法，并不以这一种语音长短有比例的相间为限；而语音重轻相间与高低相间，如果同时没有长短方面相当规律化的比例，是不可能产生节奏的。因此，“相间说”并不能规定为韵文节奏的一个原则。附带着还须要说明这一点：这里不论是两个语音间的二比一也好，或两个音步（一簇簇语音）间的一比一也好，那比例关系都是约略的，因为是心理上的感觉，并不一定在时间上用仪器计量起来绝对准确。[①]

可见，孙大雨强调的是，要得到韵文节奏，“音长”的长短必须相当地计较，长短和重轻或高低的相间则并非绝对必要——或者说，有了相间未必就能产生韵文节奏——虽然在有些语言的韵文里，重轻相间实际上往往被利用做醒目的记号。

孙大雨对时下流行观点的批驳，矛头所向应包括了朱光潜。朱光潜在其著名的《诗论》中认为节奏的形成与声音的长短、高低、轻重皆有关系，依据与这三者关系的不同，欧洲诗歌的节奏可分为三种类型。而孙大雨则认为节奏只与声音的一种性质即音长（语音的持续）有关，不仅与声音的其他性质音高、音势、音色无任何关系，而且与声音的长短、高低、轻重的有比例相间也无任何关系。因此，在他看来，中文诗歌不存在采用欧洲诗歌的何种节奏类型问题，它只能采用音组原理。朱光潜、林庚等人否认汉语诗歌可以向英语诗歌学习，否认把英语的轻重律引入汉诗中来，他们的理由是

---

① 孙大雨：《诗歌的格律》，《孙大雨诗文集》，河北教育出版社 1996 年版，第 111—112 页。

汉语的特点与英语不同，英语是复音，有轻重之分，汉语为单音，无轻重之分。但他们并不否认轻重音相间可以形成诗歌节奏。孙大雨否认轻重音，看似与他们相同，其实理论前提完全不同。孙大雨根本否认轻重音相间能形成节奏。他认为英语的轻重音只是音组的一个明显标志，在根本上英语诗歌的节奏，遵循的还是音组原理。因为，轻重与时间无关，而节奏则属于时间范畴。在这一点上，应该说孙大雨的认识是正确而深刻的。

在现代的格律—形式诗学体系中，节奏是核心范畴和要素。但学者们对于节奏成因的认识，却大相径庭，在这点上纷争不断，很难取得一致看法。在关于节奏成因的诸种看法中，朱光潜的观点最具代表性。笔者认同孙大雨对于朱光潜节奏成因观的批驳，认为节奏属于时间范畴，只有紧紧抓住节奏的“时间属性”，才能展开对节奏及相关问题的深入研究，节奏问题的探究，才不会偏离正确轨道。

孙大雨之所以反复申明节奏的时间属性，是为确立其“音组说”服务的。那么，到底什么是“音组”呢？

(二)到底什么是“音组”？

孙大雨的“音组”，其语源是英语“metre”一词，本义是“计量”；“节奏”一词，来自英语“rhythm”，本义为“流动”。“metre”指诗歌形式方面最重要的机构——一些在时间上相等或近乎相等的单位的有规律的进行。这些单位这般进行着所生的效果名之曰“rhythm”，而每一个这样的单位则可叫做“foot”(孙大雨把它译为“音步”、“音节”、“音段”，这些词语与通常含义有别，只能根据他自己的音组说去理解。——笔者注)。“可以分成上述的一些规则地进行着的、时长相同或相似的构成单位，乃是韵文在形态上异于散文的基本条件。”[①]一篇散文也可分解成多个构成单位；但那些单位一方面在进行上并不遵循任何时间上的规则，一方面在形成上亦不谋彼此间相当的整齐。只有这样，文中的思想方能舒卷自如，逻辑的进展不致为时间控制音义的规矩所牵绊。在韵文里，主要目的不是阐明理路，疏通关系，所以有了音组的这些规则地进行着的、时长相同或近似的单位做整篇韵文的计时标准之后，不但在消极方面并无牵绊之累，反而在积极方面有映照意境、驾驭和增强情致的妙用。

孙大雨在考察几种代表文字韵文的音组的相同特征后，给“音组”下了

① 孙大雨：《论音组》，《孙大雨诗文集》，河北教育出版社1996年版，第75页。

这样一个定义：

久暂显得相同或相似的一个个单位(音步)，每一个单位含蕴着几截“音长”(本应说几个语音，但我们只着眼于持续方面的语言，故为简括及免致牵扯其他方面的语音起见，以后都借称“音长”二字，同时并加一引号，以避与音长二字的本义——语音的持续方面——相混)；各单位的音数不必一律(通常一至四为度)，但较多数单位里的一截截“音长”，都顺着所在的文字里的语音的最显著的特性而连列成差不多的型式；在大多数文字的韵文内倘有些单位里所含的“音长”占时太久则发时比较匆促，占时太暂(有时甚至一个单位里根本没有语音，但这情形不很多见)则用一截“淹滞”(‘pause’)。“淹滞”可分两种：一是语音“淹滞”或展缓(‘pause’or syllables)，一是无声的“休止”或者语音之间的“淹滞”(‘rest’or‘pause between syllables’)，都须计入单位的时间内，去补救那时间上的欠缺；而此截“音长”与彼截“音长”间如正值两字之交，不论在一个单位里或两个单位间，则有时介以片刻的“静默”(这“静默”的间隙不计在单位的时间内，它也可以分成两种：一是相当规律化的，在行末或在行内规定处，一是自由无定的，随意义及构句的停逗而出没无常)；——这些单位川流不息而来，接连几个单位(通常以二至六为度)而成行，积聚几行而成节段，如是循环反复，在时间里规则地进行着，使作者读者听者都陶然有醉意：这就是韵文所有而散文所没有的“音组”。[①]

孙大雨对于音组的主要观点，大致包含在上述对音组的界定中。音组的基本单位为“音步”，有时他又称为“音节”或“音段”。孙大雨对音节的界定是：“就是我们所习以为常但不大自觉的、基本上被意义或文法关系所形成的、时长相同或相似的语音组合单位。”[②]在一个诗行内，音节(音步、音段)所占的心理时间大致相同，遵循等时原则；音步内的字数没有一定的限定，可有伸缩，但可通过读音的延长或缩短来予以调节。行与行之间音步的数量按照一定比例的程式进行排列。这样，就产生了节奏。可见，音组是产生节奏的一种方式。那么，什么是“节奏”呢？

孙大雨对于节奏的认识来自衣·霭·卓能亨(Sonnensehein)的《节奏

① 孙大雨：《论音组》，《孙大雨诗文集》，河北教育出版社 1996 年版，第 76—77 页。

② 孙大雨：《诗歌的格律》，《复旦学报》人文社科版 1956 年第 2 期、1957 年第 1 期。

论》，该书对于“节奏”的定义是：“节奏是时间里的一串事件的一个特质，那特质能使观察者心上对于形成这串事件的一个个事件的持续或一簇簇事件的持续，发生彼此之间有一个比例的印象。”①孙大雨认为这定义可以用来描述任何有节奏事物里的节奏，若应用在韵文上，只需把“事件”二字代以“音长”二字。这就是说，就诗歌来说，节奏的形成，乃源于同时等长的“音节”有规律有比例的反复出现。而孙大雨音组的原理正是如此，可见，音组是韵文里语音的进行式，韵文节奏便是这进行式的效果。音组为韵文节奏之因：有了它这个进行式，节奏这特质必跟了同来，如影之随身。韵文节奏为音组之果：有了它这种特质，必先有音组的进行式主宰一篇韵文的过程，如身之投影。

根据卓能亨(Sonnensehein)的《节奏论》，孙大雨认为音组要产生节奏，必具备几个条件，即一串音长所占据的时间与比例可以计量；观察者心上的比例感，不论是对于一截截“音长”间或一簇簇“音长”(音步)间的估计，都可以用数学上很简单的比率大略表示出；一截截或一簇簇“音长”本身之间未必有客观上绝对准确如1∶1或2∶1或3∶2等的比率，然它们在读者或听者心上确能发生出印象上相当正确的那样的比率；即令我们对于两截“音长”或两个音步的比例感稍有差池，不能获得上面所谓“数学上很简单的比例”，就我们感到节奏那一层而论却依然是无伤大体；“音长”、音步等的循环或重复是我们觉察到节奏的一个先决条件。

音组除能产生韵文节奏外，对读者还能生出多重心理影响。第一，音组的规则性能引起读诗者期待，同时又能满足这期待，使他感到一阵微妙的愉快。每一首诗，与以前的诗在情致、意境、风格及声调的旋律上，有所不同；同一首诗的每一个音步里的字音与其他音步里的字音又有长短、高低、重轻、调色、音数之不同；同一个音步里一截截字音间彼此亦复有长短、高低、重轻、调色之互异，等等。因而，一首诗，尽管它所有的音步的久暂全都相同，也绝不致堕入枯燥沉闷的单调中。第二，音组所给予读诗者的微妙而愉快的单调有一种催眠作用。第三，音组能引起读诗者的运动及流走意象，使他产生近于舞蹈和驰骋时的感觉。第四，音组有辅佐风格隔离现实的功能，使诗中所表现的情致意境不仅与实际人生里的情感处境类似，且显得分外优越，以便读诗者站在主观与客观交界处，去充分感悟那亲切有味的情致意境。

---

① 孙大雨：《诗歌的格律》，《复旦学报》人文社科版1956年第2期、1957年第1期。

(三)孙氏音组说的精髓——反“等音计数主义”

孙氏音组说的内容大致如上所述。那么,他的音组说到底有什么特点?其学说的精髓是什么?笔者认为孙氏音组说对于音组基本单位“音节”的界定,贯穿了一个基本精神,那就是反等音计数主义。这是他所提出的音组说的最大特点,也是这个学说的精髓所在。

孙大雨音组说的基本单位是“音节”(音步、音段),按照他的界定,就是“我们所习以为常但不大自觉的、基本上被意义或文法关系所形成的、时长相同或相似的语音组合单位。”[①]孙大雨对“音节”的界定,贯穿反等音计数主义的观念。首先,音节要等时。这是音节划分所遵循的首要原则,因为只有等时,才能在读者心理上产生一种节奏感,若不等时,则节奏将陷入混乱,节奏感就无法产生。其次,音节等时但不“等音”,它的划分,不是按字音的多少来平均分配每一个音节,即音节的字数不必一律,可在一至四的数目内伸缩;由于字数不一致,为了照顾到等时原则,则读者在读时,某个音节“音长”占时太久则读时应比较匆促,占时太暂(有时甚至一个单位里根本没有语音,但这情形不很多见)则用一截“淹滞”(pause),由此来补救时间上的欠缺。第三,为照顾到等时,音节的划分,并非是机械的,而是基于意义或文法关系及语气或阅读习惯等各方面的综合考虑,目的是要尽量做到两个音节时长间的平衡。如他的一些诗句对“的”字的划分,有些“的”和上面的形容词与名词联在一起,如“有色的/朋友们”,有些则脱离了形容词与名词的基本部分而附着于下面的名词上面,如“当年/的啸傲/和自由”,“大英/西班牙/的奸商”。从纯粹文法上讲,“的”应与上面的形容词、名词联在一起。可是这情形只是一般如此,遇到和音组的更基本原则“时长相同或相似”相抵触时,就得服从这原则而违背原来的意义或文法关系。[②]

可见,音组制在划分音组的基本单位音节时,遵循的是等时而不等音的原则,这样一来,音组制的音节划分就比较灵活,富于伸缩性,它要求的是一首诗行之间音节数的一致或比例,而非每行字数的整齐划一。与等时原则相对立的是等音计数,等音计数要求每行字数必须相等,认为只有这样,才能产生和谐的节奏。这正是孙大雨所极力反对的。他的音组说反对的正是等音计数主义。《论音组》残稿只有对于音组性质与原理的介绍,没有对等音计数主义进行正面的批评。到了《诗歌的格律》一文,他的这种观

---

① 孙大雨:《诗歌的格律》,《复旦学报》人文社科版 1956 年第 2 期、1957 年第 1 期。

② 孙大雨:《诗歌的格律》,《复旦学报》人文社科版 1956 年第 2 期、1957 年第 1 期。

点才得以进一步阐发。

《诗歌的格律》是孙大雨对《论音组》一文的复写与补充，发表于1956年。复写部分为音组的性质与原理，即该文第1节《诗歌的范围与艺术成分》，第2节《格律问题——节奏与音组》，观点表述更为清楚明白，论证更充分；补充部分为音组说的实践与应用，即该文第3节《几种外国语韵文的音组结构》，第4节《文言诗的音组》，第5节《新诗的音组和韵》。这几节，孙大雨利用他的"音组"制，对西方诗歌与中国文言诗歌的节奏进行分析，在此基础上，对怎样建立新诗节奏，提出建议和主张。三节的贯穿性主题，就是对等音计数主义的批判。

《几种外国语韵文的音组结构》考察外国语韵文音组结构的发展。他首先考察了原始的等音计数韵文，对它的理论前提等音计数主义作了深入剖析与批评。等音计数主义认为：一对一的比率普遍存在于"音长"之间，一切语音的长短重轻高低全都一样，没有办法把语音组织起来变成作为计量单位的音节（音步、音段）。孙大雨认为这些观点皆违反事实。等音计数所产生的节奏是一种机械死板的节奏，因为没有利用语言的语音特性把这些语音组织成规则地进行着的单位，所以这样一行行的语音势所必然会显得松懈散漫，缺少节奏。用音步（音节、音段）与用单独的、无组织的语音去计数，两种办法间有一显著区别：用音步（音节、音段）乃是用一种制度化的计量单位去计量，用单独的语音则是用一点一点的语音点子去计量。一个语音作为一个单位，对于我们的听觉来说，其时间性不容易被觉察到。音段（或音步、音节）法或音组原则，利用每一种语言的语音特性，把一个个单独的语音组织起来，成为一个个语音组合单位，用这些单位去计量那语音之流；这些单位彼此间长短可能不尽相同，但读者们诵读时的读音习惯大致上是相同的（这是个很重要的共同基础）。只要对于读诗有相当修养，他们就会感觉到那些音步（音节、音段）彼此之间段落分明，或者说，那韵文的音组所显示的节奏大家会觉得单纯而明朗。法语亚历山大行（Alexandrine）的发展历史同样证明等音计数主义的错误。亚历山大体之外，孙大雨还通过英文诗歌的音组划分，来证明计数主义的缺陷。流行的观点认为，英文诗里最普遍的韵文行的格律是每行十个缀音，奇数的缀音轻读，偶数的缀音重读，不合这格律的是例外。但事实是英文诗中缀音数不一律、重轻缀音不相间、重缀音数也不固定的韵文行，非常常见。这种观点有两层错误，一是计数主义，二是"相间说"。若按音组的原理来分成时间单位，或者说，用音组来计量这些韵文行，则一切问题都可迎刃而解。

孙大雨认为他的音组制不但能解释西方诗歌节奏的形成与发展，而且，还可有效解释中国传统文言诗歌的节奏成因。《诗经》基本是四言，它的作者利用语音之间的黏着性，把语音组织成一个个时长相同或相近的单位，以造成整齐有度的节奏之感，如《关雎》。其他很多作品各句字数并不一致，有些则相当参差，因此，无法用计数法来说明它们在语音节奏方面的艺术性。但若依据音组理论，一个音节里可以有一个字(需拉长些)到三四个字(需挤紧缩短些)；各句字数可以不尽相同，但音节数还是可以相同的，它的外形参差但节奏分明，就可以完全得到解释。总之，与乐律关系密切的古代诗歌作品，《诗经》、楚辞、乐府歌辞、唐人五、七言绝律、宋词、金元明的南北曲等，不论在每篇范围内各句的字数整齐不整齐，它们都既不能用等音计数主义者的“规则”或“不规则”来说明，也不能用散文至高无上论者的“束缚”或“自由”来解释，而是各个遵循着调度节奏的格律，在时间上与乐律一同消长。因为乐律各不相同，所以各体诗歌的具体格律也各不相同。但不同中还有相同的地方，那就是音组(音节的进行)原则。

五、七言古诗也完全合于普遍的音组原理。但是，一般标明字数当做这两种具体格律的重要特点的做法，却在理论上引起绝大误会，使好些人错认为等音计数主义是中国诗形式方面的最高或最基本的原则和唯一道路。有人以为汉语是纯粹的单音语言，这是个很大错误。以为五、七言体是完全建筑在等音计数主义上，且把它看做是中国诗的正统格律，正是陷入同样性质的理论误解。一般说来，五言的节奏是三音节的，每句末一音节缺一个音；七言的节奏，除有些诗里有三言、四言、五言、六言、八言、九言、甚至十言等诗句的又当别论外(也是讲音节的，并非自由散漫地乱来一阵)，一般说来是四音节的，每句末一音节也缺少一个音。在五、七言古诗里，尤其在最早的五言古诗里，虚字应用得相当多。但发展的趋势是虚字愈来愈少。虚字调剂着实字，在语气上有空灵流动、富于伸缩性的好处，使音节的进行不致陷入呆滞状态。到齐梁时，受骈文影响，一方面为追求意境绵密和辞藻富丽，一方面为讲究声调响亮，于是把虚字从作品里尽量挤了出去，结果诗中极难遇到虚字，诗思便变得呆滞。到了唐初的绝、律体，虚字可说是绝无仅有了。

旧诗里的近体诗，一方面严格规定每句只有五个字、七个字，不能少也不能多；另一方面则为了风格关系，以及为了配合平仄安排的关系，而极力避免虚字。从韵文节奏和音组原理上看来，这便是从等音计数观念出发的一种作为，一个情势。但是，是否五、七言绝、律就是纯粹的等音计数主义的韵文了呢？那又不然。因为这两种体制非但像五、七言古诗似的本来就讲究音组(由于字音间的黏着性)，而且还讲究平仄。而这平仄的安排却是既起着音组的作用，又产生旋律的功能的。因此，应当说由于这双重的或加强了的音组作用，这两种体制的音组性也就见得分外显著了。

孙大雨认为文言诗虽讲音组，有节奏，但是它的发展道路，不是紧紧倚傍着乐律，就是被等音计数观念所限制，有时(在绝、律体里)它甚至自己来一套非常规律化的旋律，而在表现媒介方面则往往病于太文。这是文言诗里史诗、叙事诗和戏剧诗不能发达的原因。文言诗不复有远大的前途，将来是属于白话诗的。新诗应当制定自己的合于音组原理、显示节奏脉搏的格律，不紧靠着乐律，不从等音计数观念出发，也不满足于泛滥遍地的“自由诗”。那么，怎样建立新诗的节奏？

孙大雨对新诗格律的建设主张，也贯穿着对等音计数主义的批评。他认为新诗与旧诗语言，除文法语汇不同外，另一不同是新诗必须适当运用日常语汇中的一些虚字。新诗用虚字与五、七言古诗不同，古诗中等音计数主义占统治地位，虚字与实字被等量齐观，新诗则应破除这种看法，根据文字与语言发展的实际情况，讲究能产生鲜明节奏感的、在活的语言里所找到的、可以用来形成音组的音节。应用孙氏的音组制，那么新诗的格律的一个基本原则，就是讲求一首诗行与行之间音节数的一致，而反对字数的整齐划一。

孙大雨提出音组制以及他对等音计数主义的反驳，同样有明确现实批判指向，其中首要对象应是闻一多。闻一多在《诗的格律》中，从建筑美的前提出发，要求一首诗每行的音节数整齐，同时也要求字数划一。孙大雨对于他的这种主张，表示明确反对意见：“除了各行音节数应当整齐的这一点和我意见一致外，其他各点我当时都不能同意(虽然只凭个人的直觉，没有理论做根据)，所以从未在任何一首自己所写的或翻译的诗里照办过。而我这些年来注意音组原理的结果，则认为那其他各点都是形成整齐的节奏所不必要的过严的限制，从原理上讲都是些不正确或不够正确的规定，理由已在上文论节奏和音组时加以申述。”[①]孙大雨对“豆腐干诗”与“骨牌阵诗”的反对，其理论出发点就是他的音组制。他的另一批判对象，应该是林庚。林庚在认同格律上与孙大雨一致，但在具体建设主张上，则存在很大分歧。林庚的核心观点是行之内“逗”的划分与行间字音的相等，“逗”的

① 孙大雨：《诗歌的格律》，《复旦学报》人文社科版 1956 年第 2 期、1957 年第 1 期。

划分与音组制虽不同，但其基本原则无太大差异，而要求字数的整齐划一，则是孙大雨所断断不能认同的。他认为诗歌的表现媒介从文言改做白话时已改变了它的性质，新诗节奏的具体形态和造成节奏具体形态的方式也必然有很大变动，因此，“从七言到九言、十一言、十三言等即使也是一种变动，却还是一条变动得不够大的、与老路同一个方向的、走不通的死路。”①批评矛头明确指向林庚。

孙大雨的音组制，在要求行之间音节数一致的同时，反对限定字数的整齐划一，其基本单位“音节”的划分也富于灵活性与伸缩性，照顾到了现代语言特点，因此，它的优点是明显的，对于新诗格律的建设，具有较大启发意义。孙大雨对于自己这个理论颇为自信，他举出音组制的三大优点：第一，它从语言里来，合于民族形式的条件，不太严也不太宽，一个音节就是基本上根据语言的意义和文法结构所联结成的一个字到四个字的语音单位(一个字或四个字的比较少，两三个字的比较多)；第二，它顺利承接了中国的古典传统，其音节单位在民族诗歌遗产里有悠久历史根源；第三，合于普遍的音组原理，和国际间的从古到今的一些实例和标准是一致的，虽然也有具体的不同处。因此，他认为新诗若采用他提出的音节和音组制度，必将具有远大而宽阔的将来。②

音组制由于不要求字数的整齐划一，因此，对于一些外形稍微参差的诗歌，音组制能有效解释其节奏的成因。孙大雨就是用这种理论，对中国古代与乐律传统有关的诗歌，其不整齐的形式中，所蕴涵的节奏的整齐，给予了较有说服力的解释。音组制也可解释外形整饬的五、七言诗，行尾一字音组与前面两字音组的等时效果。

音组制建立在节奏等时原则基础上，因此，按照音组制写出的诗歌，其最终节奏的形成，还需要读者阅读时，给予大力配合，读者必须意识到每行音节的划分与不同字数音节阅读时声音的延迟或减短，因此，诵读对于诗歌节奏的形成就显得非常重要。

孙大雨的音组制偏重于节奏形式的等时原则，对于押韵一点注意不够，后来在《诗歌的格律》中，他补充了有关押韵方面的内容。他认为“韵律”二字不应解释为“节奏或音组”，而应理解为“韵法”即押韵的规律。韵律在某些诗体中是不必要的，如素体韵文。有些诗人把韵文当做必然押脚

① 孙大雨：《诗歌的格律》，《复旦学报》人文社科版 1956 年第 2 期、1957 年第 1 期。

② 参见孙大雨：《诗歌的格律》，《复旦学报》人文社科版 1956 年第 2 期、1957 年第 1 期。

韵，是一种误解。一般人以为押了脚韵的分行作品一定好，一定是诗，这种观点也是错误的。押了脚韵但如果音节数不整齐，只是所谓的自由韵文或自由诗。但孙大雨认为不押韵的情况一般只限于一些鸿篇巨制，一般说来，较短的篇章还是应该押韵的。所以他主张新诗大体上应当押韵，上千行的诗可以押，也可以不押，可视作品的性质与内容而定。“韵脚或脚韵，只要善于运用，一方面有助于语音之间的和谐；另一方面能点醒诗行的终迄，加强三级节奏；第三方面可以和内容互相应和，发出声音上的共鸣，增加意境和情致的效果；而同时又是一种装饰，能使背诵者便于记忆。”[①]押韵有一定的规律和技巧，即韵律，但韵律不是死板的规定，“韵律和音组机构须得有秩序，有计划，而这秩序和计划则必须在运用表现媒介表达内容的过程中得到体现，找出规律。”[②]孙大雨认为在押韵上也可向西方诗歌学习，素体韵文、十四行体、八行韵、连锁韵等外国诗歌里的不押韵方式和押韵方式，虽不能说是民族形式，可是也不妨介绍进来，为我所用。

音组制的基本单位音节的划分比较随意，字数富于伸缩性和灵活性，这是其最大的优点，但这优点有时也就是缺陷。孙大雨承认等时是节奏形式的基础，但若音节之间字数相差过大，即使读时有意识进行伸缩，也难以避免不等时现象的产生。而且，为了照顾到等时原则，有时音节的划分就不免割裂语义，这也会极大地影响阅读效果。由于存在这样的缺陷，诗人按照音组制写出的诗歌，他自己感觉富有节奏，但读的人可能就会感觉并不如此。也许意识到这个问题，梁宗岱虽然非常赞赏孙大雨的“音组说”[③]，但也提出了自己的看法。他认为抒情短诗不必音节（他称为“节拍”）数量一致，而无韵诗与十四行则要求音节数一致，并且字数也要整齐划一。当然，梁宗岱的看法也有值得商榷之处。但从他的异议，至少可以看到，孙大雨提出的音组制，也存在着尚待改进之处。现代格律诗学，正是在这样的不断商榷与争议中，一步步向前发展的。

第二节　徐迟对艾青《诗论》的商榷

徐迟1933年开始发表作品，1936年10月出版诗集《二十岁人》。抗战爆

---

① 孙大雨：《诗歌的格律》，《复旦学报》人文社科版1956年第2期、1957年第1期。

② 孙大雨：《诗歌的格律》，《复旦学报》人文社科版1956年第2期、1957年第1期。

③ 梁宗岱称为“字组”，见梁宗岱：《关于音节》，《梁宗岱文集》第2卷，中央编译出版社2003年版，第163—164页。

发后从上海经香港和桂林到重庆。四十年代初曾任郭沫若主编的《中原》杂志执行编辑，并出版《最强音》、《诗歌朗诵手册》等诗集、诗论及译著多部。徐迟《诗的诞生》是他的一部诗论专著，该书分四章，依次为"诗的元素与宪章"、"抒情诗论"、"从民谣到叙事诗、史诗"、"论剧诗与机关布景"。依据徐迟回忆录《我的文学生涯》①，该书约十万字，用一个月时间写成。但这部书最后没有出版，它的部分内容发表或收入他的文集或与别人的合集中。

一、诗的元素与宪章

《诗的诞生》第一章《诗的元素与宪章》曾收入《生命的火焰》一书，桂林集美书店 1942 年 7 月出版，属孟超编"艺术新丛"丛书之一；又收入徐迟《美文集》，美学出版社 1944 年 11 月出版。《诗的元素与宪章》副题为《〈诗的诞生——一个美学的尝试〉第一章》。该章开宗明义，解释"诗"有两个意义，第一个意义指诗的"质料"或"元素"，通俗一些说，即诗的境界。徐迟所说"诗的元素"，与陈启修"诗素"含义大致相同。诗的第二个意义指"诗的宪章"，即"应用诗的规则，或格律"。徐迟认为诗决不是散文、散文诗、自由诗，"诗是有它底严格的格律的"。第二个意义的诗，并没有否定自由诗、散文诗的存在，只是说明：散文诗、自由诗不过是像无声的诗的绘画，入诗的境界，得诗的元素，是另一种东西，并非三千年来被公认的"诗底诗"。现在国人心目中的所谓诗，似乎都是第一义而非第二义的。

徐迟认为诗有两要件，一为诗的元素，一为诗的宪章即格律，缺一不可。徐迟这么说，并非纯粹为了阐明诗的原理，而是有明确现实批判指向，批判的对象为艾青《诗论》。艾青于 1938—1939 年间，撰写《诗的散文美》、《诗与宣传》、《诗与时代》、《诗人论》等系列文章，1941 年 9 月结集为《诗论》出版。该书出版不久，徐迟即开始写《诗的诞生》，其中第一章《诗的元素与宪章》，自始至终就是围绕着批判艾青"诗的散文美"而展开的。可见，徐迟《诗的诞生》之写作，其现实动因，就是批判艾青的"散文美"主张。

二、对艾青《诗论》的商榷

艾青的系列诗论有一核心主旨，就是对"诗的元素"之强调，这一点与徐迟并无冲突，在《诗的散文美》中他曾这样说："由欣赏韵文到欣赏散文是一种进步：而一个诗人写一首诗，用韵文写比用散文写要容易得多。""有人写了很美的散文，却不知道那就是诗；也有人写了很丑的诗，却不知道那是

---

① 徐迟：《我的文学生涯》，原名《江南小镇》，百花文艺出版社 2006 年版，第 310 页。

最坏的散文。”“我们既然知道把那种以优美的散文完成的伟大作品一律称为诗篇，又怎能不轻蔑那种以丑陋的韵文写成的所谓‘诗’的东西呢？”[①]徐迟认为艾青上述言论说明他对于诗的两个元素都把握到了：连诗的元素都没有而俨然自称为诗的散文，以丑陋的韵文而写成的所谓诗，两者同样要不得。但是，徐迟认为：“就在这里，由于强调之点不同，我们的意见也就不同了。”[②]那么，他与艾青的分歧到底在哪里呢？分歧在于，徐迟认为散文美只是元素美，还只是停留在诗的“浑朴”阶段，只有经过诗的格律的“雕琢”，诗才真正成为诗。

徐迟严厉批评臧克家等人的长诗仅具诗的元素，甚至有的连诗的元素都没有，更别说诗的格律了。他认为一首诗若要称为诗，还要化好大的力气上去：

> 从金刚钻矿藏里发现出来的钻石只是一块石头。战国时一块玉石，帝王都不识货，害得献玉的人被砍去了一条腿又砍去另一条。一个木匠要做工，总要有锯子，刨子，斧头，和万万不能少的尺。我曾在公路边的小村子看木匠给一座简陋的茅屋装窗子。窗格子稍大了一点，装不进框，他把窗格用刨子稍稍的削薄了些，这扇窗立刻装进去了。我们想象到了建筑巨大宫殿的匠人，是如何精密巧妙地顾到了整体，更顾到了每一个细微的部分的！骨架既要坚固宏伟，顶部更得精雕细刻。金色的漆和大红柱子上的漆，都要涂得极匀净，仿佛一首崇高的，音韵完整的诗篇，构造很严密，暴风雨、岁月、洪水、战争、白蚂蚁都不能损害它。自然，伟大的诗篇，比宫殿还经久，它是不朽的。[③]

徐迟这里的比喻是为了说明诗必须要经过艰苦细致的工作才能产生，这种工作就包括了对于诗的格律形式的精雕细刻。

徐迟认为艾青所说的诗的“散文美”其实就是诗的“元素美”，但还不是“诗”。艾青虽是优越的诗人，把握到诗的两重性的意义，但他被中国新诗已达到的成就所限制，陷入偏僻的一面。因此，艾青写《诗论》的时候，不幸还只能要求诗的元素，诗的散文美，不能进一步要求“诗的锻炼”。在艾青《诗的散文美》发表之后三年，中国诗的现状还是令人担忧，一般的诗歌还

---

① 艾青：《诗的散文美》，见艾青：《诗论》，人民文学出版社 1995 年版，第 59 页。

② 徐迟：《诗的元素与宪章》，《生命的火焰》，桂林集美书店 1942 年版，第 10 页。

③ 徐迟：《诗的元素与宪章》，《生命的火焰》，桂林集美书店 1942 年版，第 13 页。

是缺少诗的元素，更别说对于诗的格律的讲求。可见，徐迟把诗分为两个等级，等级低的只有诗的元素，等级高的真正可称得上“诗”的，是诗的元素与诗的格律兼而有之。

针对艾青对外国诗人惠特曼、凡尔哈伦、马雅可夫斯基的称赞：“他们把诗带到更新的领域，更高的境地。”“因为，散文是先天的比韵文美。”[①]徐迟也一一作了反驳。对于惠特曼，他依据密尔斯基（Mirsky）为苏联出版的惠特曼诗集作的序言，认为惠特曼自称为大众的发言人，但从来没有对大众发过言，他的诗难于记忆，只有训练过的耳朵才能欣赏，一般大众是无从理解的。对于马雅可夫斯基，徐迟认为中国读者把他的诗看做是自由诗纯属误解：“我知道他是有自己的格律的，这个格律，连模仿他的形式的田间都没有知道似的。马雅阔夫斯基想起来一定很辛苦的，为了他的呼吸，为了意义的重要，分他的行，更换他的抑扬调子。他也照老样子，不可能不根据一定的音长（length）音力（force）音高（pitch）音色（timbre）来工作，因为凡是音，逃不过音的四个特长。至于他诗的形式等于把朗诵谱并印在一起。”[②]对于英国的自由诗，徐迟依据自己所掌握资料，认为自由诗在英国还不过四五十年历史，也并没有把诗带到更新的领域，更高的境地。

艾青说：“自从我们发现了韵文的虚伪，发现了韵文的人工气，发现了韵文的雕琢，我们就敌视了它。”[③]徐迟认为这个观点只有部分正确。他举从古至今的伟大诗篇为例，认为它们并不雕琢和虚伪。但诗史上每有新鲜完整的诗篇出现，立刻有人以雕琢跟进。新鲜而完整，虚伪而雕琢，前浪后浪，确是事实。因此，不能以局部来代替全部，以部分韵文的虚伪雕琢而全盘否定所有韵文。

针对艾青韵文易写的观点，徐迟认为韵文并不比散文容易写，也不比散文难写。为证明此点，他举莎士比亚的剧作为例。莎士比亚剧作对于格律的运用，经过一个很长的逐渐成熟过程，只有到后期，莎士比亚应用英国语言，才到达纯粹而纯熟的境地，自由而自然，意义明晰，思想深刻，音乐性圆美。因此，用诗的格律来处理诗的元素，即使像天才如莎士比亚，也非一朝一夕之功。另外，在莎士比亚剧作中，韵文地位要远高于散文。如《奥赛罗》一剧，奥赛罗说的是素体诗，因为他是一个有英雄性格的、崇高的人物，

---

① 艾青：《诗的散文美》，见艾青：《诗论》，人民文学出版社1995年版，第60页。
② 徐迟：《诗的元素与宪章》，《生命的火焰》，桂林集美书店1942年版，第15—16页。
③ 艾青：《诗的散文美》，见艾青：《诗论》，人民文学出版社1995年版，第59页。

而依阿古是彻头彻尾的小人，因此，莎士比亚让他说散文。《亨利第四》中恶棍福斯塔夫说的也是散文。

徐迟后来在80年代撰写的回忆录《江南小镇》(后改名为《我的文学生涯》由百花文艺出版社于2006年出版)中回忆《诗的诞生》一书产生的经过，其中特别提到《诗的元素与宪章》一文，并大段引用了该文的语句。这说明直到晚年，他主张新诗要有格律的观点，并无任何改变，对于艾青“诗的散文美”主张的批评还是依旧，而且他还认为“诗的规律、格律、宪章的问题，这么多年来一直没有解决，《诗的散文美》一文不能没有责任。”①

三、诗人是高度发展的技术专家

诗的格律属于形式，这就涉及形式与内容的关系。徐迟认为在现阶段，应该先向中国的诗人要求“诗的元素”。但这并不等于把内容与形式分开来谈，先有诗的内容，再有诗的形式。其实这两个要求是一个要求：“虽然在一个诗人的创作过程上，一定先有诗的元素，然后追求诗的形式，决不至于先有了格律再追求元素。……一个诗人无不确信他已有了内容，才动笔吟哦的。只要他吟哦，问题就是形式，就是诗句的锻炼，就是编排音组，穿上韵脚的鞋子这类事。”②因此，一个诗人一定是一个高度发展的技术专家。他举意大利著名诗人但丁为例：

譬如但丁，是一个常常被提起的名字，因为他同地方语有关。在拉丁文正称雄的时候，他用翡冷翠地方语来写诗。《神曲》也是大家知道的，但艾略特说过，但丁的《神曲》只听人谈，不见人读。而但丁的一部《论方言》不幸为他自己的《神曲》所蚀，是没有人谈，谈也莫谈的。其实这部论文是经典著作，但丁在《论方言》一书里，从欧洲的语言系统分析开始，罗列了当时欧洲的各民族的语言，更把当时意大利的各地方口语，一个一个拿来观察，他要找出一种最精练的，适于作抒写“光辉的”诗篇的地方语言，他用排斥法摒弃了一切地方语，最后才有充分理由来采用翡冷翠的口语，作为“光辉的言语”。同样地他也用古今的诗歌的元素罗列起来观察而发现“战争、爱情与美德”三者为诗歌的元素。同样他罗列了古代与中古诗人的诗来观察而发现“光辉的”风格，同时他列举了古今诗歌的各种格律、韵律，来观察、比较、研究，结果他发现

① 徐迟:《我的文学生涯》，百花文艺出版社2006年版，第311页。

② 徐迟:《诗的元素与宪章》，《生命的火焰》，桂林集美书店1942年版，第19页。

了三韵音句(Terza Rima)为适合于“光辉的”诗篇的格律。很明显,在他决定了三韵音句以后,他就不断的用了大劈斧、锯子、刨子、风箱、铁砧、榔头,小钻子和细针来工作了:我们可想象但丁怎样以一个修钟表匠那样熟练的手艺,来做一个小螺丝绞,把一个母音擦入他的三韵音,然后又用一块丝绒,擦去一个子音上的一粒微尘。呵,难怪他花了一生心血才写出来了三万行诗?[①]

徐迟认为中国诗人正在进行一场行数竞赛,诗越写越长。这种诗的“通货膨胀”,艾青所提出的“诗的散文美”主张要负一定责任。以前写诗的方法是敛收,现在写诗的方法是奔放。唯有奔放者可以敛收,唯有敛收者可以奔放。统一“敛收”与“奔放”非常重要。

四、拥护孙大雨“音组说”

徐迟的音乐修养很高,因此,他还从音乐角度来谈诗的节奏。他认为做一个音乐家,必须经过十年二十年训练,而诗却从来不能教授:“学音乐的,一开始就是节拍,就在一架毫无灵性的节拍机下俯首听命。”[②]乐曲中,只有贝多芬的《第四钢琴协奏曲》的前奏是不分节的,其他全部的乐曲都是分小节的。《第四钢琴协奏曲》的前奏虽不分节,但其节拍还是非常谨严的。因此,诗应该向音乐学习节拍的讲究。

在诗的节奏如何形成的认识上,徐迟有一变化过程。起初他的主张与陆志韦完全相同,认为应该用轻重音来定节奏、分音组,并在朗诵诗歌中对此进行试验。他的《诗歌朗诵手册》中《何谓节拍》一节,论述的就是他的重音制节奏理论。后来他接受孙大雨《论音组》的“音组”理论。孙大雨认为不是音的轻重决定诗的音组,而是音的长短决定诗的音组。现代汉语有一重要现象是用两个(或三个、四个)单音字合成一个词,每一个词可组成一个音组,一行诗可根据音组分成几个时间相同的拍子。对于音组的具体理论,徐迟认为他不必也不能细说,因为孙大雨的《论音组》已经说得很详细了:“荣耀应该归于我们的劳动英雄孙大雨教授。他这许多年来静静地研究与工作,将在中国诗坛上造成一个革命。我们等待着《论音组》出版的一天吧。”[③]徐迟认为孙大雨对“音组”理论已有精深研究,自己不用再多说,这使得这篇文章的音组部分显得较弱。也许意识到这个问题,该文发表时,

① 徐迟:《诗的元素与宪章》,《生命的火焰》,桂林集美书店1942年版,第19—20页。

② 徐迟:《诗的元素与宪章》,《生命的火焰》,桂林集美书店1942年版,第22页。

③ 徐迟:《诗的元素与宪章》,《生命的火焰》,桂林集美书店1942年版,第25页。

徐迟曾在文前加有一个“附记”，在里面声称书出版时，他将在音组部分有所补充，其大致内容是“将郭译《赫曼与窦绿苔》的音组作了个实验”，但由于《诗的诞生》最终没有出版，所以他的计划就没有能够实现。

徐迟还发表了对于十四行诗的看法。他认为十四行诗是最合理的诗的一种形式。人类的情感，无论精巧的、雄浑的、诙谐的、忧郁的，无不容纳在十四行里面，恰恰正好。十四行诗分为四节，把诗的元素分为四个段落来述诉，恰够讲完话：“一个诗人是人类感情的大师，不仅不会发生十四行诗短少一行或多出一行的事，而且总能处理得每一段每一行诗，至每一个字，情感的浓厚，色彩的明暗与声调的抑扬，恰如其分。”①

在新诗格律方面，徐迟并没有提出多少创新性看法，但却是非常坚定的格律论者。徐迟对于孙大雨音组说的热情肯定与宣扬，对于艾青诗的散文美主张的激烈反驳，代表了抗战时期在新诗自由化、散文化大潮中，少数诗人对于新诗格律—形式试验的坚持与维护。

第三节　李广田的形式诗学

李广田的文学论包括他的诗论，贯穿一条清晰线索，就是对于文学形式与内容二者关系的辩证认识，看重形式、技巧，强调新诗格律，和对于新诗散文化倾向的忧虑与批评。他的最重要诗论专著为《诗的艺术》，1944 年 12 月由开明书店出版。该书收入五篇文章：《论新诗的内容和形式》、《诗的艺术——论卞之琳的〈十年诗草〉》、《沉思的诗——论冯至的〈十四行集〉》、《诗人的声音——论方敬的〈雨景〉和〈声音〉》、《树的比喻——给青年诗人的一封信》。正如李长之所评：“全书五义，义则一贯。其给时代以针砭处就在反散文化，反无形式。一部批评文学最重要处正在给时代以指向，在这一点上，本书是尽了力的。”②李广田把书命名为《诗的艺术》，其“艺术”一词，并不是泛泛而言，而是确有所指。他所谓的诗“艺术”，指的就是诗的“形式、技巧、格律”等。由此命名，就可知《诗的艺术》一书的主旨之所在。

一、为艺术形式申辩

李广田的形式诗学，建基于他对于形式内容关系的辩证认识。在《〈诗的艺术〉序》中，他说：“在观点方面，我相信艺术的内容决定艺术的形式，但

---

① 徐迟：《诗的元素与宪章》，《生命的火焰》，桂林集美书店 1942 年版，第 22 页。

② 李长之：《李广田：〈诗的艺术〉》，《时与潮文艺》第 5 卷第 1 期（1945 年 3 月 15 日）。

我又相信最好的形式也可以反作用于内容，可以加深并提高内容。只以内容而论，我赞美那结实而健康的思想或感情，只以形式而论，我佩服那运用得恰到好处的手段或技巧，以一件整个的作品而论，我以为那最好的作品应当是内容与形式的一致。”[①]后来李广田在其书稿《文学论》中专辟一章，从“内容决定形式”、“形式也是创造的”、“形式反作用于内容”、“偏重形式与偏重内容”四方面对内容与形式的关系问题，作了全面论述，最后得出“形式与内容”一致的观点。[②] 文学的内容与形式关系问题，是文学理论中一个聚讼纷纭的艰深话题，李广田既重视内容又重视形式，认为内容决定形式、形式具有创造性且反作用于内容，这些观点，充满辩证精神，达到了很高的认识水平。司马长风认为：“关于内容与形式的问题，李广田当时似尚无透见，因此陷于二元论。”[③]这种评价并不切合实际。正是出于对形式内容关系的辩证理解，李广田在考察新诗艺术发展时，既关注新诗的内容，又照顾到新诗形式艺术上所存在的问题，对当时诗坛的散文化倾向，才能保持一种比较清醒的认知与批判。

《诗的艺术》首篇为《论新诗的内容与形式》，原刊《文学评论》创刊号(1943 年 12 月)。李广田把该文看做是全书绪论，它论述的同样是内容与形式的关系问题。李广田把这样一篇文学原理性质的文章置于篇首，用意就在把它作为自己整个诗学理论的基石和前提。由此一点，可看出内容形式的关系问题在他整个诗学体系中所占的分量。文章开始，他首先批驳福楼拜的观点。福楼拜认为：“没有美的形式，便没有美的思想，因为内容是靠了形式而存在的缘故。”这种观点强调形式对于内容的优越性。而李广田则坚持内容对于形式具有优越性。但是，他对于福楼拜观点的批驳，并不意味着他忽略形式的重要性。他认为美的思想必须由美的形式才“表现”得好，只有在表现上，艺术家才存在，艺术家的力量才有用武之地。“内容决定形式”，一点也不错，然而并不是有了内容便直接有了形式；形式，并不是自然地从内容中产生出来，而是由诗人，为了表现一定的内容而创造出来。“完美的形式，第一当然是先要求它不束缚内容，不妨碍内容之表

---

① 李广田：《〈诗的艺术〉序》，《李广田全集》第 4 卷，云南人民出版社 2010 年版，第 207 页。

② 参见李广田：《文学论》第 5 章《文学的内容与形式》，《李广田全集》第 4 卷，云南人民出版社 2010 年版，第 98—111 页。

③ 司马长风：《诗的艺术》，《中国新文学史》下卷，香港昭明出版社 1976 年版，见《李广田全集》第 4 卷，云南人民出版社 2010 年版，第 410 页。

现，更进一步，它就可以使内容表现得更好。"[1]一方面是内容决定形式，但在发展过程中，形式绝不是被动的，对于内容的发展，它也具有能动作用。就是说，形式也可以反作用于内容。因此，李广田认为作者应当用最好的形式去提高他的作品内容，因为"一种很好的形式，它既可以摒弃那些不必要的，而凝练并超举那些最必要的，又可以抛除那些浅薄而浮泛的，而给作品以深度，以精度，它使作品更能禁得起读者咀嚼，也更能禁得起时间的折磨。"[2]他反复申说："讲求形式，并不是忽略内容，而是要提高内容，艺术在一方面讲本来就是技巧的意思。"[3]

内容决定形式，形式反作用于内容，再进一步，就是内容与形式的合二为一，形式即内容，两者是不可分的："那所谓形式者并不只是外的形式，而是内在的，譬如节奏，那思想或理智的本身是有节奏的，感情本身也是有节奏的，所以作者在表现上并不只是用了那文字表面上的逻辑作为'因为……所以……'之类的平叙，而是用了想象的逻辑，使一情一境跳跃地向前发展。"[4]"形式并非外在而是内在的形式"的观点，可谓李广田形式观的精髓，也是他对于艺术形式的最有力辩护。

《诗的艺术》最后一篇为《树的比喻——给青年诗人的一封信》，是全书尾巴，带有结语性质。这篇文章谈论的也是形式的重要性，其主张与《论新诗的内容与形式》完全一致。他为了说明艺术的意义是技巧，"它必须有些范围，有些规矩"，[5]而用狭小的乒乓球台作比喻，"在这里，技巧就见出了它的意义，它的重要。……诗不能不讲求形式，不能不讲求技巧。……诗，再加以最好的诗的形式，那才是诗的完成。"[6]这句话可看做是李广田对于形式问题的一个结论，而他对艺术形式的申辩，其目的就是为新诗的形式申辩，为抗战时期新诗格律的合法性与合理性辩护。

二、对新诗散文化历史成因的剖析与批判

李广田从形式内容的辩证关系着眼，对于艺术形式的申辩，并非出于纯粹的理论兴趣。李广田为艺术形式申辩的背后，是对于抗战时期诗的散

---

① 李广田：《论新诗的内容与形式》，《文学评论》创刊号（1943 年 12 月）。

② 李广田：《论新诗的内容与形式》，《文学评论》创刊号（1943 年 12 月）。

③ 李广田：《论新诗的内容与形式》，《文学评论》创刊号（1943 年 12 月）。

④ 李广田：《诗的艺术》，《李广田全集》第 4 卷，云南人民出版社 2010 年版，第 219 页。

⑤ 李广田：《树的比喻——给青年诗人的一封信》，《李广田全集》第 4 卷，云南人民出版社 2010 年版，第 281 页。

⑥ 李广田：《树的比喻——给青年诗人的一封信》，《李广田全集》第 4 卷，云南人民出版社 2010 年版，第 282 页。

文化倾向的严厉批判。《论新诗的内容与形式》一开始，李广田就指出抗战进入六年的“今天”，新诗的生长又显出一种非常繁荣的状态，在这种状态下，其共同特色是“诗的散文化”。他认为有些诗的内容是很好的，但未用最好的形式，这终究是忽略了诗的“艺术”：“最高尚的诗就应当有最高尚的形式来表现，没有高尚的形式，本来是最高尚的诗意也将不能完全表现，也许只表达了一些出来，而又未能表达到最好的地步。”[①]诗人为何创造出这种形式而没有创造别的形式，这一点是由内容决定的。但是，如果以为有了诗的内容，形式可完全不讲究，随意分行分节，那就全错。很多诗人随意分行的诗歌，使人看了那一堆未曾好好调整凝练的东西而觉得不很愉快，“至于听觉，那更不用说了，对于现在的新诗，听觉已几乎没有它的用处了。”[②]李广田认为这就是新诗“散文化”的现状，这种现状是不能令人满意的。

李广田从三方面分析新诗散文化倾向的由来。首先，他认为新诗散文化倾向与白话新诗运动有关。“五四”文学革命否定旧诗形式，有其历史合理性。在内容对形式的斗争中，内容克服形式的抵抗且废弃它，要求适合于自己的新形式，这就是白话诗运动的历史成因。但在打破旧有形式后，什么是新诗形式呢？这就是问题所在。李广田认为新诗没有一定形式，正是新诗的一种好处，也是新诗的生命所在。但这并不等于新诗就应不重形式。每一诗人都应创造他自己的新形式，创造最能表现他诗中特殊内容的形式。在新诗发展中，只有少数人努力创造自己的形式，而这有限的少数人也许就是经得起历史检验的人。其次，李广田认为抗战时期新诗散文化倾向加重，与社会现实也有很大关系。抗战时期一切都是复杂的，现实本身复杂，生活、思想、情感复杂，诗人不能在形式上多多用心，是当然的。这是那些“以诗的名义而存在然而又是那样的散文化的东西”大肆泛滥的社会原因。这样的诗虽可称为是“诗”，但那是不能令人满意的。一时代有一时代的特色，然而时代会过去，艺术却应当永久。我们要求时代的艺术能成为永久的艺术。而形式完美的作品，更能经得起历史检验。第三，抗战时期新诗散文化倾向与理论倡导也有关系。诗的散文化风气，最初并无人主动提倡，或者只是由于作品给人以影响，“但发展到后来，也居然有许多

---

① 李广田：《论新诗的内容与形式》，《文学评论》创刊号(1943年12月)。

② 李广田：《论新诗的内容与形式》，《文学评论》创刊号(1943年12月)。

人在‘诗论’中作为正面的肯定的倡导了。”[①]这就产生很大影响，使许多人认为写诗是一件很容易的工作，以为把所要说的话分行或分节写就行了。这就是诗的产量增加而好诗却日益稀少的原因所在。李广田称有人在“诗论”中对诗的散文化作正面肯定倡导，所指对象应包括艾青。因为他写这篇文章时，艾青《诗论》已出版两年，其对于散文美的提倡，引起不小反响，对抗战时期新诗散文化倾向，产生过相当大影响。李广田反对诗的散文化，重视诗的艺术与技巧，提倡诗的格式与声韵，因此，他当然不会认同艾青《诗论》对散文美的提倡。

李广田对于抗战时期新诗散文化倾向的观察，应该说是颇为准确的。朱自清也认为“抗战以来的新诗的一个趋势，似乎是散文化。”[②]朱自清对抗战诗歌散文化的认识也许还受到李广田的影响，虽然李广田《论新诗的内容与形式》发表于 1943 年，晚于《抗战与诗》。这可由朱自清自己的话作证。他在《〈新诗杂话〉序》中曾提到自己 1941 年秋遇见李广田，“几次谈话给了我许多益处，特别是关于新诗。于是到昆明后就写出了第三篇《新诗杂话》，本书中题为《抗战与诗》。那时李先生也到了昆明，他鼓励我多写这种‘杂话’。果然在这两年里我又陆续写出了十二篇。”[③]由此可见，正是与李广田的谈话启发了他写作《抗战与诗》，而其中提到的“抗战新诗散文化的倾向”与李广田的观点完全一致，说明在这一点上他完全有可能受李广田观点的影响。但是，两人对于抗战新诗散文化的观点虽然一致，对其所持的态度却并不相同。对抗战新诗的散文化倾向，朱自清只是一种客观的历史说明，而李广田则从其形式诗学出发，对之作了严厉批判。

三、回避使用“格律”一词的背后

针对抗战时期新诗的散文化倾向，李广田发出了严正的呼吁和要求：“我们要求一种更完美的形式，要求一种更好的章法与句法，最好的格式与声调。”“针对了目前的风气，我们愿说出形式之重要。”[④]那么，在诗歌中，所谓的形式指的是什么呢？李广田认为“那实在就是作品的技巧。分开来说，那就是一件作品的章法、句法、声韵、格式、用字等等。”[⑤]在诗的形式中，李广田认为最重要、最困难而新诗最见短绌的，是诗的格式与声韵。新诗

---

① 李广田：《论新诗的内容与形式》，《文学评论》创刊号（1943 年 12 月）。
② 朱自清：《抗战与诗》，《朱自清全集》第 2 卷，江苏教育出版社 1996 年版，第 345 页。
③ 朱自清：《〈新诗杂话〉序》，《朱自清全集》第 2 卷，江苏教育出版社 1996 年版，第 315 页。
④ 李广田：《论新诗的内容与形式》，《文学评论》创刊号（1943 年 12 月）。
⑤ 李广田：《论新诗的内容与形式》，《文学评论》创刊号（1943 年 12 月）。

人反对旧诗，因为旧诗在格式、声韵方面最束缚人，于是新诗不再讲究格式与声韵。但是，格式与声韵的用处是不能忽略的。新诗不用再去学习旧诗的格式与声韵，但不能不去创造自己的格式与声韵。他引用 W. B. Yeats《诗中的象征主义》对于韵律的论述，认为韵律的用处在于“凝神观照”。在诗与音乐的关系上，他充分重视诗的音乐性，但不赞成 W. Pater 或 A. Poe 的主张，认为“诗到底和音乐是不同的，诗有诗的内容，诗注意其中所含的意义。”诗不但可以诉诸耳，且可以诉诸目，所以作为诗的形式之一的还有格式（pattern）。为了说明韵律与格式（或韵律的格式）的重要性，他引用了 Macneice 的文章 *Modern Poetry* 的一段话：

> 总之，假设姑认为诗人希望他的文字是要人看的或要人听的，他自然就要为了这一目的而去安排它们。而且他将发觉，假如他将文字安排在某一种重复的格式中，那么这种重复既可以使读者聚精会神，又可以使作品统一紧凑。
>
> 所以节奏、诗式、韵脚对于诗人是一种便利，虽然它也不一定就是属于自然的律条。……不过在我个人想，诗若缺少什么韵律，就难免使人生厌，而且更应当注意的是，只要是一经有了格式，那么这格式的变化愈多也就愈能发生感人的力量。[①]

李广田这里所谓的格式与韵律，或韵律的格式，就包括了“格律”在内。在论卞之琳《十年诗草》时，他称之为“格式与韵法”，有时又认为“格式与韵法”可总名为“格式”。[②] “格式”包含了“格律”，闻一多在《诗的格律》一文中也多次用到“格式”一词，所指即包括“格律”。在 1942 年 12 月 19 日所写的文章《新诗与旧诗》中，在谈到诗的形式时，李广田没有用“格式与韵法”，而是用“节奏与声调”：“所谓形式者，具体地说来，主要的就是节奏与声调，此外，如同在散文中也须讲究的，还有章法，句法，炼字等等。”[③]这里的“节奏与声调”，与“格律”的含义也有重合之处。那么，李广田为什么不用“格律”这个词呢？可能是为了避免误解。在新诗形式上，李广田绝不主张诗人再回头去应用旧诗的形式，同时，也绝不主张诗人采用某种固定的形式。[④] 在这一点上，他完全认同闻一多《诗的格律》相体裁衣主张，即应当根据每首

---

① 李广田：《论新诗的内容与形式》，《文学评论》创刊号（1943 年 12 月）。

② 李广田：《诗的艺术》，《李广田全集》第 4 卷，云南人民出版社 2010 年版，第 246 页。

③ 黎地（李广田）：《新诗与旧诗》，《李广田全集》第 4 卷，云南人民出版社 2010 年版，第 293 页。

④ 李广田：《论新诗的内容与形式》，《文学评论》创刊号（1943 年 12 月）。

诗不同的内容，去创造不同的形式。而“格律”一词则容易使人联想到古典诗词的固定格律，所以他只是用了“格式与韵律”或“韵律的格式”等名称，而有意避免使用“格律”一词。

李广田说：“我们相信诗有诗的本质，散文有散文的本质。”[①]内容决定形式，因此，诗的本质决定诗必须采用诗的形式，不能采用简单的分行即散文化的形式。那么，诗的本质是什么呢？散文的本质是什么呢？李广田没有进一步说明。他的“我们相信”一语，也说明他并不打算说明这个问题。李广田这么说，只是为了避免使自己被指为“形式主义者”。确实，在抗战时期，艺术形式的辩护者，都冒着被指为“形式主义者”的危险。而李广田在为诗歌形式申辩时，只提“格式与韵律”，而绝口不提“格律”二字，是否也有如此顾虑？司马长风就敏锐地看到这一点，认为“他所说形式和技巧，与朱自清所说的格律，虽不同但相通。他对冯至的‘十四行体’赞扬备至，暗示了对格律的肯认。”[②]李广田一方面通过反复引用学者观点为格律辩护，一方面又反复申明诗人不能重回旧诗老路，绝不应当再用某种固定形式，就是为了避免陷入形式主义的陷阱和指控。吕剑在《诗人李广田》一文中说《诗的艺术》刚一出版，“广田就不喜欢它了。那时他采取散文化的形式写了《城市的繁荣》诸诗，寄给我，并且写信给我说：‘……那本小书出版了，随他人笑骂都不管了，因为我自己已否定了它。’”[③]吕剑依据李广田信中片言只字，就得出“诗人在《诗的艺术》刚一出版，就不喜欢它”的结论，是否正确暂且不说。但是，吕剑认为李广田不喜欢《诗的艺术》的原因是它的重形式而轻内容的“形式主义”，这种解释恰恰从根本上误解了《诗的艺术》。因为《诗的艺术》对于形式的重视，完全是从内容决定形式的前提出发的。吕剑的误解，正说明一般人通常所有的对于大谈形式的戒备心理。这种普遍的“心理无意识”对于李广田不能不构成巨大压力。他给吕剑信中所谓的“我自己已否定了它”，未尝不是受到压力之后所发出的言不由衷之言，并不能代表他的真实意思。因此，应该正是出于抗战时期对于大谈新诗“格律—形式”的戒备心理，才使李广田回避使用“格律”一词，而采用了“格式与韵法”或“节奏与声调”这些较为具体的诗学术语。

---

① 李广田：《论新诗的内容与形式》，《文学评论》创刊号(1943 年 12 月)。

② 司马长风：《诗的艺术》，《中国新文学史》下卷，香港昭明出版社 1976 年版，见《李广田全集》第 4 卷，云南人民出版社 2010 年版，第 409—410 页。

③ 吕剑：《诗人李广田》，《李广田全集》第 4 卷，云南人民出版社 2010 年版，第 413 页。

四、主张自创格律

《论新诗的内容与形式》是李广田形式诗学的总纲，而其他几篇批评文章则是其形式诗学的具体实践。《诗的艺术——论卞之琳的〈十年诗草〉》侧重于形式技巧的细读，《沉思的诗——论冯至的〈十四行集〉》、《诗人的声音——论方敬的〈雨景〉和〈声音〉》则侧重于思想内涵的解析，《沉思的诗》在分析诗的内容外，还稍稍涉及于十四行诗体式之评价。这几篇文章，尤其前两篇，对于新诗形式的细读、解剖，曾引起文坛的普遍关注与好评。有学者评价："逐篇加以剖析诠释，这种分析是晚近所有解诗论著中一篇出色的文章，引叙头头是道，帮助读者的理解消化不少。"[①]三篇文章中，最具特色的是《诗的艺术——论卞之琳的〈十年诗草〉》(写于1942年11月26日)。李广田认为诗的艺术即技巧，具体包括诗的章法、句法、声韵、格式、用字等，他对于《十年诗草》的分析，完全着眼于这几方面。文章分"章法与句法"、"格式与韵法"、"用字与意象"三节，对卞之琳诗的"艺术"进行逐层细读解析。可见，《诗的艺术》一文，是李广田形式诗学付诸实践的一个产物，也是他唯一一次出色的形式批评试验。很可惜，他对新诗形式的批评，只在《诗的艺术》中偶作展露，没有延续下去，到《沉思的诗》一文，已侧重内容而稍稍涉及形式，到第三篇《诗人的声音》，则完全偏于内容之论析了。个中原因，可能与形式批评侧重于文本细读，对批评者的理论修养与艺术感觉提出更高要求，写作不易有关。李广田在《〈诗的艺术〉序》称三篇批评文章中，最不满意的倒是这一篇："虽然一再改写，一再删改，但仍嫌不能的当。"[②]他的不满意无意间倒显示了他对该篇的"满意"与"看重"。从他的一改再改，可看出新诗形式批评的难度，特别是当面对卞之琳这种作家的时候就更是如此。李广田形式批评难以为继的另一原因，可能也出于他对"形式"本身的警惕或恐惧，虽然他一再申明他的形式观，但过分关注于形式，必然会落下一个"形式主义者"的标签。这一点，从他对"格律"一词的有意避免使用，也可稍窥端倪。

李广田《诗的艺术》为他的形式诗学的具体实践，那么，他对于卞之琳诗歌形式的分析，在哪些方面涉及诗的格律问题呢？他的新诗格律观，与其他人相比，到底有何特点呢？这些问题可在《诗的艺术》一文中找到答案。

---

① 李影心：《评〈诗的艺术〉》，1947年1月31日天津《大公报》。

② 李广田：《〈诗的艺术〉序》，《李广田全集》第4卷，云南人民出版社2010年版，第207页。

《诗的艺术》三节之中,第二节所讨论的"格式与韵法"就是诗的格律问题。李广田在分析了《十年诗草》的"章法与句法"后,认为卞之琳所用的"章法与句法"已经够复杂了,但他这方面的贡献,还没有"格式与韵法"方面的贡献多。为什么这么说呢? 这是因为,"格式与韵法在形式方面说才是诗的艺术之要害,至于章法与句法,在散文中何尝不该讲求。"[①]也就是说,比起"章法与句法"来,"格式与韵法"才属于所谓新诗形式本质层面的东西;"章法与句法"的分析,其实还没有真正触及卞之琳新诗形式试验的特质之所在,只有对"格式与韵法"的分析,才触及此问题[②]。李广田对卞之琳"格式与韵法"的分析,具有明确的现实指向,即"在目前的风气中,大家都以为格式与韵法是最束缚诗人的东西,现在我们来谈《十年诗草》中的格式与韵法,就要看看作者是不是受了他自己所创造的(或所利用的)格式与韵法的束缚;这是在消极一方面说。至于在积极一方面说,我们就要看这些格式与韵法的技巧在内容上发生了甚么好的作用。"[③]李广田分析卞之琳诗的格律,目的就是通过对卞诗格律运用的分析,来说明形式(格律)对于内容非但不是束缚,而且恰恰是帮助内容之完成,从而给反格律论者以回击。

李广田认为新诗与旧诗在格律上的最大不同,是新诗的格律是创造的而非因袭。这一点正是闻一多《诗的格律》所首先提出的。《诗的格律》强调新诗格律与律诗格律有三点不同:律诗永远只有一个格式,新诗的格式是层出不穷的;律诗的格律与内容不发生关系,新诗的格式是根据内容的精神制造而成的;律诗的格式是别人替我们定的,新诗的格式可以由我们自己的意匠来随时构造。"有了这三个不同之点,我们应该知道新诗的这种格式是复古还是创新,是进化还是退化。"[④]在闻一多的格律主张中,李广田对这一点最为认同。在1950年10月22日所写的《〈闻一多选集〉序》中,他在论述闻一多诗学主张时,还特意把上述三点抄出来,并接着说道:"今天,在新诗的创作上又提出了形式问题,有人主张写旧体诗,有人主张写五七言,反而想把新诗的形式弄死,那么闻先生这些意见不是还值得再作一

① 李广田:《诗的艺术》,《李广田全集》第4卷,云南人民出版社2010年版,第239页。

② 当然,进一步研究会发现:"章法与句法"特别是"句法"与"格式与韵法"之间同样存在很紧密的关系,而散文自有散文的"章法与句法",诗歌自有诗歌的"章法与句法",二者之间同样不可等量齐观。

③ 李广田:《诗的艺术》,《李广田全集》第4卷,云南人民出版社2010年版,第239页。

④ 闻一多:《诗的格律》,《中国现代诗论》(上编),花城出版社1985年版,第125—126页。

次参考吗?”[①]可见,李广田自创新诗格律的观念,来自闻一多。在讨论卞之琳的格律艺术时,李广田最强调的一点就是诗人要创造新的自己的格律,这种创造表现在格律的形式上,就是依据内容的不同而千变万化。李广田认为卞之琳新诗格律的运用,其最大特点就是格式与韵法的变化非常繁富,几乎每一首诗都有特有的格式与韵法。为了说明自己观点,李广田把《十年诗草》的全部诗歌从形式上分为三大类,一类是“十四行诗”,一类是自由诗,其余则既非十四行诗又非自由诗,这一部分诗歌“可以说都是作者独创的格式与韵法,那才是作者自己努力造成的一片天地。”[②]三类之中,自由诗不属于格律体,可撇开不讲。其他两种,“十四行诗”是严格的格律体,属于因袭外国现有诗体,不属自创。另一类诗在体式上既非十四行体、又非自由体,这才是卞之琳自创的“新格律体”。李广田认为卞之琳形式运用上最为多变的恰是这部分诗歌,这成为他重点考察的对象。为了揭示这些诗格式与声韵的运用及不同变化,李广田认为可以将诗的“一节”作为考察的基本单位。每节的行数不同,每行的顿数不同,声韵的方法就不同;每首诗的节数不同,那么格式就不同。所以要说明这些诗歌,最好以每节行数不同而分类。因此,按照每节行数之不同,他把这一部分诗分为四行节、五行节、六行节、十行节、十二行节、五行与二行节相间、四十行节等多种,每一种又有不同变化。由此可看出卞之琳新格律体诗格式与韵法的变化之多。为什么要有这些变化?李广田认为是为了“便利”,同样是由内容决定的:“这一形式宜于这一内容,另一形式宜于另一内容,这意思我们已经说过很多次了。”[③]

李广田对于卞之琳自创新格律体的详细论析,其目的是为表达如下观点:新诗格律是诗人依据其不同内容(情绪、感觉等)而创造的,不因袭也不固定,而是多变的,充满生机与活力,这是新诗格律现代性之所在,也是其根本的合法性与合理性之所在。

强调新诗应创新格律外,李广田还认为:“诗人也可以利用别人的形式,甚至可以用外国的形式,只要能用得恰当,能够恰好表现那内容。”[④]为说明这点,他以卞之琳和冯至对十四行体的运用为例。卞之琳《十年诗草》

---

① 李广田:《〈闻一多选集〉序》,《李广田全集》第4卷,云南人民出版社2010年版,第344页。

② 李广田:《诗的艺术》,《李广田全集》第4卷,云南人民出版社2010年版,第240页。

③ 李广田:《诗的艺术》,《李广田全集》第4卷,云南人民出版社2010年版,第243页。

④ 黎地(李广田):《新诗与旧诗》,《李广田全集》第4卷,云南人民出版社2010年版,第299页。

中严格意义的十四行体共8首。这8首虽属同一诗体，但每首诗皆互不相同，就以叶韵方法而论，8首诗就有8种韵法。这是从变化角度来说明卞之琳对于“十四行体”的运用。他还从形式的限制与自由的辩证角度，来研究冯至对十四行体的运用。在《沉思的诗》一文结束，他引用冯至《十四行集》的最后一首，认为：“十四行体，也就是诗人给自己的‘思，想’所设的水瓶与风旗，何况，十四行体，这一外来的形式，由于它的层层上升而又下降，渐渐集中而又渐渐解开，以及它的错综而又整齐，它的韵法之穿来而又插去，……它本来是最宜于表现沉思的诗的，而我们的诗人却又能运用得这么妥帖，这么自然，这么委婉而尽致……”[①]也就是说，十四行体固定的形式，恰好把诗人灵活不定的思绪凝固下来，形式赋予思想以完美形体。《新诗与旧诗》一文，李广田称赞冯至《十四行集》第22首对于十四行体的运用“实在很好”。[②] 诗的行数、字数、韵脚的限制虽严，但绝不是桎梏，而只是一个范围，使诗人把他所要表现的都凝聚在形式中，显得非常紧凑，非常有力。对十四行体这种谨严的西方格律诗体的充分肯定，说明李广田对于新诗格律的看法是很融通的。他不但强调独创，而且看出因袭与模仿，同样可使形式焕发新生命。这是对格律合法性与合理性另一层面的更为辩证的认识与辩护。

李广田非常认同托马斯·艾略特的话：“就是在那最自由的诗的花幔子后边，也要有些简单的音律的精魂在那儿潜行。”[③]认为即使在自由诗中，诗人也应认识到自由与限制的关系，认识到自由中的不自由，自由诗同样可以充满格律的精灵。为说明这点，他还是以卞之琳诗歌为例。《十年诗草》中自由诗有27首，这些诗虽是自由体，但音韵相当整齐调和。例如《断章》，两节四行，字数是“八九八九”，韵法是“ABAB”，自成一格。其他如《墙头草》、《慰劳信一》等，自由之中也还有规律在。《春城》最自由，但有两节在声韵运用上特别显著。

李广田认为新诗形式包括章法、句法、声韵、格式、用字，其中“声韵与格式”与格律有关。在论卞之琳诗歌时，他用的是“格式与韵法”，指的也是格律。所谓格式，指一首诗看的层面，侧重于一首诗句与节的安排；所谓韵法，指一首诗听的层面，侧重于声音的安排，如节奏、押韵、音义关系等。所

① 李广田：《沉思的诗》，《李广田全集》第4卷，云南人民出版社2010年版，第270页。

② 黎地（李广田）：《新诗与旧诗》，《李广田全集》第4卷，云南人民出版社2010年版，第299页。

③ 李广田：《诗的艺术》，《李广田全集》第4卷，云南人民出版社2010年版，第241页。

以，论述《十年诗草》时，在揭示卞诗格式与韵法的多变外，李广田还分析了卞之琳对于声韵的特殊运用，如顿数、形声诗及阴韵、内韵的使用等。顿数即一首诗每句的节奏安排，《十年诗草》中除五言句与拗句外，其格律体诗中每句的顿数大致是整齐对称的，读起来朗朗上口。在顿数上，李广田认为一般不应超过五顿，超过五顿读起来就困难了。他认为顿数的多少与诗句表达的情感紧密相关。顿数少的诗句，宜于表达轻快的情绪；顿数多的诗句，宜于表达沉重的情绪。卞诗五顿的句子不多见，只有三首，而这几首的顿数与其内容的沉重迂曲相称。

顿数与节奏紧密相关，而节奏问题，是新诗声音层面的关键问题。因此，在《新诗与旧诗》中，提到新诗的形式问题时，李广田用的是"节奏与声调"，而不是"格式与韵法"。两者说法不同，但所指大致相同。关于节奏问题，李广田在论《十年诗草》的"顿数"时，有所论述，说明他接受了"音顿"理论。另外，在《谈语文节奏》(写于 1948 年 3 月 29 日)中，他也论及节奏问题，虽然谈的不是诗的节奏，而是语文节奏即语言与文章的节奏，但也大致代表了他对新诗节奏的看法。[①] 李广田认为语文节奏，一方面为语文所表现的思想或情感所决定，一方面也受文字本身影响。中国文字是单音字，很自然就有造成双音字的倾向。中国最早的四言诗，其实就是两个双音字结合而成的。现在的白话，依然有此倾向。但是，由于白话文句子往往很长，若一连串都是双音节奏，读起来就非常别扭，不是语气不足，就是不容易把握音节轻重，其原因，就是双音节的结合。但只要稍加变化，放入一两个虚字，语句就不再那么呆板，而有错落有致之美，更能恰切表现这些语句应有的情感与调子。他认为这种情况，从中国诗文发展上，也很容易看清楚。诗由五言到七言，由诗到词，到白话诗；文章由骈而散，而白话文。从四言到五言，就是从两个呆板的双音节变为错落自然的音节。这变化，植根于文化的积累，人类思想情感日益丰富，于是有了表现技巧的进步。从五言到七言，又是一大进步。因此，"思想情感之日益丰富化，与语文表现的姿态之变化生长，其关系是至为明显的。如只在语文节奏上看，五言、七言都是双音与单音、轻音与重音的错落句法，而避免了那种一连串的双音节的结合，也就是避免了那种呆板与紧促。"[②]李广田认为六言诗不发达与其单纯的双音节有关，而九言诗虽可造成错落的句子，但因句子太长，不便

① 李广田：《谈语文节奏》，《新生报》副刊"语言与文学"第 79 期(1948 年 4 月 20 日)。

② 李广田：《谈语文节奏》，《新生报》副刊"语言与文学"第 79 期(1948 年 4 月 20 日)。

呼吸，所以也无从发展。从语文节奏的历史发展趋向，李广田得出对于现代白话新诗节奏的看法：

初期的白话诗文，还脱不掉一些旧诗文的气息，进步到今天，我们的白话诗文已经又向前进了一大步，就是越趋向于日常语言，越趋向于活的语言了。语与文越来越近，因此，白话文的节奏也就是说话的节奏，而说话的节奏也就是错落有致的节奏。[①]

可见，李广田认为新诗在节奏上应向日常语言、活的语言靠近，采用说话的节奏，错落有致的节奏，这种观点与叶公超、朱自清、卞之琳相当接近。他认为白话新诗词语使用上的重要特点是虚字的使用，这一点又与孙大雨的看法完全一致。

声音层面，还包含音义关系问题。李广田认为诗歌不是音乐，因此，诗在追求音乐性时，还必须要有意义。当然，他并不排除诗歌对于音乐性的追求，更不排除诗人通过一定声音的特殊运用去暗示意义。在分析《十年诗草》中间，他就注意到卞之琳的一些形声诗，如《长途》与《灯虫》，通过字音暗示意义。声音运用的另一方面为押韵。李广田论述了卞之琳韵法的多变，这种多变既包括押尾韵的方法多种多样，也包括“阴韵”与“内韵”的使用。阴韵的行尾是虚字，虚字前实字相叶；内韵是行中的字与本行末尾或与其他行相叶。

《诗的艺术》出版于1944年，所收文章的发表时间则在1942年至1944年之间。它们的发表与出版，在艾青《诗论》之后，正是新诗自由化、散文化倾向愈演愈烈之时。在自由诗体压倒性的创作和理论浪潮中，李广田对新诗散文化倾向之批评，对新诗形式技巧之强调，对新诗自创格律之建言，显得非常不合时宜且势单力孤。但他的批评实践与理论呼吁，对处于弱势的格律—形式运动，无疑是难得的贡献和有力的声援。

---

① 李广田：《谈语文节奏》，《新生报》副刊“语言与文学”第79期（1948年4月20日）。

第五章　十七年新诗形式诗学

1949年10月，历史进入新阶段，文学发展随之进入"十七年"时期。十七年文学以毛泽东《在延安文艺座谈会上的讲话》为指导思想，核心是解决文艺与大众的关系问题，重视文艺的宣传与教化功能，强调文艺形式的"大众化"与"民族化"。十七年诗歌形式问题的论争就在这样的历史语境中展开。因而，十七年诗歌形式的争论与探讨，可追溯至1939年左右开始的文艺界有关民族形式问题的论争。"左联"时期，已有关于"大众文艺"的讨论。抗战时期，为了抗日宣传的需要，大众化问题再次引起重视。"由于民族意识的高扬，人们也就更多地考虑如何在文化领域突出民族特色。所以，'民族化'也成为这一时期文学论争的重要焦点和理论建设、创作实践的主要追求之一。"[①]1938年，毛泽东把"民族形式"作为口号正式提出。1939年，延安等地开展关于"民族形式"问题的讨论。1940年，毛泽东在《新民主主义论》中提出："民族的形式，新民主主义的内容——这就是我们今天的新文化。"与此同时，国统区也展开关于"民族形式"的论争，出现重视民间形式与完全否定民间形式两种观点，后来论争进一步深入，郭沫若、胡风、茅盾等人都发表文章，参与讨论。1939年开始的这次民族形式论争，虽横跨延安根据地、解放区及国统区，参与人数众多，但到底什么是"民族形式"问题，仍没得到解决。十七年诗歌形式的历次论争，其实就是历史遗留的"民族形式"问题论争在诗歌领域内的延续。为什么大规模的有关民族形式问题的论争发生在诗歌领域而非其他领域？这与新诗形式问题没有解决、形式问题在诗歌领域显得尤为突出有关。

现代文学主潮是向西方学习，体现在诗歌上，就是取法西洋，模仿和学习英法等欧洲诗歌，这点在新诗形式重建中，体现得尤为明显。新诗产生于对古典格律诗传统的反叛与破坏，"五四"文学革命从西方引入自由体

① 钱理群、温儒敏、吴福辉：《中国现代文学三十年》，北京大学出版社1998年版，第356页。

诗，确立起自由诗体的地位，自由诗成为新诗主要体式，胡适的白话—自由诗学在整个现代诗学中，居于绝对核心位置。抗战时期，艾青《诗论》出版，标志白话—自由诗诗学体系的完善与成熟，它的出现进一步推动了自由诗体的盛行和发展。与自由体诗发展路径相似的是现代格律诗的发展。徐、闻等人的新诗形式试验，就是以“明目张胆”地模仿、引进西方诗体为其主要途径。虽然30年代中期以后，京派的形式试验逐渐偏向于回归传统，但他们的诗学主张并没占据主流。“十七年”文学承续的是延安文学、解放区文学的传统，在诗歌体式上重视大众化，强调向民族形式（民间形式）的回归与学习。因此，十七年时期，诗学思想的主流是回归传统，新诗的大众化、民族化居于绝对统治地位，胡适以来的新诗传统，成为批判与反思对象。在新诗中居于主导地位的自由体诗被认为是“欧化”的体式，从而失去其中心位置。历次诗歌论争中，新诗的自由诗传统受到的质疑最多。而相对处于弱势的现代格律诗，同样因为其强调借鉴西方诗歌而被认为是“欧化”，背离了民族诗歌的优秀传统。由于自由诗与现代格律诗皆被指为“欧化洋化”，整个新诗传统的合法性产生危机，一度被批判的古典诗歌传统反成为被肯定的对象，民间文学传统的地位更是迅速跃升，民歌体诗歌被认为是新诗未来发展的主要方向，其合法性地位不容置疑，任何对民歌体局限性的质疑，皆被视为背离民族形式道路而遭到批判。

与其他文体相比，由于新诗形式重建问题一直没有得到解决，所以，什么是新诗民族形式，如何确立诗歌的民族形式，成为十七年历次诗学论争的核心话题。对于此问题，讨论次数之多，讨论之热烈，规模之巨大，在整个20世纪文学史上，可谓空前绝后。新中国成立后第一次关于诗歌形式问题的公开探讨始于《文艺报》第1卷第12期（1950年3月10日）的一组笔谈，题为《新诗歌的一些问题》，参与讨论的文章有萧三的《谈谈新诗》，田间的《写给自己和战友》，冯至的《自由体与歌谣体》，马凡陀的《诗歌与传统的关系》，贾芝的《对于诗的一点理解》，林庚的《新诗的“建行”问题》，力扬的《关于诗》等。这些文章的核心主题就是新诗的形式问题，主张新诗应该向传统格律诗学习、新诗应该重建自己形式的观点占了上风。例如萧三在《谈谈新诗》中认为“新诗和中国千年以来的诗的形式（或者说习惯）太脱节了。所谓‘自由诗’也太‘自由’到完全不像诗了。”[①]马凡陀《诗歌与传统的关系》认为“新诗歌应该做到能够被人记住，背念得出。新诗歌最好要建立

---

① 见《萧三文集》，新华出版社1983年版，第305页。

起一个形式来。七言以至十一个字一句的形式，是可以多多采用的。”[①]林庚认为新诗形式的基本问题是“建行”。只有少数人持不同看法，如冯至认为当前诗歌有两种不同诗体在并行发展，那就是自由体和歌谣体。两种诗体他皆加以肯定，但又认为都有缺点。讨论引发了其他人参与，何其芳写了《话说新诗》(《文艺报》1950 年第 4 期)，对林庚的看法提出不同意见。何其芳文章中指出一些诗人创作“开端即是顶点”的现象，又引发臧克家写了《为什么“开端就是顶点”》(《人民文学》1950 年 5 月号)。王世德《诗的分行》(《文汇报》1950 年 4 月 6 日)、骆直波《略论诗的分行》(《文汇报》1950 年 4 月 7 日)、史为斯《〈关于诗的分行〉的补充》(《文汇报》1950 年 4 月 17 日)等文章皆是对于林庚“分行”问题的讨论。“可惜的是这次笔谈没有发展成为进一步的讨论，不同的意见未能充分展开，因而新诗的格律应该是怎样的，应该怎样创造，新诗要怎样才和我国过去的诗歌形式不脱节，是否用旧形式用七言或十一个字一句写诗能建立新诗的形式，在歌谣体和自由体之间可能产生的新形式又是怎样的，这些重要的问题都没有得到具体的回答。”[②]

1953 年 12 月至 1954 年 1 月，中国作家协会创作委员会诗歌组召开了三次关于诗歌形式问题的讨论会，讨论分成三派，一派主张新诗应该走自由诗的发展道路，一派主张新诗应该走格律诗的发展道路。一派为折中派。主张自由诗的一派反对诗歌形式“定型化”，反对把一种形式规定为诗歌的主导形式、统治形式，认为这样做是否定自由诗。他们认为诗歌的音节不应该是固定的字数的一致或者整齐排列，最主要的是和谐，认为自由诗是民族形式的一种。主张格律诗的认为五、七言符合中国诗歌的语言组织规律，是中国诗歌的基调，应该在五、七言的基础上来创造格律诗，认为这就是继承中国古典诗歌和民歌的传统。有的认为格律诗就是民谣体，最有发展前途，比自由诗更为优越。折中派则认为自由诗与格律诗都有其历史根源，都有发展前途，都可以成为民族形式。因而，诗的形式越多越好，应该发展多种多样的形式，不应人为消灭哪一种形式。这次争论主要在自由诗与格律诗之间展开，争论也没能取得一致意见，其他的问题讨论得不够深入。

---

① 见彭金山、郭国昌、季成家、张明廉主编：《1949——2000 年中国诗歌研究》(下)，敦煌文艺出版社 2008 年版，第 969 页。

② 何其芳：《再谈诗歌形式问题》，《文学评论》1959 年第 2 期。

1956年8月至1957年1月,《光明日报》等报刊也曾展开关于新诗与传统问题的讨论。争论由朱偰《略论继承诗词歌赋的传统问题》(《光明日报》1956年8月5日)而起。朱偰提倡“用民族形式的诗词歌赋来歌唱社会主义的文化”,这个观点出来后,引起大家争论。《解放日报》1956年8月19日发表滕白也的《对继承诗的民族传统的一点意见》、吴越的《什么是诗的民族传统》等文章。石坚在《解放日报》1956年9月2日发表《不应忽视中国诗的传统形式》,高加索在《新华日报》1956年9月15日发表《诗与传统及其他》,伍郢在《人民文学》1956年11月号发表《关于诗的形式问题》。这些文章引发《光明日报》有关新诗与传统的进一步讨论。参与讨论的文章有沙鸥的《新诗不容抹煞——读朱光潜文有感》、曾文斌的《论诗的新形式的创造》(以上两文刊《光明日报》1956年12月8日),郭沫若的《谈诗歌问题》(《光明日报》1956年12月15日),游国恩的《新诗应该有韵,至少要有一些“规矩”》、林庚的《不重抒情诗,是今天诗创作不够繁荣的原因之一》、臧克家的《更重要的是学习古典诗人如何表现生活》、冯至的《对诗歌问题的意见》、李长之的《旧诗形式中有三个原则值得研究》、叶恭绰的《对诗歌问题的意见》(以上文章刊《光明日报》1956年12月22日),齐云、瑞芳的《继承诗歌的传统形式问题》(《光明日报》1956年12月29日)。这次讨论并不局限于《光明日报》,《文艺月报》1956年12月号也发表龙榆生的文章《我们应该怎样继承传统来创作民族形式的新体诗》。争论涉及现代口语与古典诗词形式有无矛盾、古典诗词能否表现现代生活、怎样评价“五四”以来的新诗传统、怎样理解民族传统等诸多相关联的问题。在怎样评价“五四”以来的新诗传统上,形成两种针锋相对的看法,朱偰与朱光潜等认为“五四”以来的新诗传统是从西方移植过来的,没有根,强调当代诗歌在形式上应该借鉴古典诗歌的音律;而冯至、郭沫若则肯定“五四”以来新诗的成就,认为当代诗歌的发展不能完全绕开新诗这个传统。

规模较大的是1958年6月至1959年的诗歌形式大讨论。在毛泽东倡导下,1958年大跃进运动中掀起了一个新民歌运动,形成全民性的民歌创作高潮。周扬响应毛泽东号召,在《红旗》创刊号上发表《新民歌开拓了诗歌的新道路》,对新民歌加以提倡。《诗刊》提出“开一代诗风”问题,紧接着《星星》诗刊展开“诗歌下放”讨论,《诗刊》也开辟了“新民歌笔谈”。讨论范围进一步扩大,《文艺报》、《人民文学》、《蜜蜂》、《火花》、《红岩》、《萌芽》、《人民日报》等报刊先后发表文章参与讨论。后来《诗刊》编辑部把此次讨论文章结集为《新诗歌的发展问题》论文集,分四集由作家出版社出版。

对于这次讨论,一般学者皆把它作为一个整体来进行论述,这种观点值得商榷。何其芳作为卷入论争的当事人,在 1959 年发表的《再谈诗歌形式问题》一文中,指出 1958 年 6 月开始的这次诗歌形式争论,并非是一个,而是两个;两个争论的性质明显不同。“这两个争论表面上有相类似之处,实际上争论的焦点和争论的意义都并不相同。有些文章把这两个争论混为一谈,看不见它们的不同,就把问题弄得更混乱了。”[①]一个争论是 1958 年 6 月到 11 月成都《星星》诗刊上的争论。这个争论由雁翼的《对诗歌下放的一点看法》一文(《星星》1958 年 6 月号)而起。争论围绕对过去新诗的评价、对诗歌形式问题的看法、对民歌、自由诗的看法等问题展开。李亚群在《星星》诗刊 1958 年 11 月号发表《我对诗歌道路问题的意见》后,争论基本结束。另一个争论是从 1958 年 7 月开始,后来扩大到《诗刊》、《萌芽》等许多报刊的争论,争论由何其芳的《关于新诗的百花齐放问题》、卞之琳的《对于新诗发展问题的几点看法》(两文皆刊沈阳《处女地》1958 年 7 月号)两文而起,争论围绕民歌体是否有限制、未来新诗的主要形式应该是新格律诗、新格律诗的形式是什么、怎样看待古典诗歌传统、民歌传统与新诗传统等问题展开。其争论焦点为民歌体是否有限制,未来的新格律诗是否应该是新民歌体。何其芳、卞之琳等认为民歌体有限制,主要是由于它的句法结构不适应现代口语的语言规律,未来的新格律诗应该建立在顿数整齐、每行字数不必一致、行尾多为两字、押韵的要求上。对何其芳、卞之琳的观点,多数人都予以批判,认为民歌体才是未来新格律诗的主要形式。由于争论双方分歧过大,而且许多批评者把学术观点的分歧上升、拔高到思想倾向、个人立场等高度,完全背离学术论争的初衷,所以此次新民歌问题论争,虽规模很大,但由于争论只围绕民歌体是否有限制这样一个比较表面的问题展开,对于新格律诗的格律问题本身,并没有深入讨论,所以,这次讨论的学术含量与理论深度都不太高。

针对多数人的批评,《文学评论》1959 年第 2 期集中刊发何其芳的《再谈诗歌的形式问题》、林庚的《五七言和它的三字尾》、卞之琳的《谈诗歌的格律问题》三篇文章。三篇文章皆着眼于格律问题来谈。这就把问题的讨论由民歌引导到对于诗歌格律问题的讨论上来。随后,《文学评论》1959 年第 3 期又一次集中刊发了 9 篇文章:王力的《中国格律诗的传统和现代格律诗的问题》、朱光潜的《谈新诗格律》、罗念生的《诗的节奏》、周煦良的《论民

---

① 何其芳:《再谈诗歌形式问题》,《文学评论》1959 年第 2 期。

歌、自由诗和格律诗》、唐弢的《从“民歌体”到格律诗》、金克木的《诗歌琐谈》、季羡林的《对于新诗的一些看法》、金戈的《试谈现代格律诗问题》、陈业劭的《论“自由格律诗”》。这组文章刊发后，徐迟在《诗刊》1959 年第 6 期发表《谈格律诗》，林庚在 1959 年 12 月 27 日《文汇报》发表《再谈新诗的建行问题》，参与到新诗格律的讨论。

在 1958—1959 年进行的“新诗发展讨论”中，新民歌被奉为至尊，其他诗体受到不同程度排斥。现代格律诗的倡导者何其芳及主张新格律诗体的卞之琳，都受到许多批评，以至形成围攻局面。在这种情况下，胡乔木找何其芳就诗歌问题的争论交换意见，同时建议《诗刊》编辑部召开诗歌座谈会。在此背景下，1959 年 5 月 20 日，《诗刊》编辑部召开诗歌座谈会，胡乔木在会上做了《诗歌的形式问题》发言。这次座谈会之后，《文学评论》与《人民日报》文艺部、《文艺报》、《诗刊》联合邀请北京的诗人、学者、诗歌爱好者，在 1959 年 7 月 9 日、7 月 28 日、8 月 6 日，又分别举行三次座谈会。会议由《文学评论》编委会召集人何其芳主持。参加会议的有丁力、王力、卞之琳、田间、朱光潜、罗念生、林庚、徐迟、金克木、郭小川、陆志韦 20 余人。讨论会之前，胡乔木对与会人员还作过一次诗歌格律问题的报告。三次讨论的结果，大家在新诗格律的一些问题上达成一致看法，认为新格律诗(现代格律诗)应参考中国古代格律诗即民歌的特点，基本要求应该是节奏和押韵；但在节奏问题上产生较大分歧，讨论非常热烈。《文学评论》记者在《文学评论》1959 年第 5 期发表《诗歌格律问题的讨论》一文，对三次讨论会与会学者的观点，作了详细梳理与总结。

在整个十七年新诗形式论争中，1959 年《文学评论》第 2、3 期以及何其芳所主持的三次讨论会对于新诗格律的讨论，在理论深度与学术含量上，都超过了以往。正如《诗歌格律问题的讨论》一文所说：“这次讨论虽然有些问题也没有取得一致的意见，但它对有关格律诗歌的问题进行了初步的探讨，引起了大家的注意。这无疑是有意义的。这些问题的提出和探讨，可以供诗人们今后创作时参考，在建立今天的格律诗的理论和实践上，都会发生一定的推动作用。”①

在 1959 年到 1964 年几年间，关于诗歌形式问题的探讨大多还是从大众化、民族化、群众化着眼，视野一般局限于新民歌的范围，只有少数文章，如雷石榆《新诗的格律问题》(《河北文学》1961 年 11 月、12 月合刊)、周煦

---

① 见《文学评论》记者：《诗歌格律问题的讨论》，《文学评论》1959 年第 5 期。

良《怎样建立新诗的格律》(《文汇报》1962 年 6 月 26 日),触及新诗格律问题。

50 年代所展开的诗歌形式大讨论,在 20 世纪现代格律诗学发展史上,具有非常重要的意义,值得加以认真、细致的梳理和研究。在 20 世纪前半期,相对于白话—自由诗学,现代格律诗学的发展一直处于弱势地位。新诗的形式试验面对的外部生态不很理想。诗歌形式(格律)被白话—自由诗学否定后,新诗的格律面临的严峻问题就是为其合法性与合理性进行辩护。与此相对照的是,白话—自由诗学无须为其合法性进行辩护,文学革命包括诗体革命的成功,已牢固确立起自由诗体的合法性地位。但是,情况在 1949 年之后发生了极具戏剧性的变化。毛泽东《在延安文艺座谈会上的讲话》在 1949 年后成为文艺界的纲领性文件,文学包括诗歌如何民族化群众化的问题,成为中心问题。于是,自由诗体与格律诗体的地位发生极大逆转。自由诗体因其不符合"民族形式"的要求,失去中心位置,逐渐趋向边缘;格律体则因其符合"民族形式"的要求,重新获得合法性,被看做新诗发展的主要形式和方向。何其芳认为只要认识到民族化群众化问题的重要性,就会赞成新诗的格律化倾向,就会重视民间诗歌和古典诗歌的传统,就应该在理论上重视诗歌的形式问题并在实践中努力寻求解决。凡是不认识这个问题的重要性或者认识不够的人,就会以为"五四"以来的新诗没有什么大的问题,就会不赞成新诗的格律化倾向,夸大自由诗的优点和作用;就会不重视民间诗歌和古典诗歌的传统;就会认为新诗的形式问题并不重要,用片面强调内容的说法来抹杀或减弱形式问题的重要性。[①]由于格律体被认为是符合民族化群众化的民族形式,因此,格律体及格律诗学,就得到了比自由诗体、自由诗学更大的发展空间。五十年代的诗歌创作总的倾向是格律化,格律诗的提倡和试验,自由诗的逐渐减少,都是这种倾向的体现。艾青以提倡诗的散文美著名,但他后来收入诗集《彩色的诗》中的诗,形式上则渐趋整齐,也利用了传统诗歌四言、五言、七言的形式,《颐和园》及长诗《黑鳗》中的许多章节,则为九言诗。这一时期创作的另一个特色是自由体诗的半自由化:"如果说 1930—1940 年代自由诗获得了大发展,那么这时期是趋于成熟了,标志是这样两点:第一点,这阶段的自由诗已初步显示出诗行有了音组组合的规范。……第二点是:这阶段的自由体诗诗行的参差已不十分显著,每行顿数有趋向整齐的现象,并且也

① 参见何其芳:《再谈诗歌的形式问题》,《文学评论》1959 年第 2 期。

比较注意到押宽式的韵……这种变化迹象似乎在提供一个信息:这一阶段的自由体诗追求向格律诗靠齐。"①

总之,十七年文学对于民族形式的诉求,以及新诗形式未能确立所带来的"形式焦虑",两者互相叠加,再加上那是一个"理想主义的诗的时代",诗歌处于文学与意识形态结构的核心位置,这一切造成了新诗界对于"格律一形式"诗学探讨的巨大冲动与热情,为现代格律诗学的发展提供了难得机遇,新诗格律探讨一时间成为"全民话题",讨论气氛之热烈、讨论氛围之广泛,在整个新诗历史上,是难得一遇的。

民族形式的急切诉求,给现代格律诗学的创作与理论探索,提供了千载难遇的历史机遇。但是,由于对民族形式过于狭隘的理解,造成现代格律诗学在发展的同时,又遭遇到难以克服的困难。首先,由于民族形式的界定本身决定了形式试验的方向,只能是回归传统,而非向西方借鉴,这就使十七年的新诗形式试验与探索,在理论资源上主动放弃西方,只剩下了回归中国传统一条道路。只有少数人,如孙大雨提出新诗格律可以向西方古典诗歌的韵律学习:"我以为我们如果爱民族形式,并不一定要反对它们,正如介绍了它们并不意味着反对民族形式。爱国主义允许我们吸收各兄弟民族文化里的具体的文艺形式,所以和国际主义是手携手地并肩着进行的;狭隘的民族主义则唯我独尊,坚决排外。"②他这种大胆的看法和主张,不可能得到一般人的回应,而且,他后来的悲惨遭遇就与他的这种大胆言论直接相关。而其他一些即使眼界比较开阔、对西方了解较多的知识分子,如何其芳,也只能把自己的讨论前提限制在向古典诗歌和民间文学学习上,绝口不提"西方"。其次,由于"五四"以来的新诗被认为背离民族形式,背离民族化群众化方向,因此,"五四"以来的新诗成为批判对象,"五四"以来在新诗格律实践与理论上所积累的经验,也就难以得到有效总结和借鉴,十七年新诗格律建设可资借鉴的就只有古典诗歌传统与民间韵文传统。第三,在主张新诗应该民族化群众化的内部,对民族形式理解不同,导致对于"格律"的理解,也很不相同:

> 在认识到新诗需要民族化群众化的人们中间,又是有两种人的。一种人认为新诗的格律化不应该仅仅依靠原有的形式,除了

---

① 骆寒超、陈玉兰:《中国诗学第一部:形式论》,中国社会科学出版社2009年版,第588—589页。

② 孙大雨:《诗歌的格律》,《复旦学报》1956年第2期、1957年第1期。

民歌体这样一种格律诗而外，还需要创造新的格律诗；这种格律诗除了以民间诗歌和古典诗歌的某些基本格律为依据而外，还应该考虑到“五四”以后的文学语言的变化，并且可以适当地吸收“五四”以来的诗歌和外国的诗歌的某些成分；对于自由诗，他们也不是否定和排斥，而是要求自由诗也走向民族化和群众化。另一种人的看法比较狭窄一些，他们认为只能用五七言体或者民歌体来作为今天的格律诗，即使有所发展也不能有较大的变化，不能改变那基本上以三个字收尾的句法；他们认为只有他们是唯一的重视民间诗歌和古典诗歌的传统的人，别人一说还需要建立新的格律诗，就大加反对；他们不赞成从比较自然的发展中去形成新诗的支配形式或主要形式，而是要预先规定五七言体或民歌体就是这种形式。①

在新民歌大讨论中，认为新民歌体没有限制、代表现代格律诗发展方向的观点，占据压倒性优势，这就使得对于新诗格律的探讨，被局限在一有限的框框内，视野难以得到有效拓展。何其芳、卞之琳、林庚等人，在民歌体之外，对于新诗格律的探讨，被冠以“反对民歌、轻视民歌、抵制民歌”的帽子，极大妨碍了理论探讨的深入进行。新民歌讨论的另一缺失，是“民歌”一词的使用范围过于宽泛，几乎一切群众诗歌都可冠以“民歌”的称呼。“民歌”应有它的特定概念，“民歌体”也应该有其特定的内涵与外延，这样，双方在讨论时，才有可能做到有的放矢。何其芳当时所谓的民歌体有其特定内涵，即采用五、七言的句法和调子，最重要的特点是收尾大致是三个字。他认为民歌体有限制的观点，是基于民歌体的这种特点而言，而批评他的人则把民歌体扩大到无所不包，这样双方对话就很难进行下去，争论也就难以取得应有效果。

尽管新诗民族形式讨论存在上述缺失，但是，民族形式的诉求，毕竟给新诗形式建设提供了非常良好的外部空间，全国范围的新诗形式大讨论，还是激发了一大批对此有兴趣的诗人、学者投身进去，其中包括在三四十年代已经走上诗坛，且在诗体试验上已经做出较大成绩的卞之琳、何其芳、林庚、罗念生、周煦良，也包括在这方面多有积累、学养深厚的学者朱光潜、语言学家王力等。其中，最重要的代表人物为何其芳、卞之琳、林庚、王力等。

① 何其芳:《再谈诗歌形式问题》,《何其芳全集》第5卷，河北人民出版社2000年版，第153页。

第一节　何其芳建立中国现代格律诗的主张

何其芳是以诗人身份登上文坛的。在诗歌创作上,他既饱含着形式探索的冲动,也一次次经历了形式探索的苦恼、困惑与焦虑。他曾尝试过多种诗歌体式,一开始是小诗,后来受新月诗派影响,尝试过现代格律诗创作,1930年、1931年在《新月》月刊第3卷第7期发表长诗《莺莺》,在北平《红砂碛》发表12首外形整饬的诗歌。卞之琳曾论及何其芳早期新诗格律探索上与《新月》诗派的因缘关系:"大约也就在1932年吧,他和我开始相识的时候,谈到写诗,曾告诉我他学过《新月》诗派。""我在1931年新月书店出版的《诗刊》第2期上发表几首诗以前,他倒是在当年《新月》月刊上用另名发表了百多行的一首诗……那当然表现了《新月》诗派初期太不成熟的模式,硬算字数分行、形式均齐的'方块诗'。但是他同年稍后发表在《红砂碛》上的十二首诗却基本上是堪称道地的《新月》派诗,形式上顺应了这派诗中较为合理的格律趋势,字数整齐匀称中顿数也整齐均匀,个别首(《我埋一个梦》)还突破了'方块诗'格式,接近了后来创刊的《现代》杂志发表最多的那一路自由诗。从这里已多少可以看出其芳日后写诗在形式上变化再变化的旋进缘源,无怪他在50年代初开始不惮论说'现代格律诗'。"[①]经过《新月》诗派阶段之后,何其芳诗歌创作进入现代诗派阶段,形式上采用自由诗体形式。由于喜爱中国古典诗词,又尝试过现代格律诗创作,何其芳的自由诗并非彻底自由,比较注意自然的节奏,且不避免押韵。1942年延安整风运动中,毛泽东《在延安文艺座谈会上的讲话》批评文学创作包括新诗缺乏一种民族形式,在这之后,何其芳诗歌创作陷入停滞,只写过三首诗。这种创作的停滞部分缘于他的"形式焦虑"——对自由诗体的困惑与反省。1944年10月11日写于重庆的《〈夜歌〉(初版)后记》中,他说:"我担心那种欧化的形式无法达到比较广大的读者中间去。但用一种什么样的形式来代替它,则到现在这还是一个未能很好地解决的问题。"[②]"欧化的形式"指的就是他采用的自由诗体。后来,何其芳在《〈夜歌和白天的歌〉重印题记》(写于1951年12月2日)又一次解释自己在延安整风运动

---

① 卞之琳:《何其芳与诗派》,《卞之琳文集》中卷,安徽教育出版社2002年版,第281—283页。

② 何其芳:《〈夜歌〉(初版)后记》,《夜歌》,重庆诗文学社1945年版,见《何其芳全集》第1卷,河北人民出版社2000年版,第521页。

后不再写诗的原因,一方面是由于“我觉得当务之急是从学习理论和参加实际斗争来彻底改造自己的思想情感,写诗在我的工作日程上就被挤掉了。”一方面是“新诗的形式问题也曾苦恼过我。整风运动后写的三篇诗,虽然在内容上没有了过去的那种不健康的情感,但在形式上仍没有什么显著的改进。这是自己也并不满意的。”[①]后来,何其芳坦陈自己在诗歌形式的“这种苦恼和我一九四二年以后基本上停止了写诗,也是有关系的。”[②]可见,延安整风运动后,一种“形式的困惑与焦虑”一直困扰着何其芳的诗歌创作,这种形式的困惑与焦虑,与思想上的困惑与焦虑一起,最终导致他诗歌创作的停滞。他的重建现代格律诗的诗学思想,就产生于对自由诗体形式的困惑中,是一种个体的和普遍蔓延的“形式焦虑”下的产物。

一、首次提出“现代格律诗”的命名

何其芳走上诗坛相当早,但他发表诗论则较晚,这方面最早的文章当为《谈写诗》,作于1944年,后收入1950年3月出版的《关于现实主义》一书中。在这篇文章中,何其芳已经表现出对新诗形式问题的高度关注:

> 中国的新诗我觉得还有一个形式问题尚未解决。从前,我是主张自由诗的。因为那可以最自由地表达我自己所要表达的东西。但是现在,我动摇了。因为我感到今日中国的广大群众还不习惯于这种形式,不大容易接受这种形式。而且自由诗的形式本身也有其弱点,最易流于散文化。恐怕新诗的民族形式还需要建立。这个问题只有大家从研究与实践中来解决。[③]

何其芳认为新诗还有一个“形式问题”没有解决,这里的“形式问题”指新诗还没有建立自己成熟的民族形式,这种民族形式当然不是新诗中的自由诗,而是格律诗。何其芳主张新诗的民族形式应为格律体,理由有两点:接受层面,自由诗不适合群众的审美接受习惯,因而在接受上存在困难;艺术层面,自由诗形式本身有缺点,易于造成散文化。两点理由外,何其芳主张新诗应建立其“形式”,还与他的抒情主义的诗歌文体观有关。

何其芳认为“诗,是人在激动的时候,是人受了客观事物的刺激,其情感达到紧张与高亢的时候的产物。”[④]诗是人类表达强烈情感的产物,叙事

---

① 见何其芳:《〈夜歌和白天的歌〉重印题记》,《何其芳全集》第1卷,河北人民出版社2000年版,第528页。

② 何其芳:《关于诗歌形式问题的争论》,《文学评论》1959年第1期。

③ 何其芳:《谈写诗》,《何其芳全集》第2卷,河北人民出版社2000年版,第376页。

④ 何其芳:《谈写诗》,《何其芳全集》第2卷,河北人民出版社2000年版,第373页。

诗也不例外："我觉得叙事诗应改称咏事诗。……在那有格律的韵文形式的内部，是流动着反复歌咏的情绪的。他们不是在讲说一个故事，而是在歌唱一个故事，因此抒情的成分还是很浓厚。"诗歌的抒情特质决定它的语言文字与散文相比，更富于音乐性："在过去，中国和外国的诗差不多都是一种有格律的韵文。"[①]《话说新诗》重新申述前文观点，并进一步阐发情感表达与形式之间的关系："人类有些情感非普通的语言即散文式的语言所能表达，所以才有诗歌的存在的必要。这就是为什么最早的诗歌就常常有着比较明显的韵脚，比较有规律的节奏的缘故。后来的诗虽说和歌唱和舞蹈分了家，有了职业的写诗的人，但仍然长期地普遍地不同程度地保持着这种形式上的特点。"[②]诗歌形式对于内容一方面是限制，另一方面也是补助。自由诗虽说已成为一种谁也否认不了的形式，但就许多国家的诗歌说来，仍然是格律诗占优势。

何其芳后来认为《谈写诗》对于诗歌的看法还不够周密，对于诗与散文的区别没有更为清晰的说明，于是在重新思考的基础上又给诗歌下了一个定义：

> 诗是一种最集中地反映社会生活的文学样式，它饱和着丰富的想象和感情，常常以直接抒情的方式来表现，而且在精炼与和谐的程度上，特别是在节奏的鲜明上，它的语言有别于散文的语言。[③]

从这个定义可看出何其芳的诗歌文体观。他认为诗与散文最大的区别主要有两点，一为题材与表现方式："诗是一种最集中地反映社会生活的文学样式"；一为语言："诗的语言有别于散文语言"，"特别是在节奏的鲜明上"有别于散文语言。这是诗在内容、形式上和散文存在显著差异的主要特点。在语言上，何其芳特别强调诗的语言必须具有"鲜明的节奏"。

从《谈写诗》认为诗是抒情的，因此诗的语言必须具有音乐性，到《关于写诗和读诗》对于诗与散文的文体不同本质的详细界定，特别是认为诗的语言必须具有鲜明节奏，何其芳对诗歌文体的认识有一个逐步深入发展的过程。他的诗歌形式观就建立在他对于诗歌文体特性的认识上。他认识到仅以内容而论，文学的不同样式并非存在绝对区别，因而，更不能忽视形

---

① 何其芳：《谈写诗》，《何其芳全集》第2卷，河北人民出版社2000年版，第374—375页。

② 何其芳：《话说新诗》，《何其芳全集》第3卷，河北人民出版社2000年版，第71页。

③ 何其芳：《关于写诗和读诗》，《何其芳全集》第4卷，河北人民出版社2000年版，第267页。

式上的差异。即使所写的题材一样,“形式上的差异也必然带来内容上的若干差异。”[①]正是出于对诗的语言形式特殊性及形式本身能动性的认识,何其芳认为新诗要取得文体合法性,就必须重建自己的形式。

1950 年 3 月《文艺报》第 1 卷第 12 期展开的诗歌讨论,引发他写作《话说新诗》。在《话说新诗》中,何其芳再次申明:“新诗还有一个形式问题。”何其芳写于 1951 年 12 月 2 日的《〈夜歌和白天的歌〉重印题记》一文,又一次提到新诗形式问题:

> 直到近来,我才对新诗的形式问题有了一个初步的确定看法。……像这个集子里面的写法,运用欧化的句法过多,有些片段还写得有些松散,不精炼,都是缺点。但运用现代的口语来作新诗,语言还比较自然,这一点,恐怕还是应该肯定的。写得句子更中国化一些,更精炼一些,节奏更鲜明一些,更有规律一些,同时仍然保持口语的自然,我想这就是比较可以行得通的写法。[②]

这时,何其芳对于诗歌形式的看法,还只是停留于“写得句子更中国化一些,更精炼一些,节奏更鲜明一些,更有规律一些,同时仍然保持口语的自然”,还没有提出建立“现代格律诗”的明确主张和措施。

何其芳 1953 年 9 月所写的《更多的作品,更高的思想艺术水平——在中国文学艺术工作者第二次代表大会上的发言》一文,第一次明确提出“现代的格律诗”的名称,并且,又一次提出建立现代格律诗的形式问题:

> 现代的格律诗的形式我们还没有很好地建立,而自由诗的形式又被有些人糟蹋得太厉害了。但是,如果有一批有才能的作者来往这方面努力,我们完全是可以在符合现在的语言的规律的基础之上成功地建立现代的格律诗的形式的。我们应该承认,自由诗不过是诗歌的一体,而且恐怕还不过是一种变体。这就是说,我们现在很有建立现代的中国的格律诗之必要。写自由诗的人如果先受过写格律诗的训练,也或许不至于把诗这种最集中地表现我们的生活和感情的文学形式降低为冗长无味的散文的分行排列。[③]

---

① 何其芳:《关于写诗和读诗》,《何其芳全集》第 4 卷,河北人民出版社 2000 年版,第 273 页。

② 何其芳:《〈夜歌和白天的歌〉重印题记》,《何其芳全集》第 1 卷,河北人民出版社 2000 年版,第 528 页。

③ 何其芳:《更多的作品,更高的思想艺术水平》,《何其芳全集》第 4 卷,河北人民出版社 2000 年版,第 263 页。

1953年11月1日,何其芳在北京图书馆主办的讲演会上发表讲演,题为《关于写诗与读诗》。讲演中,他提到最近一二年对于新诗有了一个比较确定的看法,那就是"虽然自由诗可以算是中国新诗之一体,我们仍很有必要建立中国现代的格律诗。"[①]这里所说的"中国现代的格律诗"与前面的"现代的中国的格律诗"提法不同,但所指相同。

1954年4月11日,何其芳写《关于现代格律诗》一文,发表于1954年《中国青年》第10期,第一次正式提出"现代格律诗"这个名称,并详细说明了建立现代格律诗的必要性:"为什么我说我们很有必要建立中国现代的格律诗呢?这是因为我认为我们还没有很成功地建立起这种格律诗的缘故。这是因为我认为没有很成功的普遍承认的现代格律诗,是不利于新诗的发展的缘故。"[②]接着,何其芳从诗歌发展历史、新诗发展现状等方面说明重建现代格律诗的必要性。何其芳不但认为新诗有建立现代格律诗的必要性,而且对于现代格律诗的前途满怀信心:"我可以在这里再作这样一个预言:在将来,我们的现代格律诗是会大大地发展起来的,那些成功地建立了并且丰富了现代格律诗的作者将是我们这个时代的杰出的诗人。我那些有关现代格律诗的具体意见,当然还需要在实践中去证明,去补充,去修正。但这一点却是无可怀疑的,诗的某些形式完全可以通过有意的主张去建立起来。"[③]那么,何其芳关于重建现代格律诗的具体意见是什么?这就要提到他的《关于现代格律诗》一文。

二、重建现代格律诗的具体主张及与孙大雨之异同

何其芳关于重建现代格律诗的具体主张,集中体现在《关于现代格律诗》(1954年4月11日)一文:

> 我们说的现代格律诗在格律上就只有这样一点要求:按照现代的口语写得每行的顿数有规律,每顿所占时间大致相等,而且有规律地押韵。是不是除此而外,在格律方面还有什么应该讲求的呢?我想,只要是合理的要求,都是可以研究和试验的。特别是写诗的人的实践,恐怕主要依靠它才能把我们的新诗的格律确定下来,并且使之更加完美。在实践还很少的时候,我反对给我

① 何其芳:《关于写诗和读诗》,《何其芳全集》第4卷,河北人民出版社2000年版,第286页。
② 何其芳:《关于现代格律诗》,《何其芳全集》第4卷,河北人民出版社2000年版,第289页。
③ 何其芳:《写诗的经过》,《何其芳全集》第4卷,河北人民出版社2000年版,第347页。

们的格律诗作一些繁琐的规定。①

何其芳重建现代格律诗的核心主张归纳起来主要是两条，一为建行，一为押韵。建行的具体要求就是每行顿数要有规律，每顿所占时间大致相等。

"顿"是何其芳现代格律诗学的一个核心概念，何其芳的界定为："指古代的一句诗和现代的一行诗中的那种音节上的基本单位。每顿所占的时间大致相等。"②他的这个概念来自古代格律诗。古代格律诗的节奏主要就是以很有规律的顿造成的，五言诗的一句读为三顿，七言诗的一句读为四顿。顿是音节上的单位，但它和意思上的一定单位(一个词或者两个词合成的短语)基本上也是一致的。只是有时为了音节上的需要，也可以不管意思上是否可以分开。词是按照固定的格式填写的，比五、七言诗还要不自由。因此，词对于建立现代格律诗的参考价值，不如五、七言诗。在参考五、七言诗顿的基础上，何其芳总结出"顿"这个概念并用于现代格律诗的节奏建设。

何其芳"顿"的概念来自五、七言，说明他是肯定五、七言诗对于建立现代格律诗有参考价值的，这一点貌似与林庚相同，其实二者之间有相当大差异与分歧。林庚《新诗的"建行"问题》认为："今天无数的诗人都采用以五七言为主的形式"，"它支配了一千多年的诗坛及民间文艺的形式，我们顺着这一个形式的传统它就很容易普遍，离开了这一个传统就难于为大众接受"。③ 何其芳看到林庚文章后，随即做《话说新诗》一文，对林庚观点提出商榷。他认为五、七言虽然曾经是中国旧诗一种比较优良的形式，但打算主要依靠它们或者完全依靠它们来解决今天中国新诗的形式问题，恐怕还是把问题看得太简单了。因为五、七言首先是建立在基本上以一字为一单位的文言基础上的。而今天新诗的语言文字基础却是基本以两个字以上的词为单位的口语。用口语来写五言七言诗必然比用文言来写，限制大得多。并不是说五言七言的旧形式绝对不可以用来写新诗，但这种形式有其限制，要反映丰富的社会生活，五、七言并不很适宜。林庚认识到这种限制，主张把五、七言形式传统同今天语言文字的发展统一起来。他以陕北民歌为例指出，若采取陕北民歌形式，限制较小，因而可能成为新诗的一种

① 何其芳：《关于现代格律诗》，《何其芳全集》第4卷，河北人民出版社2000年版，第303—304页。

② 何其芳：《关于现代格律诗》，《何其芳全集》第4卷，河北人民出版社2000年版，第293页。

③ 林庚：《新诗的"建行"问题》，《文艺报》第1卷第12期(1950年3月10日)。

重要形式。但是,这应该叫它民歌体。何其芳认为民歌体只能成为新诗重要形式之一种,不可用它来统一新诗形式,或成为支配形式。民歌体基本采取五、七言节奏,句法以一个字收尾,或者在用两个字以上的词收尾时必须上面加一个字,这就显得节奏单调且不自然,和今天口语的句法很不相同。[①] 可见,何其芳认为新诗的格律虽然可以学习五、七言诗,但认为只能采用"顿数整齐和押韵"两个特点,而绝对不能采用它们的句法。它们的句法和现代口语的规律不相适应。在《关于现代格律诗》一文中,他更为详细阐述了五、七言句法与现代口语的不同特点:

> 五七言诗的句法是建筑在古代的文学语言即文言的基础上。文言中一个字的词最多。所以五七言诗的句子可以用字数的整齐来构成顿数的整齐,并且固定地上面是两个字为一顿,最后以一个字为一顿,读时声音延长,这样来造成鲜明的节奏感觉和一种类似歌咏的调子。而且文言便于用很少几个字来表现比较复杂的意思。现在的口语却是两个字以上的词最多。要用两个字、三个字以至四个字的词来写五七言诗,并且每句收尾又要以一字为一顿,那必然会写起来很别扭,而且一行诗所能表现的内容也极其有限了。[②]

何其芳主张大胆借鉴五、七言诗顿数整齐与押韵的优点,但同时他也紧紧抓住现代口语特点,认为诗歌形式应随语言变化而变化。古代诗歌优良传统一定要继承,但并不是拿来就可使用。突破五、七言限制的民歌体,可作为诗歌体裁一种而存在,但用民歌体和其他类似的民间形式来表现现代的复杂生活仍是限制很大的。因而,作家必须在它们之外建立一种"更和现代口语的规律相适应,因而表现能力更强得多的现代格律诗。"[③]由这句话可看出何其芳"现代格律诗"一词中"现代"的命意之所在。现代格律诗的现代性,在他看来就是其语言的现代性——建立在现代口语的基础上,和表现能力的现代性——能够表现更为复杂的现代生活。与五、七言相比,这些就是它的优势。

新诗语言与五、七言不同,那么,新诗的顿与五、七言的顿有何不同呢?何其芳认为现代诗歌在语言上用的是现代口语,因而,现代格律诗在分顿

---

① 何其芳:《话说新诗》,《何其芳全集》第3卷,河北人民出版社2000年版,第72—74页。

② 何其芳:《关于现代格律诗》,《何其芳全集》第4卷,河北人民出版社2000年版,第296页。

③ 何其芳:《关于现代格律诗》,《何其芳全集》第4卷,河北人民出版社2000年版,第298页。

上，最主要的是顾到顿数的整齐，而无须照顾到字数的整齐。为了更进一步适应现代口语的规律，还应该把每行收尾一定以一字为一顿的特点也加以改变，变为也可以用两个字为一顿，目的是为了更加适应现代口语中两个字的词最多这一特点，使写诗的人更方便。他举闻一多的《心跳》一诗为例。该诗每行最后一顿，绝大多数都是两个字，只有两行是三个字。而在最后一顿的两个字里，又绝大多数是两个字的词。但也有一部分是两个词合成的短语。所以，“说得更恰当一点，‘每行的收尾应该基本上是两个字的词’这种说法还可以改为‘每行的最后一顿基本上是两个字’。我觉得这样是和我们的口语更一致的。”[①]当然，最后一顿不能完全说不可以是一个字。但是，新诗一行的最后一顿即使是一个字，它的句法和调子仍然和五、七言诗不同。他同样举闻一多诗《祈祷》为例。该诗“谁的心里有尧舜的心，/谁的血是荆轲聂政的血”两句，最后一顿皆为一字，但它们与五、七言的句法不同。五、七言诗的句法是五个字或七个字为一句，而且每句的最后一顿总是读时声音延长，近于歌咏调子，这两行诗的句法完全不是五、七言体，最后一顿虽说是一个字，但整个句子仍然是说话调子，和整首诗的基本调子统一和谐。就全篇而论，这首诗大多数行的最后一顿还是两个字。所以，何其芳并不是说写诗只能选择两个字的词来作为每行最后一顿，而是认为现代口语本以两个字的词为多，新诗的句子按照口语那样写，自然就会产生多数诗行以两字收尾的现象。

何其芳所说的格律诗“应该每行顿数一样”，是就基本形式而说，并非指顿数多少上完全不可有些变化。从顿数上说，何其芳认为格律诗可以有每行三顿、每行四顿、每行五顿这样几种基本形式。长诗里面，若有必要，顿数可以有变化。但在局部范围内，仍然应该统一。在短诗里，或在长诗的局部范围内，顿数可有变化，只是这种变化应有规律。

除了从顿数不同和变化上格律诗可以有种种样式外，从分节和押韵的差异上还可派生出多种不同样式。由于押韵很有规律，格律诗每节的行数自然也有规律。现代格律诗，只是押大致相近的韵就可，而且不用一韵到底，可以少到两行一换韵，四行一换韵。何其芳举出格律诗押韵的三点理由，一是中国语言里面同韵母的字比较多；二是中国的格律诗有押韵的传统；第三，欧洲有些国家的格律诗，它们的节奏构成除由于每行有整齐的音节单位外，还由于很有规律地运用轻重音或长短音，所以节奏性很强，可以

① 何其芳：《关于现代格律诗》，《何其芳全集》第4卷，河北人民出版社2000年版，第301页。

有不押韵的格律诗。中国新诗的格律构成主要依靠顿数整齐，因此需要用有规律的韵脚来增强节奏性。如果只是顿数整齐而不押韵，和自由诗的区别就不明显，不如干脆写自由诗。这种重视押韵的观点与朱光潜完全一致。

在建立现代格律诗的努力上，何其芳认为闻一多是最有成绩的一位，但同时又指出他的格律诗理论带有形式主义倾向。他不是从格律和内容的一致性方面去肯定建立格律诗的必要，而是离开内容去讲一些不恰当的道理，例如强调视觉方面的格律，即“建筑的美”。他不但强调每行字数整齐，而且还企图在每一行里安排上数目相等的重音，没有照顾到中国语言特点。汉语的重音并不像欧洲语言那样固定在词汇上，而主要是在一句话里意思上着重的地方，不可能在每一顿里安排很有规律的轻重音的间杂，也很难在每一行里安排数目相等的重音。平仄主要是字的声调变化，并不相当于一般欧洲语言里的轻重音。在中国的旧诗中，讲究平仄只是一部分诗的现象。何其芳认为新诗像旧诗那样讲究平仄很难做到，也不必要。

何其芳后来在《再谈诗歌的形式问题》一文中，又重申了他对于现代格律诗形式上的要求：“但从诗歌理论上来说，我认为格律诗是必须讲求行里面的节拍有规律，押韵也有规律的。我主张首先讲求有规律，然后是在创作中容许必要时可以突破，正如五七言诗必须一般都是五言或七言，只有在特殊情况下才可以改变一样。”[①]一种观点认为格律诗可以不在节拍和押韵上有规律，只要相差不多就行了。何其芳不赞同这种主张，认为这样就模糊了格律体与“半自由体”的区别。“半自由体”指那种行数固定、大致押韵，但行中节拍却无规律的诗体。从行数固定、大致押韵来说，它倾向于格律化，但行里面节拍没有规律，又是自由诗的最大特点。何其芳认为“半自由体”的显著弱点是使人感到艺术上不完美，只是一种过渡时代的诗体，如果这些诗更讲求一下行里面节拍，艺术上会更完美。可见，何其芳认为现代格律诗在形式上首先必须做到节拍有规律。

《再谈诗歌的形式问题》中，何其芳考察了其他构成节奏的办法，如以“字”为节奏单位。他认为这个办法行不通，因为现代口语中有很多“的”、“里”、“子”一类的轻音字，不好以它们为节奏单位。他还反思了以顿为节奏单位的缺陷——节奏有时不太鲜明。以顿为单位，每顿字数不定，从一字到四字(指有轻音字的四个字，如“长征过的”等)都可以，这样读起来参

① 何其芳：《再谈诗歌形式问题》，《文学评论》1959年第2期。

差不齐，顿数虽整齐，但节奏感并不够强。为了加重节奏感，他提出了有规律的押韵。为加强节奏感，有人提出两字顿与三字顿相间杂的方法。何其芳认为诗歌若只能用两字顿和三字顿，而且要求它们间杂还要很有规律，会给格律诗创作带来很大困难。为了解决顿数整齐但节奏感不强的问题，他还考虑过平仄问题，后来认为平仄与节奏的鲜明没有关系。为了解决新诗的节奏问题，何其芳考察了很多方法，但最终除了他所提出的“顿数整齐”与“有规律的押韵”两条外，没有找到“不太困难而又能够增强节奏感的办法”。

综括以上各点，可发现何其芳对于现代格律诗的主张很简单，其实就是一句话：“按照现代的口语写得每行的顿数有规律，每顿所占时间大致相等，而且有规律地押韵。”[①]他的“顿”的主张与孙大雨的“音组制”非常相似。孙大雨“音组制”的基本单位是“音步”（音节或音段），与何其芳的“顿”所指是相同的。在建行上，两人皆反对等音计数主义，认为每顿或每个音节等时但字数不必相等，每行字数也不必相等。押韵上，两人皆主张有规律的押韵。两人对于新诗格律的形式主张，皆是建立在现代口语虚字增多的基础之上的。这是两人相同的地方。两人也有不同之处。在理论资源上，两人完全相反。孙大雨的音组制产生于莎士比亚素体诗剧的翻译实践及诗歌创作实践，其节奏观与音组理论来自西方，而何其芳的现代格律诗理论产生于延安民族形式讨论的理论氛围以及他自身创作的形式焦虑之中。所以，他的“顿”的理论资源主要来自中国传统的古典诗歌。在有关节奏形成的看法上，两人也完全不同。孙大雨认为声音诸要素中只有音长与节奏的时间性质有关，因而，他认为声音的长短相间、重轻相间、平仄相间皆与节奏的形成无关。何其芳虽然也认为西方的重轻相间与长短相间不能适用于汉语诗歌，平仄的运用与节奏的鲜明与否没有必然关系，但他并不反对重轻相间或长短相间本身可以形成节奏。何其芳的节奏成因理论，只是基于一种较为朴素的等时形成节奏的观念，他对于节奏理论以及声音与节奏之间的关系，并没有像孙大雨那样做过专深的理论探讨，所以，他的现代格律诗理论不具有孙大雨那样的理论深度。孙大雨与何其芳两人的节奏基本单位“音节”与“顿”，遵循的是等时原则而非字数相等原则，因此，字数上就有一字到四字的参差，这种参差就会造成节奏感的不明显。何其芳认识到这个问题，因此，他提出有规律押韵的办法来进行补救。而孙大雨则

① 何其芳：《关于现代格律诗》，《何其芳全集》第4卷，河北人民出版社2000年版，第303页。

更多依赖于诵读时的伸缩变化，字数多的读时缩短时间，字数少的有意延长时间，他认为这样就可补救。这其实也只是一个不得已的办法，有时效果可能并不明显。

何其芳与孙大雨皆重视现代口语对于新诗格律建设的制约，但何其芳对此强调更多一些。这主要体现在他对于一行最后一顿的强调与限定上。何其芳认为古典诗歌诗行的最后一顿大多是一个字，而现代格律诗诗行的最后一顿一般应为两个字，即使最后一顿偶尔为一个字，但它的句法应与五、七言不同。五、七言诗的句法是五个字或七个字为一句，而且每句的最后一顿总是读时声音延长，近于歌咏的调子，而新诗的句子则采用说话的调子。全篇而论，新诗大多数行的最后一顿应为两个字。可见，何其芳对最后一顿两个字的强调，是为了照顾到现代口语两个字较多和说话调子的特点。这是何其芳现代格律诗理论的核心内容，也是他反对采用民歌体作为新诗格律体主要形式的基本依据。因为民歌体基本采取五、七言的节奏，句法以一个字收尾，或者在用两个字以上的词收尾的时候必须上面加一个字，这就显得节奏单调且不自然，和今天口语的句法很不相同。孙大雨虽注意到现代口语虚字增多的特点，但只规定每行字数不必相等，而没有强调每行行尾最后一顿的字数，没有注意到新诗句法与古典诗歌的不同。他最关注的是等时原则，而何其芳则注意到新诗说话调子与古典诗歌歌咏调子之不同，以及这种不同与句法间的关系。何其芳对于新诗说话调子的强调，应该接受了叶公超《论新诗》的影响，其看法与卞之琳形成相互呼应。

何其芳理论上提倡现代格律诗，但他认为现代格律诗理论最终还要落实到创作实践上，由诗人们修正、补充、完善，现代格律诗的建立，还是要靠大批艺术上非常成功的现代格律诗作品的出现。因此，他自己也尝试过现代格律诗的创作。在这之外，还自学德文，尝试翻译海涅与维尔特的诗歌，打算通过译诗来实践他的格律诗主张。只是由于过早离世，他这方面的工作刚起步就终止了。在晚年，他又开始尝试七言绝句与七言律诗的创作。[①]七言绝句与律诗的学习，应该也是为了能更好地把握、理解诗的格律，为实践其现代格律诗主张服务。遗憾的是，何其芳对于现代格律诗的实践，虽已取得一定成绩，但并不理想。正如卞之琳对他评价的那样："纵观何其芳

---

① 牟决鸣：《〈何其芳诗稿〉后记》，《何其芳全集》第 6 卷，河北人民出版社 2000 年版，第 171 页。

诗创作全程，我以为还是较后以自由体为主的《预言》集和《夜歌》集一部分是他诗艺上的前后两个高峰”。[①] 何其芳早年写诗，形式学新格律诗派，1949年之后主张建立现代格律诗，实践结果，所得成绩，却较前大为逊色，即使在四人帮被粉碎以后重新写新诗，也无多大起色。何其芳现代格律诗创作上的不理想，与现代格律诗的体式之间并无必然因果关联，时代、年龄等等，都是制约诗人的重要因素。而且，现代诗歌格律—形式的重建，不是短时间内能一蹴而就的，诗人的创作实践当是一漫长历史过程。因而，从这个角度讲，何其芳的形式试验，并不能说就是失败。

何其芳重建现代格律诗的主张，以及他那并不理想的现代格律诗形式试验，产生于新诗形式失范所引发的普遍的形式焦虑。正是这种普遍的形式焦虑，推动着现代格律诗学一次次向前探索和发展。

三、卷入新民歌论争之中

何其芳1954年发表《关于现代格律诗》后，没有再就现代格律诗问题发表新的看法，“没有再写这方面的文章是因为我没有新的意见”。[②] 何其芳认为自己的看法已经完全在《关于现代格律诗》一文中表达了，不用再写这方面文章。而且他认为现代格律诗的重建主要要靠创作实践，在实践中证明、补充、修正他的意见。但是，1958年关于新民歌的大讨论把何其芳卷入进去，使他不得不又一次拿起笔，再次发表自己对于诗歌形式的看法，写了《关于新诗的百花齐放》、《再谈诗歌形式问题》等文章。

何其芳卷入这场论争，起因于1950年发表的《话说新诗》一文。文中，何其芳认为诗歌有两个传统，一个老传统，一个新传统，旧诗是一个应该重视的传统，“五四”以来的新诗本身也已经是一个传统。两个传统都应该重视，都应该研究，都只能批判吸收而不能全盘否定或全盘肯定。旧诗是一个很长、很丰富的传统，然而由于在形式上(首先是语言文字上)距离我们远一些，它的形式就不宜于简单搬用。“五四”以来的新诗传统虽然很短，且摸索多于成功，然而这个传统距离我们很近，一直连接着我们，后来者更要细心领取其经验教训。“五四”以来的新诗，形式方面，是在格律诗和自由诗两者的此起彼伏中曲折发展过来的。这种曲折发展也留下了值得吸取的经验。比如自由诗，有些在自由中仍保持着比较自然的诗的节奏。以闻一多先生为代表企图建立新式格律体的试验，也不是毫无可取之处。他

---

① 卞之琳：《何其芳晚年译诗》，《读书》1984年第3期。

② 何其芳：《写诗的经过》，《何其芳全集》第4卷，河北人民出版社2000年版，第347页。

们以现代口语为基础来写格律诗，无论如何是在中国旧有的格律诗之外企图增加一种新样式。何其芳的现代格律诗主张就是根据中国古典诗歌的格律特点并且参考"五四"以来新诗形式试验的主张和经验而提出的，同时融汇了古典诗歌传统、民歌与新诗传统。旧诗传统和新诗传统外，还有民间韵文传统。民间韵文形式相当多，民歌还不过是其中的一种。说书、大鼓、快板等形式，也可借鉴、使用。可见，在当代诗歌向传统借鉴与学习的问题上，何其芳的视野是非常开阔的。当时的普遍观点是重视旧诗传统与民歌传统，而否定"五四"以来的新诗传统。何其芳对此持不同意见。他认为民歌体只能成为新诗重要形式之一种，不可用它来统一新诗的形式，或成为支配形式。其主要原因是民歌体基本采取五、七言的节奏，它们的句法和现代口语的规律不相适应。[①]《关于现代格律诗》又重申了他对于民歌体的一贯看法。

何其芳有关民歌体的观点招致大批人批评，代表文章为公木的《诗歌的下乡上山的问题》(《人民文学》1958 年 5 月号)。公木不承认歌谣体有什么限制，认为真正"新鲜活泼的、为中国老百姓所喜闻乐见的中国作风与中国气派"的诗歌，在目前还是歌谣体。可见，两人的分歧主要集中在民歌体(歌谣体)是否有限制的问题上。公木从农民容易接受的角度出发，认为歌谣体没有限制，何其芳认为这在逻辑上是站不住脚的。两人的分歧说到底，还牵扯到对新诗民族形式的看法问题，即新诗民族形式是否只有一种，还是多样化的？新诗民族形式是否只能利用旧形式，而不可能创造出新的民族形式？新诗形式是否只能向我国古典诗歌和民间诗歌学习，还是同时也可适当继承"五四"以来的传统并吸收外国诗歌影响？在这点上，何其芳持的是形式多元论："形式的基础是可以多元的，而作品的内容与目的却只能是一元的，那就是只有从人民生活中去获得文学的原料，并使文学又回转去服务人民。"[②]他认为新诗的形式只能定这样一个最宽然而也最正确的标准：凡是比较"能圆满地表达我们要抒写的内容"，而又比较"容易为广大的读者所接受"者，都是好的形式。从快板到自由诗，从旧形式到新形式，都是这样。何其芳后来虽然提出建立现代格律诗的主张，但并没有因此而否认歌谣体和自由体："我看新诗的发展和繁荣也是只能通过百花齐放的

---

① 参见何其芳：《话说新诗》，《何其芳全集》第 3 卷，河北人民出版社 2000 年版，第 72—74 页。

② 何其芳：《话说新诗》，《何其芳全集》第 3 卷，河北人民出版社 2000 年版，第 76 页。

道路的。”[1]何其芳认为民歌的最大优点就是直接以大量存在和长期存在的五、七言诗和民间歌谣为传统，广大人民很熟悉这种形式，因此民歌体可以作为新诗的体裁之一种而存在，且可能成为一种重要的新诗形式；和歌谣体距离最大的自由诗在改进基础上也能成为新的民族形式之一。与何其芳的形式多元论相对照，公木等人则持形式一元论，主张民歌体应成为新诗的支配形式。

针对公木的批评，何其芳写了《关于新诗的百花齐放问题》(《处女地》1958 年 7 月号)。这篇文章发表后，招来更大范围的批评，针对他的批评文章多达十余篇，如张先箴《谈新诗和民歌》(《处女地》1958 年 10 月号)、宋垒《与何其芳、卞之琳同志商榷》(《诗刊》1958 年 10 月号)、沙鸥《新诗的道路问题》(《人民日报》1958 年 12 月 31 日)。这些批评皆建立于民歌形式一元论的基础上，其理论前提是民歌体为新诗主流，其他诗体如“欧化的自由诗与欧化的格律诗”都应该加以反对。何其芳认为民歌体只能是新诗体式的一种，与上述论者的观点之间有根本分歧。这种分歧本来只是学术观点之争。但对于何其芳等人的批评，并没有完全在学术尺度内进行。这些文章指责何其芳“怀疑民歌、轻视民歌、否定民歌、歧视民歌”，其他文章批评他的观点暴露了“资产阶级的艺术趣味和个人主义倾向”，是“形式主义的观点”，“影响人们不去深入群众斗争的生活”，是“思想问题，要不要走群众路线的问题，要不要真正的民族风格问题，为什么人唱什么歌的问题，是‘什么时代唱什么歌’的问题。”等等。可见，这种批评把学术观点的分歧上升到思想倾向、个人立场等高度，已完全背离学术论争的初衷。正如何其芳所说：“在批评方法和批评态度上，有意或无意地歪曲别人的论点，不细看别人的意见就武断地加以否定，不讲道理，不讲逻辑，这是过去的争论中就有的。不过这一次暴露得比较厉害而已。”[2]面对批评与指责，何其芳写了长文《关于诗歌形式问题的争论》作为答辩。他认为批评者对他的指责很多是一种武断和歪曲，没有歪曲的一点是他认为民歌体有限制，他与批评者根本分歧在此。与此相关，还有其他方面的分歧，如对于新诗发展基础的了解问题，五、七言民歌体是否应成为新诗的统治形式或支配形式？人工地使它成为这样的形式到底是好是坏？诗歌的前景是否是民歌与新诗的混合？是否可以由作家来提倡和创造一种诗歌的新形式？除了对于自

---

① 何其芳：《关于新诗的百花齐放问题》，《处女地》1958 年 7 月号。

② 何其芳：《关于诗歌形式问题的争论》，《文学评论》1959 年第 1 期。

己观点的扭曲和曲解外，何其芳认为这些问题和民歌体是否有限制的问题，都可以进一步讨论。

何其芳完成《关于诗歌形式问题的争论》后，余意未尽，面对赵景深、傅东华等人对他的批评，又写了《再谈诗歌形式问题》(《文学评论》1959 年第 2 期)。文中，他简要回顾新中国十年来关于诗歌形式问题的历次探讨和争论，认为 1958 年 7 月由《处女地》开始、后来扩大到许多报刊上的争论，很大一部分文章是建立在歪曲和武断的基础上，是浪费的论争，现在需要做的是把论争引导到认真讨论一些有关诗歌的理论和创作实践的问题上来。他认为十年来诗歌形式问题的探讨和争论主要是围绕“新诗如何民族化群众化”这样一个中心问题。十年来关于诗歌形式的争论所涉及的问题非常广泛。在众多而又复杂的问题之中，他着重谈了三个问题：(一)自由诗和格律诗的争论。何其芳认为中国古典诗歌的传统基本上是格律诗的传统。节奏和押韵都有规律的格律诗在古典诗歌中占绝对优势。要解决新诗形式和我国古典诗歌脱节的问题，关键就在于建立格律诗，就在于继承中国古典诗歌和民间诗歌的格律传统，而又按照“五四”以后的文学语言的变化，来建立新的格律诗。(二)五、七言体或民歌体和现代格律诗的争论。何其芳主张建立现代格律诗。他认为民歌体与五、七言体不可以作为新诗未来的主要形式。五、七言体限制更大，偶一为之未始不可，靠它来建立现代格律是不可能的。用民歌体可以写出好诗来，但民歌体和现代口语有矛盾，这有民歌论者自己所写的民歌为证。古代的书写语言单字词多，现代的口语和书写语言双字词多，同样也是事实。(三)民族形式的多样化问题。文学的民族形式不只语言和体裁两个因素，在诗歌方面，就还有句法、排列方法、表现手法、押韵等许多问题。不是一种因素，而是几种因素合起来发生决定性的作用。民族形式也是多种多样的，不会只是一个样子，一个格式。民歌体、现代格律诗体、自由诗体都可存在，都可成为民族形式。主张或提倡一种形式就排斥别的形式的人，可能就是对于民族形式的了解未免狭隘，可能就是对于形式的多样化的必要性不大重视。在“什么样的形式是诗歌的主要形式”问题上，何其芳认为主要形式是随着时代和时期不同而有所变化的。可以提倡某种形式，而且可以提倡的形式并不相同，然而不宜人工预先规定哪种形式是主要形式。

《关于诗歌形式问题的争论》、《再谈诗歌形式问题》两文，何其芳回顾了新中国成立十年来历次诗歌形式论争的大致内容与得失，重新申述他的重建现代格律诗主张，进一步分析五、七言与民歌体的局限性。两文的主要内容，是对于批评者对他批评的回应与答辩，对于此前的诗学主张，何其芳只是做了非常细微、局部的补充，没有提出新的看法。

第二节　卞之琳的说话型节奏与参差均衡律

卞之琳的新诗创作，始于1930年，与何其芳大致同时，1939年以后一度有所中断。他一开始接受的是以闻一多、徐志摩为代表的新格律诗派的影响，语言始终以口语为主，既能化欧又能化古，适当吸收欧化句法和文言文的遣词艺术。诗体上同样也是化欧与化古并重，最初偏于向西方学习，主要运用不太成熟的格律体，一度主要用自由体，最后几乎全用较为熟练的格律体，一直延续到新中国成立后的新时期。受新格律诗派影响，卞之琳非常重视新诗的形式问题，在新诗形式建设上，比之前辈，颇有青出于蓝而胜于蓝之势。这一点正如朱自清评价："卞先生是最努力创造并输入诗的形式的人，《十年诗草》里存着的自由诗很少，大部分是种种形式的试验，他的试验可以说是成功的。他的自由诗也写得紧凑，不太参差……"[①]朱自清提到新诗作家中"有志试验外国种种诗体的"六个人，第五人就是卞之琳，他的《十年诗草》与冯至《十四行集》同一年出版。两部诗集借鉴西方诗体的成功，代表新诗在借鉴、融化西方诗歌形式为我所用方面，已达到颇为成熟地步。《十年诗草》出版后，朱自清、方敬等人皆有文章予以揄扬，李广田写了著名的《诗的艺术》一文，对卞之琳的形式试验作非常细致的剖析。卞之琳虽然在新诗形式试验上取得颇为不俗的成绩，但正如他自谦的那样："写诗很少，谈诗更少"。[②] 1949年之前，其精力主要集中于创作，理论文字留下较少，只有《读诗与写诗》(1941年2月20日香港《大公报》"文艺"副刊第1035期)等少量文章。[③] 1949年以后，受诗坛新诗形式讨论大环境、大氛围影响，他的谈诗，稍稍多了一点。这些谈诗文章，现大部分已收入1984年由三联书店出版的《人与诗：忆旧说新》一书。

---

① 朱自清：《诗与感觉》，《朱自清全集》第2卷，江苏教育出版社1996年版，第332页。

② 卞之琳：《〈人与诗：忆旧说新〉卷头小识》，卞之琳：《人与诗：忆旧说新》，三联书店1984年版，第1页。

③ 见解志熙：《卞之琳佚文佚简辑校录》，《现代中文学刊》2011年第1期；解志熙：《灵气雄心开新面——卞之琳的诗论、小说与散文漫论》，《现代中文学刊》2011年第1期；张松建：《形式诗学的洞见与盲视：卞之琳诗论探微》，《汉语言文学研究》2012年第1期。

一、哼唱型节奏(吟调)和说话型节奏(诵调)

十七年时期,卞之琳最早发表的谈诗文章是《哼唱型节奏(吟调)和说话型节奏(诵调)》。1953 年 12 月 24 日,中国作家协会创作委员会诗歌组召开"诗的形式问题"讨论会第二次会议,卞之琳在会上作了《哼唱型节奏(吟调)和说话型节奏(诵调)》的发言,发言内容发表于《作家通讯》1954 年第 9 期。在这次发言中,卞之琳提出诗歌的两种节奏,一为哼唱型节奏(吟调),一为说话型节奏(诵调)。这篇文章后,他还写有《对于新诗发展问题的几点看法》(《处女地》1958 年 7 月号)、《分歧在哪里》(《诗刊》1958 年 11 月号)、《谈诗歌的格律问题》(《文学评论》1959 年第 2 期)、《关于诗歌的发展问题》(1959 年 1 月 13 日《人民日报》)等文章,发表对于新诗格律重建的看法。他对于"哼唱型节奏(吟调)和说话型节奏(诵调)"的界定是:

> 我们现在所见到的新诗,照每行收尾两字顿与三字顿的不同来分析,那可以分出这样两路的基调。一首诗以两字顿收尾占统治地位或者占优势地位的,调子就倾向于说话式(相当于旧说"诵调"),说下去;一首诗以三字顿收尾占统治地位或者占优势地位的,调子就倾向于歌唱式(相当于旧说的"吟调"),"溜下去"或者"哼下去"。但是两者同样可以有音乐性,语言内在的音乐性。[①]

卞之琳所谓的"吟调"指"哼唱"而不是"歌唱"以至"徒唱",是"chanting"不是"singing"。[②] 说话式或诵调指按照平时说话的节奏来朗诵或朗读。说话型节奏的提法应该受了叶公超影响,他自己在怀念其师叶公超的文章中就承认自己"受了他说法的启迪"。[③]

卞之琳哼唱型节奏(吟调)与说话型节奏(诵调)的划分,与何其芳一样,也是建立在音顿节奏的理论上。他认为在旧诗里顿是格律的基础或中心环节,每句有一定顿数,一定顿法。四言诗是"二""二"两顿,六言诗是"二""二""二"三顿,五言诗是"二""三"两顿,七言诗是"二""二""三"三顿。因此,中国过去诗体有四、六言与五、七言两大体系。每一句顿数有一定,字数也有一定,但字数不起决定性作用。"近体诗"每一句各顿中平仄有一定安排,但平仄的安排也还是顿的内部问题。脚韵与格律不可分,但与更

---

① 卞之琳:《哼唱型节奏(吟调)和说话型节奏(诵调)》,《卞之琳文集》中卷,安徽教育出版社 2002 年版,第 429 页。

② 卞之琳:《赤子心与自我戏剧化:追念叶公超》,《文汇月刊》1989 年第 12 期。

③ 卞之琳:《赤子心与自我戏剧化:追念叶公超》,《文汇月刊》1989 年第 12 期。

属诗艺的双声叠韵一样，不是格律的中心环节。中国字是单音字，中国语言却不是单音语言。现代的日常用语是白话，常见的是把两个字或三个字连在一起作一顿，也有一个字作一顿，也有极少数把四个字连在一起作一顿。因此，顿也可作为新诗格律的中心环节。卞之琳把顿作为新诗格律的中心环节，也是建立在他自己创作实践的基础上，除了初期所写的少数自由诗，卞之琳在新诗格律上"一直有意识的这样写诗"。[①]

卞之琳认为每一顿的字数不用严格规定，而"顿"或"音组"一般等于一个词或词组，但也不一定相等。汉语口头上说（或念）起来，最普通是两三个单音字联为一组，因而，二、三音节组为诗行的主要节奏单位。二、三音节组以外的四音节组，末尾一个单音节组必为虚词、语助词之类（"的"、"了"之类，例如"最明显的"、"翻个身的"等），不然自会形成 2+2 两个音组或音顿。在行首一个意义独立的例如"啊"之类单音节感叹词，自然只能独立为一顿。至于一个单音词例如"和"介乎两个双音节组之间，则除了有意强调它独立命意以外，就依各诗行的统一或占主导地位的格式而定，或随上边一个双音节组或随下边一个双音节组粘连成一个三音节组，例如"他们和/我们"或"他们/和我们"，而在一个三音节组前面就只能孤悬为一顿。所以，既以"音组"为准，就无须单独考虑字数如何。[②]

卞之琳认为新诗的节奏与字数是否整齐没有关系，而与行之间的顿数整齐有必然关系，顿数整齐，则节奏和谐。他又认为每行字数相同的诗，其节奏并不相同，其秘密就在一行诗结尾一顿的字数上。卞之琳根据一行诗最后一顿是二字顿占优势还是三字顿占优势，把新诗的节奏分为两种，以两字顿收尾占统治地位或者占优势地位的，调子倾向于说话式；以三字顿收尾占统治地位或者占优势地位的，调子倾向于歌唱式。按照卞之琳的分法，那么，传统诗歌四、六言与五、七言两大体系，前者就接近于说话式，便于照说话方式来念（包括戏剧性的"朗诵"）；后者就接近于歌唱式，便于信口哼唱（有别于按谱歌唱）。两种节奏体系都富于音乐性。采用歌唱式调子的诗体（他称之为"民歌体"）长处是韵脚响亮，节奏明显，倾向于唱出来；采用说话式调子的诗体（他称之为"口语格律体"）的特点是比较柔和自然，变化也比较多些，倾向于说出来。两种形式都能做到有民族风格。但中国

① 卞之琳：《哼唱型节奏（吟调）和说话型节奏（诵调）》，《卞之琳文集》中卷，安徽教育出版社2002年版，第426页。

② 另见卞之琳：《奇偶音节组的必要性和参差均衡律的可行性》，《卞之琳文集》中卷，安徽教育出版社2002年版，第574页。

过去诗歌，本来只有为了哼唱（吟）的传统，“五四”以后，受了外国诗的影响，为了念（包括“朗诵”）也成了一种传统。这种新传统也属民族传统，按照这种新传统写出来的新诗形式也是民族形式。可见，卞之琳把传统诗体分为四、六言与五、七言两个体系，其目的是为了说明说话式节奏古已有之，但没有形成传统，现代之后成为新传统，因此，这种古已有之的形式，也是一种民族形式。

他认为其他因素如平仄、轻重音，与顿的关系不太大。口语里每一顿总有一个重音（不管在前、后边）或次重音，或由于两个同轻重音造成一个重音。平仄问题不再是白话新诗的格律因素，如双声叠韵一样，同属诗艺范畴。周煦良认为：“新诗切不能卷进律诗的平仄律里去，那一来就会演变为散曲或自由词。”卞之琳对此观点深表认同。[①]

可见，顿是卞之琳形式诗学的核心。在《与周策纵谈新诗格律信》中，他说：“我完全同意您认为新诗格律中‘音组’（就我所知，大约早在 40 年前例如孙大雨先生等也就用了这个词，而我自己和别些人往往沿用旧说的‘顿’，实指同一事情，相当于一般从英诗律译来的‘音步’，亦即半世纪以前闻一多先生所说的‘音尺’），是最基本因素（或如您所说的‘最主要因素’）这一个看法。”[②]可见，他的“顿”与闻一多的“音尺”或“音步”、孙大雨的“音组”在所指上是完全相同的。卞之琳认为闻一多提出“音尺”概念后，多少年来新诗界也时有讨论，但众说纷纭，不是没有收获，只是结果并不理想，其主要原因就是因为没有首先抓住这个“音组”或“顿”的基本问题。[③]

卞之琳认为新诗格律建设最关键的是“顿”或“音组”，每行顿数一致，由此而建行，配脚韵（或不配脚韵）而建“节”。其他如押韵皆属次要因素。新诗格律的要件就这些，不可再规定更繁琐的规则。后来，卞之琳对自己新诗格律建设的主张作了简明扼要的总结：“循现代汉语说话的自然规律，以契合意组的音组作为诗行的节奏单位，接近而超出旧平仄粘对律，做参差均衡的适当调节，既容畅通的多向渠道，又具回旋的广阔天地，我们的‘新诗’有希望重新成为言志载道的美学利器，善用了，音随意转，意以音

---

① 卞之琳：《人尚性灵，诗通神韵：追忆周煦良》，《新文学史料》1990 年第 2 期。

② 卞之琳：《与周策纵谈新诗格律信》，《卞之琳文集》中卷，安徽教育出版社 2002 年版，第 479 页。

③ 卞之琳：《完成与开端：纪念诗人闻一多八十生辰》，《卞之琳文集》中卷，安徽教育出版社 2002 年版，第 160 页。

显，运行自如，进一步达到自由。”[①]针对周策纵“定型新体诗”的提倡，他认为这超出实际，走快一步，把步骤做了倒置，偏离新诗格律化的目标。汉语新诗界对于“音组”（或称“顿”或“音顿”），这个与口语规律一致的最基本、最关键的格律因素还缺乏明确认识，一下子就提出固定体式，超出实际太远。在“自由诗”以外，“不定型格律诗”还有待大量创作实践使群众了解以至接受，先制定“定型诗体的格律”即固定形式来唤起大家实验，步骤颠倒，不合发展规律。定型新体诗规定固定格式让大家遵守，易使诗歌创作再沦为填谱工作，限制创作自由。卞之琳认同闻一多“量体裁衣”的主张，掌握了格律，可以翻出无尽体式，在诗创作里达到进一步“自由”。自由创作的结果，当然可能只有若干种基本的体裁为大家“喜闻乐见”，便于运用，易于运用，这样，“定形新体诗”就能自然产生。[②] 因而，主张定型格律诗体，现在还为时过早。

二、对“参差均衡律”的强调

在顿的使用上，卞之琳认为可以在每行顿数整齐的前提下，最好相应而用参差均衡律，进行不同变化。如果行行都用一样顿法，段段都用一样顿法，例如都用“三”“二”“二”顿，会显得单调、呆板，正需要在不破坏基调的条件下有种种变化。他自己在做诗、译诗实践中，做到每行里必有二字顿与三字顿，只是位置不固定。有时一行全用三音节，以求传达快速的感觉；或相反，以求达到沉滞的效果。他认为一行全用二音节顿可达到凝重或悠扬之类的效果，但实践中只有一次用过。哼唱型节奏与说话型节奏也可在一首诗中作有规律的搭配使用。中国旧诗律，不像英诗律要求轻重音步行行一样，而需要一种平仄声组合有规则的参差律。

英语传统律诗以轻重音安排成格，可以行行都是“轻重/轻重/轻重/轻重……”之类，汉语定型律诗却不能句句都安排成“平平/仄仄/平平仄”之类，而必须在各句间保持“对”和“粘”，例如上句平起式，接下去不能马上重复而须“对”以“仄仄/平平/平平仄”。依据一行大逗在第一个平声字组之后的原则，每一行的大逗应随之有参差变化不同。所以，吟诵七言律、绝诗句，流行一律在“四”之后，不论平仄，作一大逗，是错的，违反了汉语诗和谐

---

① 卞之琳：《奇偶音节组的必要性和参差均衡律的可行性》，《卞之琳文集》中卷，安徽教育出版社2002年版，第575页。

② 卞之琳：《与周策纵谈新诗格律信》，《卞之琳文集》中卷，安徽教育出版社2002年版，第481—482页。

所需要的参差均衡律(限于文言律、绝体来说,也就是旧术语所谓平仄“粘、对”律)。因而,七言诗句的大逗就不一定在“四”后,有时在“四”后,有时在“二”后,这也形成了一种参差中的均衡。这种平仄安排的特点,正适于白话新诗以二字顿、三字顿为主来建立格律的一种很好参考。[①]

对于参差均衡律,卞之琳非常重视,20 世纪 80 年代多次撰文予以阐明。在写了《说“三”道“四”》一文后,他又接连写了《重探参差均衡律——汉语古今新旧体诗的声律通途》、《奇偶音节组的必要性和参差均衡律的可行性》两文。《重探参差均衡律》从汉语诗体变迁来寻求声律自然调节的机理,并分析了二音节组连用与平仄粘对律之间的关系。卞之琳以余光中所举李清照词为例,“寻寻—觅觅—冷冷—清清—凄凄—惨惨—戚戚”,不但顺口而且悦耳,功效不同于一般二音节组的多次连用,原因就在于平仄声的有规则安排。平平—仄仄—仄仄—平平一平平—仄仄—仄仄,相呼相应,相间相接,回环往复,错落有序,一句之内就表现出了古典律绝诗要求的“平仄粘对律”。而在现代汉语里,平仄声调安排已不起关键性作用,白话已经摆脱了文言平仄律的控制。这是因为白话有虚词、语助词之类特轻音节的介入。鉴于此,卞之琳主张,与文言平仄律相应,根据口语里不可少的虚词、语助词之类特轻音节的穿插方式,在诗行里主要以二、三音节组来调节,而不是二字音组连用,就可同词牌曲牌一样,不计歌唱起来另加的衬字以至衬句,自行避免单调、呆板或陈滥、油滑,达到诗情诗意自然变化的目的。这类虚词、语助词等,不同于衬字,也就成为新格律的有机组成部分。[②] 卞之琳非常重视新诗格律中虚词、语助词所起的作用,他不同意王力的观点。王力认为新诗行的“神姿仙态桂林的山”、“如情似梦漓江的水”当中的两个“的”字作为衬字除去,就十足成了两个七言律句。[③] 而卞之琳认为两个“的”字对于诗句的节奏起到了重要作用,是新诗格律完全不同于旧诗格律的关键所在:“在白话新诗的场合,如果剔除诗行中‘的’、‘了’之类虚词、语助词等不计入律,则无律可说,而成无政府状态。”[④]

卞之琳认为传统四、六言较为接近说话调子,那么,为什么四、六言没

---

① 参见卞之琳:《说“三”道“四”》,《卞之琳文集》中卷,安徽教育出版社 2002 年版,第 518—525 页。

② 卞之琳:《重探参差均衡律——汉语古今新旧体诗的声律通途》,《卞之琳文集》中卷,安徽教育出版社 2002 年版,第 566 页。

③ 王力:《语言与文学》,《暨南大学学报》1981 年第 1 期。

④ 卞之琳:《奇偶音节组的必要性和参差均衡律的可行性》,《卞之琳文集》中卷,安徽教育出版社 2002 年版,第 574 页。

有得到像五、七言那样的发展呢？他对此问题的解释，依据的也是参差均衡律，其看法与李广田《谈语文节奏》一文的观点相似。[①] 他认为汉语的特点决定二字组成一顿，每行都不能长过六字即三顿，再多一顿，就又成为两组四字，两个四字句就是四个二音节组，可分为两句了。一般来说，一句若全是两字顿，节奏就会显得过于板滞，有点像四六文、词曲之类，还是需要加字、衬字以松动呆板的节奏。由于这种原因，旧体四言诗、六言诗，虽然较合新体白话诗的说话调子，在文言诗里也难发展，因此，“七言诗有四必有三，只是四三上下颠倒，效果也就相反。”[②]卞之琳认为白话新格律诗应主要以两三个字也就是两三个音节成组作一顿或一拍来适当调剂建行，从这里可得到说明。

三、卞之琳与何其芳新诗格律观之异同

卞之琳曾提及何其芳“在自己的探索中得出了以‘顿’建行说，和我较长期在实践中试验‘音尺’、‘音组’论得出的看法基本一致。”[③]确实，在对于格律的看法上，卞之琳和何其芳有诸多相似与一致之处。两人都采用“顿”这一概念，把它作为格律的标准或基础。同时，结合现代口语的特点，他们都主张新诗顿法、押韵法应该与传统诗歌有所不同。何其芳认为现代口语的基本单位是词而不是字，而且两个字以上的词最多，因此现代格律诗不应该是每行字数整齐，而应该是每行顿数一样，而且每行收尾应该基本上是两个字的词。五、七言诗的句法建立在文言基础上。文言中一个字的词最多。因此，何其芳认为现代格律诗不能采用五、七言体。卞之琳完全同意他的看法，认为：“一般说来，字数划一的五七言体和现代口语的规律不大适应。……新旧格律应有区别的主要理由，大致就在这里。”[④]

在何其芳与卞之琳的新诗格律观中，“顿”皆占据重要的位置。两人都强调行之间顿数的整齐，而非字数的划一。因此，两人与孙大雨一样，都是反对等音计数主义的。

在顿之外，对于押韵的作用，两人的看法有所不同。何其芳的格律主张是以“顿”和“押韵”两个标准为基础的，他认为每顿字数有一字到四字的差别，因此，每行之间顿数虽然整齐，但也会存在节奏感不强的弊端，因此，

---

① 李广田：《谈语文节奏》，《新生报》副刊“语言与文学”第79期(1948年4月20日)。

② 卞之琳：《说“三”道“四”》，《卞之琳文集》中卷，安徽教育出版社2002年版，第521页。

③ 卞之琳：《何其芳晚年译诗》，《卞之琳文集》中卷，安徽教育出版社2002年版，第298页。

④ 卞之琳：《谈诗歌的格律问题》，《文学评论》1959年第2期。

他提出“有规律的押韵”以作为补偿。在卞之琳的格律体系中，韵的作用与地位却并不很高。他认为脚韵虽然与格律不可分，但与诗艺层面的双声叠韵一样，不是格律的中心环节。与押韵相比，他更强调顿法的决定性作用。押韵问题在卞之琳格律体系中所占位置虽不高，但卞之琳也多次谈到这个问题。他认为白话新体诗与西洋传统格律诗既有相同的要求，因语言特点不同，也势必有相异的处理。脚韵押在重音节或强音节上，在中西诗中皆属当然。但是新诗行尾以孤立的单音节押韵，也不宜过分，正如“桂林的山”、“漓江的水”，偶用以分别和下行孤立的单音节词相协，固然会显得脚韵嘹亮、铿锵，多用则反成单调、刺耳，这又正合现代英语诗中，除了增添自由体的变化以外，律体也往往声随意转而“拗”出歪韵、近似韵之类的趋向。至于韵式，随韵（aabb）、交韵（abab）、抱韵（abba），还有阴韵、复韵，并非西诗独创，上至《诗经》，下至《花间集》，今至一些地方民歌，也就早用过或还在用，不应误认押韵只有用aabb式或xaxa式才合乎中国习惯，为群众喜闻乐见。[①] 王力曾批评卞之琳用韵过于欧化，卞之琳上述看法明显是针对王力的批评而所作的回应。

对于一顿字数的限定，两人看法也不一致。何其芳认为一顿字数可有一字到四字的差异，这样读起来好像有些参差不齐，节奏不大鲜明。“关心新诗的格律问题的人们之中，我听说还有主张以两个字的顿和三个字的顿间杂起来，这样来加强节奏感的。这有些和长短音间杂相似。”[②]何其芳觉得如果诗里面只能用两个字的顿和三个字的顿，而且它们的间杂还要很有规律，这种格律诗就难写了。所谓“两字顿与三字顿相间杂”的方法，就是卞之琳等人提出的。在《〈雕虫纪历〉自序》他曾提出“以二字‘顿’和三字‘顿’为骨干，进一步在彼此间做适当安排”的方法，其目的是为了“补‘顿’或‘音组’本身内整齐不明显这一点不足”。[③]

在讨论何其芳晚年译诗的格律问题时，卞之琳又提出这种办法：

> 每节第一行以外，每行都是二、三音节成组一顿，尽可能避免了与散文无别的一音节至四音节（以语助词或轻音辅助词收尾的）杂列成顿成拍。这也就补正了何其芳过去试用格律体写诗与译诗，不注意尽可能少用一、四音节顿以免节奏不鲜明的需要。

---

① 参见卞之琳：《奇偶音节组的必要性和参差均衡律的可行性》，《卞之琳文集》中卷，安徽教育出版社2002年版，第573页。

② 何其芳：《再谈诗歌形式问题》，《文学评论》1959年第2期。

③ 卞之琳：《〈雕虫纪历〉自序》，《卞之琳文集》中卷，安徽教育出版社2002年版，第458页。

> 这也正合最近胡乔木同志在自己的格律体新诗写作实践里总结出来的先人一步的卓见：新诗格律化，以顿或拍建行，要易为人接受，首先得简单，明白(这是用我自己的话解说他的大意)。①

由于新诗在格律上既不能再调平仄，也不能按西方的轻重音来安排节奏，卞之琳提出顿数应以“二字顿”与“三字顿”为骨干，并非完全排斥“一字顿”与“四字顿”，其目的是为了加强节奏感：“为了在我们既不是随意来‘吟’或‘哼’，也不是按曲谱来‘唱’，而是按说话方式来‘念’或‘朗诵’白话新体诗的时候，不致显不出像诗本身作为时间艺术、听觉艺术所含有的内在因素、客观规律，而只像话剧台词或鼓动演说，使朗诵者无所依据，就凭各自的才能，自由创造，以表达像音乐一样的节拍、节奏以至于旋律。”②

对于格律的看法，卞之琳与何其芳出发点虽同，但着重点有些不同。何其芳从重建中国现代格律诗的立场出发，最关心的是怎样建设新诗格律的问题，因此，他最为强调的是自由体与格律体之间的差异，强调的是行之间节奏的整齐与押韵的规律化，认为半自由体还是一种“翻译体”，在艺术上处于未完成状态。他虽然强调新诗格律的一个要件是行尾一顿主要应为两字，但这是为了结合现代口语特点，在传统诗歌基础上推陈出新，而不是要在新诗格律体内部再刻意分出两种节奏体系。从他对民歌体限制的分析以及对五、七言体作为新诗格律体主要形式的否定上，可以看出，他是否定现代格律诗采用民歌体或五、七言体的，在他看来，民歌体或五、七言体的价值和发展潜力要明显低于现代格律诗。这就招致当时主流观点的大力批判，而卞之琳在新诗格律建设上，与何其芳的着眼点完全不同。卞之琳不是从重建现代格律诗的角度，去讨论格律问题的。他的着眼点比何其芳进了一步，他不着力于格律诗与自由诗的划分与论争，他特别着重从顿法上分出格律的两种节奏体系及调子：五、七言调子和非五、七言调子，即哼唱式调子和说话式调子。他曾经具体就别人举出的两首短诗进行过分析，分析出一首诗，虽然字数是七言诗，却不合五七言调子，一首诗字数不是七言诗，实际上却正合五、七言调子。差别关键就是每行收尾是不是二字顿占支配地位。这样，卞之琳对新诗节奏体系的看法，就完全从字数(五、七言)的多少中解放了出来，而直击新诗格律问题的本质：说话式调子与歌唱式调子。

---

① 卞之琳：《何其芳晚年译诗》，《读书》1984年第3期。

② 卞之琳：《〈雕虫纪历〉自序》，《卞之琳文集》中卷，安徽教育出版社2002年版，第458页。

在五言与七言的分顿上，卞之琳不同意何其芳等人“二二一”和“二二二一”的分法，而倾向于把五言诗分作“上二下三”，七言诗分为“上四下三”。那么，理由何在呢？卞之琳从三个方面进行解释，首先是古人说话的习惯特点：“旧诗写出来，一句（一行）里一个单字（单音节）固然都有一个独立存在的地位，但是古人说起话来，决不会一个单音节一个单音节分开的（我看世界上最原始民族也不会这样说话的）。”[①]其次是音组与义组之契合。诗律固然往往并不据语义分格（顿、拍），旧诗是随意吟或哼的，但是出声念或朗诵，总会受制于词义（意组）。中国汉语有一个特点，现在吐词，是以二、三个音节一逗为主，辅以一、四个音节一逗，而四音节一组，最后必然是以一个“的”“了”“吗”之类的语助词收尾，否则就必然分成两个两音节组，这又往往以意组亦即词组为依据。诗体与散文体不同，主要更需以二、三个音节成组，突出与散文的区别。我们读旧诗，如“春眠|不觉|晓/处处|闻啼|鸟/夜来|风雨|声/花落|知多|少”，若分二二一，只有第一句和词义相合，第三句勉强，另两句都不符。若分成二三，即“春眠|不觉晓/处处|闻啼鸟/夜来|风雨声/花落|知多少”，则音组与义组完全相符。在《奇偶音节组的必要性和参差均衡律的可行性》（香港《明报月刊》1992 年 1 月号）一文中，卞之琳否认朱光潜“语言节奏与音乐节奏”相冲突的观点，认为音组与词组基本上是统一的。汉语吐音特色，主要以二、三音节成组说出。音组与词组基本上是统一的，正合朱光潜所说“意义完成，声音也自然停顿”。例如，平常所说的“吃喝玩乐”，在说话中如要逐条点项目名称说，自然也可以分别说成“吃、喝、玩、乐”，可是汉语说话的特殊偏向，四个单音节词，也就自然粘连成两个双音节词，“吃喝、玩乐”，从此也就成为两个意组，逐渐成为两个双音节词惯用语。按汉语特色，以意组即音组作为句、诗行的节奏单位，就和英诗律中的音步不同，不能像英诗行中一个多音节词（word）可随格（metre）分割成几个音步（feet）。当然，例外也有，但总体上看，汉语古典七言诗通常就是以构成一个意组的一个音组作为一个节奏单位而一逗一顿的，所以“丝方尽”、“泪始干”也都不能割裂为“丝方＋尽”、“泪始＋干”。[②] 第三，这种分法正遵循语言音乐性松动中求整饬、整饬中求松动的

① 卞之琳：《说“三”道“四”》，《卞之琳文集》中卷，安徽教育出版社 2002 年版，第 522 页。

② 卞之琳：《奇偶音节组的必要性和参差均衡律的可行性》，《卞之琳文集》中卷，安徽教育出版社 2002 年版，第 570—572 页。

自然倾向而产生的参差均衡律。[①]

何其芳倾向于把五、七言句收尾看做一字一顿，卞之琳倾向于把五、七言句收尾看做三字一顿，而非一字一顿。这虽然是细微分歧，却显示两人着重点的大不相同。何其芳把五、七言句收尾看做一字一顿，是为了说明五、七言句不适于现代口语两字词增多的特点，而卞之琳倾向于把五、七言句收尾看做三字一顿，则是为了说明五、七言的调子就倾向于歌唱式，以与两字顿的说话式相区别。

对于这两种节奏体系和调子，卞之琳的评价与何其芳也不完全一致。何其芳从新诗格律要结合现代口语的特点出发，对五、七言体前途下了"此路不通"的评断，对民歌体的评价也不太高。他对于五、七言体和民歌体的较低评价，意味着部分否定了"歌唱式调子"，而对于"说话式调子"则给予完全肯定。他的"现代格律诗"提法，强调的就是现代格律诗的现代性，其现代性最集中的体现，就是句法上采用说话式调子而非歌咏调子。因此，何其芳认为现代格律诗不可能采用五、七言体。他的看法与叶公超完全一致。卞之琳虽认同何其芳"五七言体和现代口语的规律不大适应"的观点，但对于五、七言和非五、七言两种节奏体系和调子，则持一种同等看待、不分轩轾的谨慎态度：

> 只要摆脱了以字数作为单位的束缚，突出了以顿数作为单位的意识，两种调子都可以适应现代口语的特点，都可以做到符合新的格律要求。而只要突出顿数标准，不受字数限制，由此出发照旧要求分行分节和安排脚韵上整齐匀称，进一步要求在整齐匀称里自由变化，随意翻新——这样得到了写诗读诗论诗的各方面的共同了解，就自然形成了新格律或者一种新格律（一种格律不等于一种格式或者体式，因为主要以顿数为单位的这一种格律可以如上面所说的容许各样的格式；而我不想排斥可能从别的标准出发而形成别种格律体系）。[②]

在以顿为格律基础的前提之下，在吟咏式和说话式调子之间，卞之琳新中国成立前在理论和实践上偏重的是说话式调子。1949 年以后，与何其

① 卞之琳：《说"三"道"四"》，《卞之琳文集》中卷，安徽教育出版社 2002 年版，第 522—523 页。另见卞之琳《奇偶音节组的必要性和参差均衡律的可行性》一文。对于五七言句尾最后一顿怎么分，形成两种不同看法，何其芳是一种看法，卞之琳代表另一种看法。与何其芳看法相同的有丁鲁，与卞之琳看法相同的有余光中、杨荫浏等人。

② 卞之琳：《谈诗歌的格律问题》，《文学评论》1959 年第 2 期。

芳反对现代格律诗采用五、七言体的主张不同，卞之琳也把五、七言体作为新诗格律建设的一种有效资源，并且在实践中尝试吟咏式调子。他的抗美援朝诗有不少整节采用这种调子。1953 年 10 月间所写的歌唱农业合作化的五首诗中有四首都是以顿为格律标准的吟咏式调子，其中如《采桂花》几乎通篇是七言；有些地方在风格上、表现方式上、语言上也接近民歌的格局。《十三陵水库工地杂诗》是用以顿为格律标准的说话式调子的，可是用这一路调子有时也可以接近旧诗词以至民歌的风格，例如“叫山山|有树|树树青，/叫稻香|飞过|江南！”前一句接近旧诗词和民歌常用叠字的风格，后一句接近旧词的格调。卞之琳创作上的这种尝试，明显是受新民歌运动影响。

何其芳认为现代格律诗应采用说话调子，而非歌咏调子，因此，行尾最后一顿也应主要是两字顿，不可杂糅民歌体五、七言的句法。他批评徐迟诗“美国第一靠不住，/威慑政策一场空，/新世界朝气蓬勃，/旧世界老态龙钟。”前两行是七言诗体，每句四拍，以三个字收尾；后面两行突然改变节奏和调子，每句三拍，以两个字收尾。“我觉得这种句法杂糅的办法是不好的。”[①]徐迟这四行诗分析起来，前两行采用哼唱式调子，后两行采用说话式调子，两种调子的杂糅是何其芳所反对的。而卞之琳则认为两种调子的音乐性相同，因此，他认为哼唱式调子与说话式调子在顿数一致的前提下，可以放置一起，造成一种参差的对照；一首诗若行行都用一样顿法，段段都用一样顿法，如都用“三”“二”“二”顿，也会显得单调、呆板，正需要在不破坏基调的条件下有种种变化。对参差均衡律的强调，也是卞之琳不同于何其芳的一个重要地方。[②]

第三节　林庚的建行理论

在现代格律诗学发展史上，对新诗格律问题作持续关注与探讨，其活动时间几乎贯穿整个 20 世纪的，林庚可能是唯一的一个。林庚与何其芳、卞之琳从事诗歌创作，起步大约同时，皆为 1930 年至 1931 年之间，但他对新诗形式的理论探索，却比他们要早得多。林庚最初尝试自由诗体，他最

① 何其芳：《再谈诗歌形式问题》，《文学评论》1959 年第 2 期。

② 卞之琳：《哼唱型节奏（吟调）和说话型节奏（诵调）》，《卞之琳文集》中卷，安徽教育出版社 2002 年版，第 431 页。

早的两部诗集《夜》(1933 年 9 月出版)与《春野与窗》(1934 年 10 月出版)所收大部分为自由诗。这之后,林庚开始新格律诗的形式试验,1936 年出版的两部诗集《北平情歌》、《冬眠曲及其他》所收大部分为“四行体”新格律诗。与何、卞二人主要从五十年代才开始格律的理论探讨不同,林庚对于新诗格律的理论探讨与创作实践,几乎同步进行。在格律理论探讨的初期,林庚侧重于格律—形式一般性原理之探究,提出格律—形式的自然说、容易说、跳跃说、解放说、普遍说等理论。这些说法,显示出林庚作为诗人对诗歌“形式哲学”形而上的直观体悟。由于诗人这种天马行空、洒脱不羁的直观体悟,林庚的诗歌形式哲学,焕发出独特魅力。当然,对于诗歌的形式问题,林庚也并非一味出之以诗性感悟,为此他还写有长文《新诗形式的研究》(1943 年《厦大学报》第 2 期),对新诗形式问题从学理层面做过系统研究。在具体格律—形式建设上,林庚主要着眼于建行问题,经过一段时期摸索,在 1948 年发表的《再论新诗的形式》一文(1948 年 8 月《文学杂志》第 3 卷第 3 期)中,林庚比较明确提出“逗”与“掌握新音组”两个主要观点。进入五十年代后,林庚对于新诗建行问题的探讨,皆围绕《再论新诗的形式》一文的主要观点展开。

一、诗的本质是语言

要理解林庚新诗形式诗学与建行理论,首先要了解他的“诗的本质是语言”的观点。林庚曾提出这样一个问题:五、七言这个诗歌形式到底是由什么样的诗歌内容决定的?他对此问题的回答是:“事实上无论谁的诗歌内容也都并没有直接决定过五、七言的诗歌形式。正是因为这个缘故,它不是由于某一首诗的内容,或某一作家的诗歌内容所决定的,它才能成为那时代一切诗篇的普遍形式。”[①]林庚认为诗歌是典型的语言艺术,这就是诗歌的本质,愈是直接凭借于语言形象的诗歌,也就是最典型的诗歌艺术。林庚认为,在诗歌中,内容与形式的关系并非是简单的内容直接决定形式的关系,因为诗歌是最为典型的一门语言艺术,因此,内容对于形式的决定最终是落实在语言层面,决定诗歌形式的不是具体或抽象的内容,而是特定时代的语言。只有遵循“内容——诗歌语言——诗歌形式”这样一条路径,“内容决定形式”这一真理才会灵验。如果遵从这一真理,诗歌形式就会有利于诗歌内容,反之,诗歌形式就会束缚诗歌内容。就这样,内容决定

① 林庚:《关于新诗形式的问题和建议》,《新建设》1957 年第 5 期。

形式的一般性原理，到林庚这里，却被他巧妙转换成了“语言决定形式”。

诗的本质在语言。那么，诗的语言与散文语言到底有何不同呢？林庚认为诗之有别于散文，正在于散文有更多逻辑语言。这点在中国古典诗歌中表现得尤为明白，例如在古代散文中最习见的“之”、“乎”、“者”、“也”等虚词，以及“因”、“故”、“以”、“是以”、“然而”等有助于逻辑思维的词汇，在诗歌中几乎不大出现。在整个文学语言中，诗歌语言比起一般逻辑语言来乃是更灵活更富于飞跃性与节奏性的，这就是诗歌语言艺术的特征。今天的自由诗之所以无论如何还要保持分行形式，就是基于诗歌语言的飞跃性特质。散文的进行好比是漫长的散步，而诗歌的进行则好比是回旋的舞蹈，是更为集中更富于飞跃性的。韵脚的功能正如舞蹈中鼓板的作用，有规律的隔着一定距离而一次一次出现，这就是一种均匀的节奏感，在诗歌上也就有利于语言的飞跃。韵脚隔一定距离而一次一次出现，这就自然要求诗行有一定长短，因为诗行的长短正是韵脚与韵脚之间的距离。这距离愈均匀，韵的作用也就愈自然，愈有魅力。也就是说，诗的语言本质上是一种跳跃性的、节奏性的语言，这种跳跃性、节奏性，部分由韵体现出来。[①] 但林庚又认为“叶韵”是体现语言跳跃性、节奏性最粗糙的方式。叶韵与“分行”一样，不是诗的主要形式。[②] 如果满足于“分行”或“叶韵”就是诗的形式，就会忽视更重要的“建行”工作。五、七言诗照例是叶韵的，但五、七言绝不只是一个简单的叶韵问题，五、七言最重要的问题是“建行”：“过去对于这一方面的忽视，今天面对着五七言所带来的民族形式问题，这建行的问题此刻乃是应该特别被提醒的。”[③]林庚否认“叶韵”为诗的主要形式，目的是为突出“诗行”的地位。

二、诗行比韵更重要

林庚认为诗行问题是诗歌形式问题的中心环节。诗行之所以重要，不仅由于它是作为韵脚之间的距离而已，它本身就是一个比韵脚更有力的节奏。欧洲有名的五音步无韵诗行，根本就没有韵脚，再如古诗，由于音韵改

---

① 林庚：《关于新诗形式的问题和建议》，《新建设》1957 年第 5 期。另见林庚：《从自由诗到九言诗——〈新诗格律与语言的诗化〉代序》，林庚《新诗格律与语言的诗化》，经济日报出版社 2000 年版，第 16—18 页；林庚：《唐诗的语言》，《文学评论》1964 年第 2 期；林庚：《漫谈中国古典诗歌的艺术借鉴——诗的国度与诗的语言》，《社会科学战线》1985 年第 4 期；龙清涛：《林庚先生访谈录》，《诗探索》1995 年第 1 辑。

② 另见林庚：《从自由诗到九言诗》，林庚：《新诗格律与语言的诗化》，经济日报出版社 2000 年版，第 30—31 页。

③ 林庚：《新诗的建行问题》，《文艺报》第 1 卷第 12 期（1950 年 3 月 15 日）。

变，往往也已失去韵脚，如李商隐《登乐游原》，读起来并不谐韵，可是我们并不觉得是节奏上的重大损失，正因为五言诗行本身就是一个比韵脚更为有力的节奏。

诗行的重要性从中国传统诗歌体式的演变史可以看出。中国诗歌史上四言诗的时代，五、七言诗的时代，所指的正是这个诗行上划时代的变化。韵脚也是随着语言变化而变化的，可是它的变化在节奏上仅限于选择韵脚而已。而且采用一种新诗韵，并没有很大难处，而采用一种新的诗行，则需要经过长期熟悉。例如五言诗，从西汉末年到建安时期，中间经过约二百年，五言诗行才由偶然的出现变为通行诗体。这漫长的时间，固然由于政治文化各方面条件的限制，而要掌握一个新的诗行非一朝一夕唾手可得，也是事实。之后，七言诗从出现到隋唐时代大量涌现，又经过约四百年。诗歌史对五言诗、七言诗的时代，之所以大书特书，正因其来之不易。事实上要熟练掌握任何艺术形式，都不能不经过一番辛苦的过程，在最初未能掌握的时候，免不了感到吃力，可是掌握后，它却能带来更有利更理想的效果。极端的主张写旧诗与极端的主张自由诗，有着共同理论基础，就是一个诗歌的形式必须毫不费力就能掌握，这不符合客观规律。

《新诗的"建行"问题》为新中国成立后林庚关于新诗格律的首篇文章。《文艺报》组织了新中国成立后第一次关于诗歌形式问题的公开讨论，讨论文章以《新诗歌的一些问题》为总题，刊登于《文艺报》第1卷第12期（1950年3月10日）。《新诗的"建行"问题》就是林庚应《文艺报》编者之约而写的。这篇文章，林庚明确提出新诗形式的最基本问题乃是"建行"：

> 五七言是一个诗行的问题，这一个问题过去一直被其他的问题所遮掩着，那就是行与行的问题。例如十四行诗就是这一类的代表。一首诗要十四行，十四行要分为四四四二或四四三三，这都是行与行组合的问题，中国过去律诗的形式，一首诗规定要八行，中间四行一定要对仗，行与行间平仄要合规律，也都属于这一类型。这在新诗里除了十四行诗之外，有每五行一段的，每三行一段的，有长行与短行相配合的；总之所注意的都是行与行的问题。因此反而忽略了建立诗行本身的问题。行与行的问题并非不是形式问题，但不是基本的问题；基本的问题必须先建立诗行。西洋诗如果没有一定的Metre的诗行，如何能有十四行诗呢？中国诗如果没有五七言的诗行，如何能有五七律呢？建立诗行的基本工作没有做好，所以行与行的组合排列就都架了空。今天我们

又回到五七言的形式问题上来，就表示最基本的一个问题还是“建行”问题。[①]

林庚提出建行问题乃新诗形式的基本问题，其特定的历史语境，就是50年代对于五、七言形式的提倡。当时的主流观点一致认为文学形式要回归中国传统的民族形式，中国诗歌的民族形式是五、七言。林庚肯定五、七言是民族的传统形式，诗歌顺着这一形式的传统就很容易普遍，离开了这一传统就难于为大众接受，今天诗歌运动已回归这一传统。但林庚随之提出“如何批判地接受传统”的问题。他认为文言发展为白话是客观事实，在这个事实面前，过去的传统要接受，但必须批判接受。今天要接受这一民族形式就要把五七言形式的传统同今天语言文字（也即口语或白话）的发展统一起来。如何统一？林庚没有说。林庚提出五、七言应批判接受的观点，说明他并不认同简单接受五、七言作为民族形式的主流观点。但是，林庚并没有正面对这个观点作出批评，而是由此观点顺势引出自己的“建行”主张。因为在他看来，“五七言是一个诗行的问题”，以前这个问题被掩盖着，现代时期引进的“十四行体”，只是行与行的问题，或者说“体式”问题，而非更为基本的建行问题。当前所提出的“五七言”民族形式问题，才真正触及新诗形式的基本问题。可见，林庚提出“建行”问题的策略很高明，一方面批判了新诗形式（十四行）的非民族化问题，一方面又借民族形式（五、七言）的提倡，提出自己新诗格律建设的核心主张——建行。

林庚认为中心问题是如何像古代之建立起五、七言诗行一样，为新诗建立起“理想诗行”。为新诗建立诗行，林庚认为必须参考五、七言的民族形式，在五、七言的基础上建立新诗自己的“诗行”。为解决新诗的建行问题，林庚认为必须首先掌握民族形式的两条基本规律——“半逗律”和“典型诗行”。

三、民族形式的两条规律——“半逗律”与“典型诗行”

林庚的“半逗律”是在批判闻一多等人的“音步”、“顿”的理论上提出的。他认为语言决定诗歌形式，因此，建行问题首先取决于今天的诗歌语言需要什么样的诗歌形式。今天的诗歌语言是继承古代诗歌语言而来的，基本上是一个民族语言；正是由于这个继承性，诗歌形式上才有了民族形式的问题。可是热心于格律诗的人们却并不都是重视民族形式的，从新月

---

① 林庚：《新诗的建行问题》，《文艺报》第1卷第12期（1950年3月15日）。

派的诗人们讲求格律以来，在诗歌形式问题上，有不少人是想把西洋诗的形式移植到中国新诗上来，例如讲求音步(或顿数)是西洋诗的基本规律，把这个规律移植到中国诗行上来，于是认为四言诗行是两个音步(或两顿)，五言诗行是三个音步(或三顿)，七言诗行是四个音步(或四顿)，于是区分中国诗行就看它是几个音步(或几顿)。可是这个区分马上就证明是不科学的。例如说五言诗行是三个音步，那么六言诗行算几个音步呢？它们显然是不同的诗行。当然这还可以说五言诗行只算两个半音步以与六言诗行区分开来。可是问题又来了，如果认为五言诗行("二""三")是两个半音步，那么对于五言的下半行(即"三")怎样来划清它的一个半音步呢？这问题的夹缠，正由于中国诗行原不是用音步或顿数来构成格律的。西洋的诗歌形式通过音步(或顿数)来取得诗行间的统一性，或者都是相同数目的音步，或者两种不同数目音步的诗行有规律的轮替，总之，通过音步(或顿数)可以看出一个均匀统一的规律性来。可是用音步来分析中国诗歌，例如《湘夫人》中有名的诗句，分析的结果只能发现中国诗歌音步上的"步伐凌乱"。这零乱不能归罪于优美的诗行，而应归罪于强把西洋诗歌中的音步(或顿数)加之于中国诗行上这种做法。这就需要撇开西方理论来研究中国自己民族形式的规律：

> 事实上中国诗歌形式从来就都遵守着一条规律，那就是让每个诗行的半中腰都具有一个近于"逗"的作用，我们姑且称这个为"半逗律"，这样自然就把每一个诗行分为近于均匀的两半；不论诗行的长短如何，这上下两半相差总不出一字，或者完全相等。例如四言是"二""二"，五言是"二""三"，七言是"四" "三"。[①]

林庚在晚年曾谈到发现"半逗律"的经过："大约是 1940 年，在长汀的厦门大学，想解决《涉江》的断句问题。当时闻一多先生认为原简窜乱，没有办法断。但若用'半逗律'则可以断。当年写成一文，并寄给了闻先生。以后由此推知楚辞中'兮'的句逗作用，又由此见识到中国古诗均是半逗，并与新诗相映证，发现它似是汉语诗歌的一个普遍特征。1947 年后才明确用于自己的创作。"[②]他把自己的发现用于创作实践之中，并在 1948 年发表的《再论新诗的形式》一文中，提到四言、五言、七言在诗的半行上有一个明

---

① 林庚:《关于新诗形式的问题和建议》,《新建设》1957 年第 5 期。

② 龙清涛:《林庚先生访谈录》,《诗探索》1995 年第 1 辑，见林庚:《新诗格律与语言的诗化》，经济日报出版社 2000 年版，第 157—158 页。

显的逗:"这里正是说明着中国诗歌形式上值得注意的一个普遍现象。"[①]在该篇文章中,林庚只是提出这种现象,对此没有展开深入论述,也没有把自己的发现明确命名为"半逗律"。"关于'半逗律'的理论则直等到1957年才把它写成了文章。"[②]这篇文章就是《关于新诗形式的问题和建议》。

与《再论新诗的形式》不同,林庚1957年提出"半逗律",是为了批判闻一多(应该也包括了孙大雨、何其芳、卞之琳等人)为代表的"音步"或"顿"的理论,是为了说明"'半逗律'乃是中国诗行基于自己的语言特征所遵循的基本规律,这也就是中国诗歌民族形式上的普遍特征。"[③]

为了说明"半逗律"是民族形式的普遍特征,林庚还用半逗律来解释传统的六言诗行何以在中国古代特别不发达的原因。六言诗每行一般为三个二字组,若按音步(或顿数)的规律,它恰好是整齐的三个音步,应该是最理想的音步(或顿数)诗行;可是按"半逗律"的要求,它却无法分为均匀的上下两半,无论分为"二""四"或是"四""二"都是极不均匀的。六言诗不符合"半逗律",是其不能发展的根本原因,而音步理论却无法解释此种现象,这也说明中国诗歌形式不是建筑在音步或顿数上。

"半逗律"把一个诗行分为均匀的上下两半,但是它的上下两半不同于西洋歌的两音步或两顿。西洋诗的每一音步或顿,其结构长短永远是固定一致的;而中国诗行的每个半行,其结构长短却并不永远完全一样。此外,西洋诗由于每一音步(或顿)是固定的,所以诗行的不同就在于音步的数目(也即顿数)的变化上,而中国诗则永远就是上下两半,因此也就并无数目上的变化。它们所显示的乃是全然不同的两种规律,两件事物,是无法移植或混为一谈的。

半逗律是中国诗行基于自己的语言特征所遵循的基本规律,是中国诗歌民族形式上的普遍特征。因此,要建立新诗的民族形式,必须首先要遵循半逗律的原则。但是,林庚认为只遵循半逗律,仍然不够,还需要建立典型诗行。他以《楚辞》为证,《楚辞》虽然掌握了中国诗歌形式的基本规律(而且还可以说是突出地运用了"半逗律"),可是并没有产生出一种典型诗行;因此它就缺少普遍性,不能像四言、五言、七言那么繁荣。"这普遍性乃是使得一个诗行的出现,就意味着千百万诗行的行将出现;这正是一种典

---

① 林庚:《再论新诗的形式》,《文学杂志》第3卷第3期(1948年8月)。

② 林庚:《从自由诗到九言诗》,林庚:《新诗格律与语言的诗化》,经济日报出版社2000年版,第27页。

③ 林庚:《关于新诗形式的问题和建议》,《新建设》1957年第5期。

型的力量。”[1]典型诗行“仿佛是一种诗行的无数化身，便成为诗篇的无尽言说，仿佛那大海均匀的起伏，却体现在每一个浪花之上。”[2]因此，林庚认为典型诗行是诗歌形式的中心问题，也是建立诗行是否成熟的标志。新诗要解决建行问题，不但是要遵循民族形式中的“半逗律”，同样必须在这基本规律之上创造出典型诗行，而这典型诗行的传统形式就是“几言”。这是中国诗歌民族形式的第二条规律。

那么，什么是新诗的典型诗行呢？

四、林庚的典型诗行——“九言诗”

在《九言诗的“五四体”》一文中，林庚提出新诗的典型诗行应该是九言诗的“五四体”。什么是九言诗的“五四体”？林庚的解释是：“指一种九言诗行，而在一行之中它的节奏是分为上‘五’下‘四’的。”[3]他举自己的诗为例：“说什么难事|就是不怕/可有一样啦|得有计划/活都干完了|学习文化/电线赛一幅|新风景画。”这里上半行都是五个字，下半行都是四个字，它的节奏颇近于传统的七言诗，所以叫九言诗。同样为九言，若是上“四”下“五”，节奏便不同了。新诗的节奏当然不只九个字这一种诗行，如“三五”节奏的八字诗行，“五五”节奏的十字诗行，“六五”节奏的十一字诗，都可能是广泛使用的形式。但林庚认为其中九言诗的“五四体”最接近于民族传统，也最适合于口语的发展。而“‘民族传统’与‘口语的发展’应该是今天诗歌形式上最主要的问题。”[4]

林庚提出九言诗是典型诗行的第一个理由，是它最接近民族传统。林庚用传统诗歌形式的发展历史作为证明。中国诗歌形式的传统是由四言发展为五言，再发展为七言。从涌现七言诗的隋唐到今天，已经一千多年，语言文字改变了许多，而且显然的双字加多，如果要合乎自然语吻，字数就要增多些，在诗的节奏上就不能不有些改变，而且这改变，照着四言—五言—七言这发展的程序看来，它绝不会开倒车而变得比七言短些，那么就应是长些。五四体不但适合了这长些的要求，而且在这发展中，它还接受了七言的优良传统。七言的节奏是分为上四下三的，而五四体正是就在这四三上各放长了一字，因此仍含有七言诗所擅长的节奏性。他举人人会唱

---

① 林庚：《关于新诗形式的问题和建议》，《新建设》1957年第5期。

② 林庚：《再谈新诗的建行问题》，《文汇报》1959年12月27日。另见林庚：《从自由诗到九言诗》。

③ 林庚：《九言诗的“五四体”》，《光明日报》1950年7月12日。

④ 林庚：《九言诗的“五四体”》，《光明日报》1950年7月12日。

的《小放牛》为例,《小放牛》正是一个尚未蜕变完成的"五四体",它无疑算得民族形式,因此五四体在形式上是符合于民族传统的。

林庚提出九言诗的第二个理由是它最适合于口语的发展。林庚通过对三十年代中期出现的自由诗的大量统计,发现一事实,即凡是念得上口的诗行,其中多含有以五个字为基础的节奏单位。他曾以五个字为节奏单位尝试过各种诗行,如三五、四五、五五、六五、七五等。而在节奏上看来,一个诗行的下半段更重要些,因为凡是诗的叶韵都须叶在诗行尾上,而不叶在行的头上,韵所以又称韵脚,就是说重点是在下面。因此,如果把五字节奏单位放在诗行下半段,它便因掌握住重点而掌握整个诗行。所以五字节奏单位一定要放在下半,所有不同长短诗行的下半段须是五个字。至于诗行的上半段当然也应配合得当。

林庚既然从统计上得出上述结论,那么,为什么他的九言诗的下半段不是五个字而是四个字呢?林庚从诗体的发展和口语的发展两方面作了解释。从诗体上说,四言单独成为一个诗经时代。五、七言又是另一个诗的时代。何以五言不与四言成为一个时代,反与相差较多的七言成为一个时代呢?这问题的解答是:因为五、七言的下半段都是三(五言是二三,七言是四三),它们所以是一个类型。四言是二二,它的下半段是二所以就另成一个类型。这一发现更坚定了他的理论——诗行的节奏是掌握在行的下半段。从一个诗行的掌握上说,掌握着四言的是二字节奏单位,掌握住五、七言的是三字节奏单位,那么现在是不是马上就跳到以五字单位来掌握新诗呢?是不是还有一个以四字单位为主的阶段呢?林庚从白话与口语简洁程度的不同上得出了肯定回答。他认为自己的五字节奏单位是从自由诗里统计出来的,它所代表的是知识分子所熟悉的白话而不完全是口语。通过分析白话与口语的不同,他发现口语中有许多时候是比白话更要简短的,原因是"五四"以来的白话受欧化影响较多,所以文法较详密,字也就多些。口语是直承中国本土文法简略的传统,所以反而在节奏单位上更容易接替五、七言的三字尾。因此,林庚得出一个结论:如果用更接近口语的节奏做诗行的主要单位,比用白话的节奏更近于民族形式,而代替那白话中五字单位的,应该是四字单位。这样一来,他提出的九言诗的五四体,五与四各代表着白话与口语的一般性,诗行下半段以四字单位掌握了全行的节奏,适应了口语的简洁性;而上半段五个字则保留了五字单位一部分的长处,更重要的是因为口语与白话是息息相通的,口语在发展上也应吸取白话中的新成分以丰富它的生长。

林庚认为自己提出的九言诗的“五四体”符合在普及基础上提高的原则。人民大众已经熟悉且能掌握的形式，是五、七言和以七言为主的快板，这是普及的基础。从这基础上把它修改为九言，不过上下各长出一个字来，可以突破五、七言的文言局限，正是在普及的基础上的提高。针对“九言诗是一种定型诗”的质疑，林庚认为民间流行的五、七言形式及三三七的快板形式，都是先有固定形式然后放进不同内容的。既然人民大众喜闻乐见，我们为什么不应当这样做呢？它因此也正是符合于我们今天所需要的。从过去诗歌的发展史看，一个形式的自然形成动辄要经过数百年，如果不想这样长期等下去，就不得不凭借理论的帮助来寻求。

《九言诗的“五四体”》发表后，得到一些人质疑与批评。林庚写了《再谈九言诗》与《略谈内容决定形式——兼答蒲阳先生》等文章，进行答辩，观点与以前没有大的改变。针对九言诗难写的质疑，《再谈九言诗》认为“九言诗是并不困难的。九言诗是由‘五’‘四’两个单位构成的；‘五’是白话中最容易构成的字数，……‘四’更是口语里最习见的……今天我们在白话口语中用‘五’‘四’来构成诗行，因此绝不会比古人在文言中用‘二’‘三’(即五言)，或‘四’‘三’(即七言)构成一个诗行要更觉困难。”[①]《略谈内容决定形式——兼答蒲阳先生》认为“十言(‘五’‘五’体)、九言(‘五’‘四’体)可能是最好的，而九言尤其符合于民族传统的发展，这个有《小放牛》可以作证。”[②]

在1957年发表的《关于新诗形式的问题和建议》中，九言诗之外，林庚相信十言(五五)、十一言(六五)也都很有希望。在这几种典型诗行外，他又推荐一种“走向典型诗行的过渡形式”。这种过渡形式正像《楚辞》一样，只遵循“半逗律”，先取得基本节奏，建立起一般的节奏诗行。也就是说“半逗律’是主要的，而“几言”还是自由的。他把这种诗命名为“节奏自由诗”。例如：“春天的蓝水|奔流下山(五四)，/河的两岸|生出了青草(四五)；/再没有人记起|也没有人知道(六六)，/冬天的风|那里去了(四四)。”这里仿佛还是自由诗，实际上却是具有“半逗律”的节奏诗行。这种过渡形式不但比较容易掌握，而且通过写作实践最后必然会逐步导致典型诗行的出现，这可能是较易于推行的一种方案。[③]

---

① 林庚：《再谈九言诗》，《光明日报》1951年1月25日。

② 林庚：《略谈内容决定形式——兼答蒲阳先生》，《光明日报》1951年3月26日。

③ 参见林庚：《关于新诗形式的问题和建议》，《新建设》1957年第5期。

林庚对九言诗的论证失之牵强。他的第一个理由就不成立。他认为七言的节奏是分为上四下三的，而五四体正是在这四三上各放长了一字，因此仍含有七言诗所擅长的节奏性。殊不知，节奏问题很复杂，并不是随意增减字数的问题，这种观念还是建立在机械计算字数的等音计数的基础上。其次，他认为九言诗的五四体建立在对口语或白话节奏统计的基础上，此理由也不太成立。他从统计得来的"凡是念得上口的诗行，其中多含有以五个字为基础的节奏单位"，首先，"五字组"能否作为一"节奏单位"本身就值得存疑，而他从口语和白话简洁程度的不同而得出九言后半行为"四字组"、前半行为"五字组"，也是从字数的机械计算得出的，同样建立在等音计数的基础上。

五、林庚与何其芳、卞之琳格律观之异同

在十七年新诗形式诗学中，林庚、何其芳、卞之琳三人的观点，应该最富建设性因而也最具代表性。三人中，何其芳与卞之琳的观点虽有不同之处，但在大方向上更为接近。林庚的"半逗律"与"典型诗行"理论，与何其芳、卞之琳的"音顿"理论，差异与分歧则较大。两方观点，甚至形成明显的对峙与较量。卞之琳就直言自己"基本上赞同孙大雨先生的音组说，不赞成林庚同志的'半逗律'说。"①林庚与何、卞二人在新诗格律重建上，所持观点虽差异较大，但局部也有一致之处。对他们观点的同异之处进行辨析梳理，将有助于加深对他们各自观点的理解，对未来的新诗格律建设，也将带来一些有益启示。

林庚与何其芳、卞之琳最大的相同点是，他们都是现代格律诗（新格律诗）坚定的支持者、实践者与探索者。他们不排斥自由诗的发展，同时他们又坚决主张新诗应该走格律化的形式重建路子。这是他们最大的相同点，也是他们之间能展开对话、交流与争鸣的前提。在这个大前提下，林庚还有一点与他们相同。在五十年代回归传统、回归五、七言民族形式的主流诗学思潮裹挟下，他们都还能保持一种较为清醒的头脑，能用一种比较理智的态度来对待传统、对待五、七言这一民族形式。林庚与何、卞二人一样，其形式探索，都是在民族形式的口号下进行的，都认为新诗的形式重建，必须吸取现代新诗发展的教训，不应照搬西方，而应回归传统，向传统的民族形式学习和借鉴，因此，他们都认为自己的主张，是来自对五、七言

---

① 卞之琳：《人尚性灵，诗通神韵：追忆周煦良》，《新文学史料》1990 年第 2 期。

民族形式的理论总结，是不违背民族形式理论的。同时，在对待民族形式的态度上，林庚与何、卞二人一样，要求对于传统的五、七言应该持一种批判继承、推陈出新立场，其理论依据与何、卞二人也完全一致，就是诗歌形式应随着语言的发展而发展，诗歌的语言应与现代口语保持一致。林庚的"九言诗"主张，何其芳的"现代格律诗"命名，卞之琳对"说话型节奏"的阐发，皆着眼于此。

在新诗形式重建的一些具体主张上，林庚与何、卞二人也有不少相通之处。三人皆把建行问题看做新诗形式的中心问题，其主张都是围绕建行问题而展开的。林庚的"半逗律"与"典型诗行"着眼于建行，何其芳的"顿"与"有规律的押韵"着眼于建行，卞之琳的"顿"与"说话型节奏"着眼的同样也是建行。对于押韵在新诗形式重建中的位置，林庚与卞之琳的观点也大致相同。卞之琳认为押韵问题不是格律的主要问题，其观点倒更为接近林庚而非何其芳。何其芳的格律主张中，"有规律的押韵"还是占有一定地位的，虽然他更关心的还是顿数问题。对于欧洲诗歌的重音制，林庚与何、卞二人的观点一样，都认为它不适用于汉语诗歌的形式。对于传统诗歌的平仄在新诗中的作用，三人观点也非常一致，认为平仄在新诗形式中，已经不再起关键作用，平仄与双声叠韵一样，已进入诗艺范畴，与格律关系不大。[①]

在建设新诗格律的大的原则上，卞之琳、何其芳都主张不可过于繁琐，而应该是简明扼要、易于遵守的，这一点与林庚完全一致。林庚认为"建行的基本规律作为诗行的基本规律正如一切的基本规律，它应该是既严格又简单的。"[②]五言诗的形式就是二三，七言诗的形式就是四三，此外别无规律。一切语言上的变化技巧都是丰富这个规律又严格服从于这个规律的。五言变成了三二就不是五言诗的形式，七言变成了三四就不是七言诗的形式。这是界限分明毫不含混的。无论我们承不承认这么简单的规律就是诗歌形式，它却就这么简单地支配了诗坛近两千年。然而也正因其简，它最初也就最不容易被认识到。今天新诗所缺少的正是相当于五、七言那么既严格又简单的诗歌形式，缺少的正是这个建行的基本规律。可见，与卞之琳、何其芳相比，林庚同样强调建行基本规律的简单易明性。

以上是林庚与何、卞二人观点上的相同或大致相同之处。简明扼要

---

① 林庚:《再谈新诗的建行问题》第一节《关于平仄问题》,第三节《关于轻重长短音》,《文汇报》1959 年 12 月 27 日。

② 林庚:《再谈新诗的建行问题》,《文汇报》1959 年 12 月 27 日。

说，林庚与何、卞二人都主张新诗应走格律化路子，都认为新诗形式的基本问题是"建行"。但具体到如何建行，建行应遵循什么样原则，林庚与他们的观点就不同了，甚至形成对立。林庚主张建行的基础是"半逗律"和"典型诗行"；而何、卞主张建行的基础是"顿数的整齐"。

林庚从其新诗形式试验开始，就倾向于走回归传统的路子，把五、七言诗体作为新诗形式重建可资借鉴的重要理论资源，反对模仿、学习西洋诗歌。这一点是他与卞之琳、何其芳的最大差异。何、卞二人的新诗形式探索，走的是一条既化欧又化古的路子，向西方诗歌的学习甚至更多一些。这种不同，决定他们在新诗建行问题上的内在分歧。分歧集中体现在他们对建行的不同主张上。何、卞二人主张新诗建行的基础是顿数的整齐，而非字数的整齐，其建行的理论基础是"音顿"，或"音步"、"音组"。而林庚主张新诗建行的基础是"半逗律"和"典型诗行"，这构成了林庚建行理论的基础。"音顿"，或"音步"、"音组"理论，何其芳、卞之琳声称是总结传统诗歌的建行方式得出的，其实它的另一来源是西方诗歌。卞之琳认为自己所提的"顿"与闻一多所提的"音尺"、孙大雨所提的"音组"是一个意思，只不过放弃了闻一多"字数整齐"的要求和轻重音相间的尝试，与孙大雨的"音组"制更为接近。而孙大雨的音组制就是在总结西方诗歌的建行理论基础上提出的。所以，"音顿"或"音步"、"音组"理论，综合了中西诗歌的建行理论。在此之外，何、卞、孙的"音顿"或"音组"的提出，还结合了现代口语特点。卞之琳认为现代口语的吐词，一般皆为二字、三字，四个字若最后一字不是虚词，则前后两字自然黏合一起合为一个音组，因此，诗行的一个音组大致应为二字组与三字组。何、卞、孙注意到现代口语虚字增多的特点，因此，不要求每顿字数的一致和每行字数的一致，而要求顿数一致。反等音计数主义是"音顿"或"音组"理论的一个要点和精髓。

林庚的"半逗律"和"典型诗行"，则完全来自他对于传统五、七言诗歌及《楚辞》建行方式的理解与概括。在对节奏成因的理解与解释上，与何、卞等人完全不同。林庚认为中国诗歌形式从来都遵守一条规律，即"半逗律"，每个诗行的半中腰都具有一个近于"逗"的作用。中国传统诗歌的节奏性来源于此。"顿"与"半逗律"不同的背后，是对于节奏单位理解的不同。何、卞、孙认为节奏的基本单位是"顿"(音组)，这种节奏单位既可用于西方诗歌，也可用于中国传统诗歌。而林庚虽然也认为诗歌的节奏感来源于同等或大致相当时段的有规律重复，但他认为中西诗歌的节奏单位是不同的。西洋诗的节奏单位是音步或顿，其结构长短是固定一致的，它的节奏性即来源于此。但中国传统五、七言的节奏单位是诗行，五、七言诗行本身就构成了强有力的节奏，而在诗行的中间或接近中间的“逗”，更加强了这个节奏。与西洋诗不同，中国传统诗歌诗行的每个半行，其结构长短大致相等但并不永远完全一样，五言是“二三”，七言是“三四”，相差一个字，其中诗行的后半段更为重要。因此，林庚说：“关于‘节奏单位’，简单的说就是它将作为‘半逗律’划分的下半行，例如四言诗以‘二’为节奏单位，五七言诗以‘三’为节奏单位；而今天的白话诗则将以‘四’或‘五’为节奏单位。”[①]诗行半腰的“逗”则是一个稳定的“节奏点”，这个节奏点必须处于一定不变的位置（诗行中部或接近于中部），才能加强节奏。后来，在1998年12月所写的《从自由诗到九言诗》中，他把“节奏单位”称为“节奏音组”。[②]在这篇文章中，林庚对“节奏点”作了更为详细的论述：

> 节奏点乃是由“半逗律”与“节奏音组”共同形成的。不同的“节奏音组”决定着不同诗行的性质，也形成不同的节奏点。换句话说，既然“半逗律”要求诗行分为相对平衡的上下两半，这两半之间自然就会出现一个间歇点，这也就是这个诗行的节奏点，它乃是普遍的“半逗律”与特殊的“节奏音组”结成的鲜明标志，也正是典型诗行的典型标志，它的位置是固定不变的，因为它所从属的“节奏音组”乃是固定不变的。七言诗之所以必须是“四·三”而不能是“三·四”，就因为七言诗行之成为典型诗行乃是从属于“三字音组”的，这只要看七言诗中之往往含有“三·三·七”的节奏，就知道这个“三”在节奏上是如何重要了。五言诗之所以只能是“二·三”而不能是“三·二”，也同样因为它乃是从属于“三”字“节奏音组”而成为典型诗行的。因此典型诗行、节奏音组、节奏点，乃是三位一体，存则俱存，亡则俱亡的。而我们如果失去了固定不变的节奏点自然也就失去了典型诗行，也就失去格律诗的普遍性；即使还能有“这一个”，却并非“亿万诗行的化身”。那么也就不能有力地突破散文的局限，成为新诗创作上解放的阵地。[③]

林庚与何、卞、孙等人，在建行问题上，最大的差异就体现在对于节奏

① 林庚：《再谈新诗的建行问题》，《文汇报》1959年12月27日。

② 参见林庚：《从自由诗到九言诗》，林庚：《新诗格律与语言的诗化》，经济日报出版社2000年版，第20页。

③ 林庚：《从自由诗到九言诗》，林庚：《新诗格律与语言的诗化》，经济日报出版社2000年版，第29—30页。

单位及节奏点理解的不同。

一个值得注意的现象是，林庚在1948年发表的《再论新诗的形式》中，还多次提到“音组”这个概念，在结尾作为结论还提出“诗能够掌握语言上的新音组，诗才能有全新的普遍的语言，诗行才能成为一个明朗不尽的形式。”[①]但在1949年之后的文章中，“音组”这个词汇在他的文章中，似乎完全消失了。只是到90年代之后，他的文章中才又出现“音组”的提法。[②]这一点，也可说明他对于“顿”或“音组”的拒绝与排斥。在《再论新诗的形式》中，林庚提出了“逗”与“掌握新音组”，还没有对音步进行批判，但他1948年另一篇文章《新诗能建立一种近于metre式的诗行吗?》，已经开始批评把西方的音尺(metre)引入新诗建行的做法。他认为西方的metre大致是一种以轻重音为基础的节奏，这是复音字的特色，而中国文字并无含有显著轻重音的复音字，复音字的数量又少，且只限于双音字，这些都使得凭借复音字构成的metre式的诗行无从建立。在1957年的《关于新诗形式的问题和建议》一文中，林庚更是把批评的矛头直接对准了“音步”或“顿”理论。他认为讲求音步或顿数，是西洋诗的基本规律，把这个规律移植到中国诗歌中来，用于分析中国的传统诗歌是行不通的。[③]林庚对于音步和音顿的批判，其目的是为了表明自己提出的“半逗律”和“典型诗行”，才反映了传统民族形式五、七言形式的基本规律。而音步或音顿的建行主张不适用于传统诗歌形式，因而，它也不可能适用于新诗建行。

在分析传统的五、七言建行特征时，林庚与何、卞有一点倒非常近似，他们都注意到了五、七言诗行后半段对于诗歌节奏的关键作用。林庚认为五、七言的节奏与诗行中间的一逗很有关系，这一逗把一行诗分为前后两半，但对于这两半，林庚并非同等看待，他认为后半段对于诗歌的节奏影响更大:“在节奏上看来，一个诗行的下半段是更有重要性的。”[④]他的理由有两点:一是押韵皆在行尾，而不在行头，所以韵又称韵脚，就是说重点是在下面;另一理由是五言与七言字数相差很大，与四言只相差一个字，但五言不与四言成为一个时代，反与相差较多的七言成为一个时代。原因是五、七言的下半段都是三(五言是二三，七言是四三)，所以是一个类型。四言

① 林庚:《再论新诗的形式》,《文学杂志》第3卷第3期(1948年8月)。

② 林庚:《从自由诗到九言诗》,林庚:《新诗格律与语言的诗化》,经济日报出版社2000年版，第20—22页。

③ 林庚:《关于新诗形式的问题和建议》,《新建设》1957年第5期。

④ 林庚:《九言诗的“五四体”》,《光明日报》1950年7月12日。

是二二，它的下半段是二所以就另成一个类型。从一个诗行的掌握上说，掌握住四言的是二字节奏单位，掌握住五七言的是三字节奏单位。[①]"这说明行尾的突破和发展，在诗歌形式的演变上，乃是具有决定意义的。"[②]在1998年所写的一篇文章中，林庚总结自己从1935年到1950年十五年摸索、创作的体会，认为自己所得到的关于建立诗行的理论只有两条："一是'节奏音组'的决定性，二是'半逗律'的普遍性。"[③]"节奏音组"即一"逗"之后的后半段。可见，林庚的半逗律主张，其着力点在诗行一逗的后半段。他认为新诗建行的重点也在一行的后半段。他根据语言发展，认为从四言到五、七言，诗行后半段由二字增加到三字，现在由文言发展到白话的口语，因此，诗行后半段应再增加一字成为"四字"。同时他又认为"五字单位"是白话自由诗中最能上口的节奏单位，因此，他认为新诗诗行前半段应为"五"字，他的九言诗的"五四体"就是这样提出的。与林庚相似，何其芳也非常关注一行诗最后一顿的特点，他发现五、七言诗的句法的特点是"固定地上面是两个字为一顿，最后以一个字为一顿"的特点，有时最后一顿若为两字，还必须在上面再加一个字。也就是说，五、七言句法的关键就在最后一顿上。从这点观察出发，他认为现代格律诗要适应现代口语"两个字以上的词最多"的特点，最后一顿应主要为两字，以形成一种说话的调子。[④]卞之琳把新诗节奏分为两种，以两字顿收尾占统治地位或者占优势地位的，调子倾向于说话式；以三字顿收尾占统治地位或者占优势地位的，调子倾向于歌唱式。传统诗歌四、六言与五、七言两大体系，前者接近于说话方式，后者接近于歌唱式调子。卞之琳两种调子的划分，着眼点也是一行诗收尾一顿字数的多少，他由此把传统诗歌分为四、六言与五、七言两大体系，与林庚的看法颇为接近。而且，他把五、七言分为"二三"和"四三"，而不是"二二一"和"二二二一"，与何其芳不同而与林庚则完全一致。然而，卞之琳与林庚相同背后，却表现出很大差异。林庚对于何其芳把五、七言分为"二二一"和"二二二一"根本不认同，[⑤]而对卞之琳把五、七言分为"二三"和"四三"也不买账：

---

① 林庚：《九言诗的"五四体"》，《光明日报》1950年7月12日。

② 林庚：《五七言和它的三字尾》，《文学评论》1959年第2期。

③ 林庚：《从自由诗到九言诗》，林庚：《新诗格律与语言的诗化》，经济日报出版社2000年版，第25页。

④ 参见何其芳：《关于现代格律诗》，1954年《中国青年》第10期。

⑤ 林庚：《五七言和它的三字尾》，《文学评论》1959年第2期。

> 五七言是民族形式，五七言的三字尾是五七言的显著特征，指出五七言这一特征是非常必要的，可是这个三字尾是否就等于民族形式传统呢？我想也不是的。因为民族形式传统应该不只体现在五七言中，也还要体现在四言以至于骚体之中，这个民族形式传统也就是“半逗律’，它贯穿在中国历代诗歌之中，数千年来广泛的为人民所喜爱，它是历代诗歌创作生活中不可分割的一部分，这也就自然要为我们今天的诗歌所继承。这个是三字尾所不能代表的。因为三字尾首先就无法体现在四言诗之中，三字尾只是民族形式中五七言的显著特征，而不是民族形式中的普遍传统。①

林庚与卞之琳虽然都看到了五、七言三字尾的特点，但对这个特点的解释与利用却大相径庭。林庚从语言发展带来诗体发展的历史角度，认为五、七言三字尾是四言二字尾的增加一字，因此，运用现代口语的新诗应该在诗行的后半段再增加一字，使新诗后半段成为“四字尾”；卞之琳和何其芳则从共时角度，分析五、七言“三字尾”与四、六言“二字尾”所带来的句法和阅读语气上的差异，一为接近“歌唱”，一为接近“说话”。从诗歌应接近现代口语的立场出发，何其芳认为现代格律诗在句法上应采用二字尾而非五、七言体的一字尾或三字尾，肯定了说话调子而否定了歌咏调子。卞之琳在 20 世纪 30 年代的创作实践，同样偏向于说话调子，50 年代的诗歌实践则偏向于歌唱式调子。他在理论上对歌唱式调子与说话式调子虽一视同仁，但其个人偏向无疑还是说话式调子，这点与何其芳并无根本分歧。

半逗律外，典型诗行是林庚新诗格律理论的另一支撑点。他认为在建行上，只遵循半逗律还不能成功建行，在半逗律之外还要建立其“典型诗行”，即诗行字数要固定为“几言”。他的理论依据同样来自五、七言诗体过去的辉煌。② 九言诗就是他心目中的典型诗行之一，九言诗的提倡就是他建立新诗典型诗行的一个尝试。也许认识到这种主张实行起来比较困难，他又提出先建立“过渡诗行”或“节奏自由诗”，诗行的字数不做限定，但必须遵守半逗律。可见，半逗律是他建立新诗诗行的第一步，在此基础上固定字数为典型诗行则是第二步的工作。林庚固定字数的定型诗体主张，是

---

① 林庚：《五七言和它的三字尾》，《文学评论》1959 年第 2 期。

② 林庚在《再谈新诗的建行问题》中对“典型诗行”问题又作了详细阐发，见林庚：《再谈新诗的建行问题》，《文汇报》1959 年 12 月 27 日。

何、卞、孙等人所激烈反对的。他们的“音顿”或“音组”要求的只是诗行之间顿数整齐，而非字数整齐。每顿字数可有一字到四字之差异。卞之琳为了节奏感的获得，规定每顿字数大致为二字和三字。在他们看来，林庚的典型诗行正是典型的等音计数主义，应加以抛弃，他们更认同闻一多的“相体裁衣”主张。

林庚与何其芳、卞之琳的格律主张，皆着眼于建行问题。但对于建行的关注与强调程度，则很不相同。三人之中，林庚更关注和强调建行问题，而且，他关注的是孤立的一个诗行，而非行之间的关系。他认为五、七言是“一个诗行”的问题，这个问题过去一直被行与行的关系问题所遮掩。行与行的问题并非不是形式问题，但不是基本问题。基本问题必须先建立典型诗行。建立诗行的基本工作没有做好，所以行与行的组合排列就都架了空。林庚认为一个典型诗行建立起来，就意味着整个新诗形式问题得到了解决。所以，他很少论及诗行与诗行之间的关系。[①] 由此观点出发，林庚整个新诗格律主张，皆围绕建行而且是建立一个孤立的“典型诗行”展开。他所提出的九言诗在每一行上就完全相同：字数多少一样，行之间停逗的位置一样。而何其芳、卞之琳等人的顿数理论，是建立在行之间的顿数一致的基础上，因此，在他们看来，只孤立解决一个诗行的问题是没有意义的。所以，他们强调的是每行诗之间顿数安排与句法的相互呼应，以及顿法上的参差错落。卞之琳晚年更是特别关注行与行之间的关系，在受余光中影响与启发的基础上，提出了“参差均衡律”，强调行之间声音的参差均衡之美。他的“参差均衡律”来自于他对传统诗歌行之间平仄运用的考察，传统诗歌的平仄运用，遵循的正是参差中的均衡原则。卞之琳认为七言虽然在音节或顿上可分为“四三”，但行中间的“大逗”（相当于林庚的“半逗”）并不一定在第四字之后，而是遵循“在第一个双平声音组之后”的原则，有时在“四”之后，有时在“二”之后，这样就造了一种参差均衡之美。他的这种看法，虽没有明言，无疑也是针对林庚“半逗律”的提法的。因而，卞之琳“参差均衡律”的提法，无形之中，矛头也指向了林庚的建行理论。因为按照林庚的典型诗行观，一首诗每行的字数与节奏完全相同，是无法顾及参差均衡的声音之美的。

在形式美学上，何、卞更为重视参差中的均衡，而林庚更强调整齐均

---

① 林庚：《新诗的建行问题》，《文艺报》第1卷第12期（1950年3月15日）；另见林庚：《再谈新诗的建行问题》，《文汇报》1959年12月27日。

匀。林庚提出："'半逗律'的全部内容还含有一个'节奏单位'的问题，这里也表现为诗行整齐的要求。"[①]他强调每行字数一致，是为了求得整齐；一行之中强调逗在中间或接近中间，逗的两半虽然不必字数完全一样，但至多相差一字，不能相差一字以上，是为了求得均匀。如果林庚对形式的要求中有参差的话，那就只有体现在一行之中前后两半的一字之差上面。正是从"均匀"的要求出发，林庚认为六言诗行在中国没有前途，因为它"没法分为均匀的上下两半，无论分为'二''四'或是'四''二'都是极不均匀的。"[②]林庚的这种形式均匀观却无法解释四言诗的问题。因为四言诗行的两半都是两字，应该非常均匀，超过了五、七言，但四言同样与六言一样，没有得到大的发展。卞之琳对于四、六言的解释则与林庚完全不同。卞之琳从参差均衡律出发，认为四、六言诗行在节奏上过于整齐均衡，每个节奏单位都是两字的词，这样虽然整齐，但过于板滞，语气也过于紧凑，失去了从容气度。而五、七言则在四、六的基础上各加一字，一下子带来了结构的松动，正符合参差均衡律的内在要求，故而得到较大发展。卞之琳的形式诗学发展到后期，在要求格律谨严的同时，更为重视均衡中的参差，这点与林庚的新诗形式美学形成鲜明对比。

林庚与卞之琳等人对诗歌中虚字的理解和重视程度不同，也影响到他们对新诗形式问题的看法。林庚认为诗的本质在于语言，诗的语言与散文语言之区别，正在于散文有更多逻辑语，例如在古代散文中最习见的"之"、"乎"、"者"、"也"等虚词，以及"因"、"故"、"以"等词汇，在诗歌中就几乎不大出现。[③] 在《再谈新诗的建行问题》一文中，林庚认为虚字在古代散文中经常出现，可是到了诗里就逐渐减少。《诗经》、《楚辞》还用得较多，到五、七言古诗就少一些，到近体诗中则几乎不见了。这个情形很可以供新诗参考。在此之外，他还提出了虚字使用上另一值得注意的现象，既不管是极偶然的、比较少的还是大量出现，这些字在诗行音数的计算上却是从来与实字一般看待的。因此，他主张新诗中虚字与实字一样，不用再作轻重长短上的细分，这种细琢磨的工夫作为诗人的参考则可，如果作为规律就必陷入繁琐。[④] 可见，林庚为了建立整齐诗行的需要，不建议在新诗形式中再进一步考虑虚字的轻音及虚实字轻重音所占时间的长短问题。而何、卞、

---

① 林庚：《再谈新诗的建行问题》，《文汇报》1959年12月27日。

② 林庚：《新诗的建行问题》，《文艺报》第1卷第12期（1950年3月10日）。

③ 参见林庚：《关于新诗形式的问题和建议》，《新建设》1957年第5期。

④ 参见林庚：《再谈新诗的建行问题》，《文汇报》1959年12月27日。

孙诸人皆注意到现代口语中虚字增多这一特征，认为新诗形式应该考虑虚字轻读在时间上的长短问题。三人中特别是卞之琳，对于虚字在新诗格律中的作用，更是给予特别强调与重视。卞之琳认为白话新诗之所以能摆脱文言平仄律控制，就是因为白话有虚词、语助词之类特轻音节的介入。鉴于此，卞之琳主张，与文言平仄律相应，根据口语里不可少的虚词、语助词之类特轻音节的穿插方式，在诗行里主要以二、三音节组来调节，而不是二字音组连用，这就可以像词牌曲牌一样，不计歌唱起来另加的衬字以至衬句，自行避免单调、呆板或陈滥、油滑，达到诗情诗意自然变化的目的。因此这类虚词、语助词等，不同于衬字，将会成为新格律的有机组成部分。[①]卞之琳非常重视新诗格律中虚词、语助词所起作用，认为虚字的巧妙运用，有助于新诗参差均衡之美的获得，甚至提出："在白话新诗的场合，如果剔除诗行中'的'、'了'之类虚词、语助词等不计入律，则无律可说，而成无政府状态。"[②]林庚只是到后来才认识到语言的尽量口语化，能有效避免新诗文言化危险。他的"五字节奏音组"由于采用"二三"组合，带来了语句文言化的弊端，如："蓝天上静静地风意正徘徊"一句。为了有效避免后半段的文言化，他把此句改为"蓝天上静静地风呀正徘徊"，"意"改为"呀"，而"呀"就是虚字。这说明林庚后来认识到虚字对于抵制文言化、加强口语化的作用。[③]

林庚的形式诗学，有一贯穿始终但却没有明言的核心主张，就是"等音计数"，更为明白地说，就是对于字数的计算与强调。他的"典型诗行"主张就是着眼于字数即"几言"；他的另一主张"半逗律"，看似反对"等音计数"，但其实质同样也是计数的，因为"半逗律"的"半"就是通过计算字数得到的，五言是"二三"，七言是"四三"。在七言"四三"的基础上各加一个字得到"五四"体的九言，也是计数的结果。他提出的很有发展希望的"十言"（五五）和"十一言"（六五）同样也是建立在计数的基础上。他认为这些形式皆符合民族形式的精神，因为它们都是在七言"四三"基础上增加字数得来的，这个理由同样建立在计数上，又将增加字数的观点建立在四言到五、七言诗行后半段变长的趋势上，因而，他提出的典型诗行都是比较长的。

① 卞之琳：《重探参差均衡律》，《卞之琳文集》中卷，安徽教育出版社2002年版，第566页。

② 卞之琳：《奇偶音节组的必要性和参差均衡律的可行性》，《卞之琳文集》中卷，安徽教育出版社2002年版，第574页。

③ 林庚：《从自由诗到九言诗》，林庚：《新诗格律与语言的诗化》，经济日报出版社2000年版，第33—34页。

何其芳、卞之琳则认为一行诗在四顿之内读起来语气上还可以，五顿还勉强，五顿以上就太长。林庚出于建行规则的简单易明考虑，主张一行诗在固定字数外，只需要规定前后两半段的总字数即可，如他认为七言诗的形式就是四三，此外别无规律。至于上半行的“四”是再分为二二还是一三（或三一），下半行的“三”是再分为二一还是一二，则并不考虑。不管怎样分，都无碍其仍为七言诗，因为它仍然是服从于“四三”的基本规律的。[①] 这种分法，是何其芳、卞之琳坚决不能认同的。卞之琳认为“五”可进一步分为“二三”或“三二”，而“四”则可分为“二二”，若不能分，一般情况是“四字段”的最后一字为虚字。不同分法背后，是遵循的理论原则和理论前提的不同。

林庚不主张对于一行诗一逗前后进行细分，这就带来了一些问题。他在 1935 年从大量自由诗句中统计出“五字音组”是读起来最为上口的节奏单位，因此，他以这种音组为“节奏单位”，进行了大量尝试。尝试的结果，他的《北平情歌》和《冬眠曲及其他》却得到了形式趋于“文言化”的批评。林庚当时虽写文章进行辩解，但他后来在九十年代末所写的文章中却不得不承认，自己确实犯了“写白话的格律诗而走向文言化”的错误。[②] 林庚最后明白问题恰恰就出在他洋洋自得的“五字音组”上。这是由于“五字音组”在文言诗中有非常深厚基础，只要你把这五个字按“二·三”的组合来写，就很容易受到五言诗文言诗句的无形“感染”，何况“五字音组”在古典诗词中曾作为诗行的下半行而经常出现。因此，林庚承认：“三字尾乃是‘五字音组’的危险地带。”[③]要避免文言的影响，最直接的办法就是不用三字尾，遇到“五字节奏音组”时尽量只采用“三·二”而不采用“二·三”组合。明白这一简单道理之后.林庚认为自己才真正摆脱文言化的干扰。林庚的一番自我表白，说明他同样认为“五字音组”可分为“三·二”或“二·三”，同样认识到“三字尾”会带来“文言化”，妨碍诗歌语言“口语化”的获得。在这点上，他似乎与卞之琳又达成了一致。

综括以上各点可发现，林庚与何其芳、卞之琳等人的分歧，并不是局部观点之争，而是代表了新格律论者阵营内部，两种理论体系和流派的对立

---

① 林庚：《再谈新诗的建行问题》，《文汇报》1959 年 12 月 27 日。

② 林庚：《从自由诗到九言诗》，林庚：《新诗格律与语言的诗化》，经济日报出版社 2000 年版，第 32 页。

③ 林庚：《从自由诗到九言诗》，林庚：《新诗格律与语言的诗化》，经济日报出版社 2000 年版，第 33 页。

与交锋。“音顿”理论上承闻一多“音尺”、孙大雨、叶公超“音组”，五十年代在何其芳、卞之琳手里得到大力发展，在孙大雨《诗歌的格律》一文中得到详尽阐发，并由胡乔木、卞之琳、许霆、鲁德俊、骆寒超等人在二十世纪八九十年代和新世纪作进一步补充、归纳、总结与规范，成为现代格律诗学中最有代表性、流行最广的理论。而“半逗律”与“典型诗行”理论则由林庚在二十世纪三四十年代形式试验的基础上提出，在五十年代得到系统理论总结，自成一体。两种理论体系虽然都是在民族形式的口号下提出的，都重视现代口语对于新诗形式的制约作用，但对于民族形式问题的探究，对于语言与诗歌形式关系的理解，却很不相同。比较这两种体系，林庚的理论体系对于“民族形式”的理解过于拘泥，且有等音计数之嫌，其九言诗不过是传统“七言”体的放大，在实践中的操作性与有效性到底有多大，值得作进一步观察。而与此相对的“音顿”或“音组”理论，反对等音计数，在形式上则要灵活得多，这是它的优势所在。当然，“音顿”或“音组”理论也并非完美无缺，它同样处在摸索之中，有待通过诗人的实践而得到逐渐提高、发展与完善。

林庚的建行理论虽有一定缺失，但并不说明他的观点没有值得借鉴之处。他的“半逗律”与“典型诗行”主张，是从传统诗歌形式中总结出来的，对于新诗形式建设，确实具有一定参考与启发意义。林庚认为建行的基本规律作为诗行的基本规律必须是既严格又简单的，今天新诗所缺少的正是相当于五、七言那么既严格又简单的诗歌形式，缺少的正是这个建行的基本规律。他的这种观点，对于当前新诗的形式建设，同样具有可资借鉴的珍贵价值。林庚对于字数整齐的理解后来也有一定松动，认为“事实上诗篇的整齐又并不是那么绝对的，如果有了不止一种的典型诗行，那么它就可以变化使用。”[①]在晚年，林庚承认自己“五字节奏音组”试验确实存在过于浓厚的文言化倾向，提出“保持新诗格律语言的新鲜活泼就必须从各方面警惕文言化的复活。这也正是新诗格律成败的关键和标志。”[②]这就与卞之琳、何其芳的观点又达成了部分一致。这些地方，都是林庚建行理论中的亮点。因而，可以肯定，林庚的理论作为与“音顿”或“音组”不同的另一理论体系出现，是对后者的有益补充与竞争。它们的共时并存与争鸣，显

① 林庚：《再谈新诗的建行问题》，《文汇报》1959 年 12 月 27 日。

② 林庚：《从自由诗到九言诗》，林庚：《新诗格律与语言的诗化》，经济日报出版社 2000 年版，第 34 页。

示了现代格律诗学的发展活力与良好态势。新诗形式建设，仍然处于初期探索阶段，任何观点，作为一家之言，在其合理性没有被历史和实践完全否定之前，都有其存在价值，林庚的建行理论，由于其所具有的理论代表性、原创性及诗性特色，就更应该得到认真的对待。

第四节　王力的现代诗律学

王力是著名语言学家。他的《汉语诗律学》一书写于20世纪40年代，出版于五十年代。该书第五章首次从“诗律学”角度，对现代格律诗的用韵、音数、音步及十四行体在现代的发展，作了比较系统的揭示。1959年，王力积极参与《文学评论》组织的新诗格律讨论，发表《中国格律诗的传统和现代格律诗的问题》一文。之后，又发表《诗律余论》(1962年8月6日《光明日报》“东风”副刊)、《中国古典文论中谈到的语言形式美》(《文艺报》1962年第2期)、《略论语言形式美》(1962年10月9日—11日《光明日报》)、《语言与文学》(《暨南大学学报》1981年第1期)等文章，从语言角度对中国诗歌的形式美，进行探索和研究。王力对于传统诗律的研究，与朱光潜相似，是为建设现代格律诗提供历史借鉴和理论支持。在怎样建立现代格律诗上，王力提出两个原则：一是格律应具民族特点和时代特点，重视传统诗歌押韵与平仄四声方面所积累的艺术经验；二是新的格律诗应该具有高度音乐美。王力虽然不是新诗格律的实践者，但他作为著名的语言学家，从语言形式角度，对于现代诗歌格律建设所提出的建议和主张，无疑值得加以认真研究与总结，以作为未来现代格律诗创作的参考。

一、揭示现代诗人形式试验的西方渊源

1944年，王力在写完有关语法的三部著作《中国现代语法》、《中国语法理论》、《中国语法纲要》之后，萌生研究“诗法”即“诗的语法”的想法，于是开始在昆明西南联大给学生开“诗法”课。在讲稿基础上，王力从1945年8月开始撰写《诗法》一书，大致于1947年春完成。该书出版时已是1958年1月，书的名字则改为《汉语诗律学》，由新知识出版社出版。书分五章，分别为“近体诗”、“古体诗”、“词”、“曲”、“白话诗和欧化诗”。该书是我国第一部系统研究汉语诗歌韵律的专著，其中第五章《白话诗和欧化诗》对于白话新诗和汉语十四行诗的形式，从诗行长短、韵脚构成与位置等方面，作了比较深入细致的探讨。这种对于新诗形式的系统研究，在现代诗歌理论史

上，还是第一次。该书出版后，得到学者包括新诗格律论者的高度评价。卞之琳认为该书“未删节本”与朱光潜的《诗论》和叶公超的《论新诗》“正是不应被写新诗者与研究新诗者所忽视的，而正因为受了忽视，中国新诗的发展才受了巨大的损失。”[①]卞之琳特意强调该书的“未删节本”，指的应是它的初版本和上海教育出版社 1979 年的再版本，这说明他非常重视该书第五章有关白话新诗格律的这一部分。《汉语诗律学》1958 年初版本包含第五章《白话诗和欧化诗》。1962 年此书改由上海教育出版社出版，与白话新诗有关的第五章被删去，这就是《汉语诗律学》的删节本。1979 年该书由上海教育出版社再版，第五章又得以恢复。书中第五章后以《现代诗律学》的名字独立出版过。这是《汉语诗律学》的版本情况。了解它的版本变化，我们才能领会卞之琳对“未删节本”强调的深层内涵。

《汉语诗律学》第五章为《白话诗和欧化诗》，王力所谓的“白话诗”指的是“近似西洋的自由诗”，“欧化诗”则指“模仿西洋诗的格律”的诗歌。[②] 可见，王力所谓的“白话诗”与“欧化诗”指的就是新诗的自由诗与格律诗两类诗体。在他看来，这两类诗体都是在西洋诗歌的影响下产生的。第五章的名字是《白话诗和欧化诗》，但对于两种诗体，王力的论述明显偏重于“欧化诗”即格律诗。本章共十节，只有第一节对于自由诗体的特征作了简单论述，其他九节皆围绕格律体的体式特征进行论述。对于这种安排，王力的解释是：“这因为我们对于自由诗没有许多话可说。既然自由，就不讲究格律，所以我们对于自由诗的叙述，只是对于各种格律的否定而已。”[③]王力认为白话诗与普通诗(格律诗)有三点不同：普通诗有韵，自由诗无韵；普通诗每行的音数或音步整齐，自由诗每行的音数或音步是不拘的；普通诗每段的行数是整齐的，自由诗每段的行数是参差的。如果这三点只有一点或两点和普通的格律违反，可认为是相对的自由诗；如果同时具备这三个特征，就是绝对的自由诗。可见，王力认为格律诗要具备三大要件：有韵，每行音数或音步整齐，每段的行数整齐。音数就汉语诗歌来说就是一行的字数。第五章论格律诗部分首先论述的“诗行的长短”就是字数问题，占一节；其次为“音步”，占一节；再次为“韵脚的构成与位置”，占四节；最后为“商籁”即十四行体，占三节。对押韵的论述占四节，分量最重，说明王力很重视

---

① 卞之琳：《赤子心与自我戏剧化：追念叶公超》，《文汇月刊》1989 年第 12 期。

② 参见王力：《汉语诗律学》，上海教育出版社 1979 年新 2 版，第 822 页。

③ 王力：《汉语诗律学》，上海教育出版社 1979 年新 2 版，第 833 页。

“押韵”。

先看王力对新诗诗行长短的论述。汉语诗句长短以字数为标准；西洋诗行长短以音节数为标准。汉语里一字相当于西洋一个音节。法语和其他罗马语系的诗，其音数以整齐为原则。所谓整齐有两种意义：第一，每行的音数相同；第二，每行的音节须成偶数，如十二音、十音、八音等。如果不是每行音数相同，或不用偶音，可以认为变例。王力认为现代中国许多欧化诗都可以用这个标准去看它们，继而详细列举了中国欧化诗采用的诗行：偶音行，奇音行，短行，长短行。偶音行是法语格律体的正体，中国诗人使用的有十二音即亚历山大式，如冯至《十四行集》第十三首；十音，如冯至《十四行集》第十一首和卞之琳《水分》；八音，如卞之琳《寂寞》。奇音行是变体，现代汉语诗人所用的有十三音、十一音、九音，十三音和十一音很罕见，只偶然有一段用之，如卞之琳《慰劳信集》第二首和闻一多《口供》。九音诗更值得注意，冯至很喜欢写九音诗。从七音至二音为短行。七音诗，如卞之琳《长途》。王力认为汉语白话诗里的七音诗，就其所能表示的意义而论，大致等于文言诗里的五言诗，或四言、三言。六音诗，如冯至《十四行集》第七首。王力认为现代汉语诗里六音诗较法国六音诗为多见，大约因为含义较为丰富的缘故。五音诗罕见，只有卞之琳《慰劳信集》第十六首一例。四音以下在现代汉诗中非常罕见。以上所举都是“等度诗行”的例子，即全篇音数完全相同的诗行，但“非等度”诗行也可造成整齐局面，因为一首诗每段行数相同，长短行的排比方式一致，就可造成不整齐之中的整齐。现代汉语诗人也喜欢整齐的长短行，如冯至《十四行集》第八首、卞之琳的《远行》、《夜风》。

在论述偶音行时，王力还指出了西洋诗行中的“诗逗”(caesura)规则：“西洋古代的十二音诗里，每行分为相等的两个‘半行’(hemistiches)，每一个‘半行’是六个音。两个‘半行’之间，有一个短短的停顿，叫做‘诗逗’(caesura)。不是诗逗的地方自然也可以停顿，但应该是诗逗的地方却必须停顿。这个规矩，在古代是很严格的；至于近代，虽仍旧有人这样做，但也有别样的节奏，例如每四字一顿或每三字一顿，等等。”[1]在“诗逗”的地方，有时用逗号；有时不用逗号，但因意义上的关系，到那里也可以略顿一顿。王力以冯至和卞之琳的诗歌作为例证。王力所谓的“诗逗”与林庚对于传统五、七言“半逗律”的发现，有很相似的地方，对于研究林庚的新诗格律理

① 王力：《汉语诗律学》，上海教育出版社 1979 年新 2 版，第 838 页。

论，具有一定参考价值。

王力还论述了诗句和诗行的关系。一般情况下，一行就是一句，或一个句子形式，或一个可以停顿的单位；总之，是可以用句号或逗号或分号的。但诗人有时还使用跨行(一个句子分跨两行或多行)或抛词。汉语旧诗里也有简单的跨行法，有些白话诗的跨行法应认为汉语诗所原有的，但是汉语诗原有的跨行法只限于若干形式；较复杂的跨行法是汉语旧诗中所没有的，如连跨三行以上，句子在次行的中间终结，非但跨行、而且跨段等，这三种情况在卞之琳与冯至的诗歌中较为多见。王力认为“由于跨行法的大量运用，于是欧化诗就和民国初年的白话诗发生了绝大的差异。普通白话诗和欧化诗的异点虽多，但是跨行法乃是欧化诗最显著的特征之一。”①

《音步》一节，王力详细介绍了英诗的音步理论，其目的是为了说明它对于汉语欧化诗产生了什么影响。王力认为英诗的音步建立在轻重音相间的基础上，而汉语和英语毕竟有许多不相同的地方，英语里的复音词总只有一个重音，所以轻重相配，有许多变化；而汉语的复音词，除“枇杷”、“葡萄”等词之外，其他像“国家”、“银行”、“图书馆”之类，总是字字重读的，这样，绝对的“轻声”字太少，变化也就太少。因此，王力主张索性不拘音步的一致，而只求节奏的一致。这样，“只论音步的多少，不论音步的性质，那么，字数不整齐的诗行，若以音步的数目而论，却很整齐。”②只是读到三音律或四音律的时候，声音应该快些，读到单音律的时候，声音特别拉长，就可弥补音步字数不同的缺失：“这样，可以说是拿意义的节奏来做步律的节奏。”③在汉语律诗里，意义的节奏，五言是二三律最多，七言是四三律最多(包括二二三律)。王力注意到卞之琳等“欧化诗人”为着意造成新形式，在节奏上的创新与调整，如五言用三二律，七言用三二二律，二三二律，三三一律等。在总体评价上，王力认为“欧化诗”在音步一方面，似乎还没有达到十分完善的地步，尚有待诗人将来的改进。

《韵脚的构成》两节，王力介绍了四种韵脚构成(常韵、贫韵、富韵、阴阳韵)及新诗人使用情况，指出了新诗人押韵的一些问题，如依照诗人自己的方音押韵(卞之琳《望》、《淘气》等)；旧韵部还没有和新诗人完全脱离关系，譬如“亲”和“身”叶，“兵”和“耕”叶，依现代普通话是贫韵，但若依旧韵部却

① 王力：《汉语诗律学》，上海教育出版社 1979 年新 2 版，第 851 页。
② 王力：《汉语诗律学》，上海教育出版社 1979 年新 2 版，第 866 页。
③ 王力：《汉语诗律学》，上海教育出版社 1979 年新 2 版，第 868 页。

是谐韵，如冯至《十四行集》第十九首、梁宗岱《商籁》第三首、卞之琳《白螺壳》等。《韵脚的位置》两节，王力介绍了随韵、交韵、抱韵、杂体、叠句及新诗人的使用情况。

《商籁》三节，王力介绍了十四行体的正式与变式及梁宗岱、卞之琳、冯至、戴望舒等人对于这种诗体的实践。王力通过对十四行体的考察得出一个结论："商籁可认为西洋的'律诗'。近二十年来，中国一部分的诗人确有趋重格律的倾向，而最方便的道路就是模仿西洋的格律。纯粹模仿也不是个办法；咱们应该吸收西洋诗律的优点，结合汉语的特点，建立咱们自己的新诗律。"①

在20世纪现代格律诗学史上，王力《汉语诗律学》第五章《白话诗和欧化诗》的意义，并非在于对西方诗律的详尽介绍，而在于他对西方诗律与现代诗人形式试验之关系，第一次所作的深入细致分析。其举例集中于冯至与卞之琳两人，深入揭示了两人形式探索的西方渊源。他把现代格律诗称为"欧化诗"，命名虽然欠妥，但他指出纯粹模仿不是办法、应建立中国自己新诗律的主张，无疑是新诗形式建设所应遵循的一条大路。他在新中国成立后提出的现代格律诗主张，即着眼于此。

二、格律不是个人创造而是艺术的积累

1959年，王力参与《文学评论》组织的关于新诗格律问题的讨论，在《文学评论》1959年第3期发表《中国格律诗的传统和现代格律诗的问题》一文。文章回顾中国格律诗的传统，对于未来现代格律诗建设，提出自己的看法。该文后收入《诗刊》编辑部编的《新诗歌的发展问题》一书第4集。

在《中国格律诗的传统》中，王力通过对中国格律诗的回顾，表达两个观点，一个观点是格律诗是中国诗的传统，自由诗的出现晚于格律诗。诗是音乐性的语言，节奏是诗的要素，上古的诗从开始就有了相当整齐的节奏，只要是节奏，就有一种回环的美，即旋律的美。诗的艺术形式，首先表现在这种旋律的美上。韵脚是诗的另一要素，从汉代到"五四"运动以前，中国的诗没有无韵的。正是由于上古自由诗是那样的少，战国时代到"五四"时代又没有自由诗，可见格律诗是中国诗的传统。另一观点是格律不是个人的创造，而是经过长时期在漫长艺术积累基础上形成的。中国格律诗所用的平仄和四声不是诗人们制造出来的，而是人民的语言里本来存在

① 王力：《汉语诗律学》，上海教育出版社1979年新2版，第950页。

着的。这一历史事实证明了一个最重要的原理：诗的格律是历代诗人们艺术经验的总结，诗律不是任何个人的创造，而是艺术的积累。这样的格律才能使社会乐于接受，这样的格律才能使诗具有真正的形式的美，即声调的美。但是，到了现代，传统诗歌的格律包括它的韵类、平仄、四声都和现代语言不相符合，传统形式已经成为枷锁，因此，发生了"五四"文学革命，带来了中国诗空前的巨大变革。原来的格律被彻底推翻，代替它的不是一种新的格律，而是绝对自由的自由诗。这是中国诗的一种进步，是文学史上的一个重要的转折点。现在提倡格律诗，也决不是回到"五四"以前的老路，不是复古，而是追求新的发展。

根据中国传统诗歌格律发展的历史，王力认为新诗的格律不可能由某位作家提倡和创造出来。因为在中国格律诗发展史上，作为统治形式或支配形式的律诗和绝句以及后来词曲中的"律句"，都不是某一位作家创造出来的，而是群众的创造，并且是几百年艺术经验的总结。假使希望由一位作家创造出一种形式，而这种形式又能成为群众公认的格律，恐怕只是一种空想。

王力提出把"技巧"和"格律"区别开来。诗人可以在语言形式上，特别是在声音配合上运用种种技巧，而不必告诉读者他已经用了这种技巧，更不必作为一种格律来提倡。当然技巧也有可能变为格律。在齐梁时代，平仄的和谐只是一种技巧，到盛唐，这种和谐成为固定格式，就变为格律。"所以我觉得现代的作家在提倡格律诗的时候，不必忙于规定某一种格律；最好是先作为一种技巧，把它应用在自己的作品里。只要这种技巧合于声律的要求，自然会成为风气，经过人民群众的批准而变成为新的格律。"①

朱光潜对于王力的观点提出了批评，他认为创造诗的格律的人首先是诗人自己："我们应该把创造新诗格律的历史任务委托给我们的诗人们。在现代，艺术已日渐由自发的变为自觉的活动，诗的格律的创造也是如此。这次新诗讨论中还偶尔有人流露自发自流的主张，这个主张在骨子里是反理性主义和无政府主义。"②可见，在怎样形成格律上，王力与朱光潜等人的观点是不同的，他更强调格律形成的自然性与自发性，而朱光潜则更强调格律形成的人为性与自觉性。

---

① 王力：《中国格律诗的传统和现代格律诗的问题》，《文学评论》1959 年第 3 期。

② 朱光潜：《谈新诗格律》，《文学评论》1959 年第 3 期。

三、现代格律诗建设的两原则：民族特点、时代特点与高度音乐美

怎样建立现代格律诗，王力提出两原则。首先，应该具有民族特点和时代特点："现在我们如果要建立新格律，这就是一个最重要的原则。"[①]重视中国诗的传统也就是重视格律诗的民族特点，这是历史发展问题的一方面，但是却不能墨守成规；语言发展了，现代格律诗也不能不跟着发展，所以要重视格律诗的时代特点，这是历史发展问题的另一方面。现代格律诗应该从中国传统基础上，结合时代特点建立起来。其次，新的格律诗应该具有高度的音乐美，要求韵律和节奏高度和谐："从格律的角度看，诗就是声音的回环。节奏最和谐的散文，也不能和优美的格律诗相比，因为格律诗的节奏和韵律的手段是那么多样化，必然使它从形式上区别于散文。音响的巨大作用构成了格律诗的美学的因素。"[②]这又是一个最重要的原则。这两个原则不是平行，而是互相包含。艺术的客观要求正是要求这个音响之美。

从建立现代格律诗必须注意民族特点的观点出发，王力对新诗模仿西方诗歌的用韵提出批评。他认为"韵脚是格律诗的第一要素，没有韵脚不能算是格律诗。"[③]"五四"以后，有些新诗是押韵的，但它们的押韵方法往往模仿西方，最突出的情况是用"抱韵"，中国诗没有这种押韵传统。因此，这样勉强移植过来的押韵规则不会为人民群众所接受。其他像"随韵"和"交韵"，虽然和我们的民族形式比较接近，也不完全适合。依照中国诗的传统，一般总是双句押韵，单句不押韵，而且往往是一韵到底，如果要换韵也是以四句一换韵为主，而掺杂其他方式。这并不是说新格律只应依照上述押韵方式，而不可有所改变。句句押韵，也是中国诗的传统。如果突破五、七言的旧形式，广泛运用十一字句或十二字句，句句押韵更是适合艺术的要求，因为每句的音节多了，隔句押韵就显得韵太疏了。王力对于新诗押韵方式欧化的批评，明显是针对冯至、卞之琳的，因为他的《汉语诗律学》第五章，所举以上的押韵方式，都是依据他们的作品。针对王力的批评，卞之琳曾写过多篇文章，为自己的押韵方式辩护。

格律诗的第二要素是节奏。王力认为新诗的节奏问题比韵脚问题还要复杂。王力否认"顿数整齐能形成节奏"的观点。"顿"只表示语音的停顿，本身不表示节奏；顿的均匀只表示形式的整齐，也不表示节奏。"节奏，

---

① 王力：《中国格律诗的传统和现代格律诗的问题》，《文学评论》1959年第3期。

② 王力：《中国格律诗的传统和现代格律诗的问题》，《文学评论》1959年第3期。

③ 王力：《中国格律诗的传统和现代格律诗的问题》，《文学评论》1959年第3期。

从格律诗来说，这是可以较量的语言单位在一定时隙中的有规律的重复。这是最抽象的定义。由于各种语言都有语音体系上的特点，所以诗的节奏在不同的语言中各有它的不同的具体内容。”[①]节奏必须由长短音相间、强弱音相间或者高低音相间来构成。从这样的观点出发，王力认为律绝的格律可能是“音节·重音体系”，还有一种可能（他更相信这种可能），那就是“音节·音长体系”。古代平声大约是长音，仄声大约是短音，长短相间构成了中国诗的节奏。这是一种很特别的节奏。现代汉语的声调系统和各调的实际音高虽然和古代不同，但仍然有声调存在。如果说诗的格律应该反映语言的语音体系特点的话，声调（平仄四声）正是汉语语音体系的最大特点，现代格律诗不能不有所反映。这样从语言特点的基础上建立起来的严密的格律应该认为是一种进步。

除了声调作为节奏以外，王力认为还可以用强弱相间作为节奏，类似俄文诗律学里所谓“音节·重音体系”。他建议诗人们把这两种节奏——高低音的节奏和轻重音的节奏都考虑一下，分头作一尝试。如果实践的结果两种都好，自然可以并存。

在民族特点外，王力认为建立现代格律诗还要结合时代特点，其中最主要的就是要结合现代口语的发展。他同意何其芳的现代口语双音词大量增加的观点。根据现代双音词大量产生的特点，将来占优势的诗句可能不再是奇数音节句，而是偶数音节句，即八字句，十字句和十二字句，至少可以说，偶数音节句和奇数音节句可以并驾齐驱。三字尾是五、七言诗句的特点，是奇数音节的自然结果。如果突破奇数音节，同时也就很容易突破三字尾的限制，双字尾和四字尾自然会大量增加；但是，三字尾和一字顿收尾似乎也不必刻意避免。由于现代诗以口语为主，词尾（“了”、“着”、“的”等）的大量应用也成为时代特点。词尾一般是念轻音的；它们进入句子以后，不但容易使诗句的字数增加，而且诗人还要考虑它们对节奏的影响。如果诗句中没有轻音字，每行字数的匀称可以增加整齐的美。豆腐干式并不都是可笑的；七言律诗如果分行写，也是豆腐干。但是，若句子中出现轻音字，则轻音字不但念得轻，而且念得短，不能和重读的字等量齐观，这样的豆腐干式诗表面虽匀称，实际上是最不匀称的。总之，王力认为现代格律诗和现代语法的关系非常密切，研究现代格律诗的时候，应该注意到现代语法的一些特点。词尾、双音词的第二成分（如果是轻音）以及语气

① 王力：《中国格律诗的传统和现代格律诗的问题》，《文学评论》1959年第3期。

词等，都应该给予特殊待遇。

四、何其芳、卞之琳、林庚之外的另一种声音

王力的现代格律诗主张，代表何其芳、卞之琳、林庚之外的另一派观点，另一种声音。在新诗格律建设上，林庚的“半逗律”与“典型诗行”代表一种观点，何其芳、卞之琳、孙大雨等人的“音顿”或“音组”代表另一种观点，而王力的现代格律诗主张则代表又一种观点。王力提出现代格律诗的两条原则，一为民族性和时代性，一为高度音乐美。这两条原则与上述诸人并无大的分歧。他们皆主张新诗格律要在既借鉴传统诗歌形式又结合现代口语的特点上发展，都认为诗歌在语言上与散文不同，诗歌对语言的音乐性提出更高要求。在这些方面，他们并无冲突。王力与以上诸人的冲突，最集中体现在对于押韵和节奏的理解不同。

在押韵上，王力的观点与卞之琳等人，有两点不同。首先，王力更重视押韵。林庚、何其芳、卞之琳等人把建行看做新诗形式的中心问题，其主张皆围绕建行问题而展开，对于押韵问题则不太重视。林庚与卞之琳皆认为押韵不是格律的主要问题。何其芳虽重视“有规律的押韵”，但他更关心节奏问题。王力则认为韵脚是格律诗的第一要素，没有韵脚不能算是格律诗。王力对于“格律诗”的界定，就是依据是否押韵。他所说的“格律诗”是广义的，只要依照一定规则写出来的诗，不管什么诗体，只要押韵，都是格律诗。也就是说，韵脚是格律诗最基本的东西，有了韵脚，就构成了格律诗；仅有韵脚而没有其他规则的诗，可以认为是最简单的格律诗。[①] 他的《现代诗律学》共有十节，对韵的论述就占了四节，可见他对押韵问题的重视。其次，王力更为强调押韵的民族特点。他批评卞之琳等人押韵过于欧化，违背民族传统；他更提倡传统诗歌的押韵方式。这是他与卞之琳等人在押韵问题上的另一分歧。

在节奏问题上，王力与何其芳、卞之琳、孙大雨等人的差异更大。他认为“顿”只表示语音的停顿，它本身不表示节奏；顿的均匀只表示形式的整齐，也不表示节奏。他对“顿”的否定，明显指向卞之琳与何其芳，因为他们所持的正是“顿形成节奏”的观点。节奏必须由长短音相间、强弱音相间或高低音相间来构成。从这样的看法出发，王力认为诗的格律应该反映语言语音体系的特点，而声调（平仄四声）正是汉语语音体系的最大特点，现代

---

① 参见王力：《中国格律诗的传统和现代格律诗的问题》，《文学评论》1959 年第 3 期。

格律诗不能不有所反映。可见，他完全肯定平仄在新诗格律建设中的作用，而且认为新诗在节奏建设上，可同时尝试“音节·重音体系”与“音节·音长体系”，让它们并存发展，公开竞争。而林庚与何其芳、卞之琳则都认为欧洲诗歌的重音体系与音长体系皆不适用于汉语诗歌的形式，传统诗歌的平仄在新诗形式中，已经不再起到关键作用，平仄与双声叠韵一样，已经成为诗艺的范畴，与格律关系不大。孙大雨在《诗歌的格律》中，干脆就否认节奏的形成与长短音相间、强弱音相间或者高低音相间有任何关系，在声音的四种性质中，他认为只有音长与节奏的时间性质有关，其他皆无关。因而，他更不会认同王力的观点。

王力对于押韵与平仄的重视与强调，与他建立新诗格律的第二条原则即“高度音乐美”的追求是结合在一起的。王力非常珍视与留恋传统汉诗的语言形式之美，他总结出的“整齐的美”、“抑扬的美”、“回环的美”，其实就是声音的美，音乐性的美。在律诗和词曲中，“对仗就是整齐的美，平仄就是抑扬的美，韵脚就是回环的美”。[①] 他认为这三种美应该在新诗中保留下来。他举贺敬之的《桂林山水歌》开头的四行诗为例，认为这四行诗同时具备他所说的三美，其中抑扬美即平仄节奏的成功运用。除了衬字（“的”）不算，“神姿仙态桂林山”和“如情似梦漓江水”是两个标准的七言律句：“我们并不说每一首新诗都要这样做；但是，当一位诗人在不妨碍意境的情况下能够锦上添花地照顾到语言形式美，总是值得颂扬的。”[②]可见，王力对于平仄与韵的要求，更多是从“语言形式美”的角度出发的。这说明连王力自己也认识到新诗对于平仄的讲求，已经属于“锦上添花”的诗艺范畴。后来，1969 年王力在参与《文学评论》组织的格律讨论时，已经部分修正自己的观点，提出：“考虑到现在平仄在各种方言里有很大的不同，平仄可作为技巧予以提倡，而不必作为格律。”[③]对于平仄，周煦良一开始的意见与王力相似，但是，到后来也改变看法，主张“新诗切不能卷进律诗的平仄律里去，那一来就会演变为散曲或自由词。”[④]王力与周煦良对于平仄看法的转变，表明越来越多的人对于平仄在现代格律诗中所可能具有的功能和扮演的

---

① 王力：《略论语言形式美》，《光明日报》1962 年 10 月 9—11 日。

② 王力：《略论语言形式美》，《光明日报》1962 年 10 月 9—11 日。

③ 《文学评论》记者：《诗歌格律问题的讨论》，见《诗刊》编辑部编：《新诗歌的发展问题》第 4 集，作家出版社 1961 年版，第 182 页。

④ 周煦良：《〈西罗普郡少年〉译者序》，《周煦良文集》第 3 卷，上海译文出版社 2007 年版，第 22 页。

角色，持一种消极、怀疑的态度。

第五节　《文学评论》组织的新诗格律大讨论

《文学评论》1959年第2期集中刊发了何其芳、林庚、卞之琳的探讨新诗格律的文章，把诗歌问题的讨论由民歌问题引导到对于诗歌格律问题的探讨上来。随后，《文学评论》1959年第3期又一次集中刊发王力、朱光潜、周煦良、唐弢、金克木、季羡林、金戈、陈业劭等人写的一组文章，对新诗格律问题进行更大范围的论争。徐迟在《诗刊》1959年第6期也发表了《谈格律诗》，参与到新诗格律的讨论。为了使格律问题的探讨能够进一步深入下去，《文学评论》与《人民日报》文艺部、《文艺报》、《诗刊》联合邀请北京的诗人、学者、诗歌爱好者，连续举行三次座谈会。在整个十七年新诗形式论争中，1959年《文学评论》第2、3期以及何其芳所主持的三次讨论会对于新诗格律的讨论，在理论深度与学术含量上，都超过了以往。因此，通过对《文学评论》组织的这次格律讨论，进行细致梳理与研究，便可窥察十七年格律理论发展的大致轮廓与走向。

一、讨论的共同出发点：新诗要有格律

参加格律讨论的学者皆认为新诗要有格律，这成为讨论的共同出发点，也是对话交流的重要前提。他们都认为诗的形式应该与散文有所不同，尖锐批评了自由诗论者的一些看法。

朱光潜认为诗不同于散文，诗将语言的自然节奏加以若干形式化，一般有大致固定的音节规律。诗的规律有两个重要特点：第一是形式化节奏和语言自然节奏的矛盾统一；其次是大致固定的形式与当前具体内容的矛盾统一。诗有一种通套的因而有几分独立性的形式。就这种通套的形式来说，很难机械套用“内容决定形式”的普遍规律。但是，形式虽是通套的，每个诗人用这个通套的形式来表达某一具体内容时却要创造出他所特有的足以表现那个具体内容的风格。这种不同的意味和节奏即风格，可称为“内在的形式”。就这种内在形式来说，“内容决定形式”的普遍规律则是完全适用的。诗人驾驭规律的工夫也就在结合通套形式与个别具体内容，造成妥帖的内在形式，因而达到通套形式与具体内容的统一。①

① 朱光潜：《谈新诗格律》，《文学评论》1959年第3期。

季羡林对内容决定形式的观点也发表了不同看法。内容和形式相统一，内容起决定性作用，这是马列主义的哲学原理。但是，谈到文学作品，却不能过于机械地理解这句话。在决定一件文学作品是否是诗的问题上，内容起作用，是没有问题的；但形式也同样起作用。换句话说就是，诗一定要有诗的形式。这形式可以是脚韵、句中韵、头韵，也可以是诗句内轻音和重音、长音和短音组成的韵律，音节的数目也起作用。各国语言情况不同，诗歌发展规律不同，不能勉强要求一致。但是必须有这样一些东西，却几乎是一致的。[①]

周煦良认为自由诗的问题主要不是可不可以写，而是应不应当成为新诗歌主流的问题。自由诗不是新诗歌的主流，理由是：不但自由诗不是中国诗歌的主要形式，在别的国家也不是主要形式。除掉一些清新的小诗外，那些用自由诗写的长诗并不能使人感到它的音律具有一种明显的必然性。“追求诗歌的新格律是一种值得做的事，省得我们以后每写一首诗，都要在格律问题上大伤特伤其脑筋。”[②]对用口语写诗的人来说，旧诗格律成为镣铐，对用文言写诗词的人，格律就不是镣铐而是必须掌握的技巧；同时用口语写诗也必须掌握一种适合于口语的格律，这种格律对于写新诗的人也不是镣铐，而是必须掌握的。问题只在于哪一种格律对哪一种诗最适合而已。对于写诗的人来说，具备一种“格律感”是和画家具备一种色彩感或形象感是同等重要的事情。

金克木认为诗一向有格律，一向是和音乐歌唱有关系的，诗总是要上口的：“诗是为了听而不是为了看。”[③]而格律就是为上口流传服务。

金戈认为“所谓格律问题，就是加强诗的音乐性的问题。”[④]他举出诗歌必然走向格律化的三条理由：首先是由诗歌必须具有音乐性这个特征决定的；其次是诗歌的民族形式和人民的传统习惯问题；最后，“五四”以来诗坛的状况也表明中国诗歌非走向格律化不可。

总之，参与格律讨论的学者，在新诗要有格律这点上达成共识，成为讨论的前提与交流的基础。当然，他们对格律诗的提倡，并不意味着他们拒绝和排斥自由诗。

---

① 季羡林：《对于新诗的一些看法》，《文学评论》1959 年第 3 期。

② 周煦良：《论民歌、自由诗和格律诗》，《文学评论》1959 年第 3 期。

③ 金克木：《诗歌琐谈》，《文学评论》1959 年第 3 期。

④ 金戈：《试谈现代格律诗问题》，《文学评论》1959 年第 3 期。

二、怎样看待新诗传统

在共同主张格律诗的前提下，对于怎样建设新诗格律，在一些具体看法上产生了分歧，其中一问题就是怎样看待“五四”开启的新诗传统。普遍的观点认为新诗过于欧化，背离民族形式。朱光潜的看法很有代表性，他认为“五四”时代新诗的缺点之一就在于没有足够重视民族传统：“‘五四’运动后大约有二十年的时期，新诗中盛行了一阵子洋八股”。[①] 对新诗指责最多的是它背离民族传统，过于自由，音乐性不强。这方面季羡林的看法可做代表。他认为“五四”以来的新诗突破了旧形式，增加了新内容，表现了新时代的新精神，在中国诗的发展史上，标志着一个新阶段，成绩绝对应该肯定。但是，新诗的成绩也不能夸大。新诗在一定程度上是脱离群众的，不但脱离了工农大众，而且也脱离了一部分知识分子；新诗的最大缺点就是音乐性不强，读过就忘记，不能背诵。读旧诗词，留下印象深，不费什么力就可以背诵。虽然有不少诗人努力创造过新形式，但这些新形式多半都有点洋里洋气，模仿西方诗多，而注意模仿中国旧诗少，在采用民族形式方面，做得很不够。

周煦良则和何其芳一样，不同意朱光潜的现代格律诗主要是受外国诗尤其是英国诗影响的观点，认为不能否认“五四”以来的新诗主要走的是民族化、群众化方向，而且反映了时代面貌。“五四”以来的新诗歌最明显的特点就是完全摆脱旧诗以及词曲的传统格律，把中国传统写诗的那些法则一条也不保留，连押韵也不认为是非有不可的，更谈不上字数整齐的五、七言。当然，摆脱旧的传统，到一个相当时期或者阶段，又要和旧的传统衔接起来，或者说把旧传统里好的东西吸收到新诗里面来，这是迟早要做的。所以新诗发展到后来，开始有人讨论和试验新格律诗，是很自然的事。但这和恢复五、七言体完全是两件事。讨论和试验新格律并不是走回头路。但是，他也承认：“新民歌的歌唱性特别显出了我们常看见的那种诗与歌脱节的现象是不健康的。我觉得我们旧知识分子的诗就是缺乏‘歌’的精神；……这就不单是具备格律问题，也不单是语言问题，而是丰富的生活内容所自然而然反映出来的。”[②]周煦良把现代诗歌的与歌脱节，归因于知识分子缺少“歌”的精神，且进一步从生活层面来挖掘其深层原因，这种尝试颇富启发意义，值得引起研究者重视。

---

① 朱光潜：《谈新诗格律》，《文学评论》1959 年第 3 期。

② 周煦良：《论民歌、自由诗和格律诗》，《文学评论》1959 年第 3 期。

三、建立新诗格律的基础问题

这个问题与怎样评价新诗传统的问题有紧密相关性，这是因为，对新诗的评价可作为未来新诗格律在什么基础上建立的重要参考。当时主流观点认为新诗是“洋八股”，不是民族形式，因此，新诗的传统不可能作为建立民族形式的新诗格律的基础和参考。新诗不能作为基础，西方诗歌更不能作为基础，那么，能作为基础的只有古典诗歌传统和民间文学传统，民间文学传统主要的就是民歌。这就又涉及怎样评价古典诗歌传统与民歌体式的问题，怎样理解传统民族形式的问题。有的人对于民族形式的理解比较宽泛，认为传统的五、七言与民歌都是民族形式，有的人则更倾向于民歌。肯定古典诗歌传统的，其侧重点也不一致，有的更倾向于向五、七言学习，有的则认为词曲也不应被轻视。

朱光潜认为新诗格律主要需从民族诗歌传统的基础上建立，而所建立的应是崭新的更适于现代生活和现代语言的形式。针对“新诗的格律是否只能应该运用民歌的格律”及“民歌有无局限性”的问题，朱光潜认为问题的症结在于怎样理解“民歌”。他提出不应该把“民歌”和“文人诗歌”绝对对立起来，新诗格律建立在既包括民歌又包括文人诗歌的全部民族诗歌传统的基础上。建立新诗格律的基础必须包括这两个本来密切相关的部分，在这两个基础上发展。因为民歌有局限性，整个民族诗歌传统都有局限性。诗歌形式不会永远停留在五、七言上面。一方面要根据传统，但是还要建立新形式。生活起了巨大变化，旧瓶不易盛新酒，这是诗的格律需要改革的基本理由。此外，语言的变迁也迫使诗的格律不能不有所改变。白话和文言也有一些显著差别，所以新诗不能完全在文言基础上建立起来。

周煦良指出“五四”后新诗由彻底破坏传统诗词的格律到讨论和试验新格律诗，是很自然的事，但重建格律和恢复五、七言体完全是两件事；讨论和试验新格律并不是走回头路。新诗未来的发展不是新民歌一条路。与民歌相比，周煦良更倾向于主张从古典诗歌的格律中吸取营养来建立新诗格律，在这点上他与何其芳、朱光潜、金克木等人比较接近。

与何其芳认为民歌体有局限的看法不同，唐弢更强调民歌体自身的发展活力与潜力，他认为目前对“民歌体”的理解太狭隘。许多人谈到“民歌体”，指的几乎就是五、七言体，甚至只是五、七言四句体，在“民歌体”和五、七言体之间画上等号。用五、七言写诗可以，但如果认为“民歌体”就是五、七言，向民歌形式学习就是学习它的五、七言，却是不对的。五、七言有它的局限性，这种局限性应该根据内容的需要突破它，不能认定“民歌体”就是五、七言，把自己划在这个圈子里，不敢有所逾越。就民歌形式本身的发展历史来看，五、七言早已为许多民歌作者所突破了。民歌到了明清两代，逐渐衍变为俗曲，走的基本上是词曲的路，在字数的限制上，比词曲更自由，更多变化；即使是不带乐调的纯粹的民歌，也完全打破了五、七言的规律，不断地用衬字、用不同的句法，在探求着新的形式，有许多新的创造。唐弢认同“民歌体”基本采用了五、七言的句法，但又认为何其芳有点过分执著于“民歌体”以三个字收尾的这种看法：“如果我们要从民歌形式中有所吸收，作为建立现代格律诗的参考，我觉得还需要考察一下这个‘基本上’以外的东西，看一看这以后民歌形式发展的趋势。”①民歌句法不断在变化、在演进，不仅明清两代是这样，到了稍后，这种现象就更为显著。新民歌当然可能受有新诗影响，但民歌句法的逐渐接近口语，两个字结尾的句子逐渐增多，却是“五四”以前就已经如此的。何其芳认为两个字结尾和三个字结尾的句子杂糅在一起，显得不和谐，而诗歌是特别要求和谐的。其实民歌里一向就有这样的调子，读起来同样很和谐。格律诗写起来既要约束自己、合于规矩，同时又要使人读起来感觉混成自然，不露斧凿痕迹，仿佛还是自由诗。何其芳强调顿数整齐，而唐弢则强调音节有规律前提下的参差错落、浑然天成之美，这一点倒与卞之琳更为接近。唐弢的结论是：“民歌作者不仅要突破五七言体的字数，也要突破五七言体的句法。在民歌丰富的传统形式上进一步发挥和创造，依我看来，将大大地有助于民歌本身的发展和现代格律诗的出现。”②

金克木、季羡林、金戈等人则认为民歌是建立未来新格律体的主要基础。金克木认为，要解决诗的形式问题，首先要仔细研究大跃进以来的民歌，离开这个现实根据就不好前进。新诗、旧诗、外国诗也要研究，但要从民歌研究出发。因为民歌是广大群众所创造并接受的活的作品：“现在是民歌为未来的诗开辟道路。”③季羡林认为民歌体虽不是最好形式，这个形式尚需发展，而且一定会发展，但发展必须有一个基础，民歌体就是很好的基础。其他形式只可能在发展中起一些作用，没有资格来做发展的基础。金戈也认为新民歌是吸收古典诗词曲的优秀格律传统而产生的新格律诗，

---

① 唐弢：《从“民歌体”到格律诗》，《文学评论》1959 年第 3 期。

② 唐弢：《从“民歌体”到格律诗》，《文学评论》1959 年第 3 期。

③ 金克木：《诗歌琐谈》，《文学评论》1959 年第 3 期。

虽然格律还不完美，只能是雏形，但新民歌的确已经为将来完美的“新格律”绘好了蓝图；在建立新格律诗时，它必定是最重要的基础。

徐迟的观点与何其芳更为接近。他认为五、七言民歌体的生命力依然旺盛，三字尾仍然有优越性，它的形式和格律，被人民所普遍接受，可作为诗歌表现生活的一种基本形式和格律，但未来趋势却很可能是用现代口语写成的有严密格律的新诗。

四、怎样看待词曲

何其芳认为在建立现代格律诗时，传统词曲的借鉴价值不如诗。这个观点也引起了争论。金戈指出何其芳“现代格律诗”理论对词曲格律的意义认识不足，忽略词曲这种形式是否有可取之处，忽略“韵的疏密”等因素也能形成诗歌的音乐性。因此，在他建立“现代格律诗”时，客观上就抛弃了词曲的格律传统，把“现代格律诗”的范围缩小了，这对建立新格律是不利的。词曲也是格律诗的一种，只不过它突破了“近体诗”顿数整齐的格律，而是长短行的格律诗罢了。词曲的格律主要表现在这几方面：一是全篇固定字数；二是有规律的押韵；三是固定字词的平仄、声调等。词曲的音乐性比其他的诗歌更为强烈。构成它音韵谐美的因素主要还是有规律的用韵；然而使它们达到节奏鲜明的办法就不同于“近体诗”了，它通过句的长短，即韵的疏密和字词的平仄、声调来形成节奏。由于韵的一疏一密，音调的一高一低，就形成了起伏、鲜明的节奏。

针对何其芳对于词曲的观点，陈业劭认为：“词和曲对于我们建立新格律形式的参考价值不是不如五、七言诗，而是更大。脱离了词和曲的传统来建立新格律诗，无疑会在一定程度上脱离我国诗歌格律的传统。”[①]从词和曲的长短句方面可得到启发：它们每句的字数参差不齐，顿数也很不一致，许多词曲中也没有某种格律形式的重复，而且曲中有许多过去诗歌中很少见的七个字以上的句子，好像没有什么规律似的，然而它们的节奏却依然很鲜明动听，这到底是什么缘故呢？起决定性作用的因素是“有规律的音节”。他在词曲、民歌及传统诗歌基础上总结出它们在格律方面共同的基本规律，就是：“一定要押韵，每一个诗句的音节组合形式都应该是一定的音节组合形式之一。”[②]

针对金戈和陈业劭的观点，卞之琳发表不同意见。他认为，讲诗的音

---

① 陈业劭：《论“自由格律诗”》，《文学评论》1959 年第 3 期。

② 陈业劭：《论“自由格律诗”》，《文学评论》1959 年第 3 期。

乐性就只能讲诗中语言内在的音乐性，考虑诗的格律就只能根据诗中语言的客观规律。词曲是一种特殊形式，因为它本来是按谱按曲牌填配的，论格律不同于普通诗（古今中外一般诗）的格律，比“近体诗”还要复杂或严格。表面上看，词曲像自由诗；单独当诗来看，词曲产生的效果一般说来实际上也是自由诗的效果。因此，不能根据词曲来考虑一般诗的基本格律。[①]何其芳认为有的词是格律诗，如《浪淘沙》等，但有的就很难说是格律诗，如《摸鱼儿》等。林庚认为词曲主要是按谱填词，它是音乐节奏，而不是语言的自然节奏，与卞之琳意见一致。

五、建立什么样的“现代格律诗”

何其芳提出建设“现代格律诗”的主张后，围绕建立什么样的“现代格律诗”，产生了不同意见和看法。

周煦良认为新诗歌的格律应当建立在“长短顿”或者“长短音组”的基础上，而且两种格律很可能会同时发展，一种音组字数相对分出长短的格律，一种音组字数相当自由，但是顿数长短却很分明的格律：“我有个预感，好像我们的新民歌逐渐就会发展为后一种那样的长短顿的格律。”[②]

唐弢认为如果一定要提出一种现代格律诗，并且希望它成为诗歌的主要形式之一，何其芳的主张还不失为比较切实可行的一种。他所赞成的格律是：“既有规矩，又极其开广，容许诗人们回旋驰骋，能够适应我们民族豪迈气概与风流襟怀的形式。”[③]而何其芳所提出的现代格律诗正是一种既有规矩而又极其开广的格律诗，写起来，可以有很多变化，让诗人们根据内容需要作充分发挥。但是，他又提出自己的不同意见。何其芳倾向于制定出一种格律，通过共同讨论让诗人们去实践；而唐弢更强调放手写作，大胆创造，通过实践再来总结经验，找出规律，使现代格律诗有更丰厚坚实的基础。在现代格律诗的体式上，唐弢更重视“新的格律诗变化更多样，式样更丰富，在顿的安排上，可以有通篇每句顿数完全一律的一种，也可以有通篇每句顿数有规律地起着变化的另外一种——衍化开来应该说是千变万化的许多种。从通篇每句顿数一律的格律诗来看后一种，好像它是‘半自由

---

① 《文学评论》记者：《诗歌格律问题的讨论》，《新诗歌的发展问题》第四集，作家出版社 1961 年版，第 176—177 页。

② 周煦良：《论民歌、自由诗和格律诗》，《文学评论》1959 年第 3 期。

③ 唐弢：《谈格律》，《文汇报》副刊《笔会》，1959 年 1 月 12 日，见《唐弢文集》第 8 卷，社会科学文献出版社 1995 年版，第 177 页。

体’，但从它本身来说，却仍然是一种严格的格律诗。”[1]这种格律诗和传统词曲近似，但词牌每一个都有固定格式，彼此之间完全不同，必须按谱填写，看似自由，其实束缚很多，不值得学习。他所谓的现代格律诗，诗人可以自己创造，不需固定牌式，一段里每句顿数不一致，但段与段之间却彼此一致，以表示其规律性。至于每句有几个顿，从第几句起开始变化，每段几句，有几个变化，分段多了，段与段之间是否还可以变化，这些都应该由诗人按照内容的需要自己去安排，唯一的要求就是有规律。唐弢认为之所以提出这种主张，是因为“只有通过多方面的尝试，我们才有可能找出一种或者几种适合于现代口语、适合于我们时代感情的格律诗的形式，我们的诗歌的形式应该是民族的、大众的、同时又具有现代水平的形式。”[2]

金克木指出：“平仄（音），单复（词），奇偶（节奏单位），虚实（句中节奏），相错成文；这也许可以说是历来汉语诗歌格律的基本的东西。”[3]依此标准衡量，他把新诗的格律分为三类：第一是不脱离过去格律基础的，基调往往是“奇”型；第二是部分脱离旧格律基础的，衬字加多，诗句较长，基调往往是“偶”型；第三是完全脱离旧格律或只偶尔含有其中若干因素的自由体。较为流行的似乎是第二种。第三种的数量虽多，流行的却不多。第一种数量也较少。以这样的形式划分看新民歌，其中占压倒多数的却是第一类。这是否表明新诗的试验失败，第二、三类形式不能为广大群众所接受呢？他认为不是，关键问题在于新诗作者忽略了下面几点：首先，诗不能不讲究声音和谐；不论诗配不配音乐，诗人都要严格考虑诗句的节奏和诗节的基调；不论吟不吟，诗都要在上口时有一种与其基调相适应的读法，以表现诗的韵律，而不能完全跟讲话一样。其次，诗的传统格律的外表尽管千变万化，其中最基本的东西却是既有语言特点的根据，又有强烈的继承性。脱离传统的依据，就会成为想别开生面而打不开局面。语言没有突变，看来诗的格律更不会有带根本性的突变。第三，旧格律的形态曾有很多变化，其中依据语音的特点的规定却并不改变，而只是越来越明显，越来越为诗人有意识地运用。这就是单音的平仄，由相连的音组成的单位的奇偶，以及词形上的音的单复，还有标志句中一种节奏的轻重。把这些综合在一起就有了由矛盾因素互相结合的方式不同而产生的两种基调。如果利用

① 唐弢：《从“民歌体”到格律诗》，《文学评论》1959 年第 3 期。

② 唐弢：《从“民歌体”到格律诗》，《文学评论》1959 年第 3 期。

③ 金克木：《诗歌琐谈》，《文学评论》1959 年第 3 期。

旧术语，可以称之为“阳刚”和“阴柔”，也可以叫做“奇”型和“偶”型。这是几千年来逐渐为诗人所认识和掌握的规律，置之不顾就不能真正自由。可见，金克木更强调未来新诗格律的建设要借鉴传统诗歌“平仄（音）、单复（词）、奇偶（节奏单位）、虚实（句中节奏）相错成文”这一民族特点。

金戈认为可以建立两大类新格律诗：一类是较严格的新格律诗；另一类是较自由的新格律诗。较严格的新格律诗，是继承“近体诗”和古诗的优良传统，在现存的主要格律雏形基础上，加工、提高、发展而来的。它的最基本特点就是靠“有规律的押韵”和“顿数的整齐”来构成诗歌的音乐性。它的格律：第一是押韵有规律；第二是每行的顿数基本上整齐，但每行的字数不一定整齐；第三是每节的行数最好一致。在这一点上他的主张与何其芳“现代格律诗”相似，只是去掉了“两个字的词收尾”的限制。较自由的新格律诗，是继承词曲的优良传统，通过对快板诗、民间韵文和自由诗的改造建立的。它们的最基本特征就是靠“押韵”和“韵的疏密”来构成诗歌的音乐性。它的格律主要是用韵，要求在一疏一密的韵中不仅表现出诗的音韵谐美，而且表现出鲜明节奏。这一类新格律诗，不仅不要求每行字数整齐，而且也不要求顿数整齐。它不同于过去所谓“自由诗”。因为它必须押韵，而且必须在“用韵”中表现出强烈音乐性。在一定程度上可以说这类诗是今天的“杂言诗”。他认为柯仲平的《边区自卫军》、《平汉路工人破坏大队》、阮章竞《漳河水》、郭小川《春暖花开》、《雪兆丰年》、《月下》走的都是这条路，新民歌和三位诗人的创作实践表明，这是一条通路。不承认它是格律诗是错误的，其错误就在于把格律诗狭隘化了。①

陈业劭不同意何其芳“现代格律诗”主张，认为这个主张一定程度上脱离了中国诗歌在格律方面的传统，尤其没有抓住中国诗歌格律中节奏的最本质因素，不适宜在群众中推行，而且它的样式也不够多样化。他提出“自由格律诗”的主张。所谓的“自由”，就是掌握必然后的自由，掌握民歌和古典诗歌在格律方面共同的基本规律的自由，即“一定要押韵，每一个诗句的音节组合形式都应该是一定的音节组合形式之一”。它摆脱了中国旧诗词格律的过于严紧的束缚，但又不像自由诗那样很大程度上脱离了民族形式的传统，还是一种格律诗。这种“自由格律诗”并不是未来的产物，而在新民歌及部分知识分子的诗歌中已经产生了。② 陈业劭提出的“自由格律诗”

---

① 参见金戈：《试谈现代格律诗问题》，《文学评论》1959 年第 3 期。

② 陈业劭：《论“自由格律诗”》，《文学评论》1959 年第 3 期。

主张，引起很多人反对。罗念生就认为自由诗和格律诗是两个对称的概念，“自由格律诗”的名称容易引起人误会。

六、对节奏成因的不同看法

以上诸人对于格律的不同主张，源于他们对节奏成因的认识不同，这方面的分歧也最大。综括起来有以下几种关于节奏成因的看法：平仄（长短音或高低音）或强弱音；长短顿及长短音组；顿的整齐及有规律的变化；韵的疏密；使诗行符合一定的“基本音节组合形式”；读法上，给予轻短音一定的安排。什么是节奏？罗念生认为节奏是指一个声音单位（顿或音步）在同等时间内的重复出现。王力认为节奏是一种声音的回环，两种不同的声音（如轻重音）交替，就构成节奏。陈业劭认为某种声音形态的重复出现就构成节奏，不一定限于两种声音，一种声音的重复也有节奏。王力着重指出节奏不等于停顿。罗念生也认为停顿可以形成节奏的说法是没有道理的。金克木认为应该将音步与停顿分别开来，英文中的 caesura 是一行中的停顿，是比较大的节奏，它可以不固定在诗行中，也不一定在中间，总之，它把诗行破成两半。音步是指诗行中的单位，可以两个音算一个单位，也可以三个音算一个单位。

对于节奏成因的不同看法，决定了在以下几个问题上的分歧与争论，首先是关于平仄。

（一）平仄

王力关于平仄能形成节奏的观点，上面已经谈及，这里不再细说。他之外，周煦良也比较重视平仄的作用。他把中国诗歌分为两个体系：在顿上面显明地分出长短，只有从《离骚》体发展出来这一流派；从《诗经》四言体发展起来的五言，以至于后来的五律、七律，一直到词曲，在顿的长短区分上不显明，但是音组与音组之间却逐渐产生了长短的区别。由于短长格非常单调，中国诗歌便进一步发展为一种音组多数为两个字，而以平仄声的组成来分别长短的格律——仄仄、平仄算短音组，平平、仄平算长音组。这是一种人为的格律，因为平声字和仄声字本身并没有绝对长短，只是在律诗里却容许人碰到以平声结尾的音组时把声调拉长，因而给人以一种以长短音组组成的节奏形象。这种律诗的长短音组发展到唐朝就变得更加精致，已不是单纯的短长格，而发展为错综复杂的长短节奏。这种格律一经创造出来之后，以后写律诗的人便至多只能利用一些拗律句适当加以变化，而且后来词曲的发展也仍旧遵守这种以平仄声组成长短音组的格律。

曲虽则适当吸收了三字组，但主要的节奏仍是平仄的格律。这些都说明它成为中国诗的主要格律并不是没有道理的。因此，“不管我们利用这种格律，或者拒绝使用这种格律来建筑新的格律，我们都不能不对这种平仄律好好加以研究。”①

平仄能形成节奏的观点，遭到较多人反对。朱光潜认为四声是中国诗歌格律的主要基础之一（另外三个主要基础是韵、章句的长短以及句中的顿）。在用白话写的新诗中，四声虽然仍可用来帮助造成和谐，却已不能作为格律的主要基础。“五四”以来的新诗确已放弃了四声基础。② 罗念生则认为平仄和节奏的关系不是“不一定有”，而是没有。平仄只是对音调有影响而已。因为平声和仄声，不论就高低、长短或轻重而论，分别都不很显著，所以不能造成节奏。平仄和节奏的鲜明与否不一定有关系。从历史上说，平仄的讲究始自中古，但中古以前的诗就有节奏。如果只讲究平仄一种节奏，转来转去也是很单调的。新诗可以考虑平仄的作用，但不能以它来作为节奏。③ 罗念生虽然否认平仄能产生节奏，但肯定重音和长音与节奏的关系。旧体韵文所采用的字，一般说来，都是实字，虚字用得很少，而所采用的虚字一般也是重读长读，至少是作为次重音、次长音，而不是作为轻音、短音。因此他认为旧体韵文的节奏是轻重节奏，又是长短节奏，姑且叫做“重长”节奏，新诗沿用的也是“重长节奏”。这种节奏很像古希腊诗中的“长长”节奏，沉着而缓慢，节奏本身很单调。另一个弱点是只有这一种节奏。但是总的说来，旧诗的节奏合乎节奏原理，它本身是站得住的。新诗因为和口语接近，有了许多虚字，如“的”、“了”及词尾之类。这些虚字的声音轻而短，从理论上说，我们可以把轻重长短大有区别的字排列得相当整齐，以造成节奏，但实际上做起来却有很大困难。闻一多和陆志韦利用声音轻重相间来形成节奏的做法都是不成功的。陈业劭认为平仄格式并不是中国诗歌格律共同的基本规律之一。因为，在传统诗歌中，主要是律诗、绝句、词和曲有严格的平仄规定，在《诗经》、《楚辞》、乐府诗以及新旧民歌等许多形式中却没有平仄的限制。④ 丁力举古诗为例，“行行重行行”全是平声，民歌“困难是杆秤，看你硬不硬”全是仄声，都很好听。林庚认为我国古典诗歌中主要的东西是五、七言，平仄不是古典诗歌格律的必要条件，

① 周煦良：《论民歌、自由诗和格律诗》，《文学评论》1959 年第 3 期。

② 参见朱光潜：《谈新诗格律》，《文学评论》1959 年第 3 期。

③ 参见罗念生：《诗的节奏》，《文学评论》1959 年第 3 期。

④ 陈业劭：《论“自由格律诗”》，《文学评论》1959 年第 3 期。

而是一种修饰性的东西，是依附于五、七言的，没有了五、七言，平仄就不会存在。

陆志韦认为轻重音是节奏问题，但汉语中除了北京话轻重音清楚外，别的方言就少有这种明显的区别。平仄声调与节奏也没有必然关系，因为按现在的方言将调分成平仄两类是很困难的。他认为声调是可以动的，而节奏的形式，无论古代、现代，无论民歌或是别的作品，主要是在停顿上。律绝、古风、五、七言诗除了平仄的关系，还有别的特点，不管你怎么念，总是二二一二或二二二一，即总是二二的节奏再接一二或二一的节奏。[①] 由此可见，在节奏成因问题上，陆志韦已经改变自己之前的观点，接受了朱光潜、孙大雨、何其芳、卞之琳的音顿理论。

对于以上诸人完全否定平仄的作用，袁水拍和徐迟发表了不同看法。他们认为平仄总是能产生一些效果，完全反对利用也不好，可由人们自由去选择尝试。卞之琳认为平仄在新诗格律中虽不再起作用，但可以在技巧层面考虑它的使用。他提出平仄在五、七言一路调子中，对节奏的作用明显，在四、六言一路调子中则不起作用，这些都可作为技巧来考虑。今日说话式调子（四、六言一路调子）的诗里，摆脱了作为基本考虑的平仄律，还必须有和平仄律相当的讲究，才能使节奏特别显著。这种讲究就是以二字顿（音组）和三字顿（音组）为基干的适当错综安排，而这种安排，借鉴的还是平仄律从参差里求整齐的办法。[②]

《文学评论》记者对格律讨论中学者们对于平仄的看法作了总结："有的认为应该给平仄在节奏问题上的作用予以考虑；有的认为平仄不可能形成节奏，或者说在今天的语言中，平仄作用不明显；有的认为也不必完全反对，可由人们去进行尝试，或者说在五、七言一路的调子中总还可以有些作用。"[③]总起来看，否定平仄与节奏有关系的观点占多数，更多学者倾向于认为节奏的形成与顿有着内在关系。

（二）顿与节奏

何其芳、卞之琳、孙大雨等人持"顿"或"音组"形成节奏的观点。这个

① 参见《文学评论》记者：《诗歌格律问题的讨论》，《新诗歌的发展问题》第四集，作家出版社1961年版，第178—179页。

② 参见《文学评论》记者：《诗歌格律问题的讨论》，《新诗歌的发展问题》第四集，作家出版社1961年版，第180页。

③ 《文学评论》记者：《诗歌格律问题的讨论》，《新诗歌的发展问题》第四集，作家出版社1961年版，第186页。

观点得到较多认同，例如，在怎样建设格律诗上，唐弢与何其芳的具体主张并不一致，但同样肯定顿形成节奏的理论。其他一些人，同样采用了“音顿”理论，但对于一些具体问题，又持有不同看法。

朱光潜认为新诗语言的自然节奏要比较整齐些，每章的句数，每句的顿数以及每顿的字数在大体上总要有些规律，否则就无所谓“格律”。句和顿既然要有规律，写诗时在这上面就要费一些剪裁和安排，使诗的形式的节奏能大致符合语言的自然节奏，例如某些字可能要删去（截去），某些字可能要衬上（补短），某些次第可能要颠倒（趁韵）。中国传统诗歌格律有四个基础：平仄四声、韵、章句长短、句中的顿。新诗中，平仄已经不再起关键作用，可用顿来进行弥补。他所谓的“顿”，即一句中有几个音组。旧诗中使用率最大的是两字顿和三字顿，而在我们现在所说的语言之中，每顿的字数一般是加多了，特别是四字顿是很常用的。因此，在建立新诗格律时，就不能局限于过去的二字顿和三字顿，应顺着语言的自然趋势，给四字顿以合法地位。采用四字顿，诗句必然要拖长，就不能完全局限于五、七言的老套。句的延长也会影响到章的构造，长短夹杂的情况就会多些。从历史发展看，中国诗歌的发展向来是由短趋长，由整齐趋变化，这种趋势同样会在新诗中体现出来。

对于按照词的组织和意义来分顿的做法，罗念生没有明确表示反对，但认为“诗有了整齐划一的顿数，念起来有节拍之感，但不能说有了顿，就有了节奏。我们的新诗的弱点就在这里。”[①]虽然看法比较消极，但在怎样分顿的问题上，他还是提出了自己的一些建议。何其芳对“顿”的定义是：“我所说的顿是指古代的一句诗和现代的一行诗中的那种读时可以略为停顿一下的音节上的基本单位。”[②]罗念生在“念法”上不赞成“略为停顿一下”。他提出最好把“顿”尾的字音略为拖长，跟着就念下一“顿”。把这种“基本单位”叫做“顿”，也不正确，因为所指的是“单位”，而不是“单位”之后的“停顿”。“顿”不如叫做“音步”。在顿的分法上，他倾向于从读的角度，把七言分为“二二二一”四顿而不是“二二三”，末尾的单字顿占同样长时间，念起来从容，比较好听。如果把每句末三字作为一顿，则念起来急促，不大好听。在现代诗歌里，由于虚字轻短音的使用，节奏是很难安排得整

① 罗念生：《诗的节奏》，《文学评论》1959年第3期。

② 何其芳：《关于现代格律诗》，《中国青年》1954年第10期，收入《何其芳全集》第4卷时，罗念生所引的那句话改为：“我说的顿是指古代的和现代的一行诗中的那种音节上的基本单位。”“可以略为停顿一下”几个字被删掉。见《何其芳全集》第4卷，河北人民出版社2000年版，第293页。

齐的。新诗所采用的顿，最多是二字顿，次多是三字顿，一字顿和四字顿比较少。四个字以上的顿念起来过于急促，最好分为两顿。少字顿节奏弛缓（如果有节奏的话），多字顿节奏急促，节奏随情感而变化。格律诗各行顿数要相同（长短行相间者例外），所以我们念格律诗，要按照顿数来念。如全诗采用四顿诗行，凡遇到有可念为三顿或五顿的诗行，要设法念成四顿；因为顿是人为的，例如“红樱桃”可念成一顿，也可念成两顿，即“红樱—桃”。每行的顿数，可以由一顿到七顿，超过七顿的诗行会显得软弱累赘，难于成行（诗是以行为单位的）；遇到太长的诗句，可采用跨行，即把过多的顿移到下一行。“停顿”和节奏有关系，它可以避免节奏上单调的毛病。“停顿”分“行尾停顿”和“行中停顿”。“行尾停顿”相当长，即使行尾（例如跨行的行尾）在意义上没有停顿，在节奏上也该有相当长的停顿，不然，诗行就不成其为行了。新诗的行尾多半是二字顿，行尾的三字顿，特别是三个重长的音组成的顿，不必念得如行中的三字顿那样急促，可以借用一点“行尾停顿”的时间，四字顿的行尾最好少用；反之，行尾的一字顿则显得很从容，“行尾停顿”的时间也显得比较长，行尾的“弱尾顿”（即以轻短的字收尾的顿）可以调剂“强尾顿”的单调的声音，但不宜多用。至于“行中停顿”，长短随语气而定。在戏剧中，有时候为了配合动作，可以长一些。“行中停顿”的位置不宜固定，以避免单调的毛病。即使行中没有标点，有时候也按照意义，在行中停顿一下。念诗，特别要注意“行中停顿”；不然，就会把诗念成散文。

周煦良也承认顿形成节奏的作用：“古往今来，诗句可以是四言，可以是五七言，可以是长短句，可以每行字数并不规则，但是用顿或者音组形成节奏，则是没有例外。”[①]但是，他对于何其芳使用“顿”一术语，提出了不同看法：

何其芳同志的文章里有时用“顿”，有时用“节拍”，好像他对这两个名词的用法并没有区别似的。我保留了“顿”；但用“音组”代替了“节拍”，理由是为了避免使人从“节拍”联想到拍板，当做读诗时一定要拍着板读，即每一节奏的时间一定要一律长短。如果产生这种想法，那就对我们弄清楚诗的格律有很大妨碍。事实上，便是英国的音步诗也是一种介于有板和无板之间的一种节奏；中国诗的节奏，下面我们就可以看到，更谈不上时间一律。其

---

① 周煦良：《论民歌、自由诗和格律诗》，《文学评论》1959年第3期。

次，"顿"和"音组"虽则一般用来形容格律时没有多大区别，但事实上应当有所区别。音组是指几个字作为一组时发出的声音，"顿'是指"音组"后面的停顿，或者间歇；换句话说，"顿"是指一种不发声的状态。这种区别当然是相对的，因为没有顿就辨别不出音组，没有音组也就显不出顿，所以有时候毫无必要加以区别……。然而在我们讨论诗的格律现象时，有时却能用"音组"比较说明问题，有时又用"顿"比较能说明问题，所以保留这一点区别还是有必要。①

周煦良提出在实践上必须解决怎样用顿（或者音组）形成节奏反复的问题。为解决这个问题，他提出"节奏形象"理论。所谓"节奏形象"，其实就是整首诗的节奏。新诗必须建立一种为大众所容易接受的格律，使人一读就能产生一种节奏形象，而且读下去并不破坏这种节奏形象，因而能继续读下去。这种节奏形象有时是用一句建立的，就是说后面诗句只是重复头一句的格律。五言律和七言律，是中国诗里面的（也是世界诗歌里面的）最精致的格律，因为五、七言每句顿数一样，但要四句形成一完整格律形象，而不遵照这种写法在第三四句就重复一二两句的格律的，就叫"失粘"。后来词和曲虽则格律更多变化，却缺少律诗那种完整性，流于繁琐，因而不能成为中国诗的主要格律。而"今天我们要建立新格律诗只能以一句诗或者两句诗形成一种完整的格律，不能过多。所谓新诗的'建行'问题就是这样一个问题。"②他的观点与林庚完全相同。

周煦良提出建行问题的理由是：整体虽则是部分构成的，但是部分随便加起来也可以不成整体。要了解部分怎样构成整体，最好先从整体去分析部分，以及部分和部分之间的有机关系，这样我们便可看出，以部分构成整体并不是那样简单的事情。通常说以五、七言建立格律，以每行字数一律建立格律，以一定的音组或者一定的顿数组成格律，这类说法都嫌太简单化。只有从已有的格律（即完整的节奏形象）去分析其部分，就可以避免过去简单化的毛病。不但如此，还可以从对整体的分析，发现部分和部分之间的有机关系。

周煦良认为顿数一律并不能说明一些节奏现象，还必须注意顿数长短问题。《离骚》格律的特点是以每行短、长、短的三顿来组成格律，而每一音

---

① 周煦良：《论民歌、自由诗和格律诗》，《文学评论》1959年第3期。

② 周煦良：《论民歌、自由诗和格律诗》，《文学评论》1959年第3期。

组的字数并不需要一致；不但如此，后半截顿随意分也没有关系；甚至认为每句只有两大音组一顿，也没有关系；只要承认中间顿是主要的，它的格律形象就不会歪曲。抓住这一点，即顿与顿之间的有机关系，音组的不规则性，只要不太出格，就不会破坏主要格律。

在长短顿之外，周煦良又提出长短音组。对于长短顿与长短音组，他试着从生理方面进行解释："它们一定和我们呼吸的调节有密切关系；换一句话，这种现象一定有一个生理某础，而且和节奏现象一定有一个生理基础是一样道理，甚至一个道理。"①

金戈认为顿的一致可以产生节奏，但他不同意何其芳对尾顿字数的限定。何其芳认为现代口语的基本单位是词而不是字，而且两个字以上的词最多，因此我们的格律诗不应该是每行字数整齐，而应该是每行的顿数一样，而且每行收尾应基本上是两个字的词。金戈认为决定诗歌每行收尾用单音词或双音词的，不是语言中单音词或双音词的多少。例如，按照语言发展规律，唐代的双音词总比周代的双音词多，然而《诗经》大部分都用双音词收尾，而唐代的诗(特别是"近体诗")，却几乎全用单音词收尾。至于决定诗歌用单音词或是用双音词收尾的因素是什么，不必管。因为用单音词或双音词收尾对诗歌是无关紧要的。②

徐迟称自己大约在一九四三年左右才注意到顿，当时的称呼是"音步"或"音组"。"现在，觉得称呼为顿最好。"③他对顿的解释是：顿，不是停顿，是相等、整齐的意思，即一些东西的重复，是均衡的次数，因此，可以用"顿"而不用"音步"这个名词。节奏应该有很多种，正如音乐的节拍有很多一样。

陆志韦没有使用"顿"而是使用"节拍"，他认为每行要有几拍就是节奏问题。我们说话的时候，不会有意识要说几拍，但是决不会长到喘不过一口气来。写诗也是这样，一行诗如果长到七拍，就难于一口气念下来，但也很难短到每行一拍二拍。马雅可夫斯基体是每行一二拍，但也是过了几个短句子后，就有一个较长的句子来调剂。所以拍数应该多少不必考虑，它不会成为问题。拍与拍之间，一般的情况是时间差不多的。④

---

① 周煦良：《论民歌、自由诗和格律诗》，《文学评论》1959 年第 3 期。

② 金戈：《试谈现代格律诗问题》，《文学评论》1959 年第 3 期。

③ 徐迟：《谈格律诗》，《诗刊》1959 年第 6 期。

④ 《文学评论》记者：《诗歌格律问题的讨论》，《新诗歌的发展问题》第四集，作家出版社 1961 年版，第 178 页。

袁水拍认为，狭义地说，节奏就是节拍。新诗需要讲究节拍的规律化，但是要解决新诗的民族化、群众化问题，不是只解决一个节拍问题就够了。新诗应该整齐、有韵、精练，应该在古典诗歌和民歌基础上发展。他说，五、七言的单音尾在习惯上占有优势，但同意胡乔木的意见，四六言、双字尾这一路调子，也有传统，它可以容纳许多现代语言，这是它的优点，也可以提倡。郭沫若的一些诗，双音词收尾很多，同样具有民族风格。田间也同意胡乔木的意见，认为三、五、七言式和四、六、八言式可以平行发展。[①]

邹荻帆提出诗的形式主要是两方面：句子和节。他认为徐迟四句一节、一句三顿或四顿的主张，不够多样。可以有：一种是每行顿数相等，行数也相等；一种是每行顿数整齐，每节行数相当的整齐；一种是每行顿数不整齐，行数整齐；一种是每行顿数相等，行数不等；还有像词两阕中相当的行数与顿数的整齐，等等。总之，新诗格律根据的传统应该比律诗绝句要广。[②]

与以上诸人不同，陈业劭在谈诗歌节奏时，没有使用“顿”而使用了“音节”一词。他认为构成民歌和古典诗歌的节奏有许多方法和因素，例如同一诗中顿数、用韵、平仄、分节等方面某种格律形式的重复，都能造成诗歌一定的节奏感。其中有规律的音节是起决定性作用的主要因素：“音节就是句子中读起来可以略略停顿的音的单位，有人称为音组。”[③]音节是否有一定规律，决定诗歌的节奏是否鲜明动听。何其芳所谓的“顿”指的也是“音节的基本单位”。这说明陈业劭所提出的“音节”或“音组”与何其芳所谓的“顿”是一个意思。他同样也承认“顿”或“音节”对于形成节奏起主要作用。但是，他并不认同何其芳有关每行顿数大体一致的观点，认为何其芳对节奏规律的探索，没有抓住中国诗歌格律在节奏方面最主要、最本质的东西。何其芳对“每行的顿数有规律”的解释，是“每行的顿数一样”或基本一样；此外，顿数也可以“有规律”地变化。这就是说，所谓“每行的顿数有规律”，仍然是同一诗中在顿数方面的某种格律形式的重复。“很有规律的顿”决不是我国诗歌格律在节奏方面的共同基本规律。古典诗歌中的词和曲，一般都被认为是格律诗，其中大部分就没有“很有规律的顿”。不仅

---

① 《文学评论》记者：《诗歌格律问题的讨论》，《新诗歌的发展问题》第四集，作家出版社 1961 年版，第 187 页。

② 《文学评论》记者：《诗歌格律问题的讨论》，《新诗歌的发展问题》第四集，作家出版社 1961 年版，第 180 页。

③ 陈业劭：《论“自由格律诗”》，《文学评论》1959 年第 3 期。

词和曲的节奏是有规律的，而且我国绝大多数的民歌和古典诗歌的节奏都是有规律的。为了抓住格律诗节奏的最普遍最本质的规律，一定要重视格律诗中的长短句，尤其是词和曲最为典型。从词和曲的长短句方面得到的启发是：它们每句的字数参差不齐，顿数也很不一致，许多词曲中也没有某种格律形式的重复，而且曲中有许多过去诗歌中很少见的七个字以上的句子，好像没有什么规律似的，然而它们的节奏却依然很鲜明动听，其缘故是构成民歌和古典诗歌节奏的起决定性作用的因素是有规律的音节。这种有规律的音节建立在汉语特性的基础上。它与汉语的某些基本特点并与词义有密切关系。汉语音节往往可划分为双音音节和三音音节。民歌和古典诗歌的音节，大多数由鲜明的双音音节和三音音节构成。这些音节的划分基本和词义一致。民歌和古典诗歌中不超过七个字的句子，它们音节配置基本由双音音节和三音音节构成，或者由几个单音音节或双音音节或三音音节构成。如此，构成了七字句以下各种句子的音节组合形式。相同音节构成的组合形式每个音节所占的时间都相等，能形成最均匀的节奏。至于在有双音音节和三音音节构成的组合形式中，其中三音音节比双音音节只多一字，两种音节所占时间差不多，因此能形成相当均匀的节奏。更重要的是，仅仅用一种音节来构成某种音节组合形式比较单调，若用双音音节和三音音节作适当配置，可以使音节更富于变化。但七字句中基本的音节组合形式是“2＋2＋3”或“3＋2＋2”。不超过七个字的诗句有各种基本的音节组合形式，共中除一字句是单音音节外，其余都由双音音节和三音音节组合而成，只是七字句中的三音音节必须在句尾或句首。民歌和古典诗歌中七字以上的句子，其音节配置基本有两种方法：一种方法是将七字句这种音节组合形式中的音节增加若干个字；另一种方法是将若干个每句不超过七个字的基本的音节组合形式组合起来。这种每句超过七个字的音节组合形式，完全是在每句不超过七个字的基本的音节组合形式的基础上发展起来的。由此，陈业劭总结出民歌和古典诗歌在节奏方面的共同基本规律，就是：

每一个诗句的音节组合形式都应该是一定的音节组合形式之一。不超过七个字的诗句有各种基本的音节组合方式，其中除一字句是单音音节外，其余的都是由双音音节和三音音节组合而成的，只是七字句中的三音音节必须在句首或句尾。超过七个字的诗句，其音节组合形式有的是七字句加字而成，有的是几个(一般是两个)基本的音节组合形式组合而成。[①]

陈业劭认为诗歌的诗句具备了他所谓的音节组合形式,就属于格律诗,这样的诗虽然外形并不整齐,每行顿数也没有规律,但其节奏感同样鲜明。他的“音节组合形式”,指的是句法怎样合乎民族传统的问题,而不是节奏的构成问题。要求诗行符合所谓一定的“音节组合形式”是句法合乎民族习惯的问题,它可以写成格律诗,也可以写成自由诗。陈业劭的主张只注意到句子中的问题,而没有注意一首诗的整体;格律诗要求整首诗中节奏整齐或有规律的变化,单是句法上符合过去诗词中的句法,不能算格律诗。只注意古代诗词的句法构成,对新诗句法没有研究或研究不够,也是其理论上的一个缺点。

七、押韵

韵在新诗格律中同样居于重要位置。王力认为韵是格律诗的首要因素,只要有韵,就是简单的格律诗。当然,他的这种观点,并没有得到很多人认同。但格律诗讨论中,韵同样作为一重要因素被论及。这方面的争论与分歧,不如节奏问题分歧那么大。

罗念生认为韵属声音之美,与节奏没有关系。韵并不是韵文中必不可少的东西,古希腊诗和拉丁诗不用韵。但弥尔顿认为韵是野蛮人的发现,这个意见同样不妥。格律诗以“顿”为小单位,行为基本单位,节为大单位。韵的作用除了加强声音之美外,还可以把诗行组织成节。新诗既然节奏上有弱点,就应该重视脚韵以及内韵、双声、叠韵、拟声、复句等,以加强声音之美,弥补节奏上的缺欠。[②]

关于押韵,唐弢完全同意何其芳的意见:“写现代格律诗,只是押大致相近的韵就可以,而且用不着一韵到底,可以少到两行一换韵,四行一换韵。”如果写顿数有变化的格律诗,当句子顿数变化时,可以换韵,也可以不换韵,但每一段里顿数相同的句子,最好是不换韵。因为变动太多,规律就会显得不突出。[③]

陈业劭指出一定要押韵是我国诗歌格律一条共同的基本规律。这主要因为诗歌与音乐有密切关系。韵的有规律重复,能加强节奏感,又因为韵能够产生和谐、流畅的感觉,也有助于歌唱的节奏和旋律。同时,押韵还

---

① 陈业劭:《论“自由格律诗”》,《文学评论》1959年第3期。

② 参见罗念生:《诗的节奏》,《文学评论》1959年第3期。

③ 参见唐弢:《从“民歌体”到格律诗》,《文学评论》1959年第3期。

可以起一定组织和联想作用,可以使诗句容易被人记住。自由诗很多不押韵,实在是忽视了诗歌很重要的一个因素,一定程度上脱离我国诗歌格律的传统。①

陆志韦认为中国诗歌押韵并不困难。邹荻帆也有同样意见:押韵不要隔得太远,以免音韵不够鲜明;较长的诗不要一韵到底,以防单调。押相近的韵即可,否则容易束缚思想。金戈提出利用韵的疏密形成节奏,罗念生不同意他的看法,认为韵的出现时间隔得相当久,节奏作用不大;只是相似字音的重复也不合乎节奏原理。

八、读法问题

在新诗格律讨论中,新诗的读法问题,虽然不属格律范畴,但却与节奏形成有一定关联,所以也引起学者们的普遍关注和兴趣。

朱光潜由现代口语中四字顿增多,谈到新诗对于四字顿读法的处理问题。旧诗中使用率最大的是两字顿和三字顿,而在我们现在说的语言中,每顿字数加多,四字顿很常用。如依照旧诗的形式化的节奏去读,这些四字顿每个都应读成两个两字顿,这种形式化节奏就完全破坏了语言的自然节奏。现在还有些人主张这样分顿,是极牵强的。不抓住声音节奏,就不能彻底欣赏诗,要抓住声音节奏,就必须凭口传,凭耳听。口传方式可以有歌、吟、诵三种。这三种方式都不同于说话,都带有若干形式化节奏,但形式化程度大小不同。"歌"依一定的乐调,语言的自然节奏可以不理睬,形式化最显著。"吟"是变相的歌,依一定的调子分顿,但还没有完全掩盖起语言的自然节奏,但有时声音的顿和意义的顿就不完全吻合,这在吟旧诗时是许可的。我们不能用哼旧诗的调子去哼新诗,口传新诗的方式除歌以外,主要是诵。现在一般朗诵新诗的方式基本上是根据语言的自然节奏,所以吟旧诗的那种通套的形式,那种可不依意义而分顿的办法就不适用。新诗形式化程度比旧诗小,道理在此。但这不等于说,新诗就根本没有形式化。②

罗念生主张在读法上给轻短音以适当安排,把旧体诗顿后面的字读得长一些。而旧体诗每句诗的结尾部分希望有个单字,将"三"改为"二一"。林庚不同意他的看法,认为要求结尾是单音没有必然理由,西洋诗尾部大都是整齐的。给轻短音以人为的安排也不妥当,诗歌节奏的形成主要在于

---

① 陈业劭:《论"自由格律诗"》,《文学评论》1959年第3期。

② 参见朱光潜:《谈新诗格律》,《文学评论》1959年第3期。

语言本身内部的规律，而不能够是人为的。在汉语里，轻重长短的区别并不显著。陶钝举曲艺中的例子说，曲艺中句头、句腰、句尾都是很清楚的。它基本是按谱子填词，是音乐节奏，与诗的节奏是不一样的。

字尾问题也是新诗格律讨论的重要问题。何其芳认为口语里两字词太多，因此以一个字来结束一句诗非常别扭；周煦良认同他的看法，认为口语里不但两个字的词太多，三个字的词也很多，如“牛毛地”，“米粮仓”，一定要读成“牛毛—地”“米粮—仓”是没有必要的，唯一办法是保存三字音组甚至四字音组的完整，不让它们分裂。五、七言旧诗的三字尾之所以要分化为二字组和一字组，是由七言诗上半截的两个二字组决定的。换一种句子，就可以完全保留三字结尾不致分裂。民歌里的旧式五、七言必须改变，但是三字尾不但可以保留，而且还可以拿来作为民歌和一般格律诗在格律上的重要区别。一般格律诗也可以有三个字的结尾，但是适合现代口语的二字结尾应当更为普遍。他根据自己的译诗经验，感觉逢到双数的句子总以二字音组结尾来得好些。①

何其芳则认为可以用读法作为一种补助，可以利用读法上的有规律的轻重长短来加强节奏感。②

读法问题之所以会引起讨论者重视，是因为格律问题本来就是一个有关音乐性的问题。诗歌如朱光潜所说，应该是“凭口传，凭耳听”的，因此，要达到上口与悦耳，写诗的时候要注意节奏安排，读诗的时候，读者也要有意识去顺着诗句内在的语言节奏去朗读或念诵。如此看来，“怎样读”就与“怎样写”成为同样重要的一个问题。由于新诗“顿”的节奏安排，主要依靠语义而非形式化的组织，因此，读对于节奏感的获得，就显得更为重要。从某种程度上讲，诗人把诗写得是否富有节奏还只是第一步，诗的节奏感的最终完成，还是要靠读诗人的“读”的配合。所以，看似与格律无关的“读法”问题，实在却是关系格律的重要问题。

以上是1959年《文学评论》组织的格律讨论的大致情况。共有二十余位诗人、学者参与讨论，围绕格律是什么、新诗格律创建的基础、怎样评价新诗与古典诗歌传统、民歌体作为民族形式的优势与局限、节奏的成因、韵

---

① 参见周煦良：《论民歌、自由诗和格律诗》，《文学评论》1959年第3期。

② 《文学评论》记者：《诗歌格律问题的讨论》，《新诗歌的发展问题》第4集，作家出版社1961年版，第185页。

在格律中的位置、诗的读法等问题展开。其中与格律最为相关的问题为节奏成因及韵、读法等。从讨论情况看,何其芳、卞之琳、孙大雨的“音顿”或“音组”理论得到较多认同,而周煦良、唐弢、金戈等人,对何其芳的观点提出了不同看法与补充性意见,有助于“音顿”理论的进一步修正和完善。陈业劭提出“有规律的音节”作为节奏成因,其实质与何其芳等人的“音顿”相似。他的“音节组合”理论侧重于古典诗歌与民歌的句法,而相对忽视一首诗整体的格律问题,对于新诗的句法问题关注较少,提出后虽引起一些学者赞同,但在以后的格律建设中反响不大。但是,陈业劭更为重视诗行的参差问题,与周煦良、唐弢、金戈等人一样,注意到何其芳“音顿”理论中“顿数一致”规定的缺失,这在卞之琳以后对于参差均衡律的反复阐发与强调中,得到了有效的理论回应,因此,无疑具有独特的理论价值。王力的平仄四声节奏成因说虽然没有得到广泛认同,他最后也修正了自己的观点,但平仄作为一个问题,还是有讨论的价值的。读法问题,之前朱自清、孙大雨、叶公超等人皆关注过,在这次格律讨论中,同样成为一个较为主要的问题,得到学者关注和讨论,但讨论还不够充分和深入。

1959 年的格律讨论,与之前一些讨论相比,最值得珍视的地方在于:以学术为本位,受到当时政治、意识形态的干扰较少,争论的学术含量大为增强;争论的“火气”散了,多了宽容包容与淡定从容,完全没有意气之争和“盖帽子”的做法,没有武断歪曲和上纲上线,这点在关于民歌问题的讨论中就可充分看出。因此,在 20 世纪的新诗格律发展史上,这次格律大讨论,可以说是最为难得的一次,而且也是仅有的一次。

第六章 新时期的新诗格律探索

新诗格律的探索与发展，在1959年到达高潮，随后很快进入消歇期。从1960年到1976年，与新诗格律探索有关的文章有零星出现，如周煦良《怎样建立诗歌新格律》(《文汇报》1962年6月26日)、朱光潜《谈诗歌朗诵》(《诗刊》1962年第6期)；一些诗人如食指(郭路生)在何其芳影响下，在"文革"的恶劣环境中还继续着现代格律诗的形式试验。① 但在整体上，新诗的格律探索，陷入几乎完全停滞的状态。随着"文革"结束，历史进入新阶段，而新诗的格律探索，随之复苏，新诗的形式试验与探索，进入另一阶段。周仲器、周渡《新格律诗探索的历史轨迹与时代流向》一文，把1978年至1993年这一阶段划为新格律诗探索的第四阶段。他们认为这个阶段有以下显著特点："第一，新格律诗的发展呈现多元发展的态势，形成了初步繁荣的局面。第二，由于思想意识的开放，出现了新格律诗与自由诗、旧体诗词曲的激烈竞争。第三，由以上两个趋向为基础，最终为促成下一阶段新的格律诗派的出现创造了条件。"②笔者认同他们的观点，但对他们的分期，作了一点小小的调整，把1977年至1992年看做一个历史阶段。

在1977年12月24日《光明日报》上，发表的臧克家的《新诗形式管见》，应该是"文革"结束后，第一篇提倡新诗格律的文章。文章对闻一多在新诗格律探索上的地位，给予积极肯定，但同时认为毛泽东对于新诗形式的看法，可以作为未来新诗形式建设的指导。依据毛泽东对于七言(民歌)的肯定，臧克家大体虚拟出未来新诗的形式："一首诗，八行或十六行。再多，扩展到三十二行。每节四句。每行四顿。间行或连行押大致相同的韵。节与节之间大致相称。这样可以做到大体整齐。与七言民歌和古典

---

① 见陈超：《食指论——冰雪路上的巨大独轮车》，《文艺争鸣》2007年第6期；崔卫平：《带伤的黎明》，青岛出版社1998年版。

② 周仲器、周渡：《新格律诗探索的历史轨迹与时代流向》，《江苏大学学报》2005年第2期。

诗歌相近而又不同。”[①]从臧克家对于新诗形式的看法中看出，在“文革”结束后的一段时间内，对于新诗格律的肯定与探讨，延续的还是十七年学习民歌等民族形式的一贯主张，而其中领袖人物如毛泽东、陈毅的新诗观，对于新诗形式建设，仍然发挥着莫大影响力。《毛主席给陈毅同志谈诗的一封信(1965 年 7 月 21 日)》刊登于《诗刊》1978 年 1 月，信件提出“将来的趋势很可能从民歌中吸取养料和形式，发展成为一套吸引广大读者的新体诗歌。”之后，不少文章就围绕主席这句话展开学习与讨论。秦似在《广西日报》1978 年 1 月 12 日发表《关于新诗形式的创造——学习〈毛主席给陈毅同志谈诗的一封信〉的几点体会》，认为要深切领会毛主席对于新诗“迄无成功”的批评，认识到新诗形式建设的迫切性。[②] 周健明《掌握诗歌形式发展的规律》(《湘江文艺》1978 年 2 月)与秦似文章一样，认为《毛主席给陈毅同志谈诗的一封信》揭示了新诗形式发展的规律，李季的民歌体诗歌属于开创性工作，在中国诗歌发展史上具有极其重大的意义。随后，《诗刊》1978 年第 2 期发表了一组文章进行讨论，如秦牧《拓成功的新路、开一代的新风》、冰心《新诗发展的康庄大道》、邹荻帆《新诗的航向》等，《诗刊》1978 年第 7 期发表臧克家《在民歌、古典诗歌基础上发展新诗》，第 11 期发表徐迟《关于诗歌的意见》、《新诗与旧诗》。《诗刊》外，《光明日报》、《北京文艺》等刊物也发表文章参与讨论。这些讨论文章，在观念上延续的还是五六十年代学习民歌的路子。

1978 年关于民歌问题的讨论后，1979 和 1980 年，出现又一波关于新诗形式的讨论，气氛之热烈，似乎又回到五十年代，讨论的热点仍是诗歌格律的节奏问题。1979 年沈阳《社会科学辑刊》组织一次有关诗歌节奏成因的讨论，该刊第 1 期发表卞之琳《对于白话新体诗格律的看法》与赵毅衡《汉语诗歌节奏不是由顿构成的》，第 2 期发表邓仁《顿和它的活动——诗歌狭义节奏论》。卞之琳的文章在收入文集时改名为《哼唱型节奏(吟调)和说话型节奏(诵调)》。该文是一篇旧文，在《作家通讯》1954 年第 9 期发表过。卞文为什么重发呢？是因为它代表了比较流行的音顿节奏理论。赵毅衡认为“音顿”理论的原理是“几个轻重音和长短音搭配组成顿”，汉语无法按音高或音重构成节奏体系，因而，音顿理论是不成立的。他提出现代白话诗采用的是音组排列节奏，汉语诗歌节奏产生自各种音组的排列

① 臧克家：《新诗形式管见》，《光明日报》1977 年 12 月 24 日。

② 参见秦似：《关于新诗形式的创造》，《广西日报》1978 年 1 月 12 日。

式。音组排列节奏不是一套有待实现的“现代格律诗方案”，而是我们民族自古以来无名和有名的诗人们诗歌创作中的现实。赵毅衡的音组排列节奏与陈业劭相似，同样建立在对于古典诗歌与民歌的分析之上，是对于毛泽东“向民歌吸收养料与形式”号召的响应。赵毅衡反对音顿理论，但认为卞之琳、何其芳等人的音顿理论依据的是西方的轻重音体系和长短音搭配体系，说明他对这个理论并没有真正的了解。他自己对于节奏成因的看法也比较混乱，如认为语音的四种要素如音高、音重、音长、音质都能够构成节奏，此外他又加上音节的存在（即音节数目）与音节的不存在或延迟（即停顿），六个节奏要素一起形成节奏，而各有侧重。其实音节与语音的四种要素是性质完全不同的，不可能放在一起形成节奏。他提出的“音组排列节奏”，其实陈业劭早于 1959 年在“音节组合”理论中已经提出来了，只不过这种理论偏重于句法和单个诗行，且较少关注到新诗句法问题，因此，在后来影响不大。邓仁《顿和它的活动——诗歌狭义节奏论》采用了音顿理论，并对“顿”作了非常细致的分析，但有些地方失之琐碎，对顿的理解并没有超越五十年代的水平，甚至还有所倒退。《社会科学辑刊》外，《社会科学战线》、《文艺研究》等刊物在 1979 年、1980 年也发表了讨论新诗格律的文章。[①] 1980 年 4 月，中国社科院文学研究所联合多家单位召开全国当代诗歌讨论会，其中，新诗形式和发展道路，仍然是会议的中心议题，引起了广泛争论。这些讨论，说明新诗的形式重建问题，仍然为人们所关注。但是，由于对一些基本问题和概念，认识上的含混不清甚至错误，极大地限制了对话与交流进行，讨论陷入低水平重复。因此，当有人希望就新诗的音组、韵律、成型等问题，再来一次认真的、实事求是的讨论时，[②]卞之琳却表现得非常消极：

> 再谈还不是时候。我国历史上各种诗体的形成，都不是一代、两代人的事情，一种新诗体的成立经过一两百年也并不稀奇。而根据我自己也多少被卷入的 1954 年和 1959 年两次讨论新诗形式问题的经验，讨论起来，我往往感到还缺少共同语言。即使新近《社会科学辑刊》一、二期上各抒己见的文章也显得基本概念上

---

① 刘再复、楼肇明：《关于新诗艺术形式问题的质疑》，《社会科学战线》1979 年第 3 期；左人：《试论新诗的格律——兼与刘再复、楼肇明同志商榷》，《社会科学研究》第 6 期；杨炳：《汉语诗歌形式民族化问题探索》，《文艺研究》1980 年第 3 期；简小滨：《对〈汉语诗歌形式民族化问题探索〉的质疑》，《文艺研究》1980 年第 6 期。

② 参见肖韩：《新诗的音组、韵律和成型问题》，《文学评论》1980 年第 1 期。

有不接头的地方。不结合适当的创作实例，不领会彼此提法的实质，我怕会徒费唇舌，浪费笔墨。所以我的看法是：新诗的形式问题是应该讨论的，但是急不得，应先结合实际，在问题的钻研上多下点功夫。①

一次次的热烈讨论，真实凸显了现代汉诗的“形式焦虑”，以及随之而来的“形式再造”的强烈冲动。但也正如卞之琳所说，由于基本概念的理解存在严重偏差，交流缺少共同语言。有的讨论者对问题的认识过于落后，也严重制约了讨论的深入开展。如《汉语诗歌形式民族化问题探索》(《文艺研究》1980 年第 3 期)从民族化观点出发来反对新诗的散文化，然而，对“散文化”与“民族化”的理解，却停留于 1919 年前的陈旧主张。为了反对“西化”，作者抛出“民族化”的主张，但他所谓的“民族化”主张就是恢复中国诗歌吟咏的传统和采取古典诗词的平仄律。可见，同样是“民族化”，理解却大相径庭。新诗的形式试验与理论探索，需从浮躁的“讨论”心态中解放出来，沉潜于扎实认真的创作实践与具体问题的实证研究、探讨与分析，这样，现代汉诗的形式重建才有希望。

这一阶段与十七年新诗形式诗学的最大不同，应该是话语体系的差异。统治五十年代新诗形式试验与理论探讨的是民族形式话语(或民族化群众化话语)。而在 1979 年之后，在声浪不减的民族形式话语中，另一声音即现代性话语开始逐渐发出自己的声音，其中一个表现就是对于新诗传统和新格律诗派的重评。1979 年 1 月 14 日，胡乔木在《诗刊》社召开的诗歌创作座谈会上，作了《新诗要在继承自己的传统中提高》的发言，完全肯定新诗取得的成绩：“我们现在的新诗经历过很多发展阶段，出现很多流派，出现很多不同的风格；各个流派、各个风格、各种体裁的作家，对于新诗的艺术，都作出了贡献，都作出了很大的贡献。”②在讲话中胡乔木还特别提到闻一多：“可以出他的全集，或者说可以出他的某一个诗集。……像卞之琳同志的《十年诗草》，像冯至同志的《十四行集》，都值得出版。假如我们今天的中国的新诗人，连这些诗都没有读过，都没有研究过，都没有刻苦地研究过的话，我们的新诗的水平怎么会提高呢?”胡乔木讲话代表主流意识形态对新诗传统包括现代格律诗评价态度的完全转变。随后，新格律诗派

---

① 卞之琳：《答读者：谈“新诗”形式问题的讨论》，《文学评论》1980 年第 1 期。

② 胡乔木：《新诗要在继承自己的传统中提高》，《胡乔木论文学艺术》，人民出版社 1999 年版，第 115 页。

在现代文学史上的贡献也得到重评。卞之琳在1979年3月27日写了《完成与开端:纪念诗人闻一多八十生辰》,对闻一多在新诗格律上的贡献,作了很高评价。这篇文章对重评新格律诗派起了较大作用。新月派诗人的作品得以再版,陈梦家编选的《新月诗选》重印,蓝棣之编的《新月派诗选》1989年由人民文学出版社出版。新月诗派作品的再次出版,代表八十年代对新诗传统的认可,对新格律诗派形式试验的肯定。

到了20世纪80年代,由于现代格律诗的发展已经有了相当长的一段历史,因此,与之前各个阶段相比,这段时期所做工作更多是对以往现代格律诗创作及理论发展的清理与总结,这具体体现在一系列"新格律诗选"及研究专著的出版。邹绛编的《中国现代格律诗选》1985年由重庆出版社出版。该书收录1919年至1984年之间发表的"现代格律诗"共三百余首。邹绛为该书写的代序《浅谈现代格律诗及其发展》,回顾和展望了现代格律诗的发展历史,并把现代格律诗分为五类:一、每行顿数整齐,字数整齐或不整齐者;二、顿数个别出"格"者;三、一节之内,每行顿数并不整齐,但每节完全或基本对称者;四、以一、三两种形式为基础而有所发展变化者;以上四种均要求有规律的押韵;五、符合上述几类要求的无韵诗。《诗选》编选就建立在这种分类基础上,这是该书体例上创新之处。周仲器、钱仓水合编的《中国新格律诗选》1985年由江苏文艺出版社出版。周仲器、钱仓水为该书写的《现代格律诗探索的历程》(《广西师院学报》1985年第3期)总结了"五四"前后到1984年间现代格律诗探索的历史。钱光培编选的《中国十四行诗选》1988年由中国文联出版公司出版。杨匡汉、刘福春《中国现代诗论》(上下编),花城出版社1985年、1986年出版,收录现、当代两个时期的重要诗歌理论批评文章,其中也包括现代格律诗理论方面的重要文章。雷业洪《六十年来关于新诗格律体的意见述评》(《文学评论丛刊》1985年第23辑)一文首次对现代格律诗理论的发展作了大致梳理。理论著作方面,卞之琳《人与诗:忆旧说新》(1984年)收录了作者历年有关新诗格律探讨的理论文章;许可《现代格律诗鼓吹录》(1987)提出九言诗理论;唐湜《新意度集》(1990)全面收录作者有关新诗格律的理论探索文章;柳村《汉语诗歌的形式——诗歌格律新论》(1990)提出"格律结构"说;许霆、鲁德俊《新格律诗研究》(1991)对现代格律诗发展历史作了系统总结,提出"音组等时停顿节奏"与"意群对称停顿节奏"理论;潘颂德《中国现代诗论40家》(1991)对闻一多、徐志摩、饶孟侃、梁实秋、梁宗岱、朱光潜、徐迟、李广田等人的现代格律诗理论,作了比较全面梳理和研究。而其他现当代文学研究专著及单篇文章，涉及现代格律诗创作及理论的就更多，这里不再一一提出。值得注意的是，在众多研究者中，出现了不少专门从事现代格律诗研究的学者，如许霆、鲁德俊、王珂、周仲器、周渡、程文、程雪峰、吕进、陈本益、孙逐明、丁鲁、夏志权等，这里也不再一一论及。其他学者虽没有专门从事新诗格律研究，但在这方面也做了许多工作，如骆寒超、王光明等，也无法一一列举。有的学者在现代格律诗的资料整理方面作了很大贡献，如钱仓水、周仲器辑录的《现代格律诗研究论文要目(1917—1982)》，为现代格律诗的理论研究，提供很大便利。与研究相比，这种辛苦的资料工作同样值得大力肯定。另外，过伟、段宝林主编的《民间诗律》1987 年由北京大学出版社出版。该书对汉族及少数民族民间诗律，作了详细考察和具体说明，加深了对民间诗律形式的认识。这种脚踏实地的实证研究工作，比单纯理论上争论民歌是否有价值、新诗应该怎样向民歌学习，更具实际意义和价值。

八十年代，现代格律诗在理论探索方面，大致出现以下几种声音：胡乔木的"简易"格律诗理论、卞之琳的"参差均衡律"理论、许霆、鲁德俊的"意群对称停顿节奏"理论、许可等人的九言诗主张、丁芒的"自由曲"主张、柳村的"格律结构"说，等等。由于卞之琳的形式诗学在上一章已经论及，这里就不再重复。

第一节　胡乔木的"简易"格律理论

对于新诗的格律探索，胡乔木在理论与实践上皆有一定贡献。据胡乔木《诗集〈人比月光更美丽〉后记》，他现存新诗中最早的发表于 1946 年，之后 1964 年 10 月至 1965 年 6 月曾尝试旧体诗词写作，1981 年至 1985 年又开始新诗创作。所作新诗全部收入《人比月光更美丽》一书，1988 年由人民文学出版社出版。这些诗，除一首自由体和十四行体外，其余"都试图运用和提倡一种简易的新格律，其要点是以汉语口语的每两三个字自然地形成一顿，以若干顿为一行，每节按各行顿数的同异形成不同的节奏，加上适当的韵式，形成全诗的格律。"①胡乔木的现代格律诗创作是对于他的"简易新

---

① 胡乔木：《诗集〈人比月光更美丽〉后记》，《胡乔木论文学艺术》，人民出版社 1999 年版，第 365 页。周仲器先生对胡乔木形式探索给予很高评价："闻一多的《死水》、徐志摩的《再别康桥》已经成为传世名篇，在新格律诗史上竖起了第一块里程碑，那么胡乔木的《中国女排之歌》、《怀旧》，特别是千锤百炼的艺术珍品《仙鹤》，就是光耀在新格律诗史上的第二块里程碑。"周仲器、周渡：《新格律诗探索的历史轨迹与时代流向》，《中国新格律诗史论》，雅园出版公司 2010 年版，第 123 页。

格律诗”理论的实践。他的理论探索大致开始于1951年，但他的新诗形式试验主要集中于八十年代，因此，笔者把他划入八十年代这一时段进行论述。胡乔木的新诗格律主张，集中体现为“简易”二字。他认为新诗格律的形式原则只有简单明了，才能方便诗人实践与操作，故笔者把他的理论命名为“简易格律理论”。

一、诗要具有“规律”和语言自身的音乐性

胡乔木最早发表的诗论文章是《谈诗》，这是作者1951年9月4日在一次座谈会上的发言。该文涉及诗的形式、中国诗的传统、诗与音乐的关系等问题。胡乔木认为“任何诗都要求有规律”，“诗有规律，有音乐性，都很显著。比较写的好的自由诗也有音乐的要素，不过不整齐。”他所谓的规律与格律意思大致相同。而“诗的形式基本上就是语言的形式，因此不能不有其民族语言的传统性。”[①]中国古诗形成了自己的传统，而且规律很严，很复杂。主要传统为五言七言，另一传统为四言六言。四言六言句尾都是两个字，但是这个传统没有得到发展。五言七言每句句末三个字，得到很大发展。直到今天，如民歌、民谣，尽管有种种体裁，基本上还是以七言为主，末为三字。这种七言以三字煞尾，并未离现代语言太远，并没有变成油腔滑调，也没有受拘束。

与当时主流观点不同，胡乔木对“五四”以来新诗的形式试验给予部分肯定，认为不能完全抹杀，需要加以很好整理。新诗语言虽有欧化弊端，不能一下听懂，但对欧化一概加以抹杀是不对的。因为这些欧化句法一部分已完全融入日常生活，成为现代汉语的有机组成部分。“五四”以来，许多诗的作者，在语言上花了很大工夫，如闻一多的《死水》，格律很整齐，并没有特别欧化，如《洗衣歌》，也不全是欧化，有很好的民间语言。中国现代诗的一个任务，就是要把语言标准化，使土生土长的语言加上外来成分，成为诗的艺术语言。

胡乔木认为诗有种种规律，诗的形式将有大的发展，因此未来诗的形式应是多种多样的，当进行种种有规律的试验，不应限于五、七言，尤其是五言。总的标准是要上口入耳，能念得出来，图案化、豆腐干似的诗，不能上口。

胡乔木非常重视诗的音乐性，认为比较整齐、有规律的诗，更易为群众

① 胡乔木：《谈诗》，《胡乔木论文学艺术》，人民出版社1999年版，第38—39页。

所欢迎，自由诗则很难作到。写得好的自由诗也有音乐要素，不过不整齐。词曲、鼓书是诗与音乐的结合，变成了歌词。诗与音乐应当有斗争。问题在于诗与音乐谁做主人，谁做奴婢。如果音乐做了主人，诗即离开诗的范围。唐诗以后是词，其实并不是诗的一种发展，唐以后的词并未超过诗。词是诗向音乐的投降。无论从形式从内容上说，词比诗的世界都狭小得多，能够打破这狭小的世界的词，数量很少。朗诵诗的前途不是很大，因不能给人以诗的感觉，没有一定规律，诗的朗诵和诗的歌唱不是必要的。它可以朗诵歌唱，也可以不。诗的流传应该依靠诗（语言）本身。

二、中国诗的两个传统

在 1958—1959 年进行的新诗发展讨论中，新民歌被奉为至尊，其他诗体受到不同程度排斥，现代格律诗的倡导者何其芳及主张新格律诗体的卞之琳，都受到许多批评。在这种背景下，1959 年 5 月 20 日，《诗刊》编辑部召开一次诗歌座谈会，胡乔木在会上作了题为《诗歌的形式问题》的发言。这次发言就是针对何其芳、卞之琳与新民歌论者之间的论争，所谈话题集中于诗歌的形式问题。何其芳认为传统五、七言和民歌体的尾顿一般是单字尾，与现代口语双音词的大量存在不相适应，而现代格律诗的尾巴则一般是双字尾，因此，现代格律诗比五、七言和民歌体更有优势和发展前途，现代格律诗应成为未来新格律诗的建设方向。他的这种看法引起较大争论，争议焦点为单字尾与双字尾两种诗体谁更具有优势与前途。胡乔木这次发言，意图很明显，就是作为文化领导者，充当“和事佬”角色，尽可能折中双方论点，消除彼此争论与分歧，使现代格律诗发展具有一个较为和谐的外部环境。因此，他认为中国传统诗歌有两个传统，五、七言（单字尾）是一个传统，四、六言（双字尾）同样形成自己的传统。现在流行的五、七言和民歌体来自传统的五、七言体系，而何其芳提倡的现代格律诗和现代的新格律诗则来自四、六言体系，二者皆是民族形式的现代发展，都有其优势，也各有其缺点。在《谈诗》中，胡乔木已发表了“两个传统”说，他的这个看法，与卞之琳可谓不谋而合。但在《诗歌的形式问题》中，胡乔木对五、七言与四、六言的各自特点，作了更为细致的阐发，在具体观点上，与卞之琳有很不一致的地方。

为了做“和事佬”，胡乔木说四、六言与五、七言各有优劣，但是，从他对历史上两种诗歌体系的分析看，他对于五、七言的评价无疑更高一些。因为从历史上看，五、七言的发展确实比四、六言更为辉煌，四、六言最后几乎消失了。五、七言在中国历史上取得这样重要的地位,决非偶然,一定有它非常深刻的原因,非常有力的根据。从音乐性上讲,五、七言比四、六言更加好听、畅快,更加和谐、自然。它的节拍更清楚,比较容易安排:五言三拍,七言四拍,都有半拍休息。这说明五、七言有一些优点是四、六言没有的。在旧诗和民歌两种体裁中,七言比五言更重要。它比其他格式更容易显示音节的条件。七言的音节到后来可以不受言语的限制,它的念法是离开了语言的节奏的。所以旧体诗,不论古体今体,都可冲破语言本来的音节限制而运用自如,它在文言体裁的运用过程中脱离了口语,在用词遣意方面,变化方便,虽只七字,却可表达出比较丰富的诗意。"五四"以后,也有诗人写一种新体诗,也是七言,写来写去还是老式的七言诗。贺敬之的《三门峡歌》,差不多还是旧诗的音节,读起来,给人的印象基本上是旧的。这说明旧体诗还有一种吸引力。如果愿意用比较压缩的语言,旧体诗不见得完全不能用。它虽然和口语离开了,还是可以用,还能够听懂。卞之琳努力以口语来写诗,不用压缩的语言,可是许多读者却不谅解他。当然,这中间还有其他原因,但也说明用压缩的语言,未见得一定难懂,而用口语有时也可以艰深费解。

旧体和民歌体的七言诗虽然是同一样式,但胡乔木认为二者之间有一定差异。民歌不能像旧体诗那样压缩,然而民歌并不排斥压缩的语言。它使用了一些并不是非常难懂的压缩语言。民歌大体上也和口语接近。和旧体诗不同,民歌中可以运用一些念轻音的虚字,或者不是虚字而也可以念轻音的字眼。轻音重音相结合的词句,在民歌中可以相当自由地运用。而在旧体诗里边,这多少有点不同。它们在音节上有一定分别。民歌的音节,一般说,一三五七是重音,二四六不一定是轻音,但可以是轻音,甚至全部是轻音。旧体诗差不多完全相反,可以七个字都是重音,但是它更着重二四六的重音。这个规律说明旧体诗里,二四六的地位比起一三五来更重要一些。某些三字尾的句子不一定是五、七言体裁。民歌,它的音节是二四六轻音,因此可以加衬字,重轻相间,每句半拍休息,更加接近于音乐节奏与口语节奏,和旧体诗的音节完全不同。因此,七言的旧体诗可以有它的安排,民歌体可以有民歌体的安排,两种形式各有长处,雅俗共赏,各自都可得到一方面的自由。这是一种音乐方面的价值,是从四六八言里不易得到的。

五、七言的体裁也有短处,比如,五、七言诗可以有三字尾的情况。如果一句末了是三个字而倒数第三个字是轻音,如五言的"看见个娃娃"和七言的“远远看见个娃娃”，由于“个”字是轻音，就使它们不成其为民歌，也不是旧体诗。因为倒数第三个字不能用轻音，用了轻音，五、七言的音节就被破坏了。这样的音节在口语中是太普通了，这种句子是避免不了的，放在七言诗里边不太好，如果改掉它也很可惜，现在民歌就遇到这种情况。如果用了这样非用不可的句子，七言体的某些优点就要失去，这是五、七言的限制。

胡乔木认为四、六言的出现有其历史必然性，但对其优势没有作详尽揭示，只是认为：“诗经、楚辞里有许多双音词，可能早在那时的语言就需要有双音词来表现，这是不能忽视的。这就是说，我们谈到的两种音节可以各有千秋，不能互相排斥，否则历史上很多的现象就不能解释。”[①]对于四、六言变为五、七言的语言学原因，胡乔木本人也不太清楚。[②]“五四”以来新诗，很少用五、七言，比较整齐的诗都是四、六、八言，六、八言是新诗的基本形式。诗人若愈加注意格律，这就愈加显著。但八言的形式很难发展。六言诗比较容易写，历史上各个朝代都有人写它，但是六言诗只在词里，或在新诗中，才有了地位。冯至的六言比历史上的六言诗高明得多，如“给我狭窄的心，一个大的宇宙”，只是念时不是六个重音，八字的都是重音的句子更难想象。林庚的九言诗实际上也是八言诗，四个双音加一个轻音字，即加一个衬字。不一定把八言看得那么死，都要重音。只要它有一定数目的重音，有一定的安排、排列，就可以得到一定的效果。六、八、十言这种格式，也还有推敲的地方。有的人严格照顿来写，但是读起来却不合传统，不能给读者形成一种美感。

胡乔木所说的“音节”即“顿”，但他认为“顿、音步、拍子”等术语不一定能把现在诗句中的音节关键说得很清楚。从汉语、口语的音节出发，以口语的顿来做诗的顿，有些情况是符合的，但有些情况也会不适合；因为口语比较自由一些，口语中顿不是主要的，虽然有时说话也产生顿的美感。而诗的情况不同一些。有时就会发生问题，也就是说念诗要合拍子，一顿有时要念三个重音或四个重音。有时读者又不知如何数法，即如何分出顿来，读起来就没有一个明了的节奏美感。诗应该有一种比较明显的，一种形成了习惯的节奏。三字一组的拍子在口语中大量存在，但是介绍到诗中

① 胡乔木：《诗歌的形式问题》，《胡乔木论文学艺术》，人民出版社1999年版，第55页。

② 参见胡乔木：《诗歌中的平仄问题》，《胡乔木论文学艺术》，人民出版社1999年版，第155页。

来就不容易，还有待继续探索试验。三个字的音节，如果是重重轻，这样的音节是大量的，没有问题。如果是重轻重，那就会造成一些小障碍。如果是重重重，障碍就会多一些。它们连到一起，读者读一拍或两拍都可以，如果把它念成七言诗的句子就会念不好。三个字的音节还是要用，但是作者要作一种安排，使得读者听起来和双音节差不多，这样就比较容易流行。

三、简明格律及与卞之琳的分歧

为了解决中国诗的出路，使之更好发展，胡乔木在《诗歌的形式问题》建议首先把新诗诗体好好确定起来，使之明朗化。旧诗有入门、启蒙的书，新诗也应该做这种工作。各种诗体有了大体定规，有了共同语言，等于有了一个"宪法"。在1983年的《〈随想〉读后》一文中，胡乔木又提出"简明格律"的主张：

> 现代白话诗的诗行如果要有格律，这种格律一定要非常简明，就如古来历代诗句的格律一样，一说便知。因此，作者既认定拿两三个字（音节）作为一拍或一顿，就不再采取拿一个和四个字（音节）作为一拍或一顿的办法，读者也就不用这样那样的猜测。前面说了，诗句的节奏和散文或口语的节奏总不能完全一样，后者的节奏要自由、繁复得多，因此念和听的人都不觉得那是有格律的诗。作者认为，关于诗句中分拍或分顿的办法，现在主要的问题正是要让大家都容易领会和接受；在这种情况下，同口语习惯有时有些出入是难以避免和不必计较的。①

胡乔木"简明格律"理论指诗行"顿数"的划分和每顿字数的划分。他主张每行四顿（不反对五拍），一拍或一顿规定为两个字或三个字，这样一来，读的人就比较容易领会和接受。这种划分，可能同口语习惯有出入，但也是难免的。胡乔木的简明格律理论牵扯到顿的划分是否完全依据词义或语言规律的问题，在这点上，他与卞之琳产生了很大分歧。

胡乔木在1982年2月15日《人民日报》第7版上发表《诗六首》。应《诗探索》之邀，卞之琳写了《读胡乔木〈诗六首〉随想》，发表于《诗探索》1982年第4期。卞之琳认为《诗六首》的成功证明"顿"或音组理论的可行性。按照音组理论分析，《诗六首》各行都是四音组亦即四顿一行，其中也偶有拗句（行）或不平顺的诗行，如《秋叶》中"在城市的｜公园和｜人行道｜

---

① 胡乔木：《〈随想〉读后》，《诗探索》1983年第2期。

上”一句，按“人行|道上”念，还是每行四音组（四顿），虽没有出格，就与词义不合，显得突兀。也有出格的个别诗行，例如《给歌者》中“羡慕我的，|赠给我|鲜花”，只有三音组（三顿），除非念成“羡慕|我的”。《金子》中“你能让？|能换？|一万个|否！|否！”就多一顿。对于卞之琳的分析，胡乔木大致同意，但对于卞氏对《秋叶》、《金子》等“拗句”的分析，提出了不同意见。《〈随想〉读后》就是对卞文的商榷。胡乔木认为自己的这些句子同样遵循着这样的原则：每行四顿，每拍两三个字，有时把“拍”放在下一拍的起头，拿容易上口做标准。[①] 因此卞之琳所举的拗句、出格的例子，胡乔木却不以为然。这些句子他是这样分拍成顿的：“在城市|的公园|和人行|道上，”“羡慕|我的”，“一万个|否！否！”这种分法是卞之琳不赞成的。两人分歧关键在于胡乔木认为诗的分拍或顿并不必与词义或语言规律完全一致，因为诗的吟哦究竟不同于说话，但仍然要容易念上口，以“的”字归入下拍为例，胡乔木认为这是符合中国传统诗歌习惯的。胡乔木对于“的”字的划分方法，与罗念生暗合。罗念生认为新诗中有了轻短音的字，节奏是很难安排整齐的。为了改进轻短音所带来的节奏感不强问题，罗念生建议把一些轻短音的字移到下一顿，例如：“透明|的海水|是透明|的青天”，“浮动|的水母|飘忽|的白云”。这样念，可以使重要的字落在顿尾，声音响亮。多数的顿头轻脚重，再与词首有轻短音的词配合，也许可以显出一种节奏来。[②] 因此，对于胡乔木的分顿方法，罗念生深表赞同，在致胡乔木的信中说：“您曾经指出‘的’字一类的虚字，有时可并入下一音步，以加强音调和节奏感。孙大雨同志很早就提出这种总结，直到一九五九年才得到中国社科院文学研究所吴晓铃同志赞同。自从你指出后，已逐渐为一些诗人所接受。”[③]

“的”字的划分问题，看似是一个非常琐碎而无关紧要的问题，但由此一字划分所引起的争议，折射的却是现代格律诗的一个大问题，即节奏问题。孙大雨、林庚、何其芳、卞之琳、罗念生、周煦良等人，在探讨新诗节奏问题时，皆注意到虚字在新诗语言中大量出现所带来的系列问题，其中最突出的就是对于节奏的影响。林庚认为古典诗歌中虚字很少，所以传统诗歌的语言是一种更为诗化的语言。而何其芳特别是卞之琳对于虚字的看法则更为积极，认为虚字的增加正是现代诗歌在语言上的优势和特色所

---

① 见胡乔木：《〈诗四首〉附记》，《人民日报》1983 年 4 月 9 日。

② 参见罗念生：《诗的节奏》，《文学评论》1959 年第 3 期。

③ 罗念生：《致胡乔木》(1988 年)，《罗念生全集》第 10 卷，上海人民出版社 2007 年版，第 14 页。

在,现代诗歌的参差错落之美与虚字的使用分不开。总之,在探讨新诗格律问题时,像"的"字这样的虚字与节奏间的关系,已成为一个绕不过去的重要话题。

卞之琳与胡乔木对于"的"字的不同划分,以及罗念生对于此问题的关注,还揭示了另一重要问题,即诗歌格律中"形式化节奏和语言的自然节奏"的关系问题。朱光潜认为诗的格律有两个重要特点,其中之一就是形式化的节奏和语言的自然节奏的矛盾统一,诗人驾驭媒介的工夫就要在这矛盾统一上见出。[①] 在传统诗歌中,形式化节奏和语言的自然节奏得到较好统一,形式与意义是一种较为完美的结合。但由于格律的约定俗成性,因此,形式化的成分是第一位的,人们读诗时按照形式节奏而非语义节奏去读,只不过在个别情况下,两者之间并不完全重合,但这并不影响音乐性的获得。而在新诗中,传统的形式化节奏被完全破坏,新的形式化节奏还处在重建的萌芽阶段,顿逗的划分,就是重建形式化节奏的一种尝试与努力。形式化节奏的建立,涉及两个问题,一是形式化节奏的能否简明易识问题,一是对形式化节奏与语义节奏矛盾统一的认识问题。胡乔木的主张,更为侧重形式化节奏的简明易识性,由此角度出发,在形式化节奏与语义节奏矛盾统一的关系上,他更侧重形式化节奏,而较少顾及语义节奏,认为在现代诗格律初建之时,为了形式化节奏的简单易明,可以稍微牺牲一点语义节奏;卞之琳则更为强调形式化节奏的基础必须建立在语义节奏上,这样势必会在一定程度上牺牲形式化节奏的鲜明性。后来,卞之琳虽然接受了胡乔木的简明格律主张,但他仍然坚持新诗格律的语义节奏与形式化节奏之间是没有矛盾的,语义节奏与形式化节奏是可以完全统一的。从新诗格律建设的成熟程度来看,卞之琳这种观点显得过于乐观了一点。因为,新诗格律建设只有达到完全成熟阶段后,形式化节奏与语义节奏的矛盾关系才会得到较好处理,两者才能建立起比较和谐一致的关系。不过,即使到了这个阶段,形式化节奏与语义节奏之间的裂隙依然存在,两者完全统一是不可能的。

胡乔木提倡新诗的格律规定应简明易行,确实有他的道理。当然,也正如丁鲁所说,在现代格律诗的初创时期,如果没有必要的深入研究,简明的目标就难以达到。"简"必须建立在"繁"的基础上,怎样做到简而不疏、

---

① 朱光潜:《谈新诗格律》,《文学评论》1959 年第 3 期。

详而不繁,是今后努力的方向。[①]

第二节 许霆、鲁德俊的两种节奏体系观

许霆、鲁德俊合著的《新格律诗研究》出版于1991年,这应该是第一部对现代格律诗发展历史进行勾勒与研究的专著。作者在《引论》中说:"本书试图承担的任务是:勾勒新格律诗的发展轨迹,评述一些重要诗人和流派在新诗格律理论和实践方面的贡献。"[②]作者把新诗格律探索的历史分为四个时期:新诗诞生至20年代末为开创期;30年代初到共和国成立为多元期;共和国成立至"文革"前的十七年为繁荣期;"文革"以后至80年代末为新时期。作者秉持诗体"百花齐放"原则,主张新格律诗体与自由体互相学习,共同发展。在新格律诗的界定上,作者认为王力对格律诗的界定只着眼于韵的有无,显得过宽;而何其芳"每行顿数有规律"的限定,则只着眼于"行的均齐",其他的诗都被排除在格律诗之外,显得又过严。因此,他们采用艾青《诗的形式问题》的界定:"格律诗总的解释是:无论分行、分段,音节和押韵,都必须统一;假如有变化,也必须在一定的定格里进行。"[③]这种界定决定本书讨论的格律内容,主要是节奏构成、建行原则和用韵规律等方面。而且,这种界定也直接导出了他们对两种节奏体系的划分。在对70余年现代格律诗的探索历史进行细致研究后,作者在本书第十章《我们的节奏观》中,提出"音顿节奏"与"意顿节奏"两种节奏体系的存在。

一、"音顿节奏"与"意顿节奏"

许霆、鲁德俊认为:"新诗格律的核心是节奏问题,而节奏问题又是个难解之谜,数十年来始终困扰诗歌工作者。七十多年的新诗格律探索大多集中在节奏问题上,而至今未能形成一致结论的也就是新格律诗的节奏,今后要最终建立新诗格律体系的关键也是解决节奏问题。"[④]这就是他们试图解决节奏问题的原因所在。他们认为音节的存在和不存在(或延迟)的起伏是汉语诗歌节奏的成因。由若干个基本等值的汉语音节组合成"时间上的段落",构成音节的存在,这种"时间上的段落"排列成诗行,段落间的

---

① 参见丁鲁:《中国新诗格律问题》,昆仑出版社2010年版,第84—85页。

② 许霆、鲁德俊:《新格律诗研究》,宁夏人民出版社1991年版,第2页。

③ 艾青:《诗的形式问题》,见《中国现代诗论》(下编),花城出版社1986年版,第37页。

④ 许霆、鲁德俊:《新格律诗研究》,宁夏人民出版社1991年版,第258页。

停顿，构成了音节的不存在（或延迟），二者交替而有规律排列，就形成诗的节奏。因此，他们吸收“音组”和“音顿”理论，在两个概念基础上形成“顿”这个概念：“因为顿既可以指它本身的停顿（或延迟），又可以表示前一个顿和后一个顿的时间段落，如果当数个时间段落排列，那么前后两个顿的相距正好是时间段落的长度。在我国，顿的有规律排列就形成新格律诗的节奏。”[①]由此出发，他们认为新格律诗有两种节奏体系，即“音顿节奏”和“意顿节奏”。音顿节奏，即“音组等时停顿节奏”，最有代表性的作品是闻一多的《死水》。这种节奏构成有三要件：节奏单元是“音组”；节奏单元的“等时”；节奏构成是等时“停顿”。音组等时停顿节奏确是新格律诗的一种节奏体系，但仅是一种而已，并非全部，除此之外还有“意顿节奏”，即“意群对称停顿节奏”。它的节奏构成要件也是三个：第一，节奏单元是“意群”。这是根据意义相对独立和语调自然停顿划分出来的“时间段落”，一般是一个短语，甚至是一个诗行。这种节奏单元不呈形式化，长度并不统一。第二，意群的排列原则是“对称”。在诗中，连续排列的数个意顿并不等时，音节数差距较大，因此无法见出节奏，只有在意群对比排列条件下，节奏才呈现有规律运动——循环、反复、再现，这种对比即意群的相应对称排列。第三，有规律“停顿”。在意群相应对称排列的情况下，诗行或诗行组之间的停顿就呈现出规律性。这种规律停顿同意群的规律排列，就形成有规律的节奏形象。音顿节奏与意顿节奏，在节奏单元、排列方式和停顿规律上存在较大差别，但都完全符合节奏的构成原理，只不过一种是以音组的等时停顿形成节奏，另一种是以意群的对称停顿形成节奏。两种节奏体系都建立在科学的理论基础之上，都有其存在合理性。运用音组等时停顿节奏和意群对称停顿节奏写作新格律诗，早在新诗开创期就分别出现了，七十多年实践，都收获一批丰硕成果，因此两种节奏体系的概括是对客观存在的探索成果的总结。

二、对“音顿节奏”的总结

“音顿节奏”是现代格律诗节奏理论中影响最大、流行最广的一种，但这个理论在进一步发展中同样面临很大困难和挑战。在《新格律诗研究》中，许霆、鲁德俊对音顿节奏的实践和理论及其局限性，作了深入概括和总结，对音顿节奏理论的发展具有较为重要意义和价值。

---

① 许霆、鲁德俊：《新格律诗研究》，宁夏人民出版社1991年版，第261页。

许霆、鲁德俊认为音顿节奏是一种形式化节奏，在诗中要再现其节奏形象，需用形式化朗读法，即按着节拍去强化节奏，我们可以把这种节奏形式称为吟哦式。它的优点是节奏鲜明匀整，缺点是音组划分往往同意义和口语中自然区分的顿有较大距离。这种节奏是对我国古典诗歌和外国格律诗的节奏体系的直接袭用。现代汉语虽然双音节词大量增多，但人们说话或朗读时，一般习惯于按自然语流来停顿，其中以在短语后停顿最为多见，很少有谁朗读新诗，是按两个音节或三个音节等时停顿。正如朱光潜所说："拉调子读流行的语言，听起来不自然，未免带有几分喜剧的意味"。[①]因此，作为形式化的音组等时停顿节奏确有其优越处，但也有其较难克服的弱点，即这种节奏较难与自然语调以及内在情调相吻合。但他们又认为这种节奏过去曾帮助许多新格律诗获得成功，今后仍将继续发展。

许霆、鲁德俊采用闻一多"韵律的诗和旋律的诗"的概念。闻一多认为："诗与乐一向是平行发展着的。正如从敲击乐器到管弦乐器是韵律的音乐发展到旋律的音乐，从三四言到五、七言也是韵律的诗发展到旋律的诗。音乐也好，诗也好，就声律说，这是进步。"[②]他们认为，就节奏而言，音顿节奏的诗是韵律的诗，而意顿节奏的诗是旋律的诗。旋律的诗同情调语调一致，能更好传达诗人内在音节和情感节奏的波动性。但从共时性看，韵律的诗仍有价值，在表达现代生活上仍大有可为。韵律的诗由于节奏是形式化固定化的，因此就更图案化，更强烈，读来节奏鲜明、简洁有力，而且比较适宜于表达忧愤深广、凝重理智的生活内容和思想感情。同时，韵律诗的格式在一定条件下也可变化，从而使其大致和情调一致，拿闻一多的话来说，就是"相体裁衣"。

在每顿音组字数限定、如何建行、行间关系上，许霆、鲁德俊梳理出音顿节奏论者对此的不同看法，并由此提出他们的见解。一、在每顿音组字数的限定上，新诗史上有三种意见，第一种主张不限音组的音节自由组合。第二种主张大体限定，如朱光潜、卞之琳、何其芳等主张"音顿"理论的诗人都要求"每一顿所占的时间大致相等"，以二、三字为主，但创作中允许一字顿和四字顿的存在。第三种意见主张完全限定音组的音节数。如闻一多强调二字音组和三字音组的交替，胡乔木要求音组等时，限定每顿为二字

---

① 朱光潜：《诗论》，《朱光潜全集》第3卷，安徽教育出版社1992年版，第182页。

② 闻一多：《时代的鼓手——读田间的诗》，《闻一多全集》第2卷，湖北人民出版社1993年版，第197页。

或三字。从音顿节奏的形式化要求来看，以上意见中第三种在实践中节奏效果最好。诗要见出形式化节奏，这单位内的音节数就不能自由组合，而要限字组合，使之具备“大致相等的时间段落”的条件。二、如何建行。这包括两方面内容，首先是一首或一节诗中每行的音组数量。他们与多数人一样，主张作规律排列即音组数量一致，或作有规律变化。因为音组是节奏的基本单位，但还有比它更大的节奏单位，那就是诗行。读诗时，行间停顿明显，界限分明。音顿节奏的新格律诗讲究节奏的匀整，所以就不能不要求每行的节奏单位数量整齐。其次是行内音组的排列位置，就是何处安排二字组，何处安排三字组等。一般都主张作无规则的排列，而许霆、鲁德俊则主张音组次序作规律排列，因为这有利于形式化节奏效果的获得。三、行的均齐和行的变异。这涉及的是诗行组合成新格律诗的格式问题。主张音顿节奏的诗人，对诗行的长度有两种看法。闻一多等人主张“行的均齐”，何其芳等人不求诗行均齐。许霆、鲁德俊认为闻一多的实践，从格式上强化了音顿的形式化因素，在坚持行内音组数相同的原则下，他们认为音数（字数）的整齐也是不可忽视的因素。汉语每个音节都有个响亮的元音或较为响亮的能起元音作用的辅音，因而成为在听觉上容易分辨的自然单位。一行诗里的音节是有限的，多一个或少一个，人们自然会觉察出来。当然，他们肯定新格律诗行的均齐，但并不反对诗行变异。音组等时停顿节奏最基本的特点，是其格律形式的形式化和音乐性，由此而区别于自由诗的节奏形式，也区别于意顿节奏。

许霆、鲁德俊对于音顿节奏的三点看法，始终贯穿一基本原则，即“正规化和形式化”，但同时又给格律的变异形式甚至非格律成分以一定位置。

三、对意顿节奏的概括

许霆、鲁德俊认为“五四”以来有不少诗人实践着一种用意群对称停顿形成节奏的新诗，最早的是郭沫若，《女神》已提供不少意群对称停顿节奏的新格律诗范例，如《三个泛神论者》等。另一代表作《凤凰涅槃》，从总体上是一首自由诗，但其中局部却是意群对称停顿节奏的格律诗。1949年后最先以意群相应对称节奏创作新诗卓有成效的是郭小川，《甘蔗林——青纱帐》、《厦门风姿》、《团泊洼的秋天》都是脍炙人口之作。其他还有严阵《花海》、《旗海》诗集，《纪宇自选诗集》，浪波诗集《爱之河》等。虽然许多诗人创作意顿节奏的新格律诗，且已形成约定俗成的共同格局，但理论上还缺乏系统归纳和概括。鉴于这种情况，他们对之进行理论总结和阐述，概括出意群对称停顿节奏的三个基本特点:一、意群对称停顿节奏采用口语的自然停顿。这种停顿和语法结构有密切关系,常在某些句子成分之后停顿。作为节奏单元的意群,一般都能体现语意的完整和语气的自然,而不像音顿节奏那样,不管意义如何,都要迁就形式化的等时音组。二、意群采取有规律的排列。各意群的字数不同,在语流中占时就有长短,但数个长短不等的意群前后或上下相应对称排列,有规律出现时,就会形成一定节奏。在这里,对称起着决定性作用。因为对称是一种多样的统一,它能使每一个孤立的看来不等时的意群在相应位置上重现,造成一种整齐和谐的节奏感和音乐美,使人读来朗朗上口。新诗不必像旧诗讲究严格对仗,但适当对称还是大有益处的,因为对称具有很大凝聚力,可以把散乱的意群规律化,从而形成一种相对的节奏。诗中相应意群的词与词、词组与词组的对称,确实可以给人以十分鲜明的建筑的美感。三、诗行和诗节节奏作用的加强。诗行是大于意群的节奏单位,诗节又是大于诗行的节奏单位。在对称节奏的诗中,两个或数个相同结构的诗行或诗节连续或间隔反复,诗就会在更高层次上形成有规律的节奏形象。

许霆、鲁德俊还分析了意群对称停顿节奏的优势与缺点。意群对称停顿节奏的诗,并不按节拍而是按自然语流的意群来组织安排,完全符合现代口语结构,这样就能以千变万化的姿态来反映繁复的社会现实,而较少带有局限性。通过朗读使节奏再现时,只需按自然的停顿方法还其自然,所以它是一种更接近现代口语节奏的"诵读式"新诗节奏体系。它的优越性,首先是把传统音乐性形式节奏改为口语化自然节奏,容易同情调和语调相配合;其次是创作方便,构行构节容易,利于"相体裁衣";再次是用自然语调朗读即能充分显示诗本来的节奏形象。当然,这种节奏也有弱点,因为许多生活内容和诗思诗情并不适宜写成对称诗行,硬要那样去写会陷入困境。诗情进展和声律流动是多状态的,回环反复固然适宜用意顿节奏来表现,而一些纵直发展的却更适宜用音顿节奏来表现。另外,符合自然语调的节奏固然有优越处,但形式化节奏所造成的哼唱调和说话调也有其存在价值,能够为人接受和喜欢。因此,他们不主张把意顿节奏抬到独尊的地步。

许霆、鲁德俊的意群对称停顿节奏是对郭小川等人创作的理论概括,就像他们自己所说,并不是闭门造车的凭空杜撰。这个理论的最大意义和价值在于:给予外形不太整齐而符合对称美的诗歌在现代格律诗体中以应有位置。何其芳的音顿理论提出后,在当时就引起过较大争议,金戈、唐致、陈业劭等人认为何其芳重视顿数一致，而没有注意到顿数不一致而节与节却对称的问题。后来卞之琳对参差均衡律的反复阐发，同样也是为了弥补何其芳音顿理论的不足。因此，意群对称停顿节奏理论的提出，是对闻一多、何其芳音顿理论的有益补充与修正。

意群对称停顿节奏理论是对现代诗歌对称美现象的理论概括，正如许霆、鲁德俊所说："对称在形成节奏当中的重要作用，本是美学家早就公认的，未引起诗论家的重视，甚至在一个较长的时间里，把它当形式主义的东西，弃之如敝屣。如今我们把它当做一种节奏体系的主要标志重提出来，不是为了回复到旧体诗的对仗去，而是为了充分利用汉语得天独厚的艺术手段。"①对称类似于传统文学中的"对仗"，是基于汉语自身语言特点而出现的一种重要艺术手法，在诗词歌赋中得到广泛运用。而对称作为一种节奏原则，在新诗中的运用以及在当代诗歌中的发展，则为研究者所忽略了。在他们之前，叶公超首次注意到对偶与新诗所存在的微妙关系。他认为对偶与均衡是中国文字中极有效力的技巧，旧诗用得很多，在新诗中仍很有用处："均衡的原则是任何艺术中最基本的条件，而包含对偶成分的均衡尤其有效力。……西洋诗里也有均衡与对偶的原则，但他们的文字在这方面究竟不如我们的来得有效。单音文字的距离比较短，容易呼应，同时在视觉上恐怕也占点便宜。"②均衡与对偶的原则可产生无穷变化，这种微妙的变化在新诗中也很常见。叶公超所说的均衡与对偶还只是着眼于词与词之间及行与行之间的局部关系，而许霆、鲁德俊所谓的"对称"，则与诗歌整体的节奏形态有关。他们对此问题的理论概括，为研究诗歌的节奏问题，提供一新的视角，具有一定启发意义。

许霆、鲁德俊认为音顿节奏体系和意顿节奏体系，"哪一种更能体现现代汉语的本质特点，实践和时间会作出合理的选择与公正的判断。"③但他们的评价明显偏向意顿节奏。他们认为意顿节奏的诗，完全符合现代口语结构，在表现生活上较少局限性，创作方便，用自然语调朗读即能充分显示诗本来的节奏形象。而音顿节奏是一种形式化节奏，在诗中要再现其节奏形象，须用形式化朗读法，即按着节拍去强化节奏。这种吟哦式节奏的优点是节奏鲜明匀整，但也有较难克服的弱点，即节奏较难与自然语调及内

① 许霆、鲁德俊：《新格律诗研究》，宁夏人民出版社 1991 年版，第 287 页。

② 叶公超：《论新诗》，《文学杂志》创刊号（1937 年 5 月 1 日）。

③ 许霆、鲁德俊：《新格律诗研究》，宁夏人民出版社 1991 年版，第 287 页。

在情调相吻合。这种观点一定程度上揭示了音顿理论的内在困境，但也存在可商榷之处。格律本来就是形式化节奏和语言自然节奏的矛盾统一。新诗的形式化节奏还处在重建的萌芽阶段，顿、逗的划分，就是重建形式化节奏的一种尝试。形式化节奏的建立，涉及两个问题，一是形式化节奏的能否简明易识的问题，一是对形式化节奏与语义节奏矛盾统一的认识问题。许霆、鲁德俊遵循形式化和正规化的原则，认同胡乔木的观点，认为顿的划分与规定应更为简明，这完全正确。但认为音顿节奏就是形式化节奏，意顿节奏就是语义节奏，似乎有把形式化节奏和语义节奏完全割裂开来之嫌。音顿节奏同样也是建立在语义的自然停顿基础上，它存在着形式化节奏与语义节奏的矛盾，而且，这种矛盾确实是它必须解决的一个问题。但意顿节奏同样存在形式化节奏与语义节奏的矛盾，只能说它存在的矛盾可能比音顿节奏小一点，但说它不存在这种矛盾，也是不符合事实的。因为格律本来就不是完全自然的生成，而是人为的约定；格律的本质就存在于人为与自然、艺术与现实的矛盾统一之中。

意顿节奏的理论基础一为“意群”，一为“对称”，这两点也存在一定问题。音顿节奏的理论基础音组制，经过孙大雨的细致论证，在理论上还是站得住的。许霆、鲁德俊在节奏上同样认同音组制，但他们提出的意群对称停顿节奏理论，其理论的关键词“意群”与“对称”，与节奏是一种什么关系，怎样能够证明意群的对称能产生节奏感，许霆、鲁德俊似乎没有给出明确的有说服力的理论说明。顿是音顿节奏的节奏单元，意群是意顿节奏的节奏单元。那么，意群这个节奏单位怎么划分？许霆、鲁德俊承认这种节奏单元不呈形式化，长度并不统一，因此，无法见出节奏，“只有在意群对比排列条件下，节奏才呈现有规律运动——循环、反复、再现。”[①]这说明意顿节奏的节奏成因完全依赖“对称”，其理论前提是对称与节奏存有必然关系，但这一点其实并没有得到多数人认同。句子的对称排列，可以产生空间的美感，与声音是否有关系，还很难说。古典诗体中律诗对仗最多，但律诗的节奏并不来自对仗。所以，意顿节奏理论的理论基础即对称与节奏之间的内在关系，尚待作进一步论证。

① 许霆、鲁德俊：《新格律诗研究》，宁夏人民出版社 1991 年版，第 262 页。

第三节　许可等人的九言诗主张

许霆、鲁德俊对于音顿节奏的三点看法，始终贯穿一基本原则，即“正规化和形式化”，体现在诗行的字数上，要求诗行的整齐与每行字数的完全一致。他们提出限定字数和诗行间字数一律的观点，在新时期现代格律诗坛具有很大代表性，一些学者如许可、左正、蒋雁北等人提出的“九言诗”主张，与许霆、鲁德俊对音顿节奏“正规化和形式化”的要求，存在诸多相似之处，形成了理论观点上的相互呼应。

许可在《社会科学战线》1979 年第 1 期发表《新创格律诗要求行的字数整齐》，提出九言诗主张。他所谓的“新创格律诗”即现代格律诗。许可认为“新创格律诗应该每行字数整齐”。许可采用的也是何其芳的音顿理论，但他又不同意何其芳的一些观点。何其芳要求每行顿数一致，而不要求字数一致。许可认为新创格律诗若只要求行的顿数整齐与押韵规律化，而不求行的字数整齐，就依然是“参差不齐”的，就不成其为格律诗。原因在于，音节虽然只是节奏的最小单位，但它却是语音的基本单位。每一个音节都有一个响亮的元音或者较为响亮的能起元音作用的辅音，因而都是一个在听觉上容易分辨清楚的自然单位。而一行诗里的音节，一般只有几个或十几个，多一个少一个人们自然立刻就可以感觉出来。一首诗假如由各种音数的诗行没有规律地排列起来，谁也会感到这是很不整齐的。他对要求字数整齐的原因的解释，与许霆、鲁德俊完全一致。

许可一方面要求每行字数一样，同时又认为新创现代汉语格律诗应该遵循的原则是大体整齐，即在整齐之中又要有所不整齐，整齐是它的基础，不整齐是它必不可少的因素。“整齐”指每行字数相等且顿数一样，“不整齐”指一行之内每顿字数不完全一样，或一行之内某个音顿的位置不固定。在提倡字数整齐的基础上，他提出了九种可以提倡的诗体，从七言到十三言，其中，九言诗最有希望，十言诗较有希望。[①]

在该文基础上，许可写出《现代格律诗鼓吹录》一书，于 1987 年出版。书分“诗体篇”与“节奏篇”。“诗体篇”论述九言诗与其他七种现代格律诗体（现代五言、七言、八言、十言、十一言甲体与乙体、十二言），其着重论述的为九言。他认为现代九言诗的特点是：它的九个音节，分为四顿，即三个

---

① 许可：《新创格律诗要求行的字数整齐》，《社会科学战线》1979 年第 1 期。

双音顿与一个三音顿，而这个三音顿的位置不固定。可见，他的九言诗理论与林庚不同，而是继承闻一多、何其芳的音顿理论。许可非常详尽地勾勒了九言诗在古代的源头和它在现代的发展，以说明九言体是渊源有自的。作者对于诗体的考察运用的是“整齐又不整齐”的原则，四、六言分为两顿，每顿字数一样，过于整齐，于是就被五、七言代替了。五、七言字数一样而每顿字数不一样，正符合整齐又不整齐的原则，而九言分为四顿，即三个双音顿与一个三音顿，而且三音顿的位置是随意的，这又是整齐中的不整齐，而它的字数则比七言多两个字，符合现代口语特点，这是它优于七言因而能代替七言的关键所在。[①]

许可认为格律体必须具备两个要件即组成诗行的节奏的最小单位与基本单位的数量都整齐。[②] 他所谓的“最小单位”即字，“基本单位”即顿。按照他的标准，就是要求每行字数的相等与顿数的相等，这又重回到闻一多的主张那里去了，只不过对闻一多的主张加以部分改进。因此，他认为何其芳所提倡的“现代格律诗”应称之为“自由诗”，因为行的字数不一样。

“节奏篇”谈节奏成因。许可一一否定了平仄、轻重、长短与现代格律诗节奏的关系，但他主张“把现代格律诗读得节奏鲜明”。[③] 他的这一主张来自何其芳：“可以利用读法上的有规律的轻重长短来加强节奏感”。[④]

许可的九言定型诗主张，在主张上与林庚相似，但所依据的音顿理论则来自何其芳与卞之琳，他对节奏成因的看法也同样来自前人。许可的九言诗主张虽可自成一说，但在理论创获上，已很难与林庚的九言诗理论相比。

1982 年，吉林省文联文艺理论研究室编的《文艺论稿》第 7 辑刊发了田间和林庚给左正的信以及左正的《从自然律走向规范律》、蒋雁北的《创建新格律诗之管见——从中国古代诗歌诗行字数的演化谈起》。左正、蒋雁北在文章中提出“创建九言诗”的主张。左正提出九言诗可作为一种现代格律诗予以发展。理由是：一、整齐的诗歌句式有逐渐向长发展的趋势。句式整齐是诗歌形体的一个基本特征。无论汉语诗歌还是其他诗歌，一般说来，人们总是把每行音数相等的诗叫做正体，把音数不相等的叫做变体。由于汉语特点是每个音就是一个字，汉语诗句的音数也就是诗句的字数，

---

① 许可：《现代格律诗鼓吹录》，贵州人民出版社 1987 年版，第 9—58 页。

② 许可：《现代格律诗鼓吹录》，贵州人民出版社 1987 年版，第 75 页。

③ 许可：《现代格律诗鼓吹录》，贵州人民出版社 1987 年版，第 156 页。

④ 何其芳：《关于现代格律诗》，《文学评论》1959 年第 5 期。

所以，每句每行音数相等的汉语诗，不但听起来整齐，而且看起来也整齐，这是汉语诗歌形体上的一个基本特征。二、九言诗句在历代诗歌中已逐步出现。三、在民歌民谣中，已经有完整的九言体存在。四、据说在古典诗歌史上，已经有人作过九言诗。五、在现代诗人中，已经有些诗人自觉不自觉地创作了一批九言诗，如闻一多诗集《死水》有四首是纯九言诗，艾青、臧克家、田间、林庚等人，都作过九言诗。许多诗人写九言诗，说明九言体已经是一种自然律，经过归纳和演绎，就有可能成为一种规范律。① 蒋雁北同样主张九言诗，他的理由与左正差不多，同样依据中国古代诗歌诗行字数由少到多的演化规律。九言诗行因为是奇数字诗行，就能保留三字尾。有了三字尾，不但能使全诗的节奏得以调整、和谐，而且能使行与行之间顿的位置整齐，有利于对仗。

左正、蒋雁北的九言诗主张，与许可主张完全一致，而不同于林庚的九言诗理论。他们的九言诗主张，论证显得不够充分，理论价值不是太高。

第四节　丁芒对新格律的提倡和“自度曲”理论

在20世纪80年代的现代格律诗探索者中间，丁芒是重要的一位。他在20世纪40年代开始诗歌创作，50年代出版诗集《欢乐的阳光》，中间被迫放弃写作20年，“文革”后开始现代格律诗的理论提倡和创作实践，出版有诗集《枫露抄》(1983)、《丁芒新诗选》(1994)等多部，诗论集有《诗的追求》、《丁芒诗论》等。丁芒一开始从事现代格律诗的创作，后转向自度曲（又称“自由曲”）的写作，出版有《自由曲集》、《苦丁斋散曲》等。所以，在诗歌理论上，他也有一转变过程，由80年代初大力提倡现代格律诗，转向80年代中后期对自度曲的提倡。

80年代初，丁芒发表《诗歌民族传统杂谈》(1980)、《提倡写格律诗》(1980)、《从新诗散文化谈到建立新诗体》(1982)、《论诗的音乐美》(1984)等文章，提倡现代格律诗创作。在创建格律诗的具体主张上，他提出“创立一种或数种固定的新诗体，是六十多年新诗探索过程的经验所指，是新诗发展之必需，也是新诗从目前困境中的振拔的途径。”②他认为古体诗有一

---

① 左正：《从自然律走向规范律》，《文艺论稿》1982年第7辑。

② 丁芒：《从新诗散文化谈到建立新诗体》，丁芒：《诗的追求》，花城出版社1987年版，第86页。

固定形式，这是它能够繁荣、形成强大生命力的重要原因。创造固定诗体，主要应从新诗已有基础和民族传统出发。韵必须具有，至于旧诗词中的平仄声，字声字义的对仗、词句的长短配置等，都可作参考。不必泥古，必须从当代口语出发。律绝过分严谨、呆板，旧词中小令的形式更值得借鉴。欧洲的十四行诗体，也是卓有成就的一种固定诗体，其经验值得借鉴。《论诗的音乐美》从形象艺术的本质、历史发展、音乐美在诗美学中的位置三方面，探研了诗歌与音乐的亲缘关系，认为诗歌的音乐美，不单纯是艺术上的要求，也是诗歌本质性的品格。节奏和韵是诗歌音乐美的两个主要要素，其他如对称美、主旋律美、错综美、稳定美也可加强诗歌的音乐美，但不是必要因素。

丁芒强调新诗应向传统诗歌学习，而且认为“当前古体诗词的某种程度的繁荣，并不是平分了新诗的秋色，相反，对促进新诗倒极为有利。让人民也让诗人感受、认识、辨别新旧诗体各具的优缺点，从而知所抉择，知所扬弃，以扬长避短，有什么不好？让人民也让诗人在这新旧诗体并行，相互映照，相互激荡的状态中，含英咀华，酝酿消化，吸收渗透，使两种诗体都能有所改进，更能适应时代的要求，充分表现当代飞速的脉搏和人民的思想情感，有什么不好？”[①]丁芒这种新旧体诗并行发展、互相借鉴的主张已为其“自度曲”理论的提出埋下伏笔。丁芒写于80年代中后期的一系列论文，如《创造中国诗的新传统》、《从当代诗歌总体论旧体诗词的社会价值》、《中国诗歌格律的推衍及对当代诗歌的浸润》、《元曲的艺术特色及当代价值》、《也论元曲中的衬字》、《〈丁芒诗论〉自序》等，对他之前提出的新旧体诗互相学习的主张，又做了进一步阐发，提出“新旧诗融合”，并在此基础上提出“自度曲”主张。丁芒认为当代新、旧体诗，都没有达到时代所要求的高度，各有其致命弱点，如果仍像过去那样，各立门户，互相排斥，这种致命弱点只会愈演愈烈。因此，从诗歌运动总体的宏观角度和新旧诗的推衍关系来看诗歌发展前景，必须把这种论争引导到新的境界，即首先打破新、旧体诗的界限，两种诗体互相吸引，互相融合，唯有这样，才能创造中国诗的新传统。[②] 他把新、旧体诗的关系看成太极图，相分相和，相生相克，各自的弱点，恰是对方的优点，在两种诗体相互吸纳、融合、扬弃的运动中，自己逐渐消失，而产生第三种形式——新的诗体，典型的现代化中国诗。新旧诗如

---

① 丁芒：《在探求中前进》，丁芒：《诗的追求》，花城出版社1987年版，第89页。

② 丁芒：《创造中国诗的新传统》，《丁芒诗论》，江苏文艺出版社1991年版，第6页。

何互相学习呢？他认为在形象艺术方面，在形式和感情的适应度方面，旧体诗词应向新诗学习；在运用中国传统艺术经验方面，在发挥形式微观元素的作用方面，新诗应向旧诗学习。[①] 在旧体诗词创作上，他主张分三步走：第一步，大力提倡写格律比较宽松自由的古风、词、曲；第二步，大力提倡写更为自由的自度曲；第三步，在充分融化、吸收传统格律优点的基础上，创造新的、使用当代口语写作的诗体。在新诗创作上，他主张新诗能从脱离民族传统越来越远的道路上，转过身来，回归传统，在合理、可用的传统经验浸润下，创造新的富有中华民族风格的诗体。这样，古体诗与新诗就能从两个方向逐渐走拢，什么时候交汇了，就会开创中国诗歌的新纪元。

丁芒为什么提出向曲学习呢？这和他对于曲的艺术特点的认识有关。他把传统诗歌分为两种审美体系，一种是根源于统治者的政治理想而产生的比较僵化的审美体系，一种是有民主内涵和个性色彩的活泼的审美体系。两种审美体系作用于诗歌格律，就产生了四平八稳和参差错综的两种格律美，其中，曲上承楚辞、乐府、歌行体和词的余绪，属后一种审美体系的形式，并对此作进一步发展。与各种形式的古典诗歌相比，曲更便于当代人学习，曲的形式艺术更利于吸收到当代诗歌创作中去，这与它的口语化及格律上的宽松自由有关。至于曲的格律要求较为严格的那一部分，由于是为了合乐需要，现在可以根本不用管它。如何吸收曲的营养？丁芒提出“自度曲”作为中间步骤：

自度曲者其实是无曲的自度，是运用曲的某些优秀艺术形式、手法，在更宽松自由的艺术创作条件下，写出新曲。我认为在目前导引新诗与旧诗逐步融合的前提下，大力推行元曲的研究和创作，大力提倡“自度曲”的写作，是非常切实的步骤。[②]

丁芒提倡向元曲学习，写作“自度曲”，着眼于元曲体式结构的如下特色：一、可视作品需要，自由增添衬字，甚至增加句子，这就使诗意的表达、感情的渲染、语势的强化，有广阔余地。二、若意犹未尽，可按原曲再写一遍，作为一首，可以用同宫调的其他曲牌，加写一至二首，更长的内容则可以用同宫调的一组曲牌，写出套曲，这样在体式上比诗词更灵便、宽泛，不致发生以辞害意之弊。三、曲中运用许多叠句、排比句、对仗句、扇面对句

---

① 丁芒：《中国诗歌格律的推衍及对当代诗歌的浸润》，《丁芒诗论》，江苏文艺出版社 1991 年版，第 26 页。

② 丁芒：《元曲的艺术特色及当代价值》，《丁芒诗论》，江苏文艺出版社 1991 年版，第 97—98 页。

等，在体式结构上形成错综与整齐相统一的艺术美，无论听觉、视觉，都能达到最佳效果，在曲以外的其他任何诗歌形式中，很少见到。[①] 由于散曲具有可加衬字等优势，便于运用当代口语，因此，他认为提倡多加衬字的散曲和舍弃原有格律形式、完全自由写作的所谓“自度曲”，是古典诗词逐步现代化的最好桥梁，是新旧诗逐渐接近直至融合的较好途径。

丁芒的“自度曲”又称“自由曲”，在他与别人合著的《当代诗词学》一书中，他对其自由曲主张，又作了较为详尽阐发。[②]

丁芒把自由曲作为新旧诗体融合的一个桥梁，可见，他的新诗格律主张偏向于回归传统，特别是散曲的传统。他认为新诗应该向旧诗吸收其合理的可用的格律因素，这并没有错。但认为新诗对于旧诗的语言问题、节奏问题、韵律问题及排列、对称等方面所积累的经验，并不重视，运用极少，这种论断则不符合事实。他提出“新旧诗接轨的双向运动”，在新旧诗互相融合中产生第三种诗体，这种想法也只是停留于一种猜测，而无法得到证实。因为新旧诗在形式上存在巨大差异，如何能够融合，确实是一问题。丁芒承认“中国诗歌无疑将沿着新诗的河床前进”，旧体诗词毕竟是一种古老的形式，难以与现代社会相适应。[③] 但他提倡的“自由曲”理论，无疑更偏向于旧体诗词，而非新诗。就像屠岸所说：“他新创的自由曲，与其说是新诗的异化，毋宁说是旧诗的蜕变。他自己说过：‘毕竟我对古典诗更为钟爱。’又说：‘我国古典诗歌美学传统对我一生的诗行为，一直起着奠基作用和主导作用。’”[④]正是出于对旧体诗词的钟爱与难以割舍，他的自由曲理论更着眼于旧体诗词的改良而非新诗的形式重建。对于新诗的形式重建，丁芒只是提出新诗应向旧诗靠拢，而怎样靠拢，他并没有提出明确建议。由于舍弃新诗应向西方学习这一路径，丁芒的新诗形式主张，就只剩下“回归传统”的唯一选择。而这种主张，与何其芳、卞之琳等人的现代格律诗主张相比，在视野上就显得狭窄了许多。

---

① 丁芒：《元曲的艺术特色及当代价值》，《丁芒诗论》，江苏文艺出版社 1991 年版，第 95 页。

② 丁芒、袁裕陵、舒贵生：《当代诗词学》，中华工商联合出版社 1997 年版，第 180—190 页。

③ 丁芒、袁裕陵、舒贵生：《当代诗词学》，中华工商联合出版社 1997 年版，第 175 页。

④ 屠岸：《丁芒诗歌理论的特色与成就（代序）》，《当代诗词学》，中华工商联合出版社 1997 年版。

余论　柳村的“格律结构”理论

柳村从20世纪50年代末开始研究汉语音位和诗词格律，从70年代末开始撰写《汉语诗歌的形式》一书，前后经过30年，1990年该书完成、出版。在书中他提出“格律结构”理论，把它看做是汉语诗歌格律形式的共同规律，不但用它来分析旧体诗词曲，而且用之分析新诗格律。

柳村认为诗歌的格律要素有三个，即押韵、平仄和节奏。这些要素都建筑在一定的篇章结构形式之上。这种用以安排各种格律要素的篇章结构形式，就是出句与对句互相呼应的结构，古人把这个结构称作“联”（即是“联句”的意思）。一个出句（前一句，呼句）与一个对句（后一句，应句），两句匹配成组，这个匹配组就是安排各种格律要素的架构，各种格律要素都安排在这一架构之上，体现在这个架构之中。他把这种构架称为“格律结构”。格律结构是格律诗体现格律要素的基础，或者说是体现格律要素的细胞和单元。格律结构有整齐型与变化型两种基本类型。两种类型的划分决定于两个因素：一个是格律结构的整齐（一个出句匹配一个对句）与变化（一个出句匹配几个对句，几个出句匹配一个对句，或几个出句匹配几个对句），一个是句式（诗行）长短。这两个因素互相交错，形成各种格律诗形式。[①]

柳村的格律结构说是对传统诗歌形式的总结，他拿这种理论来分析古典诗歌也许有效，但他认为这个理论对于分析现代诗歌也同样有效，则是值得商榷的。他之所以这样认为，与他对现代格律诗的界定有关。他依照个人观察与研究，总结出现代格律诗的三个特征：一、存在格律结构（出句与对句匹配）；二、押韵；三、分章的诗各章的篇章结构要求一致。[②] 他认为符合这三项原则的都是现代格律诗，且现代格律诗必须符合这三项原则。符合上述原则，欣赏效果便好，否则便不佳。依照这个标准，他把现代格律诗分为“接近于自由诗的现代格律诗”、“整齐型现代格律诗”、“变化型现代格律诗”。整齐型现代格律诗又分为“接近于变化型的整齐型现代格律诗”与“一般的整齐型现代格律诗”。变化型现代格律诗又分为“接近于整齐型的变化型现代格律诗”与“一般变化型现代格律诗”。其实，诗人们在写作

---

① 柳村：《汉语诗歌的形式》，河南大学出版社1990年版，第6页。

② 柳村：《汉语诗歌的形式》，河南大学出版社1990年版，第414—415页。

现代格律诗时，并不会有意按照“出句”与“对句”相匹配的方式去写作，用这种“出句”与“对句”相匹配的“格律结构”，去界定和分析现代格律诗的有效性到底有多大，是颇为值得怀疑的。不过，柳村提出“格律结构”并以之来分析现代格律诗的尝试，显示出一些学者试图总结现代格律诗形式规律的良苦用心。

第七章　以“雅园诗派”为主体的新诗格律探索

进入20世纪90年代之后，诗歌界大致呈现新诗、旧体诗、歌词三分天下的局面。凭借音乐与电子媒介，歌词比新诗获得更为广泛的认同，得到较大发展。旧体诗词从80年代以后，也呈现强劲复苏势头，刊登旧体诗词的《中华诗词》发行量，据统计已远超《诗刊》。歌词与旧体诗词的流行与发展，对于日渐不景气的新诗来说，无疑形成巨大压力与挑战。而在新诗中，自由诗从80年代以后，居于绝对优势地位：“一本权威性《诗刊》，今天已见不到有新格律体诗发表，几乎全是些诗行参差不齐的自由体诗；一部三卷本的《新中国50年诗选》，共2383页，留给格律体新诗的只有70页。”[①]格律体新诗(现代格律诗)所占比重三十分之一还不到。对于诗歌形式的探讨与形式重建的主张往往遭到自由诗论者的抵制，被讥讽为“形式主义”。有的学者根本否认白话诗存在格律体的可能性，例如郑伯农把当今诗体分为三类即“新诗、格律诗、民歌”，他所说的“格律诗”即旧体诗词，并非是现代格律诗。在他心目中，新诗完全等同于自由诗，它们是一个概念。他批评“五四”诗歌革命偏激，其目的并不是为白话格律诗争取合法性，而是为传统旧体诗词争取合法性。他对于白话格律诗的忽视，正反映了一般人的普遍看法，即认为新诗无“体”无“律”，新诗就是自由诗。[②] 有的学者则根本否认有用白话写格律诗的可能性，如周晓风认为：“现代新诗的白话语体形式从根本上决定了它只能是自由诗。这‘自由’的含义就是指它以口语为基础，没有固定的格律形式。即使新诗中的某些格式(如四行一段式，十四行体、九言诗等)，因某些诗人的努力或成功而产生了广泛的影响，也不可

① 骆寒超、陈玉兰：《中国诗学第一部：形式论》，中国社会科学出版社2009年版，第674页。

② 郑伯农：《关于格律诗的回顾与前瞻》，见中国作家协会理论批评委员会编：《中国文学理论批评文选2005卷》，作家出版社2006年版，第316—327页。

能成为新诗创作必须遵循的格律。”“因为新诗的语言媒介是现代白话，它决定了现代新诗必须是自由诗的语体形式。”[①]邓程的观点与周晓风相似，他认为新诗格律理论和实践都是失败的，其原因与现代汉语、古代汉语间的巨大差异有关。古代汉语是单音节，现代汉语是双音节，正是这种差别造成了 20 世纪文学包括诗歌的大裂变：“现代汉语的双音化使得新诗保持古诗的平仄格律成为不可能。其次，现代汉语的双音化及句法的严密牢固使新诗无法保持一个标准的等量的建行，当然也无法保持一种上下对称的句式。”[②]邓程认为节奏在于重复，对称是重复的高级形态，因此，用现代汉语无法写出有节奏的格律诗。

由于自由诗越来越处于强势状态，新诗的形式由示范到失控，新诗的声誉在一般民众眼中越来越坏，再加上不少学者对于用现代汉语建立格律体新诗可能性的否定与悲观，现代格律诗的发展确实处于一种不容乐观的境地。因此，90 年代现代格律诗的发展，一方面带有与自由诗竞争的意味，一方面也带有试图通过形式重建，以改变新诗危机状态，引领新诗走出迷途。在 90 年代现代格律诗的发展中，一个具有标志性的重要事件就是雅园诗派的产生。1994 年 10 月，深圳中国现代格律诗学会在北京雅园宾馆召开诗会，推出会刊《现代格律诗坛》。周仲器、周渡把雅园诗会的召开作为雅园诗派诞生的标志，认为雅园诗派是继新格律诗派之后新诗史上第二个重要的格律诗派。[③] 笔者认为雅园诗派与新格律诗派性质上有一定差异，新格律诗派的范围要小得多，而雅园诗派属于学会性质，范围要大得多，成员的组成也比较庞杂，但它有自己明确的发展现代格律诗体的主张，有自己的刊物《现代格律诗坛》，而且，以雅园诗会为中心，组织了一系列有计划的活动，因此，称其为诗歌流派是可以的。对于雅园诗派的宗旨、创作、理论和活动，周仲器、周渡撰有长文《中国新格律诗史上第三次浪潮——雅园诗派论》(上、下)、《雅园诗歌纪事》，对之作了非常详尽的介绍。[④] 雅园诗派作为新诗历史上又一个现代格律诗派出现，标志 20 世纪的新诗格律探索，进入另一较为活跃的发展时期。

---

① 周晓风：《现代汉语与现代新诗——试论现代汉语诗歌审美符号的特殊性》，见《现代汉诗：反思与求索》，作家出版社 1998 年版，第 236 页。

② 邓程：《论新诗的出路》，中国社会科学出版社 2004 年版，第 348 页。

③ 周仲器、周渡：《新格律诗探索的历史轨迹与时代流向》，周仲器、周渡：《中国新格律诗史论》，雅园出版公司 2010 年版，第 124 页。

④ 周仲器、周渡：《中国新格律诗史上第三次浪潮——雅园诗派论》(上、下)，周仲器、周渡：《中国新格律诗史论》，雅园出版公司 2010 年版，第 133—211 页。

“深圳中国现代格律诗学会的成立是中国新诗史上令人赞赏的创举，因为它恢复了现代格律诗在中国新诗发展史上地位，更标志着现代格律诗已经发展到了一个引人注目的新阶段。”[①]确实，中国现代格律诗学会及雅园诗派的诞生，使本阶段的新诗格律探索，带上鲜明的社团活动色彩，为处于弱势与分散状态的现代格律诗探索，提供了凝聚力量、交流对话、切磋诗艺的平台，有效推动了现代格律诗的发展。根据周仲器、周渡两位先生的统计，学会主办的《现代格律诗坛》已出版 10 期，共发表近 500 人（次）的作品；雅园出版公司推出的“雅园诗歌丛书”和“雅园诗歌论丛”已达 30 余册；学会成员出版的诗集、论著有 60 部左右；学会主编的《中国新格律诗选粹(1914—2005)》选收的 400 余首作品，一半以上是雅园诗会成员的。[②] 在创作成就上，雅园诗派的形式试验也逐渐趋于成熟，“像万龙生、黄淮等在新格律体诗创作中苦苦探求取得的成绩是值得大力肯定的，可以说今天一批聚集在中国现代格律诗学会周围的新格律派诗人已比当年新月诗派同仁的‘创格’要成熟多了。”[③]可见，雅园诗派的诞生，对于促进现代格律诗创作与理论探讨的健康发展，发挥了积极显著的作用。但是，令人遗憾的是，雅园出版公司由于是一家海外注册的出版社，其出版的大量系列丛书，在大陆难得一见，这就使得雅园诗会的形式试验，在某种程度上沦为自娱自乐，极大限制了雅园诗派形式试验的展开和影响范围的扩大。

在雅园诗派之外，上海新声研究小组于 1999 年在上海成立。上海新声研究小组出版有《新声诗页》、《海上新声诗选》、《海上新声丛书》、《海上新声评论选》等。它的创作宗旨是“背靠传统，面向现代，古新结合”，尝试建立一种“新声体诗”。顾振仪给新声诗体的界定是：“新声体诗是具有古典韵味的新诗，是传统诗歌的现代式。”[④]它既不同于传统格律诗，又不同于现代新诗，而是古诗与新诗相互吸纳、结合而产生的一种新体诗。新声诗派“古新”结合的创作倾向，与丁芒的“自由曲”、台湾范光陵、大陆樊希安、贺敬之等人的新古体诗、雁翼的新体词，比较接近。丁鲁认为在当代中国，新诗界、歌词界、民歌界、古典诗歌界（包括研究与创作）、诗歌翻译界各自

---

① 新诗研究所：《贺信》，《现代格律诗坛》1995 年第 1 期，第 20 页。

② 周仲器、周渡：《自律与共律：雅园诗派新格律诗的创作——雅园诗派论》（下），周仲器、周渡：《中国新格律诗史论》，雅园出版公司 2010 年版，第 153 页。

③ 骆寒超、陈玉兰：《中国诗学第一部：形式论》，中国社会科学出版社 2009 年版，第 727 页。

④ 顾振仪：《新声诗体的基本特征》，潘颂德主编：《新声诗选析》，香港天马出版有限公司 2009 年版，第 234 页。

为政，已经没有统一的诗歌界。[①] 这种“五界分离”的现象，确实不利于诗歌发展，而上海新声研究小组与丁芒等人对于“古新结合”的提倡和尝试，有利于打破古典诗歌界与新诗界的隔阂，对于现代格律诗的发展，能起到一定作用。但是，这些古新结合的作品，是否属于现代格律诗，还是值得慎重考虑的。因为，它们毕竟更接近旧体诗词，不应作为新诗来看待。丁鲁就注意到当今诗坛确实有两个不同的诗歌潮流：一个是白话诗的格律化，一个则是文言格律诗的革新或通俗化。以上丁芒的自度曲与新生诗派及新古诗、新体词的创作，应该就属于后一种诗歌潮流，最好还是把二者分开。[②]

伴随现代格律诗发展社团化、流派化趋向的，是专门刊登现代格律诗的刊物的出现，其中最重要的是《现代格律诗坛》。这个刊物之外，还出现其他与现代格律诗有关的刊物，如东方诗风论坛主办、王端诚主编的《东方诗风》于2008年9月创刊；同年，余小曲主编的《格律体新诗》创刊。这些刊物为现代格律诗提供发表、传播的平台，有效推动了现代格律诗发展。

进入20世纪90年代之后，新诗格律发展的另一不同特点是网络传播在现代格律诗发展中起到越来越大的作用。许多诗人、学者创办了发布现代格律诗创作与理论的专题网站，如“中国格律体新诗网”、“东方诗风论坛”等，其他的大量诗歌网站也专门开辟有“格律体新诗”的空间，登载与现代格律诗有关的作品与理论。很多提倡现代格律诗的诗人、学者、诗歌业余爱好者也开有个人博客，大量登载和转载自己和他人的作品和研究心得。总之，网络的介入，对现代格律诗的传播与理论研讨，起到了纸质媒介所无法起的作用。

这一时期与现代格律诗有关的另一重要事件为“新诗二次革命”口号的提出。2004年9月，在西南大学中国新诗研究所等举办的“首届华文诗学名家国际论坛”上，吕进作了《三大重建：新诗，二次革命与再次复兴》的发言，提出了关于新诗的“三个重建”问题，即重建新诗观念、重建新诗诗体、重建诗歌的传播方式。他所谓的“重建新诗诗体”具体指的就是“提升自由诗，成形现代格律诗，增多诗体”三方面。[③] 骆寒超、陈玉兰《新诗二次革命论》，提出通过更新诗歌世界、调整情理关系、规范诗体原则三方面，对新诗进行“二次革命”。作者提出若要圆成新诗定型之梦，必须约定俗成，

---

① 丁鲁：《〈中国新诗格律问题〉前言》，丁鲁：《中国新诗格律问题》，昆仑出版社2010年版，第30页。

② 丁鲁：《中国新诗格律问题》，昆仑出版社2010年版，第63页。

③ 吕进：《三大重建：新诗，二次革命与再次复兴》，《中外诗歌研究》2004年第3、4期合刊。

定下几条诗体规范的大原则，其中两原则是：新诗继承旧诗的语言体系之长，重构自己的语言体系；继承旧诗的节奏方式，确立自己的形式体系。这两大原则必须确立，要把第一次新诗革命中割断旧诗优秀传统的方面拨乱反正，重新承继下来。[①] 骆寒超的主张与吕进相同，也是着眼于诗体重建，正如他所说的那样："当年胡适以'诗体大解放'作为新诗革命的突破口，今天看来得以'诗体大规范'来作为新诗秩序建设的突破口。"[②]吕进、骆寒超等人提出的新诗"二次革命"和"诗体重建"主张，明显是针对新诗日渐加剧的危机状态而提出的，他们的主张提出后，引起过很大反响。吕进、骆寒超的诗学观念，与20世纪30年代京派的形式诗学、50年代民族形式诗学之间，存有一脉相承的关系。20世纪50年代的民族形式诗学注重向传统民间文学特别是民歌形式学习和借鉴，他们则更为强调借鉴古典诗歌传统。

这一时期与20世纪80年代有一相似之处，就是现代格律诗探索总体偏向于形式实践，出现一大批尝试格律探索的诗人，理论方面则侧重对现代格律诗创作的整理、研究、归纳与总结，有关形式方面的争论较少，提出新观点不多。对于百年现代格律诗发展进行总结和回顾，可从2005年集中出版的三部"新格律诗选"看出。这一年，现代格律诗学会主编的《中国新格律诗选萃(1914—2005)》与"东方诗风"网站编辑的《新世纪格律体新诗选》、程文编著的《中国新格律诗大观——现代格律诗鉴赏辞典》一起出版。周仲器为《中国新格律诗选萃(1914—2005)》写的序言《新格律诗探索的历史轨迹与时代流向》，回顾和总结了1914年到2005年新格律诗发展的历程。汉语十四行体在20世纪的发展也得到研究和总结，继钱光培编选的《中国十四行诗选》后，许霆、鲁德俊编选的《中国十四行体诗选》1996年出版；与该书相配套，许霆、鲁德俊还撰写了专著《十四行体在中国》，1995年出版，对十四行诗在20世纪中国的发展历程，作了细致梳理。一大批学者致力于新诗诗体与格律研究，出版多部专著，如陶保玺《新诗大千》(1994)、吕进主编《中国现代诗体论》(2007)、许霆《旋转飞升的陀螺——百年中国现代诗体流变史论》(2006)、《趋向现代的步履——百年中国现代诗体流变综论》(2008)、吕周聚等著的《中国现代诗歌文体多维透视》(2009)等。有的学者如王珂专门从事诗歌文体研究，出版了《诗歌文体学导论——诗的原理与诗的创造》(2001)、《百年新诗诗体建设研究》(2004)、

---

① 骆寒超、陈玉兰：《新诗二次革命论》，《中外诗歌研究》2004年第3、4期合刊。

② 骆寒超、陈玉兰：《中国诗学第一部：形式论》，中国社会科学出版社2009年版，第742页。

《新诗诗体生成史论》(2007)、《诗体学散论——中外诗体生成流变研究》(2008)。1997年在武夷山召开的"现代汉诗国际学术研讨会"上,王珂提出加强现代汉诗诗体建设的主张。王珂认为自己属于自由诗与格律诗之间的中间派,稍稍偏向格律诗派,但与格律诗派有根本不同:格律诗派更重视现代汉诗的音乐形式建设,他则更重视诗的视觉形式建设,他的"诗体"主要指诗的排列形式等显性层面,诗的音乐性居于次要地位;诗形是诗的重要文体标志,是诗体的主要成分。在这一点上,他比较偏向于自由诗派,倾向于诗的内在音乐性。在诗体上,他提倡的是"准定型诗体"而非"定型诗体",不认为新诗必须走"律化之路"。[①] 有的学者则致力于新诗节奏问题研究,如陈本益,出版有专著《汉语诗歌的节奏》(1994)与《中外诗歌与诗学论集》(2002)等。在新诗研究中,新诗的形式问题成为关注的焦点,如王光明《现代汉诗的百年演变》(2003),对现代时期新诗的形式探索,作了详细梳理。邓程《论新诗的出路》(2004)也关注到新诗的形式问题。冯国荣《新诗谱——新诗格式创制研究》(2010)研究新诗的"格式"问题,部分涉及现代格律诗的格律问题。一些专著从新诗与传统的关系着眼,也部分触及到新诗的形式问题,如李怡《中国现代新诗与古典诗歌传统》(1994)、杨景龙《古典诗词曲与现当代新诗》(2004)等。古典诗歌的音乐性问题越来越得到大家关注,出现了一些专著,如沈亚丹《寂静之音——汉语诗歌的音乐形式及其历史变迁》(2007)等。其他对于汉语语言节律的研究,如吴洁敏、朱宏达《汉语节律学》(2001)、刘现强《现代汉语节奏研究》(2007),虽然与新诗格律无关,但这方面的研究成果却可作为新诗节奏研究的重要参考。由语言角度切入来研究诗歌,一直是诗歌形式研究的薄弱环节,未来的诗歌形式研究要取得重大进展,必须吸收语言学的研究成果,在新诗语言学方面取得真正的突破。以上所提到的多部专著,都采用了"百年回顾与总结"的视角,有些在书的题目上就可看出,如《现代汉诗的百年演变》、《旋转飞升的陀螺——百年中国现代诗体流变史论》、《趋向现代的步履——百年中国现代诗体流变综论》等。时间到了21世纪,新诗发展已有近百年历史,也确实到了需要总结也值得总结的关节点上,包括对百年新诗格律—形式探索的回顾、梳理与总结。

进入21世纪,出现了多部现当代诗歌理论批评史性质的专著,如许霆

---

① 王珂:《后记:独立奔放的马》,王珂:《新诗诗体生成史论》,九州出版社2007年版,第443页。

《新诗理论发展史（1917—1927）》（1994）、龙泉明、邹建军《现代诗学》（2000）、於可训《当代诗学》（2000）、潘颂德《中国现代新诗理论批评史》（2002）等。以上专著对现代格律诗学在现、当代的发展，都作了不同程度的总结和梳理。其他的诗歌史著作，如洪子诚、刘登翰《中国当代新诗史》、沈用大《中国新诗史》、陆耀东《中国新诗史》（1、2 卷）、程光炜《中国当代诗歌史》、张新《20 世纪中国新诗史》等，都对现代格律诗理论的发展有所评述。

现代格律诗的命名问题，也是本时期一热点话题。何其芳之前，人们一般把闻一多等人提倡的诗体称为“新格律诗”，以之与传统的格律诗体相区别。对新格律诗体第一个有意识进行命名的是何其芳。在《关于现代格律诗》一文中，他提出要创建“现代格律诗”，并对“现代格律诗”的特性作了明确限定。在这之后，“现代格律诗”一词流行开来，但还有不少学者仍然使用“新格律诗”的名称。吕进等人认为在当前传统诗词复兴的形势下，“现代格律诗”的命名容易与当代诗词产生混淆，因为当今的诗词创作无疑也属于“现代格律诗”范畴。同理，当代诗词在“新的作品”意义上，也可以称为“新格律诗”。而“新诗”早就是“白话诗”的意思，加上“格律”二字，正好就是“格律体的白话诗”，不存在任何疑义、歧义，因此，他们主张采用“格律体新诗”这个名称。[①] 丁鲁也认为“现代格律诗”是一个叫人糊涂的口号，这个术语没有说到是使用文言还是白话，因此，表达的概念不明确。“现代格律诗”之外，还有“新格律诗”和“格律体新诗”的提法。他认为“格律体新诗”（或“格律新诗”）也是可用的。但是，“格律体新诗”和“白话格律诗”还有细微差别：前者指创作诗歌，后者则包括民歌，民歌属于民间格律诗。“新格律诗”则值得商榷，它指的是新的格律诗，但“新诗”包含白话诗的意思，把这两字分开，“白话”的意思就没有了。从文言格律诗的角度来观察，像传统的“自度曲”，也可以说是一种新的“格律诗”。因此，他建议使用“白话格律诗”这个名称，指“白话中的格律体”。[②] “格律体新诗”的命名，得到一部分学者响应，但在一般诗学论著和文章中，“现代格律诗”、“新格律诗”两词，依然被人们使用着。笔者认为，“现代格律诗”的命名，之所以能得到大家认同，与其中的“现代”一词有密切关系。何其芳当时提出该名称，着眼的就是“新格律诗”的“现代”性质，即它是与现代口语相一致、更能表现

---

① 吕进主编：《中国现代诗体论》，重庆出版社 2007 年版，第 312 页。

② 参见丁鲁：《中国新诗格律问题》，昆仑出版社 2010 年版，第 62—63 页。

现代生活的一种诗体。这个名称比“新格律诗”的名称要更为恰切一些，内涵也更丰富。这个名称是否易于和现代的旧体诗词相混淆呢？笔者认为不会，具体理由为：当“现代格律诗”作为一个名称流行开来之后，词语的约定俗成性，会使大家一看到这个词，就明白其“所指”是什么，不会把它与旧体诗词联系起来。对“现代格律诗”的不同命名与理解的分歧，说明要真正统一现代格律诗的命名，还需要相当长一段时间。

现代格律诗不同命名的背后，其实是人们对于什么是现代格律诗体，没有形成真正统一的认识。何其芳的音顿理论虽得到较多认同，但在诗行的字数是否限定上，又出现了很不相同的意见，林庚、许可、程文、程雪峰等人提倡定型诗体，在一些问题的认识上，似乎又回到闻一多的主张那里去了。同时一些新古体格律诗也被看做现代格律诗。骆寒超认为，由于现代格律诗的规范原则越来越遭到漠视，使新诗接近20世纪末显出理论认识和创作探求的一片混乱，各种现代格律诗赝品也应运而生。他举了几种：一种表现是诗坛再次流行只求字数划一而无视顿数整齐，和不顾及节奏和谐的现代格律诗；一种是诗行顿数虽然统一，但诗节与诗篇节奏感并不显明的格律诗；一种是不顾及中国新诗形式规范，自搞一套，移植西诗格式的现代格律诗；一种是把民歌、古典诗歌的哼唱体节奏调性和新诗的口语诉说体节奏调性无机杂凑作为格律诗写作的方向，等等。总之，“对现代格律诗到底该如何写的规范意识也一片混乱——诸如节奏体现是否以音顿说为主的怀疑，节奏调性是否以对诗行收尾音组作规范来显示的漠视，如何中国化地押韵的不当一回事，音组划分要以‘音’为标准，还是‘义’为标准的不统一……”[①]这种认识的不统一和混乱，一定程度上制约了现代格律诗的发展。

这一时期，关注新诗格律并致力于这方面研究的学者与诗人明显增多，构成老中青三代。老一代如臧克家、卞之琳、公木、邹绛、屠岸等，他们的创作实践开始于20世纪三四十年代，理论探索大致开始于20世纪50年代，一直延续到20世纪末。他们的创作实践特别是理论指导，对于这一时期现代格律诗理论的发展，起到一定引领作用，如丁鲁、程文、程雪峰等人就是在卞之琳、臧克家等前辈的指导与鼓励下，走向现代格律诗研究之路的。20世纪80年代之后现代格律诗的发展，与老一代的支持与指导分不开。中青年一代有的从20世纪80年代就已经开始对新诗格律的研究与提

① 骆寒超：《二十世纪新诗综论》，人民文学出版社2009年版，第465页。

倡，在20世纪90年代之后迎来收获期，如骆寒超、许霆、鲁德俊、周仲器、周渡、万龙生、程文、程雪峰、丁鲁、沈用大等。骆寒超一直关注新诗格律问题，出版有《二十世纪新诗综论》等专著，在此基础上，2009年他与陈玉兰合著的《中国诗学第一部：形式论》出版，这是一部专门研究诗歌形式诗学的专著。在第三卷“体式论”中，作者对百年新诗的形式探求作了简要回顾，提出新诗采用的是“推进式节奏形态”，呼唤新的体式即“格律化自由体”与“自由化格律体”出现。许霆《新诗格律与格律体新诗研究》(2007)，对百年新诗的格律探索从创作到理论，作了专题式研究。周仲器、周渡合作撰写《中国新格律诗论》(2005)和《中国新格律诗史论》(2010)等专著，大力为现代格律诗辩护，对现代格律诗百年的发展历程进行史的建构和梳理，抨击各种反对新诗格律的错误观念，概括了现代格律诗的四种基本形态，肯定了“自律体”与“定型体”(共律体)同时试验的探索方向。程文、程雪峰《汉语新诗格律学》(2000)提出“完全限步说”。夏志权《现代格律诗初探》(1998)认为现代格律诗基本规律应包括音组规则、押韵规则、抑扬规则及对仗规则四方面。王志亭《现代民族格律与现代民族格律诗》(2006)考察汉语诗歌形式与汉语的内在联系，探索汉语诗律的基本矛盾及其运动规律，并据此提出汉语诗歌“现代民族规律”草案，但他认为现代民族格律诗的音步为“四音步”，则并不符合现代口语特点，他在此理论指导下的创作实践也不太成功。丁鲁《中国新诗格律问题》(2010)在否定“停顿说”、肯定“音长说”的基础上研究诗歌节奏、特别是诗行节奏，提出“拍前音节”概念。万龙生《诗路之思》(1997)首次提出“格律体新诗”的三分法，后又吸收程文、程雪峰、孙则鸣意见，把它们正式命名为“参差式”、“整齐式”、“复合式”，并由此提出格律体新诗“无限可操作性”的命题。[①] 沈用大提出格律体新诗的“上限和底线”问题：格律体新诗的上限就是“三美”，底线就是“限字”；当视觉效果与听觉效果两者发生龃龉之时，要首先坚持视觉效果，牺牲听觉效果；底线要解决“是不是”的问题，上限要解决“好不好”的问题。创作格律体新诗就是要坚决守住底线，力争达到上限：先让作品进入“格律体新诗”行列，再向“三美”目标靠近。[②] 在以上学者之外，还有一些年轻学者加入到新诗格律的研究中来，如龙清涛、孙则鸣等。龙清涛的博士论文《新诗格律理论研究(节奏与建行)》(北京大学1996届博士论文，未刊稿)，

---

① 见吕进主编：《中国现代诗体论》，重庆出版社2007年版，第327—358页。

② 沈用大：《从万龙生先生的三分法说开去》，见吕进、熊辉主编：《诗学》2009年第1辑。

首次对现代格律诗理论的核心概念“节奏单元”作了系统细致的梳理和研究。孙则鸣是活跃于网络的新诗格律研究者，撰写有《汉语新诗格律概论》等论文。①

“五四”文学革命，总的倾向是“分”，新文学通过与传统文学的分离来建构自身的现代性，确立自身的合法性，白话诗学革命以“分”确立了文言与白话、新诗与旧诗、自由诗与格律诗相互对峙的“二元对立”模式；20 世纪 90 年代以后，现代格律诗学探索总的倾向，则是对于“合”的呼吁与要求，对于“二元对立”模式的警惕与抛弃。这不但体现在看待与处理新诗与旧诗、中国诗与外国诗的关系上，而且还体现在对格律体与自由体关系的看法上，体现在对格律体内部各种体式关系的把握上。这种倾向，随着时间推移，显得越发明显。《现代格律诗坛》的发刊词，代表雅园诗派对现代格律诗的整体看法，对了解 20 世纪 90 年代以后的现代格律诗观很有帮助。《发刊词》首先对“中国现代格律诗”作了界定：

> 中国现代格律诗：它是中国诗，区别于外国诗，但不反对移植外国诗的格律，使之中国化；它是现代诗，区别于古代诗，但必须注意从古代汉语诗化的过程推演现代汉语诗化的轨迹；它是格律诗，区别于自由诗，但不放弃从自由体中吸取灵动质素。它同外国诗、古代诗、自由诗的共同点：都是诗，这是首要的。
>
> 中国现代诗，大体分自由诗与格律诗两种。自由诗如行云流水，临风作态，随物赋形，虽然变化莫测，并非没有理路；格律诗如月御星罗，升沉盈亏，出没转移，依照季节时辰，得以绘制图像。两者相反相成，并行不悖。都必须在现代口语基础上提炼节奏韵律。前者发散，后者收敛。合则双美，离亦不伤。而从诗的全局看，以合为上。②

《现代格律诗坛》的发刊词对于现代格律诗与外国诗、古代诗、自由诗关系的定位是恰当的，其中特别值得提出的是它强调了现代格律诗与自由诗关系“以合为上”的未来走向。现代格律诗在谋求自身发展时，并不排斥自由诗发展，而且还充分认识到自由诗的优长，认为自由诗也有其“节奏韵律”，并提倡格律诗向自由诗学习。与“合”相对应的就是在诗体上主张重

① 孙则鸣：《汉语新诗格律概论》，见《新世纪格律体新诗选》，香港中国文化出版社 2005 年版。

② 《〈现代格律诗坛〉发刊词》，《现代格律诗坛》1994 年第 1 期。

建规范。骆寒超与吕进提出新诗"二次革命"，其含义与胡适"诗体革命"完全不同。胡适的"革命"重在对于传统的断裂与诗体的破坏，而骆、吕二人则重在与传统的衔接与诗体的重建，而他们所谓的诗体重建，并非意味着仅仅重建格律诗体，而且还包括了自由诗体的重建，他们把重建定位于"提升自由诗，成形现代格律诗，增多诗体"三方面。胡适的断裂与破坏，产生于20世纪初期，有其历史必要性与合理性；骆、吕二人的衔接传统、重建诗体主张，产生于又一个新世纪开端，同样有着历史的必然性和合理性。他们的主张比胡适多了点包容与宽容，这是以一个世纪的代价所换来的理智的成熟与清明。

现代格律诗学发展到20世纪50年代，通过理论讨论与交流，一个比较突出的问题凸显出来，这就是节奏问题。节奏成因是什么，节奏单位是什么，成为争论的核心话题。当时，朱光潜、孙大雨、何其芳、卞之琳的音顿或音组理论，在争论中逐渐占上风，为多数人所采用。虽然有陈业劭和赵毅衡等人的反对，音顿理论还是逐渐流行开来，为更多人所接受。20世纪90年代，一般学者在节奏上接受的依然是音顿或音组、音步理论，但大多只是停留于简单接受，没有为这个理论增添多少新的内涵。对于节奏成因，一般人的认识还是比较混乱，节奏问题，依然是有待解决的一个重要问题，诚如丁鲁所言："节奏和节奏单位这个难点我们至今没有吃透。"[①]屠岸建议把"顿"作为一种节奏规范进行深入探讨，进一步从事实验，研究它的得失，要通过理论探讨和创作实践，慢慢解决现代格律诗的节奏问题："解决了节奏问题，现代格律诗的问题就基本解决了。"[②]丁芒认为在现代格律诗中，韵已经不是主要问题，因为新诗产生以后，对旧体诗格律的三个元素（韵、节奏、体式）之一"韵"的破坏，还是比较少的。三个元素中，节奏问题最为突出，因此，"节奏问题，在现代格律诗中，需要大力提倡。"[③]可以肯定，在未来现代格律诗创作与研究中，"节奏"仍将是被关注的焦点问题，而要解决现代格律诗一系列创作和理论问题，也只有从"节奏"入手，才能找到最佳突破口。

综观这一时期的理论探讨，尽管观点不一，但都注重于节奏问题的研究，其中，从音顿理论出发，首次打破自由诗体与现代格律诗体的二元对

---

① 丁鲁：《〈中国新诗格律问题〉前言》，丁鲁：《中国新诗格律问题》，昆仑出版社2010年版，第34页。

② 屠岸：《中国现代格律诗展望——屠岸的致辞》，《现代格律诗坛》1995年第1期。

③ 丁芒：《提倡现代格律诗的时机成熟了》，《现代格律诗坛》1995年第1期。

立，对自由诗体与现代格律诗体的形式规范作了细致总结、规范、限定和阐发的，是骆寒超。

第一节 骆寒超对新诗格律形式的进一步规范

新诗体式问题，为骆寒超诗学研究的一个重要组成部分。从20世纪80年代起他就致力于新诗格律问题的研究，发表文章多篇，并进行汉式十四行诗的创作实践，与唐湜、岑琦三人合出诗集《三星草》(1997)。1990年《新诗创作论》出版，该书第六章《节奏论》是对新诗节奏形式的研究。2001年《二十世纪新诗综论》出版，该书下卷"诗体格局论"研究对象为新诗语言与节奏体式问题。书中，他对20世纪末新诗从形式探求到形式失范的现象深表忧虑。2004年骆寒超提出新诗"二次革命"论，认为新诗要继承旧诗的节奏方式，确立自己的形式体系。2009年，与陈玉兰合著的《中国诗学第一部：形式论》出版。该书共计100余万言，分"结构论"、"语言论"、"体式论"三编，首次对中国旧体诗词和新诗的结构、语言与体式，作了综合、深入、细致的比较研究，有许多创新性看法。

骆、陈认为旧诗以神话思维为本，新诗深受西方影响，以逻辑思维为本。不同思维方式在诗体上显示出不同体系：结构上，旧诗是圆美流转类结构体系，新诗为方美直向类结构体系；语言上，旧诗是点面感发类语言体系，新诗为直线陈述类语言体系；形式上，旧诗是回环节奏类形式体系，新诗为推进节奏类形式体系。因此，旧诗与新诗形式体系之不同，主要不在格律体与自由体之区分，而在两种节奏形态之不同。这是他们对新旧诗体的总看法。新诗的推进式节奏形态具有一套独特构成原则，其中，音组是新诗节奏的核心；音组按照一定的组合原则建立典型诗行；诗行与诗行之间采用某种外在的辅助措施而组合成一个诗行群，然后组合诗行群以建节立篇。骆寒超非常重视闻一多、何其芳的音组理论，他的整个新诗体式理论，就建立在音组理论基础上。他在接受何其芳、卞之琳、孙大雨等人的音组理论的基础上，对现代格律诗的音组问题，作了更为明确的详细规定，可以说，音组理论到了骆寒超这里，才有了更为细致、明晰的细节上的规范与限定。

一、新诗的节奏表现

骆寒超把新诗形式体系看做是语言化节奏即声韵节奏。声韵节奏要从两个层次上去把握：以现代汉语为材料，以音组为核心，以轻重缓急不同性能的音组有机组合为基础，显示为第一层次；在这个层次基础上进一步有了组行成节、组节成篇这个声韵节奏表现的第二层次，即体式营建。第一层次中，音组是基础的基础。骆寒超接受闻一多、何其芳、孙大雨的音组理论，并在许霆、鲁德俊等学者的基础上，对音组与建行及建行的辅助措施（排比、对偶、尾顿、押韵）作了明确、细致的定量与定性，可看做是对之前音组理论的集中、概括、提炼与总结，对最终确立现代格律诗的节奏规范，具有重要作用。

（一）对音组与建行的定量与定性

骆寒超认为旧诗的音组偏重音乐性能，因此在句中对它的划分往往不顾及语法关系和意义，新诗则偏于语言性能，要依照意义和语法的自然区分来划定。因此，他采用卞之琳的意见，按意义和语法的自然区分来划分新诗音组，把它看做是新诗中已约定俗成的规范原则。

在音组如何划分外，骆寒超还强调音组的定量和定性。新诗的形式探求者对音组如何定量基本上有了约定俗成的原则，那就是：二字、三字容量音组是新诗中最典型音组，单字音组和四字音组则要控制使用。单字音组除有时在诗行尾处出现，一般已极少用，而四字音组倒大量出现，主张口语自然语吻者很爱采用。“四”是音组定量的极限，使用中应从严控制。至于超过四字的音组若一定要使用，就会出现两种情况，要么分裂成两个音组，要么读来别扭。自由体诗强调口语的语吻，偶尔用五字音组可以；但格律体诗不应采用，林庚“五字音组可能是新音组中最近于自然和普遍的”的主张并不实际，存在的可能性并不大。当中夹一个虚字（“的”、“了”等）的四字音组可大量使用，全部为实字的四字音组则要控制使用。单字音组在新诗中一般可以用在诗行开头或煞尾。初学者应首先学会使用词语时把每一词语的字数尽可能控制在二字、三字的容量中。音组定量牵涉到对它的定性。一个音组内部字音容纳量的多少也会影响其节奏性能。大致说，多字音的音组给人以沉重的节奏感，属于“抑”；相对而言字音少的音组给人以轻朗的节奏感，属于“扬”。抑扬或扬抑相间，顺势而下，节奏感就和谐。因此从音组的定量导致的定性，也就显示为：单字音组最轻缓，二字音组次轻缓，三字音组次重急，四字音组最重急。这样四类定量且定性了的音组在诗行中的有机搭配，就足以显示诗行节奏，抑扬顿挫就靠此四类音组的有机搭配而获得。

音组在定量与定性外，另一重要内容是音组的组合。音组组合的表层结果是建行，深层结果则是确立诗行节奏。骆寒超要求必须以不同型号音组的组合来建行，认为这是一条新诗形式建设中不可忽视的规范原则，这样做的目的是让一个节奏诗行能有轻缓、次轻缓型音组和次重急、重急型音组顺着循序渐进的自然流程作妥善组接，以造成“扬抑扬抑”、“抑扬抑扬”式的，或者“扬扬抑”、“抑抑扬”式的，或者“扬抑抑”、“抑扬扬”式的和谐节奏。单字音组的节奏性能最轻缓，四字音组则最重急，它们之间悬殊较大，不宜直接组接。

在建行中由音组数（顿数）显示的诗行长度既要定量也要定性。理想的诗行长度是三顿、四顿和五顿。不同长度或不同顿数的诗行，从表现内在情绪的角度看，诗行节奏的性能也颇不同，所以建行还得考虑节奏诗行的定性问题。顿数愈少的短诗行，愈短促明快，属于扬的节奏感，能显示出急骤昂奋的情调；顿数愈多的长诗行，愈悠远沉滞，属于抑的节奏感，能显示出徐缓沉郁的情调。

骆寒超还改造了林庚的半逗律理论，认为“半逗律确是存在的，但在新诗建行中如何显示半逗律，还得从长计议。”[①]半逗律是辅助诗行节奏的。新诗中诗行节奏的显示不限于音组间的略作停顿，还有个如何进行停顿的系统：诗行收尾是个最完全的长逗，诗行内部除了音组与音组间总有个称不上“逗”的略作停顿外，中间还有一次半逗。不能忽视半逗的辅助作用，它使一个诗行分作两个音组群，一方面能对上半个音组群的节奏起整顿作用，造成一次惯性所致的节奏预期，以便于向下半个音组群过渡；另一方面，它的存在可以和收尾的全逗照应，使诗行不仅在音组间的停逗中显出语势的起伏，也能给以两次更大的起伏，造成一种更具立体感的诗行节奏效果。五顿体是新诗的诗行极限长度。半逗的位置则在一个诗行的倒数第二顿上，也就是说，作为显示半逗的两个音组群，前一个可以有几个音组合成，后一个却只能有两个音组合成。总之，诗行的长度必须适应半逗律，而半逗律的存在，又大大地辅助了诗行节奏的充分显示。

（二）制定音组的组合模式规范以建立典型诗行

骆寒超吸收林庚“典型诗行”的精髓，认为对音组作定型、定量、定性，还只是新诗口语节奏体现的第一个层次。不能满足于音组一般的组合原

---

① 骆寒超、陈玉兰：《中国诗学第一部：形式论》，中国社会科学出版社2009年版，第599页。

则，而应该按这些原则来为新诗定出一套音组的组合模式。这不仅仅是建行的问题，而是建立典型诗行的问题。建立典型诗行其实是寻求典型诗行之所以能典型的规律，而这规律则要从一套音组组合模式中去发现；典型诗行可以化出无数合于新诗口语节奏规范的新诗行，并能最大限度影响新诗的形式建设。林庚典型诗行立足于“言”，而骆寒超则认为必须立足于“顿”。他从近一个世纪的新诗创作实践中概括出两条显示典型诗行的原则：一条是它受制于自身语言比旧诗要大为扩张的现实，其诗行长度也需增加，具体说，要从旧诗典型诗行的二顿体、三顿体发展到四顿体、五顿体，即新诗的典型诗行不仅可以有二顿体、三顿体，更应该有四顿体、五顿体；其次一点是：它应继承旧诗的调性传统，既有以三字尾体现的歌调体，也有二字尾体现的诵调体。根据这两条原则，他归纳出四类音组组合模式（二顿体、三顿体、四顿体、五顿体），每一模式又分为诵调若干种和歌调若干种。根据两类（诵调类与歌调类）四体（二顿体、三顿体、四顿体、五顿体）的诗行音组组合模式，可以把握到比旧诗要多得多的诗行，以提供典型选择。

骆寒超从百年新诗中列举出两类四体共 38 个典型诗行，从中总结出四个方面的经验：1. 有关音组起用频率调整的经验，即新诗二字音组、三字音组、四字、五字音组的使用频率问题，预计未来四音组的使用有大量增加的趋势。2. 有关诗行停逗节奏调整的经验。新诗的诗行节奏继承旧诗的停逗节奏，不过，它的诗行长度超越了旧诗，除了二顿体、三顿体，还增加了四顿体、五顿体，而音组也从旧诗起用的二字、三字音组，扩大到四字甚至五字音组，这就是新诗的停逗节奏在继承旧诗传统的基础上出现的调整。3. 有关五顿体诗行调性调整的经验。新诗中采用二字尾的诵调体诗行较普遍，采用三字尾的歌调体诗行就比较少了。读二顿体、三顿体、四顿体的二字尾诵调诗行，节奏感较顺；若读它们的三字尾歌调诗行，会感到不太顺畅。诉说性的诵调既能适应短一点的诗行，也能适应长一点的诗行，而哼唱性的歌调则只能适应短一点的诗行。但新诗中五顿体三字尾的诗行反而更通行一点，诗行节奏感反比二字尾要鲜明，要流畅。4. 有关诗行音组搭配调整的经验。从节奏感的要求看，顿或音组数上的反映是很含混的，大致而言只能在诗行的半逗律上或者诗行间的比较中才能有所反映。真正能具体而精微地反映节奏感的，还是在音组间的组合关系中。这种搭配该如何运作才能使节奏感很具体、精微而又鲜明，是有规律的，因此需有适度规范。一般说这规范可有两大类：一类是不同型号音组在诗行中使用的选择要求，大致是宜用二字顿、三字顿（即二字音组、三字音组），控制使用四字顿与单字顿，四字顿在诗行中不能出现两次以上，单字顿只宜在诗行开头和煞尾处存在，句中要避免出现。至于五字顿尽可能不使用，万不得已，一个诗节也容许出现一两次。另一类是不同型号音组在诗行中搭配的应循原则，大致是搭配须循序升降，二字顿后面可接三字顿，反之亦然；三字顿后面可接四字顿，反之亦然；尽量控制单字顿、二字顿与四字顿直接搭配；两个同型号的多字顿或少字顿在组合中若当中搭配上一个与它们字数悬殊的顿时，由于节奏波幅太大，会给人感觉不顺，故须尽可能避免这种搭配，特别是同一型号的顿，不能在一个诗行中持续出现三次以上，同一型号的顿不宜构成一个节奏诗行，等等。

（三）对诗行组合的规范

骆寒超认为新诗的节奏构成，起点是音组，基础是典型诗行，所以诗行音组组合的规律与典型诗行确立的原则，对于新诗形式探求来说是基础的基础。但这只是建行中一项具体的诗行节奏的问题，抓诗行固然重要，但单是抓此一项，对于新诗全面的形式建设来说是无济于事的。因此必须从音组组合以建行推演出去，进一步来考虑新诗形式探求中诗行组合以建诗行群的问题。诗行节奏主要显示在一个诗行中，但是，在诗行与诗行之间采用某种外在的辅助措施而组合成一个诗行群时，也会使诗行组合具有节奏表现的功能。这种外在的辅助措施大致有两类：一类为排比和对偶，一类为煞尾音组安排和押韵。

排比、对偶有时也合称排偶。排比成串，要在三句以上；对偶只限于上下两句，或扩大的两句。排偶和以音组为核心的新诗节奏并非血缘关系，只不过体现了一种语言结构的反复与重叠，使嵌入这种结构中的诗行组合节奏经多次反复而加强回环感，经多次重叠而加强推进感。因此，排偶确是强化新诗节奏十分有用的辅助手段。排比在新诗中要比在旧诗中用得多。从某种意义上说，自由诗体是靠排比维系其节奏生命的。对偶在新诗中起用的频率不及旧诗中高，而宽式的自由也决定了新诗的对偶不一定要求严格的上下对，常常可以作出扩大引申。由于新诗中并不严格要求上下对，也就使对仗的两句不可能如律诗中间两联那样达到两物相对照而浑然交融，生出一片新世界，所以新诗的对偶象征性不多，作为对节奏做装饰的意味更重一些，由此说来，新诗中以对偶显示节奏表现的辅助作用是货真价实的。新诗中对偶分三种：相抱型、相交型与相随型。

煞尾音组的规范要求。骆寒超提出诗行煞尾音组(尾顿)如何安排,也要定出规范原则,因为诗行煞尾用什么音组涉及诗行节奏的调性。它是一个长逗,是诗行节奏在诗行群中得以调整——相互共鸣而凝集,即借此而统一步调后再推进节奏的一个站口。由于新诗以口语诉说为本,也就决定新诗诗行煞尾的音组以用二字音组才能合于口语诉说的本色腔调。三字音组在诗行煞尾处和单字音组在诗行煞尾处一样,都使诗行具有哼唱体调性。所谓诗行的哼唱体或者诉说体调性,只是诗行节奏的派生物,而非节奏本身。考察单字、三字音组煞尾或者二字音组煞尾,目的是为了使节奏分得更细、更鲜明,从而强化对诗行节奏感的品味。一般说,在一个诗行群中各个诗行收尾的音组要求有宽度统一,或相交替的统一。只要坚守白话新诗是诉说体的调性,从中穿插一些单字或三字音组煞尾的哼唱体诗行,又能注意到向诉说体调性的诗行过渡得自然,也不会造成诗节或诗篇内部的格格不入、节奏调性的不和谐之感。

押韵。骆寒超认为押韵在诗的形式问题上不是那么至高无上。押韵,即同韵母的音,去而复返,奇偶相错,前后呼应。押韵所显示的声音的谐和本是一种共鸣作用,而所谓共鸣,是统一于同一振幅圈的声音相互映衬,因此押韵实在是在谐和中含着同声相求的归类意味,而归类就显示了对诗行群或诗节模式的组织作用。所以押韵具有谐和与组建两类功能,二者是统一的。这二者的统一,在中国新诗的外形律中所显示的功能只能是如下这一点:在诗行组合所体现出来的节奏中,起到一种点明始终、呼应前后、贯穿章节的组织作用,却不能说是节奏的一个部分。

二、新格律诗体的规范特征

骆寒超把诗歌的节奏表现与体式营建看做是辩证统一的关系。新诗的体式营建得从节奏诗行出发。探索新诗节奏,从一个特定角度说,就是寻求典型的节奏诗行。长度不同的诗行,其节奏性能也是不同的:一顿体是扬,二顿体是次扬,三顿体是次抑,四顿体是抑。当典型的节奏诗行一经确立,就需要进一步把它做节奏诗行组合以建诗行群,再将节奏诗行群组合以建节立篇。在新诗的体式营建中,组行成节立篇大致有两类操作,一种是主动组合类,另一种是被动组合类。主动组合指:排除任何模式牵制,让不同长度的诗行有自己的主动权,凭主体情绪起伏的内在要求来随意组合。按主动组合而成的节奏诗节总长短不一,自由体诗采用的是这种组合。被动组合指的是:诗行在进行组合时该长该短全按预先设计的模式对号填入，模式可以归纳为诗节一律匀称式和对应诗节匀称式两大套，这就决定诗行的被动组合也分两类。第一类诗的节奏诗节必须由顿数相同的节奏诗行组合而成，而诗篇则由这样的诗节模式重复几次而成，这是最方便也最容易显示节奏效果的；第二类在肯定组行成节要从顿数出发而不从字数出发的前提下，强调匀称美，让相随、相交、相抱的几组节奏诗行求得顿数一致。以第一类诗行被动组合来建节，往往只顾及如何合于模式而忽略了和内在情绪起伏相互应合与和谐，结果诗节外层节奏虽铿锵有致，内层却缺乏委婉贴切的韵味。长一点的诗节，经几次重复而成篇章后，形式太固定，当中又没有变化，会很单调，读多了就引起节奏疲劳。第二类诗行被动组合倒多少有点主动性存在，能给人以适度流转的节奏感，不会出现"豆腐干"，被人采用的机会更多一些。诗行的被动组合作为一套规范原则，具有模式性，这一规范原则恰如其分地运用，就产生了格律体诗。

节奏诗行被动组合以建节奏诗节。重叠组合模式，拿一个典型节奏诗行按诗节模式要求重复若干次，从而形成一个格律体新诗的节奏诗节，是诗行被动组合以形成诗节最简单的做法，其被动组合的模式就是"AAAA"；对称型模式，用顿数不同的诗行按各种对称模式嵌入进去以形成节奏诗节，其对称模式就是"ABBA"或"ABA"或"AABBAA"等；相交式诗节模式，有"ABAB"模式、"ABCABC"模式等，相交组合的诗节所显示的节奏已从外在的复沓中隐含着内在的推进趋势；相随式诗节模式，有"AABB"、"AABBCC"等。诗行被动组合以成诗节在格律体新诗中除了采用诗行的相抱、相交、相随和重叠四种组合模式以外，还有一种复合模式，即把上述这几种模式任选几种融合为一个新的诗节模式。这种复合模式在格律体新诗中并不多见，但它预示新诗的格律将因这种诗节综合模式的出现而扩大，更多姿多彩。以上几种模式中，以相交、相随模式以及复合模式组行成节最为格律体新诗追求者所看重。

诗节被动组合以建篇，这是新诗创格工程中更其重要的一个方面。诗篇模式构成可以分为三大类，即同一模式节奏诗节重叠，不同模式节奏诗节一般并列和不同模式节奏诗节特殊并列。为了分析不同模式节奏诗节特殊并列，骆寒超以十四行的一首诗（非"十四行体"）为例，分析出诗节组合的六种体式，因此，他认为二十行、十九行、十八行、十七行、十六行、十五行的诗当可归纳出更多格律诗体式，比十四行还少的同样可以有多种格律诗体式。"这些都证实着新诗的创格是完全可能的，也是绝对必要的，格律体新诗走上韵和音雅的康庄大道是可以预期的。”①

节奏诗节被动组合寻求文本格律构成的内在规律，是格律体新诗要探索的核心课题。这个内在构成规律的立足点是均衡，即均齐与平衡或匀称。从诗行被动组合以建诗节看，讲究的是诗行组合中各诗行顿数相交的均齐；从诗节被动组合以立诗篇看，讲究的是诗节组合中各诗节模式分布的匀称。正是这种均衡，作为格律构成的规范要求而存在，使新诗借诗行、诗节被动组合形成的格律体，总体显示为节奏诗节中的节奏诗行总是顿数绝对均齐或对应均齐的，诗篇中的各节奏诗节总是绝对匀称或对应匀称的。

骆寒超注意到了叠句排偶句、煞尾音组和押韵在格律体新诗创格中的作用。排偶和叠句在格律体新诗中所起的作用远不及在自由体新诗中大。尾顿在格律体新诗中扮演了寻求调和与显示调和的角色，比叠句排偶所起的作用更大。所谓寻求调和，针对的是当新诗诗行基本上已采用诉说调二字尾的情况下，三字尾如何适应口语腔调而获得存在。三字尾和单字尾同属哼唱调性，而要想淡化哼唱调性而接近诉说调，使读者读到三字、单字尾不觉得别扭，而有近似诉说的和谐感，必须在三字尾或单字尾前面设置一个三字音组，否则，若用二字、四字音组，就会在诉说要求上感到别扭。格律体新诗中，二字尾与三字尾（包括单字尾）调性不完全是水火难容的，只要三字尾与单字尾的设置能给以一定的规范要求，是可以和作为诉说体为基本调性的二字尾调和的。押韵上，骆寒超认同朱自清的看法，认为新诗采用说话的声调，但又是“提炼了的说话的声调”，这就意味着押韵不会妨碍新诗的本质特征，但不能像朱湘那样全按旧体诗的韵来押，而得按经过提炼的说话的调子来押。格律体新诗在押韵上，要追求“谐”，也要追求“不谐之谐”，“用多字韵或带轻音字的韵”等。

骆寒超的现代格律诗观建立在综合吸收闻一多与何其芳音组说的基础上，从闻一多那里吸收了“二字音组”、“三字音组”为主要音组的思想，从何其芳那里吸收了以“音组数”为立足点而非以“字数”为立足点的思想，认为“新格律体建设就得扬弃齐言说建筑美的节奏观念。”②

骆寒超一直强调要警惕现代格律诗的“齐言”倾向，反对林庚、黄淮等人对于九言诗的提倡。从对当今公认的三大现代格律诗体之一齐顿齐言

① 骆寒超、陈玉兰：《中国诗学第一部：形式论》，中国社会科学出版社2009年版，第648页。
② 骆寒超、陈玉兰：《中国诗学第一部：形式论》，中国社会科学出版社2009年版，第678页。

诗的评价中,可看出他对于现代格律诗齐言追求的批判。所谓齐顿而齐言体,即每行顿数一致字数一致,闻一多曾说过绝对地调和音节必然齐言的话,就是指这种格律体诗。这里有两个问题:是否需要绝对地调和音节?齐言是否就会达到绝对地调和音节?齐顿而齐言的新格律体诗就在这两个问题上纠缠不清,以致把自身置于陷阱。站在齐顿的角度看,音节(此处指音组,或顿)的确需要调和,音组的选用及在诗行中的搭配原则,正表明调和音节在新格律体诗中的重要性。闻一多限定只使用"二字尺"、"三字尺",且以《死水》为例,一个诗行限定四顿,其中一个是"三字尺",三个是"二字尺",而在诗节中各诗行不同型号的"音尺"也要对应地一致。这样做,音节是绝对地调和了,连带也达到了诗行间齐言的建筑美;节奏感也非常铿锵整齐。对于十行之内的短诗来说,这种铿锵整齐的节奏感,审美效果肯定佳。但对于十行以外的新格律体诗——特别是三十行以外的文本,审美效果就未必佳,让人因单调而生厌。在齐顿齐言体中,齐顿是关键,齐言本来是一个副产品,但有一些新格律体诗的探求者却颠倒了因果关系,在齐言容易齐顿难的情况下,欲以求齐言而达到齐顿;当然在一些情况下这是可能的,但在多数情况下是办不好的。从对齐顿齐言诗的评析中,骆寒超得出结论:观念中不抛弃齐顿和齐言的关系,那么以齐言取代齐顿以致弄得节奏混乱的现象还会出现。

三、探讨句法与格律体新诗的节奏关系

骆寒超认为当今诗坛新格律体与自由诗体的探求一片混乱,成就不高,根本原因要从诗学理论的根本点去寻找。这个根本点是什么呢?他认为就是形式与语言的关系问题没有搞清。诗歌的形式与语言之间有必然的且是极其重要的关系,他从语言与声律体式、自由体诗与新诗句法、新格律体诗与新句法三方面对这个问题进行了研究。首先是句法与声律的辩证关系。什么样的语言决定什么样的诗歌体式,这在中国形式诗学研究中,已渐渐成为约定俗成的共识,但这个共识又只是存在于诗人与诗学理论家现象层次上的感觉把握,而没有提升为一种形式诗学的理论规律。其实胡适、胡先骕早就发现了语言与诗歌体式之间的关系,当今诗坛如郑伯农、周晓风也认为诗歌体式是由语言决定的,但是,郑、周二人的看法过于极端,没有看到语言与诗歌体式之间的辩证关系,只看到语言决定形式或体格声律就句法,例如用白话写的新诗就只能是自由诗,用文言写的旧诗才配称格律诗,却没有深入考虑:形式也可反作用于语言,句法也有就体格

声律的时候。新诗的自由体节奏体式一方面应合白话句法，不过白话句法一方面也应合自由体节奏体式。因而，当自由体节奏体式欲求改进或变异时，也得相应考虑白话句法的变化，不能仅以守住语法规范为满足。清代诗学理论家冒春荣“句法就声律”说，使语言和形式、句法和体格声律之间在更深层次上建立起了辩证的关系。骆寒超从“句法就声律”得到启发，得出“句法和声律或者说句法结构与韵律结构间的关系是互补的”的结论。因此，他认为“句法就声律”对新诗未来形式建设具有策略性意义。接着，他考察了自由诗体、格律诗体与白话句法的独特关系。

在新诗两大诗体中，骆寒超认为句法对格律体新诗节奏表现的辅助作用，更值得重视。他首先对“句法就声律”中的两个术语“句法”和“声律”进行界定。所谓句法，指的是成分组合以成句，句组合以成句群的方法，而不指音组组合以显诗行节奏、诗行组合以显诗行群节奏的方法。所以，句法不显示节奏。所谓声律，指的是以音组等时停逗显示的节奏表现，而不指以平仄相谐显示的节奏表现。句法虽不显示节奏，却对节奏表现的辅助作用相当大，能使节奏表现更显鲜明而深曲。过去的新格律体诗探求之所以成绩不大，同不重视句法的辅助有关；未来的新格律体诗要想获得成功，得重视句法就声律即充分发挥句法对新格律体诗节奏表现的辅助作用。

探讨句法对现代格律诗节奏表现的辅助作用，必须对新诗的三类节奏形态有所了解。所谓三类节奏形态，指的是视觉节奏、视觉听觉混合节奏和听觉节奏。新诗的视觉节奏，也就是西方诗学理论家戏谑地称之为“眼睛节奏”。闻一多在《诗的格律》一文中提倡的三美之一——建筑美，其实就是对视觉节奏的追求。由汉语方块字排成的诗歌文本格式在一定程度上可以获得视觉节奏感知。从闻一多、朱湘开始，到白荻等，都有意在新诗创作中追求视觉节奏。但必须看到视觉节奏要想在形式诗学中得到确认，只有和听觉节奏结合在一起才有这种可能性。何其芳正是看到了闻一多他们注重视觉节奏而相对地忽略了听觉节奏，所以才提出新诗须以音组的等时停逗作为现代格律诗节奏表现唯一的基础，而这一提倡的合理性，使他顺理成章地把“建筑美”、视觉节奏从现代格律诗建设中驱逐了出去。因此，何其芳的现代格律诗写作只考虑音组等时停逗来表现节奏，但除了《听歌》，其他一些诗歌，虽也做到了顿的均齐与节的匀称，念起来节奏感却相当淡薄，原因就是忽略了句法问题。何其芳采用了守语法规范进行线性陈述的白话—口语来写，十分流畅，而每行四顿的等时停逗节奏表现在守语法规范的白话—口语那种流利晓畅的语势挟持下，诗性节奏应具的有序整饰性与那种微妙、委婉、曲折的语调反被解体。“没有一点新鲜感和陌生化情味，也就很难使接受者在鉴赏过程中引起感受强刺激，激活深层中存在的想象或联想。诗的节奏表现也一样，如果诗性节奏等同于现实生活的实际，也肯定会使人在审美鉴赏中找不到诗性节奏的新鲜、陌生化，而对习惯的‘生活腔’觉得无趣而生厌倦感。所以何其芳失败的根本原因在于没有突破白话—口语带来的‘生活腔’。而这是个句法问题。”①

闻一多追求“绝对的调和音节，字句必定整齐”，重心在字句整齐上。他所提倡的那种节奏表现，对新诗的形式建设来说，隐伏的危机更大。从汉诗形式诗学的学理要求看，闻一多的理论存在一致命弱点：只考虑到音节调和的节奏本身，而没有把节奏表现与白话—口语的句法联系起来考虑，没有考虑到：音节越调和得好，甚至达到绝对地调和音节的地步，使节奏极整齐、和谐，达到铿锵的地步，并非好事，会造成节奏感知的单调，而这是非得以遵循句法就声律的原则，改变白话—口语的规范句法，使其奇特、陌生化并以此来辅助节奏表现不可的。因此，绝对地调和音节的节奏表现，要想淡化一点单调之感，就必须解决一个句法就声律的问题，也就是如何让独特的句法去辅助节奏表现的问题。那么，具体如何实施呢？骆寒超从一些成功的诗作中总结出一些带有规范性的办法。

现代格律诗有两种节奏表现：何其芳提倡的音组等时停逗和闻一多提倡的绝对调和音节。以句法就声律而言，由于这两种节奏表现要求以句法变异所生陌生化刺激作用来辅助的侧重点不同，也使句法变异有所区别。音组等时停逗类节奏表现辅助的侧重点在节奏感知集中，要求白话—口语句法的变异也重在句子断裂与谬理拟态；绝对地调和音节类节奏表现辅助的重点在不使节奏单调，要求白话—口语句法的变异重在成分省略与语序错综。

以上分析可见，骆寒超非常重视白话句法与自由体、格律体新诗节奏表现之间的关系，他的探讨为未来的新诗形式建设提供了非常重要的启示——必须高度重视语言与新诗形式的辩证关系，必须重视新诗的形式建设的语言问题，必须认识到：只有深入到语言层面，新诗形式问题才能得到真正解决。

---

① 骆寒超、陈玉兰：《中国诗学第一部：形式论》，中国社会科学出版社2009年版，第721—722页。

四、对"兼容体新诗"的呼唤

骆寒超对新诗形式诗学的探讨,贯穿着一条基本思路,就是打破新诗与旧诗、自由体与格律体、白话与文言的惯有的二元对立,提倡二元统一,这种思路同样贯穿于他对未来新诗体式的思考中。通过对过去新诗形式建设经验与教训的总结,骆寒超认为未来新诗的形式建设不是不可能进行的,不过首先得摆正建设的总思路。他的总思路为:"立足于回环节奏型形式体系而让回环节奏型形式与推进节奏型形式综合"。[①] 这种观点建立在他对于中国旧诗与新诗节奏形式考察的基础上。

骆寒超发现传统汉诗的节奏体式经历了三轮变化:由《诗经》的齐言体发展到《楚辞》的参差体为第一轮;由《楚辞》的参差体发展到古诗、近体诗的齐言体,是第二轮;由近体诗的齐言体发展到词曲的参差体,为第三轮。传统汉诗的节奏表现显示为一步步从回环向旋进深化的趋势,所以传统汉诗的形式始终体现为受制于复沓旋进之节奏形态的形体格式,而这正是中华民族所特具的那种天人合一的神话思维在汉诗节奏感应上的具现,且和传统汉诗的圆美流转类结构、点面感发类语言相呼应,而这是合于诗的本体特征的,所以传统汉诗的形式体系合于诗性审美的高层次要求。"五四"新文化运动中出现的白话新体诗是受西方诗歌的影响发生的,西方诗歌的基因是逻辑思维,这也成了中国新诗的基因。在这一种思维方式的作用下,新诗的结构体系转向方美直突,语言体系转向线性陈述,形式体系也转向持续推进,这种形式体系所显现的节奏体式也是参差体,有词曲节奏表现一定的印痕,但它还未曾像词曲那样,最终把节奏表现定位于回环旋进,迄今为止还满足于逻辑思维方式操纵下过分地强调持续推进的节奏表现,以致缺失了传统汉诗的回环艺术的韵味。与之相应的则是体式上也缺失了平衡艺术的格局。这造成了以白话新体为标志的新诗,只有白话而不见新体出现,只让难显节奏审美、不具体式规范的自由体诗占住诗坛,大行其"怎么想就怎么写"的品性,大大影响新诗的艺术品位,从而越来越明显地显示出散文艺术的倾向。这个倾向是从率性为之的自由体形式作为逻辑起点走出来的。由于把诗创作当成可以不讲艺术规律的任意书写行为,势必助长非诗性内容以非诗性形式来任意挥写之风日益盛行。于是,要求新诗体式定型的呼声日高。但是,只要新诗的语言仍然停留于线性陈述性,

① 骆寒超、陈玉兰:《中国诗学第一部:形式论》,中国社会科学出版社2009年版,第730页。

那么其形式也只能让自由体霸占诗坛;新格律体纵使创格就绪,却总还是天生的弱不禁风,难与自由体诗相抗衡。因此,骆寒超提出未来新诗的形式建设,必须把新旧诗两大节奏形式体系从二元对立转为二元统一。在今天这个理性社会,人对世界的审美感应无不杂有较浓的理性分析色彩,逻辑思维潜入诗歌王国,也影响了诗歌形式,推进式的节奏形态无疑要在今后新诗形式建设中扮演核心的角色,但诗毕竟属情性而非理性的,诗的接受毕竟是复沓感发而非有序推进的,所以回环式的节奏形态对诗的形式建设来说理所当然要唱主角。有鉴于这些复杂关系,他认为今后的新诗建设应有如下共识:在不违反已定形式规范原则的前提下,今后新诗坛要鼓励大家既采用回环节奏型形式写格律体新诗,也采用推进节奏型形式写自由体新诗。而尤其要提倡写这两大形式体系综合而成的兼容体新诗。那么兼容体新诗又是怎么个样子呢?

在分别对自由体新诗和格律体新诗的体式特征及其规范要求作了一番考察后,骆寒超发现:若把自由体新诗和格律体新诗进入一个体式系统中,它们相互间有一种可以双向交流的关系:自由中见规范和规范中显自由。这两种体式自身存在的辩证质素,提供给人们一条思路:在既尊重情绪的自在状态,又尊重情绪的外显形态的前提下,新诗的自由体与格律体可以考虑合体而成一种兼容体新诗。百年新诗在其诗体建设中,有无数诗人已对此作出了不懈的努力探求,可以说这思路已化为现实。由于这种新诗体是上述两种诗体——自由诗体与格律诗体之间辩证关系的产物,因此在“兼容”中按照诗行组合形态的不同,可以分为三种兼容形态:格律化自由体、自由化格律体和兼容体。“格律化自由体”指诗行主动组合而诗节则是被动组合的一种兼容体诗,其操作方式是:组行成节须应合情绪波伏的内在节奏来选择不同长短、不同节奏性能的诗行,并按循序渐进或奇峰突起的组合策略来构成节奏诗节(或诗行群)——这是诗行的主动组合,是自由诗体本质属性的体现。但是在组节成篇中却按预定模式嵌入同一类型的节奏诗节来构成诗篇——这是诗节的被动组合,是格律诗体本质属性的体现。这样做所完成的就是一种格律化自由体新诗。“自由化格律体”指诗行被动组合而诗节则是主动组合的一种兼容诗体,其操作方式是组行成节(或诗行群)中无须顾及情绪起伏的内在节奏律,而只需按预设的节奏诗节模式把相应的节奏诗行填入即可。这诗行的被动组合,是格律诗体本质属性的体现。但是在组节成篇中却须应合情绪波伏的内在节奏律,按不同类型的节奏诗节(或诗行群)循序渐进式或奇峰突起式的组合策略来构成诗篇。这诗节（或诗行群）的主动组合，是自由诗体本质属性的体现。就这样完成了一种自由化的格律体新诗。"格律化自由体诗"侧重于节奏回环，"自由化格律体诗"侧重于节奏推进。真正从音组有机组合出发来打破自由体与格律体的界限，建立一个既包括独立的旋进式节奏形态，也包括由兼容体经过改造而成为真正独立的新体式，则为"混成体"。

五、骆寒超形式诗学的特色与成就

通过以上对骆寒超形式诗学的概括与梳理，可总结出他的形式诗学的几个特点。首先，他在诗体建设上具有很强烈的规范意识，其新诗形式诗学的核心，就是强调现代格律诗诗体规范之确立：

> 在诗坛对新格律体诗作探求上，迄今为止似乎都有一个"大致如此"就好的心理定式，如"押大致相近的韵"呀，"大致上合于新格律原则"呀，满足于"自然"，如"规范要合于自然"呀，"节奏要合于自然语气"呀，等等。缺乏一种对规范原则须严格遵守的严肃态度。这都是不科学的。求大致如此也好，求合于自然也好，只有在按规律办事的前提下有一定限度地通融才行，不能以"大致"、"自然"作挡箭牌自由放纵。①

为了现代格律诗的诗体发展，骆寒超反复强调诗人在写作时应具有强烈遵守诗体规范的意识。他对音组的定型、定性与定量，对典型诗行的寻找与限定，对音组组合规律的寻找与限定，对排偶、煞尾音组、押韵的规范要求，对现代格律诗诗体规范特征的界定，等等，都是为了确立现代格律诗体的"诗体规范"，同时也是为了确立自由诗体的诗体规范。他认为自由诗体与格律体新诗皆有形式规范的质的规定性，现代格律诗要发展，必须充分认识到其作为格律体的一套形式标准，这样，才能使诗体走向健康发展的轨道。他认为当前格律体新诗发展与自由诗体一样，处于失控与失范状态，具体表现就是格律体新诗的积极提倡者自己也搞不清新格律体的标准是什么，格律体与自由体的区别到底在哪里，一些诗选收录的格律体新诗其实是自由体，而自由体则是格律体；格律诗理论的提倡也存在诸多理论误区和认识含混之处，这种混乱的根源在于节奏观念的混乱，闻一多《诗的格律》提倡开始，就出了问题。格律体观念的混乱直接导致格律体诗创作的混乱。

---

① 骆寒超、陈玉兰：《中国诗学第一部：形式论》，中国社会科学出版社2009年版，第684页。

骆寒超认为正是规范缺失导致当今现代格律诗创作的混乱，缺失“新格律化”的形式美感。他考察了被大家公认的三类新格律体诗：齐顿体，齐顿而齐言体，参差对称体，得出了结论：当今诗坛新格律体探求与对自由体的探求一样，一片混乱，成就不高。为什么成就不高？就是因为新诗形式建设缺乏一套规范与共识。

骆寒超对于未来新诗的“定型”主张也建立在“规范诗体”的想法上。他认为“21 世纪的中国新诗再不能让它仍像一缕游魂样飘浮不定而必须定型了。”[①]所谓“定型”，并非要求诗人们一起来搞几套模式，像古人“填诗”、“填词”那样，所要求的不过是形式建设中语言节奏表现的规范原则为诗歌界所确认，不过是定下形式规范的几条原则而已。他把新诗的形式建设分作两步，第一步是造出几条形式规范的原则，且作为“诗教”普及到全社会；第二步，在这几条规范原则作用下，未来新诗的节奏形式体系建设就可以展开了。

骆寒超建立诗体规范的主张，不但适用于格律体新诗，而且也适用于自由体诗，并由此打破了自由体与格律体的二元对立。一般人皆认为格律体强调规范，自由体诗的质的规定性在于对于一切规范的破坏，所以，自由体无须遵守任何规范。王力的看法可作为代表。他的《汉语诗律学》第五章《白话诗和欧化诗》研究的是新诗格律问题，他留给自由诗的篇幅只有短短一节，为什么呢？因为“我们对于自由诗没有许多话可说。既然自由，就不讲究格律，所以我们对于自由诗的叙述，只是对于各种格律的否定而已。”[②]正是出于自由诗“完全自由、无格律形式可言”的理念，20 世纪自由诗体在创作上越来越趋于散文化，理论上也只有艾青《诗论》对“诗的散文美”的主张，诗体理论无多大建树。“自由诗体的体性特征就是自由”，这种观念，不但为自由诗论者所持有，而且为格律诗论者所持有。自由与格律对立的二元思维，导致自由体与格律体势不两立，严重制约对于两种诗体本质特性达到更深层次的认识，限制了它们相互间的取长补短与并存发展。骆寒超一反前人观点，认为自由体虽自由，但也需遵守一些起码规范。他综合了几十年中诗人、学者们对新诗形式规范的意见，概括成一个规范原则系统，这个系统在第一层面上的一些规范原则，如“必须树立典型音组的威信，即诗行节奏主要应以二字音组、三字音组和适量的四字音组有机组

---

① 骆寒超、陈玉兰：《中国诗学第一部：形式论》，中国社会科学出版社 2009 年版，第 730 页。

② 王力：《汉语诗律学》，上海教育出版社 1979 年新 2 版，第 833 页。

合来体现，五字以上音组尽可能避免使用；还有，诗行收尾的音组必须规范，诗行长度要控制在六顿之内”[1]等等，对自由体诗和格律体诗而言，都是得遵循的；在第二层面上提出组行成节、成篇中自由诗体的主动性原则即“区分不同长度(顿数)的诗行的节奏性能；长短诗行在组合成节或篇章时，应循序起伏地流转，以造成复沓回环的组合；或者在循序起伏的总原则下按奇峰突起的要求适当地作极长与极短诗行的直接组合，以造成峰回路转的奇特效应”，[2]也是自由体诗写作所应注意的。骆寒超认为有些自由体诗作为诗有一定审美基础，如果能按上述规律作些适当规范，是可以成为质量不低的诗的。但诗人们往往缺乏自觉的规范意识，不肯作较多推敲和适当调整音节，结果读来不是松松垮垮，就是佶屈聱牙。骆寒超对于自由体诗上述规范的总结，以及他用这些规范对于一些自由诗体的分析，是他对于新诗形式诗学的一大贡献。当然，对于他归纳出的一些规范，可能会有不同意见，可以展开充分讨论，但他的尝试，应引起重视。

与骆寒超相似，程文、程雪峰在其《汉语新诗格律学》中，也认为对现代格律诗及新诗格律来说，四种音步(两音、三音、四音和单音音步)的确定及其概念、名称、构成与作用的研究，是十分重要的，有奠定基石的意义和作用，“如果连这样基础性的东西都一无所知或知之不详，或各持己见无法沟通的话，那么现代诗格律理论的研究就会停滞或迟缓下来，现代格律诗的创作就会受到影响，起码要延缓新体诗歌的成熟。”[3]程文、程雪峰与骆寒超看法的一致，说明到21世纪，大家都已认识到诗学规范的适度确立，对现代格律诗的诗体发展是非常重要和必要的。

骆寒超形式诗学的基本思路是打破二元对立，要求二元统一，这一特点在上述他对格律体与自由体诗体规范的考察上，可以看出。“五四”新诗革命着眼于诗体破坏，造成一系列二元对立，如文言与白话、格律体与自由体、新诗与旧诗等等，这种表层的对立，遮掩了深层的带有本质性的诗学问题，严重制约百年新诗从创作到理论作更深一层突进。骆寒超的“二次革命”论，则着眼于诗体重建，反对“分”而强调“合”。他认为新诗与旧诗区别不在自由体与格律体诗体之分，而在节奏形态之异。新诗为推进式节奏形态，旧诗为回环式节奏形态。他的新诗形式建设的逻辑起点就是把新旧诗

---

① 骆寒超、陈玉兰:《中国诗学第一部:形式论》，中国社会科学出版社2009年版，第665页。

② 骆寒超、陈玉兰:《中国诗学第一部:形式论》，中国社会科学出版社2009年版，第665页。

③ 程文、程雪峰:《汉语新诗格律学》，雅园出版公司2000年版，第164页。

两大节奏形式从二元对立转为二元统一。他的"兼容体新诗"的主张，就是基于这种观点而提出的。这种兼容体新诗兼有格律体与自由体之长，自由中见规范，规范中见自由。骆寒超之所以能提出这种诗体，就是由于他能突破二元对立，既认识到格律体与自由体之"异"，又能真正把握到它们的"同"。这就启发我们：要真正建立中国现代格律诗的形式规范，只着眼于格律体本身是远远不够的，还必须考察自由体的诗体特征。骆寒超还打破了新诗与旧诗、文言与白话的二元对立，认为旧诗的回环式节奏形态在新诗的形式建设中要唱主角，新诗所采用的白话口语同样不能完全来自生活，在"句法就声律"一点上，新诗与旧诗是一致的。

骆寒超对新诗形式诗学的另一贡献，在于他对音组（或"音顿"）理论的总结和发展。音组理论，是由闻一多、叶公超、孙大雨、何其芳、卞之琳等人提出的。他结合优秀的现代格律诗创作，综合诸家音组理论之长，对音组理论作了总结与发展，并且以规范的形式确定为几条简易可行的原则，用来指导创作。可以说，20 世纪 20 年代由闻一多提出的音组理论（他称为"音尺"），到骆寒超这里，有了一个比较科学的总结、概括与规范。值得注意的是，音组理论作为现代格律诗理论，被骆寒超首次成功地运用到自由诗体的分析中，作为自由诗体的创作规范，对确立自由诗体的理论体系，具有非常重要意义。这是骆寒超对于音组理论和自由诗诗体理论的一个重要贡献。

第二节　丁鲁对节奏模式的寻找

诗歌翻译与现代格律诗的创作与理论研究之间有非常紧密的内在关联，许多学者就是由诗歌翻译而走向现代格律诗的研究之路的，丁鲁就是如此。他以格律体翻译西方格律诗，曾得到卞之琳首肯："近年来国内翻译外国格律诗方面有了长足的进步，出现了屠岸、杨德豫、钱春绮、丁鲁等等的不少真像原诗的译品。"[①]丁鲁以诗歌翻译而走向现代格律诗的诗体理论研究，与孙大雨、卞之琳等学界前辈很相似，而他对现代格律诗的理论研究，也确实接受了卞之琳的一些影响。

---

① 卞之琳：《翻译对于现代诗的功过》，《卞之琳文集》中卷，安徽教育出版社 2002 年版，第 542 页。

一、对诵读学与诗律学的区分

丁鲁认为诗的格律包括三个要素：节奏、韵、结构。现代格律诗的三大格律因素中，韵的问题不大，结构本来是可以多种多样的，“需要解决的重点是节奏问题；而这也正是格律研究最主要的难点，目前就更是如此。”[①]他所谓的节奏，指狭义的节奏，即节奏单位的安排。节奏单位是格律诗节奏的基础细胞，格律诗节奏的“砖块”。

丁鲁认为要研究清楚格律诗的节奏问题，必须把诗律学与诵读学的“节奏”概念区分。格律诗的节奏，可以有三层理解：从诗律来说，是确定节奏模式；从创作来说，是根据节奏模式形成诗歌中丰富生动的具体节奏；从诵读来说，是根据作品进一步作节奏处理。三者中，格律是一种静态的规范，而作品和诵读则是动态的诗歌实践。诗律学和诵读学是两门不同的学科。诵读学的直接依据不是诗律，而是作品，而且诵读有时还有它的独特方式，如中国古典诗歌的吟诵。诗律学所作的却是一种模式化的研究，并不决定于诵读方式。停顿说的根本缺点，恰恰在于过多和诵读相联系，难以形成格律诗的规范化的节奏模式。而关于“顿法”的研究，也始终徘徊在诗律学和诵读学之间，找不到明确归宿。朱光潜《诗论》对五、七言三字尾的分析，说明他对节奏单位的理解，已经着重于字数的配置(字音长度的配置)，可是仍旧保留了“顿”的概念，没有把诗律的节奏模式和诵读的节奏处理当做两个问题。他承认节奏模式(形式化节奏)和诵读的节奏有矛盾，但他又重新回到诵读的角度，而诗律的节奏却恰恰应该从模式角度而不是从诵读角度来解决的。格律诗语言之所以入律，不是“读”出来的，而是“写”出来的；不是诵读处理的结果，而是诗人努力的结果。如果诗人没有安排好，诵读者即使勉强分出若干“顿”，节奏也不见得一定会流畅。何其芳在《关于现代格律诗》中，对如何确定节奏单位采取了更鲜明的态度，他虽然仍旧使用“顿”这个术语，但已经把理解重点转移到音长方面，即“每顿所占的时间大致相等。”这已经不再属于停顿说，而属于音长说了。

丁鲁特别强调“格律化节奏是一种模式化节奏”，因为它直击格律诗问题的核心。若想弄清中国诗歌节奏、外国诗歌节奏、音乐节奏三者的区别，就必须把这个问题搞清楚。他对于“音节”、“音组”、“音步”等概念的分析，特别是对于“顿”概念的批评，就建立在他区分诗律学与诵读学，确立格律

---

① 丁鲁:《中国新诗格律问题》，昆仑出版社 2010 年版，第 54 页。

的模式化节奏的观念上。他认为过去对节奏单位的称呼如“音节”、“音组”、“音步”都不合适,“音步”来自西洋的音节—重音体系,是彻底形式化的,根本不管单词的起讫。而“顿”和“逗”概念又很不明确。古代诗歌采用吟唱方式,“逗”的长短可以不一,但白话诗采用诵读方式,没有那么多拖音和停顿,“逗”长短不一就影响到节奏。“顿”的概念来自停顿,他认为“停顿说”有如下缺点:一、在白话诗中,并不是每个词都停顿一下,因此所谓“顿”,已经不是停顿的本来意思。二、一般所谓“顿”,其实只是词语的分隔意识和转折意识在语音上的一种表现。但“义”的词语大小并不固定。如果“顿”真指音的停顿,应该由诵读者自由掌握,所以次数也是不固定的。因此,很难准确划分它,这种努力也无助于确定节奏单位。三、真正的停顿(语流的中断)在诗歌中另有用处,比如用在句末或作为艺术手段,这和节奏单位不是一个意思。四、作为词语分隔物的“顿”,在散文中也存在;但是散文却不需要格律诗的节奏单位。因此,如果强调“顿”,就会模糊两种节奏的界限。总之,一般所谓“顿”,决定于词语,虽然和音有关,实际上是义的单位,大小也不够明确。格律诗的节奏单位要形成规范,“顿”的概念太自由,无法完成这个任务。他建议把“顿”的研究限定在古典诗歌吟诵方法的范围内。

二、“二字三字节奏”模式

丁鲁认为白话格律诗的节奏单位是“拍”。他把诗律分为两种,一种为量的诗律(音长诗律),注重于规定怎样用字音的时间量去填满节奏单位的时间片段;一种为质的诗律(包括音强诗律和音高诗律),注重于规定附丽于音长量的质的因素。汉语诗律着重规定的是节奏的量的方面,因此,汉语诗律是音长诗律。音强虽属于汉语诗歌节奏研究的一部分,却不具有格律意义。如闻一多总结的拍头的强化,属于描写性的研究,不属于格律内容。汉语格律诗的音高因素不是节奏因素,它不是周期性出现的。立足于音长观点,他主张用“拍”给节奏单位命名。[①]

由相同的节奏单位或不同的节奏单位所构成的节奏的类别,叫做节奏类型。白话格律诗的节奏类型,有两种是公认的,继承了古典诗歌两字一拍的传统,是二字节奏;继承了古典诗歌使用虚字、衬字传统的(每个节奏单位一般可以使用一个念轻声的虚字),是二字三字节奏。二字节奏是每

① 丁鲁:《中国新诗格律问题》,昆仑出版社 2010 年版,第 145 页。

两个字构成一个节奏单位（一拍），属于纯节奏；二字三字拍是由二字拍和三字拍混合组成，属于混合节奏，这是白话格律诗中最自然、最容易形成的一种节奏。二字拍和三字拍作为节奏单位，所占的模式化时间在理论上是相等的，这是因为三字拍，一般都会有轻声字或实际语流中的轻音音节，作为一种模式，一般可以认为轻声字相当于半个字音长度。还有一种节奏尚未得到普遍承认，即“夹用多字拍的节奏”，吸取某些民歌的节奏特点，夹用了某些四字的节奏单位。丁鲁认为大部分白话格律诗为已经得到承认的前两种节奏单位所涵盖，使用第三种节奏单位的不多，只要弄清了前两种节奏类型，就可说基本掌握了白话格律诗的节奏。

丁鲁的节奏观念建立在“拍”数一致的基础上，他反对齐言诗的主张。诗歌是一种语言艺术，要通过听觉来欣赏，因此，第一位的问题是节奏单位的数目。每句字数一致只考虑了齐头句，没有考虑长短句。字数的一致只能用来要求正字，不能用来要求衬字。白话诗，使用二字节奏的可以谈字数，不使用二字节奏的，就不好谈字数。因此，可以说，字数一致只是一种次要的要求，并非人人必须遵守，更不能说是臻于至境的最高形式。

在研究了白话诗律之后，丁鲁认为有必要做一个简短的总结，以便在诗歌实践中有所遵循，因此，他对白话诗律的节奏概括为八个字：“两字一拍，轻音另计。”“两字一拍”所说的“字”，指的是正字，也就是重读音节。“轻音另计”如何计，还可以长期进行讨论和实践，不必马上统一认识。

三、拍前音节和节奏标示法

格律诗的诗行由节奏单位构成，但节奏单位的任意排列，并不能保证诗行节奏的和谐。为了解决节奏问题，不仅需要研究节奏单位，还要研究它们在诗行的重读安排，研究它们之间的连接。为了研究节奏单位在诗行中的安排和排列，又必须以“音长说”为指导，用“停顿说”是不行的。从“音长说”来研究诗行节奏，首先要提到的问题，就是“拍前音节”。

丁鲁对拍前音节的解释是：处于正拍前面的轻音、半轻音音节。一般是一个字，也有两个字的。拍前音节意思和后面的词语联系紧密；但从音来看，实际上是前一拍的拍尾。它既不是正拍的拍头，也不能算一个独立的节奏单位。

丁鲁还注意到对于节奏的标示问题。他认为节奏标示不应立足于对诗句节奏作硬性切割，而应立足于对形成诗句主干的音节作强调，这样才能反映汉语语流特点。因此，他主张用横线画在诗行下面来标示节奏单位，把拍前音节空下不标。还有一种更简明办法，像元曲一样，所有轻音、半轻音音节一律用小号字排印。这样，轻声字前靠还是后靠的问题，基本可以不作讨论了。如果采用这种办法，就会发现，一般情况下，二字三字节奏中的三字拍往往可以当做两个正字、一个衬字（或一正两衬）。凡符合这种情况的，节奏就流畅；否则，节奏处理就可能存在困难。

为了使节奏配置更加流畅，丁鲁还进一步对词语的节奏配置作了考察，划分出节奏明确的词语、拗口拍、可以作不同节奏配置的词语和零碎的音节、字词的音强级别与节奏配置的关系、特殊形式的诗拍等。这样的划分过于琐碎，实际操作起来，可行性到底有多大，很可怀疑。

丁鲁形式诗学的创新性在于他对诗律学与诵读学“节奏”概念的区分。这种区分，是为了确立格律诗语言自身的独立性地位，从诗的语言自身而非诵读来把握诗的节奏。他对“停顿”说的批评，就与他的这种看法有关。从丁鲁对“拍”的界定看，他的这一概念与闻一多的“音尺”、孙大雨的“音组”、何其芳的“顿”并无实质性区别，同样建立在“音组等时”的节奏观念基础上。罗念生使用过“拍”一概念，对于这一概念，周煦良早就表示过反对：“理由是为了避免使人从‘节拍’联想到拍板，当做读诗时一定要拍着板读，即每一节奏的时间一定要一律长短。如果产生这种想法，那就对我们弄清楚诗的格律有很大妨碍。事实上，便是英国的音步诗也是一种介于有板和无板之间的一种节奏；中国诗的节奏，下面我们就可以看到，更谈不上时间一律。”[①]而丁鲁的“拍”的概念并非建立在“时间一律”的基础上。他对“拍”的使用，无非是想代替“顿”与“音组”，但其实质与“音组”并无差别。

丁鲁把传统诗歌定位为“二字拍”，把白话格律诗（现代格律诗）定位为“二字三字拍”，目的是为了追求现代格律诗学原则的简明与规范。他对“拍”、“二字三字拍”、“拍前音节”等一系列诗学术语的界定，对节奏标示法的提出，与骆寒超、许霆、鲁德俊等学者一样，是对音顿理论的规范与限定。这说明随着现代格律诗学的发展，到了21世纪，越来越多的学者已经认识到现代格律诗学应快确立起一些简明易识的原则与规范。

第三节　程文、程雪峰的“完全限步”说

程文、程雪峰的《汉语新诗格律学》2000年由雅园出版公司出版。据作

---

① 周煦良：《论民歌、自由诗和格律诗》，《文学评论》1959年第3期。

者在该书《后记》中所说，该书初稿完成于1977年，1987年写成第二稿，名为《话新诗格律》，1990年完成第三稿，定名为《汉语新诗格律学》，出版则已是十年之后。从该书写作时间看，程文、程雪峰的现代格律诗学可划入20世纪80年代这一阶段，但该书公开出版则是2000年，故笔者把他们放入本阶段进行论述。

程文、程雪峰在《汉语新诗格律学》中提出了“现代的完全限步”说：

> 我们的汉语现代诗格律应以音步为节奏的基本单位，通过既限定音步数量又兼顾不同音步的有机配合，带动顿、韵和其他基本格律因素共同来实现诗行字（音）数的统一或规律化，使步数与字数、音节与字句、节奏与诗节造型同步进行、和谐一致，以此更好地体现内容的精神，诗人的情志，进而求得内容与形式的完美统一。
>
> ……
>
> 这就是汉语新诗格律的理论核心——现代的完全限步说。①

程文、程雪峰的“完全限步”说其实早在1987年就提出了。这一年，程文、程雪峰在《淮阴师专学报》第3期（1987年7月）发表《从〈死水〉及〈诗的格律〉略谈闻一多实验新格律的得失》一文。在这篇文章中，他们已经提出完全限步说：

> 所谓完全限步说，是指以音步（不是字）为着眼点，在限定音步数量的同时又兼顾几种音步的有机配合，从而构成步数与字数的统一，音节与字句的和谐，节奏与造型的谐调，以便最大程度体现内容的精神，进而求得内容与形式的完美统一。
>
> 完全限步说在新格律诗中的地位，犹如限字说在旧格律诗中一样，是支配所有基本格律因素的核心和脊骨。②

用一句简明的话概括程文、程雪峰的完全限步说，就是“利用全面的限步（限步数兼限步种）来实现诗行字数的统一或规律化。”③

程文、程雪峰的完全限步说，是在总结新月诗派的单纯限字说和何其芳的限顿说的基础上提出的。程文、程雪峰认为新月诗派单纯追求诗行字数一致，而无视诗行音步数量的混乱，没有注意到新诗不是一字一顿读下

---

① 程文、程雪峰：《汉语新诗格律学》，雅园出版公司2000年版，第130页。

② 程文：《从〈死水〉及〈诗的格律〉略谈闻一多实验新格律的得失》，《淮阴师专学报》1987年第3期。

③ 程文、程雪峰：《汉语新诗格律学》，雅园出版公司2000年版，第122页。

去，而是几个字一组一组读下去。新月诗派讲究诗行字数一致，这符合世界各国格律的共同特征和共同目标，也可以说是共同规律，他们的错误在于没有结合现代汉语和新诗的格律条件而找准实现这一艺术目标的具体途径与办法，只是简单机械地限字凑字，结果使现代格律诗走上歧途。针对新月诗派单纯限字说的弊端，何其芳首先发难，明确提出“限顿说”，追求行之间顿数一致而不是字数一致，这具有划时代意义，标志单纯限字说的行将结束，现代格律诗建设进入新的历史时期。限顿说建立在五十年代语言基础上，使现代诗格律理论与现代汉语及其格律条件相吻合，不再脱节。但限顿说是一种单纯的限“顿”说，即在诗歌节奏系统建设上，以“顿”为节奏的基本单位，只要顿数的划一或规律化，而不管这顿（音步）有长短几种，把格律的目标确定在“顿数整齐”而不是音数整齐上，不讲究字数整齐，致使长短四种音步的使用失控，造成诗行字数的参差散乱，严重破坏诗的节奏美与造型美。程文、程雪峰认为，在汉语中音节是诗歌节奏系统中最小的一个单位，是构成节奏的细胞。固然，音步是节奏系统中基本单位，无论在构成诗节、形成节奏，还是造就诗节形式方面，音步的作用都远远超过音节或其他节奏单位，但是这一个个清晰的音节毕竟是客观存在。尽管音步由音节组成，但音节并不因为属于音步的一分子而丧失其相对独立性，即使是现代汉语中的轻音字，也毕竟还要有个小小的客观存在，谁也无法把它完全取消。

程文、程雪峰认为顿数整齐与字数整齐两者是可以统一、可以兼得的。两者有对立的矛盾的一面，也有统一的不矛盾的一面。要解决步数与字数的统一，其具体途径不是没有，中国古代诗歌就有这方面的经验。中国古代诗歌表面是限字，其实质是一种限步数限步种又限定音步排列顺序的机械的完全限步说，三种限定中间，除了应当扬弃限定音步顺序排列之外，不仅应当限制诗行中的音步数量，同时也应当利用汉语新诗四种长短音步的调节与组配作用来加强诗的节奏感和音乐美，以此来克服步数与字数之间的矛盾。由此，程文、程雪峰在综合单纯限字说与单纯限顿说的基础上，提出完全限步，即“利用全面的限步（限步数兼限步种）来实现诗行字数的统一或规律化。”

程文、程雪峰依据其完全限步说，把现代格律诗分为两类，一类是顿数整齐，字数也整齐，符合他们的完全限步说，这才是成熟的真正的格律诗；一类是顿数整齐，但字数不整齐，或字数整齐，顿数不整齐，这只能算半格律体。符合完全限步说的格律诗，既包括每行字数一样的整齐体，也包括节与节互相对称的规律参差的参差体。

《汉语新诗格律学》在提出了完全限步说之外，还论述了音步和顿、诗节造型、格律修辞、平仄律与韵等问题。

《汉语新诗格律学》一书最有特色的地方乃是该书提出的“完全限步”说。完全限步说既要求行之间顿数的一致（或对称），又要求行之间字数的一样（或对称）。这种“齐言齐顿”观，闻一多《诗的格律》早已提出，他拿来作示范的《死水》就符合齐言齐顿的标准。在齐言齐顿二者中，程文、程雪峰反复强调应以齐顿为前提，以齐言为辅助。但是，在创作实践中，往往会发生牺牲齐顿而片面追求齐言的情况。豆腐干体的产生，与“齐言齐顿说”是有一定关系的。何其芳、卞之琳之所以追求齐顿反对齐言，正是因为他们看到了齐言齐顿的弊端。程文、程雪峰要求齐言的理由是音节（一个汉字）具有相对的独立性，即使现代汉语中的轻音字，也有其客观存在，无法把它完全取消。他们的看法与许霆、鲁德俊、许可、左正等人“定型诗体”的主张完全一样，代表了现代格律诗发展中的另一种观点和声音。

结 语

对20世纪现代格律诗学的研究到此结束。回顾整个20世纪新诗历史，不禁心潮起伏，感慨良多。

20世纪现代格律诗学是新诗形式焦虑与形式重建的产物。新诗产生于胡适发起的“五四”文学革命，诗体革命成为文学革命的突破口，由此，从国外引进的自由诗体确立了自身在新诗中的合法性地位。周作人《小河》诞生，引起当时诗坛一片赞美声，胡适拿它来宣告新诗的正式成立，俞平伯甚至认为它的艺术性并不逊色于白居易《长恨歌》、《琵琶行》。但事实果真如此？新诗真正成立了？好像还不能这样乐观。从新诗诞生之日起，对于新诗的批评就不绝于耳。这种批评有的来自反对新诗的阵营，如学衡派，但有的则来自新诗支持者内部。“新诗危机”、“新诗破产”的论调更是没有断过。鲁迅、毛泽东对新诗评价都不很高，毛泽东甚至不客气地称新诗“迄无成功”，给他一百块钱也不看新诗。下面这段话大致代表了一般学者对于新诗的看法：

> 革命爆发的翌年，胡适就拿周作人的《小河》来宣告新诗的正式成立。其实这个判断是站不住脚的。且不说当年，即使今天，我们也还说不得这句话。因为，在这一串漫长的岁月里，新诗一直还没有一套规范原则来使自己定型，从而也无法在中国几千年的诗歌格局中为自己定位。既然如此，这80年间无数新诗人的努力奋斗，充其量只能是一场“草创”。眼见得一个世纪就要逝去，回顾来路，新诗如何定型，已愈来愈成为一个迫切需要解决的问题。[①]

上述对20世纪新诗的总评，似乎显得过于悲观了点，但却不失为富有

① 骆寒超：《新诗的规范与我们的探求》，《现代汉诗：反思与求索》，作家出版社1998年版，第256页。

理智与客观的评断。回顾百年新诗发展，确实不能否认新诗已取得很大成绩，但在浩如烟海的诗作中，到底能留下几首作为经典，实在令人怀疑，而又能有几首能像唐诗宋词那样，萦回于中国人的意识深处，更是难说。新诗声誉为什么越来越低落？新诗为什么离百姓愈来愈远？而与此相对照的是，旧体诗词为什么会卷土重来？同时，至今还没有取得“诗”的名分的歌词，为什么却越来越流行，有的在一夜之间就能不胫而走，为亿万中国人所传唱不衰？这些都是值得诗人和学者再三思考的问题。骆寒超指出新诗没有成立，其根源就在于“没有一套规范原则来使自己定型”。确实，新诗要发展，要真正与旧体诗词竞争，必须解决一个问题——格律(形式)问题。

于是，就有“二次革命”论提出。胡适在20世纪初发起诗体革命，到21世纪开端，则有骆寒超、吕进倡导的新诗“二次革命”运动。他们所谓的“革命”是对胡适“革命”的再革命，对诗体否定的再否定，由诗体破坏走向诗体重建。诗体的由破而立，由分到合，这一个“圆”划了整整一个世纪时间。

为了21世纪新诗的诗体重建，必须首先对20世纪新诗的形式试验与探索，进行认真细致的回顾、梳理与总结，这样，才能充分继承前人遗产，更好筹划新诗未来。

总结百年现代格律诗学，有如下几个核心问题值得进一步加以思考和审视。

怎样处理内容与形式的关系问题。“内容决定形式”，一直是自由诗体的理论依据。对于此命题的探究，同样是现代格律诗学的重要课题。李思纯、饶孟侃、朱光潜、林庚、何其芳、李广田、周煦良、季羡林等，都对这个命题作过不同的回应，或反驳，或认同之下又有所修正。朱光潜认为诗的格律有一重要特点：大致固定的形式与当前具体内容的矛盾统一。诗有一种通套的因而有几分独立性的形式。就这种通套的形式来说，很难机械地套用“内容决定形式”的普遍规律。但是形式虽是通套的，每个诗人用这个通套的形式来表达某一具体内容时却要创造出他所特有的恰足以表现那个具体内容的风格，这种不同的意味和节奏即风格，也可以称为“内在的形式”。就这种内在的形式来说，“内容决定形式”的普遍规律是完全适用的。季羡林认为内容和形式是统一的，而内容起决定性作用，这是谁也否定不了的。但是，谈到文学作品，却不能过于机械了解这一句话。在决定一件文学作品是否是诗的问题上，内容起作用是没有问题的；但是形式也同样起作用。换句话说，就是：诗一定要有诗的形式。对内容形式关系的认识构成了李广田形式诗学的学理基础。他认为内容决定形式，形式反作用于内容，再进一步，就是内容与形式的合二为一，形式即内容，两者是不可分的："那所谓形式者并不只是外的形式，而是内在的，譬如节奏，那思想或理智的本身是有节奏的，感情本身也是有节奏的，所以作者在表现上并不只是用了那文字表面上的逻辑作为'因为……所以……'之类的平叙，而是用来想象的逻辑，使一情一境跳跃地向前发展。"①"形式并非外在而是内在的形式"，可谓李广田形式观的精髓，也是他对于艺术形式的最有力辩护。回顾20世纪对于内容形式关系的看法，可以看到这样一种现象：自由诗论者更为重视内容的决定性，而格律论者则在重视内容决定性的同时，更强调形式对内容的制约作用。在文学艺术的各种门类中，诗是最讲究语言与形式的，因此，忽视形式对内容的制约作用，必将带来形式失范与失控，这种教训必须吸取。

怎样处理视觉与听觉的关系问题。闻一多在《诗的格律》中敏锐把握到了诗的格律的两个层面：视觉层面与听觉层面，两方面息息相关。属于视觉方面的格律有节的匀称与句的均齐。属于听觉方面的有格式、音尺、平仄、韵脚。闻一多认识到这两个层面是密切相关的：没有格式，就没有节的匀称，没有音尺就没有均齐。所以，听觉方面与视觉方面是密切相关的，分开来讲只是为了方便讨论而已。但由于他是立足于视觉层面(建筑美)来谈诗的格律问题的，因此，从他那里，新诗格律就留下了一个问题：如何处理建筑美与音乐美的矛盾关系问题。这个问题可简化为这样一个问题：新诗到底是用来看还是用来听？此问题看似简单，却一直纠缠至今，各种观点互不相让。围绕这个问题大致形成了三种看法：一种强调听觉层面，认为诗歌历史上就是凭口传、凭耳听的，因此，诗的音乐性是其本质，视觉层面的建筑美只是辅助，可有可无。李思纯、刘梦苇、饶孟侃、朱光潜、何其芳、卞之琳、周煦良等，皆持这种观点。一种观点则强调视觉层面，即建筑美。如王珂重视诗的视觉形式建设，他的"诗体"主要指诗的排列形式等显性层面，诗的音乐性居于次要地位；诗形是诗的重要文体标志，是诗体的主要成分。一种观点既强调视觉又强调听觉，如沈用大提出格律体新诗的上限是"三美"，底线是"限字"。当视觉效果与听觉效果两者发生龃龉之时，要首先坚持视觉效果，牺牲听觉效果。底线要解决"是不是"的问题，上限要解决"好不好"的问题。创作格律体新诗就是要坚决守住底线，力争达到

① 李广田：《诗的艺术——论卞之琳的〈十年诗草〉》，《李广田全集》第4卷，云南人民出版社2010年版，第219页。

上限：先让作品进入“格律体新诗”行列，再向“三美”目标靠近。这说明他认为建筑美比音乐美更为重要。当代诗坛上有许多人提出齐言齐顿的主张，即诗行之间字数和顿数都一致，就有既追求建筑美又追求音乐美的考虑。笔者认为，诗属于语言文字艺术，属于听觉层面的声音美的重要性，当然要远远高于属于视觉层面的建筑美。闻一多认为中国传统文字有一部分是象形文字，并不错，问题是中国传统诗歌要么重在唱，要么重在诵。“五四”之后，受西方诗歌分行的影响，新诗分行分段，并且白话—自由诗抛弃了“唱”与“诵”的传统，把诗当成是“看”的，充其量也只是“说”的。闻一多从西诗的分行分段受到启发，同时想结合中国文字的象形特性，建构起汉语诗歌的视觉美，这样一来，倒无形中迎合了白话—自由诗确立的新诗“看”的传统。但是，闻一多在抬高“看”的地位时，还想兼顾到音节的和谐美，兼顾到“歌”或者“诵”的传统，于是，他在音尺的基础上，把建筑美与音乐美合二为一。在兼顾新诗的“看”与“听”时，由于闻一多是从建筑美即“看”的立场出发的，这就很容易带来一个弊端，或者说潜在的陷阱，那就是很难照顾到“看”与“听”，在建构其诗歌的建筑美时，诗歌的音乐美可能在不自觉间就流失了。这就是新格律诗后来被讥讽为“豆腐干”体的原因。因此，在解决这个问题时，必须要处理好“建筑美”与“音乐美”的关系。应该看到，属于“看”的建筑美毕竟是次要的，属于“听”的音乐美才是植根于语言文字的本质特性中，从而应该居于优先考虑的位置。

节奏的成因问题。20世纪现代格律诗学最核心话题，就是节奏问题。节奏成因是什么，节奏单位是什么，从现代格律诗学诞生之日起，就是一个争议最大讨论最多的话题。正如朱自清所说：“音节麻烦了每一个诗人，不论新的旧的。从新诗的初期起，音节并未被作诗的人忽略过，如一般守旧的人所想。”①这里所谓的“音节”就包括节奏。闻一多一开始研究节奏时用的也是“音节”一词。节奏同样是白话—自由诗学的理论基础，胡适的“自然的音节”论指的其实就是“自然节奏”。对于节奏的成因，一般人的认识还是比较混乱，“节奏和节奏单位这个难点我们至今没有吃透。”②节奏问题，依然是有待解决的一个重要问题。有的学者认为“解决了节奏问题，现

① 朱自清：《论中国诗的出路》，《朱自清全集》第4卷，江苏教育出版社1996年版，第287—288页。

② 丁鲁：《〈中国新诗格律问题〉前言》，丁鲁：《中国新诗格律问题》，昆仑出版社2010年版，第34页。

代格律诗的问题就基本解决了。”[①]可以肯定，在未来的现代格律诗研究中，“节奏”问题，仍将是一个被关注的焦点问题，而现代格律诗创作和理论建设，也只有从节奏问题的探究中，才能找到最佳突破口。

在节奏成因的认识上，概括起来有这样几种看法：(1)利用平仄(长短音或高低音)或强弱音，(2)利用长短顿及长短音组，(3)利用顿的整齐及有规律的变化，(4)利用韵的疏密，(5)使诗行符合一定的“基本音节组合形式”，(6)在读法上，给予轻短音以一定的安排，等等。其中，朱光潜、孙大雨、何其芳、卞之琳的音顿或音组理论，得到的响应最多，为多数人所采用。20 世纪 90 年代，一般学者不但接受音顿或音组、音步理论，而且对之作了进一步论证与规范化。许霆、鲁德俊、陈本益、程文、程雪峰、骆寒超、丁鲁等人在这方面都做了有益尝试，其中，尤其值得一提的是骆寒超对音顿理论的总结与规范。他结合优秀的现代格律诗创作，综合诸家音组理论之长，对音组理论作了总结与发展，并且以规范的形式确定为几条简易可行的原则，以指导创作。20 世纪 20 年代由闻一多提出的音组理论(他称为“音尺”)，到骆寒超这里，有了一个比较科学的总结、概括与规范。而且，音组理论作为格律诗理论，被骆寒超首次成功地运用到自由诗体的分析中，作为自由诗体的创作规范，对确立自由诗体的理论体系，有非常重要意义。许霆、鲁德俊对音顿节奏的实践和理论及其局限性，作了深入的概括和总结，对音顿理论的发展具有一定意义和价值，同时他们还注意到对称在新诗格律中的作用，由此提出了意群对称停顿节奏。叶公超在三十年代已经注意到对称在新诗中的作用，但是，对称与排偶毕竟只是节奏的辅助因素，不可把它提高到与音顿相等的位置上，意群对称停顿节奏的节奏来源同样是音顿。

如何处理齐言与齐顿的关系问题。这个问题也是由闻一多《诗的格律》一文引出的。闻一多从建筑美出发，要求每行诗既要顿数整齐，又要注意每一行不同音顿字数的限定，从而做到齐言又齐顿。叶公超、孙大雨、何其芳、卞之琳、胡乔木等反对齐言，要求齐顿即可，程文、程雪峰、许可、左正、许霆、鲁德俊等人则认同并发展闻一多的观点，认为只有做到齐言齐顿才是真正的现代格律诗。程文、程雪峰综合新格律诗派与何其芳的观点，提出“现代的完全限步说”，作为齐言齐顿的理论依据。骆寒超主张齐顿，反对齐言与齐言齐顿的主张，认为这样又回到了等音计数主义，为此他提

---

① 屠岸：《中国现代格律诗展望——屠岸的致辞》，《现代格律诗坛》1995 年第 1 期。

出了“兼容格律体”与“混成体”的未来新诗体概念。齐顿论者与齐言、齐言齐顿论者的差异,源于对现代汉语轻音字的认识。齐言齐顿与齐言论者认为作为虚词的轻音字与作为实词的重音字地位相同,所占时间相差不大。齐顿论者则持相反观点。这说明,要真正解决新诗格律问题,除通过创作实践外,还要加强语言学与诗学之间跨学科的综合研究,这样,才能从语言学、语音学层面,来解决节奏的争议问题。

建行问题。诗是由诗行建立起来的,因此,建行问题是仅次于节奏单位的另一重要问题。在20世纪现代格律诗学史上,朱湘首次注意到建行问题,他提出“诗以行为单位”及“行的独立”说,为新诗建行理论提供了理论支撑。林庚、周煦良、何其芳、卞之琳等人的形式诗学都与建行问题有关,其中,林庚的形式诗学完全建立在建行理论的基础上。从传统五、七言的发展中,林庚总结出“诗的格律主要在于建立典型诗行”的观点,因此,他认为新诗格律建设的关键在建立“典型诗行”。骆寒超吸收林庚“典型诗行”的精髓,认为对音组作定型、定量、定性,还只是新诗口语节奏体现的第一个层次。不能满足于音组一般的组合原则,而应该按这些原则来为新诗定出一套音组的组合模式。这不仅仅是建行的问题,而是建立典型诗行的问题。建立典型诗行其实是寻求典型诗行之所以能典型的规律,而这规律则要从一套音组组合模式中去发现;典型诗行可以化出无数合于新诗口语节奏规范的新诗行,并能最大限度影响新诗的形式建设。林庚的“典型诗行”立足于“言”,而骆寒超认为必须立足于“顿”。林庚的“典型诗行”只适用于定型诗体,而骆寒超则把“典型诗行”扩展到自由诗体和新格律诗体。“典型诗行”理论到骆寒超这里,也有了总结与进一步发展。林庚“典型诗行”的缺陷在于他过于强调典型诗行的独立性,造成了诗行的孤立与单一。根据他的“典型诗行”理论所产生的只能是齐言体,这是未来典型诗行理论发展时需要注意的一个问题。

“半逗律”理论的评价问题。林庚提出“典型诗行”与“半逗律”理论,他与何其芳、卞之琳等人的分歧,并不是局部观点之争,而是代表了现代格律诗论者阵营内部,两种格律体系的对立与交锋。两种体系虽然都是在民族形式的口号下提出的,都重视现代口语对于新诗形式的制约作用,但对于民族形式的理解,对于语言与诗歌形式关系的理解,却很不相同。比较这两种体系,林庚的理论体系对于“民族形式”的理解过于拘泥,且有等音计数的嫌疑,其九言诗理论不过成为传统“七言”体的放大,在实践中的操作性与有效性到底有多大,值得作进一步观察。但是,作为一个富有原创性的新诗格律探索者，林庚的一些观点，还是非常具有启发意义的。周煦良、程文、程雪峰、邓程、骆寒超等人，对于林庚的半逗律都曾作过吸收与改造。骆寒超改进了林庚的半逗律理论，认为“半逗律确是存在的，但在新诗建行中如何显示半逗律，还得从长计议。”[①]程文、程雪峰把“半逗律”称为“大顿律”，认为大顿律的使用问题，归根结蒂还是音步与顿的使用问题，要想使用好大顿律，必须首先安排好所有的音步和顿，与此同时大顿的安排也就相继完成了。林庚半逗律理论一定程度揭示了音顿之间的某种关系，这也是未来现代格律诗学发展中要注意的一个问题。

说话式节奏与歌唱式节奏问题。在20世纪现代格律诗学史上，叶公超第一个注意到传统诗歌与现代诗歌节奏之间的差异，他认为新诗与旧诗所用媒介不同，这是二者最本质的差异。旧诗是用最美、最有力量的文言写的，新诗是用最美、最有力量的现代语写的。旧诗的节奏是根据一种乐谱式的文字的排比作成的。新诗的节奏是从各种说话的语调里产生的。新诗是为说的，读的，旧诗乃是吟的，哼的。新诗的节奏根本不是歌唱的，而是说话的，因此，新诗的读法应当限于说话的自然调子。卞之琳进一步根据一行诗最后一顿(煞尾音节)是二字顿占优势还是三字顿占优势，把新诗的节奏分为两种，以两字顿收尾占统治地位或者占优势地位的，调子倾向于说话式(相当于旧说“诵调”)，以三字顿收尾占统治地位或者占优势地位的，调子倾向于歌唱式(相当于旧说的“吟调”)。按照卞之琳的分法，那么，传统诗歌四、六言与五、七言两大体系，前者就接近于说话式，便于照说话方式来念(包括戏剧性的“朗诵”)，后者就接近于歌唱式调子，便于信口哼唱(有别于按谱歌唱)。两种节奏体系都富于音乐性。采用歌唱式调子的诗体(他称之为“民歌体”)长处是韵脚响亮，节奏明显，倾向于唱出来；采用说话式调子的诗体(他称之为“口语格律体”)的特点是比较柔和自然，变化也比较多些，倾向于说出来。两种形式都能做到有民族风格。但中国过去诗歌，本来只有为了哼唱(吟)的传统，“五四”以后，受了外国诗影响，为了念(包括“朗诵”)也成了一种传统。这种新传统也属于民族传统，按照这种新传统写出来的新诗形式也是民族形式。何其芳、林庚、胡乔木等人也注意到一行诗尾顿的不同，对于诗歌节奏形象产生的本质性影响。骆寒超在何其芳、卞之琳等人研究的基础上，提出诗行煞尾音组(尾顿)如何安排，也要定出规范原则。他认为新诗采用口语写，以口语诉说为本，决定新诗

① 骆寒超、陈玉兰:《中国诗学第一部:形式论》，中国社会科学出版社2009年版，第599页。

诗行煞尾的音组以用二字音组才能合于口语诉说的本色腔调。三字音组在诗行煞尾处和单字音组在诗行煞尾处一样，都使诗行具有哼唱体调性。所谓诗行的哼唱体或者诉说体调性，只是诗行节奏的派生物，而非节奏本身。考察单字、三字音组煞尾或者二字音组煞尾，目的是为了使节奏分得更细、更鲜明，从而强化对诗行节奏感的品味。总之，煞尾音组的发现与规范的制定，说明诗人和研究者对于新诗节奏认识的加深。

语言与诗歌形式的关系问题。诗歌是最高度的一门语言艺术，诗歌的体式与语言的关系非常密切，诗歌体式的秘密就隐藏于语言的特性中。中国传统的文言文决定了中国传统诗歌五、七言的体式。白话文的使用注定了新的诗歌体式的诞生。一部百年新诗格律探索史其实也就是对于现代汉语的认识史，从新格律诗派到京派，他们的新诗形式探索，同样也是语言探索。以上所说的新诗格律的一些核心问题，如节奏成因的认识问题，齐言与齐顿的关系问题，建行问题，说话式节奏与歌唱式节奏问题，每个问题，都与语言有关。可以这样说，现代格律诗学的整个体系，就建立在对于现代语言特性的认识基础之上；而不同观点之间的分歧，同样来自对于现代汉语特性的不同认识。虽然大家都注意到语言与形式的关系问题，但也要看到，我们对于这个重要问题所进行的探讨，还是远远不够的。骆寒超认为当今诗坛新格律体与自由诗体的探求一片混乱，成就不高，根本原因就是形式与语言关系问题没有搞清。在语言与形式关系上，语言决定诗歌体式的看法过于极端，没有看到语言与诗歌体式之间的辩证关系，只看到语言决定形式或体格声律就句法，例如用白话写的新诗就只能是自由诗，用文言写的旧诗才配称格律诗，却没有深入考虑：形式也可反作用于语言，句法也有就体格声律的时候。新诗的自由体节奏体式一方面应合白话句法，不过白话句法一方面也应合自由体节奏体式。因而，当自由体节奏体式欲求改进或变异时，也得相应考虑白话句法的变化，不能以守住语法规范作明白晓畅的线性陈述为满足。清代诗学理论家冒春荣“句法就声律”说，把语言和形式、句法和体格声律之间在更深层次上建立起辩证的关系。骆寒超从“句法就声律”受到启发，得出“句法和声律或者说句法结构与韵律结构间的关系是互补的”的结论。因此，他认为“句法就声律”对新诗未来的形式建设具有策略性的意义。新诗在未来的形式建设上，一定要注意把握语言与形式关系的辩证关系，彻底摆脱胡适“有什么话便说什么话”的观念误区，重建新诗语言的诗性。

参考文献

田汉、宗白华，郭沫若：《三叶集》，亚东图书馆1920年版。

谢楚桢：《白话诗研究集》，北京大学出版部1921年版。

闻一多、梁实秋：《〈冬夜〉〈草儿〉评论》，清华大学文学社1922年版。

胡怀琛：《新诗概说》，商务印书馆1923年版。

胡怀琛编：《批评与讨论》，泰东书局1923年版。

潘大道：《诗论》，中华学艺社1924年版。

赵元任：《国音新诗韵》，商务印书馆1923年版。

周作人等：《日本的诗歌》，商务印书馆1924年版。

胡怀琛编：《诗学讨论集》，晓星书局1924年版。

王希和：《西洋诗学浅说》(百科小丛书)，商务印书馆1924年版。

王希和：《诗学原理》，商务印书馆1924年版。

孙俍工：《新诗作法讲义》，商务印书馆1925年版。

闻野鹤(闻宥)：《白话诗研究》，上海梁溪图书馆1925年版。

汪静之：《诗歌原理》，商务印书馆1927年版。

胡怀琛：《白话文谈及白话诗谈》，广益书局1927年版。

赵元任编：《新诗歌集》，商务印书馆1928年版。

邵洵美：《火与肉》，上海金屋书店1928年版。

傅东华：《诗歌原理ABC》，上海ABC丛书社1928年版。

草川未雨(张秀中)：《中国新诗坛的昨日今日和明日》，北平海音书局1929年版。

冯瘦菊：《新诗和新诗人》，大东书局1929年版。

定生：《诗的听人》，北平朴社1929年版。

胡怀琛：《小诗研究》，商务印书馆1929年版。

刘大白：《旧诗新话》，开明书店1931年版。

傅东华编：《诗歌与批评》，新中国书局1932年版。

丘玉麟:《白话诗作法讲话》,开明出版部 1930 年版。

胡怀琛:《诗的作法》,上海世界书局 1931 年版。

俞念远:《诗歌概论》,上海汉文正楷印书局 1932 年版。

沈圣时:《中国诗人》,光明书局 1933 年版。

梁宗岱:《诗与真》,商务印书馆 1935 年版。

石灵:《新诗歌的创作方法》,天马书店 1935 年版。

洪球(江岳浪)编:《现代诗歌论文选》(上、下),上海仿古书店 1936 年版。

朱右白:《中国诗的新途径》,商务印书馆 1936 年版。

穆木天:《平凡集》,新钟书局 1936 年版。

梁宗岱:《诗与真二集》,商务印书馆 1937 年版。

蒲风:《现代中国诗坛》,诗歌出版社 1938 年版。

蒲风:《抗战诗歌讲话》,诗歌出版社 1938 年版。

穆木天:《怎样学习诗歌》,生活书店 1938 年版。

杜蘅之:《诗的本质》,长沙商务印书馆 1940 年版。

陈光编:《新旧诗论战》,桂林生活书店 1940 年版。

卢冀野:《民族诗歌论集》,国民图书出版社 1940 年版。

朱湘:《现代诗家评》,三通书局 1941 年版。

艾青:《诗论》,桂林三户图书社 1941 年版。

徐迟:《诗歌朗诵手册》,桂林集美书店 1942 年版。

钟敬文:《诗心》(诗创作丛书),桂林诗创作社 1942 年版。

王亚平、戈茅:《诗歌新论》,重庆人间出版社 1942 年版。

王亚平:《新诗辨草》,重庆出版社 1942 年版。

朱光潜:《诗论》,重庆国民图书出版社 1942 年版。

刘大白:《中诗外形律详说》,中国联合出版公司 1943 年版。

郭沫若、茅盾等:《文艺新论》,成都莽原出版社 1943 年版。

臧克家:《我的诗生活》,重庆学习出版社 1943 年版。

李广田:《诗的艺术》,重庆开明书店 1943 年版。

王亚平等:《新诗源》,江西赣县中华正气出版社 1943 年版。

黄药眠:《论诗》,桂林远方书店 1944 年版。

冯文炳(废名):《谈新诗》,北平新民印书馆 1944 年版。

罗铁鹰:《诗论集》,缅甸警钟书店 1944 年版。

任苍厂:《新诗写作指导》,成都科学书店 1944 年版。

李岳南:《语体诗歌史话》,拔提书店1945年版。
吕荧:《人的花朵》,重庆大星印刷社1945年版。
任钧:《新诗话》,新中国出版社1946年版。
王亚平:《永远结不成的果实》,交通书局1946年版。
祝实明:《新诗的理论基础》,商务印书馆1947年版。
胡风等:《论诗短札》,耕耘出版社1947年版。
朱自清:《新诗杂话》,作家书屋1947年版。
吕剑:《诗与斗争》,香港新民主出版社1948年版。
朱自清:《论雅俗共赏》,上海观察社1948年版。
朱志泰:《诗的研究》,中华书局1948年版。
阿垅:《人和诗》,上海书报杂志联合发行所1949年版。
唐湜:《意度集》,平原社1950年版。
劳辛:《诗的理论与批评》,上海正风出版社1950年版。
亦门:《诗与现实》,北京五十年代出版社1951年版。
亦门:《诗是什么》,新文艺出版社1954年版。
何其芳:《关于读诗和写诗》,作家出版社1956年版。
沙鸥:《谈诗》,新文艺出版社1956年版。
晓雪:《生活的牧歌——论艾青的诗》,作家出版社1957年版。
袁水拍:《诗论集》,作家出版社1958年版。
安旗:《论抒人民之情》,新文艺出版社1958年版。
安旗:《论诗与民歌》,作家出版社1959年版。
田间:《海燕颂》,北京出版社1958年版。
徐迟:《诗与生活》,北京出版社1959年版。
沈仁康、黄佩玉:《抒情诗的构思》,长江文艺出版社1959年版。
臧克家:《学诗断想》,北京出版社1962年版。
何其芳:《诗歌欣赏》,作家出版社1962年版。
安旗:《新诗的民族化群众化问题初探》,四川人民出版社1963年版。
易征:《诗的艺术》,广西人民出版社1978年版。
杨匡汉、杨匡满:《战士与诗人郭小川》,上海文艺出版社1978年版。
郭小川:《谈诗》,上海文艺出版社1978年版。
王康:《闻一多传》,湖北人民出版社1979年版。
梁守涛:《英诗格律浅说》,商务印书馆1979年版。
郭绍虞:《汉语语法修辞新探》,商务印书馆1979年版。

余铨:《歌词创作简论》,上海文艺出版社 1980 年版。

钱光培、向远:《现代诗人及流派琐谈》,人民文学出版社 1982 年版。

时萌:《闻一多朱自清论》,上海文艺出版社 1982 年版。

刘大白:《白屋说诗》,中国书店 1983 年版。

刘烜:《闻一多评传》,北京大学出版社 1983 年版。

杨荫浏:《语言与音乐》,人民音乐出版社 1983 年版。

丁力:《诗歌创作与欣赏》,陕西人民出版社 1983 年版。

沃尔夫冈·凯塞尔著、陈铨译:《语言的艺术作品》,上海译文出版社 1984 年版。

邹绛编:《中国现代格律诗选》,重庆出版社 1985 年版。

黄淮:《爱的格律》,延边教育出版社 1985 年版。

陆耀东:《二十年代中国各流派诗人论》,中国社会科学出版社 1985 年版。

周仲器、钱仓水编:《中国新格律诗选》,江苏人民出版社 1985 年版。

冯国荣:《当代中国诗歌发展走向窥探》,山东文艺出版社 1986 年版。

杨绍年编:《中国新诗序跋选》,湖南文艺出版社 1986 年版。

萧斌如编:《刘大白研究资料》,天津人民出版社 1986 年版。

陈良运:《新诗艺术论集》,江西人民出版社 1986 年版。

石天河:《文学的新潮》,重庆出版社 1986 年版。

丁芒:《诗的追求》,花城出版社 1987 年版。

吴思敬:《诗歌基本原理》,工人出版社 1987 年版。

祝宽:《五四新诗史》,陕西师范大学出版社 1987 年版。

颜景农:《近体诗特殊语式》,江苏教育出版社 1987 年版。

《上园谈诗》,重庆出版社 1987 年版。

段宝林、过伟编:《民间诗律》,北京大学出版社 1987 年版。

徐敬亚等编:《中国现代主义诗群大观 1986—1988》,同济大学出版社 1988 年版。

胡乔木:《人比月光更美丽》,人民文学出版社 1988 年版。

龙泉明编选:《诗歌研究史料选》,四川教育出版社 1989 年版。

吉田敬一著、李淼译:《中国文学的对句艺术》,吉林文史出版社 1989 年版。

古远清:《诗歌分类学》,中国地质大学出版社 1989 年版。

柳村:《汉语诗歌的形式》,河南大学出版社 1990 年版。

吕进:《新诗文体学》,花城出版社1990年版。

许霆、鲁德俊:《新格律诗研究》,宁夏人民出版社1991年版。

丁芒:《丁芒诗论》,江苏文艺出版社1991年版。

吕进:《中国现代诗学》,重庆出版社1991年版。

潘颂德:《中国现代诗论40家》,重庆出版社1991年版。

薛林:《现代诗创作与欣赏》,台湾秋水诗刊出版社1991年版。

郭沫若、陈明远:《新潮》,中国文联出版公司1992年版。

钟敬文:《兰窗诗论集》,北京师范大学出版社1993年版。

陈超编选:《以梦为马》,北京师范大学出版社1993年版。

李怡:《中国现代新诗与古典诗歌传统》,西南师范大学出版社1994年版。

许霆:《新诗理论发展史(1917—1927)》,甘肃文化出版社1994年版。

陈本益:《汉语诗歌的节奏》,台湾文津出版社1994年版。

童庆炳:《文体与文体创造》,云南人民出版社1994年版。

陶保玺:《新诗大千》,安徽文艺出版社1994年版。

艾青:《诗论》,人民文学出版社1995年版。

王泽龙:《中国现代主义诗潮论》,华中师范大学出版社1995年版。

杨昌年:《现代诗的创作与欣赏》,台湾文史出版社1995年版。

许霆、鲁德俊:《十四行体在中国》,苏州大学出版社1995年版。

吕进:《吕进诗论选》,西南师范大学出版社1995年版。

商金林:《朱光潜与中国现代文学》,安徽教育出版社1995年版。

龙清涛:《新诗格律理论研究(节奏与建行)》(北京大学1996届博士学位论文,未刊稿)。

唐鸿棣:《诗人闻一多的世界》,学林出版社1996年版。

周策纵:《弃园文萃》,上海文艺出版社1997年版。

启功:《汉语现象论丛》,中华书局1997年版。

游友基:《九叶诗派研究》,福建教育出版社1997年版。

唐湜、岑琦、骆寒超:《三星草》,浙江文艺出版社1997年版。

丁芒、袁裕陵、舒贵生编著:《当代诗词学》,中华工商联合出版社1997年版。

钱海骅、国祯明编:《〈97诗韵〉谈评录》,山东文艺出版社1998年版。

现代汉诗百年演变课题组编:《现代汉诗:反思与求索》,作家出版社1998年版。

陈圣生:《现代诗学》,社会科学文献出版社 1998 年版。

废名:《论新诗及其他》,辽宁教育出版社 1998 年版。

魏绍桓主编:《风翥五年》,青海人民出版社 1998 年版。

郭仁怀:《田间论》,安徽文艺出版社 1998 年版。

夏志权:《现代诗格律初探》,石油工业出版社 1998 年版。

孙玉石:《中国现代主义诗潮史论》,北京大学出版社 1999 年版。

姜耕玉:《20 世纪汉语诗选》,上海教育出版社 1999 年版。

郑敏:《诗歌与哲学是近邻:结构—解构诗论》,北京大学出版社 1999 年版。

骆寒超:《新诗主潮论》,上海文艺出版社 1999 年版。

胡乔木:《胡乔木谈文学艺术》,人民出版社 1999 年版。

郭绍虞:《郭绍虞说文论》,上海古籍出版社 2000 年版。

李怡:《七月派作家评传》,重庆出版社 2000 年版。

吕进:《文化转型与中国新诗》,重庆出版社 2000 年版。

林焕标:《中国现代新诗的流变与建构》,广西师范大学出版社 2000 年版。

陈卫:《闻一多诗学论》,广西师范大学出版社 2000 年版。

程文、程雪峰:《汉语新诗格律学》,雅园出版公司 2000 年版。

龙泉明、邹建军:《现代诗学》,湖南人民出版社 2000 年版。

於可训:《当代诗学》,湖南人民出版社 2000 年版。

吴思敬:《诗学沉思录》,辽宁人民出版社 2001 年版。

吴洁敏、朱宏达:《汉语节律学》,语文出版社 2001 年版。

周晓风:《新诗的历程——现代新诗文体流变(1919—1949)》,重庆出版社 2001 年版。

王珂:《诗歌文体学导论——诗的原理与诗的创造》,北方文艺出版社 2001 年版。

孙力平:《杜诗句法艺术阐释》,江西教育出版社 2001 年版。

刘章:《刘章自选诗》,中国摄影出版社 2001 年版。

陈本益:《中外诗歌与诗学论集》,西南师范大学出版社 2002 年版。

吕进:《对话与重建——中国现代诗学札记》,西南师范大学出版社 2002 年版。

黄曼君主编:《中国 20 世纪文学理论批评史》(上、下),中国文联出版社 2002 年版。

郑炜明:《非有意的诠释》,花城出版社2002年版。

刘汉民编著:《毛泽东诗话词话书话集观》,长江文艺出版社2002年版。

王光明:《现代汉诗的百年演变》,河北人民出版社2003年版。

程光炜:《中国当代诗歌史》,中国人民大学出版社2003年版。

曹万生:《现代派诗学与中西诗学》,人民出版社2003年版。

程国君:《新月诗派研究》,长江文艺出版社2003年版。

刘福春:《新诗纪事》,学苑出版社2004年版。

邓程:《论新诗的出路》,中国社会科学出版社2004年版。

王珂:《百年新诗诗体建设研究》,上海三联书店2004年版。

黄济华:《憨夫诗文选集》,长江文艺出版社2004年版。

贺敬之:《贺敬之谈诗》,人民文学出版社2004年版。

吴宓:《吴宓诗话》,商务印书馆2005年版。

陆耀东:《中国新诗史》(1卷),长江文艺出版社2005年版。

洪子诚、刘登翰:《中国当代新诗史》,北京大学出版社2005年版。

杨匡汉:《中国新诗学》,人民出版社2005年版。

孙则鸣:《新世纪格律体新诗选》,香港中国文化出版社2005年版。

钟军红:《胡适新诗理论批评》,人民文学出版社2005年版。

程文编著:《中国新格律诗大观——现代格律诗鉴赏辞典》,北方文艺出版社2005年版。

黄淮:《点之歌——黄淮新格律诗选》,吉林大学出版社2005年版。

许霆:《中国现代主义诗学论稿》,上海文化出版社2005年版。

张同吾主编:《诗歌的审美期待》,安徽文艺出版社2006年版。

沈用大:《中国新诗史(1918—1949)》,福建人民出版社2006年版。

许霆:《旋转飞升的陀螺——百年中国现代诗体流变史论》,人民文学出版社2006年版。

易闻晓:《中国诗句法论》,齐鲁书社2006年版。

吴为善:《汉语韵律句法探索》,学林出版社2006年版。

魏天无:《新诗现代性追求的矛盾与演进:九十年代诗论研究》,湖北教育出版社2006年版。

施议对:《胡适词点评》,中华书局2006年版。

吕进、蒋登科主编:《寻梦之路:中国新诗研究所二十年》(上、下),西南师范大学出版社2006年版。

谢必晴:《现代语言古典格律谢必晴诗选》,中国广播电视出版社 2006 年版。

陈梦家:《梦家室存文》,中华书局 2006 年版。

罗念生:《罗念生全集》,上海人民出版社 2007 年版。

刘现强:《现代汉语节奏研究》,北京语言大学出版社 2007 年版。

沈亚丹:《寂静之音——汉语诗歌的音乐形式及其历史变迁》,上海三联书店 2007 年版。

吕进主编:《中国现代诗体论》,重庆出版社 2007 年版。

许霆:《新诗格律与格律体新诗研究》,雅园出版公司 2007 年版。

刘东方:《"五四"时期胡适的文体理论》,齐鲁书社 2007 年版。

曾方荣:《反思与重构——20 世纪 90 年代诗歌的批评》,湖北人民出版社 2007 年版。

陈爱中:《中国现代新诗语言研究》,中国社会科学出版社 2007 年版。

王珂:《新诗诗体生成史论》,九州出版社 2007 年版。

王端诚:《秋琴集》,香港中国文化出版社 2007 年版。

南健翀:《比较诗学语境中的梁实秋诗学思想研究》,中国社会科学出版社 2008 年版。

许霆:《趋向现代的步履——百年中国现代诗体流变综论》,南京师范大学出版社 2008 年版。

刘春:《朦胧诗以后:1986—2007 中国诗坛地图》,昆仑出版社 2008 年版。

潘颂德主编:《海上新声丛书评论集》,香港天马出版有限公司 2008 年版。

彭金山、郭国昌、季成家、张明廉主编:《1949——2000 年中国诗歌研究》(三卷),敦煌文艺出版社 2008 年版。

王珂:《诗体学散论——中外诗体生成流变研究》,上海三联书店 2008 年版。

罗昌智:《浙江诗人群与中国新诗的现代化》,浙江大学出版社 2008 年版。

解志熙:《考文叙事录——中国现代文学文献校读论丛》,中华书局 2009 年版。

张新:《20 世纪中国新诗史》,复旦大学出版社 2009 年版。

陆耀东:《中国新诗史》(2 卷),长江文艺出版社 2009 年版。

张松建:《现代诗的再出发》,北京大学出版社 2009 年版。

陈希:《中国现代诗学范畴》,中山大学出版社 2009 年版。

谢冕:《回望百年》,作家出版社 2009 年版。

谢冕:《新世纪的太阳——二十世纪中国诗潮》,中国人民大学出版社 2009 年版。

李旭:《中国诗学范畴的现代阐释》,上海古籍出版社 2009 年版。

刘方喜:《“汉语文化共享体”与中国新诗论争》,山东教育出版社 2009 年版。

吕周聚等著:《中国现代诗歌文体多维透视》,山东人民出版社 2009 年版。

骆寒超、陈玉兰:《中国诗学第一部:形式论》,中国社会科学出版社 2009 年版。

骆寒超:《骆寒超诗学文集》(12 卷),人民文学出版社 2009 年版。

丁鲁:《中国新诗格律问题》,昆仑出版社 2010 年版。

韦勒克、沃伦著、刘象愚等译:《文学理论》,文化艺术出版社 2010 年版。

冯国荣:《新诗谱——新诗格式创制研究》,人民出版社 2010 年版。

子张:《新诗与新诗学》,中央编译出版社 2010 年版。

吕进、梁笑梅主编:《20 世纪中国现代诗学手册》,巴蜀书社 2010 年版。

汪亚明、魏一媚:《现代诗学三大思潮论》,光明日报出版社 2010 年版。

李国辉:《比较视野下中国诗律观念的变迁》,中国社会科学出版社 2011 年版。

易行:《远望集——易行格律诗作诗论选》,线装书局 2011 年版。

索　引

A

艾　青/11－12,129,207,209,219,231－237,241,249,251,256,352,361,392

B

卞之琳/10－12,14,16,18－19,122,125,127－128,153,175,178,184－185,207－209,214,216,237,242,244－249,254－255,258－259,269,272,274－285,291,295－297,300－306,308－311,313,315－317,321－323,328,338,340－344,346－347,349－351,354,357,360,364,374,377－379,394,401,404,406－408
冰　心/340

C

曹葆华/74－75,115－117,127－128
常　风/2,55,131,210－212
常文昌/18
陈本益/15,19,344,372,406
陈独秀/4,32
陈林率/114
陈梦家/128,214,343
陈启修(陈勺水)/8－9,57,107－114,143,189,199,232
陈学祖/19
陈业劭/255,317,322,325－327,333－335,338,341,357,377
陈　毅/14,340

陈玉兰/370,375,378
陈玉堂/107
陈子善/117,214
陈子展/87,107
成仿吾/6,44—47
程光炜/18,373
程千帆/2,201—205
程　文/16,19—20,344,371,374—375,393,398—401,406,408
程雪峰/17,19—20,344,374—375,393,398—401,406,408

D

戴望舒/31,75,128,162,186,192—193,200—203,205,311
邓　程/368,372,408
邓　仁/340—341
邓以蛰/7,62
丁　力/255,327
丁　鲁/3,15—17,344,351,369—370,373—375,377,394—398,406
丁　芒/344,361—364,369—370,377
段宝林/15,344

F

范光陵/369
樊希安/369
方东美/135
方　敬/11,208,237,244,274
方令孺/128
废　名/127—128,207
冯国荣/372
冯　至/10—12,126,128,185,207,209,237,243—244,246—247,251—253,274,309—311,313,342,348
傅东华/208,273

G

高加索/253

高觉敷/139

高名凯/2,132,175,204

公　木/16,271—272,374

龚业雅/59

顾振仪/369

郭沫若/4—5,29—31,35,37—38,40—41,45—47,59,66,74,97,101,153,219,232,250,253,333,355

郭绍虞/10,120,132—133

过　伟/15,344

郭小川/255,325,355—356

H

贺敬之/316,347,369

何其芳/14,17—19,122,125,127—128,153,178,185,252,254—275,280—285,291,295—297,300—302,305—306,314—317,319—323,325,328—330,332—333,335,337—339,341,346,350,352,354—357,359—360,364,373—374,377—379,385,387—388,394—395,398—401,403—404,406—408

洪子诚/373

胡　风/129,250

胡光波/18

胡怀琛/26

胡乔木/15,117,125,255,282,306,333,342,344—351,354,358,406,408

胡　适/1,3,4—6,18,21—32,37—38,40—44,48,51,53,59,74,79,86,92,118,127,131,136—137,151,153,155,181,187,251,371,377,386,402—403,405,409

黄昌勇/18

黄　钢/18

黄　淮/369,385

J

季羡林/255,317—319,321,403
姜亮夫/5,34,132,204
蒋雁北/359—361
金　戈/255,317—318,321—322,325,332,336,338,356
金克木/255,317—318,320—321,324—326

K

康白情/5—6,25—26,35,37—38,40—41,74

L

蓝棣之/343
老　舍/89,212—213
雷石榆/255
雷业洪/343
李长之/237,253
李广田/2,11—12,125,128,208—210,237—249,274,280,343,403—404
李　季/11,208,340
李健吾/127
李思纯/5—6,35,38—40,403—404
李唯建/117
李亚群/254
李　怡/372
梁　刚/18
梁实秋/6—9,40—41,43—47,57,60,73,76,78,80—94,106,114,129,134,147—149,151,161—163,166—169,178,214,218,343
梁宗岱/3,9—11,18,90,92,126,128—132,166—175,178,195,207—208,214—216,231,311,343
林　庚/2,10,14,18—19,127—128,133,185—201,215,222,229—230,251—255,258,264,285—307,309,315—317,323,327,331,336,348,350,360—361,374,379—381,385,403,407—408
林徽因/127

林梦幻/111－112,114
刘半农/3－5,25,32－34,132,204,211
柳　村/343－344,365－366
刘大白/2,8,120－125,166,211
刘登翰/373
刘福春/343
刘康凯/18
刘梦苇/3,7,18,57－61,72,74,94,404
柳无忌/3,8,114－115,118－120
刘现强/372
龙清涛/19,215,375
龙泉明/373
鲁德俊/15,19－20,306,343－344,352－359,371,375,379,398,401,406
陆耀东/373
陆志韦/6－7,10,47－51,57,59,128,153,207,211,219,236,255,327－328,332,336
罗皑岚/114
骆寒超/15－16,18,306,344,370－371,374－375,377－394,398,403,406－409
罗念生/8,14,81,114－119,126－128,150－151,155－159,167,172－175,178,215－216,254－255,258,326－327,329,335－336,350－351,398
吕　剑/243
吕　进/15－18,344,370－371,373,377,403
吕周聚/371

M

马奔腾/19
茅　盾/250
毛一波/111－112
毛泽东/12－14,250,253,256,259,339,340－341,402

N

南治国/18

P

潘大道/7,47,51－54
潘颂德/18,31,107,343,373

Q

戚维翰/111－113
齐　云/253
钱仓水/15,343－344
钱光培/117,343,371
钱玄同/23
秦　牧/340
秦　似/340

R

饶孟侃/7－9,61－70,72,74－76,80－81,83,103,105－106,129,131,134,151,153,175,214,343,403－404
阮章竞/11,208,325
瑞　芳/253

S

沙　鸥/253
邵洵美/84,114,166
沈从文/9,72－74,118,126－130,213,217
沈亚丹/372
沈用大/17,108,373,375,404
石　坚/253
食　指(郭路生)/339
孙大雨/2,11,13,18－19,72,117,122,126－128,153－154,158,168,170,172－173,199,208－210,213－231,236－237,249,257,263,

268—269,277,280,291,295,297,306,315—316,328,338,350,358,377—379,394,398,406
孙逐明/15,344
孙洵侯/128

T

唐 湜/343,378
唐 弢/255,317,320—321,323—324,329,335,338
唐 钺/7,47,51,53—56,122,153
陶保玺/371
滕白也/253
田 汉/5,35,37—38,50—51
田 间/207,234,254—255,333,360—361
天 心/7,62,66
屠 岸/16,364,374,377,394

W

万龙生/16,369,375
万斯年/111—112
王端诚/370
王光明/15,18,344,372
王光祈/2,124,150,204—205
王锦厚/62
汪静之/45,75
王珂/344,371—372,404
王 力(王了一)/2,5,11,14,34,127,184,209,254—255,258,279,281,307—317,326,335,338,352,392
王统照/6,40,46—47,132
王泽龙/19
王志亭/375
温儒敏/18
闻一多/6—10,17—19,24,37,40—47,49,51,57—62,64,66—79,81,83—85,87,89,91—95,102—103,107,112,115,117—120,126—128,

131,134,145,153,168—169,173,175,199,207,210,214,229,242,245—246,266—267,270,274,277—278,289—291,297,302,306,309,327,339,342—343,345,353—355,357,360—361,373—374,378—379,385—388,391,394,396,398—399,401,404—406

吴洁敏/372

吴世昌/2,33,126,130,132,170,175,204

吴兴华/18,200—201

伍　郢/253

吴　越/253

X

夏冠洲/19

夏丏尊/120

夏志权/15,344,375

萧　乾/9,128

萧　三/251

解志熙/1—2,18—19,21—22,51,57,94,102,186—187,200

徐　迟/11,208—210,214,218—219,231—237,255,285,317,322,328,332—333,340,343

徐　芳/127—128

许　可/343—344,350,359—361,374,401,406

许　霆/15—16,18—20,306,343—344,352—359,371—372,375,379,398,401,406

徐志摩/3,7,9—10,50—51,60—62,64,66,72—75,77,81,84—86,94,103—104,114—115,127,131,166—167,171—172,207,215—217,274,343

徐　訏/2

Y

雁　翼/254,369

杨景龙/372

杨匡汉/343

杨世恩(杨子惠)/61,72

杨振声/127
叶公超/2,18—19,62,122,125,127,130,132,174—185,195,199,204,210,214—216,249,269,275,284,306,308,338,357,394,406,408
叶恭绰/253
殷秀萍/18
游国恩/253
于赓虞/8,61,94—100,102—107,113,145
於可训/19,373
俞平伯/4,6—7,26—30,39,41—42,47—51,57,89,127—128,186,199,402
余小曲/370
袁水拍(马凡陀)/11,208,251,328,333

Z

臧克家/3,14,16,233,252—253,339—340,374
曾文斌/253
张德厚/18
张光年/11,208
张世禄/2,5,34,137,163—166,211—212
张 新/373
张志民/11,208
张资平/107
赵景深/74,101,273
赵元任/5,33—34,157,211
赵毅衡/340—341,377
宗白华/5—6,30,35,37—38,48,74
邹荻帆/333,336,340
邹建军/373
邹 绛/16,343,374
郑伯农/367,386
钟军红/24
周策纵/277—278
周 渡/15—16,19—20,339,344,368—369,375

周健明/340
周　无/5,35－38
周晓风/367－368,386
周煦良/2,14,127,200,215－216,254,258,277,316－320,323,326,330－332,337－339,350,398,403－404,407－408
周仲器/15－16,19－20,339,343－344,368－369,371,375
周作人/26,29,50,126－127,402
朱大枬/72
朱光潜/2,9－12,14,18－19,24,55,93,122,126－128,130－167,169,172,174－179,184－185,191,195,199,204－205,209－216,222－223,253－255,258,267,283,307－308,312,317,319－320,327－329,336－337,339,343,351,354,377,395,403－404,406
朱宏达/372
朱　偰/253
朱维之/11,208
朱　湘/2,7－9,57,59,62,64,72－82,91,94,115,117,119－120,129,131,151,204,214,385,387,407
祝秀侠/111－114
朱执信/5,26－27,37
朱自清/2,10－12,26,42,47,50－51,73－74,107,126－128,160,206－210,214,241,243,249,274,338,385,405
左　正/359－361,401,406

后　记

“百年汉诗形式的理论探求——20 世纪现代格律诗学研究”，为 2007 年河南省哲学社会科学规划项目（立项号：2007CWX007，结项号：2012B010），2008 年国家社会科学基金青年项目（立项号：08CZW028，结项号：20121069）。随着书稿完成，该课题也暂告一段落。本课题原计划分三编：“源流编”、“范畴编”、“关系编”，现在完成的只是“源流编”一部分，但字数已超过 40 万，且多有遗漏之处。由于字数所限，“范畴编”、“关系编”的构想只能留待下一阶段来实现。从这个角度讲，本书的完成只不过是为下面的再出发作点打点行装的准备工作而已。

在书稿草草完成之时，想借书尾的方寸之地，来表达一下自己的感恩和谢意。

从事现代诗学研究的想法很早就有。1996 年进入复旦大学读书，当时博士学位论文选题在几经变化后，最终选择现代小说理论，论文经过修改后，以《中国现代小说范畴论》为题于 2005 年出版。在从事小说学研究的同时，通过与解志熙老师的私下交流和学习，认识到现代诗学是一更富活力与生机、理论探索意识更强的诗学形态，于是“得陇望蜀”，又萌发了从事现代诗学研究的想法。有此想法后，便开始文献阅读与资料查找工作，在资料收集基础上，编制了近十万字的现代诗学论文目录（1917—1949），并陆陆续续发现了一些散佚的诗学文献，如林庚有关新诗形式研究的长文《新诗形式的研究》，罗念生、周煦良、孙毓棠、高名凯、程千帆、张世禄等人的散佚诗论，等等。在论文写作过程中，正值志熙师《考文叙事录——中国现代文学文献校读论丛》出版，该书及他后来发表的一系列史料辑佚文章，收录了大量以前所未见的现代诗学文献，特别是刘梦苇、林庚、吴兴华、卞之琳等人的重要诗论，为本书的写作提供了难得的资料支持。查资料过程中，还有幸看到彭金山、郭国昌、季成家、张明廉诸先生主编的《1949 年—2000 年中国诗歌研究》一书。该书分三卷，上卷详细收录 1949 至 2000 年之间的诗学论文目录，为笔者这一时段的资料收集提供了极大便利。钱仓水、周仲器两先生辑录的《现代格律诗研究论文要目(1917—1982)》，属专题性的目录索引，对于笔者的资料查找，也有很大帮助。在现代诗学文献挖掘、搜集及书稿撰写过程中，再次深刻认识到史料于现代文学研究的基础性意义，没有史料的坚实积累，没有新史料的发现，研究的历史性、客观性与创新性可能就要大打折扣。本书的写作之所以能顺利进行，很大程度上要归因于上述诸位先生的史料发现与资料整理工作。与研究相比，这种辛苦为他人做嫁衣的史料工作更值得肯定。在此，特向诸位先生表示深深感谢。

为了该书写作，还曾在上海图书馆泡了一阵子，在那里认识了潘颂德先生，并到他家拜访。潘先生很热情，时间过去几年了，现在舌尖似乎还留有他款待我的葡萄的甜味。上海寸土寸金，居大不易，因此，他家中一房间挤得满满的书和流溢出的"书香"也给我留下极深印象。当他知道我手头从事的课题与现代格律诗学有关时，就热心把他认识的朋友的联系方式抄写给我。这张纸条，到现在我还好好保存着(潘先生，很抱歉在这里不小心把你出卖了)。按照他提供的地址和联系方式，我又认识了镇江的周仲器先生。周先生丝毫不在意我的冒昧打扰，通了一次电话似乎已经成了老朋友。后来，为了查阅香港雅园出版公司出版的系列诗论专著，我又一次贸然到了镇江，得到他与周渡先生的热情接待。记得他们父子俩住得很近，只隔一条马路，我先到周仲器先生家，饱览了他的藏书，饭后，为了让我尽兴，周渡又邀我到他家中，浏览周仲器先生的另一部分"宝贝"。由于返程车票已经买好，我当天下午就要离开镇江，为了不误点，周渡还执意驾车，把我送到车站。要不是他，那次还真有赶不上车的危险。由于他们的盛情，我的镇江之行收获颇丰，现在我手头不少雅园公司出版的诗论专著以及《现代格律诗坛》、《格律体新诗》、《东方诗风》等杂志，都是从他们那里得来的。当然，得到这些书其实是次要的，真正可贵的是他们给予我难得的友情，使我又一次体会到人与人间友谊之弥足珍贵。现在，每每想起他们，心头都会涌上些许暖意。

书稿写作过程中，解志熙老师给予我很多鼓励与支持。书稿构想和写作之初，他的《视野·文献·问题·方法——关于中国现代诗学研究的几点感想》一文，使我获益很多。初稿完成后，承他点拨，又仔细阅读了他的《"和而不同":新形式诗学探源》一文，对第一章和其他的部分章节，作了一些补充。最令我感动的，是他无私地把自己发现的常风的诗论文章寄赠给我。由《“和而不同”:新形式诗学探源》一文,得知京派著名文学批评家常风,对现代格律诗学也曾作出过贡献。后来看了陈子善先生写的《不该被遗忘的文学批评家——常风〈窥天集〉编后》,得知常风写有重要诗论《中国诗的节奏与韵律》。但陈先生自己也是只知文章题目,而文章却久觅不获,因此《窥天集》也就没有能把此文收入。这令我非常失望。失望之余心有不甘,便冒昧打电话给陈子善先生询问。他的回答是该文依然没有找到。后看了卢晋文先生的《访问常风先生》一文,文中卢晋文先生言及自己访问常风时,曾特意提及该文,常风则回答自己不记得曾经写过这样一篇文章。子善先生可能记错了。这又令我对常风是否写过这样一篇文章产生了怀疑。但我知道陈子善先生是国内著名的现代文学史料专家,既然能清楚提及文章题目,当有其依据,不会是空穴来风。于是,对该文抱着存疑态度,我在书稿中提及常风之处特意做了一条注释,交代常风也许写过这样一篇诗论,但是否存世则尚待查考。解老师看到该条注释后,很快告知他在20多年前已发现该文,我在上海读博时,他还让我帮他拍摄过该文,只是寄给他的胶片太小,不易保存丢了,后在北京他又重新复制一份。得知我需要该文,他以最快速度从北京把它邮寄给我,使我能及时把常风的这篇重要诗论补充进去。回忆发现常风此文的曲曲折折,不仅欣慨交集,故将得到此文的经历记录于此,并向志熙师表示感谢。

感谢现当代文学学科的每一位老师和同事们,他们给了我许多帮助和照顾,置身于这样一个集体中,时时感到家的氛围。记得刚毕业留校时,想到自己读博几年太辛苦,现在拿到学位,该歇口气了,于是不自觉间放松了对自己的要求。在这种情况下,正是刘增杰师不动声色的巧妙督促与提醒,使我认识到自己过于疏懒。学术上他对学生要求很严,但在生活上,他与师母却给予学生时时处处的关心,每次到他家里,总能收到他和师母送给孩子的礼物。关爱和师平时不苟言笑,望之俨然,而即之也温,与他交往当中,能深切感受到他温润如玉。孙先科师风度儒雅,为人谦和,和他在一起,有如沐春风之感。乐林兄自在闲适,与他一起的几次小酌留下了颇为难得的快乐记忆。其他同辈师兄弟们,春超兄风趣幽默,洒脱大度,给我生活中带来很多感动;运华兄亲切平易,博士后学习期间曾得到他很多关照;全章兄勤勉刻苦,互相之间颇多切磋。其他师弟,国平、春吉、萌芽、先飞、站军、庆澍、新军,还有魁锋,彼此之间皆亲如兄弟。师兄弟中,还要提及进才兄。我们读研究生时即住同一宿舍,三年相处非常融洽,留下许多美好回忆,工作后又在一个教研室为同事。平日在工作和学习中,得到他很多提醒、帮助与鼓励，工作之余，他时不时会叫上我与三五好友到他家，或北郊快活林，品尝他新酿的蓝莓酒或葡萄酒。无边夜色之中，一盏青灯之下，就着小菜，品着美酒，微醺之际，朋友之间任意放谈，若人生有真欢喜真快乐，当不过如此。

感谢文学院的领导和同事所提供的美好氛围。平日工作和生活中，李伟昉先生、付民之先生、张润泳先生、杨彩云女士、黄炳申先生皆给予许多关照，本书能得以顺利出版，与他们的大力支持是分不开的，在此一并向他们表示最诚挚的谢意。

书稿能得以完成，还离不开家人的默默奉献。为了使我能有一点时间，父母牺牲许多，离开住惯的老家，到了开封这个他们不熟悉的地方，忍受孤单与寂寞。我住六楼，这个楼层对于他们这个年龄的人，显得有点太高了。父母之外，妻子为这个家庭付出更多，父母不在身边的时候，照顾孩子的事几乎被她一人承担了，孩子身边看不到父亲身影是常事，每每想起这点，就觉得自己亏欠他们太多。

最后，还要特别感谢人民出版社的宰艳红女士。宰女士对书稿校对得细致、认真令我感动。正是由于她的细心与耐心，呈现在读者面前的这部书稿才少了许多错误。遇到一位敬业、负责、出色的好编辑非常幸运，在此向她致以深深的敬意和谢意。

刘涛

2012 年 7 月 30 日初稿

2012 年 9 月 6 日写定

于开封

责任编辑:宰艳红
装帧设计:雅思雅特
责任校对:史　伟

图书在版编目(CIP)数据

百年汉诗形式的理论探求:20世纪现代格律诗学研究/刘涛 著. -北京:人民出版社,2013.1
ISBN 978-7-01-011339-5

Ⅰ.①百…　Ⅱ.①刘…　Ⅲ.①格律诗-诗歌研究-中国-现代　Ⅳ.①I207.2

中国版本图书馆CIP数据核字(2012)第246648号

百年汉诗形式的理论探求
BAINIAN HANSHI XINGSHI DE LILUN TANQIU
——20世纪现代格律诗学研究

刘　涛　著

人民出版社 出版发行
(100706　北京市东城区隆福寺街99号)

北京龙之冉印务有限公司印刷　新华书店经销

2013年1月第1版　2013年1月北京第1次印刷
开本:710毫米×1000毫米 1/16　印张:28.25
字数:450千字　印数:0,001-2,000册

ISBN 978-7-01-011339-5　定价:58.00元

邮购地址 100706　北京市东城区隆福寺街99号
人民东方图书销售中心　电话 (010)65250042　65289539